दिन के साथ

(कहानी-संग्रह)

वाणी प्रकाशन

नयी दिल्ली-110002

फोन : 3273167, 3275710 • फैक्स : 3275710

e-mail : vani_prakashan@yahoo.com

vani_prakashan@mantraonline.com

दिन के साथ

रामदरश मिश्र

ISBN : 978-81-7055-972-6

वाणी प्रकाशन
21-ए, दरियागंज, नयी दिल्ली-110002
द्वारा प्रकाशित

प्रथम संस्करण : 2002

मूल्य : 500.00

नागरी प्रिंटर्स, दिल्ली-110032
में मुद्रित

DIN KE SAATH
by Ramdarash Mishra

ये कहानियाँ

ये मेरी चुनी हुई कहानियाँ हैं। मेरी रचनावली में मेरी सारी कहानियाँ एक साथ प्रकाशित हैं और 'मेरी प्रिय कहानियाँ', 'मेरी श्रेष्ठ कहानियाँ', 'चर्चित कहानियाँ', 'श्रेष्ठ आंचलिक कहानियाँ' आदि मेरी चुनी हुई कहानियों के छोटे-छोटे संग्रह हैं। अरुण माहेश्वरी (वाणी प्रकाशन) की इच्छा थी कि मेरा एक ऐसा संग्रह आए जिसमें मेरी पसंद की (दूसरों की पसंद की भी) सारी कहानियाँ संगृहीत हों और जिसके आधार पर मेरी कहानी-रचना की सही पहचान और आकलन हो सके। अरुण की प्रेरणा से मैंने यह संग्रह तैयार किया है। मेरी कुछ और भी कहानियाँ हैं जो मुझे प्रिय हैं किन्तु पृष्ठ-सीमा के कारण के इस संग्रह में संगृहीत नहीं की जा सकीं। इधर की नवीनतम कहानियों में से ली जा सकने वाली कहानियाँ भी नहीं ली जा सकीं क्योंकि वे फिलहाल 'विदूषक' नाम के मेरे नये कहानी संग्रह में प्रकाशित हो रही हैं।

22.11.2001

रामदरश मिश्र

मेरी कहानी-यात्रा

मेरी रचना-यात्रा कविता से शुरू हुई। जब मैं मिडिल स्कूल में पढ़ता था तभी मेरे भीतर तड़प जाग उठी थी कविता लिखने की और जब एक बार लिखना शुरू किया तो उस देहाती माहौल में जैसा भी लिख सकता था, लिखता गया। एम.ए. पास करने तक कभी-कभार कोई कहानी लिख देता था। मुझे याद नहीं वे कौन-कौन सी कहानियाँ थीं। बहरहाल 52 के बाद के समय को ही मैं अपने कहानी-लेखन का समय मानता हूँ। इसलिए कि मैंने, संख्या में कम ही सही, नियमित रूप से कहानी-लेखन शुरू किया और यहाँ से शुरू होने वाली कहानियों में से कुछ ऐसी कहानियाँ हैं जिन्होंने लोगों का ध्यान खींचा और मुझे भी अच्छी लगीं। मेरा ख्याल है कि 'कह न सका' मेरी पहली महत्वपूर्ण कहानी थी जो एक महत्त्वपूर्ण पत्रिका 'संगम' (1953) में छपी थी। इसके बाद 'कहानी' पत्रिका में 'मनोज जी' (1954), 'भइया' (1954), 'बाढ़' (1955), कहानियाँ प्रकाशित हुईं। 'कल्पना' में 'लोचन' (1954) कहानी छपी और उसके बाद उसी में सीमाएँ (1955), 'बदलियाँ' (1955), 'गाँव का बड़ा आदमी' (1957) कहानियाँ आयीं। इन्हीं दिनों 'गृहस्थी' (पाटल, 1955), 'संध्या' (आज, 1955), 'लवंगी' (नया पथ, 1955), 'बेसहारा' (त्रिपथगा, 1958) कहानियाँ छपीं। 'कहानी का प्लाट और खलिहान नामक कहानी 'प्रवाह' संभवत: 1954 में प्रकाशित हुई। इन कहानियों में कुछ ही कहानियाँ जैसे 'मनोज जी', 'भइया', 'बदलियाँ' ऐसी हैं जिन्हें मैंने बाद में भी अपनी अच्छी कहानियाँ माना, शेष को अपनी आने वाली कहानियों की तैयारी ही मानता हूँ। और इनके आधार पर स्वयं अपने को कहानीकारों की पंक्ति में खड़ा करने का उत्साह नहीं रखता था। मैं अभी तक कविता के क्षेत्र में ही अपने को देखने का उत्साही था। छठे दशक के अन्तिम दो-तीन वर्षों में मैंने जो कहानियाँ लिखीं, उनसे अपनी सातत्यपूर्ण कहानी-यात्रा का वास्तविक आरम्भ मानता हूँ। अपनी दृष्टि में वे मेरी महत्त्वपूर्ण कहानियाँ हैं और इनसे मेरे मन में कहानी के क्षेत्र में प्रवेश करने का वास्तविक उत्साह जागता अनुभव हुआ। वे कहानियाँ हैं 'पड़ोसिन' (नया पथ, 1957), 'भागवत कथा' (1958), 'एक रात' (रचना), 'बेला मर गयी' (धर्मयुग, (1960),

'गीतू' (1960), 'खाली घर' (धर्मयुग, 1960)।

मेरा पहला कहानी-संग्रह 'खाली घर' 1969 में प्रकाशित हुआ। तब तक 'नयी कहानी' का आन्दोलन समाप्त हो गया था और 'अकहानी', 'सचेतन कहानी' और न जाने कितने-कितने नामों से नये कहानी-आंदोलन शुरू हो गए थे। यह भी विडम्बना ही है कि नई कहानी के स्थान पर दूसरे आन्दोलन शुरू हो गए थे किन्तु नई कहानी के कहानीकारों की अच्छी कहानियाँ इस दौर में आती रहीं यानी आन्दोलन तो थम गया किन्तु अच्छी रचनाओं के आने का क्रम जारी रहा। चर्चा अकहानी आदि की हो रही थी किन्तु इन आन्दोलनों से बाहर के लोगों की अच्छी रचनाएँ लगातार आती रहीं। 1969 में प्रकाशित मेरे संग्रह 'खाली घर' की कहानियों को चर्चा के लिए किसी आन्दोलन का बल नहीं मिला। किन्तु इससे क्या होता है, मैं अपने अनुभव, जीवन-दृष्टि और परिवर्तित जीवन-यथार्थ को लेकर कहानियाँ लिखता रहा। वे पत्रिकाओं में छपती रहीं। मेरे संग्रह भी आते रहे और वे कहानियाँ सहज भाव से पढ़ी-गुनी जाती रहीं। यह क्रम आज तक चल रहा है। मुझे कभी भी झूठे आन्दोलनों ने नहीं ललचाया, मैं अपने विकासमान अनुभवों, समझ और परिवेश-जीवन पर भरोसा कर धीरे-धीरे चलता रहा। 'खाली घर' के बाद 'एक वह' (1974), 'दिनचर्या' (1977), 'सर्पदंश' (1982), 'वसन्त का एक दिन' (1982) संग्रह आए और मुझे लगा और मेरे पाठकों को भी लगा कि हर संग्रह पिछले संग्रह से थोड़ा अलग है। 1984 में लगभग मेरी समस्त महत्त्वपूर्ण कहानियों का संग्रह 'इकसठ कहानियाँ' नाम से आया। फिर 'अपने लिए' (1992) आज का दिन भी (1996) एक कहानी लगातार (1998) तथा फिर कब आयेंगे (1998) संग्रह आये।

मुझसे प्राय: यह प्रश्न होता है कि मैं कविता से कहानी में क्यों आ गया? क्या कविता की विधा अपर्याप्त लगी? वास्तव में मैं कविता से कहानी में नहीं आया, कविता के साथ कहानी में आया। कविता आज भी मेरी मुख्य विधा है। बहुत-से कहानीकार कहानी में आने से पहले कविता लिखते थे, उन्हें वह विधा रास नहीं आयी तो कहानी में आ गए और आए ही नहीं, कविता बनाम कहानी का फूहड़ सवाल उठाकर कहानी को केन्द्रीय विधा मान लिया। आज के युग में कोई विधा अपने आप में पर्याप्त नहीं है, विराट और वैविध्यपूर्ण जीवन-यथार्थ के विभिन्न आयामों के उद्घाटन के लिए भिन्न-भिन्न विधाओं का प्रयोग किया जा सकता है। मैं जिस गाँव-देहात में पैदा हुआ, पला-पुसा, प्रारम्भिक शिक्षा पायी, अभाव, दु:ख और संघर्ष के सघन अनुभवों से गुजरा, वह गाँव-देहात मुझे तरह-तरह से अपनी अभिव्यक्ति के लिए पीड़ित करता था। उसने यथार्थ की इतनी विपुल संपदा सौंपी थी कि उसकी अभिव्यक्ति एक विधा में अँट नहीं पा रही थी। इसलिए मैं कविता लिखते-लिखते कहानी भी लिखने लगा और जब लगा कि कहानी भी उसके यथार्थ के खंड-खंड रूप को ही व्यक्त कर रही है (और मेरे मन में उसके समूचे यथार्थ

को एक साथ व्यक्त करने की इच्छा हो रही है); तो मैं उपन्यास की ओर झुका और 'पानी के प्राचीर' (1961) तथा 'जल टूटता हुआ' (1969) के माध्यम से उसकी समग्रता को उभारने की कोशिश की।

परिवेश के बदलते यथार्थ, वय के साथ बढ़ती जीवन को पहचानने की समझदारी तथा दृष्टि के साथ मेरी कहानियों में अंतर आता गया है, किन्तु एक बात पर मेरा हमेशा बल रहा है–वह है अनुभव। अपने अनुभव में उतरे सत्य को ही प्राय: मैंने अपनी कहानियों का विषय बनाया है। ग्रामीण परिवेश ने मुझे अपने भीतर स्थित रहने के स्थान पर बाहर से जुड़ने का गहरा संस्कार दिया। मैं ग्राम जीवन का भोक्ता रहा हूँ। उसके सारे सुख-दु:ख, रूप-रंग भोगे हैं और परिवेश से जुड़ने का संस्कार पाया है। गाँव से निकलने के बाद पढ़ाई के सिलसिले में कुछ दूर के गाँव ढरसी, फिर बरहज, फिर बनारस और बनारस छोड़ने के पश्चात् बड़ौदा, अहमदाबाद और नवसारी गया तथा अंत में दिल्ली में आ गिरा। इस प्रकार अपने गँवई अनुभव के साथ कस्बों और शहरों का अनुभव भी प्राप्त करता गया। मेरी कहानियाँ मुख्यत: सामाजिक अनुभवों की कहानियाँ हैं। केवल विचार से मैंने कोई कहानी बनाई हो, याद नहीं। विचार मेरे अनुभवों के साथ ही आता है। वास्तव में मैं अपनी कहानियाँ अपने आसपास किसी घटित दृश्य, प्रसंग से या समाज में स्थित यथार्थ के किसी टुकड़े से या अपने अनुभव से लगातार उतरते परिवेश के किसी यथार्थ चरित्र से या लगातार टकराती किसी संवेदना से उठाता हूँ। मैं किसी नयी या पुरानी समस्या को मूर्तिमान करने के लिए कथानक का विन्यास नहीं करता बल्कि आसपास अधबनी कथा को ही अपने ढंग से बनाकर उसे समस्या तक ले जाता हूँ। विचार का काम यह होता है कि वह देखे कि अमुक दृश्य या प्रसंग या चरित्र या संवेदना कहानी का विषय बनाने के योग्य है कि नहीं। यानी वह अपने आप में समाप्त हो जाने वाला तथ्य है या उससे किसी प्रभावपूर्ण सामाजिक सत्य की निर्मिति हो सकती है। उसमें सर्जनात्मकता की संभावनाएँ क्या हैं? मेरी कहानियों में अनुभव और विचार की सहयात्रा चलती रही है। 'मनोज जी' कहानी में एक देहाती कवि का चरित्र है किन्तु वह चरित्र अपने अभावों के भीतर से जिजीविषा का कुछ ऐसा प्रकाश फेंकता है जो समाज के लिए मूल्यवान हो उठता है। 'एक औरत एक जिंदगी' में एक औरत का चरित्र है किन्तु वह मात्र चरित्र नहीं है, वह हमारे समाज के कुछ महत्वपूर्ण सवालों से टकराता हुआ विचार भी है। मेरी ऐसी अनेक कहानियाँ हैं जिनके केन्द्र में किसी एक पात्र का चरित्र है, किन्तु मेरा प्रयास रहा है कि वह अपने में हमें बन्द न करें, हमें किसी सामाजिक और मानवीय प्रश्न तक ले जाये। इन पात्रों का मैंने स्वयं निकट से साक्षात्कार किया है। उन्हें हँसते-गाते, उठते-गिरते, अपनी भूख-प्यास में लथपथ होते देखा है। उन्होंने मुझे भीतर तक झकझोरा है। 'सीमा' कहानी की लंगड़ी लड़की सीमा, 'एक औरत एक जिंदगी' की भवानी, 'एक अधूरी कहानी' की सुहागीनी भौजी, 'अकेला मकान' की

जगरानी, 'खाली घर' का बीनू, 'घर' का बलराम, 'गीतू' की गीतू, 'पड़ोसिन' की पटेलानी, 'मनोज जी' के मनोज जी, 'मुक्ति' की चन्दा, 'मिसफिट' का अमित, 'निर्णयों के बीच एक निर्णय' का ज्ञान, 'खंडहर की आवाज' के पंडित जी और ऐसे ही अन्य कई कहानियों के केन्द्रीय पात्र बुनियादी रूप में वास्तविक पात्र हैं, उन्हें मैंने इस ढंग से पुनर्सर्जित और अन्य पात्रों के साथ नियोजित किया है कि वे सामाजिक यथार्थ के किसी महत्त्वपूर्ण आयाम को अभिव्यक्ति दे सकें।

कुछ कहानियों में मैंने अनुभव में उतरी जीती-जागती स्थितियाँ उठा ली हैं और उनका पुनर्सृजन किया है जैसे 'उत्सव', 'घर लौटने के बाद', 'माँ, सन्नाटा और बजता हुआ रेडियो', 'पिंजड़ा', 'मंगल यात्रा', 'माँ एक बिखरा हुआ दिन', 'जमीन', 'लड़की', 'बादलों भरा एक दिन' आदि। वास्तव में मैं इन स्थितियों में कहीं तो शरीक हूँ, कहीं इनका समीपी द्रष्टा हूँ। ये जीती-जागती स्थितियाँ स्वयं कहानी बन जाती हैं। बस इन्हें सलीके से सजा देने और उनके कुछ विशेष बिन्दुओं पर बल देकर उन्हें प्रतीकार्थ से स्पंदित करने की आवश्यकता होती है। मैंने कुछ कहानियाँ सुनी हुई घटनाओं के आधार पर लिखी हैं। घटनाएँ तो प्राय: सुनने में आती हैं और अख़बारों में पढ़ने को भी मिलती हैं किन्तु विचार करना होता है कि क्या वे घटनाएँ मात्र हैं या वे हमारी किसी सामाजिक समस्या का प्रतिनिधित्व करती हैं। 'सवालों के आर-पार', 'अतीत का विष', 'आखिरी चिट्ठी', 'टूटे हुए रास्ते', 'इज्जत' आदि कहानियों के मूल घटनात्मक सूत्र मैंने अपने मित्रों से पाये थे। मुझे लगा कि ये घटनाएँ नहीं, सवाल हैं, इनसे कहानी बनायी जा सकती है। मैंने बनायी। सुनी-सुनायी घटनाओं को कहानी बनाने के पीछे मेरी एक और शर्त होती है वह यह कि वे मेरे अनुभव क्षेत्र में आती हों ताकि उनका विस्तार करते समय या उनमें रंग भरते समय मैं उनसे सम्बद्ध स्थितियों और पात्रों के प्रामाणिक चित्र उभार सकूँ। ऊपर मैंने जिन कहानियों के नाम लिये हैं वे सभी मध्यवर्ग और निम्नवर्ग की ज्वलंत समस्याओं से जुड़ी हैं। मैं उनका विस्तार अपने अनुभव-जगत में आसानी से और विश्वसनीयता से कर सका।

कभी-कभी किसी समस्या से भी कहानी बनायी है यानी मेरे सामने शुरू में कोई अनुभूत स्थिति या पात्र नहीं रहा है बल्कि कोई समस्या रही है। इन कहानियों में मैंने समस्या के अनुकूल अपने भोगे हुए जीवन में से स्थिति और पात्र निर्मित किये हैं और उनसे फिर समस्या की ओर लौटा हूँ। 'सर्पदंश', 'लाल हथेलियाँ', 'एक भटकी हुई मुलाकात', 'सड़क', 'पानी' आदि कहानियाँ इसी प्रकार से बनी हैं। मेरी कहानियों की रचना में पहले कौन आता है, इसका यह एक मोटा हिसाब है। ठीक से मैं भी इसे कहाँ जान सकता हूँ? दरअसल एक साथ न जाने कितनी चीजें मन के भीतर प्रवेश करती हैं। उनकी व्याख्या करना इतना आसान तो नहीं, किन्तु एक बात मैं बलपूर्वक कह सकता हूँ कि पहले जो भी आता हो, मेरी पूरी कहानी मेरी जानी-पहचानी जीवन-स्थितियों और पात्रों से गुजरती हैं, उनमें फैलती हैं और उन्हीं से अपना अर्थ

ध्वनित करती हैं।

मेरी कहानियों के बारे में एक प्रश्न और उठाया जाता है कि इनमें प्रेम-कहानियों की कमी है। मैंने कभी इस तरह सोचकर नहीं लिखा कि मुझे अमुक तरह की कहानी लिखनी है। जीवन का जो यथार्थ मुझे अपने परिवेश में दिखाई पड़ा, उसे ले लिया और जाहिर है कि हमारे समकालीन परिवेश में राजनीति, अर्थव्यवस्था, सामाजिक व्यवस्था आदि के दबाव में न जाने कितनी सामाजिक विसंगतियां, विडंबनाएँ और मूल्य-संकट पैदा हो गये हैं। स्वभावतः यथार्थ के ये आयाम हमारी सर्जनात्मकता को चुनौती देते हैं। प्रेम सम्बन्ध भी आज एक समस्या के रूप में उभरता है। प्रेम केवल एक संवेदना नहीं है, वह जीवन के प्रश्नों से जुड़कर प्रश्न भी बन जाता है, वह स्त्री-पुरुष के संबंधों के साथ-साथ व्यक्ति और समाज के संबंधों से भी टकराता है। प्रेम-कहानी कही जा सकने वाली जो मेरी कहानियाँ हैं वे है–'संध्या', 'कह न सका', 'लाल हथेलियाँ', 'प्रतीक्षा', 'एक भटकी हुई मुलाकात', 'बदलियाँ', 'अतीत का विष', 'वसंत का एक दिन'। इनमें से 'संध्या' और 'कह न सका' प्रारम्भिक कहानियाँ हैं और इन्हें प्रचलित अर्थ में प्रेम-कहानियाँ कहा जा सकता है किन्तु शेष कहानियों में प्रेम-संवेदना किसी तकलीफ या सामाजिक विडंबना और सवाल में बदल जाती है।

जीवन-मूल्यों के प्रति लगाव मेरे लेखन का स्वभाव रहा है। मेरी शुरू की कहानियाँ मुख्यतः अनुभवात्मक स्वभाव की है। उनमें अभिशप्त पात्रों की तकलीफ और इंसानियत को रूपायित करने और उनके प्रति मानवीय करुणा का भाव जगाने की या उनकी पीड़ा में किसी सामाजिक विडंबना या किसी मानवीय ज्योति को पहचानने की प्रवृत्ति अधिक है और इसी रूप में जीवन-मूल्य की अभिव्यक्ति हुई है। 'लोचन', 'बाढ़', 'गृहस्थी', 'खाली घर', 'बेला मर गई', 'अभिशप्त राग', 'गीतू', 'मंगल यात्रा', 'पड़ौसिन' आदि कहानियों में यह बात देखी जा सकती है। यह क्रम मेरी बाद की भी कहानियों में चलता रहा है किन्तु धीरे-धीरे वैचारिक दबाव बढ़ता गया है। यह विचार निश्चय ही मार्क्सवादी विचार है जो मानवीय करुणा के रूप में मेरी शुरू की कहानियों में भी रहा है और अभिशप्तों के भीतर उभरती विद्रोह चेतना और नये निर्णयों की पहचान कर मेरी कहानियों को एक नये मूल्यवाद से जोड़ता गया है। चाहे अनुभव के रूप में हो, चाहे अनुभवमय विचार के रूप में, चाहे सकारात्मक रूप में हो, चाहे नकारात्मक रूप में, मूल्य मेरे लेखन के साथ लगा रहा है। दरअसल जीवन ही मेरी कहानियों का आधार रहा है और वही प्रतिपाद्य रहा है। इसलिए जीवन में जो चरितार्थ हो रहा है, उसे मेरी दृष्टि पकड़ना और पहचानना चाहती है, बड़े-बड़े फलसफों से वह जीवन को और उसके निर्णयों को नहीं गढ़ती। विद्रोह के नकली तेवर आरोपित करने में मेरी रुचि कभी नहीं रही। 'मिसफिट' का अमित अपने स्वभाव के अनुसार नकली कानवेंटी शिक्षा के खिलाफ विद्रोह करता है। 'मुक्ति' की

चंदा व्यक्तित्व–घोंटू अपनी पारिवारिक यांत्रिकता को अस्वीकार करती हुई किसी के साथ भाग जाती है। 'सर्पदंश' में गोकुल का बेटा शोषक साँपों को कुलचने के लिए संगठन की सहायता लेने दूसरे गाँव की ओर दौड़ता है। 'एक औरत एक जिंदगी' की भवानी विधवात्व की सारी जीवन–विरोधी रूढ़ियों के विरुद्ध खड़ी होकर जीवनधर्मी कर्मों में लिप्त होती है और हँसती–हँसती भयानक संघर्ष करती है। 'पशुओं के बीच' में अलेना का पुत्र पशुओं को घूरता हुआ कहता है–'मैं इनसे समझौता नहीं कर सकता।' 'अकेला मकान' में जगरानी बुआ अपने पति के दूसरे विवाह के विरोध में अकेली जिन्दगी जीने का निर्णय लेती है। ऐसी ही कई कहानियों में विद्रोह के तेवर देखे जा सकते हैं। मनोज जी ('मनोज जी'), जगरानी (अकेला मकान) आदि कई पात्र हैं जो अपने अभावों को चीख–चिल्लाकर नहीं बल्कि उन्हें जीवन का एक सहज अंग बनाकर जीते हैं और उनमें से ही एक जीवन–दृष्टि विकसित कर जीने की राह निकालते हैं और अपने को सामाजिक जीवन के संदर्भ में सार्थक कर लेते हैं।

मेरी जीवन–यात्रा में अपने गाँव के साथ कस्बे और नगर, महानगर सभी आये हैं और सबसे मैंने अनुभव ग्रहण किये हैं, किन्तु गाँव के अनुभवों के जितने सघन बिंब मेरे भीतर रहे हैं उतने कस्बे या शहर के अनुभवों के नहीं। कारण यह है कि मैंने गांव को बचपन में आर–पार जिया है, उसके हर क्रिया–व्यापार का मैं अंग रहा हूँ और कहना चाहिए मेरे मूलभूत इन्द्रियबोध, आदमी की पहचान, प्रकृति की कोमल– पुरुष छवि और स्वयं की गहरी भूख–प्यास के बिंब वहीं बने हैं और इस देश की पहचान के भी केन्द्र में गाँव ही हैं। शहर और गाँव दोनों से जुड़ा होने के कारण ही प्रायः मैंने अपनी कहानियों में एक ऐसे पात्र की सृष्टि की है जो शहर में नौकरी करता है और विशेष–विशेष अवसरों पर गाँव लौटता है और कुछ समय के अन्तराल पर गाँव में आये बदलाव को देखता है। गाँव में निरंतर जीता आदमी शायद उस बदलाव को उतनी स्पष्टता से लक्षित नहीं कर सकता जितना कि एक अन्तराल के बाद उसे देखने वाला आदमी। और शहर में रहने वाले उस गाँव के आदमी के संस्कार, दृष्टि आदि में एक शहर भी तो आ गया होता है। अतः वह दूरी और भी साफतौर पर दिखाई पड़ने लगती है और शहर गाँव का एक हल्का–सा द्वंद्व भी उस पात्र में स्थित होता है।

'माँ सन्नाटा और बजता हुआ रेडियो', 'खंडहर की आवाज', 'खाली घर', 'एक और यात्रा' आदि इसी तरह की कहानियाँ हैं।

कह चुका हूँ कि मैं कविता के साथ कहानी में आया। इसलिए प्रायः मेरा कवि कहानीकार के साथ चलता दिखाई पड़ता है। मेरा प्रयत्न यही होता है कि वह कहानीकार के काम में दखल न दे, बल्कि उसके काम को असरदार बनाये। इसलिए जहाँ कहानी मानसिक आवर्तों से गुजरती है या जहाँ उन दृश्यों से गुजरती है जो मात्र दृश्य नहीं होते बल्कि वे कहानी की संवेदना में सांकेतिक रूप से कुछ जोड़ना चाहते

हैं, वहाँ मेरा कवि उसके साथ हो लेता है और ऐसी भाषा का प्रयोग करता है जो बिंब रचती है, प्रतीकात्मक और आलंकारिक होती है। मेरा प्रयत्न यही रहता है कि यह भाषा संवेदना का अंग बने और उसे अधिक से अधिक सघन और सांकेतिक बना सके। 'सीमा', 'एक भटकी हुई मुलाकात', 'माँ सन्नाटा और बजता हुआ रेडियो', 'एक रात', 'खंडहर की आवाज' आदि अनेक कहानियों में यह भाषा दिखाई पड़ेगी। ऐसी भाषा के साथ भावुकता की स्फीति का भी खतरा होता है (और स्फीति का खतरा हर प्रकार की भाषा के साथ जुड़ा होता है क्योंकि स्फीति प्रयोग करने वाले की पद्धति से जुड़ी चीज है) मेरी कहानियों में यह खतरा देखा गया है। यह स्फीति उनमें हो सकती है, होगी।

मैं कहानियाँ बहुत नहीं लिखता। मैंने कभी-कभी ही पत्रिकाओं की माँग पर जल्दी में कोई कहानी लिखी है अन्यथा सालों किसी प्लाट का बीज मेरे भीतर पड़ा होता है या बार-बार किसी सत्य के सामने से गुजरता हूँ, बार-बार उस पर लिखने को सोचता हूँ और किसी अनुकूल अवसर पर उसे रूपायित कर देता हूँ। लिखने की गति भी धीमी होती है, कई-कई बैठक में एक कहानी पूरी करता हूँ। समय का छोटा-बड़ा अंतराल उसका तारतम्य खंडित नहीं करता। फिलहाल मेरे कहानी-लेखन की गति अब बहुत धीमी पड़ गयी है किन्तु तारतम्य नहीं टूटा है।

आर-38, वाणी विहार,
नई दिल्ली-110059

रामदरश मिश्र

अनुक्रम

सीमा

चील एकाएक टिहा उठी और उदास सूखे ताल-सी टँगी हुई क्वार की दोपहरी में छोटी-छोटी दरारें उभर आयीं। मानो ताल की लिपियाँ हों।

सीमा ने चील का टहाका सुना और आकाश को पूर्ववत ताकती रही। चील का टहाका तो थर्राकर चुप हो गया था, मगर उसकी प्रतिध्वनि सीमा के मन में जख्मी पंछी-सी गिर कर हाँफ रही थी।

क्वार की यह दुपहर ··· चिनचिनाती धूप ··· स्तब्ध और उदास ···

सीमा सीढ़ियों के पास बैठी एकटक देख रही है, आगे के खाली आकाश को ··· हवा बह जाती है कभी-कभी और सामने वाला नीम का चेंड़ा पुलकित बछड़े-सा रोएं फुला लेता है। सीमा थोड़ी हरी हो जाती है और अनन्त आकाश को देखने लगती है।

सामने की सड़क से कभी कारें, कभी टनटन करती हुई साइकल गुजरती है, पीछे एक शोर छोड़ती हुई ··· सीमा निगाहों से दूर तक उनका पीछा करती है, फिर अपने में लौट जाती है ···

एक हवाई जहाज आकाश को मथता चला जा रहा है, सीमा खुश हो जाती है, लगता है कि कहीं जहाज के जरिये इस अगम्य अमाप्य आकाश को तोड़ रही है। जहाज़ चला जाता है आवाजों की लकीरें छोड़ता हुआ और सीमा आवाजों की छतरी के सहारे सीढ़ियों के पास चू पड़ती है।

"चाचाजी नमस्ते," सीमा बड़े अदब से दोनों हाथ जोड़कर नमस्ते करती है और मुस्करा देती है।

"नमस्ते बेटा," कहकर पड़ोसी डा. शर्मा मुस्करा पड़ते हैं और पूछते हैं, "क्या है सीमा, अकेली हो?"

"हाँ चाचाजी, आज अम्माँ बाजार करने चली गयी हैं," वह मन-ही-मन बुदबुदाती है–अकेली ··· अकेली ··· ।

डा. शर्मा को लगता है कि सीमा कुछ कहना चाहती है, "कुछ काम है सीमा?" सीमा के चेहरे पर अनेक छायाएं क्षण भर में उठती और गिर जाती हैं, वह चुप रहती है।

"कोई बात हो तो कह बेटा।"

"कुछ खास नहीं चाचाजी, एक ही जगह बैठे-बैठे नसें दुखने लगी हैं। चाहती हूँ ज़रा रेलिंग के सहारे खड़ी होना · · ·"

"यह ले," कहकर डा. शर्मा सीढ़ियों के पास से उठकार उसे रेलिंग के सहारे खड़ी कर देते हैं।

सीमा को लगता है कि वह कुछ ताजा हो गयी है, फैला हुआ असीम आकाश कुछ छोटा हो गया है—नीम का चेड़ा उसके नजदीक सरक आया है। वह भागते हुए रिक्शों, कारों के साथ दौड़ सकती है। सड़क पर आने-जाने वालों को देखकर मुस्करा रही है, मानो वह भी उनके साथ चल सकती है।

चील फिर टिहा उठती है, आकाश बड़ा होने लगता है और चील का टहाका छिन्न-छिन्न होकर आकाश में डूबने लगता है। सीमा के पाँव थरथरा रहे हैं। उसे लगता है कि सड़क पर चलने वालों से धीरे-धीरे कट रही है, वह चारों ओर देखती है, कोई दिखाई नहीं पड़ता। वह धम्म से गिर पड़ती है और सड़क चलती रहती है, वह सबसे कटकर अपने बिन्दु पर आ सिमटती है।

गिरने से वह छितरा जाती है, भीतर-ही-भीतर चोट पी लेती है, धीरे-धीरे सरकती हुई फिर सीढ़ियों के पास आ जाती है और आकाश फिर फैलता-फैलता बड़ा, असीम हो जाता है जिसमें इसकी आँखें खो जाती हैं।

"पता नहीं कब अम्माँ आयेंगी," वह बुदबुदाती है और फिर अपने को कोसती हुई कहती है, "बेचारी इतने दिनों बाद तो निकली हैं, वह भी काम से। अभागी तेरे मारे तो वे कहीं निकल ही नहीं पाती हैं बोझ · · · तू सबके सिर का बोझ बनी हुई है।"

फिर वह एक किताब उठा लेती है, खोलकर एक चित्र देखती है—राधा और कृष्ण। कृष्ण और राधा-कृष्ण—राधा के जूड़े में फूल खोंस रहे हैं और राधा नाचने की मुद्रा में—राधा और कृष्ण, कृष्ण और राधा उसके हृदय को चीरते चले जाते हैं, वह झटके से किताब बन्द कर लेती है और हाँफने लगती है। वह अपने पाँवों की ओर देखती है सूखी लकड़ी जैसे निर्जीव पाँव—लगता है उसके दोनों पाँव उसकी गरदन में लिपट कर उसे तोड़ रहे हैं, उसके जूड़े में कुछ फूल खुंसे हैं उन्हें नोचकर फेंक रहे हैं, एक ओर राधिका के थिरकते पाँव, एक ओर उसके फूलों को नोचती निर्जीव टाँगें—कृष्ण उसके भी बालों में फूल खोंस रहे हैं, तब तक निर्जीव टाँगें कृष्ण के हाथों पर जोर का प्रहार करती हैं और कृष्ण—आगे नहीं सोच पाती—

सीमा पन्द्रह साल की लड़की है। हँसमुख तरल चेहरा, बड़ी-बड़ी भावुक आँखें, नाक कुछ लम्बी-सी, सघन बरौनियां—और ये पाँव! वह चल नहीं सकती। अपने को कुछ दूर घसीट सकती है। उसकी अंग-विकृति की पूर्ति की है उसकी सरल संवेदना और तीव्र बुद्धि ने। बोलती है कोयल जैसी और बड़ों को नमस्ते करते समय उसकी कलात्मक बड़ी-बड़ी पतली अंगुलियाँ अपने आप जुड़ जाती हैं।

उसकी टाँगें देखकर माँ कितना रो चुकी है ··· गंगा-जमुना की धारा ··· छाती में भींच लेती है और रोती रहती है। पन्द्रह साल बीत गये, ऐसे ही रोते। पिताजी कहाँ-कहाँ नहीं घूमे उसे लेकर, मगर डाक्टरों ने जवाब दे दिया। कोई डाक्टर क्या उसका भाग्य बदलेगा, कोई कर्म-रेखा मिटायेगा! पिताजी छिप-छिपकर रोते हैं, उसे देखकर ···

सीमा की एक छोटी बहन है, स्कूल में पढ़ती है, बेहद नटखट। सीमा घर में ही पढ़ती है—हाई स्कूल की परीक्षा देगी। और भी पढ़ती है गीता, रामायण-महाभारत की धर्म कथाएं ··· और मन्दिर से जब घण्टे बजते हैं तो पढ़े हुए श्लोकों को गुनगनाती है ··· हाई स्कूल की तैयारी कर रही है। क्यों पढ़ रही है? उसे पढ़ना चाहिए, इसलिए पढ़ती है। माँ सोचती है, आज के जमाने में हर लड़की को पढ़ना चाहिए, क्यों पढ़ना चाहिए? यहाँ आकर माँ का गला रुंध जाता है। कौन स्वीकारेगा सीमा को पढ़ लिख लेने के बाद भी ··· कौन स्वीकारेगा! इसके आगे सोचना छोड़कर रोने लगती है। पिताजी भी सोचते हैं, लड़कियों को पढ़ना चाहिए, क्यों? स्वावलम्बी बनने के लिए। और तभी लगता है कि सीमा के सूखे पाँव शब्द बनकर गले में अटक जाते हैं और उनके सामने एक लड़की का विराट एकाकी जीवन रेंगता हुआ नजर आता है और उठकर मन्दिर चले जाते हैं, या किसी दोस्त से मिलने। मगर सीमा इतना ही जानती है कि वह पढ़ रही है, पढ़ना उसे अच्छा लगता है। भविष्य की ऊँची-नीची पगडण्डीयाँ वह अभी साफ नहीं देख पाती। वह तो इतना ही देखती है कि उसके आगे एक आकाश है और आकाश को चीरती बड़ी-बड़ी सड़कें हैं–दूरगामी, सीमान्त-स्पर्शी जिस पर अनन्त पाँवों के गुजरने के निशान हैं। उन सड़कों तक पहुँचने वाली कुछ छोटी-छोटी पगडण्डियाँ हैं सड़कों को छूने को व्याकुल, परन्तु सभी चार कदम चलकर टूट गयी हैं और सभी पर सीमा के घिसटने के निशान हैं। वह बैठी-बैठी देखती रहती है इन सड़कों को, इन तक पहुँचने को व्याकुल पगडण्डियों को। वह पगडण्डियों से गुजरती है और दो कदम चलने के बाद गिर पड़ती है नाले में और असहाय छटपटाने लगती है ···

"अम्माँ!" एक चीख-सी उसके मुँह से निकल पड़ती है, फिर वह अपनी इस कमजोरी पर शरमा जाती है। "अम्मा," हाय बेचारी कितने दिनों के बाद निकली है शहर को। चील फिर एक टहाका लगाती है और सीमा फिर उस ओर देखने लगती है।

"सीमा चलेगी घूमने?" पास की सड़क से गुज़रता हुआ मोहल्ले का एक बारह वर्षीय लड़का पूछता है।

सीमा एक उसाँस खींचकर रह जाती है। यह कमीना रोज़ ऐसे ही पूछता है। एक बार अम्माँ ने डांटा था, "कमीने कहीं के जलाते हो मेरी बिटिया को, असहाय जानकर। तुम समझते क्या हो अपने को! मैं अपनी बेटी को हवाई जहाज से

घुमाऊँगी।" लड़का रोता हुआ घर गया था और दोनों माताओं के बीच देर तक वाग्युद्ध होता रहा। सीमा ने रो-रो कर हाथ जोड़ कर अपनी माँ से कहा था, "जाने दे माँ, मेरे लिए दुनिया में इतनी आफत क्यों आये! जब भगवान ही नाराज़ है तो आदमी का क्या कहना!"

और वह औरत गरगराती हुई, माँ-बेटी के सैकड़ों जीवन उधेड़ती हुई चली गयी थी और सीमा की माँ सुबक-सुबक कर खूब रोयी थी। माँ की पीड़ा उसे सालती। कितना दुष्ट है यह लड़का और उससे अधिक दुष्ट तो उसकी माँ है जो माँ होकर भी माँ की पीड़ा नहीं समझती। बड़ा दुष्ट है यह लड़का, नहीं मानता है और रोज़ पूछता है–'घूमने चलेगी' और सीमा को लगता है कि एकतारा को झनझना दिया हो और झनझनाने के पहले ही वह तार खट्ट से टूट गया हो।

सामने के तार में एक चिड़िया फँस गयी है, चीं-चीं कर तड़फड़ा रही है। सीमा एक अबस करुणा से उसे देख रही है ··· वह पाती है कि वह एक चिड़िया है, बिजली के तार में उलझी हुई। चिड़िया चें-चें कर ठण्डी हो जाती है मगर वह तो उसी तरह तार से जीवित लटकी हुई है। तमाम चिड़ियां आकाश में शोर मचा रही हैं, मृत पंछीं को घेरकर। शायद उसके लिए कोई भीड़ न होगी। केवल चार आँखें ··· माँ ··· बाबूजी ··· पड़ोसी की अठारह वर्षीय लड़की मिस कुमुद घूमने जा रही हैं। आज नये वेश में हैं—फ्राक की जगह सलवार है, रेशम का दुपट्टा है, घोड़े की पूँछ की तरह बाल सजे हैं और ज़रा अधिक चेष्टा के साथ कमर लफाती हुई चल रही हैं। सीमा इन्हें रोज़ ही देखती है–बहुत से लोग आते-जाते हैं, इनके यहाँ। बाप तो गरीब है, मगर मिस कुमुद के सपने गरीब नहीं हैं। रोज किसी-न-किसी का कुछ हड़पती हैं। पड़ोस में जब से मिस अंजना आयी है तब से कुमुद ने अधिक तेज़ी से कमर नचाकर चलना सीख लिया है, यह सलवार-दुपट्टा भी उसी का है। कहीं जा रही होंगी–किसी का कुछ हड़पने के लिए। सीमा को इस नकल पर हँसी आ रही है, वह कुमुद के मटकते कूल्हे को देख रही है।

मिस कुमुद अंग-अंग की जाँच-पड़ताल करती जा रही हैं कि उनकी नज़र सीमा की हँसती नज़र से मिल जाती है। उन्हें लगता है कि सीमा उन्हीं को देखकर हँस रही है।

"क्यों हँसती है रे लंगड़ी? जलन होती हो तो तू भी कर ले।"

सीमा चौंककर सहम जाती है, चेहरे की हँसी उड़ जाती है, "मैं ··· मैं कहाँ हँसती हूँ–आपको भ्रम हो रहा है।"

"हाँ हाँ, मैं सब समझती हूँ। कम्बख्त सीढ़ी के पास बैठी सबका चलना-पहनना निहारा करती है। अपनी जिन्दगी तो अकारथ हो ही गयी, चाहती है सभी लोग लंगड़े होकर बैठ जायें। माँ का फैशन नहीं देखती जो बुड्ढी होने पर भी बहेल्ला बनी घूमती है," मिस कुमुद गरगराती हुई, कमर जोर-जोर से नचाती हुई आगे बढ़ जाती हैं।

"हे राम, कैसे लोगों से पाला पड़ा है!" सीमा की आँखों में व्यथा उमड़ आती है। उसका सब कुछ तो छिन ही गया है, क्या लोग मुस्कराना भी बर्दाश्त नहीं कर सकते! मिस कुमुद क्या-क्या नहीं करतीं, लेकिन कोई बोले तो मुँह नोच लेंगी। वह तो रास्ते में पत्थर बन गयी है जो भी आया, एक लात मारता गया। उसे कहाँ किसी से स्पर्धा है! कहाँ किसी का अधिकार छीनती है!

उसके सामने से कितने वर्ष गुजर गये। वह जैसे रेलवे लाइन के किनारे बैठी है, समय की गाड़ी उसके पास से भागी जा रही है, धुआँ और कोयले की गन्ध छोड़ती हुई। वह चाहती है, बच्चे उसके साथ खेलें या उसके सामने खेलें, मगर बच्चे वहाँ से भाग जाते हैं। किसी छोटे बच्चे को देखती है तो चाहती है उसे गोद में भर ले। मगर हर बच्चा उसकी गोद में से तड़प कर भाग निकलता है और वह उदास आँखों से देखती रह जाती है। बच्चे झगड़ा कर भाग जाते, लंगड़ी-लंगड़ी चिढ़ाते हुए। उसकी बहन भी इसी तरह सताती है उसे। उसकी माँ उसे मारती है तो सीमा चीख उठती है–"मत मार माँ उसे इस अभागिन के लिए, मत मार।" और माँ दूनी व्यथा से सिसकने लगती है। जब किसी त्योहार को सीमा जूड़े में फूल लगाती है तो उसका चेहरा फूल-सा खिल जाता है। माँ देखती है और एक अथक व्यथा से आँखें फेर लेती है।

पन्द्रह साल बीत गये–अनेक भद्दी आकृतियाँ, कुरूप छायाएं ··· एक छाया मिस कुमुद की भी सही।

चील टिहाकर आकाश में चक्कर काट रही है, धूप ताल सी फैली है। सीमा को लगता है कि वह बड़ी-सी मरी मछली है, उतरा कर किनारे पड़ी हुई, कोई नहीं पूछता ··· लोग आते हैं, जाते हैं ··· आँखों के पार वह जो पेड़ों की धूमिल कतार दिख रही है सुनती हूँ उसके पार एक बड़ी-सी झील है जहाँ देश-विदेश के तमाम पक्षी क्वार में चले जाते हैं, हजारों पंखों की परछाइयाँ एक साथ जल में झरती हैं ··· और उसके पार कोई समुद्र ··· कोई पहाड़ और हरे नीले देश ···।

"घूमने चलेगी सीमा," फिर वही लड़का लौटता हुआ पूछ रहा है। 'कमीना' मन ही मन सीमा बुदबुदाती है। उसे लगता है धूप एक मकड़ी का जाला है और दुपहर एक बड़ी-सी मक्खी ··· फँसी हुई उसमें। हाय यह दुपहर तो सरकने का नाम नहीं लेती।

सारे पेड़ स्तब्ध हैं, चिड़ियां ठहरी हुईं। रह-रहकर वही चील टिहा उठती है, दूर कोई गाड़ी जा रही है और मकड़ी का जाला हिल रहा है।

सड़क उसकी आँखों में उभर आयी या धीरे-धीरे मिट रही है। आकाश सिमट रहा है, आवाजें बुझ रही हैं, धमनियों का स्पन्दन गिर रहा है ···

और जब वह सीढ़ी के पास से सोकर उठती है तो पाती है कि उसकी माँ उसके सिर पर प्यार से हाथ फेर रही है और पूछ रही है, "क्यों बेटी, कुमुद ने तुझे क्यों गालियां दीं?"

चिट्ठियों के बीच

कल घर से पत्र आया था। डॉ. देव रात को ठीक सो नहीं सका। फागुन के आकाश में बादल भटकते रहे और आकाश के अल्हड़ खुलेपन को सैकड़ों भटकाओं से रौंदते रहे–कितना बुरा लगता है फागुन में बादलों का घिरना ··· और देव फागुन का बादलों भरा आकाश बनकर अपने बीच बनती-मिटती अनेक गीली लकीरों से अपने को काटता रहा ···

सुबह उठा तो पड़ोस की सरगर्मी से उधर को खिंच गया। पड़ोसी मिस्टर देसाई की पत्नी और माँ में कहा-सुनी हो रही थी। मिसेज देसाई तड़प कर कह रही थीं–'कैसी माँ हो? बेटा छः महीने से बेकार है और तुम हजारों रुपयों के बैंक बेलैंस पर साँप की तरह कुण्डली मारे यह सब देखती रहती हो। आज इण्टरव्यू के लिए उन्हें सूरत जाना है तो पैसे ही नहीं और तुम माँ होकर यात्रा के लिए पैसे भी नहीं दे सकती हो?' मिसेज देसाई की आँखें छलछला आयीं और डा. देव की ओर मुखातिब होकर कहती गयीं–'देखते हैं भाई साहब, ये माँ है– बेटा दर-दर की ठोकरें खा रहा है और ये महीने भर की अपनी खर्ची के तीस रुपये बेटे को थमा देती हैं।' मिस्टर देसाई की विधवा माँ भी आँसू ढारती हुई बोली–'देखते हैं डा. देव, दुनिया समझती है कि माँ को माँ ही होना होता है और बेटे को बेटा नहीं होना चाहिए। पूछिए इस बहू की दुम से कि बेटा जब कमा रहा था तब इन दोनों ने मेरी जरूरत की कितनी चीज़ें लाकर दी हैं और कितनी सेवा की है। हर महीने मेरी खुराक के पैसे मुझसे तब भी ये लेते रहे हैं। अगर मैं अपने रुपयों पर कुंडली मार कर न बैठूं तो ये सब मुझे जिन्दा ही मरी समझ बैठेंगे। दूध की मक्खी की तरह घर से निकालकर फेंक देंगे।'

सास-बहू में कहा-सुनी होती रही, देव अपने कमरे में लौट आया–जब से वह अहमदाबाद आया है तब से उसने ऐसी घटनाओं का अनुभव अकसर किया है। फिर सास-बहू के झगड़े ने अनेक ऐसी घटनाओं को सामने छींट दिया–गत वर्ष की ही तो बात है, वह एक महिला को पढ़ा रहा था जो नयी-नयी ब्याह कर आयी थीं। उनका बैंक-बैलेंस भावनगर में था। पति से उन्होंने कहा–'तुम मुझे डेढ़ सौ रुपये अभी दे दो, मैं भावनगर जाऊंगी तो रुपये निकाल कर तुम्हें चुका दूंगी?' पति ने

साफ-साफ कह दिया 'तुम्हें पढ़ना हो तो अपने खाते से पैसे चुकाओ, उधारवादी नहीं चलेगी।' और वे भावनगर जाकर पैसे लायीं तो देव को चुकाया ··· ऐसी घटनाएं और अनेक घटनाएं ··· तभी तो वह देखता है कि यहाँ एक मामूली स्कूल टीचर भी मकान बनवा रहा है, स्कूटर पर चलता है, बैंक-बैलेंस रखता है और एक वह है कि इतने दिनों से नौकरी करने के बावजूद, इतनी अच्छी तनखा पाने के बावजूद मुश्किल से महीना चला पाता है और जब यहाँ के मित्र लोग सुनते हैं कि मकान के लिए जमीन लेने को उसके पास रुपये नहीं हैं तो विश्वास नहीं करते ··· । और सबसे अधिक [illegible] तो उसे तब होता है जब मामूली तनखा पाने वाले लोगों से उसे कर्ज माँगना पड़ता है, और हर बार सोचता है कि यह सब कैसे चलेगा, उसे इस संकट से उबरना चाहिए ··· आखिर कब तक, कब तक यह चलेगा और उसके सामने अपने दो लड़के दो लड़कियों का, पत्नी का और स्वयं अपना भविष्य अंधकार में डूबे पठार की तरह उभरने लगता है, फिर अंधकार गहरा जाता है, सब कुछ डूब जाता है और वह भविष्य के बारे में साचेना बन्द कर पढ़ने लगता है।

मगर आज वह भविष्य का अध्याय बन्द नहीं कर पा रहा है—रात भर फागुन के आकाश को बादलों ने मथा है। इस समय हवा के झोंकों से बादल फट गये हैं, आकाश खुल गया है, वह हलका महसूस कर रहा है, अनुभव कर रहा है कि उसे साफ रास्ता मिल गया है ··· माँ-बेटा, पति-पत्नी, सुखी होना है तो इनके बीच के हाइफन को तोड़कर कामा लगाना पड़ेगा, परिवार के बड़े-बड़े कारखानों को पीठ पर लाद कर चल पाना असम्भव है ··· सबको अपनी-अपनी जगह पर खड़ा होकर अपने-अपने पुर्जे को संभालना है ··· जिसको खाना है वह कमाये। तमाम संबंधों से गुंथे हुए परिवार को ढोना पुराना बोध है, सड़ा हुआ मूल्य है। वह साहित्यकार है, उसे पुराने बोध और टूटे मूल्यों को छोड़ना ही पड़ेगा। और उसने अपने घर से आये हुए पत्र का जवाब लिख दिया—'वह घर रुपये नहीं भेज सकता, उसके पास रुपये नहीं हैं, उसे जीने के लिए छोड़ दिया जाय, बार-बार पैसे के लिए उसे तंग न किया जाय। आखिर वह कब तक तेली के बैल की तरह जुए को खींचेगा। यहीं पर उसकी बीवी बच्चों का भार क्या कम है खींचने के लिए?'

डॉ. देव चिट्ठी छोड़ने के लिए पोस्ट आफिस गया। वहाँ उसके जवार का एक मजूर मिल गया। उसने देव को देखते ही चिरौरी की—'बाबूजी ज़रा मनिआडर फारम भरि दीहल जा।' (बाबूजी जरा मनिआर्डर फार्म भर दिया जाय)।

'हाँ बाबूजी लिखि दीहल जा कि माई रे चालिस रुपया भेजत बाटीं, बीस रुपया करज चुका दीहे, बीस में काम चलइहे, हाँ भाई बहिनिनि के कवनो तकलीफ न होखें पावे, हमरे जियत भर तुंहन लोगन के तकलीफ नाहीं होखे पाई। (हाँ बाबू लिख दिया जाय कि माँ चालीस रुपये भेज रहा हूँ। 20 रुपये कर्ज के चुका देना, 20 रुपये में काम चलाना, भाई-बहनों को कोई तकलीफ न होने पाये, मैं जीते जी तुम लोगों को

तकलीफ नहीं होने दूंगा)।

फार्म भर कर देव ने पूछा–'क्यों रे अपनी बीवी-बच्चों को कुछ नहीं लिखायेगा?'

वह लजा गया–'जाये देई' बाबूजी, मेहरी लइका क खयाल करे खातिर माई बटलीबा (जाने दीजिए बाबूजी, माँ तो है ही बीवी-बच्चों का खयाल करने के लिए) उसकी आँखें भर आयीं, परन्तु संभाल कर चला गया।

फार्म भरते-भरते डॉ. देव के सामने एक अंधकार-सा फटने लगा और खुलने लगे उत्तर प्रदेश के कछार ··· नदियों की सांसों से सरकती हुई कछार की जमीन, जमीन पर सरकते हुए मकान, मकानों में काँपती टूटती दीवारें, डूबती दीवारों के बीच काँपते चेहरों पर काँपती अनगिन परछाइयाँ ··· परछाइयाँ ··· परछाइयाँ लम्बी होती जा रही हैं और फैल जाती हैं–कलकत्ता, रंगून, सिंगापुर, बैंकाक, बम्बई, अहमदाबाद ··· डॉ. देव को लगता है चारों ओर परछाइयाँ ही परछाइयाँ हैं जिनका एक सिरा वह खुद है, वह मजूर है और कितने लोग हैं ···

चिट्ठी उसके हाथ में दबी हुई पसीज रही थी और उसके सामने उभर रहे थे दृश्य ··· बाढ़ आयी है, खेत बह गये हैं, मकान गिर गया है, ठंडक से बैल मर गये हैं, सारे गाँव पर एक ठंडी छाया झुकी हुई है, गलियों में कुत्ते रोते हैं, रातें भूंकती हैं, दिन उदास आता है, बिना बोले चला जाता है और इस विराट सूनेपन में उग रहा है एक चेहरा माँ का ··· हाथों पर झुका हुआ, दो तरल आँखों से परिवेश को भिगोता हुआ ··· वह छोटा बच्चा है, माँ उसे पढ़ा रही है, घर में कुछ खाने को नहीं है, माँ के तन के सारे गहने उतर चुके हैं, वह असहाय सी हाथ-पाँव मारती है और जब कुछ नहीं हो पाता तो उसे छाती में भींचकर सो जाती है और रात भर सुबकती है। वह बीमार है, माँ जाड़े की सुबह उठकर नहाती है, शंकर को जल देती है और रात को बिना खाये पास बैठी रहती है। डाक्टरों, वैद्यों ने आशा छोड़ दी है लेकिन माँ ने नहीं छोड़ी है। वह छिप-छिपकर रोती है लेकिन चाहती है अपने को मिटा कर उसे जिन्दा कर देना ··· । और वह जिन्दा है, पढ़ा-लिखा है, वह अनुभव करता है कि उसके रोम-रोम में माँ है ··· चेहरा उग रहा है पिता का जिन्होंने विरासत में गरीबी पायी–दो आँखें, जो विरासत को संभालते-संभालते सर्द हो गयी हैं, जिनके भीतर गीतों का तैरता हुआ जल जमकर बर्फ हो गया है फिर भी जिन्होंने हमेशा अपने भीतर का जल उसमें उड़ेला है, वह अनुभव करता है कि उसके भीतर जो जल है वह पिता का दिया हुआ है ··· संघर्षशील भाई जो भाई-बहनों में सबसे बड़ा होने के कारण दो नंगे हाथों को समाने की दीवारों पर पटकते चलते रहे हैं, और दीवारें तो नहीं टूट सकीं किन्तु हाथ लोहू-लुहान जरूर हो गये हैं। उन लोहू-लुहान हाथों से कितना स्नेह बरसा है उसके भीतर। वह अनुभव करता है कि उसकी रगों में जो खून दौड़ रहा है वह बहुत कुछ भाई के लोहू-लुहान हाथों से झरा है ··· और घर की कितनी अविवाहित लड़कियाँ, छोटे-बड़े भतीजे ··· जो पढ़ रहे हैं या पढ़ न सकने के कारण

भटक रहे हैं। और वह देखता है अपने ठंडे इलाके को जहाँ भटकते लोगों को सहारा देने वाले उद्योग धन्धे नहीं, कल कारखाने नहीं, लोग खेतों के साथ जीते हैं, खेतों के साथ मरते हैं या फिर भाग-भागकर चले जाते हैं दूर ··· दूर ··· दूर ··· घर छोड़कर, बाल-बच्चे छोड़कर ··· भटकते हैं अकेलेपन को ढोते हुए वर्षों तक ··· अपने से कटे हुए एक वृहत्तर परिवार से जुड़ने के लिए ···। वह रोज सुनता है इधर वालों के दिये हुए रिमार्क को–'कैसे हैं ये उत्तर के भइया लोग जो औरत-बच्चों को छोड़कर वर्षों अकेले पड़े रहते हैं।' डॉ. देव प्रायः यह रिमार्क सुनता है और एक व्यथा अनुभव करता हुआ चुप रहता है। सोचता है काश, ये अकेलेपन के पीछे तड़पती मजबूरियों को महसूस कर पाते ···

देव के हाथ में चिट्ठी काँप रही थी और वह उसे दबाये-दबाये ही लौट आया और आकर ड्राइंग रूम में तख्त पर अपने को धम्म से फेंककर बैठ गया। क्या करे वह, कुछ समझ में नहीं आता। घर से कल आयी हुई चिट्ठी मेज की बाईं ओर फड़फड़ा रही थी–आठ सौ रुपये ··· कहाँ पाये आठ सौ रुपये घर भेजने के लिए? अभी सालभर पहले भतीजी की शादी में दो हजार रुपये भेजे थे और अभी तो कई लड़कियाँ हैं कई दो हजार ··· दो लड़के कालेज में पढ़ते हैं, मकान गिर गया है ··· और ··· अभी आठ सौ रुपये माँगे गये हैं–बैल खरीदने हैं, मालगुजारी देनी है, कोआपरेटिव का कर्ज़ चुकाना है ··· और बहुत से काम ···

कहाँ से भेजे आठ सौ रुपये ··· गाँव के लोग सोच ही नहीं पाते कि डेढ़-दो सौ रुपये मकान के किराये के रूप में भी दिये जा सकते हैं। इसलिए जाने पर सुनाते हैं–'डाक्टर साहब, यह मकान कब तक गिरा रहेगा? ··· गाँव के लोग खेत खरीद रहे हैं आप भी शरीक क्यों नही होते?' बनिये व्यापार करने के लिए कर्ज माँगते हैं, दान माँगने वाले दान माँगते हैं और वह कैसे समझाये, किसे-किसे समझाये कि वह रुपये का सदाबहार पेड़ नहीं है ··· वह तो ···।

और वह प्रायः अपनी निजी और गाँव की परेशानियों का द्वन्द्व लेकर तड़पा है, तपा है और अंतरंग मित्रों ने समझाया है–'कैसे हो जी कि आधुनिक युग में पुराना सड़ा हुआ बोध लिए बैठे हो? आज के जमाने में अपने को ही संभालना मुश्किल हो रहा है और तुम पूरे जमाने का बोझ लादे चल रहे हो। क्या तुम्हारे बच्चे जमीन जोतने गाँव जायेंगे? क्या उन्हें बैलगाड़ी हाँकनी है? इनकी शिक्षा और भविष्य के प्रति तुम्हारी कोई जिम्मेदारी नहीं है क्या?'

डॉ. देव सोचता है कि मित्रों को वह कैसे समझाये कि वह यह सब कुछ खुद समभता है। लेकिन चीजों को अलग-अलग समझना ही तो समझना नहीं है। तमाम चीजों को एक साथ समझना भी समझना होता है और वही बेहतर समझना होता है और समझना ही तो जीना नहीं है, जीना तो एक जटिल प्रक्रिया है समझने की, भोगने की, समझकर भी न समझने की यानी उसे राग में डुबा देने की, पाने की और त्यागने

की। और वह किसी को कैसे समझाये कि वह अपने गाँव से, घर से जुड़ा हुआ है–समझ से नहीं, एक आंतरिक राग लय से। मगर, वह इसे भी कैसे अस्वीकारे कि उसे समझ आनी चाहिए। वह लम्बे-चौड़े परिवार से कटकर ही अपने बाल-बच्चों को आदमी बना सकता है। क्या उन्हें वहाँ देहात में खेती करने जाना है? भविष्य के लिए यदि वह कुछ बचाकर नहीं रख पाता तो दगा कर रहा है अपने प्रति, बच्चों के प्रति, बीवी के प्रति। जीवन का क्या भरोसा? यदि वह मशीन बनकर जीते जी इस लम्बी-चौड़ी मालगाड़ी को खींचता भी जाय तो खींचे, मगर जब वह नहीं रहेगा तो? पाँच साल बाद लड़की ब्याहने लायक हो जायगी–लड़के कालेज में जाने लायक हो जायेंगे तो ··· तो ··· वह क्या कर रहा है इनके लिए ···।

खिड़की खुली थी ··· फागुन की हवा किवाड़ों को पीट रही थी ··· हवा दूर-दूर से आ रही थी, उसे लगा कि उसके गाँव के आमों की मंजरियाँ उड़ रहीं हैं, पगडंडियाँ हवा में साँपों सी उतरी रही हैं ··· हवा खिड़कियों को पीटती कमरे में टूट रही थी ··· बाहर पेड़ हहरा रहे थे और दीवारों पर टंगी तसवीरें फड़फड़ा रही थीं, चिट्ठियाँ बिखर रहीं थीं, किताबों के पन्ने काँप रहे थे। उसने उठकर खिड़कियाँ बन्द कर दीं। कमरा स्तब्ध सा ठहरा गया, उड़ती तसवीरें थम गयीं ··· तसवीरें जिन्हें उसके एक आधुनिक चित्रकार मित्र ने दिया था ··· कैक्टस, एक नंगी औरत साँपों के बीच ··· कुछ खंडित चेहरे ··· और ऐसी ही बहुत-सी जीवित रेखाएं व्यक्ति को बांधती हुईं ··· तसवीरें, संघर्ष की तसवीरें, द्वन्द्व की तसवीरें ··· लेकिन उसका संघर्ष किसी भी तसवीर में तो नहीं ··· कमरे का मकान से संघर्ष, अपनों से अपना संघर्ष, भीतर के आकाश का बाहर के आकाश से संघर्ष ···

खिड़कियाँ बन्द हो गयी थीं, घुटन होने लगी थी। उसने उठकर चिट्ठियाँ सहेजीं, किताबों को ठीक किया। सोचा फिर खिड़कियाँ खोल दे मगर फिर वही धूल ··· नहीं खिड़की नहीं खोलेगा। बाहर का धूल-भरा आकाश भीतर टूट पड़ेगा। पंखा चला दिया, नहीं, अभी पंखें की हवा नहीं सही जायेगी, बन्द कर दिया। आधी खिड़की खोल दी ··· ।

'चिट्ठी ···' पोस्टमैन पुकार गया।

तीन चिट्ठियाँ डॉ. देव ने चिट्ठियां उठा लीं।

चिट्ठी–इनकम टैक्स के दो सौ रुपयों की अदायगी की माँग ···

चिट्ठी–हाउस टैक्स के डेढ़ सौ रुपये जमा करने की नोटिस ···

चिट्ठी–शिक्षा कर के चालीस रुपये जमा करने की नोटिस ···

चिट्ठियाँ ··· चिट्ठियाँ ··· उसे चिट्ठियाँ ही चिट्ठियां दिखाई पड़ने लगीं जिनमें पिघले लोहे की जलती सतरें उसके हाथों से चिपकती चली गयीं। आज उसने अपनी पुस्तक की रायल्टी ढोकर लाने वाली 'चिट्ठी' का इन्तजार किया था, पत्रिकाओं के पुरस्कारों से महकने वाली चिट्ठियाँ जोही थीं ··· मगर चिट्ठियाँ लोहे की सतरों

वाली। इनकमटैक्स के दो सौ रुपये ··· हर महीने वेतन से पन्द्रह रुपये कटते हैं और ऊपर से दो सौ रुपयों का यह उपहार। ··· वह इस बड़े परिवार के लिए जी भरकर लिखता है। हाँ बड़े परिवार के लिए–दो, चार, दस नहीं, पन्द्रह सदस्यों के लिए, मगर सरकार है कि दो बच्चों की छूट देती है। उसके कागजों पर हिन्दुस्तान विभक्त परिवारों में बँटा हुआ पड़ा है। उसे क्या मालूम कि हिन्दुस्तान में ऐसे भी इलाके हैं जिनमें कमाने वाले लोग अपनी माँ, बाप, भाई, बहनों और भतीजों को फेंक नहीं देते बल्कि उनके लिए दिन-रात अपना तन-मन पेर कर बालू में से तेल निकालते हैं और सरकार है कि इस तेल पर टैक्स लेने पहुँच जाती है। क्या उसे इन इलाकों की असहाय मजबूर गुंथी हुई जिन्दगियों का पता नहीं? केवल कागजों को देखने वाली सरकार को जिन्दगी का अन्दाजा भी कैसे हो? ··· उसने बार-बार सोचा है कि वह अपनी बाहरी आमदनी की सूचना पी जाये। बड़े-बड़े सेठ लोग, नेता लोग यदि अपनी अपच भरी तोद में लाखों की आमदनी का हिसाब पचा जाते हैं तो क्या वह कुछ सौ रुपयों का हिसाब अपनी भूख में नहीं पचा सकता है? लेकिन वह जानता है कि वह ऐसा कभी नहीं कर सका। कर भी नहीं सकता।

और यह शिक्षा कर क्यों दे साहब? कौन-सी शिक्षा सरकार दे रही है उसके बच्चों को? वह तो अपने बच्चों को प्राइवेट स्कूलों में भेजता है, बड़ी-बड़ी फीस देता है। अजब तमाशा है! बच्चे पढ़ें दूसरों के और टैक्स दें दूसरे लोग। उसके जैसे लोग बच्चों को कारपोरेशन के स्कूलों में क्यों भेजने लगे, कौन-सी पढ़ाई होती है वहाँ, तीन-चार घंटों में लड़के क्या पढ़ लेते हैं ··· ? और जब पढ़ाई नहीं होती तो केवल फीस बचाने के लिए बच्चों को इन स्कूलों में भेजना बच्चों को बरबाद करना है ··· तो भी यह शिक्षा-कर ··· डॉ. देव को बचपन की एक घटना याद आती है। वह ताल में से नहाकर निकला है और ताल की तमाम गन्दी जोंकें उसके अंग-अंग में लिपटी हुई हैं ··· वह ताल तो नहीं है लेकिन जोंकें जोंकें ··· और उसका अंग-अंग चिनचिना रहा है।

'सुनते हो जी' पत्नी की आवाज थी।

'क्या है?' डा. देव ने अपना भारी चेहरा पत्नी की ओर सरका दिया।

'क्या है क्या? होली आ रही है। बच्चों को नये कपड़े नहीं बनेंगे क्या?'

'क्यों, उनके पास कपड़े नहीं हैं?'

'हैं क्यों नहीं, लेकिन होली को नये कपड़े पहनने होते हैं।'

'क्या ईश्वर ने लिख भेजा है कि नये कपड़े पहनने ही चाहिए इस अवसर पर?'

'आपकी ये अटपटी बातें मुझे पंसद नही आतीं? बच्चों के नाम पर आप फिलासफी बघारने लगते हैं तो भेज दीजिए कर्ज लेकर आठ सौ रुपये बैल के लिए, मकान के लिए, दुकान के लिए। ऐरे-गैरे के लड़के नये-नये कपड़े पहनकर घूमेंगे और प्रोफेसर साहब के लड़के फिलासफी पहनकर घूमेंगे।'

'बस-बस, जान मत खाओ, जाओ, मुझे अकेले मरने दो। हे भगवान! मुझे कोई नहीं समझता, कोई नहीं समझता। सभी अपने-अपने ढंग से समझाते हैं, समझता कोई नहीं।'

पास पड़ी हुई किताब को जोर से अलमारी पर फेंककर डॉ. देव खड़ा हो गया और पीछे की ओर दोनों हथेलियाँ बांधकर कमरे में घूमने लगा। हाँ फैसला करना ही होगा। सबका फैसला करना होगा ··· इस मकड़ी के जाले को तोड़ना ही होगा ···।

पत्नी वहाँ से हट गयी ···

डॉ. देव का क्रोध धीरे-धीरे पिघलने लगा—पत्नी, बेचारी पत्नी ··· ठीक ही तो कहती है, बच्चों को नये कपड़े चाहिए होली पर, इसमें बिगड़ने की कौन सी बात थी ··· उसने पत्नी के लिए किया भी क्या है जो इतना बिगड़ता है उस पर, उसने तो अपने लिए आज तक कुछ माँगा भी नहीं ··· उसने तो अपने तमाम गहने उसी गरीबी के चूल्हे में झोंक दिये और उफ तक नहीं की ··· वे गहने आज तक लौटकर उसके पास नहीं आये ··· कब से वह सिलाई मशीन लाने को कह रही है ··· सारा काम करते हुए उसे उसकी सारी रचनाएँ कापी करनी पड़ती हैं, कब से कह रही है कि एक टाइपराइटर ला दो ··· बेचारी ने अपने लिए कभी एक साड़ी के लिए भी नहीं कहा ··· क्या वह नहीं सोचती होगी कि यदि पैसे नहीं बचते तो परदेशी भविष्य का क्या होगा? लेकिन कभी खुलकर इस पर कोई बात नहीं करती।

उमस बढ़ गयी थी, उसने पूरी खिड़कियाँ खोल दीं, हवा का बहाव कम हो गया था, धीरे-धीरे शाम ढल रही थी। चिट्ठियाँ पड़ी थीं—घर की, इनकम टैक्स की, हाउस टैक्स की, शिक्षाकर की ··· वह एक क्षण जोर से तड़पा जैसे उसने दोनों कनपटियों पर साथ ही जोर का दबाव अनुभव किया हो, फिर उसने घर के नाम लिखा हुआ पत्र उठा लिया— आज इसे पोस्ट करना ही होगा। लेकर कमरे के बाहर हुआ। मगर यह तो शाम हो गयी है पोस्ट तो निकल गयी होगी, कल पोस्ट कर देगा और लौटकर मेज पर उसे पेपरवेट से दबा दिया।

वह मेज के पास कुर्सी पर बैठ गया। मेज की एक ओर घर से आयी हुई चिट्ठी थी दूसरी ओर इनकमटैक्स, शिक्षाकर और हाउसटैक्स की चिट्ठियाँ थीं, बीच में उसके लिखने का कागज रखा हुआ था। वह बैठा-बैठा उन्हें देखता रहा ··· एकाएक उसे याद आया कि पत्रिकाओं से कहानियों की माँग आयी है और वह कहानी लिखने लगा। हवा के मन्द-मन्द झोंकों में चिट्ठियाँ बार-बार फड़फड़ा उठती थीं और डा. देव रह-रहकर उन्हें देख लेता था।

□

माँ, सन्नाटा और बजता हुआ रेडियो

गाँव से कल ही लौटा हूँ माँ का क्रियाकर्म करके। एक अजब सन्नाटा मन में अँटा पड़ा है। नदी के कटे हुए तट, खेतों में खुली हुई दरारें, उजड़े हुए सिवान ··· ठूँठ होते हुए पेड़ ··· चारों ओर घूमती मृत्यु की गंध ···

जनता का मनोबल बहुत ऊँचा है अपनी सारी कठिनाइयों के बावजूद वह बड़ी बहादुरी से जूझ रही है, मैं जनता के इस वीर भाव से बहुत प्रभावित हूँ ···

चौंककर रेडियो पर एक मंत्री जी की आवाज सुनी, वे भी कल ही लौटे हैं सूखा क्षेत्र से। उंठकर मैंने वाल्यूम एकदम कम कर दिया और मंत्री जी की गरजती आवाज ऐसी लगने लगी मानो कोई लाचार व्यक्ति दूर से बोल रहा है ··· हाँ अब ठीक है यह डूबती आवाज मेरी मन:स्थिति के पास आ गई है और इसमें वह टूटता प्रदेश कहीं अपना साम्य खोज रहा है।

बस से उतरकर गाँव की ओर देखा—सामने एक विशाल भू-भाग अपने समस्त खालीपन से मेरे भीतर उभर उठा। मैं हाथ में बैग लिए कुछ क्षणों तक उदास आँखों से इस विशाल सूने विस्तार को देखता रहा फिर धीरे-धीरे पैदल गाँव की ओर चल पड़ा ···

नदी का निचाट कछार ··· इस रास्ते मैं कई बार आया हूँ इस मौसम में। तब खेत तरह-तरह की फसलों से भरे रहते थे। बांगर पर के खेतों में अरहर की फसल लपसती रहती थी, किसानों से रास्ते बजते रहते थे, गाँव की लड़कियाँ और स्त्रियाँ हँसती हुई खेतों में उतरायी रहती थीं ··· आज रास्ते सूने हैं। जाड़े की इस उदास दोपहरी में खाली फटी हुई जमीन लेटी है और मैं उदास पगडंडियों से सरकता जा रहा हूँ ··· माँ मर गई है—मन की उदासी इस विशाल भूभाग की उदासी के साथ मिलकर गाढ़ी हो रही है।

नदी का तट ··· तट ही तट ··· पानी की एक रेखा बीच में आहत सी खिंची है और तट का लम्बा विस्तार यहाँ से वहाँ तक फट गया है।

लोग अब लोग नहीं रहे व्यक्ति बन गये हैं जो कहीं-कहीं नदी में नहा रहे थे, मुझे आता देख सूनी आँखों से ताक रहे थे। तट पर कुछ गन्दे कपड़े सूख रहे थे

जिन्हें कुछ नंग-धड़ंग बच्चों ने धोकर फैला दिया था ··· नाव थकी सी एक किनारे पड़ी थी।

नदी के बाद कछार का बीहड़ इलाका। दूर तक रेत ही रेत ··· । हर साल बाढ़ आती है, सारी हरियाली निगल जाती है और छोड़ जाती है सन्नाटा, भुखमरी लेकिन रबी के लिए ओदी जरूर दे जाती है—बेबसी और अभाव में भी एक हँसता हुआ सपना।

इस साल बाढ़ नहीं आई, पानी भी नहीं बरसा। खरीफ की फसल जो गई सो गई, रबी की फसल के लिए भी जमीन तैयार नहीं हो सकी। बाँगर और कछार एक से। मगर बाँगर पर बिजली के कुएँ तो हैं, नहरें तो हैं, लेकिन वह कछार एकदम अपने भाग्य पर ठहरा हुआ—पानी तेज़ बरसा तो उजड़ गया, कहीं कोई सुनने वाला नहीं ···

मेरी टाँगों में दर्द हो रहा था, हाँ पाँच मील लगातार चलकर आया, कोई सड़क नहीं, कोई सवारी नहीं, ऊँची-नीची पगडंडियाँ और टाँगों में दर्द। मंत्री जी दौरा करने गये थे—बाढ़ क्षेत्र का, सूखा क्षेत्र का, हवाई जहाज, कारें ··· । पहनाई जाती हुई मालाएं, जयजयकार, जनता को देखती नागरिक आँखें ···

खपरैलों पर उदास धूप में लौकी कोहड़ों की सूनी बेलें फैली हुई थीं। तिजहर हो गई थी। घर पहुँचा तो पिताजी तीर बांस लिए बैलों को चरन पर से अलगाते दिखाई पड़े। उनकी दुबली पतली काया दाढ़ी बढ़ जाने से और भी विषादग्रस्त दिखाई पड़ रही थी। मैं उनके सामने जाकर खड़ा हो गया। गमी में प्रणाम नहीं करते। उन्होंने मुझे देखा, खड़े-खड़े क्षण भर देखते रहे फिर उनके सर्द चेहरे पर एक रेखा उभरी, कांपी और सारा ठहराव टूट गया।

तड़ड़ाक ···

मैंने चौंककर देखा ··· बैल ने पगहा तुड़ा लिया था। पिताजी नहीं चौंके जैसे यह तो सामान्य घटना है। बोले—क्या हो? बैलों का पेट भरता नहीं, पगड़ा न तुड़ायें तो क्या करें। पहले तो दिन में कई बार तुड़ाते थे अब तो गलकर आधे रह गए हैं।

मैं देखता रहा—बैलों के शरीर का माँस गलकर बह गया है, हड्डियाँ ही हड्डियाँ बच गई हैं।

'एक तो मर गया।' बड़े कष्ट से पिताजी ने कहा।

मैं चुप रहा। पिताजी बोलते गए 'भयंकर अकाल फैला हुआ है, न पशुओं को चारा मिलता है न मनुष्यों को भोजन।'

'हे राम!' कहकर पिताजी चुप हो गये और उनकी चुप्पी में न जाने कितनी व्यथाएँ उभर आईं।

बस-स्टेशन से देखता आ रहा हूँ—नदी, खेत, गाँव और लगता है कि इस छः मील की सारी उदासी पिताजी की चुप्पी में समा गई है।

पिताजी एक काठ की चौकी पर बैठ गये और मैं एक चारपाई पर। अन्दर से

बूआजी लोटे का पानी लिए निकलीं तो मैं धक्क से रह गया। लगा, माँ लोटे का पानी लिए निकली हो। मन एकाएक कितनी स्मृतियों से भर उठा, कितनी यात्राओं की वापसी और लोटे का जल लिए माँ का निकलना ⋯

'कल ही आई हैं' बूआजी की ओर लक्ष्य करते हुए पिताजी ने कहा। फिर चुप हो गए जैसे किसी भँवर में फँस गये हों।

'तुम्हारी माँ तुम्हें देखने को तड़पती रह गईं। उनकी आँखों में अन्तिम दम तक जैसे एक ही प्यास थी–तुम्हें देखने की। तुम समय से न आ सके।'

मेरे भीतर एक हूल सी मारने लगी। माँ की तरल निरीह आँखें मुझमें भर आईं। मैं भीतर-भीतर गलने लगा। मेरे रक्त में बचपन से लेकर अब तक का समय बहने लगा–हर पल में, हर मोड़ पर, हर व्यथा में माँ ⋯ हर संघर्ष में माँ ⋯ । जब से शहर में रहने लगा था माँ अकेली छूट गई पिताजी के साथ। मैं एकलौती संतान परिवार के साथ शहर में।

'तुम्हें मरते समय देख नहीं पाऊंगी।' हर बार घर जाने पर माँ कहती और हर बार मेरे जाने से पहले बेचैन हो उठती। मैं हँसी में टाल देता। माँ और भारी हो आती।

मैंने कई बार माँ से शहर चलकर मेरे साथ रहने को कहा था लेकिन वह पिताजी को छोड़कर आने को राजी नहीं हुई और पिताजी खेती-बारी छोड़ने को तैयार नहीं थे।

मेरे भीतर एक पल में कितना कुछ बह गया। एकाएक याद आया कि पिताजी ने कुछ कहा है और मैंने सफाई देते हुए कहा–पिताजी, मैं अपनी ओर से समय से ही आया किन्तु एक तो यहाँ से चिट्ठी जो पहुँची वह सात दिन में पहुँची। दूसरे छुट्टी लेने में और इन्तजाम करने में दो दिन का समय बीत गया और आने में दो दिन।

'पताल में बसे हुए हैं हम लोग, चिट्ठी-पत्री के आने जाने में कितना समय बीत जाता है, सरकार तो जानती भी नहीं कि इस देश में यह इलाका भी है ⋯ ' पिताजी दुःखी स्वर में बोले।

'क्या हुआ था माँ को?'

'बीमारी तो कोई खास नहीं, कुछ पेट-वोट का मर्ज था, वह तो पहले से ही था। लेकिन इधर पेट में बहुत तेज जलन होने लगी थी। यहाँ के वैद लोग चूरन देते रहे किन्तु कोई फायदा नहीं हुआ। रातभर चीखती रहीं और एक दिन बस सब कुछ समाप्त।'

मुझे मालूम है कि माँ के पेट में अक्सर दर्द होता था। जब मुझे भी वह दर्द होने लगा तो शहर के डाक्टरों से मालूम हुआ कि वह हाइपर एसिडिटी है जो मुझे माँ से मिली है। डाक्टर कहते हैं कि इसके बहुत बढ़ जाने पर पेट में गांठ पड़ जाती है फिर वह फोड़ा बनकर फूट जाती है और पेट में जहर फैल जाता है ⋯ माँ इसी से मरी है ⋯ इस रोग में दवा के अलावा काफी दूध चाहिए ⋯

'क्या खाती थी माँ बीमारी में?' गाँव की हालत जानते हुए भी मैंने अभ्यासवश पूछ दिया।

'क्या खाती थी? अरे यहाँ खाने को और मिलता भी क्या? चना, मटर, मक्का, सत्तू भूजा ··· और वह भी कहाँ मिलता है इन दिनों? घर पर तो भूख दहाड़ रही है पैसा देने पर भी तो अब कोई अन्न नहीं मिलता।' पिजाजी आहत स्वर में बोले।

तो माँ मर गई मटर और मक्का खाकर। उसे पेट की बीमारी में खाने को अच्छा अन्न भी नहीं मिल सका। मुझे लगने लगा कि माँ की मौत का जिम्मेदार कहीं मैं भी हूँ—न उसकी दवा करा सका और उसके पथ्य के लिए पर्याप्त पैसे भेज सका।

पैसे की याद आई तो हाथ जेब की ओर चला गया। हाँ, सौ रुपये सही सलामत हैं। इसी का इन्तजाम करने में तो दो दिन लग गए थे। उसकी भी क्या कमाई है कि मौका पड़ने पर सौ रुपये भी नहीं निकाल सकता।

'पिताजी ये रुपये लाया हूँ, सौ हैं।'

'ठीक है, जो हैं सो हैं। इस जमाने में किसी तरह काम चलाना है पैसा देने पर भी सामान कहाँ मिलते हैं?'

पिताजी ने मेरे रुपयों की संख्या पर कोई टिप्पणी नहीं की, कभी नहीं करते। उन्होंने घर के लिए कभी पैसे नहीं माँगे जैसा कि गाँव के लोग अपने घर के कमासुतों से माँगते हैं। वे जानते हैं मेरी मजबूरियों को, शहर में परिवार लेकर रहने वाले एक व्यक्ति की मजबूरियों को।

शहर में राशनिंग चल रही है, रोज रेडियो पर नेताओं के भाषण आते हैं—देश संकट में है, अन्न का अपव्यय नहीं करना चाहिए। समारोहों में एक सौ आदमी से अधिक को नहीं खिलाना चाहिए—यह एक जुर्म है।

मगर मैं प्रायः देखता हूँ समारोहों का फैलाव। सौ आदमी बाहर खाते हैं तो चार सौ आदमी परदे के पीछे और नेता लोग देश का काम-धाम छोड़कर इस प्रकार अपव्यय करने वाले धनपतियों के बेटी-बेटों को आशीर्वाद देने जाते हैं। अभी उस दिन मेरे मुहल्ले में रहने वाले एक सेठ की बेटी से मंत्री के बेटे की शादी थी और मैंने जो तमाशा देखा उसे बयान नहीं कर सकता। इसलिए जब रेडियो पर नेताओं के भाषण आते हैं, रेडियो बन्द कर देता हूँ, स्वार्थी बकवासी, देशद्रोही।

तिजहर ढल रही थी, मैं पास के गाँव के बाजार के लिए निकल पड़ा, धीरे-धीरे चीजें खरीदनी हैं न। गाँव के बीच में होता हुआ जा रहा था, भयंकर सन्नाटा। मुझे याद हो आई बचपन में देखे हुए प्लेग की। गाँव में भयंकर सन्नाटा जैसे अभी-अभी कोई तूफान गुजरा है। लोग मुझे देखते थे, प्रणाम आशीर्वाद होता था। सब कुछ एक अजनबी की तरह। कुछ लोग दीवार से सटे हुए धूप के साहरे बैठे अपने मैले कपड़ों में से चीलर निकाल रहे थे, कुछ औरतें एक दूसरे के सिर से जूँ निकालकर मार रही थीं, कुछ उपले पाथ रही थीं, गुड़साल सूना था, उमसें घुसकर एक कुत्ता लेटा हुआ था। दरवाजे-दरवाजे पर बच्चे खाली कटोरे लिये रो रहे थे या रोकर थक गये थे–पेट निकले हुए, हड्डियाँ उभरी हुईं, आँखों में एक थका अंधकार।

लोग धीरे-धीरे बाजार की ओर निकल रहे थे जैसे खेत में खड़े किये गये धोखे चल रहे हों। गाँव के बाहर हुआ, सामने खेत बोये-अनबोये पड़े थे।

'खेत अनबोये पड़े हैं', मैं अपने आप से बातें करने लगा था।

'पालागी बबुआ।' आगे-आगे सरकती हुई एक आकृति पीछे मुड़कर बोली–'बबुआ जब कुछ होना ही नहीं है तो घर में जो दो-चार दाना रखा हुआ है उसे भी कौन बरबाद करे?' फिर वह हाँफने लगा।

'दुधई, अरे तुम।'

'हाँ, मालिक।'

'कहाँ से?'

'अब का बताएं बबुआ, मजूरी पताई तो मिलने की नहीं। चम्पारन का एक आसरा होता था। इस समय हम लोग वहीं जाकर धान-वान काटते थे, दिन गुजर जाते थे। सुना है वहाँ भी सूखा पड़ा है। कुछ काटने-ढोने को रहा ही क्या? ··· अब बबुआ खाने बिना हम लोग तड़पकर मर रहे हैं, यहाँ से वहाँ, वहाँ से यहाँ घूम रहे हैं कुछ पाने के जोगाड़ में।'

'इस गठरी में क्या है दुधई।'

'अब का बताएं मालिक, अब तो इसी का सहारा रह गया है न ··· पेड़ की छाल है। ··· लेकिन बबुआ हम लोगों के पास पेड़ भी तो नहीं हैं। किसी के पेड़ की छाल काटो तो गाली मार सहनी पड़ती है।'

पेड़ की छाल आदमी खाता है–कितना अमानुषिक। उफ! लेकिन मेरे लिए मानव की यह बेबसी नयी नहीं है। मैंने उसके कई रूपों, रंगों के बीच से यात्राएं की हैं–गोबरहा–पशुओं के गोबर में से अन्न के दाने निकालकर खाना क्या कम बेबसी है? हमारे यहाँ के हलवाहे खाते हैं और हम समाजवाद, मानवतावाद, प्रजातंत्र आदि का नारा लगाते नहीं अघाते।

दुधई मेरा हलवाहा है, मैं मर्माहित सा बाजार चला जा रहा था और वह धीरे-धीरे मेरे पीछे सरक रहा था जैसे कोई प्रेत।

'कें कें कें–

'पेड़ पर एक बड़ा पक्षी छोटे पक्षी को दबोचे हुए था।

मैं विचलित होकर देख रहा था।

'आ का देख रहे हैं मालिक! चिरई चुरुमन भी अपना धरम खो बैठे हैं। खेतों के ऊपर उड़ते रहते हैं, कहीं कोई दाना दिखाई नहीं पड़ता, पटपटा कर मर रहे हैं। क्या करें, अपनी जाति के छोटे-छोटे पक्षियों को मारकर पेट की आग बुझा रहे हैं।'

चें चें चें–स्वर धीरे-धीरे ठंडा पड़ गया।

चाँय-चाँय-चाँय-चाँय ढलती धूप सूअर के चीत्कार से और भी उदास हो आई। एक श्मशान सहसा चिल्लाता हुआ मालूम पड़ा।

'चमरौटी के चमार एक सूअर मार रहे हैं, अब सूअर ही सहारा रह गये हैं। रोज दो-एक कटते हैं। चमरिया की पूजा हो जाती है और पेट की भी पूजा।

दुधई ने फिर पैलगी की और डगमगाता हुआ अपनी झोंपड़ी की ओर बढ़ गया। मैं सूनी हरिजन बस्ती के बीच से धीरे-धीरे बाजार की ओर बढ़ गया।

बाजार में पहले से ज्यादा भीड़ थी लेकिन शोर नहीं था। लोग एक दूसरे के लिए अजनबी से घूम रहे थे, बेकार थे, काम ही क्या था? लेकिन लेन-देन का शोर नहीं उठ रहा था। बनिया दुकान पसारे बैठे थे और लोग अपनी खाली जेबों में हाथ डाले सामने से गुजर-गुजर जाते थे। कुछ बनिया से उधार के लिए चिरौरी कर रहे थे और बनिया अपनी असमर्थता के साथ झिड़क रहा था।

मैं अँ अँ अँ अँ--

चिक्क खसी को रेत रहा था। थाने के सिपाही जी, किसी साहब के चपरासी जी, बाबू साहब के खवास जी और कुछ बाहर से आये हुए देहाती बाबूजी लोग उसके आस-पास घिरे थे। कुत्ते बहते हुए खून के लिए लड़ते हुए आपस में कटाउझ कर रहे थे और पेड़ से बंधे कुछ बकरे आँखों में अजब भय भरे सब कुछ देख रहे थे। चील ऊपर चक्कर काटती हुई टिहा रही थी, बाजार थर्रा उठता था।

भर्र भर्र भट भट भट--

एक शोर बाजाार के सन्नाटे को कुचलता हुआ आया।

बाबू साहब हैं, छावनी पर आ रहे हैं, देखा नहीं उनका खवास गोश्त खरीद रहा है--।

मैंने बाबू साहब को फिर देखा--और मोटे हो गये हैं उनके भार से मोटर साइकिल के पहिये कराहते से लग रहे हैं। उनके साथ एम. एल. ए. साहब भी हैं--कल कोई सभा है काँग्रेस की जिसमें भूखी जनता को उपदेश पिलाया जाएगा--हाँ, बाबू साहब को इस बार काँग्रेस चुनाव टिकट देने वाली है।

तो क्या बाबू साहब काँग्रेसी हो गये हैं? जमींदार बाबू साहब--। जमींदारी टूटने लगी तो बहुत से खेत बेचकर व्यापार में लगा दिया, अब कई कारखानों के मालिक हैं और काँग्रेसी भी। एक जमींदार, एक व्यापारी, एक काँग्रेसी, सभी कुछ एक ही व्यक्ति में ··· बाबू साहब।

पुलिस के सिपाही, एक सरकारी साहब तथा और बहुत से देहाती बाबू लोग छावनी की ओर बढ़ गये और भूखी जनता दुकानों के आस-पास चक्कर काटती रही ··· । एक औरत को जड़इया आ रही थी, उठकर कुछ सौदा लेने आई थी, बाजार में ही गिरकर काँपने लगी और एक बूढ़े आदमी की सूखी खाँसी ने इतना जोर मारा कि कटते हुए बकरे की तरह उसकी आँखें छटपटाने लगीं और एक पेड़ का आसरा लेकर जमीन पर पसर गया।

शाम होते ही गाँव में मौत का सन्नाटा छा गया--न कोई खेतों की ओर गया, न

अलाव के पास जमघट इक्ट्ठा हुआ। लोग अपने घरों के अंधेरे में डूब गये। बहुत से घरों में न चिराग जले न चूल्हे। रात शाम को ही गहरी हो गई और अपने भारी डैनों के नीचे जमीन के सारे खालीपन को ढकती गई।

पिताजी तीर वाँस लिए चौकी पर लेटे थे और मैं चारपाई पर कम्बल ओढ़े रह-रहकर बातें करते थे और फिर डूब जाते थे किसी प्रदेश में और मैं भी रात के सन्नाटे में भारी हो रहा था। अंधेरे में हम दोनों अलग-अलग एक ही व्यथा में डूब रहे थे··· माँ। पिताजी की आँखों के सामने उभरते अकेलेपन का मैं अनुभव कर रहा था। लम्बी यात्रा के एक ठहराव पर आकर सहयात्री ने साथ छोड़ दिया। किन्तु यात्री को अभी और दूर जाना है न जाने कहाँ तक और वह अकेला है। अब मुड़-मुड़कर पीछे की ओर देख लेता है तब यात्रा और भारी हो उठती है।

मुझे लगता था कि अब माँ निकलेगी लोटे का पानी लेकर और पास घंटों बैठी हुई मेरा हालचाल पूछेगी, सिर पर धीरे-धीरे हाथ फेरती हुई बच्चों के बारे में ढेर सी बातें करेगी···

घंटों बीत गये नींद नहीं आई। चौंक पड़ा–पिताजी शायद रो रहे थे। मैंने सो जाने का बहाना किया इसलिए उनके रोने में कोई विघ्न नहीं पड़ा। हबसते रहे, उनका दर्द बहता रहा और मैं अपने दर्द को भीतर दबाए मुँह कसे रहा। लगा कि मैं भी रो पड़ूँगा लेकिन अपने को पकड़े रखा और मेरी व्यथा भीतर ही भीतर जमती गई।

सुबह आठ बजे घर से बगीचे की ओर निकला। सफाचट मैदानों पर निरवलंब गिरा हुआ कुहरा अब भी छाया हुआ था, धूप असहाय सी उसके भीतर रेंग रही थी, कुछ लोग दीवार पर चिपकी धूप से सटे थे, उनके चेहरों से लगता था कि रात अपनी पूरी आर्द्रता और अंधकार से उन पर मोटी मोटी रेखाएं खींचकर गुजरी है।

मुझे अपना बचपन याद आ गया और डंक मारती हुई सुबहें, रातें मुझमें से तेजी से गुजर गईं,' गरम कोट के भीतर मुझमें कंपकपी होने लगी।

'दुधई मर गया।' कोई बोला।

'मर गया?' चलते-चलते मैं रुक गया। अभी कल ही तो उसे देखा था।

'आज रात को टें बोल गया भइया। बहुत भला आदमी था।'

भला-बुरा होने से क्या होता है मौत के संदर्भ में? हर मरने वाले के लिए भला शब्द सुनने का अभ्यास पड़ गया है हम लोगों को।··· लेकिन दुधई सचमुच भला आदमी था। लेकिन वह भला न होता तो भी मुझे कष्ट तो होता ही। मेरा हलवाहा था वह और उसके साथ मैंने जीवन को अनेक संदर्भों में देखा है···।

'गाँव के दो हरिजन और मर गये।' एक आदमी बोला।

'और किसी को खबर नहीं।'

'मरना कोई अजीब बात रह गया हो तो खबर हो, अब तो मौत हर दरवाजे पर धरना दे रही है कौन कब चल देगा क्या खबर?··· और जाड़े की रात में किसी के

रोने-धोने की आवाज उठती भी है तो भीगे हुए अंधकार में उलझकर रह जाती है।'

मैं आगे बढ़ा। एक कुत्ता रास्ते पर ठंडक से मर गया था और सवेरे-सवेरे कौओं की काली-काली भीड़ उसके आस-पास मंडरा रही थी।

X X X

माँ का काम हो गया। बहुत संक्षेप में सारी क्रिया की गई। मेरे मन में बहुत पहले से कर्मक्रिया की इस परिपाटी के विरुद्ध–खासकर महापात्रों वाले विधान के खिलाफ विद्रोह था। लेकिन गाँव में ये सारी क्रियायें निभानी पड़ीं। आलोचनाएं होने लगीं कि मैंने माँ का काम बिगाड़ दिया कि कुछ खर्च-वर्च नहीं किया, वैसी पुण्यात्मा के काम-काज में काफी टीम-टाम होना चाहिए था। ··· मैंने चुपचाप सब कुछ सह लिया और एक बार गुस्से से कुछ लोगों को सुना दिया कि भीड़-भाड़ देखनी हो तो चले जाओ मंत्रियों, नेताओं और सेठों के यहाँ चलने वाली शादियों में। इस अन्न-संकट के जमाने में अन्न-धन का अपव्यय करने के लिए मुझ जैसे आदमी के पास न तो पैसे हैं और न नैतिक साहस।

पड़ोस की चाची बीमार थीं, वे माँ की सखी थीं। दोनों को प्राय: साथ देखा था। ··· मैं उन्हें देखने गया था, एक दुर्बल काया खाट पर लेटी पड़ी थी। तन पर एक मैली सी फटी गूदड़ी। चाचा उनके पास गाल पर हाथ धरे बैठे थे। उस घर में और कोई नहीं है। एक लड़का है मन्ना जो कलकत्ता के किसी जूट मिल में काम करता है।

'चाची को क्या हुआ है?'

'अब क्या बताएं बच्चा, कल तो ठीक थी, लगता है रात को ठंडक लग गई है।'

'एक ही दिन की बीमारी में चाची ऐसी लट गईं?' चाचा की आँखें एक बार बहुत भारीपन से ऊपर को उठीं फिर अपने में लौट आईं। कुछ रुककर अटकते हुए से बोले–'बीमारी तो एक दिन की है बच्चा, लेकिन भूख तो कई दिन की है न।'

चाची कराहीं, उनकी आँखें ऊपर को उठीं। मैं धक्क से रह गया–माँ की दृष्टि, वही करुणा, वही व्यथा, वही आर्द्रता ··· ।

मन्ना को देखने की रट लगाये है लेकिन बेचारे के पास आने का किराया हो तब न।' चाचा बोले।

चाची कराहकर बोलीं, 'बेटा, सखी तुम्हें देखने की प्यास लिये अंतिम दम तक छटपटाती रहीं। कितनी भली औरत थी, गाँव सूना हो गया।'

चाची की दृष्टि मेरे भीतर चुभती चली जा रही थी। ओह, माँ भी ऐसे ही मरी होगी, ऐसी ही दिखी होगी–वही व्यथा, वही करुणा, बेटे को देखने की वही प्यास ···।

एक खाली हाँडी गिरी और चूर-चूर हो गई। शायद अन्न की तलाश में किसी चूहे ने गिरा दिया है।

मेरी इच्छा हुई कि पाँच रुपये दे दूं चाची के लिए ··· माँ बहुत याद आ रही थी।

हाथ कई बार पाकेट पर गया लेकिन मैं रुपये नहीं निकाल सका ··· अभी लौटना भी तो है।

चाची के पास से धीरे-धीरे लौट आया। मैंने पिताजी से बहुत आग्रह किया कि वे मेरे साथ चलकर रहें। अब यहाँ क्या रखा है?

पिताजी कुछ चुप होते हुए से बोले–'हाँ रखा तो कुछ भी नहीं है मगर अपनी खेती-बारी तो है, अपना पुश्तैनी मकान तो है।'

'बेच दीजिए इन्हें?'

'राम-राम, कैसी बात करते हो बेटा, पुश्तैनी चीज कहीं बेची जाती है?'

'लेकिन पिताजी सोचिए, आपके बाद इनका क्या होगा? क्या मेरे बच्चे यहाँ आयेंगे खेती-बारी कराने?'

'हाँ नहीं आयेंगे तो मेरे मरने के बाद बेच देना, मैं कैसे छोड़ सकता हूँ।'

पिताजी नहीं माने। मैं उन्हें अकेला छोड़कर शहर लौटने लगा ··· सुना चाची मर गई, चाचा अकेले भोंकर-भोंकर रो रहे हैं।

चाची मर गई, मेरे पाँव चलते-चलते ठिठक गये–चाची की आँखों में वही माँ की आँखें। मैं माँ को नहीं देख सका लेकिन चाची की आँखों में उसे देख लिया। गाँव की बहुत-सी औरतें बीमार हैं, हर औरत माँ है, मुझे हर औरत की तड़प में माँ की तड़प दिखाई दी। ···अभावों से घिरा स्तब्ध वायु मंडल, इसमें भटकती मृत्यु की गंध और घर में दम तोड़ती एक माँ ··· माँ मैंने तुम्हें देख लिया ···।

मेरे रुके हुए पाँव फिर चल पड़े और गाँव के बाहर हो गये। धीरे-धीरे छूटने लगे सिवान पर खड़े अकेले पिताजी, सूने-सूने गाँव ··· फैली रेत ··· दरारों-भरा नदी का तट ···।

एकाएक बच्चे ने आकर रेडियो तेज़ कर दिया 'लेकिन लोग बहुत मनोबल से लड़ रहे हैं उनमें बड़ी शक्ति है, किसी को भूख से मरने नहीं दिया जाएगा।'

उठकर मैंने खटाक से रेडियो बन्द कर दिया और कुछ जरूरी काम निबटाने में जुट गया।

□

लाल हथेलियाँ

गाड़ी जोर से चीखती हुई निकल गई। अंधकार छिन्न-भिन्न होकर छटपटाने लगा।

'कितने बजे हैं सिस्टर?' कष्ट से पलकें उघारते हुए सुभाष ने पूछा।

'ग्यारह की गाड़ी अभी गयी है न!' सिस्टर का छोटा-सा उत्तर था।

'ओह! अभी तो सारी रात पड़ी हुई है।' बुदबुदाकर सुभाष चुप हो गया।

दवा के गिलास की हल्की-सी आहट··· दीवार-घड़ी की टिकटिक··· टिक··· टिक।

'ज्योत्स्ना नहीं आई सिस्टर !'

'नहीं, अभी सेंकड शो कहाँ छूटा होगा?'

'वह पिक्चर गयी है?'

'हूँ!'

सिस्टर ने यंत्र की तरह टेम्परेचर लिया और चार्ट पर आंक दिया। टिक··· टिक·· टिक··· टिक···।

मंद पावर का एक बल्ब टिमटिमा रहा है।

आर्म चेयर पर सिस्टर उँघ रही है··· और सुभाष···?

सारा घर हँसी की गूँज-अनुगूंज में नहा उठा। सिस्टर की झपकी झटके से चू पड़ी।

'आ गयीं बहन जी, बुलाऊं क्या?'

'नहीं सिस्टर, मैंने तो यों ही पूछा था।' पिक्चर से लौटी हुई पत्नी-साले-सालियों की हँसियों की गूँज-अनुगूँज दरवाजा तोड़कर सुभाष की छाती पर टूट रही थी।'

सिस्टर कुर्सी पर तन्द्रालस हैं। टिक··· टिक··· टिक··· टिक···।

हँसी का प्रवाह बहकर पीछे सन्नाटा छोड़ गया है।

ठक··· ठक··· ठक···।

सिस्टर ने दरवाजा खोल दिया।

'साहब ने दवा पी ली?'

'जी ज्योत्स्ना बहन !'

'कैसे हैं?'

'ठीक हैं, आपको पूछ रहे थे।'

'जाग रहे हैं क्या?'

'शायद !

'हलो सुभाष।'

सुभाष ने धीरे-धीरे भारी पलकें खोल दीं। थोड़ा-सा मुसकरा पड़ा। कितनी पीड़ित मुसकान···।

'कोई कष्ट तो नहीं सुभाष !'

सुभाष ने समर्थन में हलके से सिर हिला दिया।

'सिस्टर, देखना इन्हें कोई तकलीफ न हो।'

'जी।'

'अच्छा, गुड नाइट सुभाष!' कहकर ज्योत्स्ना ने अपनी लाल-लाल हथेलियों की लाल-लाल कोमल अंगुलियाँ हलके-हलके लहरा दीं। खून से सुर्ख उसके बढ़े हुए नाखून मन्द प्रकाश को एक बार चीर गये।

टिक··· टिक··· टिक··· टिक···

सिस्टर ऊँघ रही हैं। बाहर पेड़ों के झहराने की आवाज अंधकार में बिखर रही है। सुभाष ने अनुमान लगाया कि हवा आज तेज है।

बन्द पलकों में लहरा रही हैं लाल-लाल हथेलियों की लाल-लाल अंगुलियाँ। लाल-लाल नाखून जैसे कमरे को यहाँ-वहाँ नहछोर मार गये हों। दीवार-घड़ी पता नहीं कब से इसी रफ्तार से बज रही है–टिक··· टिक··· टिक···

'सिस्टर !'

'क्या है सुभाष बाबू!' ऊँघ से जागकर सिस्टर बोलीं।

'क्या मैंने बुलाया आपको?'

'जी अभी आपने मुझे पुकारा था, ऐसा लगा।'

सुभाष केवल एक सूखी हँसी हँस पड़ा।

'ऐसे मत मुसकराओ सुभाष बाबू। डर लगता है।'

बाहर एक ट्रेन अंधकार को कुचलती छीटती निकल गयी। सिस्टर के ओठ यंत्र की तरह बड़बड़ाये··· दो की गाड़ी है। सिस्टर फिर ऊंघ गयी।

टिक··· टिक··· टिक··· टिक···

सुभाष की आँखों में लाल-लाल हथेलियाँ फैल गयीं। फिर इन हथेलियों को झिटककर दृष्टि दूर बहुत दूर कहीं अंधकार में खो गयी। एक मूर्ति उभर आयी।··· हाँ, ममता है वह···

ममता से जुड़े हुए सारे क्षण टूटे हुए जल की लहरों की तरह आपस में जुड़ने के लिए काँपने लगे।

ममता··· हाँ, ममता से उसकी शादी तब हुई जब वह इण्टर में पढ़ता था। ममता केवल आठ पास थी। ममता–पुराने संस्कारों की ममता, देवता समझती थी उसे। न

जाने उसके मन में शुरू से ही सौन्दर्य का कौन-सा प्रतिमान समा गया था कि मोटी गदराई देहवाली ममता उसके मन को छू नहीं पाती। और जब ममता अपनी मोटी-मोटी अंगुलियों से उसका सिर दबाने लगती तो उसे घबराहट होने लगती। वह उसका हाथ हटाकर उसकी शकल भूलने की कोशिश करता।

वह था तो देहात के एक सामान्य घर का, किन्तु उसके सपने शुरू से ही ऊँचे थे। और जब वह देहात से इण्टर पास कर बी. ए. पास करने अहमदाबाद आया तो उसके संस्कारों पर रंगीनियों की अनेक पर्तें चढ़ती गयीं। वह चाहने लगा कि उसकी भी पत्नी हसीन लड़कियों में से होती। उसकी चाल में अदा होती, उसके अंग-अंग से सुकुमार दमक फूटती, उसे लेकर घूमने निकलता तो लोगों की हसरत-भरी निगाहें उन पर बिछ जातीं। मगर यह ममता की छोकरी ··· यह गोरी भैंस की बच्ची कहाँ से उसके गले बाँध दी गयी। उसने शादी के पहले बीबी को देखने की जिद क्यों नहीं की? तब शायद छोटा था। सौन्दर्य के प्रति यह ज्वाला तब नहीं फूटी थी।

सुभाष के घर कोई नहीं था। माँ थी सो कुछ दिनों पहले चल बसी। सुभाष पत्नी को लेकर अहमदाबाद चला आया था। ट्यूशन करता था। ममता कैसे व्यवस्था कर लेती थी उसे पता नहीं।

वह तेज विद्यार्थी था और रूप में बहुत ही आकर्षक। कालेज की लड़कियाँ उसके इर्द-गिर्द मंडराया करतीं। उसका मन गाँव की जमीन को छोड़कर स्वप्नलोक में उड़ानें भरता।

और जब उसने बी. ए. फर्स्ट क्लास पास किया तो उसकी कल्पना का जाल और भी दुरूह हो गया। उस कल्पना-जाल में उलझा-उलझा स्वयं गिर पड़ता और ममता की भावनाओं को ठोकर मार देता। सारा रंग बिखरकर घर को आर्द्र बना जाता।

एक थी ज्योत्स्ना मेहता–किसी पैसे वाले की बेटी। लाल-लाल हथेलियाँ, तराशी हुई पतली-पतली नाजुक अंगुलियाँ, रंगे हुए बड़े-बड़े नाखून। एक बेबस भावुकता उसकी आँखों में उड़ा करती। हँसी से फुहार बरसती, चलती तो भंगिमाओं की बौछार सी होने लगती, बोलती तो फुलझड़ी झड़ती।

वह सोचता, ये भी अंगुलियाँ हैं। यह भी एक हँसी है। यह भी तो एक चाल है।

उसे तुरन्त याद आती ममता–गोल मटोल आकृति, मोटी-मोटी अंगुलियाँ, जिनके नाखूनों पर बरतन धोने की कालिमा लिपटी होती। खुरदरी हथेलियाँ, भभाकर हँसना, बिना तारतम्य के बोलना ··· न रोमांटिक अदा, न प्यार की लपक-झपक ··· जैसी हूँ तुम्हारी हूँ। हुंह ··· तुम्हारी हूँ भैंस की बच्ची।

ज्योत्स्ना दिन-दिन सुभाष के करीब आती गयी। और एक दिन जब ज्योत्स्ना की अंगुलियों ने सुभाष की अंगुलियों को लपेट लिया तो उसके पाँव के नीचे से जमीन खिसक गयी। उसे लगा जैसे वह आकाश में टंग गया है। उसे याद है कई दिनों तक उसके हाथों में गुदगुदी होती रही। हथेली पर एक पतली-पतली स्पन्दन की रेखा उभर आती।

उस दिन वह घर आया तो उसका घर निहायत बेहूदा लगा। गन्दे मुहल्ले में गन्दी चाली। उसमें उसका दो छोटे-छोटे कमरों वाला घर। उसमें बैठी हुई पुराने संस्कारों की एक भैंस··· ।

उसका घर इतना भद्दा उसे कभी नहीं लगा था। ममता ने उसके जूते खोलने शुरू किये तो उसे जोर से झटक दिया और अपने हाथों से खोलकर जूते जोर से दीवार पर दे मारे। सोते समय ममता ने उसे तेल लगाना शुरू किया तो उसे लगा कि ये अंगुलियाँ नहीं हैं, लोहे के चाप हैं और ये हथेलियाँ हथेलियाँ नहीं हैं घोड़े का खरहरा है। यह भी एक औरत का हाथ है, हाथी के चमड़े के समान झँवराया हुआ।

उसने ममता का हाथ बेरहमी से दूर कर दिया। 'रोज-रोज मना करता हूँ कि मुझे तेल से सख्त नफरत है लेकिन पतिव्रता महारानी चभोरने बैठ जाती हैं। सीता सावित्री के बाद बस इन्हीं का नम्बर है। कहता हूँ कि खाना खा लिया करो किन्तु नहीं, पतिदेवता को खाना खिलाये बिना खा लेंगीं तो पाप चढ़ जायगा। और इसीलिए मुझे बाहर का काम-धाम छोड़कर भी समय से पहले घर के लिए भागना पड़ता है।'

ममता··· बेचारी ममता क्या बोलती? वह जड़ और स्तब्ध रह गयी थी, केवल डरते-डरते इतना ही तो कहा था–'पति देवता होता है, आपके खाये बिना नहीं खाने को जी नहीं होता है तो क्या करूं? थके-माँदे आते हैं तो तेल न लगाऊँ तो क्या करूं? हाय दई, आज आप कैसी बातें कर रहे हैं? मुझसे क्या खता हो गयी है?'

'खता तुमसे नहीं मुझसे हो गई है जो तुम्हारे जैसे पत्थर के टुकड़े को गले बांध लिया है।'

ममता अन्दर सरक गयी। सुबह उठकर सुभाष ने देखा कि ममता की आँखें सूजी हुई हैं। अनुमान लगाया कि आज यह रातभर रोयी है।

और एक दिन जब वह घर पहुंचा तो देखा ममता थर-थर काँप रही थी मानो कसाई के आगे गाय खड़ी हो। वह हबस कर रो पड़ी।

'कौन सा नाटक शुरू किया आज?'

'नाटक मैं कर रही हूँ कि आप? आज तक समझती थी कि मुझमें कोई खोट है, कोई खता हो जाती है इसीलिए आप मेरे हर काम से नाराज रहते हैं। किन्तु आज समझी कि आपको आपका अपना घर क्यों काट खा रहा था।

वह हतप्रभ सा रह गया। आज तक उसने ममता को केवल भोगने वाली नारी समझा था। आज उसका अप्रत्याशित उग्र रूप देखकर विस्मित रह गया। साथ ही उसका क्रोध भी उबल पड़ा।

डाँट कर बोला–'क्या बकवास कर रही है? सिर पर भूत तो नहीं सवार है?'

'कौन है यह राँड़?' कहकर ममता ने एक फोटो उसकी ओर फेंक दी।

उसने सोचा, तो यह बात है! ज्योत्स्ना के साथ ली गई फोटो उसकी बुशशर्ट में ही छूट गयी थी और लगता है धोने को ले जाते हुए बुशशर्ट में से ममता ने इसे

निकालकर देख लिया है। सुभाष एकाएक पकड़ा जाकर हक्का-बक्का रह गया।

ममता चीखे जा रही थी–'इस डायन का मैं बाल-बाल नोच लूंगी, चुड़ैल ने मेरा घर उजाड़ दिया है।'

वह माथा पकड़े सोच रहा था कि गाय सी सीधी ममता में यह उद्दण्ड अधिकार-भावना कहाँ से जाग पड़ी।

'बोलते क्यों नहीं, कौन है यह? मुझे फाँसी क्यों नहीं दे देते? मेरा गला क्यों नहीं घोंट देते? 'ममता फफक कर रोने लगी ··· आखिर वह कब तक चुप रहता? कुछ जवाब न पाकर क्रोध ही कर बैठा–'चुप रह, नहीं तो बहुत बुरा होगा।'

'अब और क्या बुरा हो सकता है? अब तो मर जाऊँ ···'

'हाँ हाँ ··· जा मर जा। कौन तेरे लिये यहाँ रोने बैठा है। बड़ी आई मरने वाली ··· ।'

'अच्छा तो ऐसा ही होगा।' कहकर ममता दूसरे कमरे में चली गयी और किवाड़ बन्द कर फफकने लगी।

सुभाष को डर तो बहुत लगा कि कहीं बन्द कमरे के भीतर कुछ कर न बैठे, मगर उसके अहं ने उसे कुछ बोलने न दिया।

सबेरे सुभाष उठा तो देखा ममता नल के पास मुरझाई पड़ी है। सुभाष के होश उड़ गये। ममता के दाँत बैठ गये हैं। आखिर बहुत कोशिश के बाद ममता के दाँत खुले, उसकी आँखें खुलीं, उसने एक बार बड़ी करुणा से उसकी ओर देखा और आँखें बन्द कर लीं।

किन्तु ममता संभल नहीं सकी। उसे हृदय का दौरा आने लगा और एक दिन सुभाष के अविश्वास और उपेक्षा को उसी के पास छोड़कर दूर, कहीं बहुत दूर चली गयी। उसे याद है कि अंतिम बिदाई के समय ममता की आँखों में कितनी गहन वेदना थी। आँखों ही आँखों में उसने कहा था–मेरे देवता, कहा-सुना माफ करना।

टिक ··· टिक ··· टिक ··· टिक ···

सुभाष ने मानो अपनी आँखें पोंछीं, फिर बिखरे हुए बिन्दुओं को समेटने लगा। ममता नहीं रही। ज्योत्स्ना और उसके बीच अब कोई नहीं था। ममता की मौत को दोनों ने मानों कोई दैवी संकेत समझा। सुभाष लेक्चरर हो गया। तो भी क्या होता है? लेक्चरर को कौन पूछता है? दो पैसे का आदमी! शादी की बात चलने पर ज्योत्स्ना के पिता पहले तो हैरान रह गये, फिर डाँट दिया–'छोकरी का माथा खराब हो गया है। उस पन्तूजी से शादी करने चली है।'

मगर ज्योत्स्ना का प्रेम भावुकता की चरम सीमा को छू रहा था। वह अड़ गयी, जहर खाने की धमकी दी, भाग जाने का भय दिखाया, लेक्चरर के पद की महत्ता समझाई।

ज्योत्स्ना के पिता कुछ उदार विचारों के थे। शादी कर दी।

सुभाष ने एक नया मकान लिया दो कमरों वाला, पचहत्तर रुपये मासिक किराया

देकर। ज्योत्स्ना के पिता ने करीब दामाद पर तरस खाकर अपना एक छोटा-सा बंगला देना चाहा, किन्तु सुभाष ने उसे नहीं स्वीकार किया। उसका पुरुषत्व चोट खाये बैठा था। ज्योत्स्ना के पिता का वह वाक्य उसे चुनौती दे रहा था—ढाई सौ रुपये का आदमी तुझे क्या खिलायेगा, क्या खायेगा। आखिर मेरे ही सामने हाथ फैलायेगा।

ज्योत्स्ना ने बहुत समझाया कि पिता का मकान उसका ही तो मकान है। ले लो, क्या हर्ज है? मगर सुभाष का पुरुषत्व फन खोले खड़ा था। ज्योत्स्ना ने भी पिक्चरें देखी थीं, उपन्यास पढ़े थे। उसने देखा था कि हीरोइनें प्रेम के लिए अपने बाप का विलास-प्रसाद छोड़ कर कैसे हीरो के घर की सूखी रोटियाँ पसन्द करती हैं, कैसे गरीबों के गन्दे मुहल्ले में जाकर नया जीवन आरम्भ करती हैं। शादी के पहले पुस्तकों और पिक्चरों के ये सारे आदर्शवादी डायलाग बोल गयी थी, ··· मगर अब?

अब तो ढाई सौ रुपयों में उसके हाथ-पाँव नहीं अँटते थे, आदर्शों के अँटने की बात कौन कहे?

और इसीलिए जब सुभाष ने ज्योत्स्ना के पिता वाले मकान में जाने से इनकार कर दिया तो वह कुढ़ सी गयी। ताव इतना और पैसों का यह हाल ··· । बार-बार ज्योत्स्ना झुंझला पड़ती—'ढाई सौ रुपयों में क्या बनता बिगड़ता है?'

लाल-लाल हथेलियाँ, लाल लाल नाखून, लिपिस्टिक, साड़ियाँ ···

सूखी रोटी खाने वाले आदर्श कब कैसे टूटे, पता ही नहीं चला।

ढाई सौ रुपयों की तनख्वाह में फुल टाइम नौकर की व्यवस्था कहाँ से हो। हाँ, मगर होना तो चाहिए। ज्योत्स्ना कहती है होना चाहिए नहीं तो काम कैसे होगा? हाँ, ठीक ही तो कहती है, काम कैसे होगा? काम करने से हाथ काले व रूखे होते हैं। कैसे गन्दे गन्दे हाथ लगते हैं। हाँ, ज्योत्स्ना काम नहीं करेगी—लाल-लाल हथेलियाँ, लाल-लाल अंगुलियाँ ··· ।

इन्हीं हथेलियों के लिए तो उसने आकाश में उड़-उड़कर सपने देखे हैं। इन्हीं को लेकर घंटों आँखें ढके हुए रंगीन मायाजाल में खोया रहा है, इन्हीं के लिए तो ममता की खुरदरी हथेलियाँ ··· जाने दो।

हाँ, तो नौकर रखना ही चाहिए। मगर ··· मगर बोगर कुछ नहीं, रखना ही चाहिए ··· लाल-लाल हथेलियाँ ···

बाढ़ का पानी उतर गया था। सूखी रेत चारों ओर अपनी ठोस नग्नता लिए पड़ी थी।

नये-नये फैशन ··· नये-नये दौर ··· मगर ढाई सौ रुपये ··· और अभिमानी इतने कि मायके की कोई चीज स्वीकार नहीं करते। मकान छोड़ दिया ··· वाह रे खोखली शान ··· ज्योत्स्ना यह सब सोचते-सोचते झुंझला पड़ती और उसे जली-कटी सुना देती।

सुभाष उसे समझाता कि ज्योत्स्ना तुम समझती क्यों नहीं कि परिश्रम की कमाई का स्वाद कुछ और होता है। तुम्हारे पिता के धन के आधार पर मैंने तुम्हारा हाथ नहीं

पकड़ा है। परिश्रम की कमाई का स्वाद ···

परिश्रम ··· ? परिश्रम ··· ? मगर लाल-लाल हथेलियाँ ···

उसे याद आया कि जब वह ट्यूशन करता था तो अस्सी रुपये में ममता घर चला लेती थी और इस सफाई से कि उसे पता ही नहीं चला। और अब तो घर, घर कम, बाजार अधिक हो गया है।

सुभाष बीमार पड़ गया। ··· ज्योत्स्ना ने कहा–'देखो डियर, तुम्हारे घर में तो सुविधा ही सुविधा है, क्या कहना? मेरी मानो तो पिताजी के यहाँ चले चलो। वहाँ सारी सेवा-सुश्रूषा की व्यवस्था हो जायगी।'

'ज्योत्स्ना, मुझे अस्पताल भेज दो, तुम्हें भी कष्ट नहीं होगा और मैं भी ठीक रहूँगा सरकारी इन्तजाम में।'

'ना ना, दुनिया क्या कहेगी? पिता के घर से अस्पताल ही अच्छा लगता है तुम्हें? मैंने पिताजी को खबर दी थी। उन्होंने कहा है कि फौरन लेकर चली आओ।'

परन्तु सुभाष नहीं माना तो ज्योत्स्ना झल्ला पड़ी। 'पड़े पड़े सड़ो और मुझे भी सड़ाओ।'

सुभाष सोच रहा था कि कैसी है यह ज्योत्स्ना? सेवा-सुश्रूषा की व्यवस्था करने मुझे पिता के घर ले जा रही है। कौन-सी सेवा-सुश्रूषा करनी है? दवा दे देना, कुछ पथ्य बना देना। इतना भी नहीं कर सकती? लाल-लाल हथेलियाँ ···

सुभाष निढाल हो गया तो ज्योत्स्ना उसे अपने मायके उठा ही लायी। उसे एक बढ़िया कमरे में डाल दिया गया। डाक्टर आया, देख गया। कोई परेशानी की बात नहीं–दो-चार दिनों में अच्छे हो जायेंगे। ढंग की परिचर्या होनी चाहिए।

उसी दिन दो रिटायर्ड नर्सें लगा दी गयीं–एक दिन के लिए, एक रात के लिए।

सुभाष कमरे में बन्दी हो गया। वह नहीं सोच पाता कि मामूली-सी बात के लिए इतनी नर्सें क्यों लगायी गयीं। कौन सी सेवा चाहिए उसे। एकाध बार खाट से उठाकर दवा पिला दी और ··· क्या ज्योत्स्ना इतना नहीं कर सकती थी?

उसके सामने एक नयी दुनिया खुल रही थी जिसे अभी तक उसने बाहर से देखा था, केवल रंग ··· रंग ··· रंग ···

आठ दिन हो गये उसे आये हुए। घर के लोग बाहर रेडियो बजाते हैं ··· हा ··· हा ··· ही ··· ही ··· करते हैं। सुबह-शाम पूछ जाते हैं। समय से चाय और पथ्य भेज देते हैं ··· कोई खतरा नहीं है, डाक्टर ने कह दिया है।

और ज्योत्स्ना ?··· अब उसे काफी फुरसत है हर जिम्मेदारी से। रोज सिनेमा जाती है, बाजार जाती है, दिन में एकाध बार तबीयत पूछ जाती है। यहाँ उसे काम ही क्या है? नर्स तो है न!

ज्योत्स्ना की लाल हथेलियां जैसे बीमार गालों के लिए नहीं हैं। कितने दिन हुए उनका स्पर्श किये। ·

टिक ··· टिक ··· टिक ··· टिक ··· दीवार-घड़ी बज रही रही है ··· और ममता की खुरदरी हथेलियाँ। बर्तनों की कालिख से झँवरायी उसकी अंगुलियों ने उसके हर आँसू को सोखा है, कागज के मोटे खुरदरे सोख्ते की तरह। उस बार भी तो वह बीमार था। बीमारी गंभीर होने पर लाचार होकर अस्पताल जाना ही पड़ा। नर्सें थीं, अस्पताल का खाना था किन्तु ममता समय से पहले ही अस्पताल पहुँच जाती। आँखों में गहरी करुणा और अकथ दर्द-भरे उसे देखा करती, कभी-कभी रो पड़ती और तब तक नहीं हटती जब तक जबरदस्ती हटाई नहीं जाती। कहाँ से उसने पैसे बचा रखे थे कि जब आती, फलों की ढेरी सामने खोल देती। बाद में मालूम हुआ था कि ममता ने अपने सारे बचे-खुचे गहने बेच दिये थे। जब वह अस्पताल से छूटकर घर गया तो लगा कि ममता उसे आँचल में छिपा लेगी। आह! कितनी ममता थी उन मोटी-मोटी झँवराई अंगुलियों में। अंगुलियाँ सुभाष के तन और मन की सारी मैल खींच लेना चाहती थीं, किन्तु अब ··· अब तो मात्र कथा शेष रही।

गाड़ी फिर गड़गड़ाती निकल गयी। सिस्टर झटके से जाग गयीं। ओह! सुबह हो गयी।

'तुम सोये नहीं सुभाष बाबू? आँखें भारी-भारी सी हो रही हैं।'

'मगर तुम भी तो नहीं सिस्टर!'

'अरे, मैं तो रातभर झपकी लेती रही, और मेरा क्या? मैं तो इस घर के हर मरीज के साथ जागती आयी हूँ।'

'हर मरीज के साथ?'

'हाँ, हर मरीज के साथ!'

हर मरीज के साथ ··· भीतर मरीज, बाहर रेडियो, संगीत, हँसी, कहकहे सिनेमा-बाजार, लाल लाल हथेलियाँ, लाल-लाल मुलायम अंगुलियाँ, खंजर जैसे बड़े-बड़े लाल-लाल नाखून ···

'सिस्टर ज़रा खिड़कीकी खोल दो, बाहर की हवा तो आये।'

'वह कौन है सिस्टर, अपनी पीठ पर दूसरे आदमी को लादे हुए?'

'वह? वह तो इस घर का नौकर है। सुना था उसका भाई सख्त बीमार था। उसी को शायद गाँव से बुलाया है। स्टेशन से पीठ पर लादकर ले आ रहा है।'

काले-काले हाथ ··· खुरदरी हथेलियाँ ··· खुरदरी अंगुलियाँ ···

सुभाष एकटक बाहर देख रहा है। शायद उसकी आँखों में दूर कुछ झोंपड़ियाँ उभर आयी हैं।

□

खंडहर की आवाज

बस वहीं रुकी जहाँ स्कूल था। उतरते ही स्कूल को देखा तो देखता ही रह गया। धांय, धांय जलती दुपहरी, रह रहकर उठते धूल के बगूले, धूप में तपती हुई दीवारें ··· यह खंडहर बनकर फैला हुआ स्कूल अपने समूचे विस्तार के साथ मुझमें पैठ जाना चाहता था। इतने दिनों बाद गुजरने का अहसास अपने आपमें अद्‌भुत था तिस पर यह उजाड़ ··· । एक अधगिरी दीवार की छांह में लेटा हुआ एक कुत्ता, खंरहर के एक कोने में कुछ घास-फूस का ढेर जिसमें सरसराते हुए गिरगिट निकल जाते थे। न जाने मुझे क्यों लगा कि अभी कहीं से कोई सांप निकलेगा और पूरे खंडहर पर एक लकीर बनाता फिर लौट आयेगा। एक कोयल बोली पेड़ पर से। ओह, यह तो वही नीम का पेड़ है जिसे मैंने और साथियों ने लगाया था, इतना बड़ा हो गया है। मन खंडहर से लौटकर इस पेड़ की छाँह में धँस गया, सिर पर पत्ता-पत्ता काँपने लगा। कोयल डाल पर से खंडहर की ओर उड़ चली, पीछे-पीछे कांव-कांव का स्वर सुनाई पड़ा। मेरी दृष्टि कोयल का पीछा करती हुई फिर खंडहर पर गिर पड़ी, हवा का एक तेज झोंका आया। डाली-डाली हहर उठी। नीम पेड़ और खंडहर दोनों एक दूसरे में समाते-समाते समा गये और लगा कि मैं इन दोनों से बनी एक दीवार में चुन दिया गया हूँ।

दूर से बाजों की आवाज आई, ओह, मैं कब से यहाँ पागल सा खड़ा हूँ। मुझे होश आया कि मैं खंडहर देखने नहीं बारात करने आया हूँ। थोड़ी ही देर में बारात में पहुँच गया। एक अधेड़ उम्र की रंडी नाच रही थी कूल्हे मटका मटकाकर, आँखें नचा नचाकर। वियोग का कोई करुण गीत गा रही थी ··· एक और खंडहर ···

'इस गाँव को पहचानते हैं?'

मैंने घूमकर सवाल करने वाले की ओर देखा, वह मुसकरा रहा था।

'क्यों, ऐसा क्यों पूछा आपने?'

'वैसे ही।' वह मुसकराये जा रहा था। मैं उसकी ओर अजनबी सी निगाह से देखे जा रहा था।

'मेरा नाम मन्नन है जब आप यहाँ पढ़ते थे तब मैं 7-8 साल का था। आपको याद होगा जब आप लोग बालीबाल खेलते थे तो मुन्नू नाम का एक लड़का आकर

गेंद यहाँ से वहाँ किया करता था।' वह अब भी मुसकरा रहा था··· 'अरे हाँ याद आया, तुम, अरे नहीं आप इतने बड़े हो गये।' यह मुसकरा रहा था, और कितना समय गुजर गया··· कितना बड़ा अन्तराल लेकिन मुझे तो लगता है जैसे सब कुछ कल ही घटा हो।

'आप भूल गये न।'

'ओह, नहीं नहीं, मैं क्यों भूल गया। सच तो यह है कि यह सब कुछ मुझमें पहले का सा अंटा पड़ा है।' उसकी ओर केवल देखता रहा आखिर मैं उसे अपनी यादों का क्या सबूत देता?'

'इस स्कूल से आप जैसे कितने लायक लोग निकले लेकिन किसी ने फिर खोज-खबर नहीं ली।'

सचमुच ही किसी ने कुछ खोज-खबर नहीं ली, मैं क्या उत्तर देता। मन भारी से भारी होता चला गया। यह स्कूल कितनी बार मेरी यादों के भीतर उतरा है लेकिन मैंने क्या किया इसके लिए?··· कर भी क्या सकता था? खानाबदोश की सी जिन्दगी लिये नौकरी के साथ इस शहर से उस शहर को घूमता रहा। महानगरों ने इस स्कूल की स्मृति को सोख नहीं लिया यही क्या कम है?··· हाँ मैं कर भी क्या सकता था।

वह मेरी ओर उसी तरह मुसकराता हुआ देखता रहा। मैं भीतर भीतर खीज गया ··· कमबख्त केवल मुसकराता है। फिर उससे कहा–'भाई हम लोग तो ठहरे परदेशी, आप लोगों ने इस स्कूल को बनाया है इस जवार के बड़े आदमी हैं। इसे क्यों उजड़ जाने दिया?'

'नहीं, उजड़ नहीं जाने दिया, छप्पर डालकर इस पर मिडिल स्कूल चला रहे हैं लेकिन क्या कहा जाए उस आँधी को, सब उजाड़ गई।'

तो वह स्कूल का खंडहर है, मैं समझ रहा था कोई वहाँ घास-फूस रख गया है–तो एक और खंडहर···

मन्नन एकाएक उठ गया। माफ करेंगे डाक्टर साहब, बारात के खाने का वक्त हो गया है कुछ इन्तजाम संभालूँ··· । रंडी थककर बैठ गई थी, बार-बार पसीना पोंछ रही थी जैसे हवा में आवाज देकर एक खंडहर चुप हो गया हो।

X X X

शाम हो गयी। मैं धीरे-धीरे फिर खंडहर की ओर सरक गया। गरम हवा खाली खेतों और पेड़ों पर दिनभर सिर पटक-पटककर थक गई थी। चाँदनी के प्रकाश में खंडहर का एक एक टुकड़ा तड़प रहा था। हवा उन्हें धीरे-धीरे छेड़ती बह रही थी, कभी-कभी कोई अंग झरझरा उठता था जैसे राख से ढकी चिनगारी हवा से सिहर उठती है। एक-एक जगह मुझे अपने में बाँधकर स्मृतियाँ खोल रही थी। सरपत खरका, चौंककर देखा एक साँप चाँदनी में चमकता निकल गया। ठीक यहीं पंडितजी का खाट बिछता था जिस पर वे बकैयाँ लेटे हुए हम लोगों को पढ़ाने के लिये दो दो

बजे रात तक पुस्तकें पढ़ते रहते थे। पंडितजी ··· हवा का एक-एक तेज झोंका झहरा जैसे सारा खंडहर चिल्ला उठा हो पंडितजी ई ई ··· ई ··· ।

पंडितजी ने ही यह स्कूल स्थापित किया था। हम लोग यहाँ हिन्दी विशेष योग्यता की पढ़ाई करने आये थे। यह स्कूल नहीं था पंडितजी के सपने का रूप था। पंडितजी के व्यक्तित्व से अलग इस स्कूल की कल्पना कभी मन में उभरी ही नहीं ··· आज भी नहीं उभर रही है। स्कूल की ये गिरी दीवारें, यह फैला हुआ मलबा, यह टूटा हुआ कुआँ, यह उजड़ा बगीचा, कोई भी तो अकेला नहीं आता, सबके बीच में उभरते हैं पंडित जी ··· ।

हाँ यह वही जगह है जहाँ पंडितजी का पलंग बिछा होता था जिस पर यहाँ-वहाँ अनेक पुस्तकें बिखरी होती थीं, उनके बीच पंडितजी जागते रहते। तभी तो महज विशेष योग्यता पास कर विशेष योग्यता की तैयारी कराते थे।

स्कूल हास्टल भी था, दूर से आने वाले विद्यार्थी यहीं रहते थे। पंडितजी एक गम्भीर अध्यापक ही नहीं थे, गम्भीर अभिभावक भी थे। उनके वात्सल्य, उनकी प्रबंध-कुशलता, उनकी न्यायप्रियता ने उन्हें पच्चीस वर्ष की अवस्था में ही बहुत उत्तरदायी बना दिया था। पंडितजी का एक अलग रंग था जो मुझे फिर कहीं दिखाई नहीं पड़ता। यह रंग देहात की जमीन से फूट कर उसी में समाहित हो रहा था। वह रंग समय की यात्रा के साथ मुझमें धीरे-धीरे घुलता गया। यही कारण है कि जब मैंने इतने वर्षों बाद इस स्कूल को इस अवस्था में देखा तो मेरे भीतर का वह रंग लहराकर उभर उठा और पूरे खंडहर में फैलकर तड़पने लगा ···

हाँ शायद यही वह कमरा है जो सुबह-शाम चूल्हों के धुओं से भर जाता था। सुबहें ··· शामें ··· कितने धुएँ ··· कितने आँसू, सुलगती गीली लकड़ियाँ और सबके बीच हाथ की बनाई मोटी-मोटी रोटियों की सिकती गंध, इन सबके बीच पंडितजी। कोई अलसा गया या आपस में हाराहूँसी हो गई या आटा नहीं रहा, चूल्हा उदास हो गया। बस पंडितजी चूल्हा सुलगाने बैठ गये, कोई चूल्हा कभी उदास सोने नहीं पाया, पंडितजी की आँच उसमें लपलपाती ही रही। उस आँच का अहसास फिर कभी किसी शहर में नहीं हुआ।

शायद कोई चूहा है बिल्ली पीछा कर रही है ··· म्याऊं ··· रात के सन्नाटे में खंडहर थरथरा उठता है ··· कितने दिनों से इन दोनों को पहचान रहा हूँ ···

और यहीं कहीं वह कमरा था जिसमें बैठकर पंडितजी पढ़ाया करते थे-बिहारी के दोहे, हिन्दी साहित्य का इतिहास, अलंकार और न जाने क्या-क्या? बिहारी पढ़ाते समय पंडित जी बहुत गम्भीर रहा करते थे किन्तु उनकी आँखें रस से छलछला आती थीं। कुछ बड़े-बड़े लड़के वीभत्स ढंग से हँसते थे तो पंडितजी अपनी हलकी पतली मूँछों पर एक मुसकान बिखेरकर उन्हें देखते थे और फिर पास रखे डंडे से एक दो तीन ··· । मैं सत्रह साल का किशोर समझ नहीं पाता था कि इन दोहों को पढ़ाते समय

ये लड़के क्यों हँसते थे और पंडितजी उन्हें क्यों मारते थे। आज बिहारी के दोहों के नये-नये भाव-कोण उभरकर आये हैं किन्तु वह भीतरी माहौल मन से कभी नहीं गया जो इस स्कूल से मिला था।

भरभराती बस रुक गई, न जाने क्यों जी धक्क से हो गया। लगा कि मैं कुछ सावधान हो गया—पंडितजी बस से उतरकर आ रहे हैं—लम्बी-चौड़ी पहलवानी-काया, खद्दर का सफेद कुर्ता-पायजामा और टोपी, पम्पशू, हाथ में जड़ाऊ मुठिया की एक छोटी सी छड़ी, सांवले चेहरे पर छलकती मुसकान और पतले होंठों में दबा हुआ पान का बीड़ा—हाँ पंडित जी आ रहे हैं। खंडहर झनझना उठता है—पंडितजी ··· पंडितजी। आह, कोई और है। क्या मैं पागल हो गया हूँ! क्या मैं नहीं जानता पंडितजी अब इस दुनिया में नहीं रहे। पंडितजी भी ऐसे ही बस से उतरकर आया करते थे। वे केवल पंडित जी नहीं थे, अपनी सीमा में अद्‌भुत शक्ति वाले व्यक्ति थे। स्वाधीनता आन्दोलन में जेल जा चुके थे। बड़े-बड़े नेताओं से उनका परिचय था। वे प्राय: शहर जाया करते थे राजनीतिक और साहित्यिक समारोहों में भाग लेने के लिए। कई बड़े-बड़े नेता और साहित्यकार इस छोटे से स्कूल में आ चुके हैं, देहात के बहुत से अफसर भी पंडित जी के दोस्त थे जो प्राय: यहाँ रात को ठहरते थे और पंडित जी के साथ बैडमिन्टन और बालीबाल खेलते थे। वे नियमित रूप से अंग्रेजी के दो अखबार पढ़ते थे। जवार के अनेक बड़े आदमी पंडित जी से मिलने आया करते थे, कई बार पंडित जी उनके झगड़ों में पंच बरकर गये थे। मैं सोचता हूँ तो हैरान रह जाता हूँ इस देहाती सीमा में इतना जागरूक व्यक्तित्व।

उफ! शायद काँटा है पाँव में चुभ गया है—भटकटइया और भड़भाड़ के इतने पौधे—छोटे-छोटे बबूल के पेड़ भी उग आये हैं—यही वह जगह है जहाँ हम लोगों ने गुलाब के सैकड़ों पौधे लगा रखे थे। वसंत की हलकी-हलकी सिहरती भोर में जब महुए के मद में डूबी कोयल किसी दिशा से कूक उठती थी तब हलके-हलके अंधकार में उभरता यह गुलाबों का वन धीरे-धीरे लाल हो उठता था। पंडित जी सुबह ही लालटेन को बुझाकर अपने मोटे स्वर में गा उठते थे—बनन में बागन में बगरो वसन्त है ··· । फिर वे नहा-धोकर पूजा पर बैठ जाते। मेरी ड्यूटी थी गुलाब के फूल तोड़कर लाने की। ढेर से फूल लाकर मैं पंडित जी के आगे डाल देता। पंडित जी की आँखों में गुलाबों की छायायें तैर जातीं और मैं अपने काँटों की चुभन में गुलाबों की महक पिरोये अपनी हथेलियाँ सूंघा करता। वह चुभन-भरी महक धीरे-धीरे मेरे भीतर तक पैठ गयी, भीन गई है—और यहीं शायद वह अखाड़ा था जहाँ शाम को पंडित जी हम लोगों को लड़ाया करते थे। गुलाब की वाटिका और अखाड़ा दोनों पास ही पास। मुझे हँसी आयी—अद्‌भुत संयोग—लेकिन यह संयोग था दोनों का अपना-अपना रंग था।

एक हवाई जहाज जा रहा है। लाल-लाल बत्तियाँ न जाने आकाश को कब तक

कहाँ तक चीरेंगी? इलाहाबाद, बनारस, बम्बई, जयपुर, दिल्ली न जाने कहाँ-कहाँ भटका हूँ मैं। स्कूल छोड़ने के बाद दो-तीन वर्षों के भीतर पंडित जी के दो-एक बार और दर्शन हुए थे फिर मेरी खानाबदोश जिन्दगी लौटकर यहाँ नहीं आई। जितना ही नहीं आया उतना ही उन्हें अपने भीतर पाता गया। इसके बाद तो यहाँ-वहाँ से उनके समाचार भर मिलते रहे।

कई वर्षों बाद जब मैंने सुना कि पंडित जी धीरे-धीरे सक्रिय राजनीति में उतर रहे हैं तो न जाने कैसा लगा। पंडित जी की राजनीति में दिलचस्पी तो पहले भी थी किन्तु तब वह एक बौद्धिक व्यक्ति की राजनीतिक जागरूकता तक सीमित थी और जागरूकता पंडित जी के प्रति सम्मान जगाती थी। किन्तु जब सुना कि वे सक्रिय राजनीति में कूद पड़े हैं तो लगा, किसी परम आत्मीय ने आत्महत्या कर ली है और उसके खून के छींटे उसके अपने ही बनाये घर की दीवारों पर फैल गये हैं। मैं आहत सा सोचता रहा—उन्हें कैसे मना करूं, क्या लिखूं और जब तक उन्हें कुछ लिखूं तब तक वे स्कूल छोड़कर राजनीति में पूरी तरह उतर चुके थे। मुझे कैसा अनुभव हुआ, नहीं कह सकता। कैसा लगा होगा जिस दिन पंडित जी उस भरे-पूरे अपने ही स्कूल को छोड़कर चले गये होंगे? ये सारे खड़े-खड़े कमरे, ये चिरपरिचित दीवारें, ये चूल्हे, ये फूल, यह प्ले ग्राउण्ड, पुस्तकों की आवाजों से गूंजता हॉल और बरामदे कैसे लगे होंगे? चलते-चलते एक शरीर को छोड़कर प्राण निकल जाय तो कैसा लगेगा? ··· यह क्या हो गया प्रभु! क्या पंडित जी के अन्तर्तम में राजनीति की छलना सोई हुई थी और यह सारा विद्या-व्यसन झूठा था, ऊपरी था। नहीं, नहीं, मैं यह नहीं झेल सकता। तो पंडित जी यह सम्मानजनक और उचित जीविका देने वाला पेशा छोड़कर राजनीति में क्यों गये? नहीं मेरा मन उन्हें क्षमा नहीं करेगा, नहीं करेगा।

और जब बहुत दिनों बाद यह सुना कि पंडित जी मजबूर होकर राजनीति में गये तो मर्माहत रह गया। विशेष योग्यता का मूल्य धीरे-धीरे टूट गया, लड़कों ने आना बन्द कर दिया। यह समाचार पाकर मुझे कितनी खुशी हुई। पंडित जी के प्रति जो आदर भाव था वह आहत होने से बच गया लेकिन एक यातना-बोध से मैं ऐंठ सा गया। क्या इतने बड़े प्रतिभाशाली व्यक्ति को शिक्षा के क्षेत्र में कोई जगह इसलिए नहीं मिल सकती कि वह हाई स्कूल पास है। स्वतन्त्र भारत में भी नहीं। मेरे सामने कितने ही एम.ए., पी-एच.डी. की तसवीरें तैर गईं और पंडित जी।

थकावट सी महसूस हुई तो कुएँ की जगत पर बैठ गया। इसे पंडितजी ने बनवाया था। इसमें से कितना जल लिया था हम लोगों ने, कितनी बार झाँककर अपने को देखा था। मैंने फिर झाँका, ओह कहीं कुछ नहीं, कूड़ा भरा हुआ है। कितनी आकृतियाँ इसके नीचे दबी हैं?

कोई पंछी पेड़ पर गाता-गाता पंख फड़फड़ा कर उड़ चला, वो जा रहा है, अब नहीं दीखता, दिशा में खो गया है, उसके छूटे हुए गीत को थामे ऊपर का आकाश

थरथरा रहा है। मैं अब भी उसी ओर देख रहा हूँ। पंडित जी भी अपने घर इधर को ही जाया करते थे।

फिर कई वर्षों तक मैं घर की ओर नहीं आया। किसी की चिट्ठी आई थी कि पंडित जी पूरी तरह राजनीति में उतर पड़े हैं–समाजवादी दल ज्वाइन किया है। पहले स्कूल क्षेत्र को केन्द्र बनाकर स्थानीय चुनावों में उतरे। मोल्हू से उनकी काफी गंदी प्रतिस्पर्द्धा चल रही है–और स्वरूप कांग्रेसी उनका कट्टर विरोधी हो गया है। चिट्ठी में अधिक कुछ नहीं था लेकिन मेरे अुनभव के लिए इतना काफी था। मेरे भीतर एक चित्र उभरता चला गया–

मोल्हू मुसहर पंडितजी के यहाँ आकर ज्ञान की बात सीखा करता था। उनका चरण दबाया करता था। वह कांग्रेसी है, राजनीति में पंडित जी का कट्टर प्रतियोगी बनकर उनका विरोध कर रहा है। स्वरूप को पंडित जी ने पढ़ाया था, वह भी काँग्रेसी नेता है, पंडित जी का विरोध कर रहा है। ये दोनों भरी सभाओं में उन्हें ललकारते हैं, उनके विरुद्ध गन्दी-गन्दी बातें बकते फिरते हैं। मुझे लगा कि वे सारे अपढ लोग जो पंडित जी के इर्द-गिर्द चक्कर काटते थे अब उनके भाग्य-विधायक बनकर उन पर शासन कर रहे हैं, उनके दोष निकाल रहे हैं। मुझे अपने गाँव का एक दृश्य याद आया। संस्कृत के एक विद्वान (जो संस्कृत विद्यालय के सम्मानित आचार्य भी थे) राजनीति में कूद पड़े। जो लोग उनका पाँव छूते थे, अब उनको ललकारने लगे। एक अपढ़ काँग्रेसी खाट पर लेटा हुआ है और आचार्य जी घंटों उसके पैताने खड़े उससे सिफारिश कर रहे हैं कि वह उनके पक्ष में अपना नाम वापस ले ले। आचार्य जी के चले जाने के बाद वह मूर्ख झंडारबरदार और तरकारी वसूले वाला काँग्रेसी रिमार्क कसता है–कैसे-कैसे मूर्ख लोग राजनीति में आ गये हैं? ये क्या जानते हैं राजनीति में? मैं इनके लिए चुनाव के मैदान से हट जाऊँगा ?

एक दिन मेरे एक सहपाठी मिल गये। उन्होंने बताया कि पंडित जी ने कुछ रुपये माँगे हैं। पहले तो विश्वास नहीं हुआ किन्तु जब उन्होंने पत्र दिखाया तो मानना ही पड़ा। मालूम हुआ कि पंडित जी पूर्ण रूप ये पराजित होकर स्कूल क्षेत्र से गाँव लौट गये हैं। तो पंडित जी ने रुपये माँगे हैं। कोई बहुत बड़ी मजबूरी पंडित जी को निगल रही है नहीं तो क्या वह स्वाभिमानी व्यक्तित्व अपने विद्यार्थियों से पैसे माँगता? ··· लेकिन पंडित जी ने मुझे क्यों नहीं लिखा? क्या उन्हें मेरा पता नहीं मालूम? नहीं, जरूर मालूम होगा। तो मैं चिन्ता में डूब गया। हाँ, पंडित जी मुझे नहीं लिख सकते थे। मैं उनके इतना निकट था कि मुझसे पैसे की बात नहीं कर सकते थे–इस संकट में भी इतना स्वाभिमान। मुझे एक राहत सी अनुभव हुई। ··· पंडित जी स्कूल से टूट चुके हैं, राजनीति में हार कर अपनी थोड़ी सी पुश्तैनी जमीन पर लौट चुके हैं, मौज मस्ती से रहने वाले इस सशक्त व्यक्तित्व के ललाट पर कछार की जमीन की दरारें, आँधी-पानी, सर्दी-गर्मी की रेखाएं उभर रही हैं, आँखों में एक गहरी-गहरी काली पर्त

बिछने लगी है, सिर पर टूटे उदास मकान की छायाएं जमा होने लगी हैं। पंडित जी का वेश बदल चुका है–एक मैली फटी धोती, कुर्ता तथा चमरौधा जूता पहने, हाथ में लाठी लिए खेतों की रखवाली कर रहे हैं, घास उखाड़ रहे हैं, छाँटी छाँट रहे हैं, दँवरी हाँक रहे हैं, सिर पर बोझा ढो रहे हैं, फिर आधा पेट खाकर सो जा रहे हैं।

गाँव गया तो सुना कि पंडित जी कांग्रेसी हो गये हैं। जब मैंने पंडितजी की अवस्था पर दु:ख व्यक्त किया तो एक सज्जन (जो पंडित जी के गाँव के सम्बन्धी होने के कारण वहाँ जाया करते थे) बोले–'अरे वाह रे तुम्हारे पंडित जी, अरे अब तो उनकी चांदी ही चांदी है, कांग्रेसी बन गये हैं, अब क्या? दूकान का कोटा मिल गया है, गाँव पटौती का ठेका भी। दोनों में रुपये झाड़ लिए हैं तुम्हारे पंडित जी ने।' तो पंडित जी कांग्रेसी हो ही गये। बहुत से समाजवादी ठोकरें खा-खा कर कांग्रेसी हो गये, आखिर कहाँ तक टूटते? कहाँ तक आदर्श को खाते-पीते? और कांग्रेस का रास्ता तो पैसे की ओर जाता ही है। सो पंडित जी ने दूकान का कोटा पा लिया, गाँव की पटौती शुरू की। अब वे इंजीनियर के दरबार में हाजिर होते होंगे, उससे सौदा करते होंगे, दोस्तों के खेत पाटे जाते होंगे और गरीबों के घर बाढ़ से बचने के लिए मिट्टी माँगते होंगे, नहीं पाते होंगे और बाढ़ अब भी उन्हें निगल जाती होगी। ओह, मिट्टी का सौदा, नहीं पंडित जी ऐसा नहीं करते होंगे। मगर यह पैसा ··· नहीं नहीं पैसा मिट्टी का सौदा किये बिना नहीं आ सकता, अपने गाँव में यही दृश्य तो देखा है।

मैं गिरते-गिरते बचा। एक गड़े हुए पत्थर के टुकड़े से टकरा गया था। नहीं-नहीं, उस पत्थर ने मुझे पकड़ लिया था। यही वह पत्थर है जिस पर बैठकर कई दिन तक रमेश रोता रहा है। पंडित जी ने उससे बोलना छोड़ दिया था। रमेश मेरा मित्र था इसलिए मैं भी बहुत दु:खी था। एक दिन रमेश अपना बोरिया बिस्तर संभाले पंडित जी के सामने आकर खड़ा हो गया। पंडित जी ने उसे देखा, कुछ देर देखते रहे और फिर भर्राये गले से बोले–'तो तुम जा रहे हो? ठीक है जाओ, सुखी रहो।' पंडित जी ने आँखें फेर लीं शायद भर आई थीं। मुझे बुलाया, मैं तो वहीं आस-पास खड़ा था–'जी पंडित जी!' पंडित जी ने मुझे देखा। आंसुओं को पी जाने के कारण आँखें लाल हो गई थीं। बोले–'तुम भी मुझे गलत समझते हो, तुमने भी कभी नहीं पूछा कि मैं तुम्हारे मित्र से क्यों नहीं बोलता।' मैं जिज्ञासा से पंडित जी की ओर मात्र देख रहा था। 'सुनो', वे बोले–'यह रमू है न, एक दिन जगनी से छेड़खानी कर रहा था, मैं तब तक गाँव से आ गया ··· ।' मैंने मुड़कर देखा तो रमेश वहाँ से सरक गया था। तो यह बर्तन माँजने वाली नौकरानी से छेड़खानी कर रहा था, है कुछ-कुछ बिगड़ैल तबियत का। इच्छा हुई लौटकर रमेश के बच्चे को थप्पड़ ही थप्पड़ जड़ दूं। 'उससे कह दो कि यदि वह दुबारा इस हरकत में पाया गया तो बहुत बुरा होगा और यदि हरकत दुहरानी हो तो अच्छा है चला जाये।' मैं बाहर चला आया था। पंडित जी के प्रति भीतर-भीतर घुटता आक्रोश पिघल कर बह गया। मैं स्वयं बचपन में एक विचित्र

प्रकार के नैतिकता-बोध और यौन-पवित्रतावाद का गर्व महसूस करता रहा हूँ—और मुझे लगा कि मैंने मन में पंडितजी का जो चित्र बनाया था उसमें उनका ब्रह्मचर्य-रूप भी था। मैं कभी सोच भी नहीं पाया था कि पंडित जी का कोई शृंगारिक रूप भी हो सकता है इसलिए रमेश के प्रति उनके इस व्यवहार से मुझे बड़ा चैन मिला।

'सुनते हैं डाक्टर साहब।' वह आदमी बोल रहा था। 'आपके पंडित जी ने रुपये ही नहीं बनाये, नयी शादी भी कर ली है।'

'क्या?'

'हाँ, शादी ही नहीं प्रेम की शादी। गाँव पटौती में ही एक गाँव की लड़की से आँखें लड़ गईं, बस सब कुछ हो गया।'

'हे ईश्वर।' मैं माथा थामकर बैठ गया-लगा जैसे एक सजे-सँवरे चित्र पर एकाएक कोई बालक इधर-उधर कलम चलाकर उसे रूपहीन कर दे रहा है और शक्ल में शक्ल, शक्ल में शक्ल शक्ल में शक्ल··· ।' मैंने चीखकर उसे आदमी को भगा दिया था। उस रात मुझे नींद नहीं आई थी। एक शीशा टूट कर जैसे मेरे बिस्तर पर बिखर गया था।

आकाश में उड़ते श्वेत बादलों पर अब भी मेरी दृष्टि टिकी थी। बादल भी क्या-क्या रूप धरता है। अभी-अभी वह हंस के समान तैरता लग रहा था। खर खर खर··· फिर कोई बिल्ली किसी सफेद खरगोश का पीछा कर रही है। ऊपर देखा—आकाश में उड़ता हुआ श्वेत हंस टूटकर दो टुकड़े हो गया था और फिर बादल एक नयी शक्ल बना रहे थे जिसमें कुछ अंश हंस के थे, कुछ भेड़िए के, कुछ साँप के, कुछ कुछ फूल के—कुछ··· न जाने क्या क्या के। सब मिलकर धीरे-धीरे आदमी की शक्ल में दिखाई पड़ने लगे, यह कैसा दृश्य? ओह बादल भी क्या-क्या रूप धरता है?

और मुझे लगा कि सारा किस्सा समाप्त हो गया और अब पंडित जी के बारे में कुछ नया जानने को रहा नहीं। पंडित जी का नया चित्र धीरे-धीरे मन में अँट गया था लेकिन उसके नये-नये कोण रह-रहकर चुभ उठते थे और तब एक अद्‌भुत बेचैनी और उदासी मुझे घेर लेती थी। मुझे लगता कि पंडित जी इस सारी जय-यात्रा में जहाँ-जहाँ से गुजरे हैं वहाँ-वहाँ एक टूटन छोड़ गये हैं, हर घटना उनकी एक अरूप विवशता से भीतर-भीतर तड़पकर रह गई है, लोग इन्हें कहाँ देख पाते हैं—हाँ, लगा कि अब सारा किस्सा खत्म हो गया और मैं एक तरह से निश्चिंत सा हो गया।

मगर नहीं, अभी सब कुछ शेष नहीं हुआ था। यह तब मालूम हुआ कि जब दूसरी छुट्टी में घर गया। वही आदमी आया और घेरकर बैठ गया। पंडित जी अपने घर में बेगाने हो गये थे। घर के लोग उन्हें तंग करने लगे थे, उनसे बार-बार लड़ाई पर आमादा होने लगे थे। उनके चरित्र पर लांछन लगाने लगे थे। गाँव के लोग इस गृह-कलह का तमाशा देख रहे थे। मुझे उदास देखकर वह अपने उसी बेलौस लहजे

में बोला–'मगर वे साले उनका क्या बिगाड़ लेंगे? उन्होंने खूब पैसे कमा लिये हैं, तराई में चालीस बीघे खेत ले लिए हैं, वहीं नयी नवेली के साथ रहते हैं और अब तो क्या, अब तो अगले चुनाव में कांग्रेस उन्हें टिकट देने वाली है–।' और वह अपने गन्दे-गन्दे दांतों से हँसता उठकर चला गया। मैं नहीं कह सकता पंडित जी के बारे में इतनी सहज घटना के रूप में कही गई बात मुझमें किस तरह उलझी? कितना कुछ तोड़-जोड़ गई। ··· पूरे एक स्कूल को परिवार की तरह चलाने वाले पंडित जी अपने ही परिवार में छिन्न-भिन्न हो गये, यह दृश्य मेरे लिए कितना भयावह था।

बाजे बजने लगे हैं, शायद बारात खाना खाने जा रही है। आँख उठाकर गाँव की तरफ देखा–कितनी स्वच्छ चाँदनी है! दूर-दूर तक के गाँव, बाग-बगीचे साफ नजर आ रहे हैं। इन्हें इसी प्रकार की चाँदनी में कितनी बार देखा है। तब ये सब इस स्कूल से जुड़े मालूम पड़ते थे। आज अकेला हूँ। इस सन्नाटे से एक आवाज उभरती है और चक्कर लगाती हुई अपने आप में समा जाती है। न जाने यह खंडहर कब तक इसी तरह पड़ा रहेगा चारों ओर से कटा हुआ, अपने आप में सोया हुआ। शायद कोई आ रहा है ··· होगा कोई ···

और फिर वही आदमी गर्मी की छुट्टियों में। उसके आते ही मैंने व्यंग्य से पूछा था–'कहिए श्रीमान् जी, फिर कोई शिगूफा लाये हैं पंडित जी के बारे में?'

'अब क्या शिगूफा लायेंगे डाक्टर साहब, अब रहा क्या? वे तो मर गये।'

'क्या?' मैं चीख सा पड़ा।

'हाँ।'

'कब?' गला भारी हो आया था।

'सात-आठ महीने हो गये।'

'इतने दिन हो गये और मुझे पता न चला।' जैसे मैं अपने से सवाल करता बड़बड़ाया।

'पता क्या चलता, कोई जवाहरलाल नेहरू मरे थे।' उस आदमी के गन्दे-गन्दे दांत घिनौनेपन से हँस रहे थे।

मैं क्या बोलता। जड़ भाव से देखता रहा। एक तरह ठीक ही तो कह रहा है कि मर गये सो मर गये। मौत मौत में अन्तर होता है न। मरना तो जवाहरलाल नेहरू का ही है और किसी का क्या मरना? ··· किन्तु यह आदमी नहीं जानता कि पंडित जी की मौत के साथ मेरा कितना कुछ मरा है, चरमराकर बैठ गया है।

'क्या हुआ था?'

'कुछ नहीं हुआ था। खाते-पीते मौज करते जिन्दगी बिता रहे थे, पाप चढ़ बैठा।'

इच्छा हुई जूता निकालकर ताबड़तोड़ चार-पांच लगा दूँ, घिनौना कहीं का! कैसी-कैसी जबान बोलता है ··· लेकिन सोचा पंडित जी सबके पंडित जी तो नहीं न हो सकते, सब उन्हें क्यों समझने लगे? ··· मुझे न जाने क्यों रह-रहकर लगने लगा

कि वे मरे नहीं हैं, उन्होंने आत्महत्या की है। बाहर से सुखी और भीतर से निरंतर टूटते हुए पंडित जी ने अपने को मारा है--देह और आत्मा के संघर्ष ने उन्हें तोड़ दिया। इस अन्तर्यात्रा को कौन पहचानता है भला--और मुझे महसूस हुआ कि इस प्रकार मरकर पंडित जी मुझ में पूरी तरह जी उठे हैं।

पंडित जी ई-ई-ई--खंडहर जैसे झनझना उठा।

'पंडित जी ··· वह पास जाता हुआ आदमी पुकार रहा था--'आप यहाँ क्या कर रहे हैं? बारात में कब से आपकी खोज हो रही है।'

आवाज खंडहर में झनझनाती रही और मैं उठकर धीरे उस आदमी के पीछे-पीछे हो लिया।

□

मुक्ति

'कमबख्त' मैं भुनभुनाया और झटके से कमरे में चला आया।

इसके मारे बाहर खड़ा होना मुश्किल हो गया है। जब देखो तब घूरती रहती है–आँखों में अथाह जंगल की छाया · · ·

घरर घरर चर्खा चल रहा है, बीच-बीच में ईंटों के खनकने की आवाजें उठ-गिर रही हैं। रह-रहकर टिप-टिप टिपिर की आवाज · · · शायद टाइप हो रहा है–शायद मिस्टर पटेल हैं।

जब मैं यहाँ आया तो दो दिन बाद पड़ोस के इस मकान की छत पर एक लड़की दिखाई दी। हाँ लड़की ही थी किन्तु किधर से लड़की कहा जाए, समझ में नहीं आया। मालूम हुआ कि यह मिस्टर पटेल की लड़की है।

कई दिन तक वह फिर दिखाई नहीं पड़ी, केवल चर्खे की घरघराहट, ईंटों की ठनक, टाइप की टपटप मेरे कानों से टकराती रही। चार-पाँच दिन बाद फिर वही लड़की छत पर दिखाई पड़ी · · · वही सब कुछ · · ·

मेरे पास खड़ी मकान मालिक की लड़की पुष्पा ने बताया–'अंकल जी, देखिए न, कितनी बड़ी लड़की हो गई है, इसकी शादी नहीं हुई।'

शादी नहीं हुई तो क्या हो गया? मैं पुष्पा की बात पर सर्द भाव से खड़ा रह गया और वह अपने रिमार्क की दाद न पाकर धीरे से खिसक गई। मेरे मन में कुछ भारी हो आया। आजकल बहुत से लोग शादी नहीं करते, लड़कियाँ भी इसमें पीछे नहीं हैं। परन्तु वह और बात है। यहाँ ऐसा कुछ नहीं है।

'नमस्ते अंकल जी।'

मैं चौंक पड़ा। इस लड़की को पहली बार देख रहा हूँ–है तो काली कुरूप परन्तु स्वास्थ्य और वय की ताजगी अंग-अंग में फूट रही है। यही पन्द्रह-सोलह की होगी। नमस्ते करके वह एक विचित्र हँसती हुई निगाह से देख रही थी, उसके होठ भी फट आये थे।

नमस्ते का जवाब देकर मैं कुछ देर तक उसी ओर देखता रहा और कुछ पूछने ही वाला था कि उसने स्वयं पूछ लिया–

'आप इस मकान में कब आये?'

'सात-आठ दिन हुए।'

'कहाँ से आये?'

'जबलपुर से।'

और बिना मेरे कुछ पूछे वह बोलती गई कि वह आज ही आई है, महीने भर से ननिहाल में थी।

वह बहुत देर तक फटी आँखों से मुझे पीती रही। मैं झेंप गया। लोग देखेंगे तो क्या कहेंगे। गुजरात के इस महानगर अहमदाबाद में बड़ी मुश्किल से तो बैचलर को एक कमरा मिला है। धीरे-धीरे उठा और गेट की ओर सरक गया।

कमरे में बैठा-बैठा दोनों बहनों के बारे में सोचता रहा—हाँ, शायद दोनों बहने ही हैं। बड़ी बहन पैंतीस की लगती थी—इतने की होगी नहीं। चेहरे पर जीवन का कोई चिह्न नहीं, आँखों में कोई प्रकाश नहीं, शरीर लकड़ी की तरह सूखा हुआ जैसे बहुत दिनों से बीमार हो। छत पर से उसने मुझे देखा था। परन्तु उस देखने का कोई भाव नहीं था। आँखों ने जैसे कहा था—ठीक है कोई किराएदार होगा और क्या? वह धीरे-धीरे सीढ़ियाँ उतरकर कमरे में घुस गई थी और चरखे की घरघराहट का स्वर दुहरा हो गया था। ईंटों के उठने-गिरने की ठनक और तेज़ हो गई थी।

दूसरे दिन मैं बाहर बैठा शरीर में तेल मालिश कर रहा था।

'नमस्ते अंकल जी!'

वह हँसती हुई लड़की खड़ी थी। मैं नमस्ते कहकर अपनी नंगी देह को छिपाने का प्रयत्न कर रहा था। परन्तु व्यर्थ। उसकी हँसती हुई फटी आँखें मेरे नंगे अंग-अंग को चुभती हुई जान पड़ने लगीं। घबराकर मैंने उसकी छत की ओर नजर उठाई तो फिर वही लड़की। नहीं यह कोई दूसरी लड़की है, या शायद वही है, वही सर्द आँखें, वही रक्तहीन गोरा वर्ण, उसी प्रकार मुझे देखकर अनदेखा कर देने वाली दृष्टि।

'क्या देख रहे हैं?'

'कुछ नहीं, यों ही ···'

उसने छत की ओर देखकर कहा—'मेरी मझली बहिन है।'

'तुम कितनी बहनें हो?' मैंने अपने नंगे बदन पर से उसकी दृष्टि हटाने की गरज से पूछा।

'तीन हैं हम। मैं सबसे छोटी हूँ।'

हाँ तो सचमुच वे दो आकृतियाँ थीं तीन बहनें ···

'चन्दा'। छत पर वाली लड़की ने पुकारा।

'आई!' कहकर वह चलने लगी तो जाना कि इसका नाम चन्दा है। जाते-जाते उसने मुड़ कर फिर देख लिया और मैं जल्दी से भागकर बाथरूम में घुस गया।

मिस्टर पटेल के यहाँ दो बजे रात तक लाइट जलती रहती है और वही चर्खे की

घरघराहट और बीच-बीच में टाइप की टिपटिप। दिन में चर्खे की आवाज कम हो जाती है तब टाइप की टिपटिप इकहरी होकर उभरती है। दिन को इन दोनों लड़कियों के हाथ में अक्सर मशीन की गति से घूमती सलाइयाँ और बकरे के गोश्त के लोथड़े की तरह लाल पीले स्वेटर झूलते रहते हैं। दिनभर आने-जाने वाली औरतों का ताँता लगा रहता है और कभी-कभी किसी औरत के डाँटने की आवाज उतरा जाती है और लड़कियाँ दूसरा वादा जड़कर और जल्दी-जल्दी सलाइयाँ चलाने लगती हैं।

तो दोनों लड़कियाँ स्वेटर भी बुनती हैं, चरखा भी कातती है और टाइप शायद मिस्टर पटेल करते हैं। सुना है यहाँ-वहाँ से काम खोज-खाज कर लाते हैं। होंगे मैट्रिकवोट्रिक, काम मिल जाते होंगे, शायद कहीं नौकरी नहीं करते, बस टिप टिप टिप टिप किया करते हैं शायद चर्खा भी कातते हों, कांग्रेसी से लगते तो हैं।

X X X

चन्दा घिघिया रही थी और धम धम मारने की आवाज उठ रही थी।

'हाय बेचारी को कितना मारते हैं सब' पास में बैठी हुई पुष्पा ने आहत स्वर में कहा। मैं चौंका-'चन्दा है क्या?'

'हाँ अंकल जी।'

'क्यों मारते हैं इसे सब?'

'बात यह है अंकल जी ! चन्दा जो है न वह कुछ काम-वाम नहीं करती और उन सबों को तो आप देख ही रहे हैं किस तरह दिन-रात अपने को पेर रही हैं।'

मैं कुछ बोला नहीं, भीतर कुछ भारी हो आया ··· ।

'हाय अंकल जी, देखिए न, कितनी बड़ी सब हो गई हैं, शादी ही नहीं करतीं।'

बिना किसी प्रसंग के पुष्पा ने शादी की बात छेड़ दी तो मैंने यों ही पूछ दिया-'क्यों ये सब शादी क्यों नहीं करतीं?'

'अंकल जी ये सब जो हैं न, बड़े वो हैं।'

क्या हैं यह तो मैं नहीं समझ सका लेकिन यह जरूर समझ में आया कि इन लड़कियों की शादी और चर्खे की अनवरत घरघराहट में जरूर कोई सम्बन्ध है।

मेरी कोई नौकरी तो थी नहीं, लाइब्रेरी में जाकर कई घंटे बैठना और शोध करना ही मेरा काम था। आज दोपहर को लाइब्रेरी न जाकर कमरे में ही लेटा हुआ कोई उपन्यास पढ़ रहा था। दरवाजे पर खटखटाहट हुई। खोला-चन्दा थी। जब तक कुछ पूछूं वह अन्दर दाखिल हो गई। 'हवा तेज़ है' कहकर उसने किवाड़ बन्द कर दिया। मैं घबरा सा गया। लेकिन कहता भी क्या? प्रश्नसूचक आँखों से उसे देखा। फटी हुई निगाहों से मुझे निगलती हुई बोली-'अंकल जी, बात यह है कि खाली-खाली बहुत जी घबराता है, कुछ पढ़ने को हो तो दीजिए।'

'क्या चाहिए?'

'धर्मयुग हो तो दे दीजिए।'

मैं पत्रिकाओं के ढेर को उलटने-पलटने लगा तो बोली– 'जल्दी नहीं है, जाने लगूँगी तो ले लूँगी।'

क्या मतलब? यह अभी जमकर बैठेगी यहाँ। मैं भीतर-भीतर दहशत से भर आया और टेबल पर झुककर उसे निकालने में अपने को व्यस्त रखा।

एकाएक पीठ पर चन्दा का भार पाकर घबरा गया। खूंखार पशु के हूँफने की सी आवाज से मैं दहल गया। जोर से धक्का देकर उसे बाहर ठेल दिया और किवाड़ बन्द कर लिया। 'बाप रे।' मैं माथा थामकर बैठ गया।

टिप टिप टिप टिपिर, घरर घरर, ईटों की उठती-गिरती खनक—अनवरत एक-दूसरे को काटती और आपस में लिपटती तिहरी आवाजें··· अजब यांत्रिक स्वरों का घेरा काँपता रहता है और इस यांत्रिक घेरे को तोड़कर एक आवाज उठती है–

'नमस्ते अंकल जी।'

'नमस्ते।'

'क्या हालचाल है?'

'बहुत अच्छा है।'

फिर वही भूखी हँसी। उस दिन की घटना का उसे कोई गम नहीं, शिकवा नहीं, शिकायत नहीं।

मैं धूप में मुँह फेरकर बैठ जाता और देर तक अपनी पीठ पर उसकी भारी छाया का अहसास झेलता रहता।

यांत्रिक परिधि को तोड़कर कभी-कभी चन्दा के चिल्लाने का स्वर उठता तो सारी एकरसता कुछ देर के लिए चरमराकर टूट जाती थी और फिर धीरे-धीरे सब कुछ शांत हो जाता। रात परिधि चरमराकर फिर टूटी थी'

सवेरे पुष्पा बोली–'हाय अंकल जी, रात चन्दा को बड़ी मार पिटी है।'

'पिटेगी नहीं? कामधाम करती नहीं तो।'

'अरे नहीं अंकल जी, इतनी ही बात नहीं है, उसे सब खाना-वाना भी नहीं देते। रात उसे भूख लग आई थी तो चुपके से उठकर सुबह के लिए रखी गई रोटियों में से दो खा लीं। बड़ी बहन देख रही थी, फिर क्या था सबों ने मिलकर पीटना शुरू कर दिया।'

'बेचारे गरीब हैं' क्या करें?'

'हाय अंकल जी, गरीब वरीब नहीं, ये सब बड़े वो हैं।' कहकर वह चली गई।

X X X

एक शाम को जब मैं लाइब्रेरी जा रहा था बस स्टैंड पर चन्दा मिल गई। शायद कहीं से आ रही थी–फटा हुआ रेशमी फ्राक पहने थी और सस्ते किस्म का लिपिस्टिक ओठों पर घसे थी, ढेर सा काजल आँखों में झोंक लिया था और और···

'कहाँ से आ रहे हैं अंकल जी।' हँसते हुए साथ हो ली थी।

'लाइब्रेरी से–। और तुम?'

'मौसी के यहाँ से।'

'क्यों चन्दा तू पढ़ती-लिखती क्यों नहीं?'

'अरे अंकल जी, मैं तो पढ़ रही थी। सातवीं में थी। इन्हीं सबों ने छुड़ा दिया।'

'क्यों पढ़ने में तेज नहीं थी क्या?'

'नहीं नहीं, यह बात नहीं, मेरा तो बहुत मन लगता था लेकिन फीस, कापी-कलम के पैसे माँगने पर मार पिटती थी और अंत में छोड़ देना पड़ा।'

'बेचारे नहीं दे पाते होंगे क्या करें?'

'खाक बेचारे। अंकल जी, देखते नहीं मकान बन रहा है। इसी मकान के लिए बापू और बहनें दिन-रात अपने को गला रहे हैं। इसीलिए बहनों की शादी नहीं हो रही है। कभी आपने बहनों को और लड़कियों की तरह सज-धजकर बाहर निकलते देखा है? और ये सब चाहते हैं कि मैं भी इस मकान के लिए उन्हीं तरह की मशीन बन जाऊँ।

'मशीन बन जाऊँ?' मुझे आज पहली बार यह अनुभव हुआ कि इस भद्दी और जंगली दीखने वाली लड़की में इतना तीखा व्यक्तित्व-बोध है। मैं चन्दा के प्रति तरल हो आया। मशीन से छुटकारा पाने के लिए तड़पती हुई एक चेतना अपने यांत्रिक परिवेश से निकलकर औरों से जुड़ना चाहती है भीतर उफनता हुआ यौवन दीवारों में चिन दिया जाने के लिए तैयार नहीं, वह बाहर बहना चाहता है–

तो यह सारा संघर्ष इस मकान को पूरा करने के लिए है ··· ठीक ही तो कहती है कि ये बहनें कभी बाहर नहीं निकलीं, मौसम, त्यौहार पर्व आते हैं चले जाते हैं।

अनुभव किया कि एक एकांत गली में चलती हुई चन्दा की सांस तेज हो गई है वही पशु की हूँफ सारी गली में गूंज रही है, जबान टूट रही है। मुड़कर देखा–उसकी आँखों में वही भूख उतरा आई थी ··· यांत्रिक परिवेश से छुटकारा पाने की भूख ··· ।

'अच्छा चन्दा जाओ तुम, मैं जरा अपने एक मित्र के यहाँ जा रहा हूँ।' कहकर उसके उत्तर की प्रतीक्षा किये बना मैं दूसरे रास्ते पर मुड़ गया।

तो चन्दा मशीन नहीं बनना चाहती। मुझे अपूर्व सुख हो रहा है यह सोचकर। लेकिन हे भगवान, वह अपनी मुक्ति का सारा भार मुझी पर डालना चाहती है। ··· मैं इस काली बदसूरत भैंस को कैसे कहाँ संभालूँ? ···

इस संघर्ष में कई दिन बीत गए। कभी-कभी छत पर दोनों बहनों के वही चेहरे दीख जाते ··· उनकी चुप्पियों को घेरती वही मशीनी आवाजें और चीरकर उगता हुआ यहाँ वहाँ झांकता चन्दा का चेहरा ··· ।

मकान का एक छोटा सा हिस्सा तो शायद वर्षों पहले ही बन चुका था। उसका पूरा हिस्सा तैयार हो रहा था। दीवारें पूरी हो रही थीं। एकाएक बड़ी लड़की छत पर जोर-जोर से खांसती हुई दिखाई दी। उसकी खाँसी कभी-कभी चरखों की घरघराहट

के बीच उभरती रही है लेकिन आज बहुत जोर से उठ रही है। उसने खाँसकर थूका–खून का एक लोथड़ा। अरे इसे तो टी. बी. मालूम पड़ती है। दूसरी लड़की उसकी पीठ सहला रही थी जैसे एक शव हो दूसरी उसकी छाया। दोनों ने उदास आँखों से मेरी ओर देखा, फिर बिना किसी प्रतिक्रिया के मुंह फेर लिया। नीचे के कमरे में मिस्टर पटेल के टाइपराइटर की टिपटिपाहट मक्खियों की तरह उड़ रही थी–हाँ अब यह मकान जल्दी ही तैयार हो जाएगा और ये दोनों लड़कियाँ दीवार में चिन दी जायेंगी। आदमी को मकान जरूर चाहिए चाहे वह रहे या न रहे। चरखा फिर घरघराने लगा। मुझे पहली बार अहसास हुआ कि चरखा भी इस तरह यंत्र बन सकता है पैसा कमाने का। चरखा जो गांधी के हाथ में यंत्र से व्यक्ति की मुक्ति के लिए आया था वह यंत्र बन गया है और उसके साथ आदमी भी।

फागुन की चाँदनी रात थी। हल्की-हल्की गरमी महसूस हो रही थी। मैंने खिड़की खोल दी। चाँदनी में मिस्टर पटेल का अधबना मकान लाल-लाल चमक उठा था और कमरे में से लगातार खाँसने की आवाज के साथ खून का एक लोथड़ा गिरता हुआ दीख रहा था और तमाम लोथड़े मिलकर दीवार बनकर चमक रहे थे लाल-लाल···। चरखे की आवाज खाँसने की आवाज को बार-बार दबोचने की कोशिश कर रही थी और बीच-बीच में मिस्टर पटेल का टाइपराइटर दूसरे कमरे में टिपटिपा रहा था–हाँ अब वे मकान मालिक बन जायेंगे–एक दूसरी जाति के व्यक्ति–ऊँची जाति के–

देर तक नींद नहीं आई। सवेरे देर से नींद खुली तो देखा–पड़ोस में बहुत रहस्यमय ढंग से भाग-दौड़ मची है। पुष्पा दौड़ी-दौड़ी मेरे पास आई–

'अंकल जी, अंकल जी, चन्दा भाग गई।'

'क्या?'

'हाँ, अंकल जी, किसी को लेकर भाग गई। मैं कहती थी न कि ये सब बड़े वो हैं।'

कैसे हैं ये लोग, यह तो अब भी इस लड़की की बात से साफ नहीं हुआ किन्तु चन्दा के भागने की खबर पाते ही ऐसा लगा जैसे मेरी छाती पर से एक पत्थर उठ गया हो ··· तो एक व्यक्ति मशीन का पुर्जा बनने से बच गया।

□

खाली घर

लगभग साल भर बाद घर जा रहा हूँ। एक अज्ञात भय की कँपकँपी मेरे मन को छू-छू जाती है--कैसा दिखोगा घर? कैसे दिखेंगे कमरे?

शाम होने को है। मैं गाँव के पास पहुँच गया हूँ। गाँव के पश्चिम की यह कच्ची सड़क है। मुझे बहुत प्यारी है यह। बचपन में इस सड़क की ठण्डी धूल में पैर धंसाकर हम खेलते थे और इस कोने वाले आम के पेड़ के नीचे खड़े हम बाहर गए हुए अपने पिताजी का इन्तजार करते थे, तीर्थ नहाकर लौटने वाली माता की राह अगोरते थे, ये मिठाइयाँ लाते थे हमारे लिए। जब इस सड़क पर आता हूँ तो बचपन की कच्ची धूल सारे तन से लिपट जाती है। जी होता है, एक बार सड़क पर लोटूँ। मगर इस बार ऐसा नहीं लग रहा है। लगता है, हमारे पद-चिह्नों को रौंदते हुए हजारों पाँव गुजर गये हों।

'बीनू।' धीरे से पुकारा मैंने। हाँ, बीनू ही तो है। उसी आम के पेड़ के नीचे खड़ा होकर पश्चिम की ओर देख रहा है।

'बीनू!' मैंने पास आकर उसके कन्धे पर धीरे से हाथ रख दिया। उसने मेरी ओर एक बार शून्य आँखों से देखा, मानो पहचानने की कोशिश कर रहा हो। मैं बांहें फैलाये खड़ा था वह स्तब्ध देखता रहा, फिर एकाएक मेरी बांहों में आ टूटा--'चाचा!' मैंने उसे छाती में भींच लिया।

'चाचा, तुम उधर से (उसने उंगली उठाकर पश्चिम दिशा की ओर संकेत किया) आ रहे हो?'

'हाँ बेटे, उधर से ही आ रहा हूँ।'

'तो तुमने मेरी अम्माँ को आते नहीं देखा !'

'नहीं बेटा, मैंने तो नहीं देखा।' मेरी आँखें भर आयीं।

'अम्माँ क्यों नहीं आती चाचा? मैं तो रोज-रोज उसकी राह अगोरता हूँ··· बाबूजी कहते हैं कि अम्माँ गंगा नहाने गयी हैं। तुमने तो नहीं देखा चाचा? बहुत से लोग उसे कन्धे पर उठाकर गंगाजी पहुँचाने गये थे। बाबूजी उसे गंगाजी पहुँचाकर लौट आये थे, कहते थे, अम्माँ बाद में आयेगी। कब आयेगी चाचा? मैं तो कितने दिन से यहाँ आ

आकर उसे बुलाता हूँ···।'

मेरे भीतर एक हूक सी उठ रही थी। लगता था, जैसे अब जोर से रो पड़ूँगा···

विनोद मेरे छलछलाते आँसुओं को नहीं देख पा रहा था, वह कहे जा रहा था, 'अम्माँ के बिना अच्छा नहीं लगता चाचा। कुछ भी अच्छा नहीं लगता। अम्माँ कितना नहा रही है चाचा? उसे मेरा मोह नहीं लगता अब···? चाचा, चम्पा कहती है कि अम्मा मर गयी, अब कभी नहीं आयेगी। वह गंगाजी में डूबकर भगवान के यहाँ चली गयी। मरना क्या होता है चाचा? बाबूजी इतने बड़े होकर झूठ बोलेंगे! चम्पा तो बड़ी झूठी है, झूठ बोलती है न चाचा?'

'हाँ बेटा !' और मैं फफककर रो पड़ा।

'तुम भी रोते हो चाचा! जब अम्माँ गंगाजी नहाने जा रही थी, तो सभी रो रहे थे। बाबूजी रो रहे थे, गांव के लोग रो रहे थे और तुम भी रोते हो! गंगाजी नहाने जाना कोई खराब बात है क्या चाचा?'

'नहीं बेटा !'

'तो क्यों लोग रो रहे थे, क्यों तुम रो रहे हो?'

'बेटा, तुम्हें इतने दिनों पर देखा है तो मोह से रुलाई आ गयी।'

'मेरी माँ कब आयेगी चाचा? सभी भूठ बोलते हैं, तुम नहीं भूठ बोलोगे।' मैं कुछ समझ नहीं सका। बार-बार भीतर से हूल सी मार रही थी। मैंने बीनू का ध्यान फेरने की गरज से कहा, 'वो देखो, चम्पा आ रही है तुम्हें खोजती हुई।'

चम्पा इधर को ही आ रही थी। शायद वह जानती थी कि रोज की तरह विनोद यहीं होगा।

चम्पा–बारह साल की गोरी-गोरी लड़की, रबड़ सी मुलायम देह, आँखों में स्वच्छ हँसी तैरती हुई, भरा-भरा चेहरा; आज लग रहा था कि उसके पूरे शरीर को कोल्हू में पेरकर निचोड़ लिया गया हो। आँखों में सर्द स्याही फैली हुई थी। मुझे देखकर मुसकरायी, जैसे श्मशान में चिता की लौ जल उठी हो, फिर हबसने लगी।

'चाचा, यह चम्पा क्यों रोती है? यही कहती है, अम्माँ मर गयी है, कभी नहीं आयेगी, इसलिए रोती है यह। अम्माँ नहीं आयेगी चाचा?'

'आयेगी, आयेगी मेरे बेटे, आयेगी···'

घर में घुसा तो बीनू को नीचे उतार दिया। वह धीरे-धीरे भाभी के कमरे की ओर बढ़ गया। मैं भी अनजाने खिंचा चला गया। कमरे में झांका तो कलेजा सनसना उठा। उनका बक्स अस्त-व्यस्त पड़ा हुआ था, उनकी तसवीर तिरछी होकर लटकी थी, उनका आइना बीच में फूट गया था, बीनू के जूते-मोजे यहाँ-वहाँ बिखरे पड़े थे। कमरे में झांका तो जी धक्क से रह गया, एक विराट सूनापन जैसे झांय कर उठा हो।

इस बार नौकरी पर जा रहा था तो भाभी मुसकराती हुई दरवाजे पर खड़ी थीं,

लेकिन उनकी आँखों के भीतर से एक अगाध व्यथा झांक रही थी।

'जल्दी-जल्दी आया करो बाबू। जाते हो तो आने का नाम ही नहीं लेते!' भाभी का भीगा हुआ स्वर गीले कपड़े की तरह मेरे अंग-अंग पर बिछ गया था।

'बहुत दूर चला गया हूँ भाभी! दूसरे प्रेस की नौकरी, जल्दी नहीं आना हो पाता है। और आज के जमाने में साल-दो साल का समय भी क्या होता है भाभी?'

'तुम्हें नहीं होता है, लेकिन देहात के घर में तो साल-दो-साल पूरा एक जुग होता है बाबू। शहर जाकर निरमोही हो गये हो न ! यहाँ तो मन बहुत उदासता है।'

'मन क्यों उदासता है भाभी? भइया हैं, चम्पा है, विनोद है और तुम्हारी रंगीनी है, इतने तो साथी हैं··· । '

'छोड़ो बाबू, तुम्हारे भइया को गृहस्थी और परोपकार के काम से फुर्सत भी कहाँ? चम्पा पढ़ने जाती है। हाँ, बीनू है, जो अकेले इस सारे सन्नाटे को काटने में लगा रहता है। हाँ, मेरी देवरानी आ जाती तो।'

'अरे छोड़ो भाभी, अभी क्या जल्दी है? बला जितनी देर से आये उतना ही अच्छा।'

'यह मीठी बला है लाला, इसे कौन नहीं चाहता? और जल्दी की बात कही, सो जिन्दगी का क्या भरोसा? कौन जाने, इस बार मुझे देखकर जा रहे हो, अगली बार आओ, न पाओ।'

'भाभी !' मैं जोर से तड़पा।

'यह तो एक दृष्टान्त की बात कह रही हूँ बाबू, घबराने की बात नहीं।'

मुझे क्या पता था कि यह दृष्टान्त भाभी पर ही चरितार्थ होगा। सालभर बाद लग रहा है कि भाभी उसी प्रकार दरवाजे पर ओठों पर हँसी और आँखों में अगाध व्यथा लेकर मुझे विदा दे रही हैं··· मुझे लग रहा है कि वे कमरे के एक कोने में बैठी सन्दूक से पैसे निकाल रही हैं। खाट पर लेटी हुई बीनू को कहानियाँ सुना रही हैं। मेरे पैर अपने आप अन्दर बढ़ गये; जैसे एक भयंकर खालीपन चीत्कार कर उठा हो ··· डरकर मैं पीछे लौट आया।

शाम गहरा रही थी। मुझे लगा कि भाभी रसोईघर में चूल्हे के पास बैठी रोटियाँ सेंक रही हैं और धीरे-धीरे कोई ब्याह का गीत गुनगुना रही हैं। चूल्हा उदास पड़ा था धुएँ से धुमठा हुआ। दो-चार सुलगी हुई लकड़ियाँ बिखरी थीं। शायद चम्पा ने शाम के लिए रोटियाँ सेंकी हैं।

'चाचा, मेरी अम्माँ मुझे यहीं बैठाकर रोटियां खिलाती थी। कभी रोता था तो गोदी में बैठाकर रोटियाँ सेंकती थी और जब मैं बहुत तंग करने लगता था तो गोदी से उठकार फेंक देती थी और जब मैं उस कोने में बैठकर अड़कने लगता था तो रोती हुई आती थी, छाती से लगा लेती थी। अब मैं इसी कोने में बैठा रहता हूँ, कोई नहीं आता लेने के लिए, मैं तो अब रोता भी नहीं।'

और स्मृतियाँ ही स्मृतियाँ ··· भाभी तुलसी के चौरे पर दीप जलाकर विनय की मुद्रा में झुकी हुई हैं ··· चूल्हे के पास बैठी हुई हैं ··· और चूल्हे की आंच से तपे हुए गोरे मुख-मण्डल पर पसीने की बूँदे छा गयी हैं, गरम-गरम रोटियों की उष्मा पूरे घर में महक रही है ···

ओसारे में बैठा था विनोद और चम्पा के साथ। भइया आये, शायद कोई पंचायत करके। एक ढेबरी जल रही थी। भाई साहब आकर धीरे से खाट पर बैठ गये। ढेबरी के मन्द प्रकाश में देखा घुटा हुआ सिर, चेहरे की रेखाएं जैसे एकदम कठोर हो गयी हैं, स्तब्ध आंखें जिनमें आँसू उठकर सूख गए हों।

'कब आये?' कुछ देर बाद टूटी आवाज में पूछा उन्होंने।

'घण्टा भर पहले।'

लगता था कि भाई साहब किसी शून्य लोक में खो गये हों।

'बाबूजी चलिए खाना खा लीजिए। चाचाजी आप भी।' चम्पा बोली।

भाई साहब यन्त्र की तरह उठ खड़े हुए, 'चलो।' विनोद को उन्होंने गोद में उठा लिया।

'चम्पा कुछ बना लेती है, यही एक सहारा है।' भाई साहब निरुद्वेग भाव से बोले।

'खाओ बेटा बीनू, खाते क्यों नहीं?' मैंने विनोद को उकसाया।

'मुझे अच्छा नहीं लगता चम्पा का बनाया हुआ खाना। मेरी माँ को बुला दो। मुझे कितना अच्छा-अच्छा खाना खिलाती थी। चम्पा को तो कुछ आता ही नहीं। तुम लोगों ने मेरी अम्मा को घर से निकाल दिया है। कोई बुलाता नहीं उसे। मैं नहीं खाऊँगा। कभी नहीं खाऊँगा।'

भाई साहब ने बड़ी कठोर मुद्रा से एक बार मेरी ओर, एक बार विनोद की ओर देखा। कहना मुश्किल था कि उस मुद्रा में कठोरता अधिक थी कि बेबसी। विनोद सहम गया।

\+ \+ \+

खाना खाकर हम लोग चारपाई पर बैठे। फिर उसी जड़ता ने भइया को दबोच रखा। मुझे कुछ पूछने की हिम्मत नहीं हो रही थी। कुछ देर बाद वे स्वयं बोले, 'निमोनिया हो गया था। देहात में जितनी कोशिश हो सकती थी, की, नहीं बच सकी।'

फिर वही कठोर चुप्पी भाईसाहब ने साध ली। ढेबरी के प्रकाश में मैंने उनके धूसर मुख की स्तब्ध जड़ता को धीरे-धीरे काँपते हुए देखा, फिर जैसे सारा चेहरा पिघल गया और टप्प-टप्प आंसू चूने लगे, फिर जैसे सारे आँसू एक साथ उमड़ पड़े, उन्होंने आँसुओं को पोंछा नहीं।

चम्पा और विनोद सो गये थे। भाई साहब ने इतनी देर बाद पूछा, 'कैसे रहे तुम?'

'ठीक।' जैसे भाई साहब की जड़ता संक्रामक होकर मुझे भी लपेटने लगी थी।

'तुम तो नहीं आ सके, बड़ी पीड़ा से मरी है। लक्ष्मी घर सूना कर गयी! कुछ सोच

नहीं पाता, इस बीनू का क्या करूं? घर में दूसरी कोई औरत होती तो शायद सँभाल लेती। मैं अकेले क्या-क्या करूं–घर-गृहस्थी, अंचायत पंचायत ··· सौ लफड़े। बीनू ··· जैसे एक बड़े तपते हुए सुनसान में कोई चिड़िया का बच्चा आ फँसा हो ··· इस असहाय को मैं कैसे समझाऊँ? सुधीर ··· तुम्हारी भाभी विनोद की व्यथा समझती थी। उसकी आँखों में एक गहरी काली रात थरथरा रही थी, वह इसीलिए मर-मरकर मरी है कितने दिन की छुट्टी है?'

'सात दिन की। चार दिन तो आने-जाने में बीत जाते हैं।'

'हूँ ···'

विनोद सोने में जोर-जोर से रोने लगा 'नहीं न ··· हीं ··· न ··· हीं ··· अहहहह ···'

भाई साहब ने मेरी ओर देखा, बोले, 'देखो, ऐसे ही रोता है रात में तीन-चार बार, सो नहीं पाता हूँ ···।'

विनोद रोये जा रहा था, मैंने ठीक-ठाक कर फिर उसे सुला दिया।

हम लोग सो गये। दो घण्टे बाद बीनू फिर उसी तरह चीखने लगा, 'नहीं ··· न ··· हीं ···' भाई साहब ने उसे थपकी देकर सुला दिया। फिर घण्टाभर बार वह चीखने लगा। भाई साहब खीझ उठे। उसके गाल पर दो थप्पड़ रसीद किये और खाट के नीचे ढकेल दिया–'कमीना, पाजी! बोल, फिर रोयेगा?' विनोद भय से काँपने लगा। रोते-रोते कह रहा था, 'नहीं अब नहीं रोऊँगा, अब नहीं।'

मैंने विनोद को अपने पास सुला लिया–फिर कुछ देर बाद रोने लगा, किन्तु गनीमत थी कि भाई साहब पहर रात रहते ही बैलों को सानी-पानी देने के लिए उठ गए थे!

सुबह होते ही बीनू भाभी के कमरे की ओर दौड़ा, 'अम्माँ अम्मा! तुम आ गयीं।' इस कमरे से उस कमरे में गया, उस कमरे से उस कमरे में, फिर उदास होकर आंगन के एक कोने में बैठ गया। आँखों से आँसू झर रहे थे।

मैं उसे इस हालत में देखकर सहम गया, जहाँ का तहाँ खड़ा रहा। छत पर शरद की धूप उतर आयी थी, एक गौरैया अपने बच्चे को चारा खिला रही थी।

'चल भइया, हाथ-मुँह धो ले और दूध पी ले।' चम्पा पास आकर बोली।

'मैं नहीं हाथ-मुँह धोऊँगा, मैं नहीं दूध पीऊँगा, मैं अम्माँ के पास जाऊँगा, पहुँचा दो मुझे।'

मैं बीनू को गोद में लेने के लिए लपका, वह छटपटाकर अलग हो गया।

वह उसी जिद के साथ कहता रहा,'मैं अम्माँ के पास जाऊँगा। वह आती है, भाग जाती है, अब मैं भी उसके पास जाऊँगा। देखूँ, कैसे भागती है!'

'अम्माँ कहाँ आती है बेटा?'

'यहीं आती है, रोज रात को आती है सफेद साड़ी पहने हुए। जब मैं उसे पकड़ने जाता हूँ तो भाग जाती है। अब मुझी को उसके पास ले चलो न!'

'बेटा! वे बहुत दूर गयी हैं। तुम वहाँ नहीं पहुँच पाओगे, थक जाओगे, बच्चे हो न! वे खुद एक दिन आ जायेंगी।'

'आती तो रोज रात को है मगर भाग जाती है।'

'तुम रात को रोते हो, इसलिए भाग जाती है।'

'मैं रोता नहीं चाचा, रोना अपने आप आ जाता है, मैं क्या करूं?'

'क्यों रोना आ जाता है?'

'चाचा, मैं देखता हूँ कि अम्माँ आयी है खूब सफेद कपड़े पहने हुए। उसका मुँह भी बहुत महीन कपड़े से ढका हुआ है। मुझसे दूर बैठी हुई मुझे निहारती रहती है। पता नहीं क्यों मेरे पास नहीं आती? अब मुझे प्यार नहीं करती? बैठी-बैठी रोती है, कुछ खाने को नहीं देती। और जब मैं अम्माँ-अम्माँ पुकारता हुआ उसकी ओर दौड़ता हूँ तो वह आंगन से उड़ जाती है और मेरा सिर भीत से टकरा जाता है। मैं समझता हूँ कि माँ मेरी बदमाशियों से नाराज होकर मुझसे दूर भाग रही है। मैं पुकारता हूँ, अब नहीं अम्मां, अब नहीं बदमाशी करूंगा। मगर अम्माँ नहीं सुनती है, उड़ जाती है, मैं देखता रहता हूँ कि वह दूर-दूर चमकते तारों में जाकर मिल गयी है मैं रोता सा आंगन में खड़ा रहता हूँ-।'

मुझे रात को बीनू के रोने का कारण समझ में आ गया। मन अद्‌भुत करुणा से भारी हो गया। उसे गोद में उठाया, 'मेरे बड़े अच्छे मुन्ने, चलो हाथ-मुंह धो लो, दूध पी लो, जब अम्माँ सुनेगी कि तुम अच्छे लड़के हो गये हो, दूध लेते हो तो जल्दी आयेगी।'

बीनू कुछ बोला नहीं, जैसे उसे हम सबकी बातों पर अविश्वास हो रहा था, फिर भी एक अज्ञात आशा चमकी होगी मन में, तभी तो वह मेरी बांहों में धीरे से खिंच आया।

'ऐसे नहीं, अम्माँ ऐसे मुँह धोती थी। इतने बड़े हुए, मुँह भी धोना नहीं आया चाचा!' और वह स्वयं वैसे धोने लगा, जैसा अम्माँ धोती थी।

X X X

विनोद को लेकर घूमने निकल गया। शरद की धूप कटते हुए खेतों और भरते हुए खलिहानों की फसलों पर फैल गयी थी। पानी से भरे गड्ढों से एक अजब सी गन्ध आ रही थी। मुझे लगा कि मेरा मन भी एक बड़ा सा आकाश है, जिसमें उदास धूप फैली हुई है और रह-रहकर एक चील टिहा उठती है। अपने बचपन का एक प्रसंग याद आ रहा था। माँ मामा के साथ मायके जा रही है। मैं अंधेरे में बाँहों से आँखें घेरकर झर झर झर झर रो रहा हूँ। दस साल का हूँ फिर भी मोह से भरकर हृदय उमड़ उमड़ आ रहा है। माँ लौटकर देखती है कि मेरा चेहरा सूख गया है, हड्डियां निकल आयी हैं, आँखें धँस गयीं हैं, माँ बैठी रो रही है-माँ, कितना दर्द भरा शब्द है यह! और यह चार साल का विनोद, जिसकी माँ हमेशा के लिए छिन गयी-और-और

आगे सोचना नहीं हो पाता। विनोद को लिये हुए लौट आता हूँ।

'चाचा।'

'हाँ बेटा।'

'मेरी माँ थी न, बड़ी अच्छी थी। हाँ, बड़ी अच्छी थी। लेकिन पता नहीं क्यों छोड़कर चली गयी!'

मैं चुप था।

'चाचा, अम्माँ मुझे कभी अकेला नहीं छोड़ती थी, मगर इस बार क्यों अकेला छोड़ गयी? मुझसे कहा भी नहीं कि गंगा नहाने जा रही हूँ। यह भी नहीं कहा कि कब आयेगी। जब मैं उसके साथ जाने लगा तो गाँव के कई लोगों ने मुझे पकड़ लिया। मैं बहुत रोया, लेकिन किसी ने जाने नहीं दिया अम्माँ के साथ। कितने बुरे लोग हैं, जो बेटे को अम्माँ के साथ नहीं जाने देते ···'

'हाँ बेटा।'

दोपहर को खा-पीकर एक मित्र से मिलने चला गया। घर लौटा तो देखा बीनू भाभी के घर में बैठा हुआ सिसक रहा है। उसके आगे भाभी की फोटो है। मैं धीमे से वहाँ से सरक आया ··· रो लेने दो, हलका हो जायेगा।

कुछ देर बाद लौटा तो देखा विनोद फोटो को छाती से चिपकाये कमरे के अस्तव्यस्त सामानों पर सो गया है। मुंह पर आंसुओं की लकीरें सूख गयी हैं। चम्पा रोटी बना रही थी। मैंने कहा– 'बेटा चम्पा अब तू ही इसकी माँ हैं, बहन है, खयाल रखा कर इसका।'

चम्पा भरभराकर रो पड़ी जैसे बहुत देर से रुका हुआ बांध टूट गया हो। बहुत देर तक हुचक हुचक रोती रही और रोटियां सेकती रही! कुछ देर बाद बोली, 'बहुत सताता है यह, ऐसी बातें करता है कि धीरज छूट जाता है, छाती फट जाती है ···'

आगे बढ़कर मैंने बीनू को गोद में उठा लिया। ओह! इसकी देह तो गरम है तवे की तरह। 'चम्पा जरा बिस्तर ठीक करना बेटा, इसे बुखार है।'

विनोद को चारपाई पर सुला दिया। वह बुखार की बेहोशी में बर्राने लगा अम्माँ कहाँ हो ··· बुला लो ··· आओ ···

शाम को भाई साहब, आये, माथा पकड़कर बैठ गये। 'सुधीर, कुछ समझ में नहीं आता क्या करूँ ? घर में कोई औरत होती तो थोड़ा-बहुत सँभालती भी ··· बेचारी चम्पा ··· खुद ही बच्ची है, क्या-क्या करे ··· मेरे प्यारे बच्चे, अभागे बच्चे ···'!

भइया रोने लगे। मैं चुप रहा। कुछ देर बाद बोला– 'भइया, जो आ पड़ा है झेलना ही होगा। आप भी अपने को कुछ बाहर से समेटकर बीनू में केन्द्रित कीजिए और ··· और कुछ दिनों के लिए बहन को बुला लीजिए।'

'बुलाया था भाई, लेकिन वह आने की स्थिति में नहीं है। ··· लोग तरह-तरह के इशारे भी करने लगे हैं? सुधू कितने गन्दे हैं लोग कि उसे मरे हुए महीना भर भी नहीं

हुआ कि शादी के इशारे करने लगे हैं। नहीं, यह नहीं होगा। मैं बीनू के लिए विमाता नहीं लाऊँगा, कुछ करूँगा, करूँगा कुछ, मगर यह नहीं ··· नहीं।' लगा, जैसे भइया किसी तेज भंवर में पड़ गये हों।

मेरे पास कुछ दवाएं थीं, बीनू को खिलायीं। दूसरे दिन उसका बुखार उतर गया। होश आते ही पूछा, 'चाचा! माँ आ गयी?'

तीसरे दिन शाम को नौकरी पर लौटने लगा। भाई साहब सख्त चेहरे पर आँसुओं का तनाव लिए खड़े थे। चम्पा मुँह फेरकर हबस रही थी। बीनू ··· बीनू कहीं खेलने निकल गया था। नहीं उसे मत बुलाओ, खेलने दो, उसे खेलने देना चाहिए। एक और चेहरा इस विदा के साथ जुड़ा हुआ है, वह आज नहीं है। लौट रहा हूँ एक बोझ लेकर, एक खाली घर लेकर ···

गाँव के बाहर निकला तो देखकर स्तब्ध रह गया। बीनू उसी आम के पेड़ के नीचे पश्चिम की ओर मुँह किये खड़ा था एक अनन्त प्रतीक्षा में ···

उसके पास जाने की हिम्मत नहीं हुई। मैंने दूसरा रास्ता पकड़ा। दूर तक मुड़-मुड़कर देखता रहा, बीनू उसी प्रकार खड़ा था ···

□

एक भटकी हुई मुलाकात

गाड़ी चलने को ही थी कि अंजना झपटी हुई सेकंड क्लास के डिब्बे में दाखिल हो गयी। डिब्बे में कोई खास भीड़ नहीं थी, एक-एक बर्थ पर दो-दो, एक-एक यात्री बैठे थे। अंजना ने जल्दी-जल्दी कुली से अपना सामान रखवाया, उसे पैसे दिये और गाड़ी चल दी। अंजना निश्चिन्त होकर अपना सामान सजाने लगी। होल्डाल बिछा दिया, डेलची और छोटी सी अटैची ऊपर के बर्थ पर डाल दी। एक टावेल और साबुन लेकर चली गयी हाथ-मुँह धोने।

हाथ-मुँह धोकर लौटी तो ताजा अनुभव कर रही थी। टावेल डेलची पर फैला दिया, साबुन अन्दर डाल दिया और बालों को झटककर निश्चिन्तता की साँस ली। सामने बर्थ पर एक औरत बैठी-बैठी ऊंघ रही थी। रूप-रंग से सुन्दर और अपटुडेट कही जा सकती थी। हल्की-हल्की स्थूलता के नाते उम्र कुछ अधिक लग रही थी। किन्तु होगी अभी पचीस-तीस की। इसके साथ जो लड़का बैठा हुआ है वह दस का तो होगा ही। दस का तो लड़का ही है फिर इस औरत की उम्र। नहीं वह तीस वर्ष से अधिक की नहीं होगी। वह खुद ही कहाँ तीस के पार है और उसका मनोज भी तो दस साल का हुआ होगा।

वह औरत ऊँघ रही थी। झपकी से नीचे गिरते हुए सिर को बार-बार उठा लेती थी। लाल-लाल आँखों से एक पल को देखती थी फिर ऊँघने लगती थी।

उफ, हद की गर्मी है। अभी तो पूरा दिन पड़ा हुआ है। पंखा भन-भन-भन भनभना रहा है ··· पसीने से इस औरत का सिन्दूर फैलकर ललाट पर पसर गया है। अंजना ने रूमाल से अपना पसीना पोंछ लिया। हाँ, पसीना ही तो है और कुछ नहीं, कभी इस ललाट पर भी सिन्दूर फैलता था।

पंखा भन भन भन चल रहा था जैसे अगाध काल के सन्नाटे में हर पल बिना किसी से बोले हुए भागा जा रहा हो। बाहर धूप में चमकते हुए कटे खेत तेजी से पीछे छूट रहे थे। दहकते हुए गुलमुहर और अमलतास के फूल स्मृतियों के समान इस भयंकर धूप में भी अपनी ताजगी लिए पीछे छूट रहे थे। कभी-कभी ट्रेन पेड़ों के नजदीक होकर गुजरती थी तो एक हहराहट दोनों को एक क्षण के लिए बाँध देती थी।

दूर-दूर तक जलता हुआ सन्नाटा और भन भन भन भन चलता हुआ पंखा··· और इस सन्नाटे में अंजना और उसके सामने ऊंघती हुई यह नारी और एक लड़का दस वर्ष के आस-पास का। दस वर्ष का उसका अपना मनोज भी हुआ होगा। कितने वर्ष हो गये छूटे हुए, हाँ, पांच वर्ष··· अब शायद पहचान भी पाऊँ या नहीं··· वह तो मुझे नहीं ही पहचान पायेगा।

और यह लड़का कब से खिड़की के बाहर की ओर मुँह किए देख रहा है, तन्मय है बाहर की दुनिया देखने में। धूप और गर्म हवा के झोंके इससे खिलवाड़ कर रहे हैं।

हाँ, इस लड़के की गोरी-गोरी गरदन दीख रही थी, माथे का पिछला हिस्सा भी। अंजना की नजर इस लड़के के सिर के पिछले हिस्से के बालों की भँवर में डूब गयी थी। उसकी दृष्टि मानो इस बालक के कपड़ों के नीचे घुसकर उसके अंग-अंग पर रेंग रही थी और फिर गरदन तथा बालों पर आकर टिक जाती थी। मनोज का वह अंग-अंग पहचानती है और इस लड़के की ओर वह कब से देख रही है। उसे इच्छा होती है बुलाऊँ मगर-मगर क्यों बुलाऊँ? दूसरे के बच्चे को यों बुलाना ठीक नहीं है, और एक अज्ञात भय था जो उसे बुलाने नहीं देता। वह नहीं चाहती कि वह इधर मुँह फेरे। वह नहीं चाहती कि वह अपनी बड़ी-बड़ी आँखों की जलती गोलियाँ उसके सीने में चिपका दे। बस, बस, वह उसकी भँवर और गोरी गरदन देखती रहे।

अंजना ने टावेल उतारा और एक बार गरदन टेढ़ी करके बाहर की ओर देखा, टावेल से पसीना पोंछकर बर्थ पर लेट गयी। उसने एक उपन्यास निकाल लिया, और पता नहीं पढ़ रही है या उससे आँखें ढक ली हैं। बीच-बीच में कनखियों से वह लड़के की ओर देख लेती थी। कमबख्त एकटक बाहर की ओर देख रहा है। वह उपन्यास पढ़ रही थी। 'मनु, ओ लाड़ले।' आँख में कुछ पड़ा तो तू मेरी मुश्किल कर देगा।' ऊँघती हुई नारी अब स्थिर होकर उठ बैठी थी।

'मनु' अंजना चौंकी। वह धीरे-धीरे उठ बैठी। अब लड़के का भरपूर चेहरा सामने था। अंजना उसे देख रही थी। मनु भी अपने पास ही सफर करने वाली इस महिला को मानो पहली बार देख रहा हो। वह एकटक अपनी आँखें अंजना की आँखों में डाले उसे निहार रहा था। अंजना की आँखों में मनु का भरपूर चेहरा समा आया।

पाँच वर्ष हो गये मनोज से छूटे हुए, पाँच वर्ष में बहुत फर्क आ सकता है, ठीक-ठीक पहचान पाना कितना मुश्किल होता है लेकिन क्या कोई माँ अपने बेटे को नहीं पहचान सकती, चाहे उससे पचीस वर्ष अलग रहे।

मनु अंजना को देख रहा था। कितनी तन्मयता है इन आँखों में, बाहर देखता रहा तो बाहर देखता रहा, अब अंजना को देख रहा है तो उसी को देख रहा है। और मनोज की सी बड़ी-बड़ी तरल आँखें, हाँ कुछ सावधान हो गयी हैं, नाक भी मनोज की सी है, हाँ आगे की ओर थोड़ी अधिक झुक आयी है और बीच से कुछ उठ गयी हैं, दृष्टि

में वही आर्द्रता—हाँ ललाट कुछ अधिक प्रशस्त हो गया है। क्या यह मनोज नहीं हो सकता! क्या माँ की आँखें अपने बेटे को पहचानने में धोखा खा रही हैं? मगर इसके साथ यह नारी कौन है? शायद उन्होंने फिर शादी कर ली हो? क्यों न पूछ देखूँ? नहीं, क्यों पूछूँ, पूछकर ही क्या हो जाएगा? फिर एक नया घाव लेकर लौटूंगी। यह मनोज न हो भगवान। मगर अंजना की दृष्टि मनु की तरल आँखों की आर्द्रता से भीग रही थी। उसी की ओर रह-रहकर देखती थी फिर उपन्यास में मुँह छिपा लेती थी। मनु मनोज ही हो तो क्या हो जायगा—मनोज तो उसका अपना ही था फिर अपना होकर भी कहाँ अपना रहा? यह पुरुष का कानून है, यह स्वंतत्र देश का कानून है कि बच्चा पैदा करे माँ और अधिकारी हो जाय बाप। संवेदनाओं का मूल्य त्याग में है। माँ अपनी सारी संवदेनाएं दूह-दूहकर अपने पुत्र का निर्माण करती है। अपने पास वह क्या रखती है? लेकिन वही पुत्र न्याय के समय पिता का हो जाता है। न्याय और संवेदना मानो अलग-अलग चीजें हों।

वह उपन्यास से मुँह ढँके-ढँके क्या-क्या सोचने लगी—एक गीला-गीला अतीत उसके सामने से गुजरने लगा। मनोज दो साल का था और तभी तलाक की नौबत आई। सुधांशु बदली कराकर दिल्ली चला गया। वह अहमदाबाद में ही रही मनोज के साथ। कोर्ट ने फैसला किया कि सुंधाशु डेढ़ सौ रुपये महीने देगा अंजना को, जब तक वह नई शादी नहीं कर लेती। उस ने इसे अपना बड़ा अपमान समझा। सुधांशु का जब कुछ अपना नहीं रहा तो उसके रुपये क्यों लूँ। क्या मैं इतनी असहाय हूँ? नहीं, उसकी एक चीज है मेरे पास मनोज। मनोज के लिए ये रुपये लेने पड़ेंगे। कोर्ट का फैसला यही है न कि मनोज सुधांशु का है। सुधांशु जब तक चाहे उसे पालने-पोसने के लिए अंजना के पास छोड़ सकता है। अंजना को इस फैसले पर इतना क्रोध आया कि ··· मगर फैसले का क्या दोष, कानून ही ऐसा है। अब वह सुधांशु की कोई चीज अपने पास क्यों रखे? क्या वह सुधांशु की दासी है कि अमुक समय तक उसकी चीज की देख-भाल करती रहे और सुधांशु जब चाहे उसे वापस छीन ले। हाय! मनोज चीज, वस्तु तो नहीं है। कानून भले उसे सुधांशु का बेटा कहे लेकिन वह उसकी माँ है। इसे कौन नहीं कहेगा? और किसी के 'नहीं' 'हाँ' कहने से क्या होता है? वह उसकी माँ ··· है तो है। किसी के मानने-न-मानने से क्या होता है। उसकी माँ है तो हमेशा माँ ही रहेगी और माँ ब्रेटे को अपने प्राणों का रस पिला-पिलाकर पालेगी जब तक उसे पालने का अवसर दिया जायेगा। उसने मनोज के लिए ही सुधांशु के डेढ़ सौ रुपये मासिक स्वीकार किये। मनोज उसकी सारी तरलता पीकर बढ़ता गया। बीच-बीच में अंजना मनोज के अलग होने की कल्पना से उदास हो उठती जैसे किसी ने एकाएक उसके प्राण रस को सोख लिया हो और मनोज को गीले वक्ष पर चिपकाकर अपने सारे दर्द बिखेर देती। पांच वर्ष पूरे होने पर सुधांशु आया मनोज को ले जाने के लिए। मैंने क्यों 'नहीं' कह दिया? जानती थी कि

फैसला सुधांशु के पक्ष में है। सुधांशु ने कहा था कि मैं इसे ले जाऊँगा। मैंने कहा–नहीं दूँगी, नहीं दूँगी, नहीं दूँगी। कानून तुम्हारे पक्ष में है तो क्या हुआ? मनुष्य के कुछ नैतिक अधिकार भी तो होते हैं। मनोज मेरे प्यार की बूँद-बूँद पीकर बना है, विकसा है। यह मुझसे अलग होगा तो मैं ··· खैर! मेरी बात छोड़ो। मैं तो ··· मैं तो सह लूँगी, बहुत सी नारियाँ सहती हैं लेकिन मनोज बिखर जायगा। और बेटे का बिखरना माँ नहीं देख सकती। यह अनाथ हो जायगा। प्यार न पाकर टूट जायगा। सुधांशु गरजा था कि प्यार तो बस तुम्हारे ही पास है तुम्हीं दुनिया-भर के बच्चों को पाल-पोस रही हो!

मैं अपना सारा अभिमान छोड़कर अनुनय पर उतर आई–'सुधांशु इतने क्रूर मत बनो। माना कि यह कानूनन तुम्हारा बेटा है, तुम्हारा रहेगा लेकिन मुझे इसकी सेवा कर पाल-पोस लेने दो। स्वावलंबी होगा तो तुम्हारे पास भेज दूँगी। आखिर मैं भी तो कुछ हूँ–'

'तुम इसकी कोई नहीं हो। केवल पैदा करने की मशीन हो।' मैं ताव खा गई–'आखिर तुम अपनी जाति पर उतर आये। सुधांशु ! तलाक के बाद तुम्हें मेरा अपमान करने का कोई हक नहीं है, ले जाओ अपने बेटे को।' मैं फफकती हुई अन्दर चली गयी यह कहती हुई कि उसे ले जाओ, अपने बेटे को अभी ले जाओ ··· अभी ···'

मैं सुनती रही कि सुधांशु मनोज को लालच देता रहा, चल बेटे दिल्ली चलें। वहाँ मेला है, लाल-लाल खिलौने हैं। चलो घूम आयें। मनोज मेले के नाम पर बड़ा खुश हुआ लेकिन उसने कहा कि मेरी माँ भी चलेगी। 'नहीं बेटे, तुम्हारी माँ तो यहीं रहेगी। तुम्हारे लिए नये-नये कपड़े बनाती रहेगी। जब तुम मेले में घूमकर आओगे तो तुम्हें पहनायेगी। हाँ, 'मेरा बेटा लौट आया' कहकर प्यार करेगी।'

'नहीं-नहीं' माँ को भी ले चलो, मैं अकेले नहीं जाऊंगा, मैं तो तुमको जानता भी नहीं। तुम कहीं मेले में खो दो तो?'

'अरे नहीं बेटा, मैं तो तेरा डैडी हूँ डैडी। मैं तुम्हें कैसे खोऊँगा? मैं तुम्हें घुमाकर यहाँ लौट आऊंगा।'

मेरी इच्छा हुई कि चिल्लाकर कहूँ, बड़े बाप बनते हो तो अधिकार से ले जाओ, माँ की ममता को बीच में रखकर क्यों ले जाते हो, लौटा लाने के झूठे वादे क्यों करते हो? मगर नहीं बोली। बाप है ले ही जायगा। अधिकार से ले जायगा। पुलिस बुलाकर ले जायगा। बेटा रोयेगा, अहकेगा तो छाती फटेगी माँ की ही न।'

मनोज तैयार हो गया। 'माँ कपड़े पहना दे–मैं दिल्ली मेला देखने जाऊँगा तू मेरे लिए अच्छे-अच्छे कपड़े रखना।'

मैं अपने को दाबते-दाबते फफकने लगी थी। 'तू रोती क्यों हैं माँ' मैं तो दो दिन में लौट आऊँगा।' डैडी कहते हैं। वह डैडी हैं न माँ? 'हाँ बेटा। जाओ, जाओ' मैंने

अपने ही हाथों मनोज को तैयार किया और सुधांशु के हाथों सौंपते हुए कहा–'खयाल रखना। 'मैं फिर मुँह फेरकर देर तक फफकती रही।–

उसके बाद अंजना को सुधांशु की कोई चिट्ठी नहीं मिली। उसने सुधांशु के भेजे हुए 150 रु. भी लौटा दिए, फिर कभी नहीं स्वीकार किए। मनोज के बारे में वह कुछ नहीं जान सकी, केवल वह कल्पना कर सकी कि दिल्ली जाकर वह माँ के पास लौटने के लिए चीख रहा है। सुधांशु तरह-तरह के प्रलोभनों से उसे अपने यहाँ रखने का प्रयास कर रहा है। मनोज माँ को खोजता है। धाय या और कोई उसे चुप कराते हैं पर वह माँ को खोजता है। नहीं चुप होने पर उसे सुधांशु मारता है। धीरे-धीरे दिन बीत रहे हैं। मनोज उदास-उदास-सा रहता है, सूखी आँखों से आस-पास के आकाश को देखता हुआ चुपचाप बैठा रहता है। फिर धीरे-धीरे सब कुछ भूल जाता है शायद अंजना को भी–

औरत बड़बड़ायी–'अभी तक नहीं आये, दोपहर हो गई, खाने का वक्त हो गया, दोस्तों से बातें करते हैं दूसरे कम्पार्टमैंट में। इन्हें औरों का भी कुछ खयाल है?'

अंजना मनु की ओर देख रही थी। मनु कमल सी बड़ी भोली-भाली आँखों में तरलता भरे अंजना को देखता था, आँखें मिलने पर शरमाकर फेर लेता था। अंजना को लगता था कि मनु की आँखें उसकी रग-रग में बह रही हैं, क्यों बह रही हैं, उसे क्या मालूम?

'माँ' मनु एकदम चीखा। अंजना झटके से उठ बैठी जैसे उसे किसी ने पुकारा हो। वह अपनी इस नादानी पर शर्मा गई। उसने देखा कि वह लड़का मनु उस औरत की ओर मुखातिब होकर आँख मल रहा है।

माँ, आँख में कोयला पड़ गया।'

'अरे कमबख्त कितनी बार कहा कि गाड़ी के बाहर मत झाँको लेकिन नहीं मानोगे,' उस औरत ने बेरुखी से लड़के को खींचकर अपने सामने कर लिया और आँचल के छोर से उसकी आँख से कोयला निकालने लगी। बीच-बीच में उसकी गरदन सख्त हाथों से इधर-उधर टेढ़ी-मेढ़ी कर दे रही थी ओर लड़का सिहर-सिहर उठता था किन्तु न जाने कौन सा एक अज्ञात भय कि रो नहीं पाता था।

अंजना फिर लेट गई और उपन्यास उठा लिया। किसी स्टेशन पर गाड़ी रुकी, औरत बड़बड़ाई–'अभी भी नहीं आये, अजीब हैं गैर जिम्मेदार और फालतू आदमी।'

'कहो सीमा डार्लिग !' गाड़ी सरकी–

अंजना के कान में मानो पिघला हुआ शीशा पड़ गया हो, वह फिर झटके से उठ बैठी–'सुधांशु! हाँ, वही तो है। इस औरत की ओर मुँह किए बात कर रहा है।'

–देर हो गई डियर अरे वह–उसकी दृष्टि अंजना से टकरा गई जैसे किसी ने वाक्य के डंठल को चटाक से तोड़ दिया, जैसे पूरी स्पीड में भागती गाड़ी उलट गई।

लेकिन उसने अपने को पलभर में सँभाल लिया–यह मेरा मतलब है कि वह लाल

शंकर जो अपना मजिस्ट्रेट दोस्त है न छोड़ता ही नहीं था–और–और सु–सुनो मनोज, क्या–क्या–तुमने खाना खा लिया?'

'नहीं पप्पा, मैं और मम्मी आपका इन्तजार कर रहे थे।'

'मम्मी' एक गहरा धक्का लगा और अंजना के दिल का शीशा चटाक कर बैठा।

तो यह मेरा मनोज है और मैं इसकी मम्मी भी नहीं। मम्मी हुई यह सीमा। हाँ, तो यह इनके आफिस वाली वही टाइपिस्ट है। शायद शादी कर ली है इससे ...

अंजना एक बार क्रोध और घृणा से आँखें खींचकर दूसरी ओर देखने लगी। सुधांशु अपनी नई पत्नी को बीच की ओर सरकाकार बैठ गया। सुधांशु कभी ऊपर बर्थ की ओर देखता कभी बाहर की ओर ताकता, कभी दूसरे मुसाफिरों की ओर ताकता, आँखें चारों ओर से फिसलती-फिसलती अंजना पर गिर जातीं और ... और जब अंजना की आँखें भी फिसलती फिसलती सुधांशु पर गिर जातीं तो दोनों एक क्षण को टकरा जातीं और झटकने से अलग हो जातीं।

पंखा भन भन चल रहा था। कम्पार्टमेंट तपने लगा था। हू-हू करके बाहर हवाएं बहने लगीं थीं लेकिन शीशे की खिड़कियों के बंद हो जाने से आवाजें भीतर उतनी तेजी से नहीं आ रही थीं। हर बर्थ पर, हर सीट पर, हर दीवार पर जैसे सन्नाटे की चींटियां चिपकी हुई रेंग रही थीं। अंजना और सुधांशु की आँखें इन चींटियों को गिन रही थीं। बीच में पंखा भनभना रहा था।

अंजना की आँखें घूम-फिर कर मनोज पर टिक जातीं–तो इतना बड़ा हो गया। बगल में बैठी हुई यह पराई औरत इसकी माँ है और मैं कोई नहीं। एकदम भूल गया होगा मुझे, लेकिन क्यों मुझे तरल-तरल आँखों से देख रहा है? लगता है कि बीच में आलिंगन के स्पर्श से हवा छटपटा रही है, लगता है अब वह मेरी गोद में टूट पड़ेगा। मेरा रोम-रोम एक परिचित स्पर्श के सुख में फड़फड़ा उठेगा। हाय! कितने ऐसे क्षण बीत गये। वह कब से ताक रहा है। उसकी आँखों की यह तरलता मेरी अपनी ही तो है और मैं अपने से इतनी दूर ! यह एक गज का फासला देशान्तर का फासला बनकर बीच में तड़प रहा है। मैं मनोज को देखने और गोद में भर लेने के लिए कितनी तड़पी थी और वही मनोज खोयी हुई निधि के समान एकाएक मिल गया तो उसे देखने में भी जी कांपता है जैसे किसी और का माल हो। अपनी ही निधि को भर आँख देख पाने में चोरी का अपराध ... एक बार तो इसे बेटा कह पाती एक बार तो वह मुझे माँ कह पाता ... एक बार ...

'डियर तुम्हें भूख नहीं लगती तो औरों को भी नहीं लगती। आकर चुपचाप बैठ गये। पता नहीं क्या घूर-घूरकर देख रहे हो।'

सुधांशु और अंजना दोनों जैसे कहीं टकरा गये। दोनों ने इस कथन का व्यंग्य समझा।

'हाँ हाँ चलो चलो, उतारो उतारो ... हाँ बस खाना-वोना खा लिया जाय। हाँ हाँ।'

अंजना सरक कर खिड़की के पास चली गई और बाहर की तरफ मुँह किए उपन्यास पढ़ने में डूबना चाहने लगी।

सीमा खाने-पीने के लिए सामान खटर-खटर सरकाने लगी–'अरे उतारो ऊपर से खाने पीने का सामान, बैठे क्या हो?'

'अरे हाँ हाँ।' अचकचा कर सुधांशु उठा और ऊपर से भोजन की डेलची के स्थान पर छोटा बाक्स उतार लिया।

'तुम्हें हो क्या गया है? यह बाक्स खाया जाएगा? खाने का सामान तो डेकची में है।'

'अरे हाँ मैं तो भूल ही गया था ···'

अंजना उपन्यास पर आँखें बिछाए सुधांशु की परेशानी का अनुमान लगा रही थी। वह एक अद्‌भुत संकोच में डूबी जा रही थी जैसे वह भरी सड़क पर नंगी हो गयी हो। चाह रही थी कि उठकर यहाँ से कहीं और चली जाय। लेकिन एक जड़िमा से अभिभूत सी हो गई थी। कुछ करते नहीं बनता था। दूसरे उसके इस तरह उठकर चले जाने से क्या सोचेगी यह औरत और कहीं उसके अन्तर्मन को मनोज की निकटता पकड़े बैठी थी।

'मनु बेटा, तुम यहाँ बीच में इस बाक्स पर बैठ जाओ।' सीमा ने खाना सजा दिया था। बर्थ पर एक ओर सुधांशु था एक ओर वह और दो बर्थो के बीच की खाली जगह में बक्स बिछाकर मनोज को बैठा दिया ···

सुधांशु मर्माहत सा बैठा था। वह खाना खाये? उसकी पत्नी, दस वर्षों तक उसके सुख-दुख की संगिनी अंजना उसके सामने बैठी हुई है, उसे वह खाने तक के लिए पूछ नहीं सके और खुद खाना खाने लगे। तलाक दे दिया है हाँ, दे तो दिया है लेकिन ···

'अरे खाते क्यों नहीं हो? इस तरह आज लुटे-लुटे से क्यों हो? क्या कहीं कुछ खो बैठे हो?' यह कहकर सीमा ने अंजना की ओर व्यंग-भरी निगाह फेरी।

'अरे हाँ हाँ खाता तो हूँ लो ये देखो!' अंजना को लगा कि सीमा उसकी ओर व्यंग्य से मुसकराती हुई देख रही है। उसने सुधांशु के अन्तर-मंथन को स्वयं अनुभव किया। हाँ, तलाक तो दे दिया है। सारे संबन्ध तो कानून से तोड़ लिए गये हैं, उन्होंने दूसरा सम्बन्ध भी स्थापित कर लिया है फिर यह सब क्या है? लगता है कुछ और है जो नहीं छूटता, नहीं छूटता। वह स्वयं क्यों सुधांशु को देखकर चंचल हो गई है। उद्विग्न हो गयी है? बहुत से पुरुष आते-जाते हैं, साथ यात्रा करते हैं, कहाँ कुछ अनुभव होता है? फिर सुधांशु को देखकर ही यह सब कुछ क्यों हो रहा है? लगता है अभी भी कुछ टूटने को बाकी है।

लगता है सुधांशु नहीं खा रहा है।

सुधांशु पूड़ी का एक टुकड़ा मुँह में डालकर देर तक चुभला रहा था। ये कौर जहर

के समान उसके स्वाद को विषाक्त कर रहे थे; डाल दिया है तो निगलना ही है। हाय, अंजना उसके सामने बैठी है, वर्षों बाद मिली है, उससे वह इतना भी नहीं कह सकता कि आओ साथ खाना खा लें। वे वर्ष उसकी आँखों में तैरते हुए निकल गये–अंजना ने सुधांशु को खाना खिलाये बिना कभी खाना नहीं खाया और सुधांशु ने भी हमेशा साथ खाने के लिए अंजना को बांहों में लपेटकर थाल के पास खींच लिया। दोनों ने प्रेम से कभी-कभी एक-दूसरे के मुँह में कौर डाले। अंजना की आंच से दीप्त चूल्हे की लपटें, उसकी प्रीत से सिक्त भोजन की महक, उसके स्पर्श से बजती चमचमाती थालियाँ, चम्मच, ग्लास और सबके ऊपर तैरती अंजना की स्वच्छ आँखों का बहाव और दोनों के मान-मनुहार और हँसी खिल-खिलाहटों से धड़कते क्षण। और आज वही अंजना सामने है–वह खाने को नहीं पूछ पा रहा है। एक तनाव, एक अटकाव ··· क्या था जो इस प्रीति की स्वच्छता में दाग बनकर उभरता गया–शायद उसकी नादानी, शायद अंजना का असहिष्णु व्यक्तित्व। यही सीमा है, जो उसके डिपार्टमैंट में टाइपिस्ट थी। होते-होते कुछ हो गया और अंजना जैसे सब कुछ बर्दाश्त कर सकती थी यह नहीं। उसे गंध मिली और पहले तो उदास रही, बाद में उग्र हो गयी, और बात बिगड़ते-बिगड़ते यहाँ तक बिगड़ गई कि वह उसके अस्तित्व को बर्दाश्त कर पाने में अपने को असमर्थ पाने लगा। अब लगता है कि सारी घटनाएं एक मिथ्या तनाव, एक मिथ्या दर्प-बोध के कारण घट गयीं, घटती गयीं और जब घट गयीं तो घट गयीं। उन्हें कहाँ लौटाया जा सकता है? सीमा अपनी मादक मोहकता लिये उसकी नस-नस में भीनती जा रही थी, उसके ऊपर छाती जा रही थी लेकिन बाद में लगा कि सीमा की सारी मादकता ऊपरी थी जैसे एक खाली कमरे के चारों ओर रंगीन फुलझड़ियाँ जल रही हों। इसके व्यवहार में वह सौहार्द ओर कोमलता नहीं जो इसके ऊपरी सौन्दर्य में है।

और आज अब अंजना और सीमा दोनों साथ-साथ हैं तो दोनों का यह अन्तर कितनी तीव्रता से उसे बेध रहा है।

जी होता है कहे अंजना से साथ खाना खाने के लिए। पर किस अधिकार से कहे? सारे अधिकार तो छीन लिये हैं। काश सीमा ही उससे खाने को पूछती, पर वह क्यों पूछने लगी?

सुधांशु ने मनोज की ओर देखा सुधांशु ने। हाँ सारे अधिकार छीन लिये हैं, उसके बेटे को भी। कितनी तरलता से मनोज को देख रही थी।

और यह सीमा उसके अधिकारों पर कुंडली मारे बैठी है इसे अधिकारों की सुरक्षा करने भी ···

'अरे ! खाते क्यों नहीं हो?'

'खाता तो हूँ।' सुधांशु जोर से तड़पा, फिर वह सँभल गया। धीरे से कहा–'खाता तो हूँ।'

सुधांशु सोच रहा था कहाँ जा रही है अंजना? फिर शादी तो शायद नहीं की। क्या कोई नौकरी की है? मगर नहीं ··· नहीं ··· वह नहीं पूछ सकता?

सुधांशु को लगा कि अंजना की पीठ रह-रहकर थरथरा रही है।

अंजना ने झटके से घड़ी देखी। उपन्यास रख दिया और सुधांशु परिवार की ओर मुँह किये हुए धीरे-धीरे सामान लपेटने लगी।

एकाएक शीशे का एक गिलास गिरा और चूर-चूर हो गया।

सीमा का एक चाँटा मनोज के गाल पर लगा—कम्बख्त।

झटके से अंजना की आँखें घूम गयीं। आँखें भीगी हुई थीं किन्तु उनमें एक रोष की आँच उग आई थी।

सुधांशु की आँखों से उसकी भीगी जलती आँखें क्षणभर को टकरायीं, फिर अपनी दिशा में लौट गयीं।

खिड़की खोल ली थी।

दो बजे की आंच में तपता हुआ सुनसान स्टेशन—ओ कुली ···

अंजना झटके से स्टेशन पर उतर गई।

सीमा झटके में चिल्लाई 'अरी ओ बहन जी, यह पैकेट आपका छूटा जा रहा है' लेकिन अंजना उसी तपते हुए स्टेशन के सन्नाटे में खो गई।

सुधांशु एकटक देखता रहा।

सीमा ने फिर पैकेट की ओर देखा—'मनोज के लिए।'

'अरे देखो न वह औरत मनोज के लिए यह पैकेट छोड़ गई है।'

सुधांशु ने बाहर की ओर आँखें फिराकर पैकेट को देखा। उच्छ्वास लेकर बोला—

'हाँ अंजना थी वह ··· ।'

'क्या!' सीमा एकाएक चौंक उठी और मनोज विस्मय से आँखें खोल पिता की ओर देखता रहा।

लेकिन खुलती हुई गाड़ी की जोर की झझक्क में सब कुछ डूब गया। □

एक औरत : एक जिन्दगी

'कौन है यह?'–मैंने अपने साथ चलते हुए अपने गँवई दोस्त सुकुमार से पूछा।

'अरे यह नरेश की बहू है! आप नहीं पहचानते?' फिर जैसे उसने अपने को सुधारते हुए कहा–'हाँ, आप पहचानें भी कैसे! चार-चार साल पर तो गाँव आते हैं! भूल ही गये सबको!'

मैंने मौन होकर यह शिकायत स्वीकार कर ली और सोचता रहा–'यह नरेश की बहू है। कुवार की इस चिलचिलाती धूप में मर्दों को मात करती हुई फावड़ा चला रही है!'

'पालागी बाबा!' खेत के पास पहुँचने पर नरेश की बहू भवानी (हाँ यही तो नाम है इसका) ने मुझे नमस्कार किया और काम करना छोड़कर हँसती रही।

मुझे आशीर्वाद देना नहीं आता और विडम्बना यह है कि गाँव में पद में बहुतों से बड़ा हूँ–किसी का चाचा, किसी का आजा, किसी का परपाजा। मुँह में कुछ बुदबबुदाकर आशीर्वाद देने का अभिनय किया।

बाढ़ का पानी हट गया था, खेत बोने लायक हो गये थे और यह औरत श्रम से लथपथ, हँसी से खेलती हुई जमीन की पर्तों को तोड़ रही थी। मैं खड़ा-खड़ा देख रहा था।

'क्यों बाबा, गाँव आने की इच्छा नहीं होती? गाँव कितना भी बुरा हो जाय, अपनी मातृभूमि है न!'

'हाँ, है तो!'

मैं गाँव आकर इस प्रकार के औपचारिक सवालों से ऊब जाता हूँ लेकिन भवानी के इस वाक्य में सच्चाई की कुछ ऐसी आँच थी कि मैं इसे औपचारिक नहीं मान सका और अनुभव करने लगा कि मैं कितना कट गया हूँ इस जमीन से कि यहाँ के चेहरे नहीं पहचानता!

मैं चलने को हुआ तो भवानी ने आग्रह किया–'बैठिये। बाबा, ऐसे लोगों के दर्शन बड़े भाग से होते हैं। आपके दरसन से पुन्य मिलता है ··· !'

मैं संकोच में गड़ा जा रहा था इस सन्तत्व के पुरस्कार से लेकिन भवानी का स्वर

इतना अकृत्रिम था कि मैं उसका आग्रह टाल नहीं सका और खेत की मेंड़ पर एक पेड़ की छाँह में बैठ गया।

भवानी कुदाली चलाती रही और हँसकर बातें करती रही। हाँ वह जमीन की परतें तोड़ रही है ··· ब्राह्मण अभिजात्य की जमी हुई सतहें तोड़ रही है और नये बीज उगाने के लिए ···

मेरे सामने परत टूट रही थी ··· ।

नरेश की विधवा बहू भवानी ··· नरेश का पूरा खानदान अपनी नंगई और गुण्डागिरी के लिए जवार में मशहूर था–किसी का उजाड़ दिया, किसी को लूट लिया, किसी को गाली दे दी। इसके दरवाजे से होकर लोगों का निकलना मुश्किल था। आतंक इसके घर के आस-पास पहरा देता था। ये थे तो गरीब लेकिन दूसरों की सम्पत्ति का बहुत कुछ हथिया लेने की वजह से इनका काम आसानी से चल जाता था और नंगई के बल पर सबके ऊपर छाये रहते थे। परिवार भी भरा-पूरा था नरेश का—उसका परम नंगा बाप कोदई और दो हट्टे-कट्टे बदमाश, चोर चाचा। चाचा लोग कुंवारे थे। नरेश की भी शादी बड़ी मुश्किल से हुई थी। उसने मिडिल पास कर लिया था, शायद इसलिए ··· ।

नरेश मेरा सहपाठी था। हम लोगों के बीच अपनी नवागता बहू को बड़े प्यार से याद करता था। उसकी सुन्दरता का बखान करते नहीं थकता था। उसकी बात करते-करते भावुक हो उठता था। वह अपने खानदान में थोड़ा अलग था–नेक दिल और समझदार। वह चाहता रहा अपने खानदानी कलंक को मिटाना। गोकि वह खुद प्राय: अपने खानदानी दम्भ, जोश-खरोश और नंगई का शिकार हो जाता था तो भी वह अच्छा था। वह मिडिल पास कर एक प्राइमरी स्कूल में शिक्षक हो गया था। रोज तीन कोस आता था, तीन कोस जाता था, घर का काम करता था, अपने नंगे बाप की गाली और मार खाता था मगर उसके मन में एक सपना था–मकान बनवाने का। टूटे-फूटे खंडहर को देख उसे कोफ्त होती।

'बाबा, क्या सोच रहे हैं? कुछ बोलिये–बतियाइये! बड़े भाग से तो दरसन हुए हैं!'

'कुछ नहीं, बहू, कुछ नहीं। तुम्हें देखा तो पुरानी यादों में डूब गया था। उभर आये थे वे दिन जब नरेश मेरा सहपाठी था। कितने भोले-भाले थे वे दिन!'

भवानी वैसे ही कुदाली चलाती रही। हँसकर बोली–'छोड़िये, बाबा, उन बीते दिनों को! वे पकड़ में कहाँ आते हैं! झूठे हैरान करते हैं!' आपने तो दुनिया बहुत देखी है, कुछ देस काल की बात सुनाइये ··· ।'

मैंने अनुभव किया कि अन्तिम शब्द तक आते-आते भवानी का स्वर कुछ भारी हो गया था और कुछ देर तक उधर को मुँह करके कुदाली चलाती रही। जिस सत्य को हम लोग इतना पढ़-लिखकर भी नहीं पकड़ पाते, उसे भवानी ने कितनी सहजता से पा लिया है!

'हाँ, ठीक कहती हो बहू। भूली बातों में क्या धरा है मगर वे कभी-कभी याद आ ही जाती हैं।'

ऐसा लगा कि मोटी-सी रेखा भवानी के चेहरे पर उगी और तुरन्त मिट गयी–'हाँ, बाबा, सो तो है ··· ।'

ग्यारह बज रहे थे। भवानी की लड़की मेंड़ पर आकर खड़ी हो गयी–शायद कुछ कहना चाहती थी।

'कितनी छोटी थी तब !'

'हाँ अब तो बारह साल की हो गयी, अभी से चिन्ता सवार हो गयी है। बाबा, कैसा है हमारा समाज जहाँ बेटी छाती पर पत्थर बनकर जनमती है! उधर कैसा है बाबा?'

'उधर के लोग इतने दकियानूस नहीं हैं, इसलिए सुखी भी हैं। उधर लड़कियों की बहुत इज्जत है। बहू, और कोई लड़की है न?'

'नहीं बाबा, वह लड़का है–इससे दो साल छोटा। भगवान जिया दें और आदमी बना दें, इसी आशा पर तो जिन्दगी से लड़ रही हूँ ··· ।'

'माई, पहुना आये हैं कहीं से ···'

'कहाँ से?'

'मैं चीन्हती नहीं, आकर बैठे हैं।'

भवानी ने कुदाली रोक दी और बेटी को इस कदर देखने लगी मानो पूछती हो–घर पर कुछ खाने-पीने को है? मगर बेटी की आँखों की उदासी को पढ़कर जान लिया कि घर खाली है।

'चल, बेटी तू घर चल। मैं बनिया के यहाँ से होकर आती हूँ।

बेटी चली गयी कुदाली लेकर।

'देखा, बाबा, कुआर में भी पहुनाई करने की फुरसत मिल जाती है लोगों को! पता नहीं, कौन हैं ये जो काम के समय तारने आ गये हैं!'

चलने को उद्यत होती हुई बोली–'अच्छा, बाबा, आपके भी खाने-पीने का बखत हो गया है। सुकुआर ठहरे, बेला कुबेला खाने से तबियत बिगड़ जाती है।'

'अरे, सुकुआर कहाँ का! मैं भी तो इसी मिट्टी से जनमा हूँ।'

'अरे, जब जनमें थे तब जनमें थे, अब तो कितनी दूर जा पड़े हैं।' हँसकर वह चली गयी और मुझे लगा कि भवानी की इस सीधी सी बात में कितना कटु सत्य भरा है।

मैं घर नहीं गया, सुकुमार के साथ पास के बगीचे में टहलता रहा। पास के तालाब में पाँखी किलोल कर रहे थे और ठण्डी हवा रह-रहकर सुखद स्पर्श छोड़ जाती थी।

बचपन के कितने दिन बीते हैं इन पेड़ों के साथ, इस जल के साथ, इस मिट्टी के साथ। बचपन की याद आते ही नरेश फिर याद आ गया। नरेश ·· बचपन का सहपाठी ··· जब मैं विश्वविद्यालय से गाँव आता तो उसके साथ होकर यह भूल ही

जाता कि मैं गाँव से कट गया हूँ ··· और एक दिन सुना कि हैजे की बीमारी गाँव में फैली हुई है जिसमें नरेश के दोनों चाचा लोग मर गये। कोदई जैसे अकेले बरगद-सा खड़ा था तनिक सी हवा में हहरा उठता था ··· एक दिन नरेश की माँ भी खाँय-खाँय करती चली गयी।

नरेश मकान बनवा रहा था। पुश्तैनी डीह की जमीन झगड़े में पड़ गयी, इसलिए यह अपने खेत में मकान बनवा रहा था। मकान आधा ही बना था कि नरेश मर गया। कोई समझ नहीं पाया कि क्यों मर गया। हां, पीला बहुत दिनों से दीख रहा था ··

भवानी कटे रूख की तरह गिरी थी और उसके चारों ओर फैला हुआ सुनसान उसे निगल रहा था।

बेटे के मर जाने से कोदई श्मशान के बरगद-सा खड़ा था—बात-बात में हहराता हुआ सन्नाटे को और भयावना करता हुआ। भवानी एक छाया सी इस बरगद की छाँह में सिमटी-सिकुड़ी पड़ी थी।

कोदई भवानी को गालियाँ देता था, मारता था, भवानी घर की खराब हालत देख रही थी और देख रही थी बड़बड़ाते कोदई के निकम्मेपन को। वह चाहती थी घर के बाहर कूदना लेकिन सामाजिक आतंक कोदई के रूप में खेत के धोखे-सा खड़ा था।

एक दिन कोदई बाढ़ में बह गया। और उसी बाढ़ में नरेश द्वारा बनवाये आधे मकान की दीवारें टूट-टूटकर ढहने लगीं, छतें भहराने लगीं। बच्चा और बच्ची को लिये खड़ी भवानी ··· चारों ओर गरजती सीमाहीन बाढ़ ··· ऊपर खुले आकाश से टूटता हुआ मेघ ··· सीमाहीन दिशाओं की ओर ताकती भवानी ··· दीवारें टूट कर गिर रही थीं। पुश्तैनी लकड़ियाँ, जो मकान में लगी थीं, भहरा रही थीं और भवानी बच्चों को लिये सब देख रही थी घूँघट उठाये हुए ··· ।

और तबसे मैं गाव नहीं आया। पांच वर्ष बीत गये।

सुकुमार बता रहा है—'बड़ी बहादुर औरत है यह, भइया!'

मैंने सुकुमार को जिज्ञासा से देखा तो वह कहने लगा—'जानते हैं भइया, कोदई की तेरही होते ही यह घर से निकल पड़ी। गाँव की चकित बूढ़ियों ने समझाया ···'बहू, अभी तुम्हें शोभा नहीं देता इस तरह घूम-घूमकर काम करना। अभी नरेश को मरे कितने महीने हुए हैं और अभी कोदई को मरे कितने दिन हुए हैं! अरे, कुछ पूजा-पाठ में मन लगाओ! उनकी आत्मा को शान्ति मिलेगी।'

भवानी ने बड़ा रूखा-सा उत्तर दिया—'हाँ, ठीक कहती हो, काकीजी! मैं पूजा-पाठ में मन लगाऊँ और गाँव वाले मेरी खेती-बारी में मन लगावें और एक दिन पूजा से जागकर पाऊँ कि मेरे सारे खेत पट्टीदारों के नाम हो गये हैं और मैं अपने दोनों बच्चों को लिये भिखारिनि-सी रास्ते पर खड़ी हूँ! इससे उनकी आत्मा को शान्ति मिलेगी न!'

और काकी, दादी और आजी, सभी भुनभुनाती हुई चली गयीं–'अरे, कौन समझावे इस बहुरिया को! उसकी मति तो उलटी हो गयी है!'

'भवानी ने अपना घूंघट क्या उलट दिया मानो सारे गाँव का घूंघट उलट दिया। वह घूम-घूमकर अपने सारे खेत देख आयी, पहचान आयी। खेत थे ही कितने! केवल दो बीघे मगर कई टुकड़ों में बँटे हुए ··· ।

'आप जानते ही हैं इस गाँव का हाल, भवानी जिधर से गुजरती, कुछ लोगों की छाती पर मानों एक जलती-सी लकीर खिंच जाती।

धनपति को तो आप जातने ही हैं, जहाँ ऐसा मौका देखता है, सहानुभूति का चारा लेकर पहुँच जाता है बेईमान ··· कमीना ··· साला ··· !'

मुझे लगा कि सुकुमार कोई ऐसी बात कहने जा रहा है जिसमें कुरूप धनपति का बिम्ब और भी कुरूप होकर उभरा है। मैं चुपचाप सुनता ही रहा।

सुकुमार एक तीखी घूंट गले के नीचे उतारता-सा बोला–'बाढ़ हट गयी थी। खेत बोने का समय आ गया था। भवानी के पास न बैल थे, न हलवाह, न बीज। परेशान-सी यहाँ दौड़ती, वहाँ दौड़ती परन्तु किसी के पास कहाँ इतनी अवकात कि क्वार-कार्तिक में किसी की सहायता करे! उसने कइयों से बँटाई की बात शुरू की। कई लोग तैयार हो गये। तब एक दिन धनपतिया पान पचकारता भवानी से मिला। बोला–'अरे, दो बीघे जमीन बँटाई दे दोगी तो खाओगी क्या?'

'क्या करूँ, बाबाजी ··· हाथ-पांव नहीं चलता है तो क्या करूँ?'

'अरे, तो मुझसे क्यों नहीं कहा? दो बीघे खेत होते ही कितने हैं! मैं सब करा दे रहा हूँ! चिन्ता मत करो।'

'भवानी कृतज्ञ भाव से बोली–'बड़ी दया होगी आपकी। फसल पर सब वापस कर दूंगी।'

'अरे, नहीं, इसमें लगता ही क्या है!' कहकर धनपतिया चला आया और उसने खेत जोता-बोवा दिये।'

धनपति पद में सुकुमार के चाचा लगते हैं और गाँव के अच्छे खाते-पीते लोगों में हैं लेकिन तिक्तता से सुकुमार धनपतिया कह रहा था और मैं धनपति की कुरूपता का अनुमान कर रहा था।

'भवानी सुबह से शाम तक फिरकी की तरह नाचती रहती–घर का काम, दुआर, बोहारना, गाय को सानी-पानी करना, गोबर सिर पर उठा-उठाकर खेत में फेंकना, समय बचाकर चर्खा कातना। चर्खा ही तो उसकी जीविका का आधार बन गया था, मानो उसने सारे गाँव को चुनौती दे दी हो।

धनपतिया को घमण्ड था कि उसने भवानी के खेत जाते-बोये हैं। वह समझता था कि भवानी उसके एहसान की दासी बन गयी है। पहुँच गया एक दिन पहर भर रात बाकी रहते ही भवानी के यहाँ।

'भवानी बहू, इस खेत में क्या बोया जाय, यही पूछने आया हूँ।'

'धनपति बाबा, मैं तो सोचती हूँ, गोहूँ बो दिया जाय।'

'अच्छा।'

'लेकिन धनपति हिला नहीं, वहीं का वहीं खड़ा रहा। 'भवानी बहू, कोई और चीज चाहिए तो बोलना, कोई संकोच मत करना।' धनपति हांफ रहा था।

'आपकी मेहरबानी है, धनपति बाबा।'

'नहीं ··· नहीं बहू, मेहरबानी क्या है! बात यह है कि ··· बात यह है कि एहसान तो तुम्हीं मुझ पर कर रही हो।'

'मैं किस लायक हूँ बाबाजी, जनम की करमजली ··· अभागी ··· !'

'तुम तो बहुत कुछ हो, भवानी!' कहते हुए धनपतिया ने भवानी की बांह पकड़ ली।'

'तुम्हें कैसे मालूम?'–मैंने सुकुमार को रोका।

'अरे, यह तो सारा गाँव जानता है। बात यह है कि भवानी का घर तो क्या है, खंडहर है। बोने के लिए कई लोग उधर से जा रहे थे। उन्होंने उनकी बातें सुनीं और फैला दीं। भवानी तो इतनी भली है कि उसने यह बात किसी से नहीं कही।'

'हूं।' मैंने एक लम्बी सी सांस ली और सुकुमार कहता रहा–

'भवानी ने धनपतिया को डांटा–'छिः छिः या क्या करते हैं, धनपति बाबा!'

लेकिन उन्माद में रंडुआ धनपतिया भवानी को कसता ही गया। भवानी ने जोर से धनपतिया के मुँह पर दांत से काटा। एक हल्की-सी चीख निकली और धनपति छूटकर अलग हो गया, गुर्राता हुआ–'अच्छा, देख लूँगा!'

'गाँव में धनपति का निकलना मुश्किल हो गया–गाल पर दांतों का निशान लेकर। किसी ने पूछा तो कह दिया–'बच्चे ने दांत गड़ा दिया है ··· ।'

और तब से गाँव के सारे शोहदे भवानी के रास्ते से हट गये, मानो भवानी का तेज उसके साथ लक्ष्मण-रेखा खींचता हुआ चलता था।

भवानी समझ गयी कि एहसान का मूल्य क्या होता है। वह अकेले ही जूझने लगी।

खेत सींचने के लिए किसी का सहारा न मिलने पर अपने बच्चों को लेकर जूझ पड़ी। पोखरे से घड़े में पानी भर-भरकर अपने सारे खेत सींच गयी। लोग दंग थे।

'दंग तो मैं भी हूँ! क्या सचमुच सींच गयी?'

'हाँ··· हाँ, झूठ नहीं कह रहा हूँ।' सुकुमार बोलता गया–'उसमें अजब साहस और बल है। खेत पानी-गोबर पाकर झूमने लगे भवानी की आँखों में ··· ।'

'बड़ी दुखी है बेचारी!' मेरे मुँह से एक आह निकली।

'दुखी? नहीं, भइया वह नहीं है, दुखी तो वे लोग हैं जो खूब खा-पीकर दूसरों का हड़प कर मुँह लटकाये रहते हैं। उसे देखिये, कभी उसके चेहरे को बुझा हुआ नहीं पायेंगे। चक्की चलाते समय, खेत काटते समय, रास्ता चलते समय, उपवास

सहते समय गाती ही रहती है। सबसे हँसकर ही बोलती है। पता नहीं, भीतर का इतना रस उसे कहां से मिला है!

माघ की अमावस्या का समय आया। गाँव की बड़ी-बूढ़ियों ने प्रस्ताव किया–'भवानी बहू, चलो, तिरवेनी नहा आयें। पति और ससुर का फूला भी छोड़ती आना।'

'नहीं, काकीजी, मेरे लिए तो ये खेत ही तीरथ-बरत हैं, इन्हें छोड़कर कहाँ जाऊँ। साफ हो जायेंगे। और मैंने फूला तो सेवन्ती नदी में ही छोड़ दिया है, यही अपनी माँ है।'

'अरे, तू इतनी बेशरम हो गयी कि भतार को मरे साल भर भी नहीं हुआ और तीरथ-बरत से एकदम नाता तोड़ बैठी! तू कितनी कठोर बन गयी रे!'

भवानी हँसती रही और औरतें बड़बड़ाती हुई चली गयीं। भवानी की हिम्मत गजब की है, भइया। यह तो पूस-माघ की रातों में उठ-उठकर खेतों का चक्कर लगा आया करती थी।

फागुन आया तो उसके ओठों से फाग की कड़ियां छूटती ही नहीं थीं। गीत गाती हुई खेतों में हवा के समान पौढ़ती थी।

'हाय दइया, इस बहुरिया को क्या हो गया है! बिल्कुल अपरबल हो गयी है! मरद को मरे साल भी पूरा नहीं हुआ और यह घूम-घूमकर फगुआ गा रही है!'–औरतें बकतीं। भवानी सुनती और हँसती हुई निकल जाती।

'खेत पक गये। भवानी को मजूर नहीं मिले। बड़ी मारामारी थी मजूरों की। भवानी अकेले बैठ गयी खेत काटने ओर गाते-गाते सारे खेत काट गयी। दोनों बच्चे बोझ उठाते थे। भवानी कटे डांठों को शाम को ढोती थी। और जब सारी फसल कटकर खलिहान में पहुंच गयी तब एक दिन धनपतिया प्रकट हुआ। उसने कहा— 'इसमें का आधा तो मेरा है।'

भवानी ने पूछा–'आधा आपका कैसे?'

'यह तो बँटाई का था। मैंने जोताया-बोवाया था' धनपति बेशरमी से बोला।

'बँटाई का तो नहीं था। आपने सहायता की थी। मगर मैं आपकी सहायता नहीं चाहती। आपने जितना खर्च किया हो, सूद सहित ले लीजिए।'

'नहीं नहीं, खेत बँटाई पर थे।' धनपति अड़ा हुआ था।

'तो आप अब तक कहां थे जब मैं अपने छोटे-छोटे बच्चों को लेकर खेत सींच रही थी, कटिया कर रही थी।'

'यह तो तुम्हारा निजी उत्साह था। उसके लिए मैं क्या कर सकता था? मैं बाहर गया हुआ था। तुमने मुझसे पूछे बिना कटिया कर ली तो मैं क्या करूँ?'

भवानी अड़ गयी–'आप झूठ बोलते हैं! बँटाई की बात नहीं हुई थी और मैं फसल में हाथ लगाने नहीं दूंगी!'

धनपतिया ने अपने हलवाहों को ललकारा–'उठा लो आधा डांठ इसके खलिहान में से!'

भवानी हाथ में गड़ासा लिये तन गयी–'जिस किसी ने डांठ पर हाथ लगाया, उसे बाल दूंगी! यह डांठ हमारे खून-पसीने से सिंचा है!'

'ताकते क्या हो, उठा लो आधा डांठ!'–धनपतिया गरज रहा था।

'मगर भवानी का चण्डी रूप देखकर किसी की हिम्मत नहीं हो रही थी। गाँव के तमाम लोग चुप खड़े थे। सत्य क्या है, सभी जानते थे मगर सभी मौन थे।

'अच्छा, समझूँगा!'–कहकर धनपति चला गया।

'और एक रात भवानी के खलिहान में आग लग गयी। लपटों में डांठ हू-हू जलने लगे। भवानी हाहाकार कर उठी और जलते हुए डांठ की एक मूठ लेकर धनपति के खलिहान की ओर दौड़ी मगर लोगों ने रोक लिया। वह तड़पकर चीखने लगी–'क्यों, मुझी को रोकने को वीर बने हैं आप लोग? धनपति को रोकने में डर लगता है? आपका इनसाफ कमजोर के लिए ही है।?'

वह लोगों से पकड़ी जाकर तड़प रही थी और जलते खलिहान की लाल-लाल लपटें उसकी आँखों में उठ-गिर रही थीं।

'लोगों ने दौड़-धूप कर आधा डांठ बचा लिया।

'भवानी लोगों के पास इनसाफ के लिए दौड़ी-धूपी। लोगों ने टाल दिया– यह कहकर कि किसी ने धनपति के आदमियों को आग लगाते पकड़ा तो नहीं है।

भवानी सब समझ गयी। पंचायत में नालिश करना व्यर्थ था, क्योंकि वहाँ भी ये ही न्याय-मूर्तियां बैठतीं जो सत्य को जानकर भी कहने का साहस नहीं कर सकतीं थीं।

बरस पर बरस बीत गये उसे ऐसे ही जूझते अभावों से, कुरूपताओं से, अन्धकारों से। उपवास पर उपवास किये। बाधाओं पर बाधाएं पीं लेकिन किसी के सामने झुकी नहीं। अपार जीवट पाया है इस औरत ने! अपने कोले के अमरूदों, जामुनों, नीबुओं को ले जाकर बाजार में बेचने लगी तो लोग झल्लाये–'गाँव की नाक कट रही है! ब्राह्मण की औरत का कुंजड़िन की तरह बाजार में बैठना बड़ा ही खराब है!'

भवानी ने कहने वालों को सुना दिया–'और जूठी हांड़ी में मुँह डालते घूमना, खलिहान फूंक देना, बैल चुरा लेना अच्छा काम है? ब्राह्मण का काम है ··· ?'

दूसरे दिन जब हम लोग दशहरे के मेले में जा रहे थे तो सुकुमार ने एक ओर इशारा करते हुए कहा–'वह देखिये ··· !'

मैं देखकर मर्माहत-सा रह गया। भवानी कल वाले खेत में अपने लड़के के साथ हेंगा खींच रही थी और लड़की हेंगे पर चढ़ी हुई थी। मैंने कल्पना नहीं की थी कि स्वतन्त्र भारत में एक औरत बैल की तरह हल-हेंगा खींच सकती है।

'यह कोई नयी बात नहीं, भइया, ऐसा तो वह अकसर करती है। अब तो लड़के-लड़की कुछ बड़े भी हो गये, तब तो वह अकेली ही जूझती थी।'

हम खेत के पास से गुजरे। मैं कुछ उदास हो गया था। भवानी ने पसीना पोंछा और

हँसती हुई बोली–'बाबा, मेला जा रहे हैं?'

'हाँ, मेला ही जा रहा हूँ।'

'अच्छा कर रहे हैं, बाबा, आये हैं तो अपनी जमीन को पूरा अपनाकर जाइये ··· ।'

लड़के चिल्ला रहे थे–

नीलकण्ठ नील बारी बारी
सीता से कहिहऽ भेंट अँकवारी
हमार नाव किसन मुरारी

भवानी का लड़का एक उड़ते नीलकण्ठ को देख रहा था। भवानी ने क्षणभर का मौन तोड़ते हुए कहा–'बाबा, सीता जी से मेरी भी भेंट अँकवार कह दीजियेगा।'

'कह दूँगा'–कहकर अनमन सा मैं आगे बढ़ा। पीछे एक गुनगुनाती हुई आवाज छूट रही थी ··· ।

□

एक इण्टरव्यू उर्फ कहानी तीन शुतुरमुर्गों की

कांकरिया झील की कृत्रिम पहाड़ी पर बैठा था कि सामने से तीन शुतुरमुर्ग झूमते हुए निकल गये। उनकी धवल पांखें श्वेत खादी के कुर्ते की तरह रह-रहकर फड़क उठती थीं। मुझे आश्चर्य हुआ कि ये शुतुरमुर्ग यहाँ बागीचे में कैसे झूम रहे हैं, ये या तो जंगलों में होते हैं या चिड़ियाघरों में। हाँ, याद आया, एक को पहचानता हूँ। यह बीच वाला कुबड़ा शुतुरमुर्ग जो अभी थोड़ा भचकता हुआ गुजरा है, इसे अहमदाबाद के चिड़ियाघर में देखा है। यह स्वभाव से बड़ा तेज है। कहते हैं कि एक बार कुछ लड़के चिड़ियाघर में गये थे और इसे घूर-घूरकर देखने लगे थे, तो वह क्रोध में उन लड़कों को गाली दे बैठा था। एक शरारती लड़के ने गुस्से से खींचकर पत्थर मारा और इसकी कूबर में घाव हो गया। दूसरे दो शुतुरमुर्गों को नहीं पहचानता। शायद चिड़ियाघर में नये-नये आये हों, या इस कुबड़े शुतुरमुर्ग के रिश्तेदार हों या दूसरे चिड़ियाघरों से किसी विशेष उद्देश्य से लाये गये हों। इनमें से एक शुतुरमुर्ग कुछ अधिक लम्बा और पतला था, लगता था कि लम्बी बीमारी के बाद अभी-अभी उठकर आया है। दूसरा कुछ छोटा मगर अधिक गठा हुआ था। उसकी आँखों में एक स्थिरता और कसाव था, जैसे कोई बदमाशी करने पर तुला हुआ हो।

तीनों शुतुरमुर्ग एकान्त में जाकर दूब पर पसरकर बैठ गये। मुझे कौतूहल था, जाकर पीछे की झाड़ी में खड़ा हो गया। मेरे कान आश्चर्य से खड़े हो गए जब मैंने सुना कि लम्बा बीमार-सा लगने वाला शुतुरमुर्ग निराला जी की कविता गुनगुना रहा था—

'है चेतन का आभास
जिसे, देखा भी उसने कभी किसी को दास?
नहीं चाहिए ज्ञान
जिसे, वह समझा कभी प्रकाश?'

आव देखा व ताव छोटा शुतुरमुर्ग बोल उठा–निराला तो ठीक, लेकिन सबसे बड़े सत्यदर्शी कबीर थे–

'चढ़िए हाथी ज्ञान कौ सहज दुलीचा डारि।
स्वान रूप संसार है भूंकन दे झख मारि।'

तीसरे से नहीं रहा गया, उसका कूबर आवेश में फरफारने लगा। बोला, 'सारे साहित्यकार झूठ लिखते हैं, लोगों को असत्य बातें सिखाते हैं, सत्य बात तो गाँधी कह गया है, उसके सत्य के मन्त्र का जाप करो तुम लोग, ताकि उद्धार हो।'

मैं तो घबरा गया। क्या मैं किसी माया लोक में पहुँच गया हूँ? या ये शुतुरमुर्ग के रूप में कोई अवतारी पुरुष हैं? ये तीनों निराला, कबीर और गाँधी को लेकर झगड़ने लगे कि इनमें से सबसे अच्छा सत्यदर्शी कौन है। तीनों सहमत नहीं हो पा रहे थे कि कुबड़े शुतुरमुर्ग ने क्रोध से डांटा, 'अभी घण्टे भर बाद इण्टरव्यू होने वाला है और हम लोग काम की बात छोड़कर बकवास कर रहे हैं।' शेष दोनों शुतुरमुर्ग चुप होकर अपनी गलती महसूस करने लगे। कहने लगे–'हाँ, हाँ गुरुदेव हम लोग तो इस बात पर विचार करने के लिए इस एकान्त में मिले थे कि बगुला भगत को केसे जिताया जाय।' कुबड़ा शुतुरमुर्ग क्रोध में तड़पा–'तुम लोग रहे बेवकूफ के बेवकूफ, अरे उसे बगुला भगत मत कहो शीलभद्र हंस कहो।' दोनों ने फिर अपनी गलती महसूस की और पंजे उठाकर कान पकड़े।

'देखो,' कुबड़ा शुतुरमुर्ग बोल रहा था, 'चाहे जैसी भी परिस्थिति हो, शीलभद्र हंस को जिताना है। हम लोग तीन हैं और चेयरमैन कागराज को लेकर चार। वोटिंग कर लेंगे हम लोग। आप लोगों की सारी विद्या बुद्धि की सफलता इस बात में है कि सत्यव्रत हंस को बगुला और बगुला भगत को शीलभद्र हंस सिद्ध कर दें। आप लोग पूछने के लिए पहले से सवाल सोच लें।'

'कौन-कौन से सावल पूछने होंगे गुरुदेव?'

'अरे इतना पढ़-लिखकर भी तुम लोग निकम्मे ही रहे। दुनिया में बेहूदे सवालों की क्या कमी? कुछ भी पूछो और उस हंस के बच्चे को लताड़कर छोड़ो।'

'एवमस्तु गुरुदेव, एवमस्तु।' दोनों शुतुरमुर्ग भय और आतंक से झुक-से गये।

मेरी समझ में कुछ नहीं आ रहा था, लेकिन उत्सुकतावश इन तीनों के पीछे चलता-चलता बागीचे के उस हिस्से में पहुँचा जहाँ कोई इण्टरव्यू होने वाला था। दिन डूब चुका था। रंग-बिरंगी ट्यूब लाइटों का ऐसा मोहक जाल फैला हुआ था कि चेहरे को असली रूप में पहचानना मुश्किल हो रहा था। खास करके उम्मीदवारों और एक्सपर्टों के ऊपर विशेष प्रकार के रंगीन फोकस की व्यवस्था थी। कुबड़ा शुतुरमुर्ग राजकुमार-सा लगने लगा। बीमार शुतुरमुर्ग के चेहरे पर रंगीन आभा तैरने लगी और कसी हुई आँखों वाले शुतुरमुर्ग के मुख-मण्डल पर तरलता खेलने लगी। तीनों एक रंगमंच पर बैठे थे। इन तीनों के बाद बीच की कुर्सी पर एक कौआ बैठा था। उसकी एक ओर श्वेत हंस शालीनता से विराजमान था।

काफी लोग जमा थे वहाँ। पूछने पर मालूम हुआ कि सरकार ने विशेष नियम बना दिया है कि मानसरोवर में एक निश्चित तादाद से अधिक हंस न रखे जाएं, क्योंकि वहाँ के हंस आपस में लड़ते हैं, वहाँ की शोभा का स्तर गिरता है। मानसरोवर की

शोभा का स्तर मेनटेन करने के लिए सरकार ने कुछ हंसों को छोड़कर शेष को वहाँ से मैदानों की ओर खदेड़ दिया है कि जाओ, जो भी पाओ, खाने का अभ्यास करो। बेचारे हंस अपने देश जाने के लिए तड़पते हैं, मगर सरकारी सेन्सर उन्हें जाने नहीं देता क्योंकि वहाँ मानसरोवर में खाने-पीने और विशिष्ट पदों की व्यवस्था है। कोई हंस मरा है, तो एक वेकेन्सी हुई है। उस वेकेन्सी को भरने के लिए यह इण्टरव्यू हो रहा है।

'अद्‌भुत ! हंसों का इण्टरव्यू कौआ और शुतुरमुर्ग ले रहे हैं!' मैं विस्मय से बुदबुदाया।

'इसमें क्या अद्‌भुत है साहब, कोई नयी बात हो तो अद्‌भुत लगे। सरकार की यह नीति है कि कौए और शुतुरमुर्ग या कोई अन्य जाति के पक्षी हंसों का इण्टरव्यू लेंगे, तो पक्षपात नहीं करेंगे।' पास के एक सज्जन बोले।

'लेकिन ये न्याय कैसे करेंगे?'

'अरे तो न्याय-अन्याय देखने कौन आया है साहब, हम तो तमाशा देखने आये हैं, आप भी तमाशा देखिए।'

शायद आप ठीक कहते हैं।' इस भाव से देखकर मैं चुप रह गया। पास के सज्जन बोल रहे थे, 'जो कौए महोदय हैं, वे सरकार द्वारा मनोनीति किये गये हैं, ये अपनी समदर्शिता के लिए प्रसिद्ध हैं। ये तीन शुतुरमुर्ग विभिन्न चिड़ियाघरों से आये हैं, इन्हें यहाँ की स्थानीय सरकार ने चुना है और वे जो हंस महोदय बैठे हैं, वे मानसरोवर के हंसों की ओर से प्रतिनिधि बनाकर भेजे गये हैं। उम्मीदवार के रूप में तरह-तरह के पंछी हंस का लिबास पहनकर आये हैं। देखिए क्या होता है?'

'इन्हें हंसों की क्या पहचान?'

'यही तो तमाशा है न?'

'नाम पुकारे जाने लगे, इण्टरव्यू होने लगा। उम्मीदवार आने-जाने लगे। पास के सज्जन बोले, 'देखिए, असली मजा तो अब आयेगा। वास्तविक संघर्ष तो उसे हंस और हंस की पोशाक पहने उस अहिंसावादी से दीखने वाले बगुले में है। सब जानते हैं कि यह बगुला है, मगर देखिए कैसे सच्चा हंस सिद्ध होता है'

'सत्यव्रत जी और शीलभद्र जी !' पुकार हुई। दोनों एक साथ रंगमंच की ओर गये। उन्हें आस-पास बैठा दिया गया।

कौए ने पूछा–'आप हंस हैं न?'

'जी !'

'सत्यव्रत नाम है आपका?'

'जी !'

'अच्छा तो आप भी हंस हैं?'

'जी हां, जी हां !'

'शीलभद्र नाम है आपका?'

'जी हां, जी हां !'

लोग हँसने लगे। कौए ने आँख नचाकर नोट किया, फिर शुतुरमुर्गों से कहा–'पूछिए आप लोग !'

कसी हुई आँखों वाले शुतुरमुर्ग ने बहुत ही निस्पन्द पर दृढ़ आवाज से पूछा–'सत्यव्रत जी, क्या प्रमाण है कि आप हंस हैं !'

'अजी, अब मैं इसका क्या प्रमाण दूँ? साक्षात् हंस हूँ, हंस कुल में पैदा हुआ हूँ, मेरे पिताजी हंस थे, मेरी माता हंसी थी।'

'मगर इसका क्या प्रमाण कि आप हंस के बेटे हैं?' लोग हँसने लगे। मगर हंस खीझ गया– 'साहब, यह तो बड़ा बेतुका प्रश्न है। यह सवाल आपसे पूछा जाये, या इन मुनष्यों से पूछा जाय, तो वे या आप क्या प्रमाण देंगे अपने बाप की सन्तान होने का !' शुतुरमुर्ग निरुद्वेग भाव से बोला–

'आपको प्रश्न के बदले में प्रश्न करने का कोई अधिकार नहीं है। प्रमाण दे सकते हैं, तो दीजिए। सरकारी काम बिना प्रमाण के नहीं होते।'

'मैं स्वयं प्रमाण हूँ। हंस को पहचानने की शक्ति हो, तो पहचानिए।'

शुतुरमुर्ग ने काग महोदय की ओर मुखातिब होकर कहा, 'महोदय, नोट कीजिए, ये प्रमाण नहीं दे सके।'

काग महोदय ने आँख नचाकर नोट किया।

शुतुरमुर्ग ने फिर शीलभद्र से पूछा, 'साहब, आप प्रमाण दीजिए हंस होने का।' शीलभद्र थोड़ा-सा मुस्कराया और अपने थैले में से एक सरकारी डॉक्टर का सर्टिफिकेट पेश कर दिया। उसमें लिखा था ··· 'मैं प्रमाणित करता हूँ कि शीलभद्र हंस का बेटा है। यह डिलीवरी मैंने ही कराई थी।'

शुतुरमुर्ग की आँखें हँसी से खिल उठीं, 'इसे कहते हैं प्रमाण। काग महोदय, नोट कीजिए।'

अब लम्बे शुतुरमुर्ग ने पूछना शुरू किया, 'अच्छा सत्यव्रत जी, आपकी जाति तो चिड़ियों में सबसे अधिक ज्ञानी मानी जाती है, वैसे शुतुरमुर्ग और कौवे भी किसी से कम अकलमन्द नहीं होते, लेकिन सरस्वती मइया ने आप लोगों पर विशेष कृपा की है। सरस्वती को वाणी कहा जाता है, यानी सारी बोलियों की स्वामिनी वे ही हैं और आप लोगों को उनका वाहन होने के कारण सारे जीव-जन्तुओं की वाणी से परिचित होना चाहिए। खास करके पक्षियों की बोलियों का ज्ञान तो आपको होना ही चाहिए। आप बताइए कि बगुला कैसे बोलता है?'

हंस चकित था। उसे कोई जवाब नहीं सूझा। परेशान होकर बोला— 'साहब, हम असली पक्षी केवल अपनी बोली बोलते हैं। दूसरों की बोली या तो कुछ गुलाम पक्षी बोलते हैं या दूसरों को ठगने वाले आदमी। कहिए तो अपनी बोली बोलूँ, मुझे नकली

बोली बोलना नहीं आता।'

'आपकी बात सही नहीं है सत्यव्रत जी ! कुछ ऐसे अक्लमन्द पक्षी भी होते हैं, जो दूसरों की बोली बोल लेते हैं, इससे इनकी अपने आसपास के समाज के प्रति जागरूकता मालूम पड़ती है। आप बोल सकते हैं शीलभद्रजी, बगुले की बोली?'

आव देखा न ताव, शीलभद्र 'टेंखूं टेंखूं, चिल्लाने लगा।

'बस, बस,' शुतुरमुर्ग चिल्लाया, 'नोट कीजिए काग महोदय जी।'

अब कुबड़े शुतुरमुर्ग की बारी आयी। बोला, 'कहिए सत्यव्रत जी, आप तो सरोवर में ही रहते हैं, रहते हैं न?'

'हां साहब रहता हूँ, इसमें क्या शक है?'

'अच्छा रहते हैं तो यह बताइए कि सरोवर में कितने प्रकार की मछलियां होती हैं और उनके स्वाद किस-किस तरह के होते हैं?'

'हे ईश्वर, कैसे लोगों से पाला पड़ा है!' हंस ने अपना माथा ठोंका, 'भला इन्हें कौन बताये कि हंस मछली नहीं खाता है, मोती चुगता है। श्रीमान्, मैं बगुला नहीं हूँ, जो तालाब की मछलियाँ गिनता फिरूँ और मुझे उनके स्वाद से क्या लेना-देना? यह प्रश्न तो समूची हंस-जाति का अपमान है।'

'चुप रहिए सत्यव्रत जी, आपको लेक्चर देने का कोई अधिकार नहीं है। आप सरोवर के राजा हैं, आपको अपने आसपास के सारे सत्य से परिचित रहना चाहिए। आप नहीं जानते, इसका अर्थ यह है कि आप अपने इर्द-गिर्द की वास्तविकता से बेखबर हैं।'

सत्यव्रत उदास होकर बैठ गया। फिर शुतुरमुर्ग ने शीलभद्र से पूछा–'आप बता सकते हैं महोदय?'

शीलभद्र के मुँह में पानी भर आया था, उसी को संभालने में लगा था। वह एक ओर झटके से थूककर मछलियों के नाम गिनाने लगा–'बरारी, रोहू, गिरई, भकुरी, टेंगना, मडुरी, गोंइजा, सिंही, ··· और स्वाद पूछते हैं श्रीमान्!' सो भी सुनिए–रोहू का थोड़ा भीठा, सिंहीं का बहुत मीठा, बरारी का कुछ कसैलापन लिए हुये, मगर उसमें कांटे बहुत होते हैं, गले में अटक जाते हैं ··· '

'बस, बस,' काग महोदय चिल्लाये, क्योंकि उनके मुँह से भी लार टपकने लगी थी।

फिर काग महोदय चिल्लाये, 'बहुत अच्छा, बहुत ही इण्टेलिजेण्ट। किसी को और कुछ पूछना है?'

'जी मुझे बस एक सवाल पूछना है' मानसरोवर के प्रतिनिधि हंस महोदय बोले, जो अभी तक चुपचाप अपने को जब्त किये हुए बैठे थे।

'अच्छा बताइए शीलभद्र जी, नीर-क्षीर के स्वाद में क्या भेद है?'

'क्षीर यानी क्या साहब?' घबड़ाकर शीलभद्र बोला।

'हंस होकर क्षीर नहीं जानते?' मुसकराते हुए हंस महोदय बोले— 'क्षीर यानी दूध'

'नीर का स्वाद नीर का है और क्षीर का स्वाद मुझे नहीं मालूम। क्षीर मैं नहीं पीता।' शीलभद्र बोला।

'मगर हर हंस नीर-क्षीर विवेक करता है। तो आपको क्षीर पीने का सौभाग्य कभी नहीं मिला।

'सौभाग्य की बात नहीं है महोदय, यह अपनी रुचि की बात है।'

'मगर बिना क्षीर पिये भी तो आप क्षीर का स्वाद बता सकते हैं।'

'यह कैसे सम्भव है साहब?'

'जैसे आपने मछलियों का स्वाद बताया। मछलियों का स्वाद तो आपने ऐसे बताया, जैसे कि स्वयं चखा हो।'

शीलभद्र सकते में आ गया। कौआ और तीनों शुतुरमुर्ग चोंच से टांग खुजलाने लगे।

शीलभद्र सँभलकर बोला— 'हंस महोदय, आप यह व्यक्तिगत आक्षेप कर रहे हैं।'

'जी हाँ, बहुत व्यक्तिगत।' हंस महोदय मुसकराये और फिर बोले, 'मुझे और कुछ नहीं पूछना है।'

फैसले के समय हंस महोदय ने जोरदार बहस की। कहा— 'किसी भी हंस को मछली का स्वाद नहीं मालूम हो सकता। कोई हंस नीर-क्षीर के स्वाद के अन्तर से अपरिचित नहीं रह सकता। हंस सत्यव्रत है, शीलभद्र हंस नहीं हो सकता।'

मगर काग महोदय और शुतुरमुर्ग वोटिंग पर तुल गये। हंस महोदय उठ खड़े हुए, 'असल बात के लिए वोटिंग कैसी? सत्य बात का निर्णय विवेक करता है, वोटिंग नहीं। हम असत्य से समझौता नहीं कर सकते।' इतना कहकर हंस महोदय अपने श्वेत पंख लहराते हुए आकाश में उड़ गये।

तीनों शुतुरमुर्गों और काग महोदय ने फैसला सुनाया कि शीलभद्र जी असली हंस हैं और बड़े ही इण्टेलिजेण्ट हैं, इन्हें ही मानसरोवर भेजा जा रहा है।

जनता बौखला उठी-'झूठ है, झूठ है··· 'काग महोदय डपटे-'शट अप ··· शट अप ··· कांय कांय ···'

जनता चिल्लाने लगी-'झूठ है, झूठ है, फैसला झूठ है; सत्यव्रत हंस हैं और शीलभद्र बगुला।'

ऐसा लगा कि सत्य की आंधी आ रही हो जनता की ओर से। तीनों शुतुरमुर्गों ने कुर्सी से उतरकर अपने अपने मुँह पास में पड़ी बालू में गाड़ लिये। मानो कह रहे हों हम किसी सत्य को नहीं देखते। हम जो देखते हैं वही सत्य है···

कौआ महोदय फैसले का कागज लेकर उड़ गये और एकाएक रंगीन रोशनियां गुल हो गयीं।

□

एक वह

वह बुड्ढा कौन था, कहाँ का था, पता नहीं। वैसे वह इस देश का कोई भी हो सकता है और कहीं का भी हो सकता है। बस वह था और दिल्ली महानगर की एक कालोनी के एक गोल चक्कर पर बैठकर कभी मूँगफलियाँ, कभी भुट्टा, कभी चने-मुरमुरे बेचा करता था। उसके पास काठ का एक बक्सा था और एक टूटी हुई चारपाई, वही गोल चक्कर उसका घर था और वही दुकान। जाड़ों की रातों में भी वह एक फटी रजाई ओढ़कर खुले आसमान के नीचे उसी चारपाई पर सोता था और गर्मी की धूप में उसी चारपाई को खड़ी कर उस पर अपनी फटी रजाई तानकर छांह बना लेता था। हां, उसके पास एक पुरानी बरसाती भी थी जिसे वह बरसात के दिनों में अपने खुले मकान के ऊपर तान लेता था और जब बारिश बहुत तेज हो जाती थी तो पास के किसी बरामदे में सरक जाता था।

वह अस्सी वर्ष से कम का नहीं रहा होगा। उसके चेहरे पर हमेशा एक ठहराव छाया रहता था। उसको देखते ही कल्पना होती थी कि एक बरगद श्मशान में खड़ा-खड़ा निरुद्देश्य भाव से वर्षा, शीत, धाम सहता हुआ जी रहा है, लेकिन नहीं एक फर्क था। वह श्मशान का बरगद नहीं था, उसके चारों ओर तरह-तरह की दुकानें, बड़े-बड़े मकान थे जो लगातार बढ़ते जा रहे थे। वह इन सबको निस्पृह आँखों से देखता हुआ अपने में लौट आता था और भुतहे बरगद-सा फड़फड़ा उठता था।

'क्या हाल है ताऊ?' मकानों की लगातार बढ़ोतरी में सीढ़ी बनने वाले उस बुड्ढे की ओर के कुछ मजदूर या नाई या फेरी वाले दोपहर को उससे कभी-कभी पूछते।

'हालचाल ठीक है हो भइया, आओ बैठो।' रामचरितमानस का एक जीर्णशीर्ण गुटका खोलकर बैठा हुआ ताऊ सबको अपने पास बैठने का निमंत्रण देता।

'नहीं ताऊ, अभी नहाना-धोना है।' कहकर कुछ तो चले जाते लेकिन कुछ श्रद्धा-भाव से बैठ जाते और ताऊ रस से झलमलाती अपनी आँखें ऊपर उठाता और कहता—सुनो भाई सुनो'-और ताऊ रोज की तरह आज भी सुना रहा था-

र र हा ए ए एक दि दि दिन अव अव धी धा रा
स स स समु झ झत मन दु दुख भय भयउ आ पारा

'जानते हो भाइयो यह कहाँ का परसंग है। अरे जब भगवान रामचन्दर जी लौटने वाले हैं तब भरत जी चिन्ता करते हैं। एक भाई वोह लोग थे कि अभी आने में एक दिन बाकी है तो भी भरत जी आकुल-बियाकुल हो रहे हैं और एक भाई आज के होते हैं कि एक-दूसरे की गटई काट लें।'

कहते-कहते ताऊ की आँखों में न जाने कैसी एक व्यथा भर गयी। जब-जब इसे पढ़ता है भर जाती है। लगता है कि उसकी आँखें अतीत में कुछ खोजने लगी हैं।

'हाँ ताऊ, हाँ ताऊ, सच बात है।'

'अरे भाइयो, जइसे पुनिआतमा रामचन्दर जी वोइसे पुनिआतमा भरतजी।'

'हाँ ताऊ, हाँ ताऊ, ई तो है।'

'अरे ई नहीं होगा तो का होगा? अरे गोंसाई जी कहि गये हैं, जइसा राजा वोइसा परजा।'

आरे दयहिक दयविक भवतिक तापा
राम राज काहू नहिं बियापा

ताऊ ऐसे करुण कंठ से यह चौपाई गाता था कि उसकी आँखों में रामराज्य उतर आता था।

'लेकिन भइया हो, आजु परजा दुखी है राजा के पाप से। आजु राजा के पास धरम अधरम का, पाप पुन्नि का विचार नहीं रह गया है इसीलिए तो परजा का भी सत्तानास हो रहा है। अरे भाइयो, गोसाईं जी बड़े गियानी पुरुख थे, वो कहि गये हैं कि एक दिन कलजुग आयेगा और जब आयेगा, तो क्या होगा।'

'वाह रे तउवा, तू तो बड़ा गियानी है रे।' कहते हुए एक मजदूर ताऊ के पाँव दबाने लगा।

'अरे मैं कहां गियानी हूँ रे। अरे जब मैं अपने गाँव में था न रे, तो एक पंडित जी रामायन सुनाया करते थे। बड़े गियानी पुरुख थे वो। बस उन्हीं से सुनि-सुनि के कुछ चउपाई याद कर लिए हैं। हाँ तो महतमा जी कहि गये हैं भाइयो—

आरे दिज सुति बंचक भूप परजासन
आरे कोऊ नाहीं माने निगम अनुसासन

हाँ भइया तो इसका अर्थ हुआ कि दिज दिज माने बाभन। बाभन लोग सुति सुति माने बेद को ठगेंगे और भूप—भूप माने राजा। राजा लोग परजा को ठगेंगे।'

'अच्छा भाई, कथा तो अभी चलेगी, ए रघुनाथ, जरा ऊ दुकनिया से आठ आना का आधा किलो आटा तो लेते जाओ, अभी रोटी बनानी है हो।'

'ताऊ अब आठ आना का आधा किलो आटा नाहीं मिलेगा, अब तो बीस आना किलो हो गया है।'

'कब से हो?'

'अरे कब से का पूछते हो ताऊ? बाढ़ी के पानी की तरह तो चीजन का भाव चढ़ रहा है, कब किसका भाव केतना हो जायेगा, कौन जानता है।'

'अरे अभी तो परसों मंगाया था हो आठ आना का आधा किलो। और आज बीस आना किलो हो गया। अरे ऐ रामचन्दर जी, गरीब आदमी कइसे जीएंगे।' ताऊ के मुख से एक उच्छ्वास निकल गया।

'अरे भइया, आटा दालि, चिन्नी, तेल, तरकारी, लकड़ी, कोयला सब के भाव में तो आगि लगी है, आदमी कइसे जीएंगे।' ताऊ दर्द से बोलता जा रहा था।

'अरे ताऊ जीयेंगे काही नाहीं हो? जीएंगे नाहीं तो वोट कइसे देंगे। एतना त उन्हें जियही के पड़ी कि वोट दे सकें।'

'हं हं हं हं तू भी ठीक कहता है रे।' ताऊ के पोपले मुख पर एक उदास हँसी फैल गयी।

सभी चुप होकर सुनते हैं-लाउडस्पीकर पर उछलती हुई मोटी-मोटी आवाज़ें जैसे वे एक- दूसरे का पीछा कर रही हों, सभी एक-दूसरे को काट रही हैं फिर भी लगता है सभी एक ही बात कर रही हैं और काफी दिनों से कर रही हैं।

'ई समाजवाद का है हो ताऊ?'

'अरे भइया, ई तो मेरी समझ में भी आता वोता नहीं है, लेकिन लगता है कि कोई अच्छी चीज है। लोग कहते हैं कि गरीबन के दुख-दरद दूर करे खातिर ई आ रहा है।'

'हां ताऊ, ई तो हम भी सुनते हैं, कब से सुन रहे हैं लेकिन ई मालूम नहीं ई ससुरा कहाँ तक आया है।'

'हमको मालूम है हो। ई आया है लाला जी के दुकान पर जो रोज-रोज भाव बढ़ा देता है, ई आया है वो देखो सामने वाले सेठ जी की कोठी पर जो रोज-रोज बढ़ रही है, ई आया है अफसरवन के जेब में घूस बन के, और भइया ई आया है नेता लोग के मुँह में जहाँ से थूक की तरह बखत-बेबखत जनता के ऊपर झरता जाता है।'

'अरे वाह रे भइया, तू तो बड़ा गियानी है रे।' बापू खिलखिला कर हँस कर पड़ा।

ताऊ रोज सवेरे उठता है तो देखता है कि उसके आसपास की दीवारों पर दो-चार नये पोस्टर लग गये हैं, किसी में दीया जल रहा होता है, किसी में बछड़ा गाय का दूध पी रहा होता है और कभी-कभी हँसुआ हथौड़ा भी दिखायी पड़ जाता है। और रोज-रोज ये ही तसवीरें। और तसवीरें तो बड़ी प्यारी लगती हैं—दीया कौन नहीं जानता, यह तो घर-घर में जलता है लेकिन उसने ऐसा दीया अपने घर में कभी नहीं देखा, उसने ढेबरी देखी है। ई दियवा तो बहुत सुन्दर दीख रहा है जइसे जमींदारन के इहाँ का दीया होता है और गाय-बछड़ा तो गाँव की चीज ही है इसे कौन नहीं जानेगा लेकिन हाँ उसके घर न कभी गाय रही, न बछड़ा। वह तो दूसरों का ही गाय-बछड़ा हाँकता रह गया और हँसुआ हथौड़ा? अरे हथौड़ा तो लोहारों के यहाँ होता ही है

जिससे वह कुदाल और हल पिटवाया करता था लेकिन हँसुआ तो उसके हाथ में ही रहा जब तक वह गाँव में रहा। और उसे लगता है इन सारी तसवीरों में हँसुआ उसकी अपनी तसवीर है। उसे हाथ में लिये हुए न जाने कितने पराये खेतों में घूमा है। गरीबी-गरीबी-गरीबी... इसके सिवा उसने देखा ही क्या है। इसीलिए वह रोज उस पोस्टर को हसरत भरी निगाह से देखता है और धीरे-धीरे पढ़ता है-

ग ग र र पर ई की मात्रा री ब ब ब पर ई की मात्रा बी गरीबी ह ट ट पर आ की मात्रा टा, अ अ पर ओ की मात्र हटाओ, ग री बी हटाओ।

फिर वही दिनभर का चक्कर। उसके पास से गुजरती हुई सवारियाँ, उनसे उड़-उड़कर उसके ऊपर मँडराती धूल, मकानों के बनने और बढ़ने की खट-खट आवाजें···

और जब रात को सोता है तो उसे अपना घर याद आता है। घर! उसे लगता है कि उसका अपना गाँव तो है लेकिन घर ? कहाँ है घर ? उसका घर तो यही गोल चक्कर है। हाँ गाँव में घर के नाम पर एक झोंपड़ी है। मजूरों के पास और होता ही क्या है और वह झोंपड़ी भी उसकी अपनी है वह नहीं कह पाता। कोई जब चाहे उजाड़ दे।··· वह भी उस झोंपड़ी को अपना घर कैसे कहे जहाँ से उसके छोटे भाई और भयहु ने निकाल दिया। वह बीमार हो गया था और बहुत दिन तक बीमार रहा। भाई भयहु के लिए वह बोझ बन गया। हाँ जब दिल्ली में आकर दो-चार आना कमाने लग गया तो फिर घर का प्यारा बन गया। एक बार होली के बखत पर घर गया तो भाई के सबसे छोटे लड़के ने उसे अपने प्यार से मोह लिया। और उसी के मोह की खातिर वह कुछ पैसे बचाकर भेजता है ··· आखिर क्या करे? उसकी तो शादी भी नहीं हुई। लंगड़ा है न। उसके भीतर औरत और बच्चों के बिना की सूनी जीवन-यात्रा उभरती और धीरे-धीरे उसे नींद आ जाती।

आज ताऊ को बुखार था शायद, रात को ठंड लग गयी थी। हाँ रात ठंड बहुत ज्यादा थी। उसके परिचित मजूरे आये-गये, हालचाल पूछ गये। कुछ चाय-वाय पिला गये, ताऊ को दस्त लग गये थे। पहले तो लकड़ी पर टेघते-टेघते कुछ दूर के एक मैदान तक गया लेकिन कितना जाता? उसके बिस्तर पर मक्खियाँ भिनभिनाने लगीं। कल भाई के छोटे बच्चे की चिट्ठी आयी थी। ताऊ ने किसी से पढ़वाकर जान लिया कि लड़के ने इस साल होली में उसे घर बुलाया है। ताऊ के हाथों में चिट्ठी खुली पड़ी थी और वह खुली हुई चिट्ठी बांच रहा था—ताऊ होली में जरूर आना। रात को ताऊ का बुखार तेज होता गया, वह बड़बड़ाने लगा। पता नहीं जिन्दगी के कितने उतार-चढ़ाव उसकी नीम बेहोशी से गुजरते रहे और उसे यह एहसास होता रहा कि उसके आसपास कितने ही पोस्टर चिपकाये जा रहे हैं।

और एकाएक यात्रा रुक गयी। सुबह की भीड़-भरी हलचल ने चलते-चलते देखा कि उसके बीच एक लाश पड़ी हुई है। लाश के सिरहाने मानस का गुटका है और

एक मुट्ठी में कसी हुई चिट्ठी है। कहीं से उड़ता हुआ आकर एक पोस्टर लाश पर चिपक गया है और फड़फड़ा रहा है। चलते-चलते भीड़ उस पोस्टर को पढ़ लेती है-

गरीबी हटाओ · · ·

□

सड़क

भर्र-भर्र करती हुई एक जीप दुकान के सामने रुकी।

'ओ चाय वाले, चार कप चाय बनाना।'—कहकर एक आदमी तीन आदमियों के साथ दुकान के आगे पड़ी खाट पर बैठ गया और वे आपसे में बनती हुई इस सड़क के बारे में बातचीत करने लगे।

चाय वाले ने कोयले के चूल्हे पर खौलते पानी को पतीली में डालकर अन्दाज से उसमें चाय, चीनी और दूध मिला दिया और कांपते हाथों से, आँखें नीची किये चार कप चाय तिपाई पर रख आया।

"ओ हो हो, क्या वाहियात चाय बनायी है इस बुड्ढे ने', कहकर उस आदमी ने झटके से प्याला सहित चाय नीचे लुढ़का दी। शेष तीनों आदमियों ने उसकी हां में हां मिलायी, लेकिन चाय सुड़कते रहे।

अब जाकर चाय वाले ने आँख उठाई और क्रोध से बड़बड़ाते उस आदमी ने भी चाय वाले को देखा और आश्चर्य से बोल उठा—

'अरे, आप मास्टर साहब !'

और मास्टर चन्द्रभान पांडे ने देखा कि वह आदमी और कोई नहीं उसके इलाके
क

एम. एल. ए. जंगबहादुर यादव हैं। उनकी आँखें शर्म से झुक गयीं और झुकी हुई आँखें पोर-पोर फटी हुई खादी की धोती के बड़े-बड़े सुराखों में उलझ गयीं।

यादव जी ने एक ठहाका लगाया—'अच्छा मास्टर जी, आपने अब यह धंधा भी शुरू कर दिया। ठीक है आदमी को कुछ-न-कुछ करते रहना चाहिए। पैसा बड़ी चीज है। मेरे लायक कोई सेवा हो तो कहिएगा, मास्टर जी।' फिर एक ठहाका लगाया और साथ के लोगों ने भी ठहाके का अनुसरण किया। एक ने खुशामद के तौर पर कहा—'अरे यादव जी, आपकी बदौलत जब इस इलाके में सड़क आ रही है तो न जाने कितने लोगों का पेट पलेगा।'

यादव जी ने पांच रुपये का एक नोट निकाला और मास्टर साहब की ओर बढ़ा दिया।'

'मेरे पास खुले रुपये और पैसे नहीं हैं।' मास्टर जी ने कहा।

'अरे तो रखिए, कौन आपसे पैसे वापस मांग रहा है?'

'नहीं, मैं आपसे पैसे लेने का अधिकारी नहीं हूं। आपने तो चाय पी ही नहीं।'

'अरे तो चाय के पैसे कौन दे रहा है, गुरुजी! इसे गुरु-दक्षिणा समझ लीजिए। रख लीजिए, काम आयेगा।'

पाण्डे जी तिलमिला गये। हाथ में पांच रुपये का नोट पकड़े मर्माहत से रह गये। उनके मन में क्रोध का एक बवण्डर उठा। आँखों में हिकारत भरे वे यादव जी की ओर बढ़े और पांच का नोट उनकी ओर फेंककर चिल्लाये—'यादव जी, ये अपने रुपये लेते जाइए, मैं भीख नहीं मांगता।'

लेकिन यादव जी जीप में बैठ चुके थे। मुसकराकर पाण्डेजी और उनके द्वारा फेंके गये रुपये को देखा। जीप भर्र-भर्र करके स्टार्ट हुई और उसकी धूल-भरी हवा में नाचता हुआ नोट थोड़ी दूर पर आ गिरा।

कुछ देर तक नोट धूल-भरी हवा में छटपटाता रहा और फिर शान्त हो गया। पाण्डे जी उसे देखते रहे, फिर धीरे-धीरे आगे बढ़े और धूल झाड़कर नोट उठा लिया। आखिर किया क्या जाए!

गोरे बदन, चौड़े माथे, श्वेत केशवाले पाण्डे जी खादी की एक जीर्ण-शीर्ण धोती पहने और उसी का आधा भाग नंगे शरीर पर डाले हुए अपनी झोंपड़ी के आगे पड़ी बेंच पर बैठे-बैठे उदास हो चले थे। उनके चन्दन-चर्चित ललाट की सिकुड़न भरी रेखाओं में यादव जी की जीप से उड़ी हुई धूल समा गयी थी। सोच रहे थे—

यादव उसे अपमानित कर गया। वह पहले ही कहता रहा कि यह काम उससे नहीं होगा। वह ब्राह्मण, पुराना कांग्रेसी, स्कूल का शिक्षक। क्या बुढ़ौती में छोटी जातियों के लोागें की तरह चाय-पकौड़ी और सुरती बेचना ही उसके तकदीर में रह गया था। उसने कितना मना किया लेकिन अपनी सन्तान के आगे किसका वश चलता है। रमेश जिद कर गया और कुछ लोगों ने उसकी हां में हां मिला दी।

'पर्र··· ' पाण्डे जी उदास हो आये। हाथ लगाकर देखा—खादी की धोती चूतड़ पर फिर फट गयी थी। धोती क्या है जैसे चीथड़ों का जोड़। खादी उसे बेपर्द करके छोड़ेगी। अब वह क्या करे? इसी धोती को वह इधर से उधर और उधर से इधर करके पहनता रहता है। सभी जगह से तो यह फट चुकी है, अब इधर से उधर करने की भी तो नहीं बची। रमेश कहता है—'छोड़िए खादी-वादी, पिता जी। मिल की धोती मजबूत और सस्ती होती है। वह इस तरह जगह-जगह धोखा नहीं देती।'

वह कब से सुन रहा है रमेश की बात को और सोचता है ठीक ही तो कहता है रमेश। लेकिन अब क्या बदलना? अब तो जिन्दगी बीत चली, इस बुढ़ौती में क्या नियम भंग करना?··· लेकिन वह कहाँ से खरीदे खादी की धोती। एक मोटी धोती भी तेरह-चौदह रुपये से कम में नहीं आती, फिर उसके साथ कुरता-टोपी,

चादर-तौलिया सभी तो लगे हुए हैं। इतने में तो मिल के मोटे कपड़ों के कई-कई सेट आ जायेंगे और चलेंगे भी ज्यादा।··· फिर भी जी नहीं मानता। अब जीना ही कितने दिन है।··· लेकिन जी के मानने-न-मानने का ही सवाल तो नहीं है। उसे स्कूल से रिटायर हुए पांच वर्ष हो गये, खेत के नाम पर तीन बीघे खेत-वो भी बाढ़ग्रस्त कछार के खेत। छह-सात आदमियों का गुजर-बसर कैसे हो? महेश तो पढ़-लिखकर परिवार सहित शहर चला गया नौकरी करने। उसका अपना ही गुजर-बसर मुश्किल से होता है। छोटा लड़का रमेश बहुत ढकेलने पर भी आठवीं पार नहीं कर सका। लिपट गया खेती-बारी में। उसके तीन बच्चे हैं, दोनों जून भरपेट खाना तो मिलता नहीं, ये खादी के कपड़े कहाँ से आयें?

दुकान के सामने से लोग आ-जा रहे थे। पाण्डेजी ने झोंपड़ी के पीछे जाकर धोती इधर-उधर करने की बहुत कोशिश की लेकिन अब उन्हें कोई गुंजाइश नहीं दीखी। उन्हें क्रोध हो आया कि इस ससुरी धोती को फाड़-फूड़कर फेंक दे और नंगा हो जाये।··· अरे नंगा तो हो ही गया है। चाय की दुकान खोलकर कम नंगा हुआ है? हर परिचित आदमी एक व्यंग्यमयी दृष्टि से उसे देखता है और अजब-अजब सवाल करता है और तिस पर यह यादव का बच्चा उसे इतना अपमानित कर गया। उसे इतना क्रोध आया कि इस यादव के बच्चे को फिर एक बार बेंच पर खड़ा करके उसके चूतड़ पर बेंत लगाये, लेकिन अब तो वह एम.एल.ए. हो गया है, छात्र नहीं रहा। वह अपना क्रोध अपने भीतर ही दबाये सुलगने लगा था। लेकिन उसे एक बात से बड़ी राहत मिली कि उसने इस एम.एल.ए. के बच्चे को स्कूल में कई बार बेंच पर खड़ाकर बेंत से पीटा है। अब भी उसके चूतड़ पर बेंत के निशान होंगे। धीरे-धीरे स्कूल के दिन उसके समाने सरक आये। तब कौन जानता था कि यह जंगली आगे चलकर जंगबहारदुर यादव एम.एल.ए. बन जायेगा। क्लास में सबसे बोदा लड़का यही था। इसे हर रोज मार पिटती थी। कई बार तो इसने लड़कों के चाकू, दावात, पेन्सिलें चुरा ली थीं और उसने इसे बेंच पर खड़ा करके बहुत पीटा था। एक बार तो इसने गांधीजी की तस्वीर दूसरे लड़के की किताब से फाड़ ली थी और उस पर पेशाब कर दिया था। फिर तो उसने इसे स्कूल से ही निकाल दिया था। बाद में लोगों के कहने-सुनने पर वापस ले लिया था।··· अब वह बड़ा नेता बन गया है। पता नहीं इस देश में कैसे इतने बड़े-बड़े चमत्कार हो जाते हैं।··· उसे लगता है कि लोग कहाँ से कहाँ पहुंच गये और वह खादी की फटी धोती पकड़े बैठा हुआ है।

शाम को रमेश आया और दोनों आदमी दुकान उठाकर घर ले गये।

'मुझसे यह नहीं होगा, रमेश।' पाण्डे जी थके-थके-से बोले।

'क्यों पिताजी?'

'लोग मुझे बहुत छोटी नजर से देख रहे थे आज। मैं लोगों की निगाह नहीं झेल पा रहा था।'

'हां पिताजी, भूख से भारी लोगों की निगाह ही होती है न। तो ठीक है, हम लोगों की निगाहें क्यों झेलें, भूख ही झेलें।'

बीच में एक चुप्पी पसर गयी।

'बैठने को तो मैं बैठता, देखता—कौन साला मेरा अपमान करता है लेकिन फिर खेती-बारी चौपट हो जायेगी।'

पााण्डे जी कुछ नहीं बोले।

'कुछ मिला, बाबू जी?'

'हां, दो रुपये कमाई के और पांच रुपये गुरु-दक्षिणा के।'

'गुरु-दक्षिणा कैसी?'

पाण्डे जी ने यादव की कहानी सुना दी।

'अरे तो इसमें इतना आहत होने की कौन बात है, बाबूजी! सौ हम लोगों से खाता है पांच दे ही गया तो क्या हो गया?'

पाण्डे जी ने रमेश को मार खायी हुई दृष्टि से देखा। रमेश हँस रहा था।

रात को पाण्डे जी लेटे तो बड़ी बेचैनी अनुभव कर रहे थे। वे अपने से ही पूछ रहे थे—क्यों भाई आदर्शवादी कांग्रेसी, तपे हुए शिक्षक, नशाखोरी के दुश्मन! तुम्हारी यही परिणति होनी थी। जिन्हें तुमने जीवन-भर ज्ञान पिलाया क्या उन्हें अब चाय-पकौड़ी खिलाओ-पिलाओगे? जिनके सामने नशा के विरुद्ध बोलते रहे, उन्हीं के लिए सुरती तौलोगे? नहीं-नहीं, यह नहीं होगा।

वह कब से सोच रहा था कि काश, इस पिछड़े हुए कछार में भी एक सड़क आती। लेकिन सारी-की-सारी सरकारें तो सोयी हुई हैं इस कछार की ओर से आँख फेरकर! सड़कें तो दुनिया में कितनी हैं लेकिन अपने जवार में सड़क आने का और उस पर यात्रा करने का सुख कुछ ओर ही होगा! कितना प्यारा अनुभव होगा नदियों-नालों, खन्दकों-खाइयों के ऊपर से भागती सड़क का यात्री होने का। कितनी सुविधाएं बढ़ जायेंगी। लेकिन तब उसने कहाँ सोचा था कि सड़क के आने का कोई और मतलब भी हो सकता है।

और जब कच्ची सड़क पक्की सड़क बनने लगी तो रमेश ने कहा— 'बाबूजी, कच्ची सड़क पक्की सड़क बन रही है—यह बहुत अच्छा हुआ। अपना एक खेत सड़क के किनारे ही है और उसी के पास बस अड्डा भी बनने वाला है। हम क्यों न वहाँ कोई दुकान खोल दें? शुरू में चाय की दुकान खोली जाए और कुछ सुरती की गांठें वहाँ रख दी जायें। रास्ता तो चालू है ही, अब सड़क बन रही है वह और चालू हो जायेगी और बहुत से मजदूर काम पर लगेंगे।'

'अच्छा देखा जायेगा?' टालने की गरज से पाण्डे जी ने कहा।

'देखा नहीं जायेगा, अभी शायद किसी के दिमाग में यह चीज आयी नहीं है, बाद में तो सभी भरभराकर दुकानें खोल देंगे। हमें सबसे पहले अपनी दुकान जमा लेनी चाहिए।'

एक चुप्पी छायी रही।

'इस बुढ़ौती में आपको खेती-बारी के काम करने पड़ते हैं, इससे अच्छा होगा कि आप दुकान पर बैठें। आराम से आपके दिन भी कट जायेंगे और चार पैसे की आमदनी भी हो जायेगी।'

'क्या कहते हो—अब मैं दुकानदारी करूंगा?' वह तैश में उठा था तो उसकी धोती फट गयी थी।

और जब रोज-राज रमेश के विचार उसके दिमाग से टकराने लगे तो एक दिन दु:खी मन से स्वीकृति दे दी। बनती हुई सड़क के पास वाले खेत में एक झोंपड़ी पड़ गयी, कुछ सुरती के पत्ते तथा चाय के सामान रख दिये गये। वह आज पहली बार दुकान पर बैठा था।

लेकिन नहीं, वह कल दुकान पर नहीं जायेगा। उसका रोम-रोम परिताप से सुलग रहा है, गरीब हुआ तो क्या—इस बुढ़ौती में अपनी आबरू बेचेगा! करवट ली तो धोती फिर पर्र से बोल गयी। अब नंगा होकर घर तो रह सकता है लेकिन क्या दुकान पर भी जायेगा इसी रूप में?

सुबह हुई तो रमेश दुकान का सामान लिये हाजिर हो गया। पाण्डे जी अधनंगे लेटे रहे।

'बाबू जी, दुकान नहीं जाइएगा?'

पाण्डे जी की इच्छा तो हुई कि कह दें—नहीं जाऊंगा। लेकिन कह नहीं सके दर्द-भरी आवाज में बोले—'नंगा ही जाऊं क्या?'

सामान नीचे रखते हुए रमेश भारी मन से बोला, 'अब क्या कहा जाए! कुछ रुपये इकट्ठे हो जायें तो आपके लिए खादी की एक धोती ला दूं। खादी भी कितनी महंगी हो गयी है!'

पाण्डे जी ने देखा कि रमेश के बच्चे फटे-पुराने नेकर पहने उसके सामने से स्कूल चले गये। उन्हें एक चोट-सी लगी—क्या वह इतनी महंगी खादी की धोती पहनकर बच्चों को नंगा रखेगा? आज तक तो उसने यही किया। उसे क्यों नहीं मालूम हुआ कि खादी-खादी में भेद होता है। एक खादी उसकी है, एक यादवजी की। यादव ही खादी पहनने का हकदार है क्योंकि उसके शरीर पर खादी का विकास हुआ है और वह? वह नहीं; उसके शरीर पर तो खादी फटती ही चली गयी है।

रमेश सामान लिये अन्दर जा रहा था कि पाण्डे जी ने पुकारा—

'रमेश!'

'हां, बाबू जी!'

'तुम्हारे पास एक के अलावा कोई साबुत धोती है?'

'हां, है बाबूजी!'

'लाना तो, बेटे!'

रमेश ने व्यथा, आश्चर्य और प्रसन्नता-मिश्रित आँखों से पिता को देखा। पिता ने दूसरी ओर मुंह फेर लिया था।

और कुछ देर बार पाण्डे जी रमेश की धोती पहनकर रमेश के पीछे-पीछे दुकान की ओर चले जा रहे थे।

□

निर्णयों के बीच एक निर्णय

कार में मैं एक किनारे बैठ चुका था। दूसरी ओर से कुछ और मेहमान कार पर बैठने के लिए आ रहे थे। एकाएक आतिथेय मिस्टर श्रीवास्तव की डाँट-फटकार सुनकर मैं चौंका। खलासी के से वेश में ज्ञान कार पर चलने के लिए आगे बढ़ रहा था और श्रीवास्तव डाँट रहे थे, 'चलिए-हटिए, आपके लिए नहीं है यह कार।'

मैंने खिड़की की ओर मुँह फेर लिया कि ज्ञान मुझे देख न ले। मैं जानता था कि यदि वह मुझे देख लेगा तो कार पर बैठे बिना न मानेगा और संयोजक उसे धक्का देकर निकाले बिना नहीं मानेगा और मेरी स्थिति विचित्र हो जायेगी।

कार एक झटके से चल चुकी थी और ज्ञान मार खाये कुत्ते-सा चुपचाप प्लेटफॉर्म की ओर सरक गया था।

मैंने राहत की साँस ली। एक बाहर के कवि से सम्मेलन के संयोजक श्रीवास्तव जी कह रहे थे, 'क्या बताया जाये, बेचारा हीरा आदमी था, बढ़िया कवि, लेकिन पागल हो गया। बड़ा तरस आता है इस पर, लेकिन अब इसे कोई कहाँ तक ढोये?'

मैं अपने से लड़ रहा था कि श्रीवास्तव की बात से राहत मिली—'हाँ, ठीक ही तो है, कोई कहाँ तक ढोये?' पता नहीं श्रीवास्तव जी का अपना वाक्य अपने को सुनाने के लिए था या औरों को सुनाने के लिए, लेकिन मैंने अपने को ही सुनाने के लिए यह वाक्य मन-ही-मन कई बार दुहराया।

ज्ञान को इस रूप में इन दस वर्षों में कई बार देखा है। जब-जब छुट्टियों में आता हूँ, मुलाकात हो जाती है, बल्कि वह मुलाकात कर जाता है। वह मेरे घर जा-जाकर मेरे आने का समय पूछता रहता है। यद्यपि घर का हर आदमी उससे यही कहता है कि इस वर्ष मैं नहीं आ रहा हूँ, लेकिन मेरे आने को वह सूँघ लेता है और कभी-कभी मेरे पहुंचने के दो घंटे बाद ही मेरे घर पर पहुँच जाता है। यदि मैं सामने नहीं पड़ गया तो घर के बच्चे उसे यह कहकर लौटा देते हैं कि मैं नहीं हूँ या गाँव गया हूँ। मैं कमरे में बैठा सब सुनता हूँ और चुप रहता हूँ और अपने से लड़ता हूँ, लेकिन लगता है कि अब अपने से लड़ने का बोध धीरे-धीरे रीत चला है। यह तो चाहने ही लगा हूँ कि वह न मिले बल्कि यह भी चाहने लगा हूँ कि कोई दूसरा

आदमी झूठ बोलकर उससे मिलने से मुझे बचा ले।

क्या सचमुच ही रीत गया है यह द्वन्द्व-बोध? तो फिर मैं क्यों सोचने लगा हूँ कि उसने नहीं देखा, अच्छा हुआ। पराये आदमी के देखने न देखने से क्या फर्क पड़ता है? मैं भी तो श्रीवास्तव की तरह उसे डाँटकर चल सकता था या केवल मौन रह सकता था।

'लेकिन आपको इस तरह नहीं डाँटना चाहिए था; आखिर वह कवि है।' एक अतिथि कवि बोल रहे थे।

'अरे साहब, वह सिर चढ़ बैठता है। जाकर कवि-सम्मेलन में माइक पकड़कर बैठ जाता और कार में बैठकर आप लोगों से पैसे माँगने लगता।'

'अच्छा!' एक लम्बे विस्मय के स्वर में उस अतिथि कवि ने कहा, जैसे ज्ञान उसके सिर पर सचमुच सवार हो रहा हो या कि उससे पैसे माँग रहा हो।

'हाँ साहब,' एक दूसरे कवि (जो एक पड़ोसी जिले के होने के नाते ज्ञान से खूब परिचित थे) बोल रहे थे—'बड़ा कष्ट होता है ऐसे व्यक्ति की यह हालत देखकर, कोई कहाँ तक खिलाये-पिलाये? अब तो यह लाइलाज हो गया है, कोई करे क्या?'

गत वर्ष यह मेरे घर मुझे खोजता हुआ आया था। भतीजा बता रहा था कि वह पागल आया था और कटोरे में रखा हुआ जूठा भात सफाचट कर गया।

हाँ जरूर कर गया होगा; अब इससे अधिक मेरी प्रतिक्रिया नहीं होती। मैं काफी ठण्डा हो गया हूँ।

मैं और ज्ञान ··· ज्ञान और मैं ··· एक लम्बी कहानी है जो कितने वर्षों के अन्तराल में अनेक रूपों और रंगों में फैली पड़ी है। अब उसे छूते हुए भी डर लगता है। लेकिन ··· उस बार अक्तूबर की छुट्टियों में घर लौटा था तब स्टेशन से सीधे उसके घर गया। पत्नी एक मास पहले ही घर आ चुकी थी। हाँ सच है कि मैं स्टेशन से सीधे अपने घर आने की अपेक्षा उसके घर जाना पसन्द करता था। हम दोनों एक शहर में रहते हुए शायद बहुत कम घंटों के लिए अलग रह पाते थे।

जब मेरा रिक्शा उसके नये मकान के सामने रुका तो वह अपने कमरे में बैठा हुआ दिखाई पड़ गया किन्तु वह उठा नहीं, जहाँ का तहाँ चुपचाप बैठा रहा। यह मेरे लिए एक नया अनुभव था। कहाँ गया वह उल्लास, वह ठहाका और अपने से मुझ तक एक लम्बी छलांग? मैं उसके पास गया। वह उसी तरह बैठा रहा। उसके चेहरे पर एक उड़ी-उड़ी उदासी छायी रही। रह-रहकर एक थकी-सी मुस्कान उसके भीतर से उबकाई की तरह उभर उठती थी। मुझे यह सब इतना असह्य हो रहा था कि उसे थप्पड़ जड़ देने की इच्छा जाग पड़ी।

'क्यों श्रीमान् जी, क्या बात है, आज बहुत उत्साह में दीख रहे हैं,' मैंने व्यंग्य किया। मुझे इतना आश्चर्य हुआ कि व्यंग्य पर इतनी तेजी से जवाब देनेवाला ज्ञान मुस्कराकर रह गया।

'आप जानते हैं आज मैं रात-भर जगकर एक-दूसरे लोक में विचरण करता रहा हूँ।'

'क्यों, कोई खास बात है क्या?'

'आज रात-भर 'कल्याण' पढ़ता रहा हूँ।'

'कल्याण?' मैं आश्चर्य से चीख-सा पड़ा। फिर संयत होकर बोला, 'क्यों, मार्क्सवाद की सारी पुस्तकें चुक गयीं क्या?'

वह मेरे व्यंग्य पर मुस्कराता रहा।

'पागल हो गये हो क्या?' मैं एकाएक कह गया, लेकिन मन एक दहशत से भर आया ··· कहीं सचमुच तो ··· फिर झटककर इस भाव को फेंक दिया।

मैं बैठा रहा। न उसने चाय के लिए पूछा, न नहाने-धोने के लिए।

'चाय-वाय मिलेगी क्या भक्तराज?'

'ओह हाँ, आपने चाय तो पी ही नहीं होगी। मैं तो भूल ही गया था।' वह खँखारकर उठा और वहीं से पुकारकर बोला—'सुनती हो, भाई साहब आये हैं—चाय-वाय भेजो।' फिर वह जहाँ का तहाँ बैठ गया, जैसे वह आश्वस्त हो गया कि उसकी आवाज वहाँ पहुँच गयी और चाय भी बन गयी और मैंने पी भी ली ···

'आप ईश्वर में विश्वास नहीं करते?'

उसका प्रश्न सुनकर मैं उसकी ओर स्तब्ध दृष्टि से देखता रहा, जैसे यह कहना चाहता रहा कि तुम जानते हो कि मैं ईश्वर में विश्वास नहीं करता और मैं भी जानता हूँ कि तुम नहीं करते, फिर यह सवाल कैसा? लेकिन मैंने कुछ कहा नहीं, मुस्करा-भर दिया।

'वह रात को मुझसे मिला था।'

'कौन?'

'ईश्वर और कौन!'

'अच्छा', मैं मजाक के मूड में आ गया—'कैसा है वह? क्या कह रहा था?'

'वो, ओफ आप नहीं समझेंगे। यह दिव्यज्योति, अकलुष, अनंत सौन्दर्य तो अनिर्वचनीय था ··· मैं तो देखता ही रह गया।'

'बस-बस भक्तराज, रात-भर 'कल्याण' पढ़ते रहे हो न, इसलिए ईश्वर के सारे नाम याद हो गये।'

'हः हः' उसने एक बार जोर से कहा फिर ठठाकर हँस पड़ा—'आप नहीं जानिएगा भाई साहब, बड़े-बड़े ऋषियों-मुनियों की तो समझ में वह आया ही नही।'

'तो फिर क्यों चक्कर में पड़ गये इस काल्पनिक विराट् के! क्या अपने आसपास ही जानने के लिए चीजें कम पड़ी हैं?' मैंने कहा। मैं अब तक सोचता रहा कि ज्ञान अपनी तार्किक आदत के अनुसार केवल बहस के लिए 'कल्याण' और ईश्वर को बीच में ला रहा है लेकिन उसने जब मेरे आक्षेप पर मेरी ओर घृणा से देखकर कहा,

'आपकी क्या हस्ती है श्रीमान्‌जी, ईश्वर को नकारने की!' तब जाना कि यह सचमुच ही सारी बातें गंभीरता से कह रहा है। मुझे इस अपमानजनक बात से चोट लगी, लेकिन पी गया। और कुछ देर बाद उठकर चला आया। पत्नी को समाचार दिया तो वे स्तब्ध रह गयीं।

शाम को ज्ञान मेरे घर आया तो मुझे प्रसन्नता हुई। लगा—जैसे बीते दिन फिर लौट आये हैं, जब हम लोग साथ खाना खाते थे, घूमते थे, कविताएँ पढ़ते थे, हँसते थे, रोते थे। सुबह वह दिन खो गया था, अभी-अभी लौट आया है।

उसके आते ही मैंने कहा—'चलों कहीं घूम आयें।' वह एक बार ठठाकर हँसा, फिर चुप हो गया—जैसे एकाएक अपने में लौट गया।

हम जाकर जुबली पार्क की एक बेंच पर बैठ गये। शाम की ठण्डी-ठण्डी हवा से पूरा पार्क एक मिली-जुली साँस छोड़ रहा था।

'क्या बात है ज्ञान? बहुत चुपचाप हो आज।' पत्नी ने हमारे बीच छाये सन्नाटे को तोड़ा।

'नहीं, नहीं भाभीजी, चुप तो नहीं हूँ। अपने भीतर बहुत मुखर हो रहा हूँ। ऋषियों ने कहा है कि आत्मसंवाद सबसे बड़ा संवाद है।'

'अरे यार गोली मारो इन ऋषि-मुनियों को। कुछ आदमी की बात करो। आखिर हम पार्क में बैठे हैं, जंगल में नहीं।'

वह ठठाकर हँस पड़ा, 'हाँ हाँ, ठीक कहते हैं आप, हम लोग पार्क में बैठे हैं। अच्छा बताइये कैसे रहे? छुट्टियाँ कितने दिनों की हैं?'

मैं मुस्कराया, पत्नी भी मुस्करायीं और वह फिर अट्टहास कर उठा।

'मैं तो ठीक हूँ। तुम्हारा भी हाल-चाल मिला था। सुना था कि तुम लोगों को बहुत मारने-पीटने लगे हो।'

मेरे इस आक्षेप से वह कुछ चिन्ता में पड़ गया, कुछ सोचने सा लगा, एकाएक वह फूट पड़ा, 'अरे वह। वह बेवकूफ श्यामलाल ··· उसे मैंने जिन्दा छोड़ दिया, यही बहुत समझिये।'

श्यामलाल रिश्ते में मेरे मामा लगते हैं; बड़े ही सीधे-सादे सन्त पुरुष, सबकी सेवा के लिए तैयार। ज्ञान को मेरा मित्र जानकर अपने बड़े से मकान में पार्टनर बनाकर ले गये थे। कुछ दिन पहले सुना था कि ज्ञान ने श्यामलाल जी को पीट दिया। मैं समाचार सुनकर आहत हो गया था-एक मित्र, एक सम्बन्धी, क्या करूँ?

'हो-हो, हो-हो, वो श्यामलाल ··· बदमाश ··· अरे उसे तो मारना ही था।'

'बहुत गलत काम किया है तुमने ज्ञान। यह कहाँ की शराफत है कि एक बुजुर्ग शरीफ आदमी पर हाथ छोड़ो?' पत्नी ने तनकर प्रहार किया।

'अरे भाभीजी, आप नहीं जानतीं, वह बहुत दोषी है।' और उसने कई बार कही हुई अपनी कहानी दुहरा दी।

'जानते हैं आप लोग, यह श्यामलाल देखने में सन्त है लेकिन बड़ा कामी है। जब से गीता इस घर में आयी है वह तब से बैंक से छुट्टी लेकर घर बैठ जाता है। मैं तो दिनभर अपने दफ्तर में खटता था और यह गीता को हमेशा निहारता रहता था। कई बार तो गीता के हाथ से बाल्टी छूटकर उसके पाँव पर गिर पड़ी और महीनों उसका पाँव सड़ता रहा।'

कहकर वह चुप हो गया और हम तीनों फिर एक-दूसरे से कटकर तीन छोटे-छोटे द्वीपों से रह गये। पार्क के उस कोने में स्थित बिना छत के रेस्त्राँ का हलका-हलका रेडियो संगीत तैरता हुआ आ रहा था।

कितनी बार इस बात को लेकर मेरी और ज्ञान की बहस हो चुकी थी। मैंने उसे बार-बार कहा कि यह तुम्हारा और गीता का वहम हो सकता है, श्यामलाल जी ऐसे नहीं हैं।

'ऐसे नहीं है? आप भी भाई साहब आदमी को नहीं पहचानते। आप जानते हैं बाहर-बाहर से यह आदमी सब की सेवा करने का स्वांग रचता है, लेकिन इस बहाने यह सब की स्वतंत्रता में दखल देता है।'

उसकी बात में सच्चाई थी। फिर भी मेरा मन यह नहीं मान सका कि श्यामलाल मामा छुट्टी ले-लेकर गीता को ताकते हैं। और अनजाने ही मेरे मन में इस औरत के प्रति कुछ क्रोध और वितृष्णा का भाव जागने लगा था कि यह ज्ञान के भीतर सन्देह के कीटाणु पैदा कर रही है। और ज्ञान को क्या हो गया है कि जो इस औरत के कहने से इतना कुछ मान लेता है। सेक्स उसकी कमजोरी नहीं रहा है फिर सेक्स का सन्देह उस पर इस तरह हावी क्यों हो रहा है?

ज्ञान को वह समझ नहीं सकी है। उसके उन्माद को वह भक्ति-भावना मान रही है और मुझे लगा कि आज ज्ञान जो है उसकी शुरुआत बहुत पहले हो चुकी थी जिसका पहला विस्फोट था श्याम मामा की पिटाई।

'उसे आप नहीं जानते। वह बहुत धूर्त है। उसका सम्बन्ध आसपास की कई औरतों से है। आपने देखा नहीं कि वह कैसे उत्साह से मुहल्ले-भर की औरतों का काम करता है और साथ ही उन्हें कीड़ा-मकोड़ा समझता है।'

मैं ऊबकर रेस्त्रां में आते-जाते लोगों को देखने लगा।

'अभी क्या, अभी तो और मारूँगा। अभी तो सिर ही फोड़ा है, टाँग भी तोड़नी है। उसने मुझे पुलिस के हवाले किया था।'

'ज्ञान!' एकाएक मैं चीख उठा। पत्नी ने भी क्रोध-मिश्रित दृष्टि से ज्ञान को देखा, फिर मेरी ओर दृष्टि फिरा ली।

'ओ-हो-हो-हो, आप लोगों को बुरा लग रहा है न, अच्छा जाने दीजिए।'

मैं उठ खड़ा हुआ। न जाने ज्ञान के मन में क्या कौंधा कि बहुत भीगी आवाज में बोल उठा, 'माफ कीजिए भाई साहब ··· ।'

मेरा मन दुहरे दर्द से ऐंठ गया। इस माहौल से छुटकारा पाने के लिए मैंने प्रस्ताव किया कि चलो रेस्त्रां में बैठकर कुछ पियें।

रेस्त्रां की खामोशी में डूबे हुए हम तीनों धीरे-धीरे चाय की चुस्कियां ले रहे थे। मैंने बिल मँगवाया, बैरे को पैसे दिये। ज्ञान चुपचाप बैठा रहा जैसे कुछ हो ही नहीं रहा है। वह एकाएक चौंका और झपटकर बैरे से रुपया छीन लिया और उसे पाँच का एक नोट देते हुए घुड़का, 'ले जाओ।'

'नहीं, नहीं, यह क्या कर रहे हो ज्ञान!'

'ना-ना, यह कभी हो सकता है?'

बैरा कुछ क्षण स्तब्ध-सा खड़ा रहा, फिर मुस्कराकर आगे बढ़ गया।

'अच्छा अब मैं चलता हूं, पूजा-पाठ के लिए देर हो रही है। कल उधर आइए न।'

और हम लोग कुछ कहें, इसके पहले वह हँसता हुआ निकल गया।

मैं खड़ा-खड़ा देखता रहा। आँखों में न जाने कितनी अकथ-कथा लिये हुए था वह।

'चलिए', पत्नी ने धकेलते हुए कहा।

मेरी आँखों में शाम की छाया में तैरती कितनी सड़कें, कितने रेस्त्रां, कितने सिनेमाघर, कितनी गोष्ठियाँ उभर आयीं जो हमारी ऊष्मा से अंकित थीं। मैं आया था सालभर की थकान मिटाने, मगर लगता है कि पूरा बीता साल अपनी सारी जड़ता लिये मेरी पीठ पर लद गया है, मैं सरकने में असमर्थ हूँ। न जाने क्या हो गया है इस ज्ञान को ··· ।

बहुत दिनों बाद जब मैं पत्नी के साथ शाम को इसी रेस्त्राँ में बैठा था तो शायद ज्ञान ने हमें देख लिया था। मैंने भी उसे कनखियों से देख लिया था—फटा पैन्ट, फटी बनियान, रूखे-सूखे बाल, नंगे पाँव ··· ।

गेट पर बैरा उसे भगा रहा था और वह उसे अंगरेजी में डाँटता हुआ मेरी ओर आ रहा था—'बेवकूफ, तू जानता नहीं मैं कौन हूँ ··· हट जा मेरे रास्ते से।'

मैं उसे देखता हुआ भी न देखने का बहाना कर रहा था, पर वह रह-रहकर मेरी टेबिल की ओर इशारा कर रहा था। उसके बाद मैंने एक भय से देखना बन्द कर दिया और लगा जैसे मैनेजर के इशारे पर चार-पाँच बैरे मिलकर उसे उठाकर बाहर फेंक रहे हैं। मैंने कनखियों से देखा—वह बार-बार पेट मलता हुआ, अट्टहास करता हुआ चला जा रहा है। मैंने एक राहत की साँस ली।

'बेचारे को बुला लिया होता, आप ही को देखकर तो आ रहे थे।' पत्नी की आवाज थी।

'तुम भी अजीब बात करती हो। देखती नहीं यहाँ कैसे-कैसे लोग बैठे हुए हैं। यहाँ आकर न जाने क्या उत्पात करता। लोग इसे तो देखते ही, साथ-साथ हमें भी देखते।'

'अरे देखकर लोग क्या करते, बेचारे पागल हो गये हैं।'

'पागल हो गये हैं तो मैं क्या करूँ? मैंने कोई ठेका ले रखा है आगलों-पागलों का? उसके घरवालों ने तो मार-मारकर निकाल दिया है। दूसरे लोग क्या करें ?'

'हाँ यह तो है।' कहकर पत्नी चुप हो गयीं।

'दूसरे लोग?' मैं रात-भर अपने से लड़ता हुआ पूछता रहा—'क्या मैं ज्ञान के लिए दूसरे लोगों में से हूँ।' फिर धीरे-धीरे अपने से लड़ने का अहसास एकदम रीत गया। क्या एकदम रीत गया? फिर मैं आज कार वाली घटना से आहत होकर इतना सारा अतीत क्यों ले बैठा?

मैंने अपने को अपने से अलग करने के लिए श्रीवास्तव जी से पूछा—'कहिए आपका प्रोग्राम कब शुरू होगा?'

'बस, शुरू ही समझिए। आप लोग होटल चल रहे हैं। वहाँ हाथ मुँह धोकर खाना खा लीजिए। फिर समारोह में ही चलना है?'

वे चुप हो गये। मैं भी चुप हो गया। मैं बहुत बात नहीं कर पाता। और कुछ देर बाद मैंने अपने को जब खाने की टेबल पर पाया तो लगा कि अनजाने ही फिर जकड़ लिया गया हूँ। गरम और ठण्डे जल की लकीरें एक साथ मेरे शरीर पर रेंग रही हैं···।

मुझे याद आया—पिछली बार जब मैं घर आया तो वह आधी रात को पहुँचा और सोते में जगा दिया और जिद करने लगा कि मैं उसकी कविता सुनूँ। वह मेरे बहुत समझाने पर भी नहीं माना और ढेर-सारी कविताएँ सुना गया और प्रतिक्रिया जानने के लिए उत्सुकता व्यक्त करने लगा। न जाने किस खीझ में, न चाहते हुए भी मैंने कह दिया कि कविताएँ समझ में नहीं आयीं, ऊल-जलूल हैं।

'हा-हा, हा-हा' वह बहुत जोर से हँसा। मैं बड़ी असुविधा महसूस करने लगा कि आसपास सोये हुए लोग क्या सोचेंगे।

'समझ में कैसे आयेंगी? इन कविताओं में ईश्वर से साक्षात्कार की अनुभूति जो है। निराला को भी लोगों ने अपनी नासमझी का शिकार बना दिया और उन्हें पागल कहना शुरू कर दिया··· अब मुझे भी··· हा- हा- हा··· ।

'हाँ-हाँ आप ठीक कह रहे हैं।' मैं अपनी बेवकूफी पर पछता रहा था और चाह रहा था कि अब इसे यहाँ से भाग जाना चाहिए नहीं तो यह मेरी पतली-सी खाट पर पसर जायेगा और जब तक मैं और कुछ सोचूँ वह मेरी खाट पर पसरकर खर्राटे भरने लगा। और मैं रह-रहकर खाट से उठ जाता था और टहलने लगता था।

सवेरे उठा तो वह फिर कविताएँ सुनाने लगा और बेहद ऊबा हुआ मैं न उसे जोड़ पाता था न तोड़ पाता था।

'पिताजी!' मेरे बड़े लड़के कमल ने आकर मुझे पुकारा।

कविता पढ़ना छोड़कर उसने कमल की ओर देखा, 'यह कमल है न'··· कहते-कहते उसकी आँखों में एक तरल छाया काँप उठी और बड़े वेग से उठकर कमल को गोद में भर लिया। 'तुम कमल हो न।'

'हुँह्-छोड़ो,' एक घृणा के साथ कमल ने अपने को उसकी बाँहों से अलग कर लिया और कुछ देर तक घूरने के बाद चला गया।

'काफी बड़ा हो गया है।' अपने को कुछ अपमानित-सा अनुभव करते हुए उसने कहा।

मैं चुप रहा।

'मेरा भी लड़का है राजीव। ......'

अब तो तीन साल का हो गया होगा। ......

हाँ, बड़ा प्यारा है। घर जाता हूँ तो उसे गोद में खिलाने की बड़ी इच्छा होती है लेकिन ... ' उसका गला भर आया था। 'लेकिन घरवाले छीन लेते हैं।' उसकी आँखों में आंसू आ गये। एकाएक फिर ठठाकर वह हँस पड़ा, जैसे हवा के झोंके ने बादल के एक टुकड़े को उठाकर फेंक दिया हो।

'खेला करती है,' वह बोला।

'कौन?'

'अरे वही, राजीव की माँ। वह तो राजीव को मेरी गोद में देखना बरदाश्त नहीं करती। जानते हैं क्यों?'

'नहीं।'

'खेला करती है और मैं उसका खेल पहचान गया हूँ। एक दिन उसे इतना मारा, इतना मारा कि ... साली मेरे पास आने से कतराती है और न जाने कहाँ-कहाँ खेला करती है।'

मैं कहीं खो गया। फिर वह जोर से हँस पड़ा। मैं उसे देखने लगा। वह हँसता जा रहा था और उसकी आँखों से आँसू झरते जा रहे थे। एकाएक वह झटके से उठा—'अच्छा पाँच रुपये दीजिए, आज गाँव जा रहा हूँ। राजीव बहुत याद आ रहा है।'

मैंने उसे दो रुपये दिये और वह बार-बार हँसता हुआ चला गया।

'पिताजी चलिए! ब्रश कर लीजिए। आप तो इस पगले के चक्कर में आकर सब-कुछ भूल गये। हम लोग तो सड़क पर इसे चिढ़ाते हैं।'

'चुप रहो कमल। तुम्हें इस तरह नहीं बोलना चाहिए। ये तुम्हारे ज्ञान चाचा हैं। तुम नहीं जानते, इन्होंने तुम्हारे लिए कितना किया है।'

'हुँह्-होंगे-ज्ञान चाचा-अपने घर के, इस भाव से उसने मुँह बनाया और मुझे अन्दर घसीट ले गया।

'तुम नहीं समझोगे बेटा' इस भाव से मैंने भी मुँह बनाया और उसके साथ हो लिया। ब्रश करते-करते एक दुनिया से टकराने लगा ... कमल उसी के यहाँ हुआ था। हम चाचा-चाची से किसी बात पर नाराज थे। ज्ञान के आग्रह से हम छुट्टियों में उसी के यहाँ आकर ठहरे थे। जिस रात कमल हुआ, उस रात की भयानकता का तो कहना ही क्या? पानी ऐसा बरसा जैसा कभी नहीं बरसा था। उसी अँधेरी भयानक रात में वह निकल-निकलकर सब कुछ करता रहा। पैदा होने के बाद कमल प्रायः उसी

की गोद में होता। सूर्यमुखी के फूल की तरह कमल को गोद में लिये-लिये वह अपने को कितना सुखी अनुभव करता था। उसने कितना स्नेह उड़ेला है कमल की रग-रग में! उसके बाद भी जब कभी उसने सुना कि कमल की तबियत खराब है तो लौटती गाड़ी से इलाहाबाद हाजिर। एक तरह से उसने अपने को कमल को दे दिया था और वही कमल··· कमल तो कमल, उसका अपना बच्चा उसकी गोद से छीन लिया जाता है।

'राजीव बहुत प्यारा है··· हाँ-हाँ वह मेरा ही बच्चा है'—ज्ञान इस बात को कभी-कभी इतने जोर-शोर से कहता है कि उसकी आँखों से अविश्वास झलक जाता है।

'जानते हो भाई साहब, कल मुझसे प्रीता मिलने आयी थी।' वह एकाएक कह उठता।

'प्रीता कौन?'

'अरे प्रीता को नहीं जानते? अरे मिस बॉम्बे ।'

'अच्छा!' आश्चर्य के साथ मैं कह उठता हूँ—'क्या कहती थी?'

'हा-हा-हा-हा, कहती थी, देखिए मुझसे शादी कर लीजिए। मैंने उसे डाँट दिया-क्यों शादी कर लूं? बोली—'इतना भी नहीं जानते? आप दुनिया के सबसे बड़े 'जीनियस' और मैं सर्वोत्तम सुन्दरी। दोनों के संयोग से जो बच्चा पैदा होगा, वह तुम जैसा 'जीनियस' और मुझ-जैसा सुन्दर होगा।'

'तो आपने क्या कहा?' मैं मुस्कराते हुए पूछता।

'मैंने उसे डाँटकर कह दिया कि तुम नहीं जानती, इसका फैसला तो जॉर्ज बर्नाड शा कर चुका है। 'जारज बरनाड शा कौन है' वह बेवकूफ बोली। मैंने कहा, 'अरे बेवकूफ जार्ज बनार्ड शा को नहीं जानती तो क्या जानती है? जा भाग जा।' मैंने उसे भगा दिया भाई साहब, मुझे फाँसने आयी थी। क्या मैं नहीं जानता कि दुनिया की सारी औरतें खेला करती हैं।'

'हूँ, करती होंगी।' मैं चुपचाप हामी भरता।

'पता नहीं, देश-विदेश की ये सारी सुन्दरियाँ मेरे पीछे क्यों पागल हो गयी हैं। सभी मुझे घेरती हैं, सभी मेरी प्रतिभा और चरित्र से ईर्ष्या करती हैं, शादी करके उसे बरबाद करना चाहती हैं। हँ-हँ, क्या मैं पागल हूँ कि उनसे शादी करूँगा?'

'हाँ-हाँ, जरूर पागल हो गयी हैं।' और मुझे पागल शब्द पर हँसी आ जाती। ज्ञान समझता कि मैं उसकी सूझ की दाद दे रहा हूँ और वह विह्वल होकर हँसने लगता। उस हँसी के पीछे की पीड़ा देर तक छिपी नहीं रहती और वह झटके से मुड़कर चला जाता पीछे एक लकीर छोड़ता हुआ। इस लकीर को मैं बहुत दिनों से जानता हूँ।

'जानते हैं भाई साहब, इलाहाबाद से आने पर उसने एक दिन बताया, यह जो उमेश है न, बड़ा लम्पट है। उसे कल मैंने पीट दिया।'

'क्यों, उसे क्यों मार दिया?' आश्चर्य से पूछा।

'क्या करूँ भाई साहब, देखते-देखते आजिज हो गया। वह आपके कारण मेरे ही यहाँ ठहरा था। मेरे साथ आते-आते उस पानवाली को छेड़ता रहता था। मैंने उसे बहुतेरा समझाया कि यह काम ठीक नहीं, तुम मेरे साथ हो, मेरी प्रतिष्ठा भी बिगाड़ोगे ··· और वह पानवाली औरत बड़ी घटिया है। वह नहीं माना, छेड़ता ही रहा। बस मुझे गुस्सा आ गया, पीट दिया और कहा, जाओ मेरे यहाँ से।'

मुझे गुस्सा आ गया। उसे डाँटते हुए बोला—'तुम इस तरह बात-बात में ताव खा जाते हो। तुमने यह भी नहीं सोचा कि वह हम दोनों का मित्र है बल्कि मेरे ही कारण तुम्हारे समीप गया।'

ज्ञान निरुद्वेग भाव से बोला—'वह बहुत फूहड़ आदमी है भाई साहब! पता नहीं कैसे आप ऐसे-ऐसे लोगों को बरदाश्त कर लेते हैं। औरतों को छेड़नेवाले आदमी को मैं सह नहीं पाता। जानते हैं, वह पान वाली बड़ी घटिया औरत है ··· एक दिन अपने छोटे बच्चे के द्वारा मुझे बुलवा रही थी। मैं तो समझता था इसलिए उस लौंडे को डाँट-कर भगा दिया ··· अब बताइये वह कोई मौका पायेगी तो मुझे बदनाम किये बिना नहीं छोड़ेगी? और यह अभागा उससे लिपटने को जोर मार रहा था।'

'हूँ, ठीक कहते हो।'

और न जाने कितने ऐसे प्रसंगों से हम दोनों के साहचर्य के क्षण अंकित हैं। वह नारी-प्रसंग को हमेशा झटककर फेंक देता था लेकिन अजीब-सी बात यह भी थी कि वह ऐसे प्रसंगों को पहले खुद ओढ़ता था, फिर झटक देता था।

'जानती हैं भाभीजी मिस गुलाटी को ?'

'कौन गुलाटी?', पत्नी पूछती।

'अरे वह जो आपकी सहपाठिनी थी।'

'हाँ-हाँ, क्या बात हो गयी?' पत्नी मुस्करातीं।

'आप कहती थीं न कि वह बड़ी सख्त है?'

'हां, है तो । स्कूल में तो थी। अब नहीं जानती।'

'आप नहीं जानतीं उसे। वह मुझसे मिलने को बहुत उतावली रहती है, मिलने के बहाने खोजती रहती है।'

'हाँ-हाँ, क्यों नहीं उतावली होगी। आप-जैसा खूबसूरत लड़का उसे कहाँ मिलेगा?' पत्नी को व्यंग्य से मुस्कराता देख वह थोड़ा ताव में आ जाता।

'आप नहीं जानतीं। आप तो इलाहाबाद चलीं गयीं न। मेरी प्रतिभा की कितनी धाक है आपको नहीं मालूम। सभी लड़कियाँ मेरी कविता पर लट्टू हैं।' उसके स्वर में एक कम्पन-सा महसूस होता, फिर ठठाकर हँस पड़ता—'लेकिन मैं ··· अरे मैं इन्हें कुछ खतियाता थोड़े हूँ, ये अफसरों और अमीरों की लड़कियाँ ··· बूर्ज्वा वर्ग से हमारा कोई सरोकार नहीं है, बस मैं इन्हें परेशान करके मजे लेता हूँ।'

'अंगूर खट्टे हैं मिस्टर ज्ञान,' पत्नी कोचतीं।

'आप मुझे ताव दिला रही हैं। आप कहें तो आपकी उपस्थिति में ही घर बुला लूँ ··· जिस लड़की को कहें। लेकिन नहीं, यह काम मेरा नहीं है। मैं इनकी कोई परवाह करता हूँ?'

मैं सारी बहस में मौन रहता क्योंकि मैं जानता था कि ज्ञान लड़कियों के मामले में बहुत साफ है। यह जो कह रहा है केवल बहस के लिए कह रहा है।

'तुम अपना परिवार क्यों नहीं लाते?' कभी-कभी मैं पूछता।

'क्या आफत आ गयी है परिवार लाने की। परिवार के आते ही यह सारी मस्ती छिन जायेगी भाई साहब!'

'तो तुम अपनी मस्ती के लिए अपनी पत्नी को जेल में डाले हुए हो। बहुत प्रगतिशील बनते हो न।'

वह बात को टालने के लिए हँसने लगता। हँसते-हँसते ऐसा लगता जैसे उसकी हँसी में कुछ अटक गया है, उसे निकालने के लिए और जोर से हँसता और हँसी पर हँसी की लहर दौड़ती रहती।

और उस दिन मैं न चाहते हुए भी ज्ञान के विशेष आग्रह पर इलाहाबाद से एक कवि सम्मेलन में पहुँचा। शाम को हम दोनों सड़क पर घूमने निकल गये। वह बहुत खामोश-खामोश-सा चल रहा था जैसे कोई बहुत गहरी बात कहने की भूमिका बाँध रहा हो।

'भाई साहब', कहकर वह ठिठक गया।

'क्या?' उसकी ओर मैंने देखा।

'कुछ नहीं,' कहकर वह चलने लगा।

'कहो न,' मैं खड़ा का खड़ा रह गया और वह सिर झुकाये फिर मेरे पास लौट आया।

'आपसे एक राय लेनी है।'

'कहो-न' के भाव से मैं देखता रहा।

'चलिए, उस पुलिया पर बैठ जायें' उसने प्रस्ताव किया मानो प्रकृतिस्थ होना चाहता हो।

वहाँ हम लोग बैठ गये। पुलिया के नीचे पानी की पतली धारा बह रही थी। कुछ देर तक हम मौन भाव से उसकी आवाज सुनते रहे। शरद की गन्ध चारों ओर एक अद्भुत खुनक भर रही थी।

'भाई साहब, मैं दूसरी शादी करना चाहता हूँ।' ज्ञान झटके-से कह गया।

'दूसरी शादी?' चीखता हुआ-सा मैं उसकी ओर मुड़ गया।

उसकी झुकी आँखें कुछ ऊपर उठीं जिनमें न जाने कितने-कितने भाव एक साथ घुमड़ रहे थे।

'हाँ, दूसरी शादी। यह अकेलापन बरदाश्त नहीं होता।'

'मगर तुम्हारी शादी तो हो चुकी है। पत्नी को साथ क्यों नहीं रखते? माना कि वह देहाती है मगर उससे क्या बनता-बिगड़ता है?'

वह कुछ देर तक जैसे पुलिया के जल की आवाज सुनता रहा फिर बोला ··· 'आज तक तो आपसे नहीं कहा, सब भीतर-ही-भीतर पीता रहा, लेकिन सोचा अब आपसे यह कह ही दूं। आप से कहकर जैसे मैं अपना बोझ हल्का कर लूँगा।' वह फिर चुप हो गया।

'आप जानते हैं मेरी शादी बचपन में हो गयी थी,' वह रह-रहकर फूट रहा था, 'सुसरालवालों ने एक अच्छी-सी लड़की दिखाकर एक लँगड़ी और निहायत कुरूप लड़की मेरे गले बाँध दी।'

मैं एकदम स्तब्ध रह गया। वह दूसरी ओर मुँह फेरकर कुछ निहारता रहा और मैं ऊपर से जहाँ-का-तहाँ गड़ा हुआ भीतर से हिल रहा था। न जाने कैसा लग रहा था। ज्ञान—जैसे स्वस्थ, सुन्दर और प्रतिभा सम्पन्न व्यक्ति के साथ उसकी काली-कलूटी लँगड़ी बीवी का जुड़ जाना मेरे भीतर न जाने कैसा-कैसा भाव पैदा कर रहा था।

'चलो लौट चलें ज्ञान, जी नहीं लग रहा है।' और मैं उठ पड़ा। वह चुपचाप उठकर मेरे साथ हो लिया, फिर वह हँसने लगा—जैसे उसे एकाएक अनुभव हुआ कि उसने नाहक मुझे उदास कर दिया। हँसी, हँसी, हँसी और उसके पीछे न जाने क्या-क्या? यह हँसी ज्ञान की नियति बन गई है और उसके भीतर वर्षों से ढोयी जाती हुई कुरूप और लँगड़ी जिन्दगी ···

'ज्ञान ?'

वह खड़ा हो गया।

'तुमने इतने दिनों बाद यह नया निर्णय लेने की बात क्यों सोची?'

निर्णय अभी लिया ही कहाँ है? वह तो आप पर छोड़ दिया है। अपना मामला है न, दिमाग काम नहीं करता।'

मैं समझ गया उसके भीतर के द्वन्द्व को। आखिर उसने पहला ही निर्णय कहाँ लिया था? निर्णय तो उस पर उढ़ाया गया था और चाहते हुए भी वह उस निर्णय को बदल नहीं सका। उसके भीतर एक द्वन्द्व जीता आया है कि आखिर उस निर्णय में उस लंगड़ी का निर्णय कहाँ शामिल है और लँगड़ी और कुरूप होने में भी उसका निर्णय कहाँ शरीक है? निर्णय ··· निर्णय ··· निर्णय ।

भगवान का निर्णय, समाज का निर्णय, माँ-बाप का निर्णय और सबके बीच एक निर्णयहीन व्यक्ति, अपने ही हारे हुए निर्णयों के साथ छटपटाता हुआ ···

'और भाई साहब, यह निर्णय करने की भी बात कहाँ आती? एक सज्जन हैं, पिताजी के दोस्त। वे मेरी सारी स्थितियों को जानते हुए भी अपनी बेटी के निर्णय के लिए मेरे पीछे पड़े हैं। पिताजी भी राजी हैं और वो भी राजी है।'

'तुम्हारा मतलब तुम्हारी पत्नी से है न। तब दिक्कत क्या है?'

'दिक्कत तो सबसे बड़ी यही है। यदि वह राजी न होकर तनती तो उससे टकराने में मुझे सुख मिलता, लेकिन उसका यह निरीह समर्पण मुझे बार-बार इस नये निर्णय से विचलित कर दे रहा है। कभी-कभी सोचता हूँ आखिर उसका कसूर?'

मुझे बेहद उदास देखकर वह ठठाकर हँस पड़ा—'जाने दीजिए भाई साहब । इस आगे वाली पुलिया पर बैठ जाइए और अपनी कुछ नयी कविताएँ सुनाइए।'

'नहीं, चलो, अब लौट चलें।'

कुछ दिन बाद मेरे पत्र के जवाब में उसने लिखा कि उसने शादी का विचार छोड़ दिया है, वह एक क्षणिक आवेश था, मैं चिन्ता न करूँ।

निर्णयों में फँसा एक निर्णय ··· उस पर बहते हुए हँसी के आवर्त ··· आवर्त में फँसे कितने ही बुदबुद ···

लेकिन एक दिन ज्ञान का पत्र पाकर अचकचा गया। उसने लिखा था कि बीस अप्रैल को उसकी शादी है, मैं जरूर पहुँच जाऊँ। इससे अधिक कुछ नहीं था। शायद जान-बूझकर संकट, द्विधा या संकोच से बचने के लिए मेरे सामने उसने यह निर्णय फेंक दिया था ··· लेकिन मैं उसकी शादी में नहीं जा सका।

और वह दुकेला हो गया।। लेकिन तभी से श्यामू मामा का भूत सवार हो गया और न जाने कितनी शंकाओं से घिरी हुई उसकी यात्रा चलने लगी और एक दिन वह श्यामू मामा के सिर पर आ उतरी।

'इनसे मिलिए, ये हैं मिस्टर सहाय।' श्रीवास्तव जी मुझे सुनाकर पास खड़े एक सज्जन की ओर इशारा कर रहे थे।

मैंने भोजन पर से निगाह उठाकर उनकी ओर देखा। 'अरे ये?' मैं ठठाकर हँस पड़ा। सहाय भी मुस्कराने लगे।

'अच्छा-अच्छा, लगता है आप लोग पूर्व परिचित है' कहते हुए मिस्टर श्रीवास्तव आगे बढ़ गये।

'कहिए सहाय साहब ! कैसे हैं?'

'अट्ठा, बहोट अट्ठा।' पान भरे मुँह से सहाय बोले। फिर पान थूककर बोले—'ज्ञानजी से मुलाकात हुई?'

'क्यों, उनसे भेंट होने-न-होने से क्या फर्क पड़ता है?' मेरा मन एक कसैले स्वाद से भर गया। जो घृणा अभी तक दबाये हुए था वह भीतर-ही-भीतर घुलकर अपनी ही जीभ के खून की तरह मुँह को बेस्वाद कर गयी।

'क्या बताया जाये, बेचारे पागल हो गये। इस शहर ने अपना एक 'जीनियस' कवि खो दिया।'

मैं बरदाश्त नहीं कर सका और खाना छोड़कर हाथ-मुँह धोने चला गया।

साला हिजड़ा, इसको एक 'जीनियस' के खोने की बड़ी चिन्ता है। और ज्यों-ज्यों मैं इस आदमी से भागता गया वह मुझमें धँसता गया। मुझे लगा कि मुझे कै हो

जायेगी। जल्दी-जल्दी जाकर मैंने अपने को बाहर खड़ी कार में फेंक दिया और एक पुराना गीत गुनगुनाने लगा और न जाने कब याद आ गया कि यह गीत तो इसी सहाय ने अपनी विभागीय पत्रिका में छापा था । इस गीत से ही मुझे घृणा हो गयी और इच्छा हुई कि एकबारगी इस गीत को कै कर दूँ।

'दो रुपये दीजिए भाई साहब।'

'दो रुपये नहीं हैं ज्ञान।'

'तो आठ आना ही दे दीजिए। अभी मेरा चेक नहीं आया है, आयेगा तो आपको भी रुपयों से ढँक दूँगा। आपको मालूम है न, मुझे दस हजार रुपये महीने मिलने जा रहे हैं। प्रधानमन्त्री मेरे यहाँ आये थे, उन्होंने मुझसे प्रार्थना की है कि मैं मैनेजरी का वह पद सँभाल लूँ। मैंने प्रार्थना स्वीकार कर ली है, कल काम पर लगना है।'

दूसरी बार अठन्नी माँगने की प्रक्रिया में उसने बतलाया, 'मैनेजरी सँभालने के लिए जब-जब जाता हूँ, रास्ते में एक मोटा हँसता हुआ-सा अजगर मुँह खोले दिखाई पड़ता है। भाई साहब, आप विश्वास नहीं करेंगे, उसका मुँह सहाय से मिलता-जुलता है और मैं भाग खड़ा होता हूँ, लेकिन एक दिन इस अजगर को जरूर मारूँगा।'

तीसरी बार वह चवन्नी लेने पर ही राजी हो गया और फिर एक रहस्योद्घाटन किया—'इस बार एक दूसरे मन्त्री आये थे और बड़ी आजिजी से बोले—'मिस्टर ज्ञान, आप नहीं आ रहे हैं, सारा काम रुका हुआ है। मैं नहीं चाहता कि आप सौ रुपये की क्लर्की पर इस विभाग में सड़ते रहें और वे सौ रुपये तो आपको जेब खर्च मिलते हैं, नौकरी तो आपकी अब शुरू होगी। कल से आ जाइए जरूर-हा-हा, हा-हा, साले मैं क्यों जाऊँ। इतने-इतने घटिया लोग भरे पड़े हैं चारों ओर। इनके बीच मैं अपने को कैसे बरदाश्त कर पाऊँगा? साले सौ रुपये मुझे जेब-खर्च देते रहो, बस मेरे लिए इतना ही बहुत है ··· अच्छा चवन्नी दीजिए, मैं अब चलूँगा, देर हो रही है ··· '

हाँ, उस अजगर से सहाय का मुँह मिलता है। निरंजन सहाय—ज्ञान से 'जूनियर' घटिया और विभागीय पत्रिका के सम्पादक बन गये। ज्ञान कब से इस पत्रिका का सम्पादक होने को तड़प रहा था। सम्पादक होते ही उसकी तनखा सौ रुपये से चार सौ रुपये हो जाती।

'भाई साहब, पत्रिका का सम्पादन मुझी को मिलना चाहिए, लेकिन खतरा है निरंजन ···'

'क्यों, उसे क्या आता-जाता है। उसे न तो पत्रकारिता की समझ है और न साहित्य की।'

'इतना ही नहीं भाई साहब, वह काम-धाम भी नहीं करता। मैं दिनभर खटता रहता हूँ और वह घूम-घूमकर साहब की जी-हुजूरी करता है। और वह ऊपर से जितना मीठा है उतना ही भीतर से तीता, जहर। लेकिन कोई बात नहीं, यह मैं ही लूँगा, मैं ही लूँगा-मैं सौ रुपये पर अपने को सड़ा नहीं सकता। जब अपने ऊपर बीसों गधों

और सूअरों को देखता हूँ तब मैं स्वयं अपने को गन्धाने लगता हूँ · · ·'

मुझे लगा था कि इसे एक और गधे और सूअर को बरदाश्त करना ही पड़ेगा। यद्यपि ज्ञान रह-रहकर एक अटूट विश्वास में डूब जाता था, लेकिन सहाय का जो नक्शा उसने खींचा था उससे यह स्पष्ट था कि एक गधा और ज्ञान पर लदने वाला है।

और तब एक दिन सप्ताह-भर ही की छुट्टी लेकर ज्ञान इलाहाबाद आ गया। बहुत परेशान था। आते ही बोला, 'भाई साहब, मैं इस्तीफा देने जा रहा हूँ। मैं अपमानजनक स्थिति में काम नहीं कर सकता।'

मैं समझ गया कि उसके ऊपर एक और गधा लद गया। करता क्या? स्तब्ध-सा बैठा रहा।

'आप मेरे लिए कहीं कोई नौकरी दिलाइए। मैं वहाँ नौकरी नहीं करूँगा। मैं गधों और सूअरों के बीच पागल हो जाऊँगा · · · '

मैंने उसकी उत्तेजना शान्त होने पर कहा, 'घबराओ नहीं ज्ञान, मैं कोशिश करूँगा। तुम त्यागपत्र मत दो। हाँ, एक लम्बी छुट्टी ले लो। मुझे तो इसकी आशंका थी ही।' वह कुछ देर शान्त रहा। फिर बोला—'नीचता की हद होती है भाई साहब! सहाय हिजड़ा है साला। सीधे टकराने की हिम्मत नहीं हुई तो ब्लैकमेल करना शुरू कर दिया। उसने एक दिन बहुत घृणित स्वर में कहा, 'मिस्टर ज्ञान, मेरे खिलाफ बहुत चींचपड़ करोगे तो तुम्हारी दूसरी शादी का राज खोल दूँगा और तुम कहीं के न रहोगे।'

मुझे सहाय के इस व्यवहार पर विस्मय नहीं हुआ, फिर भी एक धक्का लगा—पता नहीं सहाय के व्यवहार पर या ज्ञान की दूसरी शादी पर।

उसने लम्बी छुट्टी ले ली। मैं उसके लिए कुछ नहीं कर सका। उत्तेजना शान्त होने पर उसे भी अनुभव हुआ कि मेरे जैसा अधिकारहीन प्राध्यापक उसके लिए कुछ भी नहीं कर सकता। इसलिए उसने फिर कभी इसकी चर्चा नहीं छेड़ी और छुट्टी समाप्त होते ही फिर अपनी सौ रुपये की नौकरी की ओर सरक गया।

कार चलने के पहले सहाय भी मेरी बगल में आकर बैठ गया। मैं उसे बरदाश्त करने को अभिशप्त था। कार अधिवेशन की ओर जाने लगी और सहाय मुझसे खोद-खोदकर बातें करने लगा। मैं घृणा से खिड़की की ओर मुँह फेरकर बाहर की तरफ देखने लगा और निर्णय किया कि इससे बात नहीं करूँगा। एकाएक देखा, ज्ञान सड़क पर खड़ा है और मुझे देखते ही चिल्लाया—'भाई साहब!'

मैंने झटके से सहाय की ओर मुँह फेर लिया। सहाय ने एक अद्‌भुत चिपचिपी हँसी से भरी आँखें मेरे चेहरे पर गड़ा दीं और मैं न जाने क्यों उससे जोर-जोर से बातें करने लगा।

□

उत्सव

बस से उतरकर उसने घड़ी देखी-साढ़े सात बजे हैं। अभी तो आधे घण्टे की देर है। चलते-चलते वह उत्सव के पण्डाल के सामने आ गया है। अभी वहाँ कोई दिखाई नहीं पड़ा। सजे हुए गेट पर दो आदमी मुस्कराने का प्रयास करते हुए चेहरे लिये खड़े हैं। वह नयी दिल्ली की उस चौड़ी-सी खुली सड़क पर खड़ा-खड़ा सोच रहा है, अन्दर जाये कि अभी बाहर ही टहले। नहीं, बाहर टहलने की हिम्मत नहीं है। आकाश गल-गलकर चू रहा है, हवा बेरोकटोक सड़क को काटती हुई सर्राटे भरती चली जा रही है और पेड़ काँप-काँपकर ठहर जाते हैं। सड़क यहाँ से वहाँ तक उदास-सी लेटी है उस शाम के सर्द साये में, और सारी रौनक किनारे की कोठियों में कैद हो गयी है।

वह धीरे-धीरे पण्डाल के अन्दर प्रवेश करता है। मुस्कराते हुए चेहरों की चिपचिपाहट थोड़ी और गाढ़ी हो जाती है। वह उनकी ओर देखे बगैर अन्दर की ओर रेंग जाता है। यहाँ से वहाँ तक सोफासेट फैले पड़े हैं, जगह-जगह हरी-हरी झाड़ियाँ बनी हैं जिनमें छोटे-छोटे रंगीन बल्ब जगमगा रहे हैं। उसकी दृष्टि इन रंगीन बल्बों में उलझ जाती है। जब कभी वह इस प्रकार के उत्सवों में जाता है उसकी दृष्टि खो जाती है इन रंगीन भ्रमों में, और लगता है कि उसके पास जो अपना सत्य है वह पहचान में नहीं आता। शायद इसी तरह हनुमान धौलागिरि की अनन्त जगमगाती बूटियों के बीच खोयी संजीवन बूटी को पहचान नहीं सके होंगे! . . .

हल्के-हल्के एक संगीत की धुन इस सिहरते रंगीन वातावरण में काँप रही है। वह कुछ क्षण इस रंगीन एकान्त में खोया-खोया खड़ा रहता है फिर एक झटके से एक सोफा पर बैठ जाता है। कुछ दूर खान-पान की व्यवस्था में लगे लोग यन्त्र से हिलते-डुलते हैं-किराये के लोग। वह बहुत जल्दी आ गया। उसे देर से आने में बहुत संकोच होता है और दिल्ली की बसें हैं जो या तो घण्टा भर पहले पहुँचा देंगी या घण्टा-भर बाद। समय या तो आगे होता है या पीछे, साथ कभी नहीं होता।

वह फिर सिर उठाकर देखता है—एक और सज्जन डगमगाते हुए डोल रहे हैं। दोनों की नजरें मिलती हैं—दोनों मुस्करा पड़ते हैं।

'हलो!'

'हलो!'

वे सज्जन सामने वाले सोफे पर बैठ जाते हैं।

'अभी लोग आये नहीं?'

'जी हाँ, अभी आये नहीं।'

'आते ही होंगे।'

'जी हाँ, आते ही होंगे।'

'हम लोग बहुत पहले आ गये।'

'जी हाँ, हम लोग बहुत पहले आ गये।'

फिर एक चुप्पी सी छा जाती है। दोनों एक दूसरे की ओर देखते हैं और इस भाव से आँखें फेर लेते हैं कि अब बात करने को रहा ही क्या?

संगीत की धुन भीगकर और भारी हो गयी है। कोयले की बड़ी-बड़ी अंगीठियाँ सोफों की पृष्ठभूमि में रखी जा रही हैं। एक बड़ी-सी अंगीठी उसके सोफे की भी पृष्ठभूमि में रख दी गई है। वह बैठा-बैठा देख रहा है, कोयले दहक रहे हैं। कितनी लुभावनी आँच, लेकिन बीच में इतनी दूरी! उसकी इच्छा हो रही है कि वह उठकर अंगीठी के पास जाये और हाथ पसारकर आग तापे-उसके भीतर एक देहात तड़पने लगता है ··· लेकिन उसके ऊपर बिछा हुआ शहर उसे कसे हुए है।

सामने वाले सज्जन भी आग की लपट को देख रहे हैं, उन्हें सुनाकर वह कहता है—'बड़ी ठण्ड है आज।'

वे चौंककर बोलते हैं—'जी हाँ, बड़ी ठण्ड है आज।'

वह चाहता है कि पहले सामने वाले सज्जन उठकर आग के पास जायें तो फिर वह जाये। कुछ देर तक यों ही चलता रहता है, फिर वह हाथ मलता हुआ उठ खड़ा होता है और इधर-उधर टहलने के बहाने आग के पास से होकर गुजरता है और फिर वहीं खड़ा रहता है। वह चाहता है कि वे सज्जन भी उठ आयें तो उनसे बात करने के बहाने आग के आसपास खड़ा रहे। लेकिन उनसे बात क्या करेगा? वे सज्जन भी उठकर टहलने लगते हैं, लेकिन दोनों के बीच एक फासला बना रहता है।

'हलो!'

'हलो!'

'हलो!'

'कैसे हैं?'

उसके आसपास आवाज़ें तैर रही हैं। वह देखता है कि लोग आ रहे हैं। कुछ स्त्रियाँ भी हैं शो-रूम के मॉडलों की तरह। सब उसकी ओर एक उड़ती नजर से देखते हैं और आगे बढ़ जाते हैं।

'हलो!'

'हलो!' वह चौंककर देखता है।

'अरे तुम?'

'क्यों, क्या मैं नहीं हो सकता?' एक हँसी गूँजती है, वह भी हँसता है और दोनों की हँसियाँ एक-दूसरे को छुए बिना उड़ जाती हैं। दोनों एक-दूसरे के सामने खड़े रहते हैं। भीड़ बढ़ती है और दोनों भीड़ को देखते हुए मुस्कराते हुए एक-दूसरे से अलग हो जाते हैं।

पण्डाल में सर्दी गहरा रही है, लेकिन अब उसका उतना बोध नहीं हो रहा है-इतने लोग हैं उसे बाँटने वाले।

मधुमक्खी-सी एक घनी भिनभिनाहट कस रही है अवकाश को जिसे तोड़-तोड़कर अट्टहास के पटाखे फूट-फूट पड़ते हैं।

'हल्लो!' एक मधुर स्वर गूँजता है। एक अधेड़ महिला अपने अफसर पति के साथ पधारी हैं। सामने कुछ और अफसरनुमा लोग खड़े हैं।

'हाऊ स्वीट यू लुक इन दिस ड्रेस मैडम!' कहकर एक अफसर उनके कोमल करों को अपने हाथ में लेता है।

'रियली?' महिला मुस्कराती है। उनकी हँसी उनके चेहरे की उभरती झुर्रियों के ऊपर पर्त-दर-पर्त जमी रूज पर बड़ी नजाकत से फैल जाती है। उनकी पैन्सिल से बनी बंकिम भ्रू अदा से उठती-गिरती है और चुकती आँखों में हल्के-हल्के शराब का मद उभर आया है।

वह पास ही खड़ा देखता है—उनका नया-नया काला चेस्टर आस-पास की भीड़ में चटक रहा है और उसके नीचे उन प्रौढ़ा का शरीर एक हल्की सिहरन से बज रहा है।

वह मुस्कराता है। कितनी-कितनी गलतफहमियाँ पाले हुए लोग जीते हैं। सुन्दरी प्रौढ़ा। बेचारी भागते हुए यौवन को किस आतुरता से पकड़ने की तड़प में हैं। गलतफहमियाँ यहाँ के उत्सवों से कितनी गहराई से जुड़ी हुई हैं।

वह अनुभव करता है कि वह इस भीड़ में निरन्तर खुशबुओं के दबाव से गुजर रहा है। हरी-हरी झाड़ियों के रंगीन बल्ब उसे सचमुच के फूल लगने लगते हैं। सर्दी एक गुनगुने जल की तरह धीरे-धीरे काँप रही है और इस गुनगुने जल में वह और भी बेगाना अनुभव करने लगता है।

हो हो हो हो ···

एक जोर की हँसी उसके पास गूँज जाती है, वह देखता है। मुस्कराकर आगे बढ़ता है, तपाक से हाथ मिलाता है।

'भई इधर क्या लिख रहे हो?'

'हा हा हा हा ··· कुछ खास नहीं, एक उपन्यास लिखा है, छप रहा है।'

'अच्छा!' वह ऐसे ढंग से कहता है मानो कोई अद्‌भुत बात हो गई है।

हा हा हा हा ···

'अच्छा-अच्छा पढ़ूँगा।'

'हाँ हाँ जरूर पढ़ियेगा और मुझे बताइयेगा।' वह मुस्कराता है। जानता है कि वह शायद नहीं पढ़ेगा और यह भी जानता है कि उपन्यासकार उसकी राय नहीं माँग रहा है।

इस भाव से वह खड़ा-खड़ा मुस्कराता है, फिर हँस पड़ता है।

हो हो हो हो ···

कैसे हैं? एक अफसर नाटककार (जो अपने नाटकों में बहुत ही कसक उभारते हैं) घुस आये हैं। उपन्यासकार फिर जोर का ठहाका लगाता है, नाटककार धीरे-धीरे मुस्कराता है लेकिन लगता है कि मुस्कराने में उन्हें बड़ी व्यथा हो रही है।

'भाई, मैं तो तुमसे ईर्ष्या करता हूँ। तुम्हारे भीतर जीवन का कोई बहुत बड़ा स्रोत है जो तुम्हें यह उन्मुक्त हँसी प्रदान करता रहता है।'

'हा हा हा हा ··· उपन्यासकार हँसने लगता है—'क्या है, क्या है?' एक कवि मुस्कराते हुए खिंच आये हैं।

'हा हा हा हा, अरे भाई कुछ नहीं, अभी हम दोनों अपने-अपने मुखौटों की बात कर रहे थे।'

वह खड़ा-खड़ा मुस्कराता है, देखता है कि सामने की भीड़ बालू के ढूह की तरह अपने आप धसककर इधर-उधर बिखर जाती है। वह भी धीरे-धीरे दूसरी ओर सरक जाता है। भीड़ में रेंगता हुआ भीड़ को देख रहा है-

कोई नेता

कोई अफसर

कोई प्रोफेसर

कोई चित्रकार

कोई लेखक

कोई व्यापारी

कोई प्रकाशक

सबको उसने भीड़ में कहीं न कहीं देखा है लेकिन ठीक-ठीक जानता किसी को नहीं। वह अब सारी भीड़ में से कई बार गुजर चुका है। उसे कहीं बैठना चाहिए। लोग हैं जो बार-बार चक्कर काटते हुए उन्हीं-उन्हीं लोगों से मिलते हैं और न जाने क्या-क्या बातें करते हैं। उसे लगता है कि वह हर परिचित चेहरे के पास जाकर नंगा हो जाता है। उनसे कहे तो क्या और न कहे तो क्या? वह असमंजस में दो क्षण खड़ा रहा रहता है फिर सरक जाता है।

अच्छा हुआ होता पत्नी को साथ लाया होता और कुछ नहीं तो किनारे बैठकर घर की किसी ठोस समस्या पर विचार ही करते। या पालतू बिल्ली को लाया होता, उसे

गोद में बैठाकर उसकी आँखों में झाँकता और अनुभव करता कि कोई उसके साथ है। या वह यहाँ आया ही न होता, कमरे में बैठा-बैठा मूंगफली खाता, बच्चों को नाम ले-लेकर स्वेटर न पहनने के कारण डाँटता।

यहाँ तो सभी सर्वनाम हैं, सर्वनामों की एक लंबी भीड़ में वह भी एक सर्वनाम बनकर खोया है। हर बार वह ऐसा अनुभव करता है किन्तु वह हर बार आता है इन सर्वनामों की दुनिया में।

वह खड़ा-खड़ा थक गया है। भीड़ का एक रेला धक्का देता हुआ आता चला जाता है। आकर वह एक सोफे पर बैठ जाता है। ओह, बार-बार परिचित नजरों से टकराना और उनसे बच निकलने का प्रयास कितना थका देने वाला है।

सामने के सोफे पर तीन-चार सुन्दरियाँ बैठी हैं। शायद अफसरों की बीवियाँ, बेटियाँ होंगी। वे आपस में खामोश हैं लेकिन कहीं न कहीं जुड़ी हुई हैं। एक अपने बड़े से पफ पर हल्के-हल्के हाथ फेरती हुई देखती है, एक जूड़े के कांटे को ठीक करती हुई उसकी ओर देखती है, एक साड़ी का आँचल ठीक करती हुई उसे निहार लेती है लेकिन इन आँखों में एक-दूसरे को झेलने का भाव नहीं है। वह अपने ऊपर गिरती इन दृष्टियों का एक हल्का-हल्का गुनगुना-सा दबाव महसूस करता है। लेकिन उनके प्रति कोई उत्तरदायित्व का तनाव महसूस नहीं करता, इस दबाव में भी वह आश्वस्त है। वह रह-रहकर भीड़ में चलती-फिरती आकृतियों को देख रहा है। भाई लोग कैसे घंटों अर्थहीन बातें और खोखली हँसियाँ उछालते रहते हैं, वह घड़ी देखता है-अरे नौ बज गये।

उसे कल की गोष्ठी याद आ जाती है। वह उससे इतना ऊब गया था कि आज नहीं आने की ठान ली थी। क्या हर उत्सव अर्थहीन शब्द और खोखली हँसियाँ उछालने के लिए ही होता है? कितने वक्ता बोले थे पर जैसे किसी का किसी से लगाव ही नहीं कि हम किसी विषय पर एक-दूसरे से जुड़ने के लिए गोष्ठियों में एकत्र होते हैं। फिर भी एकत्र होते हैं और घंटों देखते हैं शब्दों की आतिशबाजी को। हम क्यों एकत्र होते हैं, कोई न कोई मजबूरी तो है ही, नहीं तो कल न आने का फैसला करके आज वह कैसे आ सकता?

सामने की लड़की उसे देखकर मुस्करा रही है। दृष्टि मिलने पर वह भी मुस्कराता है। पता नहीं वह कब से उसे देखकर मुस्करा रही है। वह सोचने लगता है-क्यों मुस्करा रही है। शायद अफसरों और सेठों की बहू-बेटियाँ मुस्कराने के लिए ही होती हैं। उनके लिए हर चीज उत्सव है-यहाँ तक कि साहित्य भी।

उसे एक घटना याद आती है। वह एक शहर में अतिथि के रूप में कविता-पाठ कर रहा है, उस गोष्ठी में चुने हुए साहित्य-रसिक बैठे हैं, और केवल उसे ही कविता पढ़नी है। जब वह सुनाकर बैठ जाता है तब कुछ अफसर और सेठ अपनी मुस्कराने वाली बीवियों के साथ पहुँचते हैं। संयोजक आग्रह करते हैं कि ये लोग साहित्य-प्रेमी

हैं इनके लिए कुछ और कविताएँ वह सुनाए। वह अनिच्छापूर्वक एक कविता शुरू करता है और देखता है कि सारी बीवियों की मुस्कराहट गायब हो जाती है और वे अपने पतियों के साथ उठकर चल देती हैं। वह मुस्कराता है व्यंग्य से–तो ये फिल्मी गीत सुनने आयी थीं।

वह फिर अनायास मुस्करा पड़ता है। वह लड़की न जाने क्यों उसकी मुस्कान देखकर फिर मुस्करा पड़ती है। वह कुछ देर के लिए अपने में लौट आता है। क्या वह ऐसा नहीं है कि उसे देखकर कोई सुन्दर लड़की मुस्कराए बिना न रह सके। सुन्दर–उसे कितने लोगों ने सुन्दर कहा है। उसे लगता है कि उसके सामने सुन्दर लड़कियों की एक भीड़ खड़ी है—मुस्कराती हुई भीड़ और वह भीड़ से कब से गुजर रहा है किसी भी मुस्कान से जुड़े बिना।

'सब बेकार है' बड़बड़ाकर वह उठ खड़ा होता है।

'ऐं ! यह क्या ?' वह अपने मन में चौंकता है। ये सारी स्त्रियाँ खड़ी क्यों हो गयीं। उन्होंने यह तो नहीं समझा कि मैं उन्हें बेकार कह रहा हूँ। ··· लेकिन मुड़कर देखता है कि भीड़ डाइनिंग टेबल की ओर सरक रही है। थोड़े ही क्षणों में वह अपने को एक अपरिचित भीड़ में खोया हुआ डाइनिंग टेबल के पास पाता है। प्लेट में चीजें भर–भरकर मुँह में ठूँसने लगता है। वह वहीं से दूसरे टेबल की ओर देख रहा है जहाँ उसके साहित्यकार मित्र उसी प्रकार शब्दों और हँसियों को उछाल–उछालकर नफासत से खाना खा रहे हैं।

वह जल्दी–जल्दी खाना खाकर घड़ी देखता है— दस। नहीं वह किसी का इन्तजार नहीं करेगा। उसे काफी दूर जाना है। वह वहाँ से धीरे–धीरे सरक जाता है, सड़क पर जल्दी–जल्दी चलकर बस स्टैण्ड पर पहुँचता है और बस की लम्बी प्रतीक्षा में अपने को खड़ा कर देता है।

□

पराया शहर

छायाएं ··· छायाएं ··· छायाएं ···

वह खुले द्वार से देख रहा है—बरामदे से गुजरते हुए छात्र, कॉलेज के एक कमरे से दूसरे कमरे तक जाते हुए प्राध्यापक, कॉलेज-कम्पाउण्ड मैं तैरती ठहरती कारें ··· चलती-फिरती आकृतियाँ ही आकृतियाँ ··· वह किसी को नहीं पहचानता, बस देखता रहता है। बुखार में है वह कल से ही। चार-पाँच रोज पहले ही तो इस नगर में आया है। नामहीन इस भीड़ के किनारे वह पड़ा-पड़ा कराह रहा है कल से ही। जुलाई का भारी-भारी दिन सरकता-सरकता किसी तरह घड़ी की छोटी सुई की तरह थोड़ा आगे बढ़ जाता है जैसे उसके ऊपर एक बड़ी चट्टान झुकी हुई है-अब गिरे तब गिरे। कल से ही उसके कमरे में कोई नहीं आया। कॉलेज का एक कर्मचारी कल सुबह आया था, कुछ गोलियाँ दे गया था, शाम को आकर एक सुई लगा गया था जैसे उसकी बाँह में एक नुकीला पत्थर घुसेड़ दिया गया हो। बाँह अब भी बुरी तरह दर्द कर रही थी। वह शायद कॉलेज का मिस्त्री है, आदमी को भी कोई मशीन ही समझता है।

नामहीन आकृतियाँ ही आकृतियाँ ··· उसे तो अहसान मानना चाहिए इस मिस्त्री का कि वह आता है और पत्थर की नोक घुसेड़कर उसके दर्द को एक नया मोड़ देता है। यह क्या कि चौबीस घंटे एक-सा ही दर्द झेलते रहो।

उसे तेज फ्लू का बुखार है। एक सौ दो डिग्री तो होगा ही। एनासीन या कोडोपायरीन या कोई टेबलेट मिल जाती तो शायद उसका बुखार कम होता, दर्द से कुछ राहत मिलती। किसे बुलाये वह, किसी को नहीं जानता। बस पड़ा-पड़ा कराह रहा है और गाते हुए शोर करते हुए छात्रों की अनाम भीड़ द्वार के पास से बही जा रही है।

वह अभी ही तो यहाँ आया है। उसका परिवार दूसरे शहर में है। प्रिंसिपल ने उसे होस्टल में रहने की जगह दे दी है एक दूसरे बैचलर लेक्चरर के साथ। वह जब से यहाँ आया है तभी से मकान खोज रहा है। नौकरी के सिलसिले में जिस दिन प्रिसिंपल से मिलने आया था उसी दिन लौटते समय जोर की बारिश आ गयी थी—वह एक

निचाट मैदान में एक पेड़ के नीचे पड़ा-पड़ा काफी देर तक भीगता रहा। पास के मकानों के बरामदों में खड़े लोग वर्षा का आनन्द लेते हुए उसका भीगना देख रहे थे। पराया शहर, भला वह किसी के यहाँ कैसे जाता। वह बुरी तरह भीग गया। उसी रूप में उसे साठ मील की यात्रा करके अपने पहले शहर में जाना पड़ा था। सारा पानी उसके भीतर समाकर भयंकर सर्दी बन गया और वह लौटकर उसी सर्दी में दिन-दिन-भर, मकान खोजता रहा। और एक दिन सर्दी फ्लू बन गयी। फ्लू ··· बाप रे बाप, यह तो छूत का रोग है। साथ के बैचलर लेक्चरर भाग खड़े हुए। प्रिंसिपल ने उसे दूसरे कमरे में डाल दिया। हाँ वह अपना फ्लू किसी को क्यों दे, वह इस मिस्त्री का आभारी है कि जो सुबह-शाम उसका फ्लू लेने उसके पास चला आता है। आज सवेरे भी वह आया था, कुछ गोलियाँ दे गया लेकिन उसकी सुई और दवाओं से कुछ लाभ नहीं होता। कोई कोडोपायरीन ला देता। ··· उसे चाय पीने की इच्छा हो रही है। इच्छा क्या हो रही है, जरा यों ही समय काटने का एक बहाना तो हो। लेकिन किसे पुकारे, किसी को जानता नहीं, कुछ लड़के गुजरते हैं तो झाँकते हैं जँगले के रास्ते। उसकी इच्छा होती है उन्हें पुकारकर रोक ले; लेकिन जब तक वह निर्णय लेता है, वे सब सरक जाते हैं।

पीछे की खिड़की से बहुत देर से झाँक रहा है—आकाश में उठी हुई चिमनियाँ ही चिमनियाँ, बल खाता हुआ धुआं, ऊँची-ऊँची कोठियों के बीच दूर तक बिछा हुआ एक सन्नाटा जो कुछ जंगली पौधों की झाड़ियों और बबूल के पेड़ों से यहाँ वहाँ कट गया है। ··· शायद शहर है। शायद ··· शायद क्योंकि वह अभी तक शहर के भूगोल से परिचित नहीं है, दिशाओं को नहीं पहचान सका है। चिमनियाँ ढेर की ढेर लेकिन किसी का नाम नहीं जानता। उसके लिए तो ये बस चिमनियाँ हैं जिनमें से एक धुआँ निकलता रहता है। ये बस कोठियाँ है जिनमें एक-से लोग रहते हैं। बीच का सन्नाटा ··· हाँ उसे वह पहचानता है, वह अपने और शहर के बीच बिछे सन्नाटे को कब से पहचान रहा है।

'हलो'

वह चौंक जाता है। देखता है कि उसके सामने एक डॉक्टरनुमा व्यक्ति खड़ा है।

'यू आर प्रो० पंकज, है न?'

'यस डाक्टर!'

'आपके प्रिंसिपल साहब का फोन गया था कि मैं आपको देख जाऊँ।'

'तो प्रिंसिपल साहब ने मेरे लिए डाक्टर बुलाया है। शहर का डॉक्टर से कितना गहरा सम्बन्ध है! इस शहर में आते ही मेरा पहला पाला डॉक्टर से ही पड़ा। बीमारी, शहर और डॉक्टर में कितना गहरा रिश्ता है।' पंकज सोच रहा था कि डाक्टर ने थर्मामीटर लगा दिया– एक सौ दो डिग्री ··· फ्लू ···

डॉक्टर इंजेक्शन ठीक करने लगा।

'तो आप इंजेक्शन लगायेंगे?'

'हाँ, इससे जल्दी होगी।'

'डॉक्टर, इंजेक्शन तो बहुत दुख रहा है इस बार। कल तो लगवाया था।'

'किससे?'

'कॉलेज के एक मैकेनिक हैं।'

'ओह, मिस्टर मेहता से।' डॉक्टर जोर से हँसा।

'हाँ, शायद यही नाम है।'

'प्रोफेसर पंकज, मैं डॉक्टर हूँ मैकेनिक नहीं। मैं मशीन और आदमी में फर्क करना जानता हूँ।'

पंकज बुखार में भी हँस पड़ा—'थैंक् यू डॉक्टर, मुझे तो अभी तक यही अनुभव रहा है कि डॉक्टर भी आदमी और मशीन में फर्क नहीं करते। किन्तु अभी आप-जैसे डॉक्टर शेष हैं।'

डॉक्टर मुस्कराया और अपना बैग समेटते ही बोला—'पेमेण्ट कौन करेगा, आप या कॉलेज?'

'ओह, यह तो मैं खुद नहीं जानता, मगर आपका पेमेण्ट हो जायेगा-डोण्ट वरी।'

'आल राइट' कहकर उसने बैग सँभाला और चला गया।

कहीं कोई दूसरा आया-गया नहीं। वह उसी प्रकार खिड़की से उतराती छायाएं देखता रहा। फिर उसने पिछली खिड़की से शहर की ओर देखा—दूर-दूर तक फैले मकान ··· इन्हीं मकानों में से कोई मकान उसके लिए भी होगा-पता नहीं कब मिलेगा-कितना घूमा है उसकी तलाश में। इस बीमारी में वह कहाँ जाए, कैसे खोजे? मकान की खोज की ही तो यह उपलब्धि है।

उसका जी घबरा रहा है, उफन रहा है—पत्नी किस अवस्था में होगी। जब से आया उसने घर चिट्ठी नहीं लिखी। घर? हाँ घर। कहाँ है घर उसका? उसका घर तो एक-दूसरे प्रदेश के गाँव में है सैकड़ों मील दूर। लेकिन उस घर से छूटे उसे कितने वर्ष हो गये? वहाँ उसके अपने खेत हैं, बारी है, मकान है, बड़ा परिवार है, लेकिन उस घर से टूटे उसे कितने दिन हो गये? वहाँ जाता है तो एक अजनबी की तरह। अब वह घर घर नहीं लगता। उसे लगता है कि अब वह लौटकर वहाँ नहीं जा सकेगा। उसके बाल-बच्चे अब इस शहर से दूसरे शहर तक घूमेंगे और उनकी अपनी कोई जमीन नहीं होगी। ··· चलो अच्छा होगा कि उन्हें किसी जमीन से लगाव और उससे उखड़ने का मोह तो नहीं होगा! वह तो जमीन से लगकर भी उससे उखड़ा हुआ है। कितना अद्भुत लगता है यह सोचना कि अब वह लौटकर गाँव नहीं जायेगा। अब तो किराये के बदलते हुए घर ही उसके घर हैं और वह जिस घर को अभी याद कर रहा है वह यहाँ से चालीस मील दूर एक दूसरे शहर में है। यह शहर तो पराया है किन्तु वही शहर कौन उसका अपना हो सका ।

एक अजीब-सी सीलन है उस शहर में । एक सीलन-भरी गन्ध उसे निगलती रहती–जैसे जाड़े की कई दिन की जमी हुई बदली उसमें फँस गयी हो। बड़ी मुश्किल से वहाँ एक मकान मिला था कि छूट गया और अब नये शहर में फिर एक मकान की तलाश। तलाश ही तलाश ··· लेकिन अभी उस मकान से सम्बन्ध टूटा कहाँ है। अभी तो उसकी पत्नी दो छोटे-छोटे बच्चों के साथ उसी मकान में रह रही है। कॉलेज का मकान है, जल्दी से जल्दी खाली करना ही पड़ेगा। न भी करना पड़े तो इन दो छोटे बच्चों के साथ वहाँ अकेली कब तक रह सकती है। और उसका नवाँ महीना चल रहा है, पता नहीं कब क्या हो जाये? वह कैसे क्या-क्या करेगी। उसकी तबीयत वैसे ही ठीक नहीं रहती। कैसे कामधाम चलता होगा। मकान तो ढूँढना ही पड़ेगा।

उसने घड़ी देखी, अभी दो ही बजे हैं। दिन तो जमकर बैठ गया है, सरकता ही नहीं। तबियत कुछ हल्की सी लगी। सोचते-सोचते उसे नींद आ गयी।

नींद खुली तो देखा प्रिंसिपल एक दूसरे प्राध्यापक के साथ खड़े थे।

'हाऊ आर यू प्रो० पंकज?'

'कुछ ठीक हूँ सर! डॉक्टर आये थे, इंजेक्शन दे गये हैं।'

'आल राइट, डॉ० त्रिवेदी आपके लिए खुशखबरी लाये हैं।'

पंकज ने जाना कि साथ के सज्जन प्रो० त्रिवेदी हैं। उसने उत्सुकता की दृष्टि से त्रिवेदी की ओर देखा।

डॉ० त्रिवेदी एक खास अदा से हँसे और बोले-'बात यह है प्रो० पंकज कि मैंने अपने आने वाले एक सहयोगी के लिए एक मकान लिया था, उसका एडवांस भी पे कर दिया था; लेकिन वे आये नहीं, आपको वह मकान मिल सकता है।'

'थैंक् यू डॉक्टर त्रिवेदी, आपने मेरा भार हल्का कर दिया। अब मैं अपनी फैमिली ला सकता हूँ न?'

'श्योर-श्योर' डॉ० त्रिवेदी फिर हँसे।

'ओ० के० प्रो० पंकज, टेक रेस्ट।' प्रिंसिपल चले गये।

सवेरे पंकज उठा तो तबीयत काफी हल्की थी। 'हलो प्रोफेसर, हाऊ डू यू फील नाऊ?' सामने मिस्टर मेहता खड़े थे।

'फाइन डॉक्टर मेहता।' पंकज उन्हें डॉक्टर कहकर मुस्करा पड़ा।

मेहता जाने की मुद्रा में होते हुए बोले-'कोई काम?'

'चाय-वाय मिल सकती है क्या?'

'श्योर-श्योर, हम अभी बोलता है कैन्टीन वाले से।'

पंकज चाय की घूँट कड़वे गले के नीचे उतार रहा था कि एक पीयन आकर टेलीग्राम रख गया : 'वाइफ ऐट लेबर।'

ओह, क्या वह घड़ी आ गयी? वह एकाएक परेशान हो गया। वह क्या करे, क्या न करे। दो छोटे-छोटे बच्चों को छोड़कर वह कहाँ जायेगी? कैसे क्या करेगी?

डिलिवरी के लिए किसी नर्सिंग होम में सीट भी तो नहीं रिजर्व करायी है। बच्चे कहाँ जायेंगे। शायद कोई पड़ोसी कृपा करके कुछ दौड़-धूप कर दे। उससे उठा तो जाता नहीं। वह उठा, बाथरूम गया, फिर हाँफकर बैठ गया।

नहीं—जाना होगा। दस बजे गाड़ी जाती है। कैसे जायेगा? नहीं—जाना ही होगा, पता नहीं तनु किस अवस्था में होगी। वह प्रिंसिपल को कैसे सूचित करे? कोई सवारी कैसे मँगाये?

एक लड़का झाँकता हुआ जा रहा था कि पंकज ने उसे पुकारा—'सुनिए।'

वह दरवाजा खोलकर अंदर आया।

'मेरे लिए कोई ऑटोरिक्शा मँगा सकते हैं क्या? और जरा प्रिंसिपल साहब को सूचित करना है कि मैं दो-एक दिन की छुट्टी पर जा रहा हूँ।'

'अच्छा साहब, हो जायेगा।'

पंकज सोचने लगा कि लोग अजनबी से लगते जरूर हैं, लेकिन उतने बुरे नहीं हैं। कहने पर लोग सुन लेते हैं। लेकिन वह अपनी भावुकतावश यही चाहता है कि लोग आवश्यकता देखकर अपने-आप एक-दूसरे के काम आयें। उँह ··· दुनिया आगे बढ़ गयी है, इसका उसे गिला नहीं मानना चाहिए और अपने को दुनिया के सामने फेंकना चाहिए।

पंकज आटोरिक्शे से उतरकर डगमगाते कदमों से घर में घुसा तो उसे लगा-जैसे कोई अपराधी घुस रहा हो। घर खामोश था। पत्नी खाट पर चुपचाप लेटी थी। दोनों बच्चे माँ के पास बैठे-बैठे बासी पाव रोटी के टुकड़े चबा रहे थे। उसे देखते ही वे पप्पा-पप्पा चिल्ला उठे। तनु ने लेटे-लेटे सिर घुमाकर पंकज की ओर देखा। एक फीकी हँसी उसके चेहरे पर तैर गयी और चौंककर बोली—'अरे आपको क्या हो गया?'

पंकज धम्म से पत्नी की खाट पर बैठ गया—'ठीक तो हो तनु, मैं तो तार पाकर घबरा गया था।'

"हाँ कई दिन से पड़ी हूँ, आज जब दर्द बहुत बढ़ गया तो लगा कि समय आ गया। पड़ोसी ने कृपा करके तार दे दिया। ··· कई दिन से बच्चे पाव रोटी के टुकड़े और बिस्किट चबा रहे हैं और मुझे घेरकर उदास बैठे रहते हैं—लेकिन आपको?'

'हाँ, यहाँ से जाते ही मुझे फ्लू हो गया। तभी से तो पड़ा हूँ। आज सुबह ही बुखार उतरा है और तभी तुम्हारा तार।'

दोनों जैसे एक सीलन-भरी चुप्पी में डूब गये। दोनों की आँखों में मौन भाव से दोनों की वेदना उतरा आयी, जैसे जो कुछ हुआ उसे होना ही था, उससे क्या गिला शिकवा?'

तनु रह-रहकर हाँफ रही थी। उसके फूले हुए पेट को सहलाते हुए पंकज बोला—'अभी कितने दिन देर की है?'

'दिन? मुझे तो लगा कि वह आज ही आ गया है, वैसे मेरे हिसाब से पन्द्रह-बीस

दिन की देर है।'

'चल सकोगी?'

'आज?'

'हाँ, आज या कल?'

'सकोगी का क्या सवाल है, चलना तो है ही। मकान मिल गया?'

'मिल-सा ही गया है।'

'ठीक है।' कहकर तनु कुछ बेचैन-सी हो उठी।

'क्यों क्या है?'

'कुछ नहीं, कुछ खाने-पीने का··· ?'

'नहीं, मुझे भूख अभी कहाँ? अभी तो मुँह इतना तीता है कि··· ?'

'तो भी क्या? बच्चों ने कई दिन से खाना नहीं खाया।'

वह उठने लगी। पंकज ने उसे पकड़कर लिटा दिया। 'तुम लेटी रहो तनु, मैं खिचड़ी बना लूँगा।'

तनु मुस्करायी, जैसे कहना चाहती हो कि अब तो वह स्वस्थ अनुभव कर रही है-आप आ गये न !

वह उठ बैठी, स्टोव जलाया।

'चलो, मिलकर खिचड़ी बनायेंगे तनु!'

'जब खिचड़ी ही बनानी है तो मिलकर क्या?'

'नहीं-नहीं, खिचड़ी तो मिलकर ही बनानी चाहिए, मिली हुई चीज है न!'

दोनों धीरे से मुस्करा पड़े।

'बच्चे कहाँ गये तनु?'

बाहर खेल रहे होंगे। आपको देखकर थोड़े हलके हो गये लगते हैं, नहीं तो घिरे-घिरे मेरे ही पास बैठे रहते थे।

दो बीमारों के मिलने से कमरे का अफाट एकाकीपन हिलने लगा, कई दिन का ठहरा हुआ बीमार सन्नाटा दरकने लगा।

'आज चलोगे या कल?'

'आज तो आया ही हूँ। पाँव थर्रा रहे हैं, जोड़-जोड़ में दर्द हो रहा है। हिम्मत नहीं है, कल चलेंगे।'

तनु ने कहना चाहा कि कुछ दिन और रुक जाओ तब फिर आकर ले चलना, लेकिन नहीं कह सकी। वह जानती थी कि यह कहना झूठ होगा, वह यहाँ अकेले कैसे रहेगी?

'फिर कैसे चल पायेंगे कल भी? इतना सामान तो है। इसे पैक करना, स्टेशन ले जाना, लदवाना, उतरवाना और दुनिया-भर की झंझटें।' तनु ने खिचड़ी परोसते हुए कहा।

'हाँ, यह तो है तनु। न तुम रुकोगी, न मैं रुकूँगा, फिर चारा ही क्या है?

सकने-न-सकने के बीच और कुछ है ही नहीं।'

और दोनों ने यह मान लिया कि जो होना है उस पर बहस करना बेकार है।

'एक बात हो सकती है' पंकज बोला।

'क्या?' की मुद्रा में तनु ने देखा।

'हम थोड़े से आवश्यक सामान ले चलें, फिर दस-पाँच दिन बाद आकर मैं बाकी सामान ले जाऊँगा।'

'अकेले तुम्हें परेशानी होगी।' कहना चाहकर भी वह नहीं कह सकी। हाँ जो होना है उसे होना है, कहा-सुनी बेकार है।

दूसरे दिन शाम को चार बजे जब दोनों थोड़े से सामान लेकर स्टेशन चले तो लगा जैसे मकान बदल रहे हैं। पड़ोसियों ने इधर-उधर से झाँका-झूँका; कुछ कोनों से फुसफुसाहटें भी आयीं, और कहीं कुछ घटित नहीं हुआ। रास्ते में कुछ परिचित चेहरों, कुछ पहचानी जगहों पर दृष्टि रुकी-फिर लौट आयी। यात्रा-एक पराये शहर से पराये शहर तक! ···

नये नगर में जाने की खुशी बच्चों की आँखों में चमक रही थी, किन्तु पति-पत्नी की आँखों में उभर रहा था एक अजनबी नगर जिसमें कुछ भी अपना नहीं है, बस वीरान गहराइयाँ यहाँ से वहाँ तक ··· पेचदार गलियाँ, अपरिचित मोड़, अनजाने चौरस्ते और एक अनदेखा मकान ···

गाड़ी ने सीटी दी तो तनु ने अंतिम बार दृष्टि उठाकर पूरे शहर को देखा और फिर दृष्टि फेर ली।

गाड़ी सात बजे स्टेशन पहुँची। तनु ने देखा चिमनियों से भरा हुआ एक अनजान नगर उसके सामने खड़ा था। इस कोलाहल-भरे स्टेशन पर पहुँचकर उसे ऐसा एकान्त लगा जैसे गाड़ी चलते-चलते किसी निचाट वीरानों में रुक गयी हो। एक नयी दहशत-सी उसकी धमनियों में बजने लगी। दोनों ही डगमगाते कदमों से स्टेशन के बाहर आये।

एक ताँगे में बैठे वे शहर में धँसते चले जा रहे थे। तनु मौन देख रही थी कि यह वह शहर है जहाँ उसे रहना है। जैसे वह बार-बार आँकने का प्रयास कर रही थी कि यह जगह रहने के लायक है या नहीं। फिर अपने भीतर ठहर जाती थी। ऊँह ··· रहने के लायक है या नहीं- जैसे रहने या न रहने का विकल्प उसी के हाथ में है। उसे रहना है, इतना ही भर जानना चाहिए।

'कैसा लग रहा है तनु?'

'लगना क्या है? मैं तो बस आपके साथ हूँ, आपको जैसा लगेगा, मुझे भी वैसा ही लगेगा।'

पंकज ने अनुभव किया कि तनु किसी गहरे दर्द में है। वह चुप हो गया।

उसने तनु से इस शहर की बड़ी तारीफ की थी—छोटे से नगर में दम घुटता है

तनु। यहाँ कोई अपना नहीं है, किन्तु अब वे बड़े शहर में जा रहे हैं, वहाँ बहुत से लोग अपने आसपास होंगे ··· किन्तु अब वह किस मुँह से तारीफ करे इस शहर की। मकान की तलाश में मारा-मारा फिरा और बीमार पड़ गया। उसने झट से अपने पॉकेट पर हाथ रख दिया। तनु ने उसके इस आकस्मिक व्यवहार को प्रश्नसूचक दृष्टि से देखा।

पंकज मुस्करा पड़ा, 'कुछ नहीं तनु, कुछ नहीं तनु, इस शहर में पहले दिन आया था न, उसी दिन पॉकेट कट गया था। तुम्हें बताया तो था।'

तनु भी मुस्करा पड़ी-जाड़े की जमी बदली में जैसे हल्की सी धूप निकल आयी हो।

ताँगा नवनीत कॉलोनी पहुँचा तो पता लगाकर पंकज डॉ० त्रिवेदी के यहाँ पहुँच गया। डॉ० त्रिवेदी घर पर ही थे। उतरकर आये। 'चलिए, आपको ले चलूँ आपके मकान में, पास ही में है।'

वहाँ पहुँचने पर मिस्टर देसाई ने बताया कि उन्होंने वह मकान दूसरे को उठा दिया है।

अब कहाँ जाये। एक घर छोड़ा, दूसरा मिला नहीं, पूरा परिवार लिये वह सड़क पर खड़ा है। देह थकावट से चूर है, मन उदासी से लदा है और डॉ० त्रिवेदी देसाई से उलझे हैं-जोर-जोर से दोनों एक-दूसरे पर बरस रहे हैं—'मैंने एडवांस दे रखा था। आपने कैसे मकान उठा दिया?' डॉ० त्रिवेदी बरस रहे थे।

'आपका आदमी बीस दिन तक नहीं आया तो उठा दिया, क्या जिन्दगी-भर उसका इन्तजार करुँगा?'

'आया या न आया, आपसे मतलब, आपको पैसे ही चाहिए थे न?'

दोनों वाक्‌युद्ध में जुटे थे, परन्तु पंकज को इससे कोई सरोकार नहीं था, उसे तो मकान चाहिए था। चुपचाप ताँगे में बैठा था और तनु उसे चुपचाप इस भाव से देख रही थी कि अब क्या होगा? पंकज ने निरीह नेत्रों से देखा-सड़क पर हाथ लारी वाले लारी से ही मकान बनाये हुए पूरी गृहस्थी जमाये हुए हैं-बनजारे ··· चलते-फिरते मकान ··· मगर वह कहाँ जाये? क्या वह इसी तरह सारा सामान डालकर कहीं सड़क पर बैठ जाये?

बच्चे जिद कर रहे थे—चलिए न पापा अपने घर, यहाँ क्यों रुके हैं?'

'कहाँ जाये?' पंकज सोच रहा था।

'आप वाइस-प्रिंसिपल हैं न, इसीलिए आपमें इतनी शराफत है। आपमें इतनी मानवता नहीं है कि दूसरे शहर से आने वाले इस परिवार को इस महीने के आखिर तक रहने दें। आखिर मैंने इस मास के अन्त तक का पैसा तो चुकाया ही है। कोई भीख तो नहीं माँग रहा हूँ।'

इतना कहकर डॉ० त्रिवेदी ताँगे की ओर मुड़े और गुस्से में बोले, 'चलिए प्रो० पकंज,

अभी मेरा घर तो है न।'

तनु की देह अकड़ गयी थी। इस अवस्था में वह कितने घण्टों से बैठी-बैठी आ रही है और आधा घण्टा तो ताँगे पर ही लग गया, तिस पर बेघर होने की पीड़ा। उसे पेट में दर्द हो रहा था, कसकर दबाये थी। डॉ० त्रिवेदी का संकेत पाकर ताँगा मुड़ गया।

जान न पहचान इस परिवार से। एकाध रात के मेहमान होते तो खैर कोई बात नहीं, यहाँ तो सामने विशाल चट्टान-सा बेघरापन फैला हुआ है। तिस पर डॉ० त्रिवेदी तीसरी मंजिल पर रहते हैं, तनु के लिए कितनी मुसीबत होगी-चढ़ना-उतरना। कुछ दैनिक कार्यों के लिए नीचे आना ही पड़ेगा, और पंकज ही कौन चढ़ने-उतरने लायक है। लेकिन ··· लेकिन ··· लेकिन ···

तनु उदास-सी बैठी थी, पंकेज भी हारा-थका कॉलेज से आया और चुपचाप बैठ गया।

'ऐसी मुसीबत में कभी नहीं फँसे थे— हे राम! दूसरे के घर में कैसे रहा जाए?' तनु ने पहली बार अपनी प्रतिक्रिया व्यक्त की।

पंकज को लगा कि वह अपराधी है, क्यों इस नगर को चुना उसने? वह मन-ही-मन हँसा—हाँ जैसे चुनना-न-चुनना उसके हाथ में ही तो था। वही नगर कौन-सा अपना था। वहाँ भी तो वही चक्कर चला था। चक्कर में फँसा-फँसा जैसे वह एक दलदल में फँस गया था—चारों ओर से एक खामोश ठहराव ने उसे ग्रस लिया था—ठहराव ··· ठहराव नहीं—ठहराव उसे स्वीकार नहीं है, वह तो उसे निगल ही लेगा। उसका कभी घर था ही नहीं, वह तो हमेशा चलने के लिए छोड़ दिया गया है।

'तुन, जरा धीरज धरो, सब ठीक हो जायेगा।' पंकज एक पिटे-पिटाये लहजे में बोल तो गया, लेकिन वह स्वयं में बहुत टूटता हुआ महसूस कर रहा था। हो सकता है कि यदि तनु की जगह उसने यह बात कही होती तो यही उपदेश तनु उसे देती।

'बहुत थक गये हो, अभी फ्लू से उठे नहीं कि यह चक्कर चल पड़ा। कॉलेज से कुछ और छुट्टी क्यों नहीं ले लेते?'

'नहीं तनु, नया-नया आदमी हूँ कॉलेज के लिए, प्रिन्सिपल समझेगा कि कोई लाखैरा है, कैसी बला पाल ली इस आदमी को नियुक्त करके।'

'ऐसा सोचेंगे प्रिन्सिपल?' तनु ने आश्चर्य से पूछा।

'हाँ तनु, मुझे अनुभव है। प्रिन्सिपल को तो कॉलेज का काम चाहिए, उन्हें मेरे दु:ख-सुख से क्या मतलब?'

'ओह!' तनु ने एक साँस भरी।

'बच्चों ने कुछ खाया तनु?'

'हाँ।'

'और तुमने?'

तनु ने बहुत करुण आँखों से पंकज की ओर देखा। पंकज समझ गया कि उसने गलत पूछ लिया है। आज तक क्या तनु ने पंकज के खाये बगैर खाया है। वह तनु की उपालम्भ-भरी आँखों की करुणा से सहम गया। फिर दोनों के बीच एक चुप्पी-सी छा गयी, दोनों के बीच एक पराया मकान आकर अड़ गया और दोनों अपनी-अपनी जगह अड़े हुए उस मकान को देखते रहे। पंकज सोचता रहा कि अपना घर होता तो क्या मेरे कॉलेज से आने के बाद इस तरह तनु मौन रहती? कितनी भूख लगी है, लेकिन तनु चुप है—असहाय-सी, और तनु अपनी असमर्थता में डूबी हुई पंकज की भूख से तड़प रही थी।

पंकज ने चाहा कि तनु को लेकर किसी होटल में खाना खा आये लेकिन ··· लेकिन नहीं, डॉ. त्रिवेदी का अपमान होगा, वे क्या सोचेंगे? खाना तो बना ही होगा। लेकिन कहाँ हैं मिसेज त्रिवेदी?

'तनु, कहाँ हैं मिसेज त्रिवेदी?'

तनु मुस्करायी, वह पंकज के पूछने का अर्थ समझ गयी।

'सोई हैं, मुझसे खाने को कहा लेकिन तुम जानते ही हो ··· फिर उन्होंने कहा कि जब तुम आओ तो मैं उन्हें जगा लूँ।'

'हूँऽ।' एक गम्भीर स्वर में पकंज ने उच्छ्वास छोड़ा और चुप बैठा रहा। वह जानता है कि मिसेज त्रिवेदी को जगाने का अपराध तनु नहीं कर सकती, वह भी उसकी जगह होता तो नहीं कर सकता था। दोनों ही इतने संकोची क्यों हो गये इस बीसवीं शताब्दी के सन् साठ में।

दोनों ही थके लेट गये। दो घण्टे बाद डॉ. त्रिवेदी उन्हें जगा रहे थे—'आप लोगों ने खाना नहीं खाया?'

'ओह्—नींद आ गयी।' पंकज ने प्रश्न को मोड़ते हुए कहा।

डॉ. त्रिवेदी अपनी पत्नी को डाँटने लगे थे। पंकज और तनु दोनों ही बहुत संकुचित हो उठे थे कि उनके कारण मिसेज त्रिवेदी को डाँट सुननी पड़ रही थी। क्या सोचेंगी—एक तो हमारे सिर आ पड़े, दूसरे इनके कारण डाँट सुननी पड़ रही है।

तनु ने डॉ. त्रिवेदी को रोकते हुए कहा—'नहीं भाई साहब, बहनजी का दोष नहीं है, उन्होंने तो पहले खाने को कहा था, मैंने ही मना कर दिया था।'

मिसेज त्रिवेदी ने सबको खाने के लिए बुलाया। पंकज ने अनुभव किया कि मिसेज त्रिवेदी को बहुत तीता-तीता-सा महसूस हो रहा है। उसकी खाने की इच्छा मर गयी थी, लेकिन तनु के लिए खाना ही पड़ेगा और यों भी नहीं खाने से एक तनाव भर जायेगा वातावरण में।

बच्चे चुपचाप छत पर से नीचे के बच्चों का खेलना देख रहे थे, जैसे वे भी अपने को यहाँ अजनबी समझ रहे थे। पंकज का मन बेहद उमस से भरा था। वैसे भी उमस

बहुत थी। कई दिनों से पानी नहीं बरसा, वातावरण उबल-उबलकर रह जा रहा है—जैसे उसे भी अभिव्यक्ति नहीं मिल रही है।

खाना खाने के बाद वह सोच ही रहा था कि वह क्या करे, कहाँ जाए। अजब फँसाव में है वह, न इस जगह को छोड़ते बनता है न इससे जुड़ते। कब तक चलेगा इस तरह?

'प्रो. पंकज!' पंकज के मौन को तोड़ते हुए डॉ. त्रिवेदी ने कहा—'देसाई मान गया है, इस महीने के अन्त तक आप उस मकान में रह सकते हैं।'

'ओह! बहुत अच्छा हुआ।' पंकज ने राहत की साँस लेते हुए कहा, जैसे उसकी छाती पर लदा भारी पत्थर सरक गया हो।

'कमीना है, मानता ही नहीं था। उसे भय था कि आप वहाँ गये तो फिर छोड़ेंगे नहीं। आज जब प्रिन्सिपल ने उसे फोन पर विश्वास दिलाया तब जाकर तैयार हुआ।'

'उम्मीद तो है कि तब तक कोई मकान मिल ही जायेगा।' कहने को तो पंकज कह गया' लेकिन नहीं मिला तो फिर कहाँ जायेगा। तब तो लौटकर त्रिवेदी के यहाँ भी नहीं आ पायेगा और इस बीच तनु को कुछ हो गया तो? उसने देखा—घड़ी में पाँच बज रहे थे। वह उठ खड़ा हुआ—'तो चला जाए?'

'कहाँ?' चौंककर डॉ. त्रिवेदी ने पूछा।

'वहीं, देसाई के घर में।'

'ओ हो-हो-हो! ··· ' त्रिवेदी साहब एक खास अन्दाज में हँसते हैं—'अरे कल चले जाइएगा। ऊब गये क्या?'

'नहीं, जाना है तो बस जाना ही चाहिए, ऊबने का क्या प्रश्न है डॉक्टर साहब। हम तो आपके आभारी हैं कि आपने हमारे लिए इतना किया।'

शाम को पंकज नये मकान में पहुँच गया। देसाई साहब दो-एक बार टहलते हुए आये और घूरते हुए चले गये। उनकी आँखों से इतनी घृणा और हिंसा बरस रही थी कि पंकज उन्हें बर्दाश्त नहीं कर पा रहा था—उसकी इच्छा हो रही थी कि इस कमीने की खद्दर की टोपी जूते की नोक से उछाल दे और जबड़े तोड़ दे मारकर। लेकिन इच्छा करने के सिवा वह और क्या कर सकता है? वह बैठा था। दोनों बच्चे उसे निरीह भाव से घेरे थे, तनु धीरे-धीरे रोटियाँ सेंक रही थी। एक अद्‌भुत घिराव-सा महसूस कर रहे थे सभी। स्टोव की लपक और आवाज ही एकमात्र सहारा थी इस घिराव से उबरने का। तनु शायद पंकज के बारे में सोच रही थी, पंकज तनु के बारे में। दोनों ही बीमार, दोनों ही परवश। आकाश में बादल घिर आये थे, न बरसते थे न छँटते थे। पंकज इस घर में आकर इस प्रकार सिमटा था जैसे कोई अपराध किये हो। देसाई परिवार के किसी व्यक्ति को देखते ही उसके भीतर एक दहशत-सी भर जाती थी। जब तक उसे मकान नहीं मिला था तो एक भटकाव-सा अनुभव करता था, अब मिल गया तो अपराध-सा महसूस कर रहा है। सात दिन बाद

उसे यह मकान भी छोड़ देना है— रहते हुए भी न रहने का बोध, जीते हुए ही न जीने का अहसास कितना भयानक होता है! वह इन लोगों के अनचाहे इनके मकान में आकर रह रहा है। कितनी घृणा होगी उनके मन में। तनु की मौन पीड़ा पंकज के ऊपर झुकी थी, जैसे भूमि पर जाड़े की बदली। · · ·

दूसरे दिन से फिर मकान की तलाश · · · मकान खाली तो हैं लेकिन दूसरे प्रान्त का आदमी, न जाने कैसा हो। नहीं, मकान खाली नहीं है।

पंकज घर लौटा तो देखा—तनु बहुत भरी-भरी है, लगता है रो चुकी है।

'क्या है तनु?'

'नहीं, कुछ नहीं' के भाव से उसने सिर हिला दिया।

'बहुत दर्द हो रहा है?'

उसने फिर सिर हिला दिया।

पंकज ने देखा—दोनों बच्चे एक कोने में चुपचाप बैठे हुए हैं, उसे देखकर भी खड़े नहीं हुए। कमरे में एक सर्द मौन व्याप्त था।

'कुछ तो बोलो। तनु, देखो मैं यों ही परेशान हूँ, इस तरह मौन रहकर तुम और भारी मत करो।'

उसने तरल आँखों से पंकज को देखा, फिर बच्चों की ओर। धीरे-धीरे उनके पास गयी और बड़े प्यार से उन्हें छाती में भर लिया। पंकज समझ गया कि मामला कुछ बच्चों का है।

'क्या-बात है तनु?' उसने फिर पूछा।

'कुछ नहीं, बच्चे जरा उधर गये कि मिसेज देसाई ने कुत्ते की तरह दुत्कार कर भगा दिया। मुझे क्रोध आ गया और मैंने इन निरीह बच्चों को पीट दिया—क्यों जाते हैं उधर? सात दिन काटने हैं किसी तरह सिमटकर।'

पंकज कुछ नहीं बोला। कुछ खोया-खोया-सा बैठा रहा।

—और एक रात और खामोशी में सुलगती हुई बीत गयी।

सुबह उठा तो पंकज को बुखार हो गया था, खाट पर पड़ गया—फिर फ्लू। कॉलेज गये तीन दिन भी नहीं हुए कि फिर फ्लू, फिर छुट्टी। क्या सोचेंगे प्रिन्सिपल? उसने उठने का प्रयत्न किया, नहीं उठा गया।

तनु ने चाय लाकर रख दी तो दोनों की उदास आँखें एक-दूसरे से मिलीं और आपस में डूबती गयीं। तनु को लगा कि वह फफककर रो पड़ेगी, इसलिए झटके से हट गयी। पंकज हौले-से मुस्करा पड़ा और कड़वी-कड़वी घूँट गले से नीचे उतारने लगा।

कोडोपायरीन की टैबलेट लेने पर दोपहर तक तबीयत कुछ हल्की हुई। वह बरामदे में चटाई बिछाकर बैठा था।

'आप पंकज जी हैं?'

'हाँ हूँ तो, बैठिए।'

'मैं प्रभात हूँ। सुना है कि आप यहां आये हैं, मिलने चला आया।'

'सचमुच आपने कृपा की, नहीं तो यहाँ कौन किससे मिलता है।'

'मैं भी आप ही के जिले का हूँ, मैं भी यहाँ अजनबी बनकर ही आया था। समझता हूँ आपके दर्द को और डॉ. त्रिवेदी से सब सुन चुका हूँ। मैं भी एक कॉलेज में हूँ।'

दोनों बैठे। बातें होती रहीं। पंकज को लगा कि भीड़ में कोई एक चेहरा उसके लिए भी है। मकान की समस्या सामने थी। प्रभात ने कहा—'अभी निकलता हूँ। रास्ते में एक फ्लैट देखा है।'

'मैं भी चलता हूँ।'

'अरे नहीं, आप बीमार हैं, कहाँ चलेंगे। फिर आपको ले चलूँगा।'

'नहीं, पास में है, चला चलता हूँ।'

दोनों पहुँचे—एक साठ वर्ष के सज्जन बैठे थे। देने का वायदा कर दिया—'कुंजी माँ के पास है, दो घण्टे बाद आइए और कमरा देख लीजिएगा।'

दोनों फिर दो घंटे बाद पहुँचे तो उस बूढ़े ने कह दिया कि माँ ने मना कर दिया।

पंकज हताश भाव से उठ खड़ा हुआ, लेकिन प्रभात उन्हें जलती आँखों से घूरता रहा, फिर बोला—'तुम साठ साल के रिटायर्ड ऑफिसर हो और शरम नहीं आती अपने निर्णय को बदलते हुए। फ्लू में पड़े हुए आदमी को दो बार बुलाया और बहुत आसानी से 'हाँ' को 'ना' कर दिया।'

पंकज ने प्रभात की बाँह पकड़ी और बाहर खींच ले चला। प्रभात सुनाता गया—'ये माँ-वाँ का चक्कर नहीं है, यह दूसरे प्रान्त के आदमी को अछूत मानता होगा।'

प्रभात ने साइकिल उठायी और मकान की तलाश में निकल गया। शाम को लौटा निराश-सा। 'नहीं मिला कहीं। क्या बताऊं मेरे पास जगह ही नहीं है, नहीं तो यह परेशानी काहे को होती।' एकाएक उत्तेजित होकर बोला—'चलिए, देसाई से मैं बात करता हूँ।' पंकज को देसाई के यहाँ जाने की इच्छा नहीं हुई, लेकिन प्रभात खींच ले गया। देसाई सोपारी काटते हुए पलंग पर बैठे थे। ये दोनों जाकर खड़े हो गये। देसाई कभी किसी को बैठने को नहीं कहते। दोनों अपने-आप कुर्सियों पर बैठ गये।

'देसाई साहब, आपने पंकजजी को बहुत परेशान कर दिया है।'

'व्हाट डू यू मीन मिस्टर?' जलती आँखों से देसाई ने देखा।

'मेरा मतलब यह है देसाई साहब कि आपने पंकजजी को बहुत हैरान कर दिया है।'

'गेट आउट'—देसाई और जोर से चीखा।

पंकज जानता था कि देसाई यही व्यवहार करेगा। उसने प्रभात की बाँह पकड़ी और बाहर खींचने लगा।

किन्तु वह तनकर खड़ा था—'देसाई साहब, सुना है तुम वाइस प्रिन्सिपल हो। तुम्हें इतनी भी तमीज नहीं कि दो प्राध्यापकों से कैसे व्यवहार किया जाता है। 'गेट आउट' का मतलब मैं समझना चाहता हूँ।'

'जाओ-जाओ'—खोखले रोष से देसाई फिर चीखा। प्रभात पंकज से खिंचा-खिंचा बाहर चल दिया किन्तु आँखों से गुर्राकर मानो कहता रहा 'गेट आउट' का मतलब तुमसे समझूँगा।

दोनों साथ-साथ बैठे रहे। जब काफी रात हो गयी तब प्रभात ने कहा कि—'मैं अब चलूँगा, मकान की तलाश में रहूँगा।'

पंकज को नींद लगी ही थी कि देसाई के मकान के पास उठते प्रभात के शोर से चौंककर जाग पड़ा। ओह्—यह घर नहीं गया। बहुत आहत अनुभव कर रहा है।

प्रभात जोर-जोर से चिल्ला रहा था—'अरे वाइस प्रिन्सिपल, जरा तुम बाहर तो आओ, तुमसे 'गेट आउट' का मतलब समझना चाहता हूँ।'

मिसेज देसाई बार-बार देसाई से कह रही थी—'निकलना मत, नहीं तो मारेगा।'

देसाई बाहर नहीं आये, पास-पड़ोस के लोग आये और किसी प्रकार समझा-बुझाकर प्रभात को वापस किया।

'क्या है?' तनु भी जाग पड़ी थी।

'कुछ नहीं, प्रभात मेरे लिए देसाई से लड़ रहा था।'

'हे राम! ...' कहकर तनु फिर लेट गयी।

पंकज और पीड़ित हो उठा। यह अच्छा नहीं हुआ। देसाई की घृणा और बढ़ जायेगी। लोग सोचेंगे कि उसके यहाँ के लोग ऐसे लड़ाकू होते हैं और यह सामाजिक लांछन उसे सह्य नहीं हुआ। प्रभात की आत्मीयता भी कितनी भारी पड़ी। ओह्, उसने क्यों नहीं सोचा कि इसका फल मुझे भोगना पड़ेगा। उसे लगा कि सुबह उठते ही वह आसपास के लोगों की आँखों में और छोटा दिखने लगेगा, और यदि यह कहानी फैलती गयी तो शायद कोई अपने मकान में रखना पसन्द न करे। इस शहर में क्या हो गया है कि जो ही आता है उसे छोटा कर जाता है।

शाम को उसका बुखार कुछ हलका था। बरामदे में चटाई पर बैठा था कि धीरे-धीरे देसाई उसकी ओर सरक आये। उनकी आँखों में एक सपाटता थी।

'कैसी तबीयत है?'

'तबीयत?' मन में पंकज ने दुहराया। बहुत द्रवीभूत लगते हैं आज। क्या बात है? कल का असर है क्या?

'बुखार है' छोटा-सा उत्तर दिया पंकज ने।

'हाँ, फ्लू का दौर चल रहा है आजकल, बचकर रहना चाहिए।'

'जी हाँ।'

'देखिए न कल प्रभात नाहक नाराज हो गये।'

'कल जो कुछ हुआ उसका मुझे खेद है मिस्टर देसाई।'

'नहीं-नहीं, आपका दोष क्या है? मैं तो आपको अपना मकान दे ही देता, लेकिन आपके आने के पहले एक महिला विद्यालय की प्रिन्सिपल को देने का वादा कर दिया है। वे बाहर से आ रही हैं—भला कहाँ रहेंगी, उन्हें 'ना' बोल दूँ तो ··· ।'

'जी हाँ-जी हाँ, आप ठीक कहते हैं।'

'आपको कोई मकान मिल गया क्या? वे परसों सुबह यहाँ आ जायेंगी।'

'जी मकान तो नहीं मिला, लेकिन आप चिन्तित न हों, कल मकान खाली कर दूँगा।'

'मेहरबानी'— कहकर देसाई चले गये।

'तनु!' उसने पुकारा।

तनु चाय लेकर आ रही थी—'क्या है?'

'नहीं-नहीं, कुछ नहीं।' पंकज झटके से चुप हो गया।

'कुछ तो है।' इस भाव से तनु पंकज को देखती रही।

'नहीं, कुछ नहीं।'

'क्यों मारते हो अपने को यों अकेला करके? कुछ कहते क्यों नहीं? क्या व्यथा बाँटी नहीं जा सकती?'

'नहीं तनु, यह व्यथा बाँटने से नहीं बँटने की। ··· '

तनु ने आहत नेत्रों से पंकज को देखा और धीरे-धीरे खिसक गयी।

'तनु, मैं खाना नहीं खाऊंगा।'

'तब मैं क्यों बना रही हूँ!'

'क्यों—अपने लिए और बच्चों के लिए।'

'बच्चो के लिए तो है और मेरे पेट में हलका-हलका दर्द है।'

बच्चे खाकर सो गये थे। तनु भी चटाई पर लेट गयी।

'तनु, कहीं वैसा दर्द तो नहीं है?'

'कह नहीं सकती, वैसे अभी होना तो नहीं चाहिए।' वह लेट गयी।

पंकज को नींद नहीं आ रही थी। बुखार में करवटें बदल रहा था। तनु अनजाने में कराह रही थी या जागती हुई भी सोने का बहाना कर रही थी।

कल मकान खाली करना है। वह बुखार में है, तनु कराह रही है। पता नहीं कब क्या हो जाए? कहाँ जायेगा कल? कइयों ने सलह दी है कि वह मकान छोड़े ही नहीं। ···नहीं, वह यह नहीं कर सकता। वह तब अपने ही को बर्दाश्त नहीं कर पायेगा।

तनु की कराह तेज होती जा रही थी—उसने हलके-हलके आवाज दी, लेकिन तनु नहीं जागी। ठीक है, सो रही है, ऐसा-वैसा दर्द होता तो सोती काहे को? लेकिन वह बहुत देर तक अपने को निश्चिन्तता के भ्रम में न रखकर घबरा उठा। उसे अनुभव हुआ कि उसका बुखार भी तेज हो रहा है। कहाँ जायेगा कल? सामने एक रेगिस्तान

है जिसमें रास्ते नहीं हैं। रास्ते दीखते भी हैं तो हवा मिटा जाती है। ओह! बड़ी उमस है। ये बादल कई दिनों से आकाश में कसे हैं, न बरसते हैं न छँटते हैं। ··· कहाँ जायेगा कल?

□

घर

हाथ नहीं चला तो बलराम ने कुदाली उठा ली और पास के आम के पेड़ के नीचे आकर बैठ गया। कुदाल सामने फेंक दी। उसने एक आँख से सामने के तपते हुए खेतों की ओर देखा फिर उचककर आम की डालियों की ओर देखने लगा। आम अच्छे आये हैं इस साल। इन आमों को देखते-देखते उसकी आँख तर हो आयी और दूसरी कानी आँख खुलने की असमर्थता में तीन-चार बार तड़पी और लगा कि वह भी कुछ गीली हो आयी है। भइया ··· ! आज भइया की बहुत याद आ रही है। यह आम का पेड़ कितना बड़ा हो गया है, कितना फल देने लगा है। इस पेड़ को उसने और भइया ने मिलकर लगाया था। दरअसल लगाया तो भइया ने ही था लेकिन इसे पालने-पोसने और जानवरों से बचाने का काम तो उसी ने किया था। भइया नहीं रहे।

उसने सामने के धू-धू जलते निचाट खेतों की ओर देखा—यहाँ-वहाँ लोग कुदाली लेकर खेत की परतें तोड़ने में लगे थे ··· उनमें कहीं भइया भी होते ··· कितना सन्नाटा तड़प रहा है सीवान के उस छोर तक ··· और उसमें कोई भी अपना नहीं है। ··· भइया हो ··· मुझे क्यों अकेला छोड़ गये हो इस तरह अकेले-अकेले मरने के लिए। बलराम सचमुच रोने लगा और फिर अपनी पैंसठ साल की धूसर खुरदुरी अंगुलियों से धीरे-धीरे अपने आँसू सोखने लगा। ··· वह इस तरह कैसे जियेगा? और उसे जीने की इच्छा ही कहाँ है? एक-एक करके जवान लोग सामने से चले गये और वह अमर होकर पड़ा हुआ है। उठा ले भगवान्, मुझे उठा ले—अब नहीं सहा जाता। अपने ही घर में लात-जूता खाने के लिए क्यों जिन्दा छोड़ रखा है?

अपने ही घर ··· जैसे यह शब्द उसके भीतर किसी पेचदार हथियार सा मरोड़ता चला गया-क्या सचमुच ही यह अपना घर है। अपना घर होता तो क्या उसकी यह दुर्गति होती। क्या यह अपना ही खानदान है? ··· यह अपना खानदान नहीं है तो और क्या है? जान से प्यारे भाई का खानदान अपना ही तो खानदान है।

उसे लगा कि वह अपने को धोखा दे रहा है और कब से यह धोखा उसके साथ लगा हुआ है। फिर उसने डालियों की ओर देखा। उसे लगा कि यह आम का पेड़ उसके और भइया के रक्त में बह रहा है। वह दोनों का है, दोनों उसके हैं। 'प्रभु हो ···'

बलराम ने लम्बी साँस खींची।

उसके कान में रोने की आवाज आयी। उसकी एक आँख ने घूमकर देखा—पास के रास्ते से रोती हुई एक दुल्हन जा रही थी। उससे सौ पग आगे सिर पर गठरी रखे उसका दुलहा जा रहा था। उसने उधर से आँख फेरी तो सामने का जलता हुआ पूरा-का-पूरा सन्नाटा उसके भीतर टूट पड़ा। उसकी अकेली दृष्टि सीवान पर गयी, फिर आगे बढ़ी, फिर चलती गयी—नदी ··· नदी पार कस्बा ··· फिर टीसन ··· फिर टीसन ··· और टीसन ही टीसन ··· फिर कलकत्ता शहर। उसके कान में गाड़ी की आवाज भर गयी-छुक-छुक पइसा, चल कलकत्ता ··· छुक-छुक पइसा चल कलकत्ता ··· चल कलकत्ता ··· चल कलकत्ता ···। गाड़ी भी पइसा और कलकत्ता कहती है। उसे लगा कि इधर की सारी गाड़ियाँ पइसा-पइसा चिल्लाती हुई कलकत्ता भागती हैं ··· उसे याद आ गये वे दिन ··· बपई बचपन में ही मर चुके थे जब वे पच्चीस साल के थे तभी। दोनों भाइयों को लिए हुए विधवा माई दुनिया के सामने खड़ी थी। वे दिन ··· वे रातें ··· उपास ··· उपास ··· उपास तिस पर महाजन का तगादा। कुरकी ··· बेइज्जती ··· तब वह पन्द्रह का हो गया था भइया अठारह के। काफी खेत रेहन चढ़े हुए थे। जो दो-तीन बीघे बच गये थे उन्हीं से काम चलता था। दोनों ही भाई निपट अनपढ़ ··· भइया ने तो थोड़ा-बहुत लिखना-पढ़ना सीख लिया था लेकिन उसके लिए तो काला अच्छर भैंस बराबर था ··· और एक दिन वह भइया और माई की मरजी से कलकत्ता चला गया। कलकत्ता शहर भरा हुआ था अपने यहाँ के लोगों से। अपने यहाँ के लोगों का एक नया मतलब उसने कलकत्ते में जाना था—गरीब और अभागे लोग ··· एक जूट मिल में उसने काम कर लिया।

कुछ साल बाद भइया की चिट्ठी से मालूम हुआ कि भइया ने शादी कर ली है। भइया ने लिखा था कि लोगों के काटने के डर से उन्होंने अकेले-अकेले जाकर यह शादी कर ली है इसलिए तुम्हें भी इसकी खबर नहीं दी जा सकी। उन्होंने तोख देने के भाव से लिखा था कि अब तेरी भी शादी हो जायेगी, अगली गर्मियों में घर आना।

भइया की शादी के समाचार से वह बहुत खुश हुआ। चलो बलराम, अब तेरी शादी हो या न हो-कोई चिन्ता की बात नहीं, खानदान तो अब नहीं डूबेगा, घर में दाना-पानी देने वाली कोई लच्छिमी तो आ गयी! ··· उसे अनजाने इस बात में बड़ा अभिमान भी हुआ कि उसका कमाना सफल हो गया। ··· वह कमाकर जो पइसा भेजता है उसी से अब उसके घर की आबरू लोगों की निगाह में बढ़ गयी होगी। ··· अब वह और पइसा कमायेगा और शादी से पहले मकान बनवायेगा, खेत को रेहन से छुड़वायेगा। इसके लिए वह रात की पाली में भी काम करेगा। उसने भइया को चिट्ठी में ये बातें लिखवा दीं।

पइसा ··· पइसा ··· पइसा ··· जैसे रात और दिन उसके कानों में चिल्लाने लगे और यह आवाज सुनते-सुनते उसे और कई साल बीत गये ··· उसे कितनी उमंग थी

कि दो महीने बाद वह घर जायेगा ··· मकान बन गया है, खेत भी रेहन से छुड़ा लिये गये हैं। कितने दिनों बाद देखेगा माई को ··· भइया को, भउजी को, उनके नन्हे-मुन्ने को और और ··· और यह पाँचवीं कौन है जो न होकर भी उसके भीतर-भीतर उभरती है, उसके हाड़-हाड़ को तोड़ रही है, उसके खून में बज रही है ··· तब वह पचीस साल का हो गया था, उसकी देह टूटने लगी थी। वह अनुभव कर रहा था कि वह टूटना दिन-रात मेहनत की वजह से टूटना नहीं है, कुछ और है; और वह खुश हुआ कि दो महीने बाद उसकी मुलाकात एक नये आदमी से होगी। हाँ शादी भी पैसे से होती है और अब उसके पास मकान है, पैसे हैं ···

उसकी कानी आँख फिर चिपचिपा आयी थी और वह सोचना छोड़कर दूर निकल गयी दुलहन की लाल-लाल साड़ी की छाया को एक आँख से पकड़ने की कोशिश कर रहा था। ··· उसने फिर अपनी खुरदरी उंगलियों से कानी आँख पोंछ ली। बचपन में माई उसकी आँखों की बड़ी तारीफ करती थी। कुछ दोस्तों ने भी मजाक-मजाक में कहा था—बलराम तेरी आँखें तो इतनी बड़ी हैं कि तुझे देखने वाली लड़की इन्हीं में डूब जायेगी ··· और चटकल की आवाज उसके भीतर भर उठी-कल-पुर्जों की भयानक आवाज जो आँख में डूबी तो निकली ही नहीं—उसी रफ्तार में एक लोहे की छड़ भी थी, वह छड़ अभी भी गड़ रही है।

और उस साल होली के अवसर पर वह गाँव लौटा तो काना हो गया था। एक आँख में होली का उमड़ता हुआ रंग था दूसरी में कसा हुआ अन्धकार। और होली का मौसम उसके लिए अंधेरे और रंग की कटी-फटी तस्वीर-सा लगा था। कितनी बड़ी हूल उठी थी उसके मन में जब पहली बार गाँव के बदमाश लड़कों ने उसे कनवा बलराम कहा था। और वह गाँव के उन कानों में जुड़ गया जिनके नाम ले-लेकर मूंज की रस्सियों में गाँठ बाँधते हैं और फिर उन गाँठों को जूतों से पीटते हैं ताकि लगातार होने वाली बरखा बन्द हो। कितने साल हो गये उसे जूतों से मार खाते।

माई और भइया कितना रोये थे उसकी कानी आँख देखकर। मगर कोई क्या करता? माई मर गयी, भइया इधर-उधर जोगाड़ भिड़ाते ही रह गये, कोई भी अपनी लड़की काने को देने को राजी नहीं हुआ। धीरे-धीरे उमर उसका साथ छोड़ती गयी और उसने यह जान लिया कि उसे अब अकेले ही रहना है। फिर उसने अपने मन को डाँटा था कि वह अकेला कैसे है, भइया हैं, भौजी हैं, एक बच्चा है। क्या ये सब उसके नहीं है? और वह उसी आवेश में भइया के पाँव पर लिपटकर रोया था—'भइया, आप मेरे लिए इतना उदास क्यों होते हैं? एक भरा-पूरा खानदान तो है अपना। और क्या चाहिए?' हाँ और क्या चाहिए? वह अपने मन को डाँटकर हमेशा पूछता रहता, लेकिन उसका मन जैसे लगातार चिल्लाता रहा है-कुछ और चाहिए, कुछ और चाहिए ··· और वह उसे कभी नहीं मिला।

भइया और भउजी उस पर प्यार लुटाते रहे और उसने भी अपने को इस खानदान को दे दिया था। दिन-रात इस घर के लिए काम करने के सिवा और था ही क्या उसके पास। वह उत्सवों तथा नाच-गान से बचता था, वे उसके भीतर आग लगा जाते थे, लेकिन भइया थे कि ऐसे मौकों पर उसी को भेजते थे और ये मौके उसे कितना बेचैन कर देते थे? ··· लोग कहने लगे थे कि वह चिड़चिड़ा हो गया है और तब उसे भी लगने लगा था कि सचमुच ही तो बात-बात पर उसे गुस्सा आ जाता है ··· न जाने क्यों आ जाता है और लोग ऐसे हरामी हो गये हैं कि उसे गुस्सा दिलाने वाली बातें ही करते हैं। बारातों में सब मिलकर उसका मजाक करते हैं और जब वह होली या रामायण-गान के समय ढोलक बजाने लगता है तब लोग उसे मुँह चमका-चमकाकर झाल या करताल बजाना शुरू कर देते हैं। पहले तो वह बहटियाता है, लेकिन न जाने कब उसके हाथ से उसकी लगाम छूट जाती है और अपने को उछलता-कूदता पाता है। और जब लोगों को हँसते देखता है तब उसकी आग दूनी हो जाती है। भइया ने इसी बात को लेकर कई लोगों को ठोंक भी दिया है और उसे भी डाँटा है कि तुम इस तरह चिढ़ते क्यों हो ··· लेकिन वह नहीं जानता कि उससे यह सब-कुछ कैसे हो जाता है!

ओह, काफी देर से वह बैठा है। आज तो कुछ भी काम नहीं किया। अगर देवीदत्त खेत की ओर आ गया और उसे बैठे देख लिया तो आफत ही आ जायेगी। बड़ा खराब लौंडा है, उसने जीना दूभर कर दिया है। ··· अब जीकर होगा भी क्या? और उसे लगता है कि वह अपने लिए जिया ही कब? जिनके लिए जिया वे ही उसे मारना चाहते हैं तो मर क्यों नहीं जाता?

'उठो हो बलराम, जब मरना होगा तब मरना, अभी तो कुदाली उठाओ और चलो खेत तोड़ो।' —वह अपने-आप बड़बड़ाया और थोड़ा-सा उचककर बैठने की कोशिश की लेकिन उठा नहीं, फिर बैठ गया। आज उसे काम करने का बिलकुल उत्साह नहीं हो रहा है। इस लौंडे ने आज क्या-क्या नहीं कहा। ··· आम की छाँह कितनी प्यारी है। उसे फिर डाल-डाल में लटके आमों में भइया के और उसके प्यार का रस छलछलाता नजर आया। उसने फिर जलते खेत की ओर देखा।

भइया और भऊजी दोनों ही बारी-बारी एक ही साल ताउन में चल बसे। पूरा घर छटपटाकर उसी में समा गया। दस साल का रमेश अनाथ-सा उसकी गोद में तड़प-तड़पकर चिल्लाया था—दो-दो बार। और वह खुद अपनी आँखों में उजड़ते हुए घर को कसे हुए सुन्न हो गया था—जैसे एक मुरदा सामने बिछा था और एक खड़ा था।

उसने फिर सामने देखा-जलता हुआ अफाट सन्नाटा। तेज-तेज लू चलने लगी थी। पट्ट! और उसने देखा एक कच्चा आम गिर पड़ा है। वह उठा नहीं फिर 'पट्ट' और उसने देखा, लगातार चार-पाँच आम धरती पर गिर पड़े हैं। धीरे से उठकर उन्हें सहेजा

और अपने पास रखकर फिर बैठ गया। वह इन आमों को देखता रहा। ये आम न जाने उसकी आँख में कैसा-कैसा रंग फेंकते रहे।

उसने रमेश को अपनी छाँह में समेट लिया था-भइया की धरोहर है। उसे कोई आँच नहीं आने पायेगी।

रमेश की शादी हो चुकी थी, एक बच्चा भी हो गया था, अब वह रमेश के लिए था, उसके खानदान के लिए था—अरे सारा खानदान तो उसी का था। तब वह तैंतालिस के आसपास था, बाल पकने शुरू हो गये थे। वह सुबह से लेकर शाम तक अपने को काम में पेरता रहता और चाहता कि रमेश की पढ़ाई न छूटे। एफे पास कर लेगा तो कहीं नौकरी-चाकरी लग जायेगी, उसके भी घर में एक अफसर हो जायेगा। लेकिन रात होते-होते उसे न जाने कैसा-कैसा लगने लगता था। उसका जी न जाने कहाँ-कहाँ उड़ता-फिरता था। दिन-भर की हाड़-तोड़ मेहनत के बावजूद उसे बहुत देर तक नींद नहीं आती थी। उसकी बाँहें अभी भी किसी चीज को कसने के लिए तड़पने लगतीं। उसे लगता-उसके पास गाँव की अनेक औरतें सोयी हैं, वह उन्हें पहचानता है—वह उसके हलवाहे की जवान बीवी है, वह फुलवा गड़ेरिन है, वह जिलेबिया धोबिन है और देखता-कहीं कोई नहीं हैं, केवल एक खालीपन है जो उसकी दोनों बाँहों के बीच कब से भरा हुआ है। उसका माथा सनसनाने लगता, उसके मुँह में कसैला थूक भर जाता, नसे तन जातीं।

रमेश ठीक था। वह लोगों से उसकी शिकायतें जरूर करता लेकिन सामने झगड़ा नहीं करता था। वह यह तो जरूर समझता था कि घर उसी का है, लेकिन उस घर में यह फालतू आदमी भी रह सकता है ··· उसकी निगाह एहसान की थी। ··· नहीं एहसान की ही नहीं थी, स्वार्थ की भी थी। आधे खेत तो उसी के नाम थे न, रमेश इस बात को जानता था और उसे बिना पैसे का नौकर भी तो मिला हुआ था। ओह, वह अपने ही खानदान के बारे में कैसी-कैसी बातें सोचने लगा था। यह सब-कुछ तो अपना ही है, ये मानें या न मानें। और उसकी बीवी तो भली थी बेचारी।

न जाने इस घर को क्या हो गया है प्रभु ···! उसके सामने एक लाश और उतरा गयी। पचीस बरस के रमेश की लाश। वह छाती पीट-पीटकर रो रहा था। गाँव के किसी आदमी की आवाज टकरायी थी—ईश्वर की अद्‌भुत लीला है कि जवान-जवान बाल-बच्चेदार इस घर से विदा होते जा रहे हैं और यह बूढ़ा निरबंशी काना अमर होकर आ गया है—आगे नाथ न पीछे पगहा। वह उस विपत्ति में भी चौंक उठा था—क्या सचमुच उसके आगे-पीछे कोई नहीं था। क्या जिनके लिए उसने आँख गँवाई, कुँवारा रहा, मकान बनवाया वे उसके कोई नहीं लगते? क्या सचमुच अपनी संतान के सिवा अपना कोई नहीं होता? क्या सचमुच यह घर उसका घर नहीं हैं। ··· उसे अपने पर धिक्कार छूटा था कि सचमुच ही तो जवान-जवान लोगों की लाशें उसके सामने गिरती जा रही हैं और उस निखट्टू आदमी को मौत नहीं पूछती। ··· पता

नहीं क्या हो गया है इस खानदान को। उस दिन गाँव के एक बड़े बूढ़े कह रहे थे कि इस खानदान पर एक बड़ा भारी बरमदोख है। ज्यों ही लड़के पचीस के पास पहुँचते हैं बस एक दिन टें बोल जाते हैं। हाँ कोई-कोई पैंतीस तक खींच ले जाता है। सुनकर वह सुन्न पड़ गया था तो क्या वह इस खानदान का नहीं है। वह तो तब पैंतालिस का होकर भी जिन्दा था।··· लगता है गाँव के लोग उसे इस घर के लिए अशुभ समझने लगे हैं। क्या रमेश की बीवी भी ऐसा ही समझती है? नहीं वह भली औरत है लेकिन देवदत्त के रंग-ढंग बचपन से ही अच्छे नहीं हैं, वह जरूर समझेगा। उसे अपने पर धिक्कार छूटने लगा। उसे इच्छा होने लगी कि वह घर छोड़कर कहीं चला जाये··· शायद उसी की अशुभ छाया घर पर पड़ती हो, मन की इसी दशा में उसने एक दिन अपनी जमीन-जायदाद देवदत्त के नाम लिख दी।

··· लेकिन कितने साल हो गये इस तरह सोचते, वह घर छोड़कर नहीं जा सका। न जाने क्या है जो उसे बाँध-बाँध लेता रहा। और एक दिन उसने कंधे पर एक और लाश ढोयी-देवदत्त की माँ की। उसके मरते ही वह उस घर में एकदम बेगाना हो गया। देवदत्त ज्यों-ज्यों बड़ा होता गया उसकी नफरत बढ़ती गयी उसके प्रति। पता नहीं, गाँव वाले उसे क्या सिखा-पढ़ा देते कि भेंट होने पर वह कोई न कोई ताना जरूर मार जाता। उसे राक्षस कहता, काना कहता, खाने वाला जानवर कहता। जब उसकी माँ थी तब वह अपने बेटे से लड़ती थी। उसे कभी-कभी उसकी कुबोली पर चाँटे भी मार देती थी लेकिन बेचारी चल बसी! ··· इसकी बीवी तो इससे भी तेज है। उसे देखते ही वह इस तरह मुँह बिगाड़ती है जैसे कोई कोढ़ी हो। और सामने रूखी-सूखी रोटियों की थाली इस तरह फेंकती है जैसे वह भिखारी हो। कौन किसे डाँटे, दोनों एक-दूसरे से बढ़कर हैं!··· और अब उसके हाथ में है भी क्या? जमीन जायदाद भी देवदत्त के नाम लिख चुका है। इसीलिए शायद और भी वह दूध की मक्खी बन गया है। जो भी हो, अब उसे इस घर में नहीं रहना चाहिए, अब यह घर उसका नहीं है··· लेकिन इस बुढ़ौती में कहाँ जाये?··· सिवा भीख के उसे और क्या मिलेगा? और एक दिन किसी बेगाने रास्ते पर पड़ा-पड़ा टें बोल जायेगा और कुत्ते सियार उसकी लाश को नोच-नोचकर बिगाड़ देंगे। यहाँ और कुछ नहीं तो अपनी जन्मभूमि तो है। दूसरों के दरवाजे पर लात-गारी खाने से अच्छा है अपने घर में ही लात-गारी खाई जाए। मरने पर उसे कन्धा देने वाला तो कोई मिलेगा और अपनी जन्मभूमि में फूँका तो जायेगा।··· और यह जानकर उसे थोड़ी राहत मिली कि आजकल हर घर में एक देवदत्त दिखाई पड़ रहा है। तब वही इतना परेशान क्यों हो?

ओह, बहुत टाइम हो गया। अब घर चलना चाहिए। 'घर?' कहाँ है उसका घर? इससे तो अच्छा है खेत में चलकर दो-चार छेव और मारे जायें। वह कुदाली के सहारे खड़ा हो गया। उसने देखा नहीं कि कब कहाँ से देवदत्त आकर उसके सामने खड़ा हो गया है। वह पास पड़े कच्चे आमों को देखकर दाँत पीसता हुआ चिल्ला रहा

था—'कानेराम, तोड़-तोड़कर खा जाओ सारे कच्चे आम, जैसे तुम्हारे बाप ने यह पेड़ लगाया था। छाँह में बैठे-बैठे सोओ, खेत को खराब होने दो और खाने-पीने के वक्त नकुरा भर ठूसने के लिए आ जाओ।'

बलराम चुपचाप खड़ा रहा। भीतर-भीतर इतना क्रोध आया कि कुदाली उठाकर इस अभागे लौंडे पर दे मारे और इस कमीने का सर फट जाये। वह क्रोध के मारे एक बार देवदत्त की ओर घूमा कि उसकी आँख में कच्चे आमों से लदी डालियाँ उभर आयीं और भइया की याद आ गयी। उसने देवदत्त को देखा—यह भइया की धरोहर है, उसके चेहरे में कहीं भइया का चेहरा उभरने लगा। एकाएक वह धक्क से रह गया—यह भी पचीस बरस का हो रहा है। एक अज्ञात भय से उसका अंग-अंग काँप गया—पता नहीं इस खानदान को क्या हो गया है—एक, दो, तीन और ··· हे प्रभु इसकी रक्षा करना, मेरी कुछ आयु हो तो उसे भी लेकर। ··· और वह चुपचाप कुदाल कंधे पर रखे हुए गीले मन से खेत की ओर मुड़ गया और देर तक देवदत्त की बड़बड़ाहट उन दोनों के बीच भटकती रही।

□

मिस फिट

'मैं कल स्कूल नहीं जाऊंगा।'

'क्यों बेटे?'

'टीचर साली मारती है।'

'बेटे टीचर को साली नहीं कहते—वह गुरु होती है।'

'मैं कहूँगा, कहूँगा, साली कुतिया मुझे मारती क्यों है?'

'तुम काम करके नहीं ले जाते तो मारेंगी नहीं?'

'हाँ, मैं काम करके नहीं ले जाता। अरे साली कुतिया मारती है कि तुम्हारी टाई ठीक नहीं है, कालर ठीक नहीं है।'

'तो तुम ठीक करके जाया करो कालर और टाई।'

'मैं नहीं ठीक करता कालर-फालर, टाई-फाई, जो करना हो कर ले साली कुतिया। और मैं पढ़ने नहीं जाऊंगा उसके यहाँ।'

मैंने उसे बहुत समझाया लेकिन नहीं माना। रिक्शा आया तो मैंने जबरदस्ती उसे रिक्शे में डाल दिया। चलते रिक्शे में से वह कूद पड़ा, रिक्शे वाले ने उसे पकड़ा तो उससे घूँसाबाजी करने लगा और बस्ता उठाये दरवाजे पर हाजिर हो गया। उसके आते ही मैंने तीन-चार तमाचे उसके गाल पर जड़ दिये। वह रोया कम, गुस्सा अधिक हुआ।

मैंने कहा– 'चले जाओ पढ़ने के लिए, नहीं जाओगे तो न दूध मिलेगा, न खाना, न पैसे।'

'जाओ मत देना। उस कुतिया साली को तो कुछ नहीं कहते जो बिना बात के मारती रहती है। जब मैं बड़ा होऊंगा तो मुझे मारकर कोई देख लेना।'

मैं अपना गुस्सा पीकर अलग हट गया। कितना मनबढ़ हो गया है लड़का। प्यार से बुलाओ तो सुनता ही नहीं, डाँटो-मारो तो भभक उठता है, तेज इतना कि जिसे मन लगाकर एक बार पढ़ ले वह अमिट और लापरवाह इतना कि अपने आसपास से बेखबर, भावुक हो उठा तो दुनिया-भर की तरलता आँखों में तैर उठे और क्रोध इतना कि पागल हो उठे। दिन-भर घूमघाम, दौड़-धूप, मारपीट चलती रहती है। इस कमरे

से उस कमरे में, फर्श से दीवार पर, दीवार से फर्श पर इनकी यात्रा कूदती रहती है। अच्छा से अच्छा कपड़ा पहनकर निकलता है और तारकोल में लपेटे चला आता है और टीचर हैं कि टाई और कालर के बिगड़ने पर मारती हैं, मैं क्या करूँ?'

मैं अन्दर गया तो देखा कि अमित साहब बड़े प्याले में दूध लिए बैठे हैं।

'अच्छा तो दूध पीने लगे। किसने दिया दूध तुम्हें?'

'पिऊँगा पिऊँगा, सौ बार पिऊँगा।'

कुछ हँसी कुछ व्यथा चेहरे पर कसे मैं वहाँ से अपने कमरे में लौट आया। थोड़ी देर बाद अमित साहब हाथ फैलाये फिर हाजिर—'पैसा दीजिए।'

'कैसा पैसा?'

'जो पैसा आपने अभी छीन लिया था।'

मैं जानता हूँ कि वह बिना पैसा लिए छोड़ेगा नहीं, इसलिए बिना बात बढ़ाये उसे पैसा दे दिया और कहा कि स्कूल नहीं गये तो बैठकर पढ़ो।

मैं नहाकर निकला तो देखा अमित जी गायब हैं और उनकी माताजी उन्हें पुकार रही हैं।

'खूब बेटा जनमाया है तुमने!' टावल लपेटे व्यंग्य से मैं हँसा।

'वह तो आप पर गया है।' कहकर पत्नी भी मुस्करा पड़ीं।

और मैं सचमुच में सोचने लगा कि हाँ वह मुझ पर ही तो गया है। लोग कहते हैं कि मैं भी बचपन में ठीक ऐसा ही था और तब अमित के बारे में नाउम्मीदी से सोचते-सोचते एक रोशनी चमक उठती है कि यदि मैं कुछ बन सका तो अमित भी कुछ बन ही सकता है।

मोटर साइकिल लेकर ऑफिस जाने लगा तो देखा कि अमित साहब चौराहे पर खड़े होकर तीन-चार लड़कों से पत्थरबाजी कर रहे हैं। इन कई-कई अजनबी लड़कों के बीच निर्भीक भाव से शस्त्र-संचालन करते हुए उन पर हावी हो रहे हैं। मैंने डाँटा कि हर जगह झगड़ा ही करते रहते हो।

'तो ये साले कुत्ते मुझसे क्यों लड़ते हैं? मैं किसी को नहीं छोड़ूंगा।' कहकर उन्होंने एक बड़ी-सी ईंट उठा ली और एक लड़के की ओर दौड़े। मैंने जबरदस्ती पकड़कर मोटर साईकिल पर बैठा लिया और घर छोड़ आया।

बड़ा अजीब लड़का है। बात-बात में झगड़ा, बात-बात में गाली, किसी की कुछ सुनता ही नहीं, कैसे क्या होगा?

दूसरे दिन भी स्कूल से उसका वही विद्रोह कायम रहा। मैं बाहर-बाहर उसे स्कूल जाने और टाई कालर ठीक करने की शिक्षा देते हुए भी भीतर-भीतर सोचता रहा कि टाई-कालर ठीक रखना क्या छः-सात साल के बच्चे की शक्ति की नींव है जिस पर आज स्कूल में इतना बल दिया जाता है और मैं अमित को लेकर स्वयं स्कूल चल पड़ा।

यह एक प्राइवेट नर्सरी स्कूल था- 'आइडियल एजूकेशन स्कूल' जो तीन-चार वर्षों पूर्व शुरू हुआ और देखते-देखते इसने एक अच्छी-खासी बिल्डिंग खड़ी कर ली थी। प्रिंसिपल नेता हो गया था। सरकारी पार्टी के नेताओं को बुला-बुलाकर कल्चरल प्रोग्राम का उद्घाटन कराने लगा। स्कूल 15 अगस्त, 26 जनवरी से लेकर जन्माष्टमी और रामलीला तक का मैदान मारने लगा। देखते-देखते शिक्षा के नाम पर पास की एक जमीन हड़प ली और धीरे-धीरे अन्य जमे-जमाये स्कूलों की तरह अब यह भी पढ़ाई की गहराई से निकलकर फैशन की रंगीन सतह पर शोर करता हुआ बहने लगा।

स्कूल के मालिक ही प्रिंसिपल हैं। उनकी अनुपस्थिति में मालकिन प्रिंसिपल का पद सुशोभित करती है। मैं पहुँचा तो मालकिन प्रिसिंपल थीं। अमित को बाहर ही छोड़ दिया ताकि आवश्यकता हो तो बुलाया जा सके। प्रिंसिपल से शिकायत की कि अमित की टीचर उसे मारती है इसलिए वह स्कूल नहीं आ रहा था।

'मैं समझा दूँगी' प्रिंसिपल ने बड़ी नम्रता से कहा और चपरासी को बुलाकर कहा—'जरा बुलाना तो मिस अहलूवालिया को।' कुछ देर बाद एक बड़े से जूड़े का मन्दिर उठाये, चेहरे पर रूज और ओठों पर लिपस्टिक की गहरी पर्त लपेटे, स्लीवलेस में से अपनी मांसल भुजाएँ चमकाती, सुर्ख साड़ी और मैचिंग ब्लाऊज में अपनी भरी-पूरी काया को दहकाती एक अदद औरत प्रिंसिपल ऑफिस में दाखिल होती दिखी तो मैं समझ गया कि ये होंगी मिस अहलूवालिया।

'देखिए मिस अहलूवालिया, अमित स्कूल नहीं आ रहा था, उसे आप मारती हैं।' प्रिंसिपल ने बड़ी संजीदगी से अपनी नपी-तुली शिकायत मिस की ओर सरका दी।

'मैडम', बड़ी नजाकत-भरी आवाज बनाती हुई मिस बोलीं-'वह लड़का बड़ा असभ्य है, कपड़े कभी ठीक नहीं रखता। कभी उसकी टाई बिगड़ी हुई है, कभी कालर नीचे दबी हुई है, कभी बाल बिखरे हैं, कभी बूट की जगह चप्पल पहनकर आ गया है। उसके माँ-बाप को ध्यान देना चाहिए।' अंतिम वाक्य कहते-कहते उनकी आँखें तिरस्कार, क्रोध, प्रतिशोध के भाव से मुझे रौंदती प्रिंसिपल की ओर मुड़ गयीं।

मैंने प्रिंसिपल से निवेदन किया—'मैडम, अमित थोड़ा विचित्र जरूर है लेकिन असभ्य नहीं है। वह सामान्य लड़कों से थोड़ा भिन्न है, उसके साथ व्यवहार करते हुए थोड़ी सावधानी बरतनी चाहिए।'

'क्यों, उसे क्या सुरखाब के पर लगे हुए हैं कि उससे अलग किस्म का व्यवहार किया जाए।' मिस अहलूवालिया कूद पड़ीं।

मुझे इस लाल भैंस को देखकर गुस्सा चढ़ने लगा था। भाषा इतनी गलत बोलती है लेकिन बोलती यों है जैसे शब्द-शब्द अपनी नजाकत से कुतर देगी। मैंने थोड़े से तेवर में कहा—'हाँ सुरखाब के पर लगे हुए हैं। यह सामान्य बच्चों की तरह भेड़-बकरा नहीं है कि माता-पिता या टीचर के आदेश पर थूके, खँखारे और उठे-बैठे। इसमें शुरू से ही अपनी रुचि-अरुचि है और हमारी शिक्षा का काम भेड़

हाँकना नहीं हैं मैडम, भेड़ तो हर कोई हाँक सकता है, उसका काम शुरू से ही बालक की रुचि-अरुचि के आलोक में उसके व्यक्तित्व का विकास करना है।'

मैंने देखा कि मिस ने घृणा से अपना मुँह बिचका लिया, जैसे कह रही हों कि यह कहाँ का गँवार आ गया है। फिर वे कुछ कहने ही वाली थीं कि मैंने प्रिंसिपल से कहा :

'मैडम, मैं शिक्षा की कुछ बुनियादी बातों पर बातें करना चाहता हूँ इसलिए आप से ही करना चाहता हूँ। मुझे लगता है हमारी शिक्षा बच्चों के बाहरी वेश-विन्यास पर अधिक ध्यान देती है उनके मानसिक विकास पर कम। अब बताइए मैं क्या करूँ अमित का? उसे घर से ठीक-ठाक करके भेजा जाता है। वह रास्ते में या खेल में बिगाड़ लेता है तो क्या हो गया? इसमें शिक्षा की कौन-सी बुनियादी नींव हिल गयी, यह मैं नहीं समझ पाता।'

प्रिंसिपल बेचारी चुप रहीं। उन्हें इस प्रकार के प्रश्न का भी सामना करना पड़ेगा, उन्होंने कभी सोचा भी न होगा। वे तो इतना ही जानती रही होंगी कि आज के अनेक माँ-बाप और स्कूल बच्चों के फिटफाट ड्रेस और एटीकेट पर बहुत जोर देते हैं-स्कूल खोलकर इन्हें भी इसी परंपरा का निर्वाह करना है। प्रिंसिपल कुछ सोच रही थीं कि मिस अहलूवालिया टपक पड़ीं-

'डरेस में बिगाड़ आने से अनुशासन बिगड़ता है जी, अनुशासन सिखाना शिक्षा का पहला क्रतव्य है जी, आपके बच्चे को अनुशासन नहीं आता।'

मुझे मिस एकदम असह्य हो उठीं। मेरे भीतर से कब की उफनती एक तीखी आवाज फूट पड़ी—'मिस, पहले आप तो अनुशासन का क्रतव्य सीखिए।' उन्हें चिढ़ाते हुए मैंने भी कर्तव्य को क्रतव्य ही कहा ।

उनका चेहरा तमतमा आया, शायद इसलिए नहीं कि मैंने उनकी बुद्धि का अपमान किया है शायद इसलिए कि एक पुरुष ने एक आकर्षणमयी औरत के विशेषाधिकारयुक्त औरतपन का अपमान किया है। लेकिन शायद वे यह नहीं समझ सकीं कि मैंने उन्हें क्यों अनुशासनहीन कहा है। इसलिए फट पड़ीं—'क्यों, आप इस तरह क्यों कह रहे हैं?'

'इसलिए कि मैं बात प्रिंसिपल से कर रहा था आपसे नहीं।'

वे कुछ कहने जा रही थीं कि प्रिंसिपल ने उन्हें रोक दिया। वे चुप हो गयीं-लेकिन उनकी चुप्पी उनके लाल मुखमंडल को एकबारगी विकृत कर गयी। वे उठते हुए बोलीं—'मैंने क्या करना है, मैडम आई शुड नाट कम बैट्वीन यू एण्ड हिम, प्लीज एलाउ मी टू गो।'

'हाँ हाँ आप जाइए।'

'मिस अहलूवालिया क्या पढ़ाती हैं मैडम?'

'पढ़ाती तो सब कुछ हैं लेकिन इनका अपना विषय अंगरेजी है।'

'अच्छा तो मिस बैट्वीन अंगरेजी पढ़ाती हैं' मैं मन ही मन भुनभुनाया।

मैं मिस अहलूवालिया के जाने की अदा देख रहा था-बिलकुल अंगरेजों की सी अदा। एक तो स्त्री, दूसरे कुमारी, तीसरे इंगलिश कुमारी, चौथे गुस्से में । उन्होंने अपने जाने की भंगिमा से मेरे ऊपर ढेर-सी लानत उड़ेल दी।

'देखिए मिस्टर राय, क्लास की कुछ डिसप्लिन होती है, हर लड़के को उससे गुजरना ही चाहिए। लेकिन आपका लड़का कुछ दूसरे प्रकार का है, उससे बहुत कुछ फार्मलिटीज की आशा नहीं की जा सकती। मैं मिस को समझा दूँगी। हाँ थोड़ा आप भी ध्यान रखें।'

'ठीक है ठीक है' कहता हुआ मैं उठ गया। बेचारी प्रिंसिपल ने एक रटारटाया वाक्य उगल दिया था और न जाने कितने पैरेन्ट्स के सामने कितनी बार यही वाक्य उगल चुकी होगी। ठीक है इससे अधिक और क्या कर सकती है।

शाम को ऑफिस से लौटा तो देखा अमित कमर में तलवार की तरह एक डंडा लटकाए हुए है और एक डंडा हाथ में बन्दूक की तरह पकड़े अटेंशन की मुद्रा में खड़ा है। फिर 'धाँय-धाँय' मुँह से बोलने लगा। मैं उसे चुपचाप देखता रहा। वह फिर लेट गया और जमीन से डंडे को सटाकर फायर करने लगा—'धाँय-धाँय ...'।

'किसे मार रहे हो भाई?'

वह थोड़ा-सा चौंक पड़ा। फिर लेटा-लेटा उसी मुद्रा में बोला—'दुश्मन को मार रहा हूँ।'

'कहाँ है दुश्मन? यहाँ तो कोई नहीं है।'

'कैसे नहीं कोई है? क्या दुश्मन सामने आकर लड़ता है? वह देखिए, उस झाड़ी में छिपा है और देखिए मैं भी पत्तों की झाड़ी में छिपा हुआ हूँ।'

और मैंने उसके सिर पर बँधी पत्तों की एक छोटी-सी झाड़ी का मतलब अब समझा।

'ठीक है ठीक है भाई, मुझे यह सब क्या मालूम?'

'आपको यह सब क्या आयेगा। आप कोई देश के सिपाही हैं? आप तो अफसरी करते हैं।'

'हाँ-हाँ भाई' मैंने हँसकर टाल दिया लेकिन अचानक लगा कि इसने कितनी तीखी सच्चाई मेरे भीतर उड़ेल दी है। और मुझे एक घटना याद आ गयी। पाकिस्तानी अतिक्रमण के समय आधी रात को साइरन चीख उठा। हम लोग हड़बड़ाकर उठे। मकान में रहने वाले सारे परिवारों के लोग एक गैलरी में एकत्र हो गये। बच्चे भय के मारे हल्के-हल्के चीखने से लगे, लेकिन, अमित अपनी डंडानुमा बन्दूक खोजने लगा-'कहाँ है मेरी बन्दूक, अभी साले दुश्मनों को दागता हूँ।' और अपने मुँह से धाँय-धाँय की आवाज करने लगा। उस बदहवास माहौल में भी लोगों के चेहरो पर एक हँसी दौड़ गयी और उस समय मैं अनुभव करने लगा कि हम में से कोई व्यापारी है,

कोई वकील है, कोई अफसर है, कोई नेता है लेकिन सिपाही कोई नहीं है। जैसे बच्चे ने अपनी-अपनी तिजोरी लिए हम सब को रास्ते में पकड़ लिया हो।

'अयँ, यह लाल-लाल छाप कैसी है, अमित?'

'कहाँ, ये तो कुछ भी नहीं है।' कहकर वह उसी तरह लेटा रहा।

'अरे यह तो खून है, तुम्हारे पैर से खून की छाप कैसे पड़ी। तुम्हारा पाँव देखें तो।'

'नहीं-नहीं कुछ भी नहीं है, मेरे पाँव को क्या हो गया है?'

मैं उसके पास गया, देखा—उसके पाँव में बड़ा सा घाव लगा है और खून सूखकर चकट गया है-'यह इतना बड़ा घाव कैसे लगाया रे?'

'अरे कुछ नहीं, खेल-खेल में लग गया।'

'डेटाल नहीं लगाया?'

'इतने छोटे से घाव के लिए डेटाल क्या लगाऊँ?'

मैं उसे जबरदस्ती उठाकर ले गया। धोया, डेटाल लगाया और वह कहे जा रहा था—'पापा, आप भी थोड़े-थोड़े से घाव से घबरा उठते हैं।'

दो दिन बाद स्कूल जाने के समय बोला—'नयी किताबें चाहिए।'

'किताबें! किताबें तो तुम्हारी पहले ही आ चुकी है।'

'अंगरेजी की।'

'अंगरेजी की भी तो आ चुकी हैं।'

'तो फिर उस आंटी से कहिए न, रोज-रोज तंग कर रही है।'

'तुम्हें कोई चिट-उट दी थी?'

'अरे हाँ दी तो थी, दो-तीन दिन पहले।' कहकर वह अपना बस्ता उलटने-पलटने लगा—

'यह रहा।'

'तुम्हें इतना याद नहीं रहता कि टीचर कोई चिट भेजें तो मुझे दिखाओ।'

चिट देखी—लिखा था—अब बच्चों की पढ़ाई का मीडियम इंगलिश हो गया है। कृपया इंगलिश पुस्तकों के लिए बीस रुपये भेज दें, पुस्तकें स्कूल में हैं।'

'व्हाट नानसेन्स' कहकर मैंने चिट फाड़ दी, 'स्कूल है कि साग-भाजी की दुकान। आज भिंडी तो कल परवर।'

रिक्शावाला भोंपू बजा-बजाकर चिल्ला रहा था—'चलो अमित बाबू।'

'आँय, मेरी चप्पल कहाँ गयी?'

'बाबूजी, इसे समय से तैयार करा दिया कीजिए' रिक्शावाला जड़ गया और प्रायः जड़ जाता है।'

'अरे भाई, इसे सवेरे से ही तैयार किया जाता है। ब्रश करने के लिए चीखो, नहाने के लिए चीखो लेकिन ये हजरत घंटा भर तो इधर-उधर भागते हैं, पीछे-पीछे माँ दौड़ती है, बहन दौड़ती है, कपड़े-वोपड़े पहनकर मोहल्ले में गायब हो जाते हैं, फिर

खोज होती है, खाना-वाना खाकर फिर गायब। और रिक्शा आने के समय जूता गायब रहता है। पाँव में चोट लगा लाते हैं तो चप्पल पहनकर जाते हैं और स्कूल जाने के समय चप्पल खोजते फिरते हैं।'

'चप्पल नहीं मिली?' मैंने पूछा।

'ओय अभी तो यहीं थी।' कहकर वह घर-बाहर एक करने लगा।

रिक्शावाला शोर कर रहा था। मुझे गुस्सा आया, दो तीन तमाचे जड़ दिये-'कमबख्त बिना चप्पल के ही जा।'

उसने अपना बस्ता फेंक दिया—'मैं स्कूल नहीं जाऊँगा' कहकर सड़क पर भाग खड़ा हुआ। गुस्सा पीकर रह गया। सड़क पर भाग तो सकता नहीं था। रिक्शावाला चला गया।

मैं कुछ उत्तेजित तो हो ही गया था, सीधे स्कूल पहुँचा। उस समय पुरुष प्रिंसिपल थे। जाते ही उनसे सवाल किया—'श्रीमान् जी, यह क्या तमाशा है कि आपने एकाएक इंगलिश मीडियम कर दिया।'

प्रिंसिपल गंभीर के गंभीर रहे, संजीदगी से बोले—'बात यह है मिस्टर राय कि काफी पैरेण्ट्स विशेषतया व्यापारी पैरेण्ट्स यह चाहते रहे कि इंगलिश मीडियम हो, मुझे मजबूरन करना पड़ा। आप तो जानते हैं कि मैं हिन्दी का पक्षपाती हूँ।'

'पैरेण्ट्स तो हम लोग भी हैं। हमने तो अपना बच्चा आपके यहाँ इसलिए दाखिल किया था कि वह इंगलिश तो पढ़ता रहे लेकिन माध्यम हिन्दी हो। अब सारी पुस्तकें जो खराब हुईं सो तो हुईं ही, बच्चे के कन्धे पर अनावश्यक बोझ आ गिरा।'

"नहीं, बोझ नहीं है,' माथा खुजलाते हुए प्रिंसिपल बोले—'बच्चे आसानी से समझ रहे हैं।'

'हाँ-हाँ, जरूर समझते होंगे क्योंकि उन सबके घरों में अंगरेजी बोली जाती है न।'

प्रिंसिपल व्यंग्य समझकर भी चुप रहे।

'प्रिंसिपल साहब, उन पैरेण्ट्स की एक मीटिंग बुला लीजिए जो शिक्षा के बारे में कुछ जानते हों, सोचते-विचारते हों। जिन पैरेण्ट्स के कहने पर आपने इंगलिश माध्यम किया है वे न हिन्दी जानते हैं, न अंगरेजी। वे तो छोटे-छोटे व्यापारी हैं जो नून, तेल, सुरती बेचकर पैसे इकट्ठे करना जानते हैं। वास्तव में वे अपनी हीनता की क्षतिपूर्ति के लिए ही बच्चों को अंगरेजी पढ़वाना चाहते हैं। उन्हें नहीं पता कि उनकी आरिया है, जारिया है' सुन-सुनकर बच्चे अंगरेजी मीडियम नहीं ढो सकते।'

'हाँ, हाँ साहब यही बात है। वे समझाने से समझते भी नहीं हैं।'

'तो?' मैंने अंतिम निर्णय के से स्वर में पूछा।

'तो यही हो सकता है साहब कि बच्चों को दोनों माध्यमों से पढ़ाया जाए और पढ़ाया जा भी रहा है।'

'ठीक है, जनाब आप जैसा चाहें।' कहकर मैं चला आया और सोचने लगा कि

शिक्षा भी क्या व्यापार हो गया है। ये महोदय उस राजनीतिक दल से सम्बद्ध हैं जो हिन्दी और भारतीय संस्कृति का नाम रटते नहीं अघाता लेकिन व्यापारियों को खुश करने के लिए बिना सोचे-समझे अंगरेजी मीडियम कर दिया। अच्छा हो यह स्कूल छुड़ा दूँ। लेकिन उसके बाद? सारे स्कूल तो एक से हैं कोई थोड़ा आगे, कोई थोड़ा पीछे। जो बड़े-बड़े पब्लिक स्कूल हैं वहाँ तो प्रिंसिपल खुलेआम इंगलिश के रस में भीगा हुआ जूता लगाते हैं और जूता खाने के लिए बड़े-बड़े नेताओं, अफसरों और व्यापारियों की भीड़ लगी रहती है। मुझे घृणा है इन स्कूलों से, जो खुलेआम भारतीयता का नीलाम करते रहते हैं। सोचते-सोचते मुझे सचमुच ऐसा लगा कि मैं उन्हें मुट्ठी में पकड़कर मसल रहा हूँ। ··· और खुद अपनी भावुकता पर हँस पड़ा।

'पप्पा जी, स्कूल की नयी बिल्डिंग के लिए हम लोग एक नाटक खेल रहे हैं' बड़ी लड़की सवेरे-सवेरे हाजिर होकर बोली।

'बहुत अच्छा कर रहे हो तुम लोग।'

'अच्छा है न पप्पा जी। मुझे उसमें एक नेता का अभिनय करना है।'

'अच्छा! तो तुम्हें किसी शरीफ आदमी का पार्ट नहीं मिला।'

'आप मेरी बात तो सुनिए, लगे मजाक करने।'

'हाँ-हाँ कहो।'

'उस दिन के लिए मुझे खादी का एक सफेद चूड़ीदार पायजामा, एक कुरता, एक सदरी और एक टोपी सिलवा दीजिए।' टीचर जी ने कहा है।

'क्या?' मैं चीखा।

वह सहमकर पीछे हट गयी।

'व्हाट नानसेन्स, बिल्डिंग बने तुम्हारे स्कूल की और सीमेन्ट चूना बनूँ मैं?'

कुछ देर बाद वह डरती-डरती बोली—'बनवा दो न पप्पाजी।'

'तो उस ड्रेस का क्या होगा। पहनोगी रोज-रोज?'

'दुत, वह रोज-रोज पहनने की कोई चीज है?'

'तो चालीस-पचास रुपये मैं तुम्हारे घड़ी भर नेता बनने के लिए फूंकूँ, यही न। नेता यों तो खा ही रहा है नाटक में भी खायेगा। जाओ नाटक में भाग मत लो।'

'टीचर जी ने कहा है कि तुम्हें नाटक में रहना ही है।' वह भुनभुनाती रही कुछ देर तक। फिर रुआँसी होकर हट गयी।

'पप्पाजी, पप्पाजी-हमारे क्लास रूम में फैन लगना है और ताला भी। टीचर ने दो रुपये माँगे हैं।' स्कूल जाने के लिए तैयार अमित से बड़ा लड़का मेरे सामने हाजिर था।

'अच्छा अब तुम आये हो! तुम्हारे स्कूल के ताला-कुंजी के लिए पैसा भी हमीं लोग दें। जाओ टीचर से कह देना कि पैसे नहीं दे रहे हैं पप्पाजी।'

'टीचर जी मारेंगे, कहा है कि पैसे लेकर ही आना।'

'तो मत जाओ।'

लड़का रुआंसा होकर वहाँ से हट गया।

'पप्पाजी, पप्पाजी, आज टीचर ने तीन रुपये मँगाये हैं।'

मैंने घूरकर अमित को देखा जैसे तुम्हारी ही कमी थी। पूछा—'सो क्यों?'

'पिकनिक जा रही है पिकनिक', उसने मस्त होते हुए कहा।

'ओफ्फोह, ये स्कूल है या जोंकें हैं।' मैं मन में बुदबुदाया—'आदमी तो यों ही परेशान है मंहगाई से, तिस पर ये स्कूल वाले रोज कोई न कोई खर्च का आइटम पेश कर देते हैं- कभी ताला, कभी कुंजी, कभी पंखा, कभी पिकनिक, कभी नाटक, कभी टीचर डे, कभी विदाई, कभी किसी की सगाई, कभी लाठी, कभी डंडा, व्हाट नानसेंस ... और सभी आइटम पेश होते हैं महीने के तीसरे या चौथे सप्ताह में। बेचारे लड़के घर पर पैरेंट्स की डाँट सहते हैं और स्कूल में टीचर की। और पढ़ाई के नाम पर कुछ नहीं।'

'पप्पाजी, दीजिए न तीन रुपये।' अमित चिल्ला रहा था।

'अच्छा तीनों चलो और सामने बैठो, मैं सवाल बोलता हूँ लगाओ।'

तीनों को बैठाकर उनकी पुस्तकों से सवाल बोल दिये। तीनों कुछ देर तक सवालों से जूझते रहे फिर वे बारी-बारी कहने लगे कि यह तो पढ़ाया ही नहीं गया है।

'अरे तीन महीने बीत गये अभी दूसरा अध्याय नहीं कराया गया है?'

'मेरा मास्टर तो कभी-कभी ही क्लास में आता है पढ़ायेगा क्या?'

'मेरे टीचर जी तो आते हैं लेकिन इस तरह डाँटते रहते हैं कि किसी को कुछ पूछने की हिम्मत ही नहीं पड़ती।'

'और ओय, मेरी तो वह कुतिया साली फैशन करती रहती है।'

'चुप रहो तुम लोग, खुद पढ़ते-लिखते हो नहीं टीचरों को दोष देते हो।'

'और लड़कों से पूछ लीजिए।' बड़ा लड़का बोला।

'हाँ हाँ पूछ लिया है। तुम लोगों को पढ़ना-लिखना नहीं है बस दिन-रात पैसे माँगने हैं जाओ किसी को पैसे नहीं मिलते।'

'मैं तो लेकर जाऊँगा।' अमित जिद पर आ गया।

'नहीं पैसे नहीं दूँगा, चलो घर बैठो। स्कूल मत जाओ।'

'वाह-वाह-वाह, स्कूल मत जाओ। आज तो पिकनिक है, आज तो जाऊँगा ही।' मैं जानता था कि अमित को पैसे देने ही पड़ेंगे, बेहतर है दे ही दूँ।

× × ×

आज महीने का दूसरा शनिवार था। मैं घर पर ही था। दो बजे अमित घर लौटा तो बस्ता उठाकर फेंक दिया—'अब मैं इस स्कूल में कभी नहीं जाऊंगा।'

'क्यों भाई क्यों?'

'देख लेना, अब कभी नहीं जाऊँगा।'

'आखिर बात क्या हुई भाई?'

'बात पूछते हैं? अरे प्रिसिंपल की कुतिया बेटी है न शोभा, बस उसे दौड़ में फर्स्ट कर दिया गया लेकिन फर्स्ट आया था मैं। मैंने जब कहा कि मैं फर्स्ट हूँ तो साली टीचर कुतिया ने मुझे डाँटकर ढकेल दिया। गाने में दूसरी लड़की फर्स्ट आयी थी लेकिन वहाँ भी शोभा फर्स्ट। उसे हर जगह फर्स्ट कर दिया गया।'

मैंने हँसकर टाल दिया लेकिन भीतर-भीतर बहुत आहत अनुभव करने लगा।

'आप हँसते हैं पप्पाजी, देख लीजिएगा, मैं स्कूल नहीं जाऊंगा और गया तो उस शोभा कुतिया को मारूँगा और बोलेगी तो टीचर को भी।'

और दूसरे दिन सचमुच अमित स्कूल नहीं गया। मैंने जिद नहीं की। जानता था कि कोई परिणाम नहीं निकलेगा लेकिन मैं बहुत हारा हुआ अनुभव करता रहा—क्या करूँ इस लड़के का, कहीं अँट नहीं पा रहा है।

शाम को लौटा तो देखा कि अमित साहब सिर पर पत्तों का छत्ता लगाये लेटकर लकड़ी की बन्दूक से फायर कर रहे हैं—धाँय-धाँय।

मेरे मन में एक विचार कौंधा। चाय-वाय पी चुकने के बाद अमित को बुलाया। पूछा—'बेटा फौजी स्कूल में जाओगे?'

'फौजी स्कूल में?' कहते-कहते वह उल्लसित हो उठा।

'हाँ फौजी स्कूल में।'

'वहाँ बन्दूक मिलेगी?'

'हाँ ।'

'मशीनगन मिलेगी?'

'हाँ!'

'टैंक मिलेगा?'

'हाँ।'

'नेट पर चढ़ने को मिलेगा?'

'हाँ भाई हाँ।'

'तो जाऊंगा, जरूर जाऊंगा। कल ही जाऊंगा।'

वह बड़ा खुश हो रहा था। बड़ा लड़का स्कूल से आया तो दौड़कर उससे लिपट गया ...

'भइया भइया, मैं कल फौजी स्कूल में जा रहा हूँ।'

'हें'? उसने मेरी ओर देखकर पूछा। मैं मुस्कराये जा रहा था।

एक नेट जोर से घड़घड़ाता हुआ गुजरा। 'देख भइया, मैं भी इस नेट पर चढ़कर मारूँगा।'

'किसे?'

'जो हमारे देश पर हमला करेगा।'

मेरा मन उल्लसित हो रहा था इस संवाद से।

'लेकिन यदि तुम्हें ही किसी ने मार दिया तो।'

'ओय, हमें कौन साला मार सकता है? मैं क्या किसी के देश पर हमला करने जाऊंगा!'

'अच्छा-अच्छा' कहकर बड़ा लड़का अन्दर चला गया।

और मैं खड़ा-खड़ा सोचता रहा। सचमुच ही तो किसी ने अमित को भी मार दिया तो! अमित को कहाँ मालूम कि दूसरे देश पर हमला न करने वाले भी मारे जाते हैं। मैं कहीं भीतर से भर आया तो क्या सचमुच ही फौजी स्कूल में भेज दूँ इस प्यारे बदमाश को? नहीं-नहीं ··· और उधर अमित दोस्तों से अकड़-अकड़कर कह रहा था—'ओ लल्लुए, ओ विनोदे, मैं फौजी स्कूल में जा रहा हूँ ··· धाँय ··· धाँय ···

□

आधुनिक

भट··· भट··· भट··· भट··· ट्यूब वैल की मोटर आवाज उगल रही थी और उसके सामने मोटी धारा में गिरता हुआ सफेद जल साँप की तरह लोटता हुआ पूरे खेत में फैल रहा था। वह अपने हरे-भरे खेत के बीच एक मिट्टी के टीले पर बैठा हुआ था। ऊपर से बरसती गुनगुनी धूप एक हल्की ऊनी शाल की तरह लपेट रही थी। आँखों के सामने मोटरों की आवाजों से लदी दूर-दूर तक हरियाली उफन रही थी।

भट··· भट··· भट··· भट···

और पुक-पुक-पुक-पुक करती पड़ोसी गाँवों में आटे की चक्कियाँ चल रही थीं। वह सोच रहा था कि सचमुच गाँव कितना बदल गया है। बदलाव की दुहरी-तिहरी पर्तें कहीं उसके भीतर उगती जा रही थीं। इस जमीन ने कितनी करवटें बदली हैं। अभी तीस-पैंतीस वर्ष पहले की बात है कि जमीन यहाँ-वहाँ बीड़र फसलों को लिये पड़े होती थी और गाँव के सैलानी लोग प्रकृति के प्रकोप के बीच भी सामूहिक रूप से मेलों-ठेलों में गाते, बजाते और बारातें करते घूमते रहते थे। खेत बाढ़ और सूखे की मार खाते हुए भूख उगलते पड़े होते थे। एक करवट और··· जमीन से सैलानियों के भूखे बेटे चिपक पड़े और प्रकृति का प्रकोप सहते हुए भी जमीन को अपनी शक्ति भर जगाने और दुहने लगे। जमीन से वे चिपटते गये और आपस में कटते गये।

भट-भट-भट-भट··· और अब तो गाँव में मशीनें आ गयी हैं··· गाँव बहुत बदल गया है। यहाँ की दुकानों पर भी शहर की अनेक चीजें मिलने लगी हैं, हाई स्कूल भी खुल गया है। सुना है कुछ दूर के गाँव में सरकारी अस्पताल भी खोल दिया है, चर्चा यह है कि यह तीस मील की कच्ची सड़क पक्की होने वाली है, गाँव-गाँव शिक्षा का प्रसार तेजी से हो रहा है। उसे रिटायर्ड होने में केवल चार साल बाकी हैं, वह सोच नहीं पाता कि रिटायर्ड होने के बाद कहाँ जायेगा। शहर? शहर में उसका क्या रखा है? किराये का सारा जीवन। और गाँव में उसके पुश्तैनी खेत तो हैं लेकिन इस नदी-नाले में वह कैसे रह पायेगा? एक तरह से वह गाँव में अजनबी-सा हो गया है लेकिन वह सोचता है कि अब गाँव में रहा जा सकता है। हाँ गाँव बहुत बदल गया है।

डिम-डिम-डिम-डिम ···

वह चौंक उठा। नगाड़ा बज रहा है। देखा दूर से एक जुलूस आ रहा है। आगे-आगे एक औरत बाल खोले नाचती-सी चल रही है और पीछे-पीछे तमाशाइयों की भीड़ है।

कुलदीप ट्यूब वेल की मोटर के पास से आकर उसके पास खड़ा हो गया था।

'क्या है यह सब?' उसने पूछा।

'चाचाजी, कई दिनों से इस गाँव में यह क्रम लगा हुआ है। बस्ती से कोई ओझा आया हुआ है। उसे गाँव भर अपना-अपना भूत दिखा रहा है।' कुलदीप बोला।

'लेकिन सामूहिक रूप से भूत दिखाने का यह शुभ मुर्हूत निकलवाने की क्या जरूरत पड़ी थी इस गाँव को?' उसने हँसकर पूछा।

'बात यह हुई चाचाजी, एक दिन शाम को अचानक ही गाँव वालों ने देखा कि धर्मेन्द्र की बीवी रोती-गाती हुई रामप्रसाद के दरवाजे पर आ खड़ी हुई और झूम-झूमकर चीखने लगी—'परसदवा के घर का हूँ दो हूँ, दो हूँ··· पेटमडुवा हूँ' ··· धर्मेन्द्र और उसका बाप दोनों रो रहे थे कि परसदवा के घर ने हमें उजाड़ दिया। सारा गाँव तमाशा देख रहा था।'

'रामप्रसाद के घर का भूत का क्या मतलब?' उसने पूछा।

कुलदीप ने बड़े रहस्यमय स्वर में कहना शुरू किया। 'चाचाजी, आप नहीं समझेंगे इस गाँव को। बड़े-बड़े दोखी भरे पड़े हैं। अरे परसाद की भौजी विधवा है न! बस उसी से परसाद का कुछ 'कनेक्सन' चलता रहा और दो-दो बच्चे गिरवा दिये गये। वे ही भूत बन गये हैं।'

'हूँ। यह कैसे मालूम हुआ?'

'मालूम? अरे, यह बात तो मुहाँमुही पहले से गाँव में फैली थी और उस दिन ओझा ने परसाद की भौजी से भरी सभा में कबुलवा लिया।'

'अरे, और किसी ने मारा नहीं ओझा साले को?' उसकी आवाज में क्रोध आ गया था।

'क्या कहते हैं चाचाजी? उसे कोई क्यों मारता? वह तो गाँव की बला टाल रहा है।'

'हाई स्कूल के मास्टर कुलदीप, तुम भी भूत में विश्वास करते हो?'

'मैं तो नहीं करता, लेकिन मेरे करने न करने से क्या होता है?'

उसने एक रहस्यमय दृष्टि से कुलदीप को देखा, उसने दूसरी ओर मुँह फेर लिया था।

'रामप्रसाद तो किसी कॉलेज में लेक्चरर है न!'

'हाँ हाँ, शहर में है।'

'और उसने यह सब तमाशा बरदाश्त कर लिया?'

'चाचाजी, वह था ही कहाँ? वह तो इस समय शहर में था। पहले तो कई दिन तक शरम के मारे आया नहीं, फिर जब उसकी भौजी ने कई संदेश भेजे तो आया और सफाई देता फिरा कि भला अपनी भौजाई के साथ ऐसा कुकर्म वह करेगा?·· लेकिन ओझा ने भरी सभा में उसकी भौजी से बोकरवा दिया है और रामप्रसाद भूत शान्त करने के लिए ओझा जी को कुछ रुपये देकर फिर शहर चला गया।'

वह उत्तेजित हो उठा—'सवाल यह नहीं है कुलदीप कि रामप्रसाद ने वैसा किया या नहीं, उसने किया तो अपने घर किया। आज के जमाने में जबकि शहरों में रोज कितने बच्चे गिराये जाते हैं और कोई भूत नहीं बनता तब षड्यंत्र करके रामप्रसाद को अपमानित करने का क्या मतलब? और उस नपुंसक से यह नहीं हुआ कि सफाई देने के बदले किसी एक को गँड़ासे से साफ कर दे।'

उसने देखा उसकी बात से मास्टर कुलदीप थोड़ी असुविधा महसूस कर रहा है और वह भी अपनी उत्तेजना से गिरकर अपने में आ गया। उसे लगा कि वह कितनी बेवकूफी की बात कर गया। शहर में कई वर्षों से वह यही तो देख रहा है कि कोई अन्याय या अपमान अब किसी को उत्तेजित नहीं कर पाता, एक व्यक्ति की बिसात ही क्या? और गाँव में जहाँ इतने लुच्चे-लफंगे एक ओर हों एक रामप्रसाद क्या कर सकता है? वह प्रकृतिस्थ होकर मुसकराया।

–डिम-डिम-डिम-डिम ··· भीड़ पास आ गयी थी।

'कौन है यह औरत?'

'यह नेता सुखबीर की लड़की है। ओझा के आने से इस गाँव के सारे भूत-प्रेत अपने आप उतरा गये हैं और हर आदमी ओझा जी से अपने-अपने घर का भूत शान्त कराने की प्रार्थना कर रहा है। सुखबीर की लड़की को ओझा जी डीह बाबा के थान पर ले जा रहे हैं।'

मोटर थोड़ी मन्द पड़ने लगी थी। कुलदीप जाकर मशीन के हैंडिल से थोड़ा जूझा, मशीन फिर तेजी से चलने लगी।

डिम-डिम-डिम-डिम ··· भीड़ और नजदीक आ गयी। वह भी उठकर भीड़ के पास चला गया। एक सुन्दर-सी लड़की आँखें फाड़े, बाल खोले नाचती चली जा रही थी। भीड़ में कुछ लड़के-लड़कियाँ भी धीरे-धीरे जोश में हिल रहे थे और देखते ही देखते दो-तीन लड़के जोर-जोर से कूदने लगे। ओझा जी मुस्करा रहे थे इस भाव से कि ठीक है, कूदो-फाँदो, अभी सबको ठीक किये देता हूँ।

भट-भट-भट-भट ··· मोटर चीख रही थी। छल-छल जल की मोटी धारा फूट-फूटकर खेतों का जीवन सींच रही थी। उसने दूर-दूर तक देखा—खेतों के सीमान्तों तक। बहुत सी मोटरों की आवाजें आपस में गुँथकर खेतों के ऊपर छा रही थीं।

डिम-डिम-डिम-डिम ···

'कुलदीप!' उसने मुड़ कर पुकारा!

अरे यह क्या? उसने देखा—कुलदीप मशीन का हैंडिल पकड़े धीरे-धीरे अभुवा रहा है। उसकी आँखें थोड़ी-थोड़ी फटी हुई हैं और चेहरा विकृत हो आया है।

'मास्टर कुलदीप!' वह जोर से चीखा जैसे उसके चेहरे पर तमाचा मार देगा।

लेकिन कुलदीप उसी तरह धीरे-धीरे अभुवाता रहा ··· मशीन चीखती रही ··· डम-डिम-डिम-डिम बजता हुआ नगाड़ा दूर होता जा रहा था।

वह खेत के बीच में खड़ा-खड़ा सोच रहा था : हां गाँव कितना आधुनिक हो गया है। और धीरे-धीरे उसके सामने गाँव, शहर और पूरा देश उभरता चला गया ···

□

दिनचर्या

केंअँ—केंअँ · · · केंअँ · · · उसका बच्चा किंकिया रहा था।

'उठो जी, उठो जी, देखो न मुनवा आज रात से ही ऐंठ रहा है।' उसको बीवी ने झकझोरकर जगाया।

'उँह, सोने दो।' कहकर वह करवट बदलकर फिर लेट गया।

'अरे उँह-उँह करने से काम नहीं चलेगा, उठो।' कहकर बीवी ने जोर से झकझोर दिया।

'तू साली दिन-रात डण्डा किये रहती है, उधर बारह बजे रात तक काम पर डटो और इधर पाँच बजते ही तू झकझोरने लगती है।' वह गुस्से में उठा और लगा कि बीवी को मार देगा।

'हाँ, हाँ, मार ले, मार ले, मुझ पर तो वीर बनता है। बाहर से पिटकर आता है तो गुस्सा मुझ पर उतारता है।' बीवी गुस्से से चिल्लाई।

लेकिन उठते ही उसका गुस्सा शान्त हो गया। उसने जोर से एक अंगड़ाई ली, देह को झटकारा और देखा कि जिस फुटपाथ पर वह सो रहा था उस पर टहलने वालों की चहल-पहल मची हुई है। एक से एक मोटे पेट वाले अपनी मोटाई कम करने के लिए इस सड़क पर सामने के सालीमार पारक में जल्दी-जल्दी घूमते दिखायी पड़ते हैं। मोटे-मोटे मरद और औरतें दुलकी चाल में भागती हैं तो उनके हिलते हुए बड़े-बड़े पेटों को देखकर उसे हँसी आ जाती है। न जाने इन मोटे-मोटे पेटों में इन लोगों ने कितना कुछ भर रखा है। मन्दिर से लाउडस्पीकर पर कई मोटी-मोटी आवाजों में भजन उड़कर बिखर रहा था—

हरे क्रिसना हरे क्रिसना क्रिसना क्रिसना हरे हरे
हरे रामा हरे रामा रामा रामा हरे हरे

वह इन मोटी आवाजों को पहचानता है। उसके पास भी बिलेक का पैसा होता तो वह भी सुबह-सुबह उठकर इतनी ही मोटी आवाज में गाता।

केंअँ · · · केंअँ · · ·

उसने पास गुदड़ी पर पड़े बच्चे को देखा, बच्चा क्या है हड्डियों का ढाँचा। आँखों

में कीचड़ फैला हुआ है, हाथ-पाँव सूखकर लकड़ी हो गये हैं, पेट निकल आया है। बच्चे को लगातार खाँसी-बुखार आ रहा है।

'इसे किसी डागडर को दिखाओ न।' बीवी ने परेशान होते हुए कहा।

'किसे दिखाऊँ मंगरी? एक से एक महँगे डागडर हैं। एक दिन की दवा के चार-पाँच रुपये ऐंठ लेते हैं और रोग एक दिन में ठीक हो जाए तो चलो यह भी सही। पन्द्रह-बीस दिन से कम क्या दवा करेंगे। जो कमाओ वह डागडर को दे दो। दो बार तो चार-चार रुपये दे चुका हूँ। कोई फायदा भी नहीं हुआ। दो कोस दूर अस्पताल है, वहाँ पहुँचकर लाइन लगाओ। दो-तीन बजे तक नम्बर आये और पता नहीं दवा के नाम पर कौन-सा पानी दे देते हैं कि बीमारी टस से मस ही नहीं होती। अब बताओ दिन-भर अस्पताल में लगाओ तो मजूरी कब होगी? और वहाँ जाकर तो अच्छी तबियत भी खराब हो जाती है—किसी का पाँव टूटा हुआ है, किसी का हाथ टूटा हुआ है, किसी को बोखार आ रहा है, किसी का सिर फट गया है, कोई बीमार बीमार-गाड़ी पर अन्दर जा रहा है, कोई मुरदा उसी गाड़ी पर बाहर आ रहा है, कहीं चपरासी डाँटकर ढकेल रहा है, कहीं डागडर डाँट रहा है। मन्दिर के दवाखाने में देखा दे, दवाई की दवाई रहेगी और भगवान का प्रसाद भी।'

वह उठा। मंगरी उसकी गुदड़ी उठाकर उसके साथ-साथ चली। दोनों पास की एक झोंपड़ी तक आये। हाँ, यहीं वे रहते हैं। झोंपड़ी क्या है, ईंट खड़ी कर उस पर टीन का एक पतरा डाल दिया गया है। ऐसे ही दो-चार मकान और हैं दूसरे मजदूरों के। ये मकान बदलते रहते हैं।

उसने एक टीन का डब्बा उठाया और मैदान होने चला गया। अब दिशा मैदान होने की परेशानी बढ़ती जा रही है। धीरे-धीरे खाली जगहों पर कोठियाँ बनती जा रही हैं। कहाँ जाएँ मजूरे सब? कौन पूछता है मजूरों को? खुले में काम करो, खुले में सो जाओ, खुले में बेपर्द होकर पास-पास बैठ जाओ—मरद और औरत सभी। कहीं भी तो कुछ अपना नहीं है।

लौटकर आया तो देखा मंगरी चुपचाप बैठी है और लड़का केंअँ ··· केंअँ ··· रो रहा है।

'क्यों रे आज रोटी-वोटी नहीं बनायेगी? अभी काम पर जाना है।'

'रोटी किससे बनाऊँ तेरे सिर से? आटा-वोटा लायेगा नहीं और रोटी खाने चला आयेगा।'

'अरे तो तू मुझ पर काहे बिगड़ती है रे कुत्ती, मैं कोई सरकार हूँ? सरकार नहीं अनाज देती तो मैं क्या करूँ?'

'क्यों नहीं कर सकता? जो रासन का गोहूँ मिलता है उसे तो ला सकता है?'

'उसे भी बनिया नहीं देता तो क्या करूँ? दुकानदार तो हमारे हिस्से का गोहूँ बचाकर हमीं को बिलेक से बेचता है, वह भी हमेशा नहीं देता।'

'तो तू उस बेइमान की छाती पर चढ़कर अपने हिस्से का गोहूँ वसूलता क्यों नहीं रे!'

'अब तू ही जा चढ़ उसकी छाती पर, मुझे तो चढ़ने नहीं देगा। मैं तो तेज बात करता हूँ तो डाँटकर भगा देता है और कोई बात होती है तो सारे दुकानदार लाल बन्दर की तरह एक होकर कों-कों कों-कों करने लगते हैं। सरकार भी तो सबको बराबर-बराबर राशन देती है, वह बैठने वाले और दिन-भर काम करने वाले के पेट को एक ही समझती है और दिन-भर में बिलेक करके हजारों का वारा-न्यारा करने वालों और पसीना बहाकर चार रुपया पाने वालों को भी एक ही समझती है।'

'अरे बहुत से लोग रासन का गोहूँ छोड़ देते हैं, तू क्यों नहीं ले लेता? कई मजूर तो ऐसा ही करते हैं।'

'अरे करते होंगे। चिरौरी-मिनती करके इनसे-उनसे माँगते होंगे। मुझसे तो ऐसा नहीं होगा। और दुकानदार साला उन लोगों से कहता है कि आप लोगों को अपना गोहूँ लेना हो तो लीजिए, आपका गोहूँ और किसी को नहीं दूँगा। और सबका गोहूँ मार-मारकर बिलेक करता है।'

'अरे तू है ही नम्बरी घामड़। बस बैल की तरह तुझे बोझ ढोना आता है और कुछ नहीं। देख कल मैं मालकिन के कोटे पर थोड़ा-सा आटा लायी थी—आज रोटी बनाये दे रही हूँ, अगर तू ने अब आटे का इन्तजाम नहीं किया तो भूखों मरना, बैल कहीं का।'

'अरे देख कुतिया, तू मुझे बार-बार बैल मत कह, नहीं तो कहे दे रहा हूँ।'

'नहीं तो क्या कर लेगा, तू बैल है, बैल है, बैल है। बोल है कि नहीं? मुझे अपने साथ बांधकर तबाह कर दिया। खाना खाना होगा तो आज आटा ले आना नहीं तो ...'

'अब देख ले, तू मार खाने पर तुली है। तू ही काहे नाहीं आटा-वोटा ले आती है। दिन-भर छैलों से सान-मटक्का मारती है और ...'

'तू मुझे छिनाल कहता है रे बैल? मैं दिन-भर बीमार बच्चे को पीठ पर लादे-लादे चार घर चौका-बरतन करती हूँ और तेरा पेट पालती हूँ तो तू मुझे छिनाल कहता है, बोल, दहिजरा बोल, तू ऐसी बात क्यों निकालता है?'

'बरतन माँजती है सो तो ठीक है, लेकिन लोगों से सान-मटक्का भी तो मारती है। मैं देखता नहीं हूँ क्या?'

'अरे अभागे, तेरी तरह मैं भी मुँह फुलाये घूमती रहूँ और ततैया की तरह काटती फिरती रहूँ तो हो चुकी मजूरी।'

'हाँ-हाँ, ततैया की तरह काटता हूँ न। तो तू सबके ऊपर फूल बरसाती घूम।'

दोनों में कहा-सुनी बढ़ती गयी और वह मंगरी को पकड़कर पीटने लगा। झोंपड़ी के आस-पास राह चलतों की भीड़ इकट्ठी होने लगी, कुछ लोगों ने डाँट-डपटकर

छोड़ाया। मँगरी ने हबसते हुए कहा—'मर मरकीनवना भूख से, मैं रोटी नहीं बनाऊँगी। मेरे ऊपर तो बहादुरी दिखाता है और बाहर डर के मारे कुत्ते की तरह पूँछ सटाये घूमता रहता है।'

वह कुछ देर तक चुपचाप खड़ा रहा, फिर काम पर चला गया।

उसका काम भी क्या है—जब जो काम मिल जाए। कभी आटे की चक्की पर काम करता है, कभी कोयले की टाल पर, कभी किसी बनते हुए मकान में काम करता है कभी ग्रोसर शाप पर। इन दिनों वह एक टेंट हाउस में काम करता है। रोज जलसे ही जलसे तो होते हैं। इन दिनों शादियों की बहार है, शादियाँ जब नहीं होती हैं तो देवी का रतजगा होता है, कभी किसी सेठ के लड़के की वर्षगाँठ होती है, कभी त्योहार का जलसा होता है और वह सुबह से शाम तक हाथ लारी पर ढोता है—तम्बू, कुर्सियाँ, मेज, दरियाँ, बिजली के सामान। लारी के आगे बैल की तरह जुत जाता है और दिन-भर जुता रहता है। मंगरी ठीक ही तो कहती है कि वह बैल है, बैल की तरह काम तो करता है लेकिन खाना नहीं पाता। मंगरी ठीक कहती है कि वह दब्बू है, मरदई बीवी पर ही दिखाता है। राशन के लिए जाओ तो दुकानदार डाँटता है, दवा के लिए जाओ तो डागडर डाँटता है, तनखाह के पैसे माँगो तो मालिक डाँटता है, फुटपाथ पर सोओ तो पुलिस वाला डाँटता है, बस में जाओ तो कनडक्टर डाँटता है, सवारियाँ खुद ही उसे टक्कर मारती हैं और डाँटती हैं, झोंपड़ी बनाता है तो कोरपोरेशन वाला डाँटता है, और झोंपड़ी पीट जाता है और वह कहीं कुछ नही कर पाता, बस बीवी पर उसका बस चलता है।

उसके पेट में जोर की ऐंठन हुई। पेट में कुछ भी तो नहीं गया। नुक्कड़वाली फुटपाथी चाय की दुकान पर गया, उधार चाय पी। फिर हाथ लारी में बैल की तरह जुत गया। पैसे नहीं हैं, गोहूँ दो रुपया किलो हो गया। सरकार कहती है कि गोहूँ का अकाल पड़ा है। हाँ सारा अकाल तो गरीबों के लिए ही है, वह रोज तो देखता है शादियों में सैकड़ों लोगों को दावत उड़ाते हुए। खा-खाकर फेंकते हुए।

उसने एक बार चारों ओर के मकानों पर दृष्टि फेरी। इनमें से कितने मकानों की दीवारें उसी के हाथों ने उठायी हैं। कई महीने तक वह मकान के साथ रस-बस जाता है और जब मकान बनकर तैयार हो जाता है तब वह वहाँ से उठाकर फेंक दिया जाता है। किसी भी मौसम में दो पल के लिए भी तो उसकी छाँह में खड़ा नहीं हो सकता।

आज फिर शादी है ई. ब्लाक में। वह सामान ढोकर ले जा रहा है। पेट में ऐंठन होने लगी, वह सुस्ताने के लिए फुटपाथ पर बैठ गया। सोचने लगा–मंगरी काम पर चली गयी होगी। साली मुँहजोर है। वह दूसरों की देखादेखी फैशन करना चाहती है। वह नहीं चाहती कि मैं गाँव पर भाई के लिए पैसे भेजूँ। कहती है अपना तो खर्चा पूरा पड़ता ही नहीं, रुपये गाँव भेजने चले हैं। मैं तो बीमार बच्चे को पीठ पर लादे हुए चौका बरतन करती हूँ और यह बैल पूरे खानदान का ठीका लिए बैठा है।...

लेकिन वह माई को पैसे भेजता है। न भेजे तो माई कैसे जियेगी? लेकिन यह भी ठीक ही है कि अपनी कमाई में अपना ही खर्चा नहीं चलता। रोज चीजों के दाम बढ़ जाते हैं, मालिक मजूरी बढ़ाता ही नहीं और खुद रोज अपनी चीजों का रेट बढ़ाता रहता है। कुछ दिन पहले वह कोयले के टाल पर काम करता था। कोयले का मालिक मन पीछे डेढ़ रुपये ढुलाई लेता था और ढोने वाले मजूरों को उसमें से एक पैसा भी नहीं देता था। ये दुकानदार सबके दुश्मन हैं, चोर हैं, डाकू हैं, लेकिन रो-धोकर इन्हीं के पास जाना पड़ता है ···

केंअँ ··· केंअँ ··· केंअँ ···

अरे यह तो मुनवा की आवाज है। मुड़कर देखा ··· मंगरी बच्चे को गोद में लिये इधर ही आ रही थी। उठकर लारी में जुत गया और तेजी से आगे बढ़ चला।

'अरे भागता कहाँ है? ये ले ले रोटियाँ खा ले, मुझे इतनी फुरसत नहीं कि पीछे भागती फिरूँ।'

उसकी इच्छा हुई कि वह मंगरी को गाली देकर भगा दे और लारी खींचता हुआ आगे निकल जाए, लेकिन उसकी अंतड़ियों में उठी हुई ऐंठन तेज हो गई और वह रुक गया।

मंगरी उसे पोटली थमाकर काम पर निकल गयी।

एक बजे उसे छुट्टी मिली तो उसने मालिक से रुपये माँगे।

'क्यों?' मालिक ने ऐसे पूछा जैसे उससे बड़ा अपराध हो गया हो।

'राशन लाना है मालिक।'

'हूँ राशन लाना है।'

दोनों में देर तक कहा-सुनी हुई तब जाकर मालिक ने दो रुपये निकालकर उसकी ओर फेंक दिये।

'दो रुपये में क्या-क्या आयेगा?' खड़ा-खड़ा वह बुदबुदाता रहा।

'राशन का गेहूँ अभी नहीं आया है, दूसरा गेहूँ कहो तो दे दूँ।' दुकानदार ने रूखे स्वर में कहा।

'अरे आज बीस तारीख हो गयी काहे नहीं आया है।' वह कुछ बहादुर बनने के अन्दाज में बोला।

'नहीं आया तो नहीं आया, मुझसे क्या पूछता है, दूसरा गेहूँ लेना हो तो ले, नहीं भाग जा।'

मरे हुए मन से दो रुपये का एक किलो गेहूँ लेकर वह आगे बढ़ा तो किसी मनचले नये मजदूर ने पूछ दिया–'का हो कतवारू, फिलम देखने नहीं चलोगे? हाई क्लास की फिलम आयी है।'

'अरे अपने भाग में ई सब कहाँ लिखा है?' कहकर वह आगे बढ़ गया। वह सोचने लगा कि ई साले सब रोज-रोज फिलम कैसे देख लेते हैं और लाल-पीला कैसे

पहन लेते हैं। अरे भाई ई सब पंजाब-हरियाना के मजूर हैं। नये-नये लौंडे हैं, शादी-बियाह किया नहीं है, कमाते हैं और फिलम देखते हैं। कुछ हेराफेरी भी करते होंगे।

रोटी खाकर उसने फिर अपनी लारी सँभाली और सामान ढोने लगा। टेण्ट गड़ने लगे, कुर्सियाँ सजने लगीं, दरियाँ बिछने लगीं, बिजलियाँ फिट होने लगीं, लाउडस्पीकर लग गया और शाम होते-होते भक्क से सारी बिजलियाँ जल उठीं—रंग-बिरंगी बिजलियाँ। परियों के घर की तरह तम्बू का घर लगने लगा। फिलमी गीत बजने लगे। लोग आने-जाने लगे, बारात आयी। शराब पीकर लोग नाचने लगे। खाना-पीना शुरू हो गया। रोज की तरह आज भी रंग-बिरंगे कपड़ों में मरद—मेहरारू। लालगेंड़ा की तरह औरतें—महक पर महक पोते हुए ये लाल-लाल सुन्दर-सुन्दर औरतें पलेट पर पलेट साफ करती चली जाती हैं, तीन-तीन किलो से कम क्या खाती होंगी! तभी तो हाथी की तरह मोटी हैं। और वह एक किनारे खड़ा होकर एक दर्शक की हैसियत से रोज की तरह यह सारा दृश्य देख रहा है और रह-रहकर अपने मालिक के आदेश पर कोई सामान यहाँ से वहाँ ढो रहा है। पूरे वातावरण में पूड़ियों-मिठाइयों की गन्ध उड़ रही है मगर किसी से उसका क्या वास्ता? वह तो इस सारे मेले में एक अजनबी है।

दस-ग्यारह बजे लौटने लगा तो भूख से बेहाल हो रहा था। और सोच रहा था कि मंगरी ने कुछ बनाया होगा तो खाकर फुटपाथ पर सो रहेगा और फिर किसी शादी के लिए तम्बू-महल सजाने को सवेरे से ही लारी में बैल की तरह जुत जाएगा और फिर एक दिन और बीत जाएगा।

केंअँ··· केंअँ··· केंअँ··· उसे लगा कि मुनवा अभी भी रोये जा रहा है···।

□

मुर्दा मैदान

भों ··· भों ··· भों

घुर घुर ··· घुर घुर ···

काँव ··· काँव ··· काँव

फड़ ··· फड़ ··· फड़ड़

टेंअ ·······

रिंग रोड है यह। वजीरपुर से मील-भर आगे बढ़ने पर नाक में एक तेज दुर्गन्ध फट पड़ती है। एक सड़ी हुई दुर्गन्ध और आदमी तिलमिला उठता है, नाक पर रूमाल रख लेता है और चाहता है कि उसकी बस या स्कूटर या टैक्सी जल्दी से यह जगह पार कर जाये और पार करने के बाद भी वह इसी प्रभाव से तिलमिलाता रहता है।

हाँ, यह शहर की दुर्गन्धशाला है। दूर-दूर तक एक खाली मैदान (जो पहले नीची जमीन था और अब काफी ऊँचा-नीचा और ऊबड़-खाबड़ हो गया है) में सैकड़ों जानवरों के नये-पुराने मुर्दे पड़े हैं, उनके कंकाल, उनकी टूटी-फूटी हड्डियाँ बिखरी हुई हैं। ट्रकों में लद-लदकर शहर का कूड़ा आता है और हवा के ऊपर अपनी सीलन-भरी दुर्गन्ध लादकर मीलों बिखेर देता है। जगह-जगह गन्दे गड्ढों में काई-भरा पानी जमा है जिसके किनारे-किनारे अनेक लोग नंगे बैठे हुए हैं।

भों ··· भों ··· भों ··· किऊँ किऊ ···

घुर-घुर-घुर ··· चोंय ··· चोंय ··· चोंय

काँव ··· काँव ··· काँव

टें अ-अ ·······

फड़ड़ ··· फड़ड़ ··· फड़ड़ ··· फड़ड़

बड़े-बड़े गिद्ध पंख फड़काते हैं, मुर्दे को खींचते हैं, नोचते हैं, और पंख फैला-फैलाकर लड़ते हैं फिर चुप होकर बैठ जाते हैं किसी नये मुर्दे की तलाश में।

इस गन्दे मैदान में अनेक पेड़ हैं जो ठूँठ हो चुके हैं। कुछ सरकारी मकान हैं। गिद्ध इन्हीं पेड़ों और मकानों की छतों पर सैकड़ों-हजारों की संख्या में बैठे हुए नये मुर्दे का इन्तज़ार करते हैं।

अगस्त की दोपहर है। काफी दिनों से पानी नहीं बरसा है, तेज धूप और पसीने की चिपचिपाहट के कारण आदमी अपनी ही दुर्गन्ध नहीं सँभाल पाता, इस मुर्दा मैदान को कहाँ तक सँभालेगा! हर व्यक्ति को लगता है कि वह जल्दी यहाँ से निकल जाए नहीं तो दुर्गन्ध से मूर्च्छित हो जायेगा लेकिन आखिर इस मुर्दा मैदान में फेंका गया कूड़ा और दुर्गन्ध भी तो इन्हीं आदमियों की है, लेकिन कोई बात नहीं इन्हें निकल जाने दीजिए कुछ और लोग हैं जो इस कूड़े के साथी हैं।

इनका कूड़ा लिये कई ट्रकें एक साथ आयीं और इस मैदान में उसे उँडेलने लगीं। पीठ पर छोटी-बड़ी बोरियाँ लटकाये कुछ छोटे-बड़े लड़के-लड़कियाँ, कुछ मर्द, कुछ औरतें दौड़कर आये और इस कूड़े के ढेर में कुछ खोजने लगे।

कुछ शीशे के टुकड़े।

कुछ लोहे और प्लास्टिक के टुकड़े।

कुछ कागज के टुकड़े।

सिगरेट की खाली डिब्बियाँ।

कुछ कपड़े के टुकड़े।

'अबे साले यह लोहा तो मुझे मिला है।'

'नहीं, नहीं, मुझे मिला है।'

'मुझे मिला है।'

'मुझे मिला है।'

दो लड़कों में लोहे के एक टुकड़े के लिए तकरार हो गयी। एक लड़का बारह साल के आसपास था उसका नाम था भोला। दूसरा सोलह साल का होगा नाम हट्टी था। दरअसल यह लोहे का टुकड़ा (जो काफी अच्छा टुकड़ा था) छोटे को ही मिला था किन्तु पास खड़े बड़े लड़के ने झपटकर वह लोहा पकड़ लिया और अपना अधि कार जताने लगा। भोला यह टुकड़ा पकड़े-पकड़े रोने लगा। हट्टी ने लात से अलंगी मारकर भोला को गिरा दिया और जोर से लोहा उसके हाथ से खींच लिया जिससे भोला के हाथ में खरोंच आ गयी और खून चिपचिपा आया। वह रोने लगा। आसपास के लोगों ने दोनों को गालियाँ दीं— 'अरे नरक के कीड़ो, नरक में भी आकर लड़ते हो। जिसे लोहा मिला हो वह ले ले।'

'देखो न ताऊ, यह साला न जाने आज कहाँ से आ टपका और मेरे हाथ से यह लोहा छीनने लगा।' हट्टी ने पास खड़े एक अधेड़ से कहा।

'क्यों रे तू कौन है, कहाँ से आ गया रे हरामजादा! देख न मीलों कूड़ा फैला हुआ है, कूड़े के लिए लड़ाई क्यों करता है?'

भोला ने रुआँसा होकर कहा—'नहीं ताऊ, मैं नहीं लड़ाई कर रहा हूँ। लोहा मैंने ही पाया है।'

'जा-जा, भाग जा, घूम-घामकर कूड़ा बीन।'

भोला खून से चिपचिपाती अंगुली का खून पोंछता हुआ अलग हट गया और कूड़े के ढेर पर रेंगने लगा।

चलती-फिरती काली-काली फटी-फटी छायाओं से अनेक लोग, गन्दे-फटे पायजामे या मात्र लंगोट, गन्दी-फटी और किसी की उतारी हुई बेडोल बुश्शर्ट या कुर्ते या नंगे शरीर, सिर से पाँव तक बहती हुई मैल की लकीरें, पीठ पर झूलते हुए पुराने बोरे, आँखों में जमी हुई सीलन ···

एक फटा कच्छा और किसी का उतारा हुआ झोलदार कुरता पहने भोला मार खाये कुत्ते-सा सबसे अलग टूटे-फूटे टुकड़े बटोरने लगा।

भों-भों, किऊँ-किऊँ ··· हड्डी के एक टुकड़े के लिए कुत्ता दूसरे कमजोर कुत्ते पर चढ़ बैठा और कुत्ता किऊँ-किऊँ करता हुआ दूर भाग गया।

घुर-घुर-घुर ··· चोंय-चोंय-चोंय

गन्दगी के लिए कई सूअर आपसे में लड़ने लगे।

फड़ड़ ··· फड़ड़ ··· फड़ड़ ··· फड़ड़ ···

नये फेंके गये घोड़े की लाश के लिए गिद्ध लड़ रहे थे, बड़े गिद्ध छोटे गिद्धों को खदेड़ देते थे।

टें अँ-अँ ··· चीलें जूझती हुई झपाटे मार रही थीं।

काँव ··· काँव ··· काँव ···

कौए माँस के लिए शोर करते हुए आपस में लड़ रहे थे। भोला यह सब देख रहा है। आदमी भी तो लड़ता है आदमी से इन टुकड़ों के लिए। बड़ा छोटे को दबोच लेता है। उसने देखा– दूर फिर दो लड़कों में लड़ाई हो रही थी।

'स्साले ···' बुदबुदाकर वह चीजों की खोज करने लगा। कैसी अजीब लग रही है मुर्दों और कूड़े की यह दुनिया। वह आज पहली बार आया है यहाँ। उसे महसूस होता है कि पसीने की काली-काली लकीरें चेहरे से फूटकर छाती पर होती हुई चली आ रही हैं। वह अपना झल्लड़ कुर्ता उठाकर मुँह पोंछ लेता है। कुर्ते को छाती पर रगड़कर छाती की लकीरें साफ कर लेता है। खड़ा होकर आँखें उठाकर चिनचिनाती धूप में दूर एक देखता है फिर डगमगाता हुआ सरकने लगता है।

हाँ, वह पहली बार आया है यहाँ। कई दिन का बासी पाव रोटी का एक टुकड़ा सामने पड़ा हुआ है—गन्दा काला-सा। भोला उसे देखता है ··· उसके खाली पेट में ऐंठन तेज हो जाती है, जबान में पानी आ जाता है, पिछले कई खाली दिन हहराते हुए उसके भीतर से गुजरने लगते हैं। कुछ देर तक उस टुकड़े को घूरते रहने के बाद अपने को धिक्कारता है—छि:, जिसे चील, कौए, कुत्ते और सूअर भी नहीं छू सके उसे वह उठाकर पेट में झोंके। उसने आगे बढ़कर उस टुकड़े को पाँव से रौंद-रौंदकर और भी गन्दा कर दिया और कूड़े में गाड़ दिया।

धूप बहुत तेज हो गयी थी। पसीने की काली-काली लकीरों से उसका काला

चीकट शरीर भर गया था और उसका फटा हुआ कुर्ता भी पसीना पोंछते-पोंछते भीग गया था और भी गन्दा लग रहा था। धीरे-धीरे सरकता हुआ वह एक ठूँठ बबूल की डाल की छाया में बैठ गया।

हाँ, आज वह पहली बार आया है। उसकी पढ़ाई छूट गयी, हाँ छूट ही गयी समझो। वह नगर-निगम के स्कूल में पढ़ता था। बाबू कहते थे देख भोला, खूब मन लगाकर पढ़, मैं तुझे बड़ा आदमी बनाऊँगा। देखता है न—तेरी माँ दवाई के बिना मर गयी। जिन्दगी-भर बनते हुए मकानों को ईंट-गारा ढोती रही और वह एक दिन ईंट-गारा ढोकर जोड़े की शाम को घर लौट रही थी तो पानी बरसने लगा। रास्ते में किसी ने अपने बरामदे में बैठने तक न दिया। वह एक पेड़ के नीचे भीगती रही। उसे निमोनिया हो गया। दवाई के पैसे नहीं थे, तड़प-तड़पकर मर गयी। इतने दिनों से हम दोनों हाड़ पेर-पेरकर मजूरी करते रहे, लेकिन दवाई के लिए चार पैसे भी नहीं बचा सके। इस महँगाई के जमाने में रोज आधा पेट भोजन मिल जाए, यही बहुत है। बेटे, जो नरक हमने भोगा है उसे तू भी भोगे, यह नहीं होने दूँगा। मन लगाकर पढ़ और बहुत बड़ा आदमी बन।

भोला की आँखें गीली हो आयीं। बाबू कितने अच्छे हैं। माँ न रहने पर भी उन्होंने उसको और उसकी बड़ी बहन लछमी को कितने प्यार और दुलार से पाला-पोसा। दिन-भर यहाँ-वहाँ मजूरी करते, थककर आते तो उससे पढ़ने-लिखने के बारे में पूछते। लछमी अब बड़ी हो गयी थी, धीरे-धीरे काम पर जाने लगी थी। बाबू का बोझ थोड़ा हल्का हो रहा था। बाबू कहते थे कि एकाध साल में इसकी शादी कर दूँगा। शादी का नाम लेते ही उनकी आँखें खुशी से चमक उठतीं, फिर धीरे-धीरे आँसू से भीग जातीं। बाबू बार-बार कहते—लछमी ठीक अपनी माँ को पड़ी है, एक दिन यह भी छोड़कर चली जायगी। लेकिन ठीक है लड़की का असली घर तो उसकी ससुराल है। दूसरे की धरोहर जितनी जल्दी उसे दे दो उतना ही अच्छा है।

बाबू कितने अच्छे हैं। सारे दोस्त कहते हैं कि उनके बाप उन्हें बहुत मारते हैं। उनकी आँखों में हमेशा एक डर बना रहता है लेकिन उसके बाबू। एक दिन लछमी काम से नहीं लौटी तो वह घबरा गया। बाबू देर से आते थे। उसके बारे में उसने बताया तो वे भी बहुत घबरा गये। जहाँ वह काम पर जाती थी वहाँ दौड़े-दौड़े गये लेकिन वहीं मालूम हुआ कि सारे मजदूर तो कब के जा चुके हैं। बाबू ने दो-चार पड़ोसियों को लिया, इधर-उधर खोजने के बाद थाने में रपट लिखाने गये। बाद में मैंने सुना कि दीवान ने गाली देकर भगा दिया—'अबे जा साले, तेरी बेटी कोई हूर नहीं है कि कोई उड़ा ले जायेगा। चले आते हैं रात-बिरात जान खाने।'

बाबू रात-भर रोते रहे, चौंक-चौंककर इधर-उधर देखते थे। दूर से आने वाली आहट को सुनकर कुछ देखने की कोशिश करते थे। कभी-कभी बाल नोचते थे, उन्हें देखकर डर लग रहा था।

कई दिन तक कोई खबर नहीं मिली। बाबू काम पर नहीं गये, घर में कुछ बना नहीं। आस-पास के लोग कभी-कभी कुछ खाने को दे जाते और वह स्कूल चला जाता। एक दिन एक पड़ोसी ने आकर बताया कि उसने लछमी की लाश सड़क पर पड़ी देखी है। भीड़ जमा थी। पुलिस वहाँ खड़ी-खड़ी पूछताछ कर रही थी। मैंने पहचान तो लिया लेकिन बताया नहीं। पलिस वालों का चक्कर बड़ा पेचीदा होता है। भागा-भागा आया हूँ, तुम्हें जो करना है करो।

बाबू चिंग्घाड़ मारकर गिर पड़े। होश आया तो दो-एक पड़ोसियों को देखकर लछमी की लाश की ओर जोर से भागे। वहाँ से लाश थाने जा चुकी थी। वहाँ से लौटने पर एक पड़ोसी वहाँ का समाचार बता रहे थे। सुनकर लगा कि पुलिस तो सचमुच ही राक्षस है। बस चले तो इन राक्षसों को गोली मार दी जाए। हाँ, बता रहे थे कि थानेदार और दीवान ने कहा कि तुम्हारी लड़की ने आत्महत्या की है तुम्हारे जुल्मों से तंग आकर। हम तुम्हें फँसायेंगे। बाबू बहुत गिड़गिड़ाये—'नहीं हजूर, मैं तो अपनी बिटिया को अपनी आँख की पुतली समझता था। मैं भला क्यों जुल्म ढाऊँगा? मैं तो जिस दिन यह गायब हुई उसी दिन रपट लिखाने आया था, आप लोगों ने रपट नहीं लिखी।'

'किसने रपट नहीं लिखी, झूठे इल्जाम लगाता है!' दरोगा तड़पा। बाबू ने दीवान की ओर इशारा करना चाहा लेकिन दीवान की आँखों को देखकर वे डर गये। पड़ोसी चाचा ने बाबू के कान में कहा—'चुप रहो, बहस मत करो, कुछ ले-देकर छुट्टी करो। यह पुलिस का जाल है, उलझते ही जाओगे।'

बाबू तड़प उठे थे—'मेरी लड़की की जान लेने वाले भेड़ियों को पुलिस नहीं पकड़ती, उल्टे मुझी को फाँसने की धमकी दे रही है। मेरी बेटी गयी, इज्जत गयी और अब मेरे ऊपर कलंक लगाया जा रहा है कि मेरे जुल्म से तंग आकर बेटी ने अपनी जान दी है। वाह रे इन्साफ !' बाबू रोने लगे थे लेकिन उन्हें क्या मालूम कि वे भेड़ियों के सामने रो रहे हैं। पुलिस वालों ने उन्हें कमरे में बन्द कर दिया और पीटने लगे। और जब बाबू ने कहीं कुछ न कहने का वचन दिया तो उन्हें छोड़ा गया।

वे देर से घर पर लौटे। उन्हें देखकर डर लगा। उनकी देह पर बेंत के निशान थे, उनकी आँखों में खून की लाली जम गयी थी जिसमें से एक डर झाँक रहा था। कुछ देर खड़े-खड़े वे उसकी ओर देखते रहे जैसे पहचानते ही न हों। फिर एकाएक झपटकर उसे गोद में भर लिया और दहाड़ मारकर रो पड़े। वह भी फूट-फूटकर रोने लगा। आसपास के लोग भी आ गये और रोने लगे और पुलिस के जुल्म की बात बकने लगे।

पड़ोस का नौजवान मलखा कमरे में बन्द शेर की तरह एक ही जगह चहलकदमी करने लगा। उसकी आँखों से आग बरस रही थी। गुर्राकर बोला—'यह किसी का काम नहीं है, पुलिस वाले ही लड़की को उड़ाकर ले गये थे। उनके कुकरम से जब

वह मर गयी तो उसके अंग काट-काटकर सड़क पर फेंक दिया ताकि मालूम हो कि वह बस से कुचलकर मर गयी है।'

'नहीं, नहीं, ऐसा नहीं होगा, इसे गुण्डे उठा ले गये होंगे।' कई बुजुर्ग आवाजों ने एक साथ कहा---जैसे वे पुलिस पर लांछन लगाने मात्र से डर गये हों।

'हाँ, हाँ, और वह भी पैसे वाले गुंडे,' कुछ और लोगों ने कहा।

'कोई भी तो ले गया हो, पुलिस गुनाह से बरी नहीं हो सकती। चाहे उसने खुद कुकरम किया हो, चाहे गुण्डों से करवाया हो, एक ही चीज है।' मलखा फिर गुर्राया। उसकी आँखों में से जैसे आग निकल रही थी।

'अरे देख रे मलखा, इतनी आग मत मूत। कोई जाकर कह देगा या पुलिस अपने आप सुन लेगी तो तेरी खैर नहीं। पुलिस तुझे किसी जुल्म में फाँसकर बरबाद कर देगी।'

'यही तो बात है यारो, तुम सभी डरपोक हो और एक-दूसरे से कटे हुए हो। इसलिए तो यह हरामजादी पुलिस जो चाहे सो कर लेती है। बाप से बेटी को छीनकर बाप को मारती है। पैसे वाले गुंडों की गुंडई की सजा हम लोगों को देती है और हम अलग-अलग चुपचाप सह लेते हैं। संगठन करके तो देखो कैसी आग फूटती है तुम लोगों के भीतर से। वह आग पुलिस नहीं, पुलिस के बाप को भी न झुलसाकर रख दे तो मेरा नाम मलखा नहीं।'

लोग डर के मारे धीरे-धीरे वहाँ से सरक गये। मलखा बहुत देर तक वहाँ चुपचाप आँखों से गुर्राता रहा। फिर बोला---'अच्छा चाचा, मैं देखता हूँ साली पुलिस को। मैं अपने यूनियन के दफ्तर में जा रहा हूँ, पुलिस की ऐसी-तैसी करके नहीं रख दी तो मेरा काम मलखा नहीं।'

मलखा चला गय। बच गये बाबू, टूटा-सा झोंपड़ा और वह। बाबू रह-रहकर रो पड़ते थे फिर चुपचाप फटी-फटी आँखों से सामने की ओर देखने लगते थे---

धीरे-धीरे बाबू बीमार पड़ गये। पहले तो बीमारी की हालत में काम पर गये लेकिन जब खाट पकड़ ली तो काम पर जाना बन्द हो गया। उससे कहते---'तू स्कूल जा बेटा, पढ़ाई मत छोड़।' वह मरे मन से स्कूल जाता रहा। कुछ दिन तक तो यों चला। घर में बिक सकने वाले जो सामान थे वे काम देते रहे। फिर? फिर क्या हो? फाकामस्ती होने लगी।

'बाबू, मैं पढ़ने नहीं जाऊँगा। मैं मिहनत-मजूरी करूँगा।' उसने एक दिन बाबू से कहा।

बाबू ने उस दिन कुछ नहीं कहा। वह समझ गया कि अब उसे पढ़ाने की जिद बाबू में बाकी नहीं है फिर भी तकलीफ से बोले---'तू इस छोटी उमर में क्या करेगा रे?' फिर कुछ देर तक चुप रहे और फिर बीमार आँखों में प्यार भरकर देखते रहे, फिर बोले---'अच्छा तू यह क्यों नहीं करता कि दोपहर तक तू उस कूड़ाखाने में लोहे, प्लास्टिक, कागज, आदि के टुकड़े बटोरे, फिर उसके बाद स्कूल चला जाया कर। इन

टुकड़ों को बेचने से कुछ पैसे बन जायेंगे, काम चल जायेगा, फिर मैं अच्छा हो जाऊँगा तो चिन्ता नहीं रहेगी।'

'काम क्या चल जायेगा? लेकिन हाँ कुछ चल ही जायेगा।' सोचकर वह तैयार हो गया। वह जानता था कि अब पढ़ाई नहीं हो पायेगी। इन टुकड़ों से मिलेगा क्या? पढ़ाई छोड़कर पूरे दिन की कोई मजदूरी करनी ही होगी। यही सोचता हुआ आज पहली बार यहाँ आया है। इतवार होने से आज छुट्टी है, कल देखा जायेगा।

भों ··· भों ··· भों ··· किउँ-किउँ-किउँ ···

घुर-घुर-घुर ··· चोंय-चोंय-चोंय ···

फड़ड़ ··· फड़ड़ ··· फड़ड़ ···

टें अँ ·····

उसने आँख उठाकर देखा—चारों ओर लड़ाई जारी है छोटे-बड़े की। उसे सिर पर धूप महसूस हुई। उसने देखा कि ठूँठ डाल की छाया उनके ऊपर से सरक गयी है ··· ओफ कुछ और बटोरना चाहिए—

वह फिर यहाँ वहाँ टुकड़ों की तलाश में सरकने लगा। सरकता-सरकता सड़क की ओर आ गया। अरे इतने पुलिस वाले। पुलिस को देखते ही उसके अन्तर्मन में जमा हुआ डर ऊपर आ गया। 'अरे इतने पुलिस वाले।' वह अपने आपसे कहने लगा।

'हाँ बेटे, इतने पुलिस वाले।'

उसने मुड़कर देखा—वही लड़का जिसने उससे लोहे के टुकड़े के लिए लड़ाई की थी।

वह भय से भनभना गया।

अरे बेटे देखते नहीं, कितनी चहल-पहल है आज इस मुर्दा घर के पास वाली सड़क पर भी। अरे तू जानता नहीं है कि आज वजीरपुर में कोई जलूस है। उसमें बड़े मन्त्री जी आ रहे हैं। सुना है वे रोहतक गये हैं वहीं से यहाँ आयेंगे। अरे जानता नहीं चुनाव पास आ रहा है। देख इसीलिए इतनी पुलिस खड़ी है, तमाम मोटरों वाले सा[illegible] आ-जा रहे हैं। पों-पों-पों-पों पीं-पीं-पीं। अरे साले सभी चोर-बजारिये यहाँ इकट्ठा होंगे। पों-पों-पों पीं-पीं-पीं वह मुँह से आवाजें करता नाचने लगा। भोला को हँसी आ गयी।

'तेरा नाम क्या है रे?' उसने पूछा।

भोला ने एक बार उसे घृणा और क्रोधमिश्रित दृष्टि से देखा, फिर धीरे से बोला—

'भोला।'

'भोला ? हा-हा-हा-हा तू सचमुच भोला है। मेरा नाम हट्टी है। तू मुझसे नाराज हो गया है रे? मैंने तेरा टुकड़ा छीन लिया था न।'

भोला ने नहीं में सिर हिला दिया। इस पर हट्टी ने उसे हल्का-सा धौल जमाते हुए कहा—

'क्यों बे साले, तू नाराज क्यों नहीं है? मैंने तेरा लोहा छीन लिया और तू नाराज भी नहीं है। तुझे नाराज होना चाहिए। यही तो ऐब है अपने लोगों में कि हम लोग अपना हक छीनने वालों से नाराज नहीं होते। बोल तू नाराज है न, नहीं तो मैं फिर मारूँगा। बोल-बोल ...'

भोला ने 'ना' में सिर हिला दिया और कहा—'तो हाँ मुझे मार।' वह भीतर से इस आदमी के प्रति खिलता आ रहा था।

हट्टी खिलखिलाकर हँस पड़ा—'तू मेरा दोस्त बनेगा?'

'हाँ', भोला ने कहा।

'तो ले अपना लोहा ले। और भूख लगी है न।'

भोला ने संकोच से ना में सिर हिला दिया।

'अबे ओ हरामी, तुझे भूख क्यों नहीं लगी है, तेरा बाप तुझे रोटी खिला गया है क्या? तीन-चार बज रहे हैं, तू साला कोई देवता है कि हवा पीकर भूख मिटा लेगा। ले, खा।' कहकर उसने अपने फटे लम्बे कुरते के पाकेट में से एक कागज़ में लिपटी कुछ मोटी-मोटी रोटियाँ निकालीं। भोला की ओर बढ़ाते हुए कहा—'ले खा।'

भोला पहले तो सकुचाया लेकिन रोटियाँ देखते ही उसके भीतर का ज्वालामुखी उबल पड़ा और फिर रोटियाँ तोड़-तोड़कर खाने लगा। भोला ने आकर कागज का वह टुकड़ा उठा लिया जिसमें रोटियाँ लिपटी थीं। उसे पढ़ने लगा—'पाँच लाख लोगों की सभा को सम्बोधित करते हुए मन्त्री जी ने घोषणा की है कि हमारी सरकार अमीर-गरीब के भेद को मिटाकर रहेगी। अब अमीरों का जोर-जुल्म नहीं चलने पायेगा। गरीबों को अच्छा खाने-पीने, पहनने, अच्छे मकान में रहने का अधिकार होगा। उनके बच्चों को पढ़ने की सभी सुविधाएँ दी जाएँगी। हमारी सरकार ने इस दिशा में काफी सफलता हासिल कर ली है लेकिन विरोधी दल के लोग अपने राजनीतिक स्वार्थ के लिए सरकार की सफलताओं को नज़रअन्दाज़ करते रहते हैं।'

हट्टी भोला का पढ़ना मुग्ध भाव से देखता रहा फिर प्रसन्न होकर बोला—'अरे तुझे पढ़ना भी आता है? भोला तू तो बड़ा ही किस्मत वाला है रे। वाह मेरे यार, तू तो पण्डित है, फिर क्या करने आया इस मुरदाखाने में? यह तो हम जैसे जानवरों की जगह है रे।'

'नहीं यार हट्टी, मैं बड़ा अभागा हूँ। मैं स्कूल में छठी क्लास में पढ़ता हूँ, मगर अब नहीं पढ़ पाऊँगा।'

'यार भोले, तू पढ़ाई मत छोड़। मेरी कितनी इच्छा थी कि मैं पढ़ पाता लेकिन पैदा होते ही अपने को गरीबी के नरक में पाया। माँ-बाप के होते हुए भी अपने को लावारिस समझता रहा। माँ-बाप भी तो जिन्दा रहते मुर्दा थे। किसी को पढ़ते देखता तो दिल में हूक उठती कि हाय मैं भी पढ़ पाता।' माँ-बाप कहते—'हट्टी यह पढ़ाई-लिखाई हम लोगों के लिए नहीं है, हम लोग तो पैदा होते ही अपने पेट के हौज

को भरने के लिए घूरे पर डाल दिये जाते हैं।'

भोला उदास खड़ा रहा। उसे लगा कि हम सबका दर्द एक ही है—वह है भूख का दर्द। उसके आगे और कहीं कुछ नहीं है उनके जीवन में।

'क्या बात है यार?'

'कुछ नहीं हट्टी।'

एक हवाई जहाज आकाश में बहुत नीचे आकर शोर करता उड़ता चला गया। इन्होंने देखा कि कागज के बहुत से पन्ने हवा में लहरा उठे हैं जो धीरे-धीरे जमीन पर आ रहे हैं। एक पन्ना भोला के पास भी आकर गिरा। वह उठाकर पढ़ने लगा।

'क्या लिखा है रे?'

'वही यार जो उस अखबार के टुकड़े में लिखा था।'

'यानी कि हम गरीब लोग अमीर हो गये हैं, हमारे पास अच्छे मकान हो गये हैं, हमारे पास खाने-पीने के लिए ढेर सारे सामान आ गये हैं, हम लोग पढ़-लिखकर अफसर बन गये हैं। यही न रे! धत् तेरे की।'

'हाँ हट्टी, यही लिखा है।'

'तब चल प्यारे, हम लोग इस मुर्दाखाने में क्यों खड़े हैं? हम लोग तो रईस हो गये हैं!'

हट्टी ठठाकर हँसने लगा फिर एकाएक चुप हो गया।

सड़क पर चहल-पहल बढ़ गयी थी। मोटरों का ताँता और भी सघन हो गया था— मिनिस्टर, नेता, सेठ, अफसर आगे चले जा रहे थे।

'अच्छा भाई हट्टी, मैं चला।'

'अरे चले जाना यार, मन्त्री जी यहाँ से जाएँगे उनके दरसन तो कर ले।'

'नहीं यार, मुझे अपने बीमार बाबू को देखना मन्त्री जी का दरसन करने से ज्यादा जरूरी है, पता नहीं किस हालत में होंगे। मुझे छोड़कर और कोई देखने वाला भी तो नहीं है।'

'अच्छा चल, कल आयेगा न?'

'हाँ, हाँ, आऊँगा।'

'अच्छा तो जा, अब मैं भी जाऊँगा। मैं कल तेरी राह देखूँगा।'

दोनों की दिशाएँ अलग-अलग थीं। हट्टी को मुर्दा मैदान पार करते हुए उधर जाना था और भोला को सड़क पार कर दूसरी ओर जाना था। वह सड़क पर पहुँचा तो पुलिस के सिपाहियों ने उसे देखा। एक सिपाही तड़पा—'क्यों रे नरक का कीड़ा, तू मन्त्री जी को दर्शन देने आया हैं? भाग साले यहाँ से।'

'हवलदार जी, मुझे सड़क पार कर उधर अपने घर जाना है।'

'अरे हट मेरे पास से, बदबू कर रहा है। पता नहीं कितने दिनों से नहाया नहीं है और पता नहीं किस पाखाने में से कपड़े उठा लाया है। सूअर की तरह इस कूड़ाखाने

में लोटकर आ रहा है। जा घण्टा-भर और लोट, जब मन्त्री जी चले जाएँगे तब सड़क पार करना।'

भोला भयभीत-सा वहाँ से सरक गया। डर के मारे यह भी नहीं पूछ पाया कि मन्त्री जी कब जाएँगे। वह दो पुलिस वालों के बीच सड़क से कुछ फासले पर खड़ा हो गया और कुछ सोचता रहा कि मोटरों का ताँता कुछ कम हो तो झटके से सड़क पार कर जाए। पता नहीं बाबू का क्या हाल है? कुछ देर बाद उसने देखा कि सड़क थोड़ी खाली है। वह झपटकर सड़क पर आया और उस पार को भागा। एक पुलिस वाला गाली देता हुआ दौड़ा तब तक तेजी से आती हुई एक कार कें-कें करती हुई भोला से आ टकरायी। भोला एक गन्दे चूहे की तरह उछलकर किनारे जा गिरा। उसके थैले में भरे हुए सारे टुकड़े छितरा गये।

पुलिस वाले ने कार की ओर देखा। कार में से एक चिकना चेहरा झाँकने लगा। पुलिस वाले ने सलूट मारी।

'इस लड़के को कैसे आने दिया तुम लोगों ने?' वह चेहरा शान्त आवाज में गरजा।

'हुजूर मैंने बहुत रोका, यह हरामी वहाँ खड़ा रहा और छिपकर सड़क पर दौड़ चला।'

'जिन्दा है कि मर गया?'

'अरे ये कहाँ मरते हैं हजूर? आप जाएँ, हम देखते हैं इसका क्या हाल है?'

मिनिस्टर ने ड्राइवर से कार स्टार्ट करने को कहा। कार उड़ चली और कार के पीछे रुका हुआ सम्भ्रान्त प्रवाह बह चला। पुलिस वाला गाली देता हुआ भोला के पास आया। देखा कि लड़के के सिर से खून बह रहा है और वह बेहोश हो गया है। उस पर पद-प्रहार करने की लालसा सिपाही के मन में ही रह गयी। कुछ लोग भोला के पास घिर आये थे और तरह-तरह की बातें कर रहे थे। कुछ लोग कह रहे थे कि यह अभी जिन्दा है। इसे जल्दी से अस्पताल पहुँचाया जाये तो जी सकता है। इसके माँ-बाप को खबर भी की जा सकती है—किन्तु कौन करे। अभी तो इसकी पुलिस जाँच की खाना-पूर्ति होगी। यह जाँच भी मन्त्री जी की गाड़ी निकल जाने के बाद ही होगी। तब तक यह गरीब बचेगा भी क्या?

पुलिस का सिपाही सड़क के किनारे अपनी राष्ट्रीय ड्यूटी पर मुस्तैद हो गया था और एक हवाई जहाज फिर कागज के पन्ने बिखेरता ऊपर से शोर करता गुजर गया। पन्ने धीरे-धीरे फटी आँखों की तरह उड़ते इस विराट मुर्दाखाने में यहाँ-वहाँ गिर रहे थे···

□

गीतू

'पप्पा! गीतू को बुला दीजिए न, मैं खेलूँगी।' सबेरे-सबेरे मेरे पास आकर मेरी सात वर्षीया मुन्नी मचल उठी।

मैं कुछ नहीं बोला, बल्कि और भी गहरे विषाद में डूब गया। मेरी चुप्पी से खीझकर फिर बोली—

'बुला दो न पप्पा, उसे मैं कब से खोज रही हूँ? वह कहीं दीखती ही नहीं, उसका घर गिरा हुआ है और ये छोकरे सब कह रहे हैं कि वह मर गयी। बुला दीजिए न।'

मेरी चुप्पी का अन्धकार और गहरा गया। क्या कहूँ इसे? फिर बोलना ही पड़ा—

'हाँ बेटी, गीतू मर गयी।'

'मर गई तो कहाँ गई पप्पा! वह मुझसे बिना पूछे क्यों चली गई? बुला दो न पप्पा, उसके बिना मुझे कुछ भी अच्छा नहीं लगता।'

'बेटी अब वह नहीं आने की। वह अपने मन से नहीं गयी। भगवान उसे अपने घर खींच ले गये।'

'भगवान क्यों खींच ले गये पप्पा! भगवान भी क्या कोई पुलिस वाला है कि उसे पकड़ ले गया। क्या गीतू ने बिस्कुट चुराया था?' इस गहरे विषाद में एक हलकी हँसी मुझे छू गयी। बोला—

'नहीं बेटा, भगवान तो देवता हैं। जिसको चाहते हैं अपने घर बुला लेते हैं'

'भगवान देवता हैं गणपति बाबा की तरह? तब तो उनके यहाँ प्रसाद खाने को खूब मिलता होगा। गीतू बिस्कुट, हलुआ खूब खाती होगी; क्यों पप्पा?'

मैं उलझन में पड़ गया—हाँ करूँ कि ना। मुझे डर लगा कि भगवान के यहाँ की अच्छी-अच्छी चीजों के आकर्षण से कहीं इसके मुँह से अपशकुन-सूचक शब्द न निकल पड़ें। मैंने बीच का रास्ता ग्रहण करते हुए कहा—'बेटी, भगवान के यहाँ भूख-प्यास नहीं लगती।'

मुन्नी तुनक गयी—'यह कैसे हो सकता है? इतने बड़े होकर झूठ बोलते हो। गीतू मेरे घर तो खूब खाती थी और तुम कहते हो उसे वहाँ भूख नहीं लगेगी। अब पता चला कि भगवान कोई चोर है जो मेरी गीतू को उठा ले गया है और खाने को नहीं

देगा। अब मैं किससे खेलूँ।'

वह अहकती हुई चली गयी। मैं बिस्तर पर ज्यों का त्यों पड़ा रहा।

मैं रात-भर सो नहीं सका। बोझिल आँखें जलन और पीड़ा से फटी पड़ रही थीं। नस-नस में ऐंठन थी। केवल एक ही बात साँप की तरह तन-मन में रेंग रही थी—गीतू अब नहीं रही। बार-बार भूलने की कोशिश करने पर भी यही दहकता सत्य मेरी चेतना पर टूट पड़ता था। आँखें मूँदने पर जैसे कोई उनमें अँगुली कोंच-कोंचकर जगाने लगता। जागने पर वही भयानक सत्य घूरने लगता।

गीतू मेरे पड़ोस में रहने वाले एक गरीब देसाई-परिवार की लड़की थी। मैं इस नगर के लिए एकदम नया था। पास-पड़ोस के लोगों को ठीक से अभी नहीं पहचानता था। इन लोगों से मेरा कोई प्रत्यक्ष या परोक्ष सरोकार नहीं था। दूसरे, रुचि और संस्कार में समानता भी नहीं थी। इसलिए आते-जाते इनके चेहरों को मामूली तरीके से पहचान भर लिया था। लेकिन बच्चों की दुनिया निराली होती है। वे जहाँ जाते हैं अपना संसार बसा लेते हैं। इनके परिचय और दोस्ती के संसार में नवीनता, रुचि और संस्कार दीवार नहीं बनते। वात्सल्य एक सार्वभौम भाव है। बच्चों ने आते ही आते मुहल्ले के बच्चों से दोस्ती गाँठ ली थी और इन्हीं बच्चों के कारण सारे बच्चे यहाँ पहुँच जुटते तो मुझे ऐसा लगता कि इन बच्चों की दुनिया में मैं नया नहीं हूँ; जो वहाँ थे वे ही यहाँ भी हैं। इन्हीं में थी गीतू जो छः-सात साल की एक अत्यन्त दुबली-पतली किन्तु अत्यन्त हँसमुख लड़की थी। वह जैसे हँसने के लिए ही बनी थी। मेरे सामने पड़ते ही लहरों-सी खिलखिल करती हुई झुक जाती। भागती तो हँसती, खेलती तो हँसती, जीतती तो हँसती, हारती तो हँसती और जब वह मेरे हाथों की पकड़ में आ जाती तो हँसते-हँसते दुहरी, तेहरी, चौहरी हो जाती। फिर मेरे हाथों पर झूलती हुई लेट जाती। जब मेरे हाथ ढीले हो जाते तो वह खिल-खिल करती हुई भाग जाती। वह मानो एक गौरैया थी जो चहकना और फुदकना जानती थी।

मेरी मुन्नी उसे बहुत चाहती थी। दोनों साथ-साथ फुदकती थीं। और बच्चों ने तो कभी-कभी मार-पीट भी की किन्तु गीतू ने केवल प्यार किया। यह हँसी की लहर किसी से मार-पीट करेगी, सोचना मुश्किल था।

गीतू और मेरी हँसियों ने मिल-जुलकर हम दोनों के बीच के अवस्था-भेद के भारी अवकाश को भर दिया था। वह मुझे भी अपने ही जैसा बच्चा समझती थी। मेरे साथ उसके संकोच के सारे सूत्र टूट चुके थे।

ऐसी थी गीतू। धीरे-धीरे वह मेरी खुशी का एक अंग बन गयी थी। मैं अपनी मुन्नी में गीतू को और गीतू में मुन्नी को देखने लगा था। मुन्नी के साथ बैठकर खाने-पीने की चीजों में निस्संकोच हिस्सा बँटा लेती।

गीतू एक निहायत गरीब बाप की बेटी थी, यह मुझे उस दिन मालूम हुआ जिस दिन मालूम होने न होने का कोई अर्थ नहीं रह गया था। उसका बाप किसी दुकान

पर तीस-पैंतीस रुपये पर नौकर था; जिस पर चार प्राणियों के जीवन-निर्वाह की जिम्मेदारी। हाय! इतनी गरीबी के भीतर गीतू की मुक्त हँसी कैसे पनप सकी थी? मुझे दर्द हुआ कि पहले मुझे गीतू-परिवार की यह असहायता क्यों नहीं मालूम हुई? मालूम होती तो उस सुकुमार, अबोध बालिका के अभावों को मैंने कुछ अवश्य बँटा लिया होता। मगर कुछ न कर सका, इसीलिए मेरा मन और घायल होकर तड़प रहा है।

कल नौ बजे रात तक गीतू मेरे साथ खेलती रही। पत्नी गयी थीं मुहल्ले के एक मन्दिर में जन्माष्टमी की झाँकी देखने और मैं बच्चों के साथ घर सँभाल रहा था। गीतू के साथ होने से बच्चे सोने की स्थिति में नहीं आ रहे थे। गीतू हँसती हुई सारे घर को मुखर कर रही थी। मैं कोलाहल से ऊब-सा गया। गीतू से कहा—'जा बेटा, फिर कल आना।' लेकिन वह दो कदम जाकर दूने वेग से हँसती हुई टूट पड़ी। मेरे बच्चों ने भी उसका अनुकरण किया। मैंने खीझकर गीतू को हल्के स्वर में डाँट दिया—'जा न भाई, जाकर सो रह, काफी देर हो गयी है।'

लेकिन वह और भी हँसने लगी, जैसे मुझे चिढ़ा रही हो।

मैंने उठकर उसकी बाँह पकड़ी और दरवाजे के बाहर कर दिया।

वह थोड़ा-सा रुआँसा मुँह बनाकर बोली—'जा, कल से मैं नहीं आऊँगी।' फिर थोड़ी दूर जाकर खिलखिलाकर हँस पड़ी और घर भाग गयी।

हम लोग सोये ही थे कि बड़े जोर की एक अरराहट से सारा मुहल्ला काँप उठा। सँभलने पर देखा कि सामने एक मकान भहराकर गिरा हुआ है।

'किसका मकान है?' मैंने चौंककर पूछा।

'गीतू का।' पत्नी ने जवाब दिया और उसी वक्त मुझे मालूम हुआ कि गीतू यहाँ रहती थी। जल्दी-जल्दी लोग बाहर आये। मकान दो मंजिला था। ऊपर से नीचे तक विदीर्ण हो गया था। मकान में से कोई आहट नहीं मिली। पड़ोस के दो-तीन नवयुवक किसी प्रकार मलवे के भीतर घुसने की कोशिश कर रहे थे। धीरे-धीरे भीड़ इकट्ठा होने लगी। मैं धड़कनें थामे हुए इस परिवार के बारे में जानने को बेचैन हो उठा। थोड़ी देर बाद एक आदमी गीतू को लिये हुए निकला। उसकी गोद में गीतू का अचेत शरीर पड़ा हुआ था। मेरी हिम्मत नहीं हुई कि पूछूँ, कैसी है गीतू। शायद मर गयी हो। इसीलिए नहीं पूछा और काफी देर तक मन को इस भ्रम में रखना चाहा कि वह कुछ घायल हो गयी है, ठीक हो जायेगी। गीतू पड़ोसी के घर में लिटा दी गयी परन्तु मैं भय के मारे हाल-चाल पूछने नहीं गया। भीड़ बढ़ती गयी। पूरा चौराहा तमाशाइयों से कसमसा उठा। कुछ देर बाद गीतू का घायल बाप निकालकर लाया गया। उसकी कमर पर काफी चोट आयी थी, मगर खतरे की बात नहीं थी। माँ अपनी छोटी बच्ची के साथ सही-सलामत थी।

कुछ देर बाद अस्पताल से एम्बुलेंस-कार आयी। मैंने अपने दरवाजे पर से देखा कि कार में गीतू का बाप और माँ बैठे और कार चली गयी। मुझे एक धक्का-सा

लगा। मर गयी क्या गीतू कि कार उसे छोड़ गयी? फिर सोचा शायद जगह नहीं रही, फिर आयेगी उसके लिए। थोड़ी देर बाद जब फिर कार आयी तो बुझती हुई आशा सुगबुगा उठी। किन्तु कार बहुत देर तक खड़ी रह गयी तो मैं धीरे से बड़बड़ाया कि कैसे हैं ये एम्बुलेंस वाले? इधर जख्मी की जान के लाले पड़े हैं, इधर ये मस्ती से खड़े होकर बीड़ी पी रहे हैं।

मेरी बगल में खड़े एक सज्जन मेरी अज्ञानता पर तरस खाकर बोले—'अरे साहब, वह छोकरी तो कब की मर चुकी है। एम्बुलेंस वाले अस्पताल में फोन कर रहे हैं कि लाश वहीं ले आयी जाए कि सगे-सम्बन्धियों को दे दी जाए।'

मैं तो जमकर काठ हो गया। उसी समय एक धोबी की औरत ने फुसफुसाकर मुझसे कहा—'साहब, यह घर दोखिहा था। दो साल पहले इसमें चोरों ने छः-सात साल की एक लड़की को मार डाला था। वह चुड़ैल बन गयी है। उसी ने मकान गिराया है, उसी ने इस छोकरी को मारा है।'

मैंने चुपचाप उसकी बात सुन ली। भूत-प्रेत के संस्कारों से युक्त इन गँवारों का मैं क्या प्रतिवाद करता? मगर मेरी कल्पना के सामने एक दूसरी ही तस्वीर उभर आयी—

तीस-पैंतीस रुपये पाने वाला गीतू का बाप मकान खोज रहा है। आदमी के रहने लायक मकान कहीं मिलता है तीस-पैंतीस रुपये पाने वाले नौकर को? मिलता है तो तनख्वाह का आधा हड़पने को तैयार। फिर ये चार प्राणी क्या खायेंगे? आखिर पाँच-सात रुपये किराये पर यह मकान मिला जिसमें दो साल से किसी आदमजात ने पैर नहीं रखे हैं। लोगों के कहने के अनुसार भुतहा है पर इसमें शायद भूत भी रहना पसन्द न करता होगा। किन्तु गरीब बाप को इस भुतहे घर को कबूल करने के सिवा और कोई चारा नहीं। भूत-प्रेत के प्रकोप, बच्चों के अनिष्ट की आशंकाओं को धड़कते हुए हृदय से झेलकर इस घर को स्वीकार करने वाले बाप की मजबूरी का अनुमान लगाना कठिन नहीं है। बेमरम्मत घर से सीलन और प्रेत-आशंका से मिश्रित एक घुटनमयी गन्ध उठती रहती है, किन्तु यह भी ठीक है कि गरीबों को घ्राण नहीं होता। दीवारें फटी हुई हैं, छत विदीर्ण है और इस साल की यह बरसात है जो थमने का नाम ही नहीं लेती। मकान-मालिक को कोई चिन्ता नहीं। वह तो धूप होने पर ही छत को ठीक करा सकता है। लेकिन यह मकान मालिक की तरह आशावादी नहीं है। वह अपनी छाया में भीगने वालों को लिये-दिये अपना दम तोड़ बैठा।

मैंने कोलाहल करती हुई भीड़ पर एक नजर डाली। देखा—घुटने तक धोती पहने, कमीज पर एक बादामी जैकेट डाले, काली टोपी पहने काँपते हाथ में एक छड़ी लिये सत्तर-अस्सी साल का एक बूढ़ा भीड़ में बौड़ियाता हुआ घूम रहा है। उसकी आँखों में असीम शून्य भरा हुआ है। लोगों ने कहा—यह गीतू का बाबा है। श्मशान में घूमते हुए कंकाल की तरह इस बूढ़े को देखकर अजीब-सा लगा। मैं मर्माहत-सा अन्दर

आकर खाट पर पड़ रहा।

बाहर रातभर तमाशबीनों का ताँता लगा रहा। मैं संतप्त हृदय को दबाकर सोने की कोशिश कर रहा था। लेकिन नींद नहीं आयी। जो गौरैया अभी-अभी मेरे साथ चहकती हुई फुदक रही थी वह नहीं रही, यह बात मुझे विचित्र ढंग से कचोट रही थी। न जाने कब नींद आ गयी।

'अरे तुम गीतू! मैं तुम्हें कब से खोज रहा था।'

'हि ··· हि ··· हि ··· हि ··· ' वही खिलखिलाहट लहर गयी।

'आ, मेरे पास आ; कहाँ चली गयी थी दुष्ट?'

वह मेरे पास नहीं आयी, केवल खिलखिलाती रही।

'आ न, आ।'

'ना, ना, अब तुम्हारे पास नहीं आऊँगी, तुम डाटते हो न।' वह खिलखिलाने लगी।

'शैतान कहीं की!' कहकर मैं उसकी ओर दौड़ा। वह हँसती हुई दूर निकल गयी। मैं अपने दरवाजे से बाहर होना ही चाहता था कि किवाड़ का पल्ला जोर से मेरे सिर पर लगा। मैं दर्द से जाग बैठा। ओह, यह सपना था। मुझे बड़ी व्यथा हुई यह सोचकर कि उसे मैंने कल डाँट दिया था। न जाने किन अशुभ क्षणों में उसके मुख से फूटा था—'जा, अब तुम्हारे यहाँ नहीं आऊँगी।'

अखबार वाले ने पुकारा। उठकर दरवाजें के पास गया। दिन के प्रकाश में देखा—मकान अपनी चूर-चूर हड्डी-पसलियों के साथ जमीन पर निस्पन्द पड़ा हुआ था। मेरी मुन्नी मलवे के ऊपर एक कोने में गुमसुम बैठी हुई न जाने क्या देख रही थी और खोह-सी आँखों में वही असीम रिक्तता-भरे गीतू का बाबा लकड़ी के सहारे इस कोने से उस कोने तक काँपता हुआ चक्कर काट रहा था।

□

गपशप

यह हमारे मुहल्ले का एक बस-स्टैण्ड है। एक प्राइवेट बस यहाँ से गुजरती है। लोग एक खम्भे के पास आकर खड़े हो जाते हैं वही स्टैण्ड बन गया है। इस फुटपाथ पर यहाँ से वहाँ तक कई परिवार रहते हैं बल्कि यों कहिए कि एक ही परिवार के कई हिस्से हो गये हैं। ये आपस में लड़ते रहते हैं। पता नहीं उनकी तकरार किस बात पर है—शायद पेड़ की छाया के लिए हो, शायद मन्दिर में मिलने वाली भीख ही प्रतिस्पर्धा में हो। स्टैण्ड के पास एक छोटा-सा पेड़ है जिसकी छाया में खड़े होकर लोग बस का इन्तजार करते हैं और उसके पास एक छोटा-सा पेड़ है जिसकी छाँह में एक परिवार घिसट-घिसटकर सर्दी, गर्मी, बरसात के दिन काटता है। इस परिवार में कई छोटे-बड़े बच्चे हैं, टी.बी. का मरीज बाप है जो बूढ़ा लग रहा है, दिन-रात लेटा रहता है, एक औरत है यानी माँ है जो न जाने कहाँ-कहाँ से किन-किन उपायों से खाने-पीने का जोगाड़ करती रहती हैं। कितने आजाद हैं ये। खुला आसमान है, खुला फुटपाथ है, सडक के दोनों ओर पार्क हैं जिनमें शादियों की गहमागहमी मची रहती है। यह परिवार मुफ्त में दृश्य देखता रहता है और पकवानों की सुगन्ध लेता रहता है। पास में ही मन्दिर है जिसके माइक पर उड़-उड़कर बिखरने वाले भजन-कीर्तन के पवित्र स्वर उनकी आत्मा को पवित्र करते रहते हैं। सामने से तरह-तरह की सवारियाँ उड़ा करती हैं जिन्हें ये देखते हैं। पास के स्कूल से विद्या के स्वर बच्चों के कानों में अपने आप बरसते रहते हैं। कितने मुक्त हैं ये लोग, कितने आजाद हैं।

मैं इस स्टैण्ड पर आकर खड़ा था। शायद बस अभी-अभी गयी थी। बुदबुदा रहा था कि अब हुई आधे घण्टे की छुट्टी। धीरे-धीरे एक सज्जन आये और मेरे पास खड़े हो गये। कुछ देर खड़े रहे, फिर मुझसे बोले—'क्यों साहब, कोई बस गयी है?'

'मेरी जान में तो नहीं गयी है, गयी होती तो मैं यहाँ खड़ा क्यों रहता?'

उन्होंने लापरवाही से दूसरी ओर देखा—शायद मेरे व्यंग्य की उपेक्षा करने के लिए।

दोपहरी में पेड़ की छाँह सिमट आयी थी, उसी छाँह के नीचे हम खड़े थे।

धीरे-धीरे कुछ और लोग भी आ गये और सभी उस छोटी-सी छाँह में समाने की कोशिश में थे। बगल वाले छोटे पेड़ की छाँह में वह परिवार बिखरा था– कुछ गुदड़ी-कथरी, कुछ टूटे-फूटे बरतन, कुछ सूखते हुए गन्दे-फटे कपड़े जिनसे बदबू आ रही थी। गृहिणी कहीं से कुछ लायी थी उसे पकाने के लिए ईंट का चूल्हा बनाकर लकड़ी जला रही थी। धुआँ चारों ओर फैल रहा था। टी.बी. का मरीज गृहस्वामी लेटा हुआ हल्के-हल्के स्वर में कराह रहा थ। तीन छोटे-छोटे गन्दे बच्चे नंगे सोये हुए थे जिन पर मक्खियाँ भिनक रही थीं। हमारे पास एकत्र लोगों में वार्तालाप रेंग रहा था।

'उफ, बेहद गर्मी है।'

'तिस पर यह धुआँ।'

'ओह, कैसी बदबू आ रही है?'

'इन कमबख्तों को स्टैण्ड के पास ही मरने की जगह मिली है।'

'इसीलिए तो कांग्रेस सरकार शहर की सफाई का अभियान चला रही थी।'

मेरे तुरन्त बाद आने वाले सज्जन कांग्रेस के नाम से चौंके और हिकारत-भरी आवाज में बोले—'कांग्रेस सफाई-अभियान नहीं चला रही थी, गन्दगी अभियान चला रही थी।'

लोगों ने अब गौर से इस आदमी को देखा—ये सज्जन इस मोहल्ले के छोटे-बड़े नेता के रूप में जाने जाते थे। ये एक अच्छे व्यापारी के लड़के हैं, इसलिए बिना किसी प्रयास के स्वयं भी व्यापारी हैं। इन्हें मैंने भी कई अवसरों पर स्वयं सेवकी करते देखा है। ये अपनी छोटी औकात में कई बार दल बदल चुके हैं।

'गन्दगी अभियान?' लोग हँसने लगे।

'हाँ, हाँ गन्दगी-अभियान। अपने भीतर की गन्दी स्वार्थलिप्सा को बुझाने के लिए इमरजेंसी लगाना गन्दगी अभियान नहीं है तो और क्या है? उस भीतरी गन्दगी को तरह-तरह का मोहक जामा पहनाकर बाहर बिखेरा जाने लगा। यह जालिम सरकार गरीबी हटाते-हटाते गरीबों को ही हटाने लगी और शहर की सफाई करते-करते आदमी को ही साफ करने लगी।'

'हाँ, हाँ, यह तो है, यह तो है।'

मैंने सामने देखा—दीवार पर एक पुराना पोस्टर चिपका था—'गरीबी हटाओ' और उसी के पास एक नया पोस्टर था 'जनतन्त्र बचाओ।' मैं सोचने लगा कि गरीबी हटाये बिना जनतन्त्र बचकर ही क्या करेगा? वह तो अमीरों का पहरेदार बन जायेगा और हमेशा के लिए जनतन्त्र की हत्या करके गरीबी मिटा दी गयी तो क्या फायदा? क्या आदमी पशु है जो केवल भूख मिटाकर सुखी रह लेगा? मुझे लगा कि ये दोनों पोस्टर पास-पास नहीं, आमने-सामने हैं और एक-दूसरे का साथ देने के स्थान पर एक-दूसरे का मुँह चिढ़ा रहे हैं, कब से चिढ़ा रहे हैं, कब तक चिढ़ायेंगे, कौन जानता है?

नेताजी बोल रहे थे—'अत्याचारी और स्वार्थी कांग्रेसी सरकार ने जनतन्त्र का गला घोंट दिया, लोगों को जेलों में ठूँस दिया, बोलने पर पाबन्दी लगा दी। बोलने पर पाबन्दी लगाना कितना बड़ा जुर्म है। मानवी-अधिकार की कितनी बड़ी हत्या है? यह सरकार ··· ' जोर-जोर से रोने की आवाज आयी। पास में सोये हुए बच्चों में से बड़ा बच्चा एकाएक जागकर बैठ गया था, और चीखने लगा था।

नेता जी ने अपनी बात बन्द करके उस लड़के की ओर बड़ी घृणा से देखा और अपनी बात आगे न बढ़ा पाने के दर्द से तिलमिला-से गये।

'हाँ साहब, आप ठीक ही कह रहे हैं कि सरकार ने जनतन्त्र का गला घोंट दिया था और बेगुनाह लोगों को ज़ेलों में ठूँस रही थी और उन्हें तरह-तरह से दण्डित कर रही थी, आप भी तो जेल गये थे न?'

'अरे हाँ साहब, गया तो था ही और ··· '

लड़का जोर-जोर से रोये जा रहा था और नेता जी अपनी बात रोक-रोककर उसकी ओर घृणा से देख रहे थे।

'सुना है ज़ेलों में बड़ा अत्याचार हुआ?'

'लेकिन कुछ लोगों का तो स्वास्थ्य ठीक हो गया। हमारे एक मित्र बता रहे थे कि रोज अण्डे, गोश्त, दूध, फल, आदि का जो नाश्ता और भोजन मिलता था वह घर कहाँ मिल सकता है? कुछ आप बताइए नेता जी, आपको क्या मिलता था?'

जब तक नेता जी कुछ कहें दूसरा आदमी बोल पड़ा—'अरे साहब, छोड़िए अण्डे और गोश्त को। अखबारों में जो जेलों की कहानियाँ आ रही हैं वे तो रोंगटे खड़े कर देती हैं। सरकार ने जनता के साथ जो पशुता का व्यवहार किया है वह अकल्पनीय है, और राक्षसों को भी मात देने वाला है।'

वह लड़का माँ का थप्पड़ खाकर थोड़ा चुप हो गया था और धीरे-धीरे सिसक रहा था। टी.बी. का मरीज बाप लेटा हुआ सूनी आँखों से निरन्तर जलते हुए खुले चट्टानी आसमान को देखे जा रहा था, माँ माँगकर लाये हुए चावल को उबालती हुई अधीर भाव से बैठी थी। बेचैनी से कभी चावल को और कभी सिसकते हुए लड़के को देख लेती थी।

'मेरी बात पूछते हैं साहब! मुझे खाने-पीने की परेशानी तो नहीं होती थी लेकिन मैंने खुद परेशानी मोल ले ली। जेल में अनेक लोगों के साथ जो दुर्व्यवहार होते थे उनको देखकर मैं अक्सर अनशन पर बैठ जाता था। कई बार तो लड़ाई-झगड़े की नौबत आ गयी, पिटने से बचा। जेल के अधिकारी भी मुझसे डरने लगे थे कि मेरे साथ बदतमीजी करने पर कोई तूफान खड़ा हो सकता है और मैंने तो साहब जेल में भी एक तरह से क्रान्ति का वातावरण बना रखा था। रोज गोष्ठियाँ होती थीं, बैठकें होती थीं और उनमें कभी सीधे और कभी ऐतिहासिक-पौराणिक कथाओं के द्वारा सरकार के निरंकुश शासन के विरुद्ध चेतना जगाता था। वह देश जो जेलों में बन्द

हो, जिसकी जबान पर ताला हो, कैसे सुखी रह सकता है? आजादी आदमी की सबसे प्यारी चीज है। खुले आसमान, खुली धरती, खुली हवा में ही जीवन सच्चा सुख पा सकता है। और बात यह है · · · '

माँ ने चावल चूल्हे पर से उतार लिया था और थोड़ा-सा भात और माँड़ उस लड़के को परस दिया था, जल्दी-जल्दी खाकर वह और माँगने लगा था और माँ उसे अब सो जाने के लिए कह रही थी। वह जिद में आकर रोने लगा था, तंग आकर माँ ने लात-मुक्कों से उसकी धुनाई कर दी और वह रेत पर तड़पती मछली की तरह ऐंठ-ऐंठकर रोने लगा था। नेता जी ने अपनी बात रोककर उसकी तरफ इस क्रोध से देखा कि उनका बस चले तो वे भी साले को दो-चार लात लगा दें।

'हाँ नेता जी आप क्या कर रहे थे?'

'अरे कुछ कहने पाऊँ तब न इस पिल्ले के मारे। खाना जुड़ता नहीं है और ये साले फैक्ट्री चालू रखते हैं और हर जगह अपनी कथरी-गुदड़ी बिछाकर जम जाते हैं जैसे हर जगह इनके बाप की हो। ये हर तरह की गन्दगी फैलाते रहते हैं।'

'हाँ नेता जी, आप ठीक कह रहे हैं। तभी तो पिछली सरकार नसबन्दी और शहर के सुन्दरीकरण का अभियान चला रही थी।' एक आदमी ने व्यंग्य से मुस्कराकर कहा।

'देखिए, पिछली सरकार क्या करा रही थी इसका नाम मत लीजिए। वह सब कुछ एक भयानक नाटक था—एक राजकुमार को बादशाह बनाने का नाटक। अब परदा गिर चुका है। उस सरकार के जुल्मों, उसकी पैशाचिक भूख · · · '

लड़के का चीखना सुनकर दूसरे दोनों सोये बच्चे जाग पड़े थे और उसके स्वर में स्वर मिलाकर चीखने लगे थे—'खाना दो, खाना दो' चिल्ला रहे थे। नेता जी आगे नहीं बोल सके और फिर एक घृणामिश्रित क्रोध से उन्हें देखने लगे। बच्चे सुर में सुर मिलाकर रोये जा रहे थे। माँ खीझकर उन्हें पीटती थी और उनके आगे थोड़ा-सा भात और फेंक देती थी, उसे पल-भर में ही साफ कर वे और माँगते थे और पिटकर दुहरे वेग से रो पड़ते थे। खुले आसमान के नीचे लेटा मरीज बाप निर्विकार भाव से दीवार पर घूर रहा था जिस पर 'गरीबी हटाओ' और 'जनतन्त्र बचाओ' के पोस्टर साथ-साथ चिपके हुए थे और जो एक-दूसरे को मुहँ चिढ़ाते-चिढ़ाते एक साथ हो गये थे और अब मिलकर उस मरीज का मुँह चिढ़ाने लगे थे।

नेता जी बड़ी बेचैनी से बुदबुदा रहे थे—'पता नहीं कब बस आयेगी।'

□

भागवत कथा

मुंशी चित्रकूट लाल के द्वार पर जब शंख पुंकार उठा, तो गाँव-भर में आश्चर्य की एक लकीर खिंच गयी। काना-फूसी होने लगी—'दैया रे दैया, सूरज आज पच्छिम से कैसे उग गया कि चितर कुटवा के यहाँ शंख बज रहा है।'

श्मशान के समान युगों से सोया हुआ चित्रकूट लाल का द्वार सचमुच शंख-स्वर के आघात से आज रोता हुआ लग रहा था। परती भूमि को तोड़ते समय जैसे कुदाली से एक उदास टंकार फूट-फूटकर सूने में फैल जाती है, वैसे ही शंख की पुकार घर के शून्य वातावरण में धँस रही थी। जिस द्वार पर युगों से कोई कथा-वार्ता नहीं हुई, जिस घर के रहने वालों को घर का मनहूस पाप-दंश धीरे-धीरे खा गया और बचे हुए लोगों को खदेड़ दिया गया, जो घर बंजर भूमि-सा वर्षों से वीरान पड़ा हुआ था, जिस घर में मुंशीजी की कृपा से कोई यज्ञ-भोज नहीं हुआ, जहाँ पट्टीदारों का कभी कोलाहल नहीं हुआ, वहीं आज शंख बज रहा है। यह आश्चर्य की बात नहीं तो और क्या है?

लोगों ने पता लगाया तो ज्ञात हुआ कि मुंशीजी कथा-मात्र नहीं, महाभागवत की कथा सुन रहे हैं।

लोग मुंशीजी की नवजाग्रत धर्म-भावना से अभिभूत हो गये। कुछ भी हो, मुंशीजी लायक बेटे हैं। बाप के मरते ही चारों धाम कर आये। अब भागवत-कथा सुनकर पूरे खानदान का उद्धार कर रहे हैं। इतने पैसे जो जमा कर रखे हैं, उनका कुछ सदुपयोग तो होना चाहिए।

शंख पुकार रहा था मानो घर की मरी हुई आत्माएँ करवट लेकर जाग रही थीं। मुंशीजी हाथी की तरह आगे-पीछे झूमते हुए कथा सुन रहे थे। पण्डितजी सावित्री-कथा बाँच रहे थे—

मया च तत्र गन्तव्यमेषधर्मः सनातनः ।
तव चैव प्रसादेन न मे प्रतिहता गति ।।

'अर्थात् सावित्री यम से कहती भयी है कि हे यम देवता, यही सनातन धर्म है कि जहाँ मेरे पति देवता जायेंगे, वहाँ मैं भी जाऊँगी। इसका मतलब है जो है, सो कि

आपकी कथा, धर्म, पति की भक्ति और व्रत के कारण आपके लोक तक जाने से मुझे कोई नही रोक सकता।'

'वाह रे वाह! क्या थीं भारत की आदर्श नारियाँ! आज की नारियों को देखो, इनमें और उनमें कितना अन्तर है!' मुंशीजी ने झूमते हुए कहा।

'अरे हाँ-हाँ, मरद बड़े दूध के धोये हैं जिनकी वकालत करने बैठे हो।' मुंशियानी ने मुंशीजी की बगल से मुंशीजी को ललकारा।

पण्डितजी इस वाग्युद्ध को देखकर घबरा गये। उन्होंने मुंशीजी के फरफराते होंठों को टोका—

'मुंशीजी, भागवत-कथा सुनते समय कुछ वाद-विवाद नहीं करते। कथा सुनिये और गुनिये।'

'अच्छा ठीक है, ठीक है, कथा कहिए।' कहकर मुंशीजी फिर झूमने लगे।

कथा हो रही थी। मुंशी और मुंशियानी के सिवा और कोई श्रोता नहीं था। पण्डितजी कथा बाँचे जा रहे थे।

आज इतवार था। मुंशीजी की छुट्टी थी (मुंशीजी एक वकील के मुहर्रिर थे)। वे भागवत-कथा सुन रहे थे, मगर उनका अन्तर्मन कहीं और भटक रहा था।

'तुम झूठ बोलते हो, तुम्हारे पास ··· '

कहते-कहते मुंशीजी रुक गये। पण्डितजी कथा बन्द करके मुंशीजी की ओर ताकने लगे। 'मैं झूठ बोलता हूँ! क्या कहते हैं आप? मैं तो पोथी की ही बात पढ़ रहा हूँ।'

मुंशीजी झेंप गये। बोले—'अरे पण्डितजी मैंने आपसे कुछ नहीं कहा। मैं एक मुवक्किल से पैसे के मामले में कुछ बात कर रहा था। हाँ-हाँ, आप कथा बाँचिये।'

पण्डितजी अपनी नाक पर चश्मा कँपकँपाकर कथा बाँचने लगे।

दूसरे दिन सुबह मुंशीजी शहर चले गये पैसे कमाने। उनके श्रोता-स्थान पर उनकी एक पुरानी मैली धोती लुँड़ेरकर रख दी गयी। बगल में थोड़ा-सा घूँघट डाले मुंशियानी कथामृत पान कर रही थीं।

अध्याय समाप्त होते ही पंडित जी ने जोर से शंख पुंकपुंकाया तो मुंशियानी जी हड़बड़ाकर पीछे गिर पड़ीं।

पंडित जी परेशान हो गये। पूछा—'क्या बात है मुंशियानी जी।'

'कुछ नहीं पण्डितजी, आप कथा बाँचिये।' मुंशियानी ने अपने नकली पतले स्वर से कहा।

'भागवत-कथा सुनते समय ऊँघना या किसी भी तरह का प्रमाद मना है। इससे व्यास और श्रोता दोनों पाप के भागी होते हैं।' कहकर पण्डित जी आगे बढ़े।

मुंशियानी झपटकर अन्दर गयीं और अपनी साड़ी उठा लायीं। मुंशीजी की धोती के पास अपनी साड़ी रखकर अन्दर चली गयीं—'यह कहती हुई कि जी अच्छा नहीं है।'

पण्डितजी ने उदास नेत्रों से एक बार धोती और साड़ी को देखा। उच्छ्वास लेकर कहा—'हे भगवान!'

अध्याय समाप्त होने पर पण्डितजी ने शंख बजाया तो स्वयं सिर झुकाकर भगवान को प्रणाम कर लिया। हवा का एक तेज झोंका आया और मुंशीजी की धोती मुंशियानी की साड़ी का साथ छोड़कर उड़ चली।

पण्डितजी अचानक चिल्ला उठे—'अरे-अरे मुंशीजी, जरा ठहरिए तो।' फिर वे धीरे-से बुदबुदाये—'लक्षण शुभ नहीं हैं। लगता है मुंशीजी इस मुंशियानी का भी साथ छोड़ने वाले हैं। मगर धोती उड़ गयी सो उसका क्या किया जाए? स्वयं व्यास-गद्दी छोड़ नहीं सकते और कोई दिखायी पड़ता नहीं कि मुंशीजी को पकड़ मँगावें।

संयोग से एक लड़का जा रहा था। उसी से पण्डितजी ने धोती मँगा ली। बुदबुदाये–'अजीब मुसीबत में फँस गया हूँ।'

पूर्णाहुति के दिन मुंशीजी भी आ गये। जोर से शंख और घड़ी-घंटे बजे। पट्टीदारी के लोग बुलाये गये। प्रसाद बँटने को था।

वहाँ से छूटकर पण्डितजी भागे-भागे मेरे यहाँ आये तो मैंने बैठा लिया। मैंने कहा—'तो पण्डितजी, आखिर मुंशीजी ने भागवत-कथा सुन ही ली।'

पण्डित जी बड़े जोर से हँसे। बोले—'भइया, उन्होंने नहीं मैंने कथा सुनी है।'

मैं पण्डित जी की इस रहस्यवाणी का मर्म समझने की कोशिश कर रहा था कि वे बोले—'बस यही समझिए कि उद्धार उनका नहीं मेरा हुआ।'

'क्या मतलब पण्डितजी!' मुझसे पूछे बिना नहीं रहा गया।

पण्डित जी कहने लगे—'तब मुंशीजी के बाबा जीवित थे। उन्होंने मेरे पिताजी को दस रुपये प्रयाग-यात्रा के लिए दिये और कहा कि आप इन रुपयों के बदले मुझे भागवत-कथा सुना दीजिएगा। संयोग से मुंशी जी के बाबा बिना कथा सुने ही दिवंगत हो गये। तब मुंशीजी के पिता ने मेरे वयोवृद्ध पिता से रुपयों का तकाजा करना शुरू किया। पिताजी ने कहा—मेरे पास रुपये कहाँ हैं, आप भागवत-कथा सुन लीजिए। लेकिन मुंशी के पिता कथा सुनने को राजी नहीं हुए और उन्होंने अनेक छल-बल करके सीधे-सादे पिताजी से पुरनोट लिखा लिया। वे दस रुपये कुछ सालों में पचास रुपये हो गये और मुंशीजी के पिता ने अदालत में दावा करके पचास रुपयों की डिग्री करा ली। लेकिन डिग्री से क्या होता है? पिताजी के पास रुपये थे कहाँ कि उन्हें देते।

होते-हवाते मुंशी के पिता मर गये और मेरे पिता भी। अब मुंशीजी लाठी लेकर मेरे पीछे पड़ गये उन रुपयों के लिए। मैंने उनसे साफ-साफ कह दिया यह पाँच-पचास मेरे मान का नहीं है। आप चाहें तो आपको भागवत-कथा सुना दूँ। मुंशीजी साफ-साफ इन्कार कर गये—'नहीं, नहीं, मुझे भागवत कथा-सथा से कोई मतलब नहीं, आप मेरे रुपये दीजिए।'

मैंने कहा—'निचोड़ लीजिए मेरी हड्डियों से।'

पण्डित जी थोड़ा रुके। फिर बोले—'बाबू, उनकी डिग्री के कागज़-पत्र सब लापता हैं, लेकिन मैंने अपने बाप-दादों के उद्धार के लिए अपना यह कर्त्तव्य समझा कि मुंशीजी को कथा सुना दूँ। लेकिन वे तैयार ही नहीं होते थे और दिन-रात मेरी छाती पर सवार।'

'आखिर जब मुंशी ने यह समझ लिया कि रुपये डूब जायेंगे और जब दो-एक पट्टीदारों ने समझाया तो भागवत कथा सुनने पर राजी हुए और जैसी उन्होंने कथा सुनी है वह तो भगवान ही जानते हैं। हाँ, उन्हीं के बहाने मैंने कथा पढ़ी और सुनी। रुपये से उद्धार हो गया।'

मैं बहुत तेज हँसा, तब तक मुंशीजी झपटे हुए आये और पण्डित जी पर बिगड़कर बोले, 'आप भी अजीब लापरवाह हैं।'

'बात क्या है मुंशीजी कि आप इतने घबराये हुए हैं?' पण्डित जी ने पूछा।

'अरे बात क्या है? आपके लिए सीधा निकालकर रखा था सो आप गाँव घूम रहे हैं और सीधा कुत्ता खा गया।'

'कोई बात नहीं मुंशीजी, मैं घर जाकर खाना खाऊँगा। भला भागवत-कथा में एक कुत्ते का तो पेट भरा।'

मुंशीजी उसी झटके से चले गये। हम दोनों ठठाकर हँस पड़े।

लोग चर्चा कर रहे थे, मुंशी जी ने भागवत-कथा सुनकर अपने कई पुश्त का उद्धार किया है।

□

एक अधूरी कहानी

और जब मैं लौटा तो झोंपड़ी में भउजी नहीं थीं। कहाँ चली गयीं? शायद यहीं कहीं गयी होंगी, आती होंगी। किन्तु जब दस-पन्द्रह मिनट बीत गये तो निश्चित हो गया कि चली गयीं। लगा कि एक लम्बी कहानी बीच में ही टूट गयी। जिस कहानी को सुनने को मैं वर्षों से तड़प रहा था वह संयोग से आज सुनने को मिली भी तो आधे पर ही खत्म हो गयी। कितने वर्षों की अनकही व्यथा लिये भउजी चली गयीं। उन वर्षों में उनकी जिन्दगी ने क्या-क्या और जहर पिया, नारी-जीवन ने अपनी आबरू की रक्षा के लिए किन-किन पत्थरों से सिर टकराया, किन-किन घाटियों से यातना की धारा बही, यह सब जानने को शेष रह गया। लेकिन जितना कुछ जाना, क्या वह अगली कहानी को जताने के लिए पर्याप्त नहीं है?

क्यों नारी की यातना में इतना रस लेना चाहते हो? क्या शेष कहानी भी भउजी की जिन्दगी के अपमान, उपेक्षा और तकलीफ की कहानी नहीं होगी? नहीं, मैं रस लेना नहीं चाहता, मैं इस कहानी में उन बिन्दुओं की तलाश कर रहा था जो सारी गलाजत के बीच कहीं नारी के महान प्रकाश-कणों से दीप्त होते हैं और उसकी प्रतिमा को वह चमक देते हैं जो पुरुष के लिए दुर्लभ होती है। समाज इन बिन्दुओं की उपेक्षा करता है और नारी की प्रतिमा को गन्दगी से भरी एक प्रतिमा मानकर उस पर थूकता है और थूकने में ही अपने को गौरवान्वित समझने लगता है। भउजी की कहानी ने मेरे भीतर न केवल भउजी की एक नयी प्रतिमा स्थापित की है बल्कि नारी को समझने की एक नयी और सही दृष्टि दी है। शायद शेष कहानी में कुछ और अमूल्य प्रकाश-कण प्राप्त होते। शायद मेरी दृष्टि कुछ और साफ हुई होती। लेकिन अब क्या होगा? वे चली गयीं। मैं उदास-उदास-सा थका-थका-सा बिस्तर पर लेट गया और तीन-चार घण्टे पहले से घटित होती हुई भउजी की कहानी मेरे सामने साकार होने लगी—

हमारे गाँव का एक छोटा-सा स्टेशन है। गाँव स्टेशन से आधा मील दूर पड़ता है। मैं शहर में नौकरी करता हूँ। रोज सुबह की गाड़ी से शहर जाता हूँ, शाम को लौट आता हूँ। यों तो यह स्टेशन सन्नाटे में डूबा ही रहता है किन्तु जाड़े की शाम में तो

इसे भयानक उदासी और सूनापन घेर लेता है। घण्टा टनटनाता है, गाड़ी हहराती हुई आती है, इक्के-दुक्के लोग उतरते-चढ़ते हैं, गाड़ी चली जाती है फिर पूरा परिवेश जैसे सन्नाटे का एक मोटा-सा लिहाफ ओढ़ लेता है। चुनाव के समय को छोड़कर कोई विशिष्ट पुरुष इस स्टेशन पर नहीं उतरता, कोई चहल-पहल नहीं होती। हाँ, विदा होती हुई बेटी की करुण ध्वनियाँ, परदेश जाते लोगों के परिवारों की सिसकियाँ अवश्य गूँजती हैं जिनसे पास के ताल के जल-पांखियों के केंकार मिल जाते हैं। हाँ, यही हमारा स्टेशन है। मैं रोज इसके सन्नाटे और ध्वनियों से गुजरता हूँ।

आज उतरा तो थकान अनुभव कर रहा था। गाड़ी में बैठने की जगह नहीं मिल पायी थी। थकान मिटाने के लिए प्लेटफार्म के एक सिरे पर पड़ी बेंच पर बैठ गया। जाड़े की शाम थी। गाड़ी चली गयी थी। सन्नाटा छा गया था। मैंने देखा—धीरे-धीरे एक डगमगाती हुई छाया मेरी ओर बढ़ी आ रही थी। उसके हाथ में एक पोटली थी। वह धीरे-धीरे आकर मेरी ही वाली बेंच पर बैठ गयी। वह रह-हरकर खाँस रही थी। मैं ऊबकर उठने ही वाला था कि उसने पूछा—'ए बाबू, रामपुर गाँव यही है न?'

'हाँ, स्टेशन तो यही है लेकिन गाँव यहाँ से आधा मील दूर है।'

वह कुछ बोली नहीं। लगा जैसे एक उसाँस लिया हो।

'किसके घर जाना है?' मैंने पूछा।

'घर तो किसी के नहीं जाना है, बस इस गाँव ही आना था।'

मुझे विचित्र बात लगी कि घर तो किसी के नहीं जाना है बस गाँव आना था।

'कैसे हैं इस गाँव के लोग?' उसने पूछा।

'गाँव के लोग ठीक ही हैं—वैसे तो अब सारे गाँवों की जो हालत हो रही है वह इस गाँव की भी हो रही है।'

वह फिर खाँसने लगी। मुझे लगा कि वह धीरे-धीरे ठंडक से काँप रही है। मैंने अपना ऊनी शाल थोड़ा ओर कस लिया। मैं उठने को होकर भी न जाने क्यों बैठने के लिए विवश होता जा रहा था। एक अज्ञात आकर्षण इस छाया का मेरे भीतर भी उभर रहा था।

'इस गाँव में एक नरेश बाबू थे। अब तो बहुत बड़े हो गये होंगे। कैसे हैं वे?'

'नरेश बाबू?'

'हाँ, रमेश बाबू के लड़के!'

'वे तो बहुत अच्छे हैं और आपके सामने बैठे हैं।'

'नरेश बाबू, नरेश बाबू,' कहती हुई वह मेरी ओर सरक आयी और मुझे पकड़कर रोने लगी। लगा जैसे वह मुझे अपनी गोद में खींच रही है। मेरा माथा सूँघ रही है।

मुझे लगा कि कोई चुड़ैल तो नहीं है।

फिर वह सिसकने लगी। सिसकते-सिसकते कहा—'इतना समय गुजर गया, तुम इतने बड़े हो गये। बाबू, तुम अपनी पड़ोस वाली सोहागी भउजी को नहीं पहचानते?

कैसे पहचानोगे, आज तक मुझे किसने पहचाना?'

सोहागी भउजी, सोहागी भउजी, बुदबुदाता हुआ मैं चिल्ला-सा पड़ा—'भउजी!' अब मैंने पास के लैम्प पोस्ट में सोहागी भउजी का चेहरा देखा। उस चेहरे में वर्षों पहले के सोहागी भउजी के चेहरे को खोजना चाहा। भउजी का चेहरा ऐसा संक्रान्त चेहरा था जिसकी रेखाओं को एकाएक पढ़ पाना सम्भव नहीं था। कितने बीते वर्षों की रेखाएँ उभरी थीं। आँखों में घनीभूत उदासी भरी थी। बुढ़ापे का साया पूरे मुखमण्डल पर बिछा था जिसके भीतर से असीम व्यथा की अनुभूति फूट रही थी। भउजी ने मुझे इस तरह घूरते देखकर मुस्करा दिया और उस मुस्कान ने भउजी के चेहरे के भीतर उफनी जवानी के चेहरे की एक कौंध भर दी। हाँ, मैं इस मुस्कान को पहचानता हूँ। मैं कब से इस मुस्कान को खोज रहा था, मैं कितना तड़पा हूँ, इस मुस्कान के चले जाने पर!

'भउजी, तुम कहाँ रहीं इतने वर्षों तक?'

'मेरे नहीं रहने से कहीं क्या कुछ फर्क पड़ता है? कौन मेरे वियोग में तड़पा होगा? कौन मैं यहाँ सुख भोगती रही हूँ कि कहीं और दुख भोगने का गम हो।'

'भउजी, यह तुम क्या कह रही हो? तुम्हारा यह नन्हा देवर तुम्हारे जाने के बाद कितने दिनों तक रोता रहा, कितनी रातों सो नहीं सका। तुम्हें क्या मालूम?'

भउजी ने मेरी ओर देखा, उनकी पलकें लपलपायीं और एकाएक बरस पड़ीं। वे धीरे-धीरे हबसने लगीं। मैं परेशान-सा हो उठा। इस तरह हमें कोई देखेगा तो क्या कहेगा? यों प्लेटफार्म सूना है किन्तु स्टेशन का कोई भी कर्मचारी इधर से निकल सकता है। मुझे सभी पहचानते हैं। पूछेंगे तो क्या कहूँगा?

'भउजी, रोओ मत, उठो, चलो।' कहने को तो मैं कह गया लेकिन यह नहीं कह सका कि कहाँ चलो।

'कहाँ ले चलोगे बाबू?' भउजी ने थोड़ा व्यंग्य से मुस्कराकर पूछा।

'क्यों, क्यों?' मैं हकलाने लगा—'तुम जहाँ चाहोगी ले चलूँगा। तुम्हारा अपना घर है, मेरा अपना घर है।'

भउजी मुस्करायीं—'अपना घर तो मैं खो चुकी हूँ बल्कि कहिए कि मेरा घर कभी बना ही नहीं और तुम्हारा घर नष्ट करने मैं क्यों जाऊँ?'

'इसमें नष्ट करने का क्या सवाल है?' मैं बहुत ऊपरी मन से बोल रहा था क्योंकि मेरे पास समस्या का कोई सही समाधान नहीं था।

'नहीं, बाबू नहीं, मुझे लेकर इतना उलझने की जरूरत नहीं है। मैं दूसरी गाड़ी से लौट जाऊँगी। मैं अब अधिक दिन की मेहमान नहीं हूँ। मेरे मन में बड़ी इच्छा थी कि काश मैं एक बार उस धरती को छू आती जहाँ से छूटकर मैं बरसों से भटक रही हूँ। कहो कैसे हैं मेरे घर के लोग?' भउजी चुप हो गयीं।

'सभी ठीक ही हैं भउजी।'

'कैसा है मेरा बेटा सूरज?'

मैं कुछ बोलूँ, इसके पहले ही भउजी एक विद्रूप हँसी हँसीं और बोलीं—'बेटा! अरी वाह री मैं, बड़ी आयी बेटा कहने वाली। जब उसे छोड़कर आयी थी तब नहीं बेटा था वह।'

'सूरज ठीक ही है भउजी। उसकी शादी हो चुकी है। सूरज इधर कई वर्षों से बीमार चल रहा है।'

'और लोग कैसे हैं?'

'और नारायण भइया ने दूसरी शादी कर ली है। बाप-बेटे अलग हो गये हैं। क्या बताया जाए, दोनों में पटती नहीं है, काफी कहा-सुनी हो जाती है।'

'अलग क्यों हो गये?'

'इसलिए कि सिंगापुर से आते ही नारायण भइया ने शादी कर ली और सूरज अपनी नयी माँ को माँ मानने को तैयार ही नहीं हुआ। और उसकी शादी हो गयी, तो एक-दूसरे को मानने और न मानने का संकट और बढ़ गया। नारायण भइया लाठी के बल पर सम्बन्ध मनवाना चाहते रहे और सूरज सम्बन्ध के लिए कोई कोमल चीज पाना चाहता रहा जो उसे नहीं मिली।'

'हाँ ··· ' भउजी ने एक उसाँस भरी। 'जो उसे कोमल चीज दे सकती थी वह तो अपनी अग्नि में जलकर भाग खड़ी हुई नरेश बाबू। मैं माँ नहीं हूँ नरेश बाबू, नरक का कीड़ा हूँ। अपनी ही आग में अपने पूत को खा जाने वाली डायन हूं।'

भउजी सिसकने लगीं।

'नहीं भउजी, नहीं, तुम एक औरत हो। औरत को लोग न जाने क्यों और बहुत कुछ समझते हैं, औरत नहीं समझते। और जब वह औरत की भूख में परेशान होकर कुछ कर गुजरती है तब लोग उसे बदनाम करते हैं, उसे छिनाल कहते हैं, वेश्या कहते हैं और एक बार जो औरत बदनाम हुई वह जीवन-भर उबर नहीं पाती। मर्द चाहे जो भी करता रहे, वह हमेशा गंगाजल की तरह पवित्र रहता है।'

'हाँ, यही तो हुआ बाबू। मैं अपने घर में अपने ही ससुर से उकसायी जाकर काम की आग में जलने लगी और जब उससे छुटकारा पाने के लिए एक दूसरे पुरुष के साथ भाग गयी तब न जाने मैं क्या-क्या बन गई? मुझे तो यहाँ का समाचार बहुत ही कम मिला। लेकिन मैं सोच सकती हूँ कि लोगों ने मेरे नाम पर कितना थूका होगा। और घर की कितनी बदनामी हुई होगी।'

मैं चुप रहा, क्या बोलता। सचमुच ही कितना थूका था लोगों ने भउजी के नाम पर। कितनी घृणा, उपहास का स्वर बजबजाया था गाँव में और कितना रोया था सूरज। अब इसे भउजी के समाने उड़ेलकर क्या पा लूँगा? उनका जी और भारी ही होगा और वे खुद भी तो इसकी कल्पना कर रही हैं। और दरअसल मुझे यह जानने की इच्छा हो रही थी कि यहाँ से जाने के बाद भउजी कहाँ गायब हो गयीं। किसी ने भी

आते-जाते उन्हें नहीं देखा, किसी ने उनके कहीं होने की चर्चा नहीं की। लेकिन मैं पूछने से डरता था कि पता नहीं वे कैसा अनुभव करें और उनके दर्द की कौन-सी पर्त खुल जाए और रिसने लगे।

'क्यों, चुप क्यों हो नरेश बाबू? यह नहीं पूछोगे क्या कि मैं कहाँ मरती-जीती रही। क्या तुम भी मुझसे इतने निर्मोही हो गये कि तुम्हें मेरे बारे में कुछ जानने की इच्छा ही नहीं रही?'

'नहीं भउजी, मैं हमेशा तुम्हें याद करता रहा और यही सोचता रहा कि न जाने तुम कहाँ होगी। लेकिन हर आदमी की जिन्दगी में झाँकने की भी तो एक सीमा होती है भउजी! तुमसे कैसे पूछता!'

'तुम नहीं पूछते, लेकिन मैं तो मानो यह बताने के लिए ही यहाँ आयी, और मेरा भाग्य देखो कि गाँव के बाहर तुम मिल गये। तुम मिल गये मानो यहाँ की धरती ही मुझे मिल गयी। मैं नहीं बताऊँगी तो इतना बोझ लेकर कहाँ जाऊँगी? मैं नहीं चाहती कि मरद जाति मेरे जरिये औरत जाति पर थूकती रहे। मैं चाहती हूँ कि वह अपना चेहरा भी देखे और मुझे विश्वास है कि वह तुम्हीं हो जो मुझे समझ सकते हो और अपनी जाति वालों तक उनके असली चेहरों के प्रति मेरी नफरत पहुँचा सकते हो। और तो कोई सुन ही नहीं सकता और सुने भी तो समझ नहीं सकता।'

भउजी फिर चुप हो गयीं। जैसे कुछ कहने के लिए बात समेट रही हों।

'अच्छा तो सुनो।'

'भउजी! मैं अब यहाँ कुछ नहीं सुनूँगा। यह प्लेटफार्म है, कितना भी सूना क्यों न हो, यहाँ कभी भी कोई आ-जा सकता है। हम लोगों को यहाँ बैठे देखकर सौ तरह के सवाल कर सकता है। मेरे घर से ही लोग खोजते हुए आ सकते हैं। मुझे तुम्हारी चिन्ता है। गाँव के बागीचे के पास मेरा खेत है। उसमें झोंपड़ी डाल ली है, वहीं सोता हूँ। चलिए, वहीं चलते हैं। इस वक्त एकदम सन्नाटा होगा। वहाँ आपकी बात बेफिक्री से सुनी जा सकती है।'

लेकिन बाबू मुझे गाड़ी भी तो पकड़नी है।

'भउजी गाड़ी तो बारह बजे रात को आयेगी, अभी तो आठ बजे हैं, बहुत टाइम है गाड़ी पकड़ने के लिए। ··· भउजी न जाने कैसा लगता है जब तुम गाड़ी पकड़कर जाने की बात करती हो।'

'तो क्या करूँ, न जाऊँ? चलूँ तुम्हारे भइया के पास, रख लेंगे मुझे?'

मैं निरुत्तर हो गया। भउजी हँसी और बोलीं—'चलो चलते हैं बागीचे की ओर ···'

रास्ते लगभग सूने हो गये थे। दूर से कुत्तों के भूँकने की आवाजें आ रही थीं। भउजी धीरे-धीरे डगमगाती हुई-सी पीछे-पीछे आ रही थीं और मैं धीरे-धीरे अतीत में खो गया—

भउजी का घर मेरे घर से सटा हुआ है। तब मैं प्राइमरी स्कूल में पढ़ता था। भउजी मुझे बहुत प्यार करती थीं। भउजी के पति नारायण भइया और नारायण भइया के बड़े भाई केदार भइया दोनों सिंगापुर में नौकरी करते थे। घर पर इनके पिता सीताराम चाचा थे और उनकी दोनों बहुएँ थीं। सुहागी भउजी जितनी ही सुन्दर थीं उतनी ही स्वस्थ—एकदम गदराये शरीर वाली। और जितनी उष्मा उनके खून में रही होगी उतनी ही उनके प्यार में थी। मुझे बहुत प्यार करती थीं। जब मैं उनके घर जाता (और रोज ही जाता) तो वे कुछ न कुछ जरूर खाने को देती थीं और प्यार से गोद में भर लेतीं। वे काम-धाम करती होतीं तो उनके ऊपर ही लद जाता। उनके शरीर में से माँ की-सी ऊष्मा फूटती रहती और उनके आसपास अन्नपूर्णा की गन्ध का प्रभामण्डल फैला होता। उनकी जेठानी बस थी—न भली न बुरी, न टण्डी न गरम जैसे भीतर-भीतर कोई रोग हो। लेकिन सुहागी भउजी एक गुनगुनाता हुआ अस्तित्व थीं। लेकिन उस गुनगुनाहट में कैसी एक वेदना थी। उस मातृत्व में कैसी एक नारी-सुलभ ज्वाला थी, इसे मैं 10 वर्ष का बच्चा क्या समझता? जब वे फुरसत में होतीं तो उनकी बड़ी-बड़ी आँखों में एक अजीब सूनापन उभर आता। वे देर तक एक ही ओर देखती रह जातीं और मैं उन्हें देखता हुआ बैठा रह जाता। जब मैं पुकारता—'भउजी'! तो वे चौंक उठतीं और भीगे हुए स्वर में कहतीं—'बाबू, एक ऐसी चिट्ठी लिख देते कि तुम्हारे भइया सिंगापुर से आ जाते।' और मैं अपनी बाल-बुद्धि के अनुसार खूब चतुराईपूर्वक पत्र लिखता जिसमें भउजी और घरवालों के दुख की कथा होती और न जाने क्या-क्या होता। ऐसी अनेक चिट्ठयाँ लिखीं लेकिन मेरी चतुराई किसी काम नहीं आयी।

भउजी बताती थीं कि उन्हें गये सात साल हो गये। सूरज छः साल का हो गया। अभी तक इसे उन्होंने देखा भी नहीं। मैं भी तब ग्यारह वर्ष का रहा हूँगा, इसलिए मुझे भी नारायण भइया की कोई याद नहीं है। एक दिन मैं गया तो भउजी रो रही थीं। मुझे देखते ही गोद में भींच लिया। मैं अपनी नन्हीं-नन्हीं अँगुलियों से उनके आँसू पोंछने लगा तो और रो पड़ीं। मेरे बहुत पूछने पर बताया कि सिंगापुर में रहा हुआ एक आदमी बता रहा था कि वहाँ जाने वाले हिन्दुस्तानी बाल-बच्चों को भला क्यों याद करेंगे? वे कोई श्यामिन रख लेते हैं।

'इसीलिए सूरज के बाबू इतने निर्मोही हो गये हैं बाबू? इतनी चिट्ठियाँ लिखवाईं कोई खोज-खबर नहीं ले रहे हैं।' भउजी बोलती हुई फिर रोने लगीं।

तब मुझे क्या मालूम था कि औरत के लिए पति का सात साल का वियोग क्या अर्थ रखता है। बाद में महसूस किया तो न जाने कितने संक्रान्त अनुभवों से भर गया।

मेरे सामने अपने गाँव की उस भयानक गरीबी का बोध उभर आया जिसकी लपेट में लोग अपने बाल-बच्चों को छोड़कर दस-दस, पन्द्रह-पन्द्रह साल तक परदेश के काले पानी की सजा भोगते हैं। कैसा अनुभव करते होंगे वे लोग? उनकी प्यार की

तड़प, उनकी यौन-बुभुक्षा। लेकिन सच तो यह है कि अपने ही घर में पड़ी उनकी औरतें उनसे भी अधिक यन्त्रणाप्रद काले पानी की सजा भोगती हैं। पुरुष तो बाहर बहुत कुछ कर लेते हैं। वे अपनी भूख-प्यास मिटाने के साधन खोज लेते हैं किन्तु स्त्रियाँ घरों में घुटती हैं और उन्हें किसी से हँसकर बोलने का भी अधिकार नहीं होता। नैतिकता केवल उन्हीं के हिस्से में डाली गयी है। जो अभाव वे झेलती हैं वे तो झेलती ही हैं, परोक्ष या अदृश्य भय भी उन्हें सालता है। 'पता नहीं, वे कैसे होंगे' से लेकर 'पता नहीं वे मुझे याद भी करते हैं या नहीं, पता नहीं कोई सौत लेकर तो नहीं बैठ गये हैं' तक का दर्द उन्हें तोड़ता है। सुहागी भउजी की जलती हुई जवानी का एक चित्र मेरे मन में खुद-ब-खुद बन जाता। सात वर्षों के विरह के ताप में तपता हुआ जवान औरत का मांसल शरीर—ग्रीष्म में झुलसती हुई जैसे धरती। मुझे लगता सुहागी भउजी का गदराया हुआ और गौर शरीर जैसे दहकता हुआ स्वर्ण खण्ड बन गया हो और उस पर पति-संसर्ग की स्मृतियों के क्षण पानी की बूँदों की तरह पड़-पड़कर छन्न-छन्न कर रहे हों और शरीर में से एक भाप उठा दे रहे हों। नारी के शरीर-ध र्म को इतना अनैतिक, इतना उपेक्षणीय क्यों मान लिया गया है? अभाव को मन की ही सीमा तक क्यों सीमित कर दिया गया है? पुरुषों के सारे वेद-शास्त्र, कायदे-कानून, थाना-कचहरी नारी के भोग-धर्म के खिलाफ क्यों उँगली उठाये घूमते हैं? पुरुष के शरीर-धर्म को तो कोई भी लांछित नहीं करता।

मुझे याद है नारायण भइया तो नहीं आये, केदार भइया सिंगापुर से आये और जब आये तो उनकी पत्नी मर चुकी थीं। केदार भइया भी एक ही जीव थे। उन्हें भी मैंने पहली बार देखा था क्योंकि वे नारायण भइया से भी पहले सिंगापुर चले गये थे। सीताराम चाचा पुराने जमाने के रसिया थे। उन्होंने केदार भैया के आने के पहले एक कथक का नाच अपने यहाँ पाल रखा था और खेती-बारी छोड़कर खुद भी यहाँ-वहाँ नाच देखते फिरते थे और नचनियों को अपने यहाँ खिलाते-पिलाते थे। कभी-कभी सारे समाजी इकट्ठा होकर खाते थे। इस घर की गरीबी बढ़ती जाती थी, खेत परती पड़े होते थे और सिंगापुर से जो रुपये आते थे वे बरबाद हो रहे थे। साथ ही गाँव में इस घर की बदनामी फैलती जा रही थी। एक अजीब सीलन-भरी, गरीबी-भरी गन्ध इस परिवार को डंस रही थी। जब मैं सुहागी भउजी से मिलता तो वे रो-रोकर बेहाल हो जातीं—'देख रहे हो बाबू इस घर की हालत। बूढ़े आदमी नाच मंडली बनाये हुए हैं।' धीरे-धीरे घर में गरीबी अपना पाँव पसारती गयी। खेत रेहन पर चढ़ते गये। घर के बरतन तक बिकते गये, गगरे की जगह मिट्टी के घड़े ने ले ली। गायें-भैसें बिक गयीं। बैल भी मरते चले गये। सिंगापुर में घर की यह खबर मिली तो नारायण भइया ने केदार भइया को घर भेज दिया। केदार भइया आखिर ठहरे अपने बाप के ही बेटे। पहले तो बाप-बेटे में घर की बरबादी को लेकर कहा-सुनी हुई। बाद में केदार भइया भी नाच में शामिल हो गये और बाप-बेटे में नाच के लौंडे को लेकर

झगड़े होने लगे, फिर दोनों अपने-अपने ढंग से नाच मंडली का सट्टा लिखाना चाहते थे। केदार भइया बहुत बातूनी मिठबोलवा और झूठे थे। लड़कों को इकट्ठा करके सिंगापुर की कहानियाँ सुनाया करते थे। वे बहुत जल्दी-जल्दी बोलते, एक खास अदा से बोलते। मैं मुस्कराता हुआ उनकी इसी अदा को देखा करता। वे समझते कि मैं उनकी कहानी बहुत पसन्द करता हूँ, इसलिए मुझे बहुत मानने लगे। वे खुद अनाड़ी स्वर में गाने भी लगते और हमें पकड़ लेते कि सुनो। और हम उनका गाना नहीं, उनके गाने की अदा देखने के लिए उनके पास एकत्र हो जाते। और वहाँ से हटकर हम लोग उनकी अदा की नकल कर-करके हँसी से लोटपोट हो जाते। केदार भइया के आने से घर और भी बरबादी की ओर जाने लगा। केदार भइया की सिंगापुर की कमाई तो कम हो ही गयी, नारायण भइया की कमाई नाच-गाने में फुँकने लगी।

भउजी मुझसे रो-रोकर घर की कहानी कहतीं और नारायण भइया के पास कई चिट्ठियाँ लिखवायीं जिनमें इस हालत का बयान किया गया। इसका नतीजा यह हुआ कि नारायण भइया ने वहाँ से रुपये भेजने बन्द कर दिये और घर और भी अभाव के सन्नाटे में निगल लिया गया। गरीबी और गन्दगी की मिली-जुली सड़ाँध से यह परिवार गाँव में बदबू करने लगा।

केदार भैया ने यह प्रचार किया कि नारायण ने वहाँ एक बर्मिन रख ली है, इसीलिए पैसे नहीं भेजता।

'हाँ बाबू, अब यहीं कहीं बैठ जाओ।' और मैं अपने विचारों से उबरा तो पाया कि हाँ बागीचा तो आ गया है।

'भउजी, यह रही मेरी झोंपड़ी। तुम विश्राम करो, मैं अभी घर से लौटकर आता हूँ। घर नहीं पहुँचूँगा तो तहलका मच जाएगा। और जब आधे घण्टे में लौटकर आया तो साथ में कुछ खाने को भी लाया था। बहुत जोर डालने पर भउजी ने थोड़ा-सा लिया और एक गहरा सन्नाटा उन्होंने अपने भीतर खींचा और बोल पड़ीं—'हाँ बाबू, तो तुम्हारे भइया वह बर्मिन अपने साथ नहीं लाये?'

'कौन-सी बर्मिन?'

'अरे जिसके बारे में भसुरजी ने प्रचार किया था।'

'अरे भउजी केदार भइया तो एक ही गपोड़ी आदमी थे।'

'थे क्या?'

'हाँ थे ही, कई साल हुए मर गये!'

'नरक का कीड़ा, वह गप्पी ही नहीं था, बदमाश भी था। उसी ने मेरा जीवन नरक किया।'

मैंने गाँव में केदार भैया और भउजी के सम्बन्धों की कहानी सुनी तो थी किन्तु अफवाहों पर मैं बहुत विश्वास नहीं करता।

'जानते हो बाबू, उसी दहिजरे ने कहा था कि अब वो नहीं आयेंगे। एक बर्मिन

रख ली है। मैं तो उसी को घर भेज रहा था लेकिन उसने मुझे जबरदस्ती घर भेजा ताकि उस औरत से खुलकर खेल सके। मेरे होते हुए डरता था। देखो, अब न उसकी चिट्ठी आती है और न पैसे।'

और मैं सचमुच ही डर गयी थी। क्या भरोसा इन मर्दों का··· । और क्या बताऊँ बाबू, मैं करमजली उसके बहकावे में आ गयी। वह धीरे-धीरे मेरे तपते हुए शरीर का ताप उकसाने लगा, बहलाने लगा। वही घर का सबसे जेठ और जब वही सारी गन्दगी को ठीक बताने लगा तो मेरे मन में जो लोक-भय था वह भी दूर होने लगा और मैं उसके नरक में जा गिरी। न जाने कब तक हम दोनों इस पाप के कीचड़ में लोटते रहे। भीतर यह सब चलता रहा, बाहर नाच की दुनिया अपनी गन्दगी फैला रही थी।

गोपालपुर का सोनार सुन्दर इस घर का दोस्त था। भसुरजी का खास साथी था। वह आया करता था। भसुरजी उससे कुछ गहने बनवा रहे थे मेरे लिए। सोनार था गहने बनाने वाला। उससे कोई लाज-शरम की बात ही नहीं थी लेकिन इस घर की आबोहवा ऐसी हो गयी थी कि हर आदमी इसे बेस्सालय समझने लगा था। एक दिन वह चूड़ी बनाकर ले आया। घर में कोई नहीं था, मुझे बुलाकर चूड़ी दी। मैं पहनने लगी तो चूड़ी नहीं आयी। मैंने उसे वापस करते हुए कहा—'भइया यह चूड़ी छोटी है, नहीं आ रही है।'

उसने कहा—'नहीं, नहीं, छोटी कैसे है। लाइए मैं पहनाता हूँ।' वह पहनाने लगा। सोनार-चुरिहार आदि से कोई परदा नहीं होता। चूड़ी आ नहीं रही थी। वह जबरदस्ती पहना रहा था और इस बहाने मेरी अंगुलियाँ मसल रहा था। और करते-करते उसने मेरी कलाई पकड़ ली और अपनी ओर खींचा। कहा—'भउजी, अरे मैं भी तो हूँ। हमारे ऊपर भी मेहरबानी कर दिया करो। केदार भइया तुम्हें क्या देंगे, मैं तो तुम्हें गहनों से लाद दूँगा।' मैंने उस दहिजरे को ढकेलकर दो चाँटे जड़ दिये और कहा—'फिर आओगे तो टाँग तोड़ दूँगी।' वह चला गया, मैं बहुत दुखी हुई। लेकिन वह पवित्र दुख कहाँ जो एक सती-साध्वी के भीतर से निकलता है। मैं तो भ्रष्ट हो ही चुकी थी, इसीलिए पछतावा था तो केवल इतना कि क्या मैं अब बेस्सा समझी जाने लगी हूँ। हाय राम, कहीं कुछ आगे-पीछे दाएँ-बाएँ नहीं सूझता था।

और एक दिन वह हो गया जिसे होना ही था। मासिक रुक गया तो मैंने भसुर जी से कहा—'अब क्या होगा?'

'कुछ नहीं होगा, शहर चलकर इसे गिरवा देंगे।' मैं ठकमारी-सी खड़ी रह गयी। लगता था कि भसुरजी ने उस होने वाले अंजाम से निबटने का तरीका बहुत पहले सोच लिया था किन्तु मैंने इस पर नहीं सोचा था। भसुर जी के जवाब को सुनकर 'हाँ, 'ना, कुछ भी नहीं कह सकी लेकिन कुछ देर बाद मैंने सोच लिया कि नहीं, बच्चा गिरवाऊँगी नहीं। आखिर यह जिन्दगी कब तक चलेगी? कब तक बच्चे गिरवाऊँगी? क्या करूँ, कहाँ जाऊँ? पति ने एक औरत रख ली है और सुरजी चाहें तो भी मुझे

और मेरे बच्चे को अपना नहीं सकते। जो कर्म हम लोग कर रहे हैं क्या वह केवल एक पशु कर्म बनकर रह जायेगा? क्या मैं जिन्दगी-भर बेस्सा बनकर रह जाऊँगी और जब मेरे पति आ जायेंगे तो क्या यह सब नहीं सुनेंगे? क्या मुझे अपनायेंगे? क्या भसुरजी से उनकी मारपीट नहीं होगी? तब मैं कहाँ जाऊँगी, कहा जाऊँगी, कहाँ जाऊँगी? हे राम, मेरा क्या होगा? मैंने यह सब क्या कर दिया?

और जब दूसरे दिन सुन्दर आया और मुझे तरसी निगाह से देखने लगा तो मैंने उसे देखने दिया, थोड़ा मैं भी मुस्करा दी। उधर भसुरजी शहर चलने के लिए रोज प्रोग्राम बनाने लगे, उधर सुन्दर धीरे-धीरे मेरा सहारा पाकर मेरी ओर खिंचने लगा और एक दिन एकान्त पाकर फिर अपना प्रेम बखानने लगा। मैंने उससे कहना शुरू किया—'बोलो, तुम मेरे लिए क्या कर सकते हो?'

उसने वही मरदों की पुरानी बोली बोली—'मैं तुम्हारे लिए जान दे सकता हूँ।'

'नहीं, जान-वान देने को जरूरत नहीं है। तुम मुझसे शादी कर सकते हो?'

'अरे, मैं तो सब कुछ कर सकता हूँ। मैं तो जनम का रँडुवा हूँ, तुम मेरी औरत बन जाओ तो क्या कहना?'

'लेकिन यह कैसे होगा सुन्दर? इस गाँव में तुम ब्रह्मण की बहू से शादी करके जिन्दा रहने पाओगे? बोलो, है हिम्मत?'

'नहीं, हिम्मत-वुम्मत की बात नहीं। बात सुख से रहने की है। यहाँ हम लोग सुखी नहीं रह पायेंगे?'

'तब?'

'आओ कहीं भाग चलें? बोलो तैयार हो?'

मैं भी यही चाहती रही देवर जी। इसके सिवा जिन्दगी जीने का कोई रास्ता नहीं था। मैंने कहा—'ठीक है, तुम तैयारी करो।' और एक दिन हम लोग रात को भाग गये।

'हाँ भउजी, तुम लोग भाग गये यह तो मालूम ही है—और उसके बाद गाँव में जो तहलका मचा वह भी मालूम है। अच्छा ही हुआ तुम भाग गयीं। गाँव में जो जिन्दगी तुम जी रही थीं वह तो एक बन्द नरक था। उसमें जीना मुश्किल, उससे निकल पाना मुश्किल। और खास कर तब और भी मुसीबत हो गयी होती जब नारायण भइया सिंगापुर से लौटकर आये और बर्मिन रखने वाली बात एकदम बेबुनियाद सिद्ध हुई।'

'लेकिन बाबू औरत को मुसीबत से छुटकारा कहाँ मिलता है? औरत और मुसीबत दोनों एक ही है।' कहकर चुप हो गयीं और हल्के-हल्के सिसकने लगीं। मुझे लगा कि घर छोड़ने के बाद के लम्बे समय की यातना उनके सामने साकार हो उठी है।

'हम लोग कई दिन, कई रात गाड़ी में चलते रहे। हम दोनों डरे थे कि थाने में रपट हुई होगी, पुलिस खोजती होगी, कहीं किसी स्टेशन पर पकड़ न लिए जाएँ? जहाँ कहीं पुलिस वाले दिखायी पड़ते हम लोग डर जाते। न भूख थी न प्यास। घर

छोड़ आयी थी, न जाने कहाँ जा रही थी। न सुख हो रहा था न दुख, एक अजब उदासी मन में अँटी पड़ी थी। सुन्दर खाता-पीता रहा, खाने-पीने के लिए मेरी मनुहार करता रहा लेकिन मैंने कहीं कुछ ले लिया तो ले लिया नहीं तो मना कर दिया। कई दिन बाद एक टीसन आया तो सुन्दर ने कहा—उतरो। वह कोई बड़ा शहर था। सुन्दर ने बताया—यह अहमदाबाद है। वह यहाँ काम कर चुका है, कोई-न-कोई काम मिल जाएगा। और हम दोनों मौज करेंगे।

गाड़ी में एक आदमी से जान-पहचान हो गयी। उसने कहा—चलो हमारे यहाँ एक-दो दिन ठहरो। हम उसके यहाँ चले गये। उसने चाय पिलायी और कहा कि कोई काम ढूँढ़ देंगे। दो-एक दिन हमारे साथ रहो। आखिर हम जाते कहाँ, रहना ही था। वह अकेले रहता था। उसके पास कमरा भी एक ही था और कमरा भी क्या था कमरे का नाम था। हम लोग भीतर सोये और वह बाहर सोया। वह पहली रात कितनी भयानक थी। बाबू अब मैं तीसरी शादी का अनुभव कर रही थी लेकिन अब पाप-पुण्य और भला-बुरा लगने का रास्ता काफी पीछे छोड़ आयी थी। सुन्दर की पशुता से अब क्या शिकायत हो सकती थी जब उसे अपना मरद मान लिया था।

वह आदमी अपने को कानपुर के पास का बता रहा था। सुन्दर ने अपने को पटना के पास के एक गाँव का बताया। धीरे-धीरे जान-पहचान बढ़ती गयी और मुसीबत बढ़ती गयी। उस आदमी का नाम परदेसी था। वह पूछता कि घर पर कौन-कौन हैं, कितने बच्चे हैं और क्या-क्या है? सुन्दर ने कह दिया—घर पर कोई नहीं है। कुछ खेती-बारी है सो बटाई पर दे दी है। सुन्दर उससे कुछ नहीं पूछता ताकि वह कुछ न पूछे। लेकिन वह अपने आप बताता कि मेरे घर पर तो माँ है, बाबू हैं, बीवी है, दो बच्चे हैं। बहन है। पाँच वर्ष हो गये बच्चों को देखे हुए।

'पाँच वर्ष से आप गाँव नहीं गये?'

'नहीं, जो पैसे कमाता हूँ उसे घर वालों के लिए भेज देता हूँ, बस अपने लिए दो वक्त की सूखी रोटी और मोटे-झोटे कपड़े। पैसे कहाँ बचते हैं कि घर जाऊँ? तिस पर तो उधर के लोग समझते हैं कि मैं निरमोही हो गया हूँ। कहीं किसी औरत को रख लिए हूँ। ओह, अपनी ओर के लोग भी कितने अजीब होते हैं!'

उस रात मैं बहुत रोयी। सूरज याद आने लगा। मेरा लाल कैसे होगा? कैसी चुड़ैल माँ हूँ कि अपने सुख के लिए उसे छोड़कर चली आयी। हाय वह किसके सहारे होगा! जेठ जी तो निहायत राच्छस हैं। सूरज के बाबूजी भी तो इसी परदेसी की तरह परदेस में पड़े हैं। घर के लिए हाड़-हाड़ पेरकर पैसे बचाते होंगे? सिंगापुर से आने में कितनी पैसे लगते हैं? इसीलिए नहीं आते होंगे और उन पर लांछन लगा दिया गया कि उन्होंने कोई बरमिन रख ली है। आखिर उनके हाड़-हाड़ में दरद नहीं होता होगा। मैं ही काम की अग्नि में इतना क्यों जलने लगी? उसी कमीने जेठ ने सारी आग लगायी। मैं घर से क्यों भाग आयी? क्यों नहीं पकड़कर उसका मुँह झौंस दिया।

मैं सोये-सोये सिसकी भरने लगी तो सुन्दर की नींद टूट गयी।

'क्या हुआ? क्या हुआ?'

'कुछ नहीं। कुछ नहीं।'

'घर की याद आ रही है?'

'नहीं, नहीं, घर कहाँ है कि याद आये।'

'सो जाओ वाहियात बातें मत सोचा करो।'

मुझे सुन्दर की आवाज में एक अजीब रुखाई मालूम पड़ी और वह रुखाई हमेशा उभर आती जब कभी मैं उदास होती।

परदेसी सुन्दर के लिए नौकरी खोजने लगा। कई दिन बीत गये, नौकरी नहीं मिली। परदेसी बहुत अच्छा आदमी था, नहीं तो बिना जाने-पहचाने आदमी के लिए कौन इतना करता है? कौन अपने घर में रहने देता है? सुन्दर के पास पैसे थे, काम चलता जा रहा था, लेकिन कब तक पैसे चलते। सुन्दर को मालूम हुआ कि अब पैसे खत्म होने वाले हैं तो बहुत परेशान हो उठा। परेशान मैं भी तो हो उठी। आखिर परदेस में कैसे क्या होगा? वह चिड़चिड़ा होता जा रहा था जैसे उसे लग रहा था कि क्यों भागा? क्यों उसने यह मुसीबत मोल ली और एक रात जब वह मुझे निचोड़ने के लिए अपनी ओर खींचने लगा तो मैंने उसे मना किया, फिर भी वह खींचता रहा और चाहता रहा कि मैं उसके उत्साह के साथ अपना उत्साह मिलाऊँ लेकिन मैं मुर्दे की तरह बेजान बनी रही। उसने मुझे पीछे ढकेल दिया और गाली देनी शुरू की—बेस्सा की जात तुझे उस नरक से निकालकर लाया, तुझे सरन दी। अपना घर-द्वार छोड़ा और तू दिन-रात उसी नरक की याद में खोयी हुई मुर्दा बनी रहती है। फिर उसने दो-तीन लात मेरी पीठ पर जमा दीं। मेरे लिए गाली और मार खाना नया तो नहीं था। अपनी सास और कभी-कभी अपने मरद से गाली-मार खा चुकी थी लेकिन यह सोनार मुझे गाली देगा, मारेगा यह मैं सह नहीं पा रही थी। मेरा ब्राह्मण संस्कार जाग उठा था। और वह फन उठाकर साँप की तरह फनफना रहा था विरोध करने के लिए। सिसकती-सिसकती मैं धीरे-धीरे शान्त हो गई और धीरे-धीरे नीचे झुक आयी और अपने को धिक्कारा कि बहुत ब्राह्मण बनने आयी है कलमुँही। एक बार तू उस डाल से टूटकर पत्ते की तरह उड़ चली है तब तू क्या होगी, कहाँ गिरेगी, इसकी चिन्ता करती है? अब कुछ भी चुनने का तेरा अधिकार छिन गया है। अब तू सोनारिन है सोनारिन और कुछ नहीं। उसके बाद तो उसकी गाली और मार का सिलसिला शुरू हो गया। लेकिन मेरी तकलीफ कम हो गयी। लेकिन एक दिन मैंने सुन्दर को समझाया—'देख, तू नीच जाति का है और मैं भी अब नीच जाति की हो गयी—लेकिन देख, हम लोग यहाँ दूसरे के मकान में हैं, नौकरी-चाकरी अभी लगी नहीं है। रात को तू इस तरह चीखे-चिल्लायेगा और मार-पीट करेगा तो हम लोग खतरे में पड़ जायेंगे।'

वह समझ गया बल्कि भावुक हो गया और रोने लगा– नहीं नहीं मैं तुम्हें अब कभी नहीं मारूँ-पीटँगा। मैं तुम्हें प्यार करता हूँ, बहुत प्यार करता हूँ। हम दोनों एक-दूसरे के लिए वहाँ से भागकर आये हैं। हमारा जीना-मरना अब साथ है। लेकिन देख तू भी उदास मत रहा कर। मुझे इस पर गुस्सा लग जाता है और तेरी उदासी देखकर कोई भी समझ सकता है कि तू मेरी जोरू नहीं है।

मैं समझ गयी। हम दोनों एक-दूसरे से लिपटकर जी भरकर रोये और सुबह उठे तो बहुत ताजगी अनुभव कर रहे थे।

दूसरे दिन परदेसी मिल से आया तो कहा–सुनो भाई, सुन्दर, तुम्हारे लिए एक खुशखबरी लाया हूँ। तुम्हारे लिए मैंने एक काम खोज लिया है। जिस मिल में मैं काम करता हूँ उसी में तुम्हारे लिए एक काम कुछ महीनों के लिए ढूँढ़ लिया है। दिन की पाली में है यह और अच्छा है। एक आदमी देस गया है, उसकी जगह तुम्हें काम करना है। बड़ी मुसीबत से माना मेठ कमबख्त।

'ओह तुम बहुत अच्छे हो परदेसी भइया', कहते हुए सुन्दर उससे लिपट गया।

'लेकिन सुन्दर एक बात है। तुम सोनार हो–फुँकनी से अँगीठी फूँक-फूँककर छोटी-सी हथौड़ी से सोना-चाँदी पीटने वाले। यहाँतो मजदूर का काम है। लोहार बन सकोगे?'

'हाँ-हाँ, भाई क्यों नहीं बन सकूँगा? मैं शहरी सोनार नहीं हूँ, गांव का हूँ। वहाँ अपने खेत भी जोतता रहा हूँ।'

'हाँ, हाँ तब तो ठीक है।'

और सुन्दर मिल में काम करने लगा। वह आता तो थक जाता। दरअसल वह गाँव पर खाली सोनारी करता था, खेत जोतने-बोने का काम उसके बस का नहीं था और उसके पास खेत थे भी नहीं। वह झूठ बोला था।

फुँकनी वाले के बस का नहीं था मिल में काम करना, इसलिए वह शाम को आता तो थक जाता–काँखता कँहरता। मुझसे देह दबवाता। पहले तो उसकी देह दबाने में मुझे बड़ी झिझक होती थी। बाभन होकर सोनार की देह दबाऊँ लेकिन मैं अपने को डाँटने लगी–अभागिन सब कुछ तो दे दिया उसे, अब क्या बचा है जिस पर तू बाभन होने का अभिमान करती है? अब तो वही सब कुछ है और तू अब सोनारिन है सोनारिन।

सुन्दर काँखते-कूँखते कहता–'हे भगवान, किस मुसीबत में फँस गया?' और मुझे लगता कि वह मुझको सुनाकर कह रहा है और मैं उसके इस दुख-दरद का अपने को जिम्मेदार समझकर भीतर-भीतर छोटी हो जाती और न जाने क्यों मेरे मन में यह भय समा जाता कि कहीं यह छोड़कर न भाग जाए।

मैं सुन्दर से रोज कहती कि अपने रहने के लिए कहीं अलग इन्तजाम कर लें, अच्छा नहीं लगता, इस भले आदमी के सिर पर भार बने रहना।

'अरे इसमें भार की बात क्या है। यह अकेला ही तो है। इसे कुछ किराया दे देंगे। और मैं कोई दूसरी जगह खोज भी तो रहा हूँ।'

'नहीं, आखिर वह दिन को तो यहाँ रहता है न। मैं कमरे में रहूँगी तो वह बाहर ही तो रहेगा। बेचारा इस गर्मी से भी बाहर ओसारे में पड़ा रहता है।'

मुझे लगा कि सुन्दर थोड़ा बेचैन हो उठा। उसकी भौंहों पर बल आ गये। उसने कहा—'हाँ यह तो है।' और वह कुछ सोचने लगा। पूछा—'परदेसी दिन-भर अपने ओसारे में ही पड़ा रहता है?'

'हाँ, और कहाँ जायेगा? उसका घर है तो जायेगा कहाँ? दो-एक घण्टे जरूर कहीं जाते हैं शायद कहीं कोई और काम करते हैं।'

'तो तुमसे खूब बोलता-बतियाता होगा?'

'नहीं, ये बड़े शरीफ आदमी हैं। कभी कोठरी में से कोई चीज लेनी होती है तो बोलकर आ जाते हैं और लेकर चले जाते हैं।'

'हूँ।'

मुझे लगा कि सुन्दर के भीतर कोई और बात बैठ गयी है। उसने कहा—'जल्दी ही किसी घर का इन्तजाम करना पड़ेगा।'

दिन गुजरते गये। सुन्दर परदेसी को इस कमरे के भाड़े के आधे रुपये देने लगा। पहले तो परदेसी लेने में सकुचाया किन्तु जब सुन्दर ने कहा कि 'नहीं भाई, हम ऐसे नहीं रह सकते, दो-चार दिन की बात तो है नहीं' तो उसने ले लिये।

दरअसल परदेसी भी सोचने लगा कि बुरा क्या है, अकेले आदमी का कौन बड़ा टिटिम्हा है। टिन से घिरे बाथरूम में जाकर कपड़ा-वोपड़ा बदल लेता है, रसोई बनाने की जगह हमें दे दी है। अपने ओसरे के एक किनारे पर ईंट खड़ी करके रोटियाँ सेंक लेता हैं। रोटी तो मैं उसकी बना सकती थी लेकिन परदेसी बाभन है हमारा छुआ कैसे खाता?

एक दिन सुन्दर ने मजाक-मजाक में कहा भी कि अरे परदेसी पण्डित, परदेस में क्या छूआछूत लगा रखी है। हमारे चौके में खाया करो। क्यों जिन्दगी-भर चूल्हा फूँकते-फूँकते तंग हो रहे हो?

'नहीं भाई सुन्दर, अरे जब धरम-करम ही छोड़ दिया जाएगा तो क्या बचेगा? परदेस रोटी कमाने के लिए आया हूँ अपना धरम भ्रष्ट करने थोड़े आया हूँ।'

'वाह महाराज, गाड़ी में खाते नहीं हो? नल पर पानी नहीं पीते हो? होटलों में चाय नहीं पीते हो?'

परदेसी हँसकर बोला—'अरे भाई जहाँ नहीं बच सकता वहाँ की बात और है।'

लेकिन मैं जैसे दो हाथ छोटी हो गयी। लगा जैसे परदेसी महाराज ने मुझे ही सुनाकर कहा हो और भीतर-भीतर एक बाभनी चिल्ला उठी। लगा जैसे जोर से कहूँ—परदेसी महाराज, मैं बाभन हूँ, तुम्हारा खाना बना सकती हूँ? लेकिन सचमुच

क्या कह सकती थी?

मैं जहाँ रहती थी वह चाल थी। उसमें ज्यादातर यू.पी., बिहार के लोग रहते थे, कुछ गुजराती भी थे। बड़ी गन्दी चाल थी। उसमें जगह-जगह गोश्त की खुली दुकानें थीं। चील-कौए मँडराया करते थे। सड़क पर जगह-जगह हड्डियाँ बिखरी होती थीं। यहाँ-वहाँ छोटे बच्चे पाखाने के लिए बैठे होते थे और गलियाँ गन्दगी से भरी होती थीं। तंग-तंग गलियाँ थीं जिनसे निकलना मुश्किल था। इस मुहल्ले के एक ओर खाली-खुला मैदान था जिसमें पशुओं की लाशें सड़ती रहती थीं और म्युनिसपिलिटी द्वारा फेंके गये कूड़े-कचरे की दुर्गन्ध भभक मारती रहती थी।

पानी के लिए यहाँ-वहाँ कुछ पब्लिक नल गड़े थे जिन पर चाली की औरतें लाइन लगाकर खड़ी होती थीं किन्तु कोई न कोई औरत जरूर ऐसी निकल आती थी जो लाइन तोड़ती थी और लड़ाई-झगड़ा शुरू हो जाता था। ऐसी फूहड़-फूहड़ गालियों की बौछारें छूटती थीं कि खड़े होने में शरम आने लगती थी। सबसे बड़ा नरक दिखायी पड़ता था निबटने के समय। पब्लिक पाखाने बने थे। दिन में लाइन लगाकर खड़ा होने में कितनी शरम आती थी। और पाखाना गन्दगी से भरा होता था और बैठने के समय हमेशा यह लगा होता था कि लोग लाइन लगाकर बाहर खड़े हैं, जल्दी निकलना चाहिए। थोड़ी-सी देर होने पर औरतें दरवाजा पीटने लगती थीं। पेट में बच्चा था। उबकाई आती थीं, उल्टियाँ होने लगती थीं। और मेरी साँस-साँस में बदबू भर उठी थी। मैं सोच नहीं पाती थी कि क्या करूँ। सोचती—हे राम, मैं कहाँ आ गयी? जब नरक ही भोगना था तो गाँव क्या बुरा था? वहाँ इतना नरक तो नहीं था और जो था वह कम से कम अपने लोगों का तो था। सुन्दर ने शहर के कितने प्यारे-प्यारे सपने दिखाये थे। ओह रे भगवान!

दिन बीतते गये। सुन्दर तो मानो औरत के लिए जन्म-जन्मान्तर से भूखा था, उसकी भूख मिटती ही नहीं थी। मैं विरक्त होती जा रही थी। एक दिन मैंने उससे कहा कि अब अपनी भूख कम करो। देखो, मेरे पेट में बच्चा है। फिर भी वह नहीं माना तो मैंने उसे जोर से धक्का दे दिया। वह खाट पर गिर गया। उठा तो उसकी आँखों में गुस्सा था। बोला—'साली छिनाल, मैं सब समझता हूँ, दिन को ही तृप्त हो जाती है तो रात को कैसे मन करे?'

मैं सनाका खा गयी। फिर तेज गुस्से से भर उठी। पूछा—'क्या कहा तुमने? तुम्हें शरम नहीं आती इस तरह बकवास करते हुए?'

'हाँ, हाँ, बकवास कर रहा हूँ न। साला परदेसिया दिन-भर खाली रहता है न। यहाँ तुम्हारे पास पड़ा रहता है। मैं सब समझता हूँ। औरत तो खाई-खेली हो ही।'

'हे, जबान संभालकर बोल। उसने तुम्हें नौकरी दिलायी, अपने मकान में रखा और एक तुम हो कि उसी को कलंकित कर रहे हो। कितने बड़े कृतघ्न हो। बड़ा मर्द बनते हो तो एक मकान खोज क्यों नहीं लेते।'

'चुप रह कुतिया। बड़ी आयी तरफदारी करने उस बम्भन की। साला मेहरी-लरिका गाँव पर छोड़कर परदेश में दूसरों की औरतों से भूख मिटाता रहता है।'

'तू चुप रह। मुझे बदनाम करना हो तो कर ले। उस बेचारे शरीफ आदमी के बारे में कुछ न कह।'

और उसने मुझे पीटना शुरू कर दिया। मैं मार खाती रही और वह गालियाँ दे-देकर पीटता रहा। मैं रोयी नहीं। कौन तमाशा खड़ा करे। वह थककर खुद चुप हो गया और फिर सोकर खर्राटे भरने लगा। मै नीचे एक चादर बिछाकर लेट गयी और रात-भर अहकती रही, अपने को कोसती रही। हाय मैं क्यों घर छोड़कर भागी! अब तो मैं बीच भँवर में हूँ, उधर जा नहीं सकती हूँ और इधर कोई कूल-किनारा नहीं सूझ रहा है। फिर घर की याद आ गयी। सूरज आँखों में भर उठा।

ऐसे ही जिन्दगी चलती रही। मैं सुन्दर से कोई अपना कमरा खोज लेने के लिए रोज जिद करती, वह खोजता भी, लेकिन कोई अलग कमरा पाना असम्भव था। एक व्यक्ति शाम को सुन्दर से मिलने आने लगा। नाम था कलपू चौधरी। मुझे यह आदमी पता नहीं क्यों पसन्द नहीं आता था। उसके उठने-बैठने, बोलने-बतियाने, देखने-सुनने के रंग-ढंग में एक काइयांपन, एक धूर्तता दिखाई पड़ती। वह मेरी ओर मुस्कराकर बहुत गन्दे तरीके से देखता। लेकिन सुन्दर उसे बहुत पसन्द करता था। वह उसके साथ उठता-बैठता घूमता-फिरता। एक दिन सुन्दर ने कहा—'चलो कमरे का इन्तजाम हो गया और परमानेन्ट नौकरी भी लग जायगी।'

वह बड़ा प्रसन्न था। मैं उसकी ओर देखने लगी।

'हाँ, हाँ, देखती क्या हो? क्या मैं झूठ बोल रहा हूँ। अरे यह कलपू है न, वह बड़ा जोरदार आदमी है। बड़े-बड़े अफसरों से उसकी जान-पहचान है। उसने साहबों से बात की है, जल्दी ही मुझे परमानेन्ट नौकरी मिल जायगी। और हाँ, वह कहता है कि हम लोग उसके कमरे में चले जाएँ, वह भी अकेला आदमी है, किसी दोस्त के साथ रह लेगा। वह असरदार आदमी है, जल्दी ही कोई कमरा भी दिला देगा।'

मैं कुछ नहीं बोली।

'अरे तुम कुछ बोलती क्यों नहीं?'

'मैं क्या बोलूँ? मेरे बोलने का कोई मतलब हो तो बोलूँ।'

'लगता है तुम्हें अच्छा नहीं लगा।' उसने भेद-भरी आँखों से मुझे देखा।

'हाँ, यह चौधरी अच्छा आदमी नहीं मालूम होता। वह जरूर हमें किसी मुसीबत में फँसायेगा।'

'जिसे परदेसी अच्छा लगने लगा हो उसे चौधरी कैसे अच्छा लगेगा?'

'मैं जानती थी तुम यही कहोगे, इसीलिए मैं कुछ कहना नहीं चाहती थी। तुम्हारे मन में खोट समा गयी है तो कोई क्या कर सकता है। परदेसी सचमुच में बहुत अच्छा आदमी है। मैं तुम्हें कहे दे रही हूँ कि कलपू तुम्हें जरूर मुसीबत में डालेगा।'

फिर उसने मुझे भद्दी-भद्दी गालियाँ दीं।

और एक दिन हम लोग कलपू चौधरी के कमरे में चले गये। परदेसी कुछ नहीं बोला। उसने इतना ही कहा—'आप लोगों को मेरी कोई जरूरत हो तो आ जाइएगा।' मुझे लगा कि परदेसी को हमारा वहाँ से जाना अच्छा नहीं लग रहा था, शायद उसे डर था कि हम लोग किसी मुसीबत में फँसने जा रहे हैं।

कलपू सचमुच अपने किसी दोस्त के साथ रहने लगा। उसने कमरे का जो किराया बताया था उसे हर महीने लेने लगा। धीरे-धीरे मुझे यह मालूम हुआ कि वह जो किराया लेता है वह उस किराये का दूना है जिसे वह चाली के मालिक को चुकाता है। यह भी मालूम हुआ कि ऐसा यहाँ अनेक लोग करते हैं।

दिन सरकने लगे। मेरा पेट फूलता गया। लेकिन एक दिन बहुत दर्द हुआ और आसपास के कुछ लोग लादकर अस्पताल ले गये। वहाँ मेरा छह महीने का गरभ गिर गया। मैं मरते-मरते बची। कलपू की जान-पहचान ने बड़ा काम किया और मेरे मन में कलपू के प्रति जो खराब विचार थे वे काफी कम हो गये।

धीरे-धीरे मैं ठीक हो गयी। मेरी पूछताछ करने के लिए कलपू काफी आने-जाने लगा। कलपू जवान था, आसपास की औरतें उसे छैला कहती थीं। औरतों से यह भी मालूम हुआ कि यह गाँव पर अपनी औरत को छोड़े हुए है। न वहाँ जाता है, न पैसे भेजता है बस यहीं गुलछर्रे उड़ाता है। मुझे भउजी भउजी कहने लगा था।

एक दिन तो मैं परेशान हो गयी। रात को सुन्दर शराब पीकर आया और अंड-बंड बकने लगा।

मैंने उसे बहुत डाँटा कि अरे अभागे खाने को पैसे नहीं जुड़ते हैं तू शराब पीकर अब आने लगा। अभी नौकरी ढंग से लगी नहीं और तूने यह लत डाल ली। अब बरबादी में देरी नहीं है।

उसने गालियाँ देनी शुरू कीं और कहा—'कौन साला अपने पैसे से शराब पीता है? अरे यह तो यार कलपू ने पिलायी है। उसके पास बोत पैसे हैं। तू साली क्यों फिकर करती है।' और मुझ पर टूट पड़ा।

मैंने उसे ढकेलते हुए कहा—'अरे अभागे, अभी महीना-भर भी नहीं हुआ अस्पताल से लौटे और तू अपनी पशुता पर आ गया।'

उसने मुझे मारना शुरू किया। मैं अपने को बस में नहीं रख सकी और पास पड़ी हुई एक लोहे की छड़ उठा ली और तड़पकर बोली—'खबरदार जो तुम आगे बढ़े, इसी छड़ से मारकर तुम्हारा सिर तोड़ दूँगी। यही सब करने के लिए मुझे यहाँ लाया था?'

वह डर गया। मैंने कहा—'बाहर निकलो नहीं तो सिर तोड़ती हूँ।'

उसकी आँखों में भय समा गया था। वह पीछे सरकने लगा और मैं छड़ लिये आगे बढ़ने लगी। वह कमरे के बाहर हो गया, मैंने अन्दर से किवाड़ बन्द कर ली। वह

किवाड़ भड़भड़ाता रहा, फिर थककर लेट गया। सवेरे किवाड़ खोली तो देखा—वह बरामदे में लेटा हुआ था। उसे जगाकर अन्दर ले आयी, चाय बनायी, पिलायी। वह कुछ सकुचा रहा था।

'तुमने शराब की लत डाल ली न?'

'अरे नहीं रे, कलपू ने बड़ा हठ किया कि पी ले यार। मैं पी गया। अब कभी नहीं पीयूँगा मेरी रानी।'

लेकिन वह अक्सर पीकर आने लगा। और एक दिन मालूम पड़ा कि उसकी नौकरी छूट गयी है। वह आदमी आ गया है जिसकी एवजी पर वह था। कलपू ने घर आकर बहुत ढाढ़स दिया—कुछ नहीं यार, कलपू के होते हुए तुम्हें नौकरी की कमी पड़ेगी? लेकिन होते-होते कई दिन बीत गये। कलपू ने कुछ पैसे दिये काम चलाने के लिए। एक महीने बाद उसने एक फैक्टरी में लगा दिया। फैक्टरी में पैसे कम मिलते थे लेकिन क्या करना था, जैसे-तैसे काम चलाना ही था। सुन्दर तो भी कभी-कभी शराब पीकर आने लगा। कहने पर गाली-गलौज करता और कहता कि क्या मैं अपने पैसे से पी रहा हूँ? यह तो कलपू पिलाता है।

मैं कलपू से बहुत डर गयी थी। समझ गयी थी कि कलपू की नीयत बुरी है और जानबूझकर वह सुन्दर को जाल में फाँस रहा है। लेकिन कुछ कहने पर सुन्दर कहता—'कलपू मेरा जानी यार है, बहुत प्यारा आदमी है।'

एक दिन कलपू अपना सारा सामान लिए आ गया और कहा कि दोस्त के यहाँ लोग आ गये हैं, अब अपने ही घर रहूँगा। सुन्दर ने कहा, 'रहो यार, यह घर तो तुम्हारा ही है यह तो तुम्हारी मेहरबानी है कि हमें अपने यहाँ रख लिया है।'

'अरे नहीं यार सुन्दर, दोस्ती में प्यार होता है, मेहरबानी नहीं। ऐसी जबान का इस्तेमाल करके मुझे जलील मत किया कर।'

लेकिन मैं भीतर-भीतर बहुत डर गयी कि कुछ होने वाला है। इसलिए सुन्दर से रोज कहती—कोई और चाली खोजो। मुझे यहाँ डर लग रहा है।

सुन्दर उलटे मुझे ही गाली देता और मस्ती से यह कहता हुआ बाहर जाता कि कलपू मेरा यार है, वह हमारी ताकत है।

कलपू की ड्यूटी पहले दिन की थी लेकिन उसने जानबूझकर रात को लगवा ली और दिन को घूमता-घामता और काफी समय बरामदे में लेटा रहता, कोई फिल्मी किताब पढ़ता और मुझे घूरा करता। बार-बार किसी काम से भीतर आता और मुस्कराकर मुझे देखता। धीरे-धीरे मुझसे बातचीत का सिलसिला बढ़ाने लगा, दुनिया-भर की बातें पूछता। मैं क्या करती, बोलना ही पड़ता।

एक दिन वह जानबूझकर किन्तु अनजान बनकर मुझसे टकरा गया। मैं कुछ नहीं बोली। वह शायद समझा कि ठीक है। दूसरे दिन उसने कहा—'भउजी आप मुझे बहुत अच्छी लगती हैं। क्या सुन्दरता पायी है आपने।'

मैं कुछ नहीं बोली। चुपचाप सुन लिया।

सुन्दर से कहा तो उसने कहा कि ठीक है, सुन्दर तो तुम हो ही। वह कौन झूठ बोलता है।

'तो ठीक है, सुन लो, अब कुछ हो गया न तो मुझे दोष मत देना। तुम इतने नपुंसक होगे यह मैंने नहीं सोचा था।'

एक दिन कलपू ने मेरे गाल पर ठुनकी मार दी। मैं चुप रही। उसे बढ़ावा मिल गया। उसने बढ़कर मेरा हाथ पकड़ लिया। मैंने गुस्से में झाड़ दिया और कहा—'कलपू बाबू, यह आपके लिए शोभा नहीं देता।'

'अरे भउजी, मुझे सब शोभा देता है। दरअसल तुम्हारे जैसी सुन्दर स्त्री उसी आदमी के साथ शोभा देती है जिसके पास पैसा हो, जवानी हो, नाम हो। मेरे पास सब कुछ है।'

'तुम्हें शरम नहीं आती अपने दोस्त की बीवी के साथ ऐसी हरकत करते हुए। वे सुनेंगे तो क्या कहेंगे?'

वह ठठाकर हँसा था। 'दोस्त है तभी तो उसे शराब पिलाता हूँ। नौकरी दिलाता हूँ। पैसे देता हूँ। मकान दिये हुए हैं। आखिर कुछ उसका भी तो फर्ज होता है। वह सुनेगा तो क्या कहेगा? जो दूसरों के फर्ज और एहसान से दब जाता है वह कुछ कहने लायक नहीं होता।'

'ओह, आप इतने गिरे हुए आदमी हैं। मैं सुन्दर से कहती हूँ कि यह घर छोड़कर नरक में चला चल।'

'तुम्हें नरक में भी जगह नहीं मिलेगी भउजी। अब कोई भी मेरे डर से तुम्हें अपने यहाँ नहीं रखेगा और मैं चाहूँ तो कल ही सुन्दर राम को नौकरी से निकलवा दूँ। अच्छा आज जाता हूँ, सुन्दर से बात कर लेना। कल फिर आऊँगा।'

इतना बड़ा नरक का कीड़ा मैंने नहीं देखा था। औरतों से उसके बारे में सुना जरूर था। मैं तो उसके व्यवहार को देखकर दंग रह गयी।

शाम को सुन्दर आया। कलपू आज ड्यूटी पर नहीं गया। सुन्दर के आते ही कहा—यार सुन्दर, नहा-धो ले—चल आज बाहर की चाय-वाय पीते हैं। आज मैं भी थका हुआ लग रहा हूँ, ड्यूटी पर जाने की इच्छा नहीं हो रही है। चल उधर से कोई पिक्चर भी देखते आयेंगे।'

'चलता हूँ, बस हाथ-मुहँ धो लूँ।'

मेरी इच्छा हुई सुन्दर को रोकूँ किन्तु जानती थी कि वह नहीं रुकेगा। उल्टे मुझे गाली सुनायेगा। कलपू की आज की हरकत सुन लेता तो शायद नहीं जाता। मैं उसे आज की हरकत न सुनाऊँ, इसीलिए वह शायद ड्यूटी पर नहीं गया।

कलपू सुन्दर को लेकर चाय की दुकान पर गया। वह चाय की दुकान के लौंडों और मालिक को बड़ी धौंस के साथ डाँटता रहा। मालिक लौंडों को डाँट-डाँटकर

कहता रहा—'अबे साले देख न, कलपू बाबू क्या माँगते हैं।' और लौंडे सारे ग्राहकों की उपेक्षा करके दौड़-दौड़कर कलपू के लिए सामान लाते रहे।

वहाँ से खा-पीकर निकले तो कलपू सुन्दर को लेकर एक ऐसी जगह पहुँचा जहाँ कई पहलवान अखाड़े में कसरत कर रहे थे। कलपू को देखते ही सारे पहलवान दौड़े और उसका पाँव छू-छूकर प्रणाम करने लगे। और सभी बारी-बारी से पूछते—कोई हुकुम उस्ताद।

'कुछ नहीं, कुछ नहीं ऐसे ही आ गया।' कहकर वह सुन्दर की ओर देखता। सुन्दर चुपचाप सब कुछ देखता रहा।

फिर लेकर एक ऐसे मकान में पहुँचा जहाँ कुछ नेता लोग थे। नेता लोगों ने बड़े प्रेम से कलपू से हाथ मिलाया और तमाम बातें करते रहे। यह भी सुना कि, कतल कर दो साले को कलपू। हम लोग तो हैं ही, देख लेंगे।' कलपू ने हँसकर सुन्दर की ओर देखा। सुन्दर का जी सनसना गया।

फिर वह शराबखाने ले गया। दोनों ने शराब पी। शराब बहुत नहीं पी थी। कुछ होश में थे, कुछ बेहोशी में थे। रास्ते में सुन्दर को लेकर कलपू बैठ गया और बोला—'सुन्दर, आज तुम्हारी बीवी के साथ मैं सोऊँगा।'

'क्या?' सुन्दर चीखा।

'हाँ-हाँ, इतना चीखता क्यों है रे साला?'

'अरे साला, तू इतना गिरा हुआ है कि मेरी बीवी के साथ सोने की बात करता है। यही तेरी दोस्ती है?'

'चुप साले' कहकर कलपू ने जोर का हाथ मारा, 'बड़ा आया है दोस्त बनने। मैंने तुम्हें इतना कुछ दिया है। क्या तुम्हारा कोई फर्ज नहीं होता देने के लिए?'

सुन्दर के मुँह से खून गिरने लगा था। उसे एक बार गुस्सा आया कि टूट पड़े कलपू साले पर। लेकिन उसके थप्पड़ का जोर देख चुका था और देख चुका था उन पहलवानों और नेताओं को जो उसके पीछे थे। वह यह भी देख चुका था कि सारा मोहल्ला उससे डरता है? कुछ हो-हवा गया तो कोई उसके साथ नहीं आयेगा।

'अबे साले खून पोंछ ले, क्या खून चुवाता घूम रहा है हिजड़े की तरह?'

और वह सुन्दर को घसीटकर पास के किसी नल पर ले गया और कहा—'धो ले अपना घाव और ले मेरा रूमाल, पोंछ ले।'

दोनों ही होश में थे अब।

'अबे देख सुन्दर, तू मेरा दोस्त है, तू साला एक मजाक पर घबरा गया। दोस्त को दोस्त में विश्वास नहीं रहा। दोस्त तो दोस्त के लिए पता नहीं क्या-क्या करते हैं। अब तू घर जा, मैं कहीं और जा रहा हूँ।'

सुन्दर घर गया। उसने सारी कहानी कही। और मैंने भी अपनी कहानी सुनायी। वह बहुत घबराया हुआ था। उसने कहा—'तुम ठीक कहती थी। यह साला कलपुआ

गुण्डा है, हम इसके चंगुल में फँस गये हैं। इसके खिलाफ कोई हमारा साथ देने नही आयेगा।'

'चलो परदेसी के यहाँ चले चलते हैं' मैंने कहा।

'नहीं, कोई भी इसके खिलाफ हमारी तरफदारी नहीं करेगा। और परदेसी की क्या औकात है? बेचारा गरीब आदमी।'

'अब भोगो। तब तो तुमने परदेसी को अपना दुश्मन समझा और इस गुण्डे को दोस्त, परदेसी तो तुम्हें लोफर लगा था। दिन-भर घर बैठकर मेरे साथ प्रेम की बातें करता था। यह कलपू शुरू से ही मुझे गुण्डा लगा था, पता नहीं कैसे तुम्हारी आँख अंधरा गयी थी कि इसकी असली सूरत तुम्हें दिखाई नहीं पड़ी। ऐसी ओछी बातें तुम्हारी बीवी के बारे में कहता है। अब कैसे बर्दाश्त कर लेते हो?'

'तो क्या करूँ, उससे लड़ाई कर लूँ? मार खाने के लिए? जब हम लोग घर से भागे हैं तो न जाने कितनी-कितनी मुसीबतें झेलनी पड़ेंगी। मेरी भी मति मारी गयी थी कि अपना घर-दुवार छोड़कर तुम्हें ले भागा।'

'तो अभी क्या बिगड़ा है घर लौट जाओ। तुम लोगों का क्या बिगड़ता है? दो-चार दिन भला-बुरा सुन लोगे, फिर ठीक हो जायगा। बरबाद तो मैं हुई। अब तो जहाँ से छूटी हूँ वहाँ जाने का सवाल ही नहीं पैदा होता।'

'हाँ, और मेरा बड़ा सवाल उठता है न? लौटने पर बाभन सब मेरी एक भी हड्डी सही-सलामत रहने नहीं देंगे। पता नहीं मेरी बूढ़ी माँ और छोटे भाई के साथ गाँव वाले क्या सलूक करते होंगे?'

'अच्छा तो सो जाओ। मेरे लिए फिकर करने की जरूरत नहीं। मैं जैसा ठीक समझूँगी करूँगी। फिर मुझको दोष मत देना।'

'नहीं, नहीं, घबराओ नहीं, कोई न कोई उपाय करता हूँ। अच्छा तो यही हो कि हम लोग कहीं और निकल चलें, लेकिन कहाँ?'

मैंने मन ही मन कुछ ठान लिया। अब और बेस्सा नहीं बनूँगी। अब तक जो बन लिया सो बन लिया। मेरे भीतर एक ब्राह्मण औरत का तेज धकधका उठा। और मैं सारे डर-भय से परे हो गयी।

दूसरे दिन जब सुन्दर चला गया तो दोपहर के समय कलपू आया। पिये हुए था। आते ही बोला—'मैं कुछ बुरा हूँ क्या साले सुन्दरवा से? देखो मैं तुम दोनों की परवरिश करूँगा। वो साला क्या खाकर तुम्हें संभालेगा? यह जवानी, यह गदरायी हुई देह, यह ···'

'चुप हरामजादे।' मैं जोर से तड़पी।

वह हँसा। और सिटकिनी बन्द कर मेरी ओर आगे बढ़ा, उसकी पकड़ से बचने के लिए मैं दरवाजे की ओर बढ़ी कि झट से कोई आदमी बाहर से दरवाजा बन्द कर बैठा। शायद उसका साथी रहा हो।

कलपू ठठाकर हँसा—'कहाँ जाओगी? कलपू ने इतनी कच्ची गोलियाँ नहीं खेली हैं? मेरे आदमी चारों ओर हैं। और चिल्लाओगी तो भी कोई कलपू के घर में नहीं आयेगा और सारा जुर्म तुम्हीं को लगेगा।'

मैं कमरे में भागती रही। वह खदेड़ता रहा। मुझे कुछ सूझा। मुस्करायी। बोली—'अच्छा कलपू प्यारे, अब और न सताओ। मैं तुम्हारी हो गयी। अब आराम से बैठ जाओ, आराम से प्यार करो। क्या कोई अपने आदमी से इस तरह जबरदस्ती करता है?'

'वाह, वाह, वाह, अरे क्या बात कही तुमने जानी। अरे पहले ही यह कहा होता तो मैं क्यों घोड़े की तरह दौड़ता। अच्छा आओ।'

'आप पहले खाट पर लेट जाइये उधर मुँह करके। मुझे लाज आती है न कपड़े उतारकर सामने आने में। मैं चुपचाप आकर बिस्तर में समा जाऊँगी। हाँ मेरे प्यारे कलपू!'

'अरे इसमें कौन बात है। लो मैं लेट गया उधर मुँह करके।'

'बहुत अच्छा, इधर ताकना मत, नहीं तो मैं खाट के पास से लौट जाऊँगी।'

मैंने पहले से ही तैयारी कर रखी थी और कलपू की टाँगी उठाकर उसकी गर्दन पर दे मारी। एक भयानक आवाज निकली उस हरामी के मुँह से। कलपू का आदमी बाहर बैठा हुआ था। आवाज सुनकर साँकल खोलकर तेजी से अन्दर आया और कलपू का कटा हुआ सिर देखकर चिल्लाया—अरे बाप रे! और बदहवाश होकर भागा। पता नहीं मेरा क्या रूप बन गया था—जो भी आता, मुझे देखकर डर जाता। मैं वहीं गुमसुम खड़ी थी, शायद मेरी आँखों से आग निकल रही थी। मेरे चेहरे पर भयानक घिन और गुस्सा फैला हुआ था।

देखते-देखते भीड़ जुट गयी। सब लोग मुझे देखकर डरने लगे। पता नहीं कितनी-कितनी बातें इधर-उधर रेंगने लगीं। मुझे कुछ होश नहीं था।

थाना-पुलिस, अहलवान-पहलवान और न जाने क्या-क्या इकट्ठा हो गया। मैं पुलिस की हिरासत में ली गयी। मेरा कौन था। कई दिन बीत गये, सुन्दर भी मिलने नहीं आया। पुलिस ने खूब पूछा– 'तुम्हारा मरद सुन्दरवा साला कहाँ चला गया, मिलता ही नहीं। बता कहाँ जा सकता है?'

'मुझे क्या मालूम? जब यह वाकया हुआ तो फैक्टरी गये थे। उसके बाद का मुझे क्या पता?'

'अरे उसी दिन से वह लापता है। वह घर आया ही नहीं। फैक्टरी से भी लापता है।'

मैं समझ गयी कि उसे किसी ने खून का वाकया फैक्टरी में ही बता दिया होगा और वहीं से वह भाग खड़ा हुआ। मैं इस दुनिया में निपट अकेली थी। कहीं कोई आगे-पीछे नहीं था, इसलिए मैंने पुलिस के सामने कबूल कर लिया कि हाँ मैंने खून किया है। वह मेरी अस्मत लूटना चाहता था।

लेकिन मेरे इतना साफ-साफ बोलने पर पुलिस की जिरह नहीं रुकी और तरह-तरह की बातें पूछती रही—'तुम्हारा घर कहाँ है? वहाँ कौन-कौन हैं? लोग क्या-क्या करते हैं?' और तमाम वाहियात बातें।

मैंने उनके जवाब में यही कहा—'मेरा इस दुनिया में कोई नहीं है और जो था वह भी मुझे छोड़कर भाग गया। और मैं जहाँ इस समय हूँ, उसी को मेरा घर समझो।'

दारोगा रस ले-लेकर पूछता था—'वह कब से तुम्हारे पीछे था? उस दिन तुम्हारे साथ क्या कर रहा था, क्या-क्या पकड़ा था? तुम किस पोजीशन में थीं और वह किस पोजीशन में था?'

मेरी आँखों में खून उतर आया था लेकिन मैं क्या करती? कुछ बोली नहीं।

'देखो और तुम कुछ बताओगी नहीं तो तुम्हारा यह कहना सही नहीं साबित हो सकेगा कि तुमने अस्मत लूटने के जुर्म में उसका खून किया है।'

'मुझे साबित करना भी नहीं है। मुझे फाँसी होगी न! मैं फाँसी ही चाहती हूँ। मुझे घिनौनी जिन्दगी नहीं जीनी है। मैं जिन्दा नहीं रहना चाहती क्योंकि मुझे खुद अपनी जिन्दगी से मोह नहीं रहा।'

पता नहीं कितने लोग आते रहे, जाते रहे, शायद कलपू के यार-दोस्त रहे, नेता रहे। लोग मुझे देखते—भय खाते, मुस्कराते और बोलियाँ बोलते। सबको विश्वास था ही कि मेरे आगे-पीछे कोई नहीं है, फाँसी होनी ही है इसलिए लोगों को पुलिस पर बहुत जोर भी नहीं मारना पड़ रहा था। वैसे पुलिस भी तो भीतर से उन्हीं लोगों की थी।

मुकदमा चला। मुकदमा क्या चलना था। मुझे कोई वकील करना नहीं था। मैंने कचहरी में भी कबूल कर लिया कि मैंने इस पापी को मारा है। यह मेरी अस्मत लूटना चाहता था।

लेकिन बाबू पता नहीं क्यों बात का बतंगड़ बना दिया गया। सीधी-सी सही बात थी, उसे इतना लपेटा क्यों गया, मुझे नहीं मालूम। एक काले कोट वाला वकील जोर-जोर से चिल्ला रहा था कि तुम झूठ कहती हो। वह तुम्हारी अस्मत नहीं लूटना चाहता था, वह समाज में इज्जत-पानी वाला इंसान था, वह सबकी भलाई करता था। उसने तुम्हारे आदमी को फैक्टरी में नौकरी दिलायी। उसने तुम लोगों को अपने घर में जगह दी और खुद जाकर एक दोस्त के यहाँ रहने लगा। जब तुम लोग भूख से मर रहे थे तब उसने तुम लोगों को पैसे दिये। ऐसे नेक इन्सान का एहसान मानने के बदले तुमने उसका खून किया, इसलिए कि उसे अब अपने घर की जरूरत थी और तुम लोगों से घर खाली करने के लिए कह रहा था और तुम लोग उसके घर पर अपना कब्जा जमाने की कोशिश कर रहे थे।

'यह झूठ है।' मैं चिल्लायी।

'हाँ यह झूठ है और यह भी झूठ है?' कहकर उसने जज से कहा—'हुजूर मुझे गवाह को हाजिर करने की आज्ञा दी जाए।'

जज के हुकुम पर एक गुंडा जैसा आदमी हाजिर किया गया। उसी वकील ने चीखकर मुझसे पूछा—

'इसे पहचानती हो।'

'मैं इसे क्यों पहचानूँ?'

'हुजूर, यह वह आदमी है जो अक्सर इस औरत से मिलने के लिए आता रहता था। इस औरत का मर्द दिन को काम पर चला जाता था और कलपू यहाँ वहाँ लोगों की सेवा में भटकता रहता था। घर सूना पाकर यह इस औरत से मिलने चला आता था। इसके साथ इस आदमी के नाजायज सम्बन्ध बन गये थे। जब कलपू ने सुना तो उसने इस औरत को मना किया कि देखो यह भले आदमी का घर है ऐसा मत करो। लेकिन जब यह नहीं मानी तो उसने उसके पति से कहा और यह भी कहा कि घर खाली कर दो। मर्द ने इसे बहुत पीटा। और बात बढ़ती गयी। इसी बात का बदला लेने के लिए एक दिन इसने कलपू को धोखे से काट दिया।'

'यह झूठ है।' मैं जोर से चिल्ला पड़ी और उस वकील की ओर गुस्से-भरी आँखों से देखने लगी।

वकील जोर से डपटा—'चीखो नहीं, यह अदालत है।'

'तो तुम क्यों चीख रहे हो।' मारे गुस्से के मैं बोल पड़ी।

लोग हँसने लगे। 'आडर आडर!'—जज मुगड़ी ठोककर चिल्लाये।

अब वकील उस गुण्डानुमा आदमी से जिरह करने लगा।

'तुम्हारा नाम?'

'गजराज।'

'पेशा?'

'मिल में नौकरी।'

'बोलो इस औरत को जानते हो?'

'हुजूर मैं नहीं इस औरत को जानूँगा?' कहकर एक गन्दी हँसी हँसा।

'तुम्हारी जान-पहचान कब से है?'

'यही दो महीने से।'

'बोलो तुम्हारा क्या सम्बन्ध है इस औरत से?'

'हुजूर अब क्या बताऊँ। वे सब बातें यहाँ नहीं कही जा सकती हैं। बस समझिये हम दोनों एक ही हैं।'

लोग हँस-हँसकर रस ले रहे थे।

मेरे हाथों में हथकड़ियाँ बँधी थीं। अगर मेरे हाथ खुले होते और वहाँ कोई चीज होती तो जरूर उसे उठाकर मैं उसे या उस वकील को मार बैठती। मेरा गुस्सा भीतर-भीतर उफन रहा था।

'हुजूर बात साफ हो गयी कि यह औरत बदचलन है और इसका सबसे बड़ा सबूत

यह है कि इसका पति इसकी गिरफ्तारी की खबर पाकर भाग गया, वह भी इससे तंग आ गया था।'

'बदचलन होगी तेरी माँ, तेरी बहन! ओ हरामजादे, काले कोट वाले। मैलाखोर सूअर की औलाद। तेरे मन में औरत के लिए कोई इज्जत-मरजाद नहीं है? तू निहायत झूठ बोलने वाला गिरा हुआ आदमी है, सुनती थी कि वकील झूठ बोलते हैं।'

लोग हँसने लगे और एक तहलका-सा मच गया। मैं दोनों हाथ उठा-उठाकर वकील की ओर झपटने लगी। पुलिस मुझे डपटती हुई काबू में करने की कोशिश करती रही। मैं अपने काबू से बाहर हो गयी थी। मैं फिर चिल्लायी—

'हुजूर, मुझे फाँसी दे दीजिए, शेर-चीते के सामने डाल दीजिए। लेकिन इस काले कोट वाले जानवर के पास से मुझे हटाइए। इससे मुझे बदबू आ रही है और यह गन्दा आदमी जो अपना नाम गजराज बता रहा है इसी वकील के किराये का आदमी है। मैंने कभी इसकी सकल भी नहीं देखी है।'

और मैं जोर-जोर से रोने लगी। इतनी बड़ी भीड़ में कोई भी तो अपना नहीं था जो मुझे सहारा देता।

उस दिन अदालत बरखास्त कर दी गयी। और एक दिन फैसला हो गया और मुझे दस साल कैद की सजा हो गयी।

जेल में जाकर मैं निश्चिन्त हो गयी। कोई चिन्ता नहीं—न खाने की न पीने की, न मकान की न नौकरी की। और आस-पास के कलपू जैसे शरीफ भेड़ियों से और तरह-तरह की कानाफूसी करती आँखों से बच गयी। यह दुनिया भी अजीब थी—तरह-तरह की औरतें यहाँ जमा थीं। एक से एक बीहड़ थी। कोई खून करके आयी थी, कोई चोरी के जुर्म में आयी थी और तरह-तरह के जुर्म थे। कभी-कभी खूब लड़ती थीं लेकिन अजीब बात थी कि यहाँ डर नहीं लगता था जैसा कि बाहर लगता था। मैंने दस साल काटे इस नयी दुनिया में। कैसे काटे यह एक अलग कहानी है नरेश बाबू।'

भउजी चुप हो गयीं जैसे कुछ भीतर अटक रहा हो, फिर खाँसने लगीं, जोर-जोर से खाँसने लगीं। जब से स्टेशन पर मिली थीं तभी से रह-रहकर खाँस रही थीं, कहानी के बीच-बीच में खाँसती थीं, चुप हो जाती थीं और फिर कहानी कहती थीं लेकिन इस बार देर तक खाँसती रहीं। खाँसते-खाँसते उनकी साँस टँग जाने लगी। पूरा जर्जर हृदय खाँसी के आवेग में चरमरा रहा था जैसे अब गिरा तब गिरा। मैंने भउजी की पीठ सहलायी। थोड़ा पानी पिलाया तब जाकर थोड़ी खाँसी रुकी।

'हाँ बाबू,' थोड़ा सँभलकर भउजी बोल पड़ीं।

'नहीं भउजी, नहीं, काफी सुस्ता लीजिए तब कहानी कहिएगा।'

'लेकिन गाड़ी?'

'गाड़ी जाने में अभी दो घंटे की देर है।' मैंने घड़ी के रेडियम के प्रकाश में समय

देखकर कहा।

'बाबू, तुम सुरती तो नहीं खाते होगे?'

'नहीं भउजी, क्यों? तुम खाती हो क्या?'

'हाँ, जेल में यह लत भी लग गयी बल्कि लगा दी गयी।'

'मैं तो नहीं खाता लेकिन मैं जाकर किसी से माँगकर लाता हूँ।'

'अरे नहीं, कहाँ जाओगे बाबू? मैंने तो यों ही कहा था।'

'नहीं भउजी, बागीचे के उस पार एक सुरती खाने वाला अपने खेत में सोता है। अभी माँगकर ले आया। बस गया और लेकर आया।'

और जब सुरती लेकर लौटा तो भउजी वहाँ नहीं थीं। मैंने धीरे-धीरे पुकारा भी लेकिन कोई उत्तर नहीं मिला। मैं समझ गया कि वह चली गयीं, शायद सुरती भी मुझे हटाने का बहाना रहा हो। अगर वे सुरती खाती होतीं तो या तो अपने पास रखतीं या बहुत पहले ही उसकी चर्चा की होती। यह सोचकर भी अच्छा लगा कि भउजी सुरती नहीं खाती होंगी।

भउजी चली गयीं। स्टेशन ही गयी होंगी, उन्हें पकड़ सकता हूँ लेकिन पकड़कर क्या करूँगा? आखिर उन्हें जाना तो है ही। उन्हें रोककर कहाँ रखा जायेगा? कहाँ है उनका घर-द्वार?

मैं चुपचाप रजाई लपेटकर लेट गया और अधूरी कहानी मेरी कल्पना में अपनी अदृश्य तसवीरें बनाती रही। एक बहुत लम्बी अनदेखी कहानी जैसे अपनी अनेक सम्भावित विभीषिकाओं के साथ मेरे भीतर उभर रही थी। नींद नहीं आ रही थी। खैर कोई बात नहीं, कल रविवार है।

न जाने कब नींद आयी और जब नींद टूटी तो सवेरा हो चुका थ। जल्दी-जल्दी घर की ओर भागा तो रास्ते में भीड़ देखकर उसी ओर बढ़ गया।

'क्या है, क्या है?' कहता हुआ मैं नारायण भइया के पास चला गया।

'अरे भाई नरेश, पता नहीं यह कौन औरत मेरे खेत में मरी पड़ी है। कौन है, कहाँ से आयी है? अब इसका क्या किया जाए?'

'भउजी !' मैं मन ही मन बुदबुदाया। वे कम्बल लपेटे चित्त पड़ी थीं। उनकी दोनों मुट्ठियों में खेत की मिट्टी बँधी हुई थी। यात्राओं की अनन्त विषम रेखाओं से खिंचे-पिटे उनके चेहरे पर अपूर्व शान्ति थी। आखिर वे अपनी मंजिल पा ही गयीं। जिसे आदमी नहीं रोक सका उसे मिट्टी ने अपनी गोद में रोक लिया। मेरा मन एक अद्भुत तृप्ति से भर उठा। मन हुआ चिल्ला उठूँ—कि नारायण भइया, यह तुम्हारी बहू है सुहागी। नदी की तरह ठोकरें खाती हुई तुम्हीं में विलीन होने के लिए चली आयी लेकिन मैंने संयम किया कि नहीं, लोग अभी इस औरत पर थूकने लगेंगे। यात्रा का इतना पवित्र अन्त एक गन्दे कोलाहल में बदल जाएगा। सोने दो भउजी को शान्ति की नींद।

'अरे भाई, क्या करना है इस लाश का?' नारायण भइया चिल्ला रहे थे।

'भइया, यह कोई भी हो, है तो आदमी ही। इसकी भटकी हुई रूह को तुम्हारे खेत ने शरण दी है। अब तुम्हारा धर्म है इसे अपने हाथों से उठाओ और अग्नि की गोद में समर्पित करो और सूरज बेटे, तुम भी इस शव को हाथ लगाना।'

'लेकिन यह कैसे हो सकता है? एक अनजानी लाश को हम कैसे फूँक सकते हैं? थाना, कचहरी और इसके घर वाले हमें जिन्दा छोड़ेंगे।'

'हाँ, इसका इन्तजाम तो करना ही पड़ेगा।'

थाना पास में ही था। वहाँ इत्तला कर दी गयी। थानेदार आये, उन्होंने लाश की तलाशी ली। एक चिट्ठी मिली—'इस दुनिया में मेरा कोई नहीं है, मैं जहाँ कहीं मरूँ, मेरे सगे-सम्बन्धियों की खोज न की जाए।'

थानेदार ने लाश फूँकने की इजाजत दे दी। न जाने क्या हुआ कि मुहाँमुँही यह बात फैल गयी कि यह किसी तपस्विनी की लाश है। इसे अमुक-अमुक जगह देखा गया था। बड़े धूमधाम से शव यात्रा हुई। लाश को कन्धा देने वालों में नारायण भइया थे, सूरज था, मैं था और बारी-बारी से कई लोग थे।

रात को अपने खेत की उसी झोंपड़ी में सोने आया। कटे पेड़ की तरह बिस्तर पर गिर पड़ा। सारा परिवेश भउजी से भरकर तड़पने लगा। भउजी को तो उनकी मंजिल मिल गयी थी लेकिन मैं भटक गया था। भउजी की पहचान छिपाये हुए मैं भीतर ही भीतर घुट रहा था। क्या एक पति को उसकी पत्नी और एक पुत्र को उसकी माँ मिल जाने के अहसास से वंचित नहीं कर दिया? शायद किया, शायद नहीं किया। संन्यासिनी के रूप में नहीं, मैं भउजी के रूप में प्रतिष्ठित देखना चाहता था लेकिन क्या यह सम्भव हो पाता? मैं फिलहाल किसी फैसले पर नहीं पहुँच पा रहा हूँ। लेकिन किसी दिन किसी पत्रिका में इसे छपवाऊंगा जरूर। आदमी से आदमी की कहानी को छिपा लेना नैतिक अपराध है।

□

अतीत का विष

उसे कोई उत्तर नहीं सूझ रहा है। बच्ची पूछती है कि मां को क्या हो गया है? वह क्या जवाब दे? बच्ची पूछती है–'पप्पा, मां 'कांटा वाला' क्यों चिल्लाती है?' वह क्या कहे? टाल देता है। लेकिन कब तक टालेगा? वह अपने को क्या जवाब दे? उसने एक सपना देखा था। सपना साकार किया था, लेकिन यह क्या हो गया? क्या हो गया?

हां, उसने एक सपना देखा था कि वह अभिशप्त समाज में से अपना जीवन-साथी चुनेगा। समाज के सामने एक आदर्श रखेगा। वह नहीं कह सकता कि इसमें उसका कितना अहंकार था और कितना आत्मसुख। किन्तु जब उसने सुषमा से विवाह किया तो उसे आत्मसुख ही ज्यादा मिला। विवाह के समय सुषमा जितनी सुंदर लगी थी, विवाह के बाद उससे सुंदरतर होती गयी। उसके भीतर के सौंदर्य का स्तर-स्तर खुलता गया और उसे लगा कि उसने बहुत सही फैसला लिया है और यह भी अनुभव हुआ था कि अभिशप्तों की जमात में न जाने कितनी सुन्दर आत्माएं सामाजिक अभिशाप की गंदगी ओढ़े भीतर-भीतर चमक रही हैं। आदर्शवादी युवकों को एक आदर्श की स्थापना के लिए ही नहीं, सच्ची शांति और सुख के लिए इन्हें अपनाना चाहिए। हां, उसने सुषमा को मेरठ के नारी निकेतन से पाया था।

सुषमा ने नारी निकेतन में कुछ शिक्षा-दीक्षा प्राप्त कर ली थी। बाद में उसी ने उसे पढ़ाया और बी. ए. पास कराया। पढ़ने में भी वह बहुत तेज निकली। सुषमा को पाकर वह धन्यता अनुभव करने लगा। सुषमा एक पूर्ण स्त्री थी-सुन्दर, सुशील, पढ़ी-लिखी। उसके साहचर्य में उसे पूर्ण तृप्ति मिलती थी। सुषमा भी उसे पाकर धन्यता अनुभव करती थी और कभी-कभी भावुक होकर उसे देखने लगती थी और कहती थी—'तुम कितने महान हो कि मुझ जैसी नारी का उद्धार किया।'

उसने हर बार सुषमा को समझाया-'देखो सुषमा, तुम उद्धार-वुद्धार की बात करके मेरा सुख कम कर देना चाहती हो। मैंने तुम्हें प्यार किया है, उद्धार नहीं। मैंने तुम पर कोई एहसान नहीं किया है। अपने आनंद के लिए तुम्हें पाया है। न जाने क्यों तुम्हें देखते ही मेरी अंतरात्मा बोल उठी थी—यही है वह स्त्री जो तुम्हारे लिए है।' सुषमा

की आँखें तरल हो उठतीं। सुषमा ने कई बार कोशिश की कि वह अपना अतीत बताये लेकिन उसने उत्साहित नहीं किया। वह नहीं चाहता था कि इस सुन्दर वर्तमान के इर्द-गिर्द लिपटा हुआ कुरूप अतीत उघरे। यह नहीं कि वह उससे डरता था, डरने की कौन सी बात थी जब उसने उसके अतीत को जाने बिना उसे स्वीकार किया था, बल्कि वह उसकी आवश्यकता ही नहीं समझता था। उससे सुषमा छोटी हो जाती। वह छोटी होकर यह दिखाती कि देखो इतने कुरूप अतीत वाली औरत को तुमने इतना प्यार और सम्मान दिया है। तुम कितने महान हो! और उसे इसी बात से चिढ़ थी। लेकिन ··· लेकिन ··· लेकिन क्या? उसका मन कहता-नहीं, सुभाष, तुम पूरी बात नहीं कह रहे हो। तुम डरते थे कि न जाने उस ढके हुए अतीत में से कौन-सी बात ऐसी निकल आए जो तुम्हें बुरी तरह आहत कर दे, जो तुम्हें बाहर से भीतर तक झकझोर दे और तुम अपने निर्णय को गलत समझने लगो। तुम डरते हो-अतीत से नहीं, अपने से।' नहीं-नहीं, ऐसा नहीं है। चलो, जो भी हो, उसकी अवश्यकता क्या है?

कई बार सुषमा प्यार-भरे स्वर में कहती- सुनो, तुम मेरी पिछली कहानी नहीं सुनोगे?'

'सुषमा!' वह चीख उठता, 'तुम क्यों अतीत के अपराध-बोध से पीड़ित हो! क्यों नहीं उसे काटकर फेंक देती? मैंने तुम्हें जहां से पाया है, वहीं से जानना पर्याप्त नहीं है क्या? हीरे को प्यार करने के लिए यह जानना जरूरी है कि वह कोयले की खान में कैसे रहा, कब तक रहा?' सुषमा एक गहरी तृप्ति से भर जाती।

उसने सुषमा को अतीत से काटने के लिए ही मेरठ से अपना तबादला लखनऊ करा लिया। सुषमा ने एक बहुत प्यारी बच्ची को जन्म दिया। साल गुजरते गये और बारह साल बीत गये। उसने ही बच्ची का नाम रखा था-आशा। सचमुच ही वह दोनों की आशा थी और उनकी आशाओं की तरह ही बढ़ती गयी। फिर कई साल बाद एक पुत्र पैदा हुआ। उसका नाम उसने रखा-विश्वास। विश्वास भी अब पांच साल का हो गया है। आशा सातवीं में पढ़ती है और विश्वास पहली में। और वे दोनों पूछते हैं-'पापा, मम्मी को क्या हो गया है? मम्मी कितनी अच्छी थी ··· अब वे क्यों ऐसी हो गयीं? हमसे बोलती क्यों नहीं? हमें प्यार क्यों नहीं करतीं? बड़बड़ाती क्यों रहती हैं?'

वह क्या जवाब दे? सोचता है, इन बच्चों को होस्टल में डाल दे। यदि ये साथ रहेंगे तो क्या सोचेंगे? जिस अतीत को उसने कभी नहीं कुरेदा, वही अपनी सारी कुरूपता के साथ बच्चों पर लद जायेगा। वह क्या करे? बच्चों को हटाने से वह कितना खाली हो जायेगा, कितना सूना अनुभव करेगा। उसे कुछ निर्णय लेना पड़ेगा ही।

सुषमा उसके सामने आयी। खोयी-खोयी-सी। उसने एक उड़ती नजर पति और

बच्चों पर डाली। बच्चे डर-से गये। 'माँ!' विश्वास चिल्लाया।

सुषमा ने खाली-खाली आंखों से पुत्र की ओर देखा। फिर मुस्करा पड़ी। उसकी मुस्कान में दूरी थी, सपृंक्ति नहीं। बच्चा डर गया।

'सुषमा! क्या नाश्ता बनाया है?'

'नाश्ता? हां, नाश्ता बनाया है कांटे का।' और वह हि-हि-हि-हि करती अंदर चली गयी।

'पापा, मां को क्या हो गया है?' दोनों बच्चे चिल्लाये।

'काश, यही मैं जान पाता!' वह भीतर-भीतर चीखने लगा लेकिन बच्चों से बोला,'कुछ नहीं, बेटे, जरा तबीयत खराब हो गयी है। डॉक्टर साहब कहते हैं-जल्दी ही ठीक हो जायेंगी।'

दिन बीतने लगे। तंग आकर उसने बच्चों को होस्टल में डाल दिया। विश्वास कितना रोया था होस्टल जाते हुए! लेकिन जब उसने उससे कहा कि 'क्या तुम अपनी मां को अच्छी नहीं देखना चाहते? बोलो बेटा बोलो!'

'देखना चाहता हूं, पापा।' उसने अटकते हुए कहा।

'तो बेटा, होस्टल चले जाओ।'

'तो मेरे होस्टल जाने से क्या मां अच्छी हो जायेगी?'

'हां बेटे, डॉक्टर साहब कहते कि जब बच्चे दूर रहेंगे तो मां का प्रेम उमड़ेगा। देखो, तुम्हारी मां का प्रेम खो गया है! बताओ, तुम लोगों को क्या पहले की तरह प्यार करती हैं?'

बच्चों ने 'नहीं' सूचक सिर हिला दिया।

'तो बेटे, डॉक्टर साहब की सलाह मानकर होस्टल चले जाओ। वहां खूब सारे दोस्त मिलेंगे। खूब खेलने को मिलेगा। और तुम लोगों के दूर रहने से मां का प्रेम उमड़ेगा और जब प्रेम उमड़ेगा तो अच्छी हो जायेंगी।'

बच्चे चले गये। घर सूना हो गया। क्या यह वही घर है जो कुछ दिनों पहले था? क्या से क्या हो जाता है? कौन है इसका उत्तरदायी? किससे सवाल किया जाए? अपने से? तब मैंने क्या किया है। मैंने तो सुषमा को प्रेम के रूप में पाया और प्रेम के रूप में जिया। तो क्या सुषमा से सवाल किया जाए? उसने क्या किया है? क्या उसने मेरे प्रेम को अपने प्रेम का पूरा सहारा नहीं दिया? वह तो फूल-से महकते अपने पूरे अस्तित्व से मेरे जीवन को रस और गंध देने की ही कोशिश करती रही। क्या उससे सवाल किया जाए कि वह पागल क्यों हो गयी है? तब किससे सवाल किया जाए? आखिर कोई न कोई तो उत्तरदायी है ही-ईश्वर, प्रकृति, समाज! वह किससे सवाल करे? कौन है जिसने उसकी और सुषमा की रस भरी जिन्दगी में जहर घोल दिया? ईश्वर! वह बेचारा तो मुफ्त में ही यश-अपयश पाता रहता है और वह है कहां कि उससे सवाल किया जाए? प्रकृति! उसका तो अपना भौतिक नियम है, वह तो वस्तुओं

को ही बिगाड़ने में लगी रहती है। शरीर तो सुषमा का वैसे ही है जैसे बहुत-से लोगों का। उसका मन असंतुलित हो गया तो प्रकृति क्या करे? तब··· तब बचता है समाज! उसी से सवाल किया जा सकता है। निश्चय ही सुषमा के इस असंतुलन के पीछे समाज है। हां, वह नारी निकेतन में तो पैदा नहीं हुई थी, वह किसी घर में पैदा हुई होगी। वहां से नारी-निकेतन आने की एक लंबी जटिल दु:ख भरी प्रक्रिया होगी। उस प्रक्रिया का उत्तरदायी समाज होगा। लेकिन समाज कौन है, किससे सवाल करे?

वह सुषमा के कमरे में गया। वह अर्धनग्न-सी खाट पर लेटी थी। उसके हाथ में एक तसवीर थी।

उसने कहा, 'तुम्हारे हाथ में क्या है, सुषमा?'

'तस्वीर है, मेरी अपनी तस्वीर।'

'मुझे नहीं दिखाओगी?'

'नहीं।'

'अरे, दिखाओ तो सही।'

'नहीं, तुम हमेशा इसे देखने से दूर भागते रहे।'

'अरे, दिखाओ तो।'

'लो, देखो।' कहकर उसने तस्वीर उसकी ओर बढ़ा दी।

'ओह, रंडी की तस्वीर। छि:!' कहकर उसने उसे सुषमा की ओर फेंक दिया।

'अरे, फेंकते क्यों हो जी, यही तो असली मैं हूं।'

'यह फोटो कब खिंचवाई थी?

'मैंने कहां खिचवाई थी? हां-हां, मैंने कहां खिंचवाई थी? जब मैं दिल्ली में थी तो एक बाबू साहब ने अपने कैमरे से खींच कर दी थी।'

'तुम दिल्ली में कहां थी?'

'दिल्ली में थी और कहां थी?'

'प्लीज सुषमा! कुछ बताओ अपनी जिन्दगी के बारे में । तुम्हें क्या हो गया है?'

'मुझे कुछ नहीं हुआ है, मेरे रसिया। आओ, मेरे पास आओ।' कहकर वह अश्लील हरकतें करने लगी।

'ओह, सुषमा! तुम मुझे पागल बना दोगी।' उसने माथा थाम लिया।

इस बीच सुषमा उठकर आयी और अश्लील ढंग से लिपट गयी।

'चटाक्!' उसने कसकर एक थप्पड़ उसे मारा।

वह स्तब्ध रह गयी। 'तुमने मुझे मारा है?'

'हां मारा है, और मारूंगा।'

'तुमने मुझे मारा, तुमने मुझे मारा।' कहकर वह रोने लगी।

सुभाष स्तब्ध सा खड़ा रहा। उसने यह क्या कर दिया? उसने आज पहली बार सुषमा पर हाथ उठाया था। ओह, उसने यह क्या कर दिया!

सुषमा रोते-रोते हँसने लगी। अच्छा किया जो तुमने मुझे मारा। मैं तुमको बहुत तंग करती हूं न। और मारो, और मारो। मैंने तुमसे दगा किया। तुमसे अपने बारे में कुछ न कहकर तुमसे शादी की। मैं वेश्या हूं, मैं वेश्या हूं, सुभाष, मुझे और मारो।'

फिर वह अपने ही हाथों अपने को पीटने लगी।

'नहीं, सुषमा, नहीं, ऐसा मत कहो, तुम मेरी धर्मपत्नी हो। अभी भी वही सुषमा हो मेरे लिए। पवित्र और सुगंधित सुषमा।' कहकर उसने सुषमा का हाथ पकड़ लिया। सुषमा ने उसकी आंखों में एक बार देखा और उसकी छाती पर सिर रखकर रोने लगी।

सुभाष ने उसे धीरे से खाट पर लिटा दिया और उसके सिरहाने बैठकर उसके सिर पर हाथ फेरता रहा। सोचता रहा-उसने सुषमा को क्यों मारा? क्या उसके वेश्या होने के रहस्योद्घाटन ने कहीं उसके भीतर क्रोध पैदा कर दिया। नहीं-नहीं, ऐसा कुछ नहीं है।

उसने देखा, सुषमा सो गयी है। वह उसी तरह खोया-खोया बैठा रहा। वह क्या करे? डाक्टर कहते हैं कि कोई अतीत की घटना है जिसका इनके जीवन से गहरा सरोकार है। वह किसी कारण से उभर गयी है और इनका पूरा वर्तमान असंतुलित हो गया है।

क्या है वह घटना? क्या है इसका अतीत? कैसे जाने? किससे पूछे? तब तो उसने पूछा नहीं, कितनी बड़ी भूल हुई। लेकिन क्या उसने वह भूल जान-बूझकर की? कितनी विचित्र है जिन्दगी! न जाने कितने अंतर्विरोध छिपे हैं इसमें। एक अच्छे उद्देश्य से कोई काम करो तो कोई न कोई बुराई उसमें लिपटी रह जाती है। आखिर हम सब कुछ कहां जान पाते हैं। जानने का दंभ भर कर लें। वह सिरहाने बैठा रहा। सुषमा के चेहरे को देखता रहा। कितनी मासूम-सी लग रही है। इस शांत चेहरे के भीतर ज्वालामुखी की तरह न जाने कितनी हलचलें हो रही हैं। जब जागेगी तो ज्वालामुखी भी जाग जायेगा। वह उस ज्वालामुखी में कैसे प्रवेश करे? कैसे उसकी हलचलों की पहचान करे? जब पहचान करनी थी तब तो वह उससे भागता रहा। वह अपनी पहचान छिपाता रहा और सुषमा की असली पहचान से भी कतराता रहा। वह भी तो अनाथालय से निकला हुआ लड़का है लेकिन उसने सुषमा को केवल इतना ही बताया था कि उसके माता-पिता मर चुके हैं। वह उनकी इकलौती संतान है। जब कभी सुषमा ने उसके पिता-माता आदि के बारे में कुछ पूछना चाहा, उसने टाल दिया। वह नहीं चाहता रहा कि दोनों का अतीत दोनों के वर्तमान में घुसपैठ करे। आखिर वह क्या बताता? उसे खुद भी कहां मालूम कि वह किसका बेटा है। किसी मां ने उसे घूरे पर फेंक दिया होगा। बस अनाथालय ने उसे उठा लिया होगा। वहीं पढ़ा-लिखा होगा। और तभी से उसके मन में एक सपना था कि वह किसी अभिशप्त लड़की से शादी करेगा। वह सपना क्यों था? हो सकता है वह अपनी हीनता को तोपने के लिए

ही अपनी जैसी अभिशप्त लड़की चाह रहा हो ताकि बाद में कुछ मालूम होने पर उसे कोई अपमानित या लांछित न कर सके। हो सकता है यह भाव भी रहा हो। लेकिन नहीं, सचमुच उसने एक सपना देखा था। वह किसी के दर्द को अपने दर्द का साथी बनाना चाहता था। वह अपने ही जैसी अभिशप्त किसी स्त्री का खालीपन भरना चाहता था। जो भी हो, उसका वर्तमान तक ही केन्द्रित रहना कुछ शुभ परिणाम नहीं दे सका। सुषमा उसके अतीत को नहीं जानती थी किंतु वह तो अपना अतीत जानता था और यह भी जानता था कि सुषमा का अतीत अच्छा नहीं रहा होगा। क्या वह अनजाने सुषमा के मन में अपने बड़प्पन का आतंक नहीं भर रहा था। वह सुषमा के अतीत को खोलकर उसे छोटी नहीं बनाना चाहता था किंतु यदि उसने अपना भी अतीत सुषमा के सामने खोल दिया होता तो सुषमा छोटी अनुभव न करती।

'हट जाओ मेरे सामने से!' चीखती हुई वह जाग पड़ी।

'क्या है सुषमा?'

सुषमा ने फटी-फटी आंखों से उसे देखा। कुछ देर तक देखती रही।

'किसे हटा रही थीं?'

वह कुछ नहीं बोली।

'क्या कोई सपना देख रही थी?'

'हां, देख रही थी कि कोई मेरे बच्चों को छीनने आया है। मैंने उसे जोर से धक्का दिया। वह भागता नहीं तो उसे मार-मारकर उसकी कचूमर निकाल लेती।' वह खामोश हो गयी। फिर बोली, 'मेरे बच्चे कहां है? कई दिनों से देखा नहीं। कहां है मेरे बच्चे?'

'सुषमा, तुम्हारे बच्चे पढ़ने गये हैं।'

'पढ़ने गये हैं? मुझे पागल समझते हो! रात हो रही है और वे पढ़ने गये हैं। कहां हैं वे? मैं कई दिनों से देख नहीं रही हूं। कहीं तुमने उनकी हत्या तो नहीं कर दी!'

'बात यह है सुषमा, मैंने उन्हें होस्टल में डाल दिया है। वहां उनकी पढ़ाई ठीक से होगी।'

'क्यों? यहां पढ़ाई नहीं हो रही थी? मैं समझ रही हूं तुम उन्हें मुझ से दूर कर रहे हो। क्या मैं हत्यारिन हूं? क्या तुम मुझे हत्यारिन समझते हो?'

'नहीं, सुषमा, नहीं, ऐसी बात नहीं!'

'नहीं के बच्चे ···' और वह आवेश में आ गयी। हाथ में जो भी आया, फेंककर मारने लगी।

'अरे, क्या करती हो? अरे, क्या करती हो?' कहता हुआ वह पीछे हटने लगा। दरवाजे के बाहर हुआ था कि एक किताबनुमा चीज उसके पास आकर गिरी। उसने उसे झट से उठा लिया और अपने पढ़ने के कमरे में आकर अपने को बंद कर लिया। उसने उलटकर देखा, कुछ डायरी जैसी लगी। तो सुषमा डायरी लिखती रही है। ठीक

है, इसे वह पढ़ेगा। शायद कुछ सूत्र मिले।

'दरवाजा खोलो!' सुषमा दरवाजा पीट रही थी। उसने डायरी छिपा ली और दरवाजा खोल दिया।

दरवाजा खुलते ही सुषमा ने उसकी छाती पर सिर टिका दिया और फफककर रोने लगी।' मुझे क्या हो गया है, मेरे प्रियतम? मैंने तुम्हें मारा। लो, मुझे पीटो, पीटो।' और वह उसका हाथ लेकर अपने सिर पर मारने लगी।

'नहीं-नहीं, सुषमा, तुमने मुझे मारा कहां है।'

'नहीं, मारा है! नहीं, मारा है! तुम फिर झूठ बोलने लगे! तुमने हमेशा मेरे साथ यही किया, यही किया।' और वह अहकती हुई वहां से चली गयी और बिस्तर पर जाकर टूट पड़ी।

वह जाकर उसके पास बैठ गया। उसका माथा सहलाने लगा। और वह धीरे-धीरे सो गयी। वह उठकर अपने पढ़ने के कमरे में गया और डायरी खोलकर पढ़ने लगा। डायरी की तिथियों से मालूम पड़ा कि उसने शादी के बाद डायरी लिखनी शुरू की थी। दो घंटे में पूरी डायरी पढ़ गया। पढ़ने के बाद एक भार से लद गया। यह सब क्या हो गया? उसने क्या चाहा था, क्या हो गया?

धीरे-धीरे सुषमा के पास आया। उसके चेहरे को एकटक देखता रहा। कितना मासूम था चेहरा! लेकिन उसके भीतर कितनी हलचलें छिपी हुई हैं। और कितनी तकलीफदेह बात है कि उन हलचलों का जिम्मेदार कहीं वह भी है।

वह बत्ती बुझाकर लेट गया। आंखों में नींद नहीं थी। डायरी के पृष्ठ उसके भीतर फड़फड़ा रहे थे। तमाम बातों से एक कहानी बन रही थी। उस कहानी का सार उसके अंदर को बार-बार मथ रहा था।

—मुझे बचपन की कोई खास याद नहीं हैं। इतना याद है कि मैं मेले में से उठाकर लायी गयी थी और अपने को दिल्ली के एक गंदे मुहल्ले में पाया था। मैं कुछ नहीं समझती थी कि मैं कहां हूँ, किसके साथ हूं, लेकिन एक बनी संवरी अधेड़ औरत अपने आप मेरी मां बन गई थी। वहां लोग आते-जाते थे। नाच-गाना होता था। मेरी ही तरह मम्मी की कुछ और बेटियां थीं जो आने वालों के सामने नाचती थीं और कभी किसी के साथ एक अलग कमरे में चली जाती थीं। मुझे यह सब देखकर उबकाई आती थी। मैं छिप-छिपकर रोती थी। मम्मी ने नाचना-गाना सीखने को कहा। मैंने मना कर दिया तो मेरी ऐसी पिटाई हुई कि फिर 'नहीं' कहने की हिम्मत नहीं हुई। नाचना-गाना सीखने के बावजूद मेरा मन विद्रोह करता रहा। मम्मी मेरे मन को पहचानती थी। इसलिए मेरे मन को मोड़ने के लिए मेरे सामने ही कुछ नंगे जोड़ों को पेश करने लगीं। छिः-छिः! कितना वीभत्स दृश्य था! मैं समझ गयी कि यही मेरी जिन्दगी है। यही मेरा भविष्य है। हे राम, इतनी घिनौनी जिन्दगी में कैसे जी पाऊंगी?

मैंने अनुभव किया कि मैं बड़ी होने लगी हूं और लोगों की निगाहें मेरी ओर उठने लगी हैं। मैं उन निगाहों से टकराकर बेचैन हो उठती थी। लगता था अब थोड़े ही दिनों बाद ··· हे राम!'

एक दिन मम्मी ने मुझे खूब सजाया। नथ पहनायी, पांवों में घुंघरू बांधा और कुछ लोगों के सामने नाचने को उतार दिया। कई जोड़ी गंदी निगाहें मुझे घूरने लगीं। मुझे लगा कि इसके बाद मुझे भी मम्मी बगल वाले कमरे में ढकेलेंगी। एक बाबू ने कैमरे से मेरी फोटो ली। लेकिन उस दिन नाच-गाने के सिवा कुछ नहीं हुआ। कई दिन बाद वह कैमरे वाला बाबू आया। उसने मुझे फोटो दी। अपनी फोटो देखकर मुझे ऐसा लगा जैसे मैं अपनी आत्मा देख रही हूँ। इतनी गंदी, इतनी घिनौनी सजावट। मम्मी ने बाबू के साथ मुझे पास वाले कमरे में ढकेल दिया। मैं चीखने-चिल्लाने लगी। वह बाबू मुझ पर झपटने लगा। उसकी आंखों में भयानक भूख थी। लेकिन भगवान की कृपा ही समझो कि उसी वक्त पुलिस ने छापा मारा और मैंने अपनी कहानी कह दी। मम्मी लड़ती रही कि यह मेरी बेटी है किन्तु मैं रो-रोकर अपनी कहानी कहती रही। मेरा उद्धार हो गया। मैंने पुलिस से निवेदन किया कि मुझे किसी दूसरे शहर में भेज दिया जाए। यहां इस रंडी के गुंडे तंग करेंगे। और मुझे मेरठ के नारी-निकेतन में भेज दिया गया। वहां कुछ पढ़ी-लिखी, कुछ दस्तकारी का काम सीखा। स्वावलंबी बनने की कोशिश में थी कि तुम टकरा गये, सुभाष!

हाय, वह कितना मोहक क्षण था, जब तुमने मुझे अपनाया। मैं विश्वास नहीं कर पा रही थी कि तुम्हारे जैसा खूबसूरत, पढ़ा-लिखा और अच्छे पद पर आसीन व्यक्ति मुझ जैसी कमरजली को अपमाने का प्रस्ताव करेगा। वह सपना-सा लग रहा था। लेकिन नहीं, वह सपना नहीं था, सच था और दिनोंदिन तुम्हारा व्यवहार देखकर वह सच गाढ़ा होता गया। तुम्हारे द्वारा दिये गये प्यार, सुविधाओं और मानवीय व्यवहार में डूबती चली गयी और धीरे-धीरे सोचने लगी कि तुम्हारे जैसे देवता के सामने अपना सारा अतीत उड़ेल दूं। वह अतीत नहीं, जहर है। उस जहर के साथ तुम्हारे अमृत को पिया नहीं जा सकता। लेकिन जब-जब मैंने तुम्हारे सामने अतीत को उड़ेलना चाहा, तुमने मना कर दिया। ओह, तुम कितने महान हो सुभाष कि मेरे कलुषित अतीत को जानना भी नहीं चाहते। तुम्हारे लिए केवल वर्तमान है, केवल देना है, लेकिन मैं क्या करूं? कैसे इस अतीत को काटकर फेंक दूं? और तुम्हें क्या दूं? केवल लेते जाना तो जीवन नहीं है।

तुम्हारी मानवीयता, तुम्हारा स्नेह मुझे भारी पड़ रहा है, सुभाष। लगता है तुम मुझे छोटा बना रहे हो। मेरे प्रति तुम्हारा प्यार और सद्‌भाव ज्यों-ज्यों गहराता जा रहा है मैं हीन भावना से ग्रस्त होती जा रही हूं। तुम्हारे ऐसे खानदानी आदमी के लिए क्या मैं ही कलंकिनी मिली थी। तुम्हारे एक इशारे पर अच्छी से अच्छी खानदानी लड़की मिल सकती थी लेकिन तुमने मेरे लिए न जाने क्यों इतना त्याग किया। कभी कुछ

बताते भी तो नहीं हो, केवल मुझे चारों ओर से समेट लेना चाहते हो। मैं तुम्हें क्या दे सकती हूं सुभाष? कम से कम मेरी कहानी तो सुन ली होती। मुझे लगता है कि तुम मेरी कहानी सुनकर शायद मुझे इतना प्यार नहीं करते, कुछ घृणा भी करते, कुछ ताने कसते, कभी डाँटते-फटकारते तो मैं इतना भार महसूस नहीं करती। मुझे कभी-कभी लगता है तुम मुझ पर एहसान किये जा रहे हो-या तुम ईर्ष्या-द्वेष से परे दिखते हो, इंसान नहीं हो। मैं क्या करूँ सुभाष, मैं दिनों दिन हीन भावना और अपराध-बोध से ग्रस्त होती जा रही हूं। कई बार गुस्से में यह निर्णय करके आयी कि आज तुम्हारे सामने अपना अतीत खोल ही दूंगी लेकिन तुम्हारी मोहक मुस्कराहट के सामने आते ही निर्णय ध्वस्त हो गया।

और ये बच्चे। दो प्यारे-प्यारे बच्चे। इनसे तुमने मेरी गोद भरी। कितनी संपन्नता अनुभव करनी चाहिए थी, मुझे, मैंने की भी, लेकिन न जाने क्यों धीरे-धीरे यह लगने लगा कि तुम्हारे इन प्यारे-प्यारे बच्चों की मां कलंकिनी है, लांछिता है। इन्हें पूरे मन से मैं प्यार भी नहीं कर पाती। प्यार करते समय भी अपराध-भावना मन को घेरे रहती है।

आज एक लाटरी वाला आया। उसने पूछा, 'आप कांटावाले को जानती हैं, उसकी एक लाख की लाटरी निकली है।'

कांटावाला ··· कांटावाला ··· न जाने क्यों यह वाक्य मेरे भीतर चुभ गया। भीतर कुछ रिसने लगा, बहुत कुछ भूला याद आने लगा। धुंधली-धुंधली परछाई मन में तैरने लगी। कांटावाला ··· हाँ, कुछ याद आया, शायद मेरे पिताजी का नाम कांटावाला था। मेरे पिता ··· सुदूर अतीत में उभरती एक धुंधली-सी आकृति ··· मैं बेचैन हो उठी। मां, मां ··· वह शायद मेरे पैदा होने के साथ ही मर चुकी थी क्योंकि उसकी मुझे कोई याद नहीं है। मैं पिताजी से बिछुड़ गई थी। कहां हैं पिताजी, कहां है पिताजी? ओह, मेरे पिताजी कौन थे, कहां के थे, मैं किस खानदान की हूं ··· कौन खोजे उन्हें? कहां खोजे उन्हें? सुभाष से कहूं लेकिन कैसे कहूं? क्यों कहूं? वे उन्हें खोजेंगे? मुझे तो कुछ भी नहीं मालूम कि मैं कहां की हूं और इतने साल हो गये पता नहीं वे कहां हैं, कैसे हैं, हैं कि नहीं?

न जाने मुझे क्या होता जा रहा है? दिन-रात पिताजी की याद आती है, और फिर जी.बी. रोड की कितनी कुरूप घटनाएं मेरे भीतर से गुज़रने लगती हैं। और नारी-निकेतन ··· न जाने क्यों सुभाष को देखकर खीझ होने लगी है। लगता है इसी ने मुझे छोटा बनाया है। इसी के मारे मैं सारे अतीत के जहर को अपने भीतर लिये घूमती हूं ··· ओह, मैं ऐसे देवता के समान पति के बारे में क्या सोचने लगी हूं? ·· स्मृति खोती जा रही हूं। कुछ सोचती हूं तो कुछ और सोचने लगती हूं ··· सारे सूत्र मन के साथ छूट जाते हैं-मैं बिखर रही हूं, टूट रही हूं, भूल रही हूं, याद कर रही हूं, अपने में खोती जा रही हूं ···

सोचते-सोचते सुभाष परेशान हो गया। ओह, उसने अनजाने क्या किया। वह क्या फिर अपनी सुषमा को वापस नहीं पायेगा? वह उसके पिता को खोजेगा। मगर कहां खोजेगा ··· ? वह आज सुषमा को अतीत की ओर ले जाना चाहता है। उसके वर्तमान के लिए उससे उसके अतीत को जानना चाहता है, मगर बहुत देर हो चुकी है। नहीं, जिन्दगी में कभी कोई देर नहीं होती ···

'पिताजी ··· पिताजी ··· कहां हो ··· कहां हो ··· वह देखो मुझे कोई उठाये लिये जा रहा है, वह देखो जी.बी. रोड की मम्मी मुझे नंगा कर रही है ··· ' सुषमा बड़बड़ाने लगी।

'सुषमा, मेरी प्यारी सुषमा, तुम्हें क्या हो गया है?' उसने सुषमा को पकड़कर हिलाया। सुषमा ने आंख खोलकर अजनबी आंखों से सुभाष को देखा। धीरे-धीरे उसकी आंखों में एक पहचान उभरने लगी।

'मैं तुम्हारे पिताजी को खोजकर लाऊंगा, सुषमा। तुम चिंता न करो।'

'सच, तुम मेरे पिताजी को खोजकर लाओगे?' उसकी आंखों में एक चमक आ गयी।

'हाँ, सुषमा, मैं खोजकर लाऊँगा।'

'ओह, तुम कितने अच्छे हो, प्यारे।' कहकर सुषमा ने सुभाष को खींचकर अपनी छाती से लगा लिया। और बोलती रही—'ओह, तुम मेरे पिताजी को खोजकर लाओगे। कितने अच्छे हो, सुभाष!'

और सुभाष सोचता रहा-कहां से लाऊंगा इसके पिताजी को खोजकर?'

□

सर्पदंश

भवानी बाबा मंत्र के साथ सरसों की मूठ मारते थे और गोकुल गिनगिना उठता था। उसके मुंह से झाग निकल रही थी। नीम-बेहोशी में उसकी आंखे कभी खुलती, कभी बन्द होती थीं। उसके तन पर कुछ नहीं था, केवल कमर में एक गंदी फटी धोती लिपटी थी। आंखों में भय की गहरी पर्त छायी हुई थी। वह अपनी नीम-बेहोशी में ही जाने कितनी चिंताओं से गुजर रहा था। जब सांप ने उसे काटा तो उसे अच्छा लगा—चलो, इस नारकीय जीवन का अन्त हुआ और सांप की दवा कराने या झड़वाने के लिए भागा नहीं बल्कि खेत की मेड़ पर ही लेट गया। लेकिन न जाने कहां से गांव का एक आदमी पहुंच गया और मेड़ पर पड़े गोकुल को देखकर पूछा—'कौन हो भाई, यहां क्यों सोये हो?'

उसके मुंह से निकल पड़ा-'गोकुल ··· सांप ··· '

'सांप! अरे गोकुल, तुझे सांप ने काटा है और तू यहां सोया है? उठ, उठ, चल चल।' और वह गोकुल को सहारा देकर गांव ले आया। भवानी बाबा विष झाड़ने के लिए बुलाये गये।

इस जमाने में भी डॉक्टर की दवा न कराकर मांत्रिक से विष उतरवाने की क्रिया हास्यपद ही नहीं, खतरनाक भी कही जायेगी। किंतु मीलों तक इस इलाके में न कोई अस्पताल है, न डॉक्टर। कोई कहां जाये? कौन है जिम्मेदार जिन्दगियों के खतरे का?

भवानी बाबा ही डॉक्टर है। लोगों का अगाध विश्वास है उन पर। और उन्हें भी अपने मंत्र पर पूरी आस्था है। विश्वास और आस्था का सहयोग ही यहां संकट का सहारा बनता है।

हरिजनों के इस बहुत छोटे से टोले में ऊंची जातियों के भी काफी लोग जमा हो गये थे। वे तमाशा देख रहे थे। भवानी बाबा पूरी आस्था से अपना मंत्र चला रहे थे और ऊंची जातियों के कुछ लोग टीका-टिप्पणी कर रहे थे-'लेकिन यह गोकुला इतनी रात गये खेत की मेड़ पर क्या करने गया था। जरूर खेत में चोरी करने गया होगा। अरे, यह जहां पड़ा था वह तो प्रधान का खेत है। अरे, यह साला तो जनम का चोर है। तभी तो सरऊ फल भोग रहे हैं। अब करें चोरी।'

'देखिए, आप लोग बकवास मत कीजिए, मुझे अपना काम करने दीजिए। यह नहीं होता कि भगवान से प्रार्थना करें कि यह आदमी जी जाए।' भवानी बाबा झल्लाकर बोले।

लोग चुप तो हो गये किन्तु आंखों में व्यंग्य भरकर मुस्कराते रहे। कुछ यह कहते चले गये–'हुंह, भगवान से प्रार्थना करो। बड़ी कीमती जान है चोट्टे की।'

भादों की रात झांय-झांय कर रही थी। भीड़ में एक दीया टिमटिमा रहा था। भीड़ छँटते-छँटते एक चौथाई रह गयी थी। भवानी बाबा का मंत्र स्वर रह-रहकर मुखर हो उठता था और-गोकुल तेजी से जमीन पर हाथ रगड़ता हुआ आगे-पीछे झूमने लगता था। भवानी बाबा के स्वर में थकान उभरने लगी थी। कई घंटे हो गये, गोकुल की स्थिति में सुधार नहीं हुआ। भवानी बाबा भीतर से कहीं निराश होने लगे थे। गोकुल की बीवी छाती पीटकर उसके पास रो रही थी। बच्चे भी चिल्ला रहे थे। भवानी बाबा ने उन्हें डांटकर चुप करा दिया और दूर बैठा दिया था।

हवा रह-रहकर तेज हो उठती थी और दीपक की लौ बुझने-बुझने को होकर सँभल जाती थी।

एकाएक गोकुल का सात वर्षीय बेटा चिल्लाता हुआ आया और उससे लिपटकर चिल्ला पड़ा-'बपई, तुम्हें क्या हो गया है? बोलते क्यों नहीं?'

गोकुल ने बलपूर्वक आंखे झपझपायीं, सिर झटका-लगा जैसे कुछ पहचानने की कोशिश कर रहा हो। उसमें एक अलग तरह की बेचैनी दिखाई पड़ने लगी जैसे भीतर-भीतर अपने से लड़ रहा हो। भवानी बाबा को लगा कि उनका मंत्र काम करने लगा है। उनकी जाती हुई आस्था लौट आयी। वे फिर वेग से मंत्र मारने लगे और चमत्कार हो गया। गोकुल ठीक होने लगा। कुछ देर बाद वह स्थिर हो गया। पंख की तरह पलकें फड़फड़ाकर सामने अपने बेटे को देखा और चिल्ला पड़ा-'बचवा!'

'भवानी बाबा की जय!' भीड़ चिल्ला पड़ी।

'हे भगवान, तुमने मेरी लाज रख ली। बहुत जाबिल सांप से पाला पड़ा था। ले जाओ इसे, नहलाओ-धुलाओ।'

सुबह हो रही थी। भीड़ छँट गई थी। गोकुल की बीवी उससे लिपट कर रो रही थी-'हे राम, मेरा क्या होता?'

गोकुल भी रो पड़ा। पूरा परिवार उसके भीतर हाहाकार कर उठा। कुछ देर बाद उसने कहा-'बचवा की मां, मैं सोऊंगा। एक लंबी नींद सोऊंगा। तुम भी जाकर सो रहो।'

वह लेटा-लेटा सोचने लगा-मैंने क्यों जिन्दगी से छुटकारा पाना चाहा? मेरे पीछे मेरे परिवार का क्या होता? क्या करता? मैंने परिवार के लिए क्या किया? क्या मुझे मर्द और बाप होने का अधिकार रह गया है? मेरे सामने ही मेरा घर उपास करे और मैं मर्द और बाप बना रहने का दावा करूं, लानत है मुझ पर! कई दिन से खाने को

नहीं मिला। मैंने सोचा, रात को प्रधान के खेत से मक्के की बालियां तोड़ लाऊं। हुंह! प्रधान का खेत! वह प्रधान का खेत कैसे हो गया? लाठी के जोर से चाहे जो कर लो भाई, नहीं तो वह खेत तो मेरा है। हलवाही में प्रधान ने वह खेत मुझे दिया था। मैंने जोता-बोया। खेत उफनकर खड़ा हो गया। बस प्रधान के मन में लालच और बेईमानी आ गयी। उसने कहा, 'तुमने मेरे खेतों को ठीक से जोता-बोया नहीं। मेरे साधनों का इस्तेमाल कर अपना खेत सजाया-संवारा। तुम खेत बदल लो।'

उसने यह खेत ले लिया और उसके बदले एक बंजर खेत दे दिया। मैंने मंजूर नहीं किया। मैंने तय कर लिया कि इसके यहां नौकरी नहीं करूंगा। भादों में तो वैसे ही कोई काम नहीं होता, क्वार में देखा जायेगा।

भादों का महीना कितना भयानक होता है हम लोगों के लिए। कुछ काम-धाम नहीं होता, घर में खाने को नहीं होता। झपटी, बरखा, चूती हुई छत, बुझा हुआ चेहरा, चारों ओर कीचड़, रेंगते हुए सांप, बिच्छू ...

कल रात मैंने ठान लिया था कि मक्के की बालियां तोड़कर लाऊंगा। भूख से मरते परिवार का दरद देखा नहीं जाता। यह दु:ख देखते-देखते जिनगी से विराग हो चला है। और जब सांप ने काट लिया तो मैंने चैन की सांस ली-चलो, अच्छा हुआ।

लेकिन नहीं, मुझे मरना नहीं चाहिए। मैंने सांप काटने की बेहोशी में बचवा को लिपटकर रोते हुए देखा तो मेरे भीतर जीने की इच्छा जाग पड़ी और मैं सांप के जहर से लड़ने लगा। मैं जिऊंगा, मैं अपने परिवार के लिए जिऊंगा। जिस खेत को मैंने पसीने से सींचा है, उसकी फसल काटूंगा। वह फसल मेरी है। मैं दूसरे गांव के अपने भाइयों को जमा करूंगा। मैं अकेला नहीं हूं।

उसकी आंख लगी ही थी कि प्रधान का लड़का दरवाजे पर आकर पुकारने लगा-'गोकुला, गोकुला! चल, पिताजी बुला रहे हैं।'

वह आंख मलता हुआ उठा और बोला-'रात भर जगा हूं, थोड़ी देर तो सो लेने दिया होता। सवेरे-सवेरे ऐसी कौन-सी आफत आ पड़ी।'

'यह तो पिताजी ही बतायेंगे।' लड़का व्यंग्य से मुस्कराया।

गोकुल समझ गया कि मामला क्या है? वह एक बार भय से कांप गया। फिर उसने अपने को हिम्मत बंधाई-चल गोकुल, यही वक्त है वारा-न्यारा कर लेने का। डरकर जिन्दगी नहीं जी जा सकती।'

वह प्रधान के यहां पहुंचा तो देखा काफी लोगों की भीड़ है।

देखते ही प्रधान ने तल्खी भरे स्वर में पूछा-'क्यों रे गोकुला, तू रात को मेरे खेत में चोरी करने गया था?'

'नहीं तो, मालिक।'

'नहीं तो मालिक के बच्चे, ये बालियां किसने तोड़ी हैं?'

गोकुल चुप रहा। सोचता रहा क्या जवाब दे।

'सरऊ चोरी करने गये थे न। अच्छा हुआ सांप ने काट लिया।',

'नहीं, मैं चोरी करने नहीं गया था। बालियां तोड़ी थीं लेकिन चोरी नहीं की।'

'अच्छा तो क्या तेरे बाप का खेत है!'

'खेत तो आपका है, लेकिन फसल मेरी है।'

'अच्छा तो तेरी यह हिम्मत हो गयी? सरऊ, मार जूतों के तेरी खाल खींच लूंगा।

'देखिए, गाली मत दीजिए, आपका हलवाहा हूं, गुलाम नहीं।'

प्रधान का चेहरा तमतमा गया। उन्हें कल्पना नहीं थी कि यह नाचीज उन जैसी आलाचीज का भरी सभा में इस तरह अपमान करेगा। उन्होंने आगे बढ़कर गोकुल को थप्पड़ मारा। दूसरा थप्पड़ मारने जा रहे थे कि गोकुल ने उनका हाथ पकड़कर झटक दिया।

'ताकते क्या हो, खत्म कर दो साले को।' उन्होंने अपने लोगों को ललकारा।

उनके एक लड़के ने उसके पेट पर एक लात मारी, दूसरे ने उसकी गरदन पकड़कर दबा दी। एक आदमी उसकी बांह पकड़कर मरोड़ दी। उसका दम घुटने लगा, वह छटपटाने लगा। उसकी आंखें बाहर निकलने लगीं। कुछ देर बाद लड़के ने उसकी गरदन छोड़ दी और हाथ पकड़नेवाले ने उसे जोर का धक्का दिया-'जा साले।'

वह कटे हुए पेड़ की तरह नीचे लुढ़क गया-ठंडा, निस्पंद।

'अरे, यह तो मर गया!' भीड़ में आवाज बजबजाने लगी। उसकी पत्नी आंध ी-पानी की तरह आयी और उसके ठंडे शरीर पर गिरकर विलाप करने लगी। बच्चे भी चिल्लाने लगे।

हरिजन टोली के थोड़े से लोग दमित आक्रोश लिये खड़े थे और प्रधान के आदमी थाने पर रपट लिखाने जा रहे थे कि गोकुल सांप काटने से मर गया।

एकाएक गोकुल का लड़का बाप की लाश छोड़कर उठ पड़ा और भागा।

'कहाँ जा रहे हो, बचवा?' मां चिल्लाई।

'अभी आ रहा हूं, माई।'

वह दूसरे गांव की ओर भागा जा रहा था अपने जाति-भाइयों को सूचना देने। उसे याद है उस दिन उस गांव का हरिजन नेता आया था और उसके बपई से कह रहा था कि जीने के लिए हमें एक होकर सांपों से लड़ाई करनी ही पड़ेगी।

□

आखिरी चिट्ठी

प्रभा की चिट्ठी मिली। यह कोई नयी बात नहीं थी। वह लिखती ही रहती थी, लेकिन हर बार चिट्ठी पाकर थोड़ी देर के लिए उसे मेज पर रख देता था। उसे खोलने में एक अजीब दहशत-सी होती थी। पता नहीं, इसमें कौन-सी नयी अप्रिय सूचना हो। वैसे भी उसकी चिट्ठियां उसकी जीवन यातना की पर्तें खोलती जाती थीं। कोई नयी घटनात्मक सूचना न भी हो तो, क्या भीतर स्थित दर्द के खुलते हुए आयाम कम भयावह थे। हर बार चिट्ठी काफी देर तक कटे हुए पंख की तरह फड़फड़ाती थी, फिर मैं आहिस्ता-आहिस्ता उसे यों खोलता था जैसे उसमें कोई भयानक कीड़ा बन्द होगा और खुलते ही कूदकर मेरे चेहरे पर डंक मार देगा। इस बार भी यही हुआ। लेकिन इस बार गजब ही हो गया। उसे स्थगित करने के क्रम में मैने उसे चिट्ठियों के ढेर में डाल दिया और दूसरे कामों में यों खोया कि उसकी याद ही उतर गई।

सप्ताह भर बार पिता जी का पत्र आया। उसे पढ़कर मैं ऐसे उछला जैसे सचमुच आज चिट्ठी से एक कीड़ा उड़कर मेरे चेहरे पर डंक मारने के लिए लपका हो। 'प्रभा', मैं भीतर-भीतर ही एक बार चिल्लाया, फिर निढाल होकर कुर्सी पर पसर गया। एकाएक मुझे प्रभा की आखिरी चिट्ठी का ध्यान आया। अरे, उसे तो मैं भूल ही गया था। आखिर मेरी इस भूल का कारण क्या है? उपेक्षा? प्रभा की उपेक्षा? नहीं-नहीं, काम की व्यस्तता। नहीं-नहीं, सही बात क्यों नहीं कहते! क्या चिट्ठी की याद भूलने के पीछे उपेक्षा-भाव नहीं रहा? क्या तुमने यह नहीं सोचा कि आखिर एक ही बात का रोना रोज-रोज कौन सुने? लोगों ने प्रभा की उपेक्षा की तो तुम्हें बुरा लगा परन्तु तुमने तो उसकी चिट्ठी की ही उपेक्षा कर दी। उफ, ऐसा नहीं, नहीं-नहीं।

मैं बहुत देर तक हतप्रभ बैठा रहा, धीरे-धीरे उठा, चिट्ठियों के ढेर में से पिछली चिट्ठी खोजकर निकाली, कुछ देर तक उसे देखता रहा जैसे उसे खोलने में डर लग रहा था। फिर झटके से लिफाफा फाड़ा और चिट्ठी पढ़ गया।

प्रभा से सीधा मेरा कोई सम्बन्ध नहीं था, लेकिन फिर भी न जाने कितना आत्मीय सम्बन्ध था। वह मेरे ननिहाल की थी, मेरे मामा के घर से उसके पिता का घर सटा हुआ था। ननिहाल के रिश्ते से वह मेरी बहन लगती थी। वह मुझसे चार-पांच साल

छोटी थी। प्रभा के पिता और मेरे पिता दोनों ही बनारस में पोस्टेड थे। हमारे मकान की बगल में ही प्रभा का मकान था। हम दोनों साथ खेलते थे, झगड़ते थे, प्यार करते थे। प्रभा से बड़े तीन भाई थे। अंतिम भाई और प्रभा की अवस्था में काफी अन्तर था। शायद प्रभा से पहले कई संतानें मर गयी हों, शायद यों ही बहुत दिन बाद प्रभा का जन्म हो गया हो। उसके दो बड़े भाई अपने परिवार लेकर अन्य शहरों में रहते थे, केवल अंतिम लड़का साथ रहता था। उसने वकालत शुरू की थी। प्रभा के पिता एक बहुत ईमानदार और कर्तव्यपरायण पुलिस ऑफिसर थे। बहुत हँसमुख थे। उनकी आंखों को देखकर बड़ी आश्वस्ति मिलती थी। उनकी बड़ी-बड़ी मूंछों से रुआब नहीं, एक देहाती भोलापन बरसता था। वे प्रभा को बहुत प्यार करते थे। मामी जी (प्रभा की मां) भी बहुत प्यारी औरत थी-सीधी-सादी, कम पढ़ी-लिखी लेकिन मानवीय ममता से भरपूर।

बहुत अच्छे दिन बीत रहे थे। लेकिन एक दिन सुबह-सुबह प्रभा के घर में कुहराम मच गया। हम सभी दौड़े आए। पुलिस का एक सिपाही जीप लिये खड़ा था और मामी जी अपना सिर पीट-पीटकर रो रही थीं। उनकी चूड़ियां टूट-फूटकर बिखर गयी थीं, कलाई लहूलुहान हो गयी थी। प्रभा मां का चीखना सुनकर बेतहाशा चीख रही थी। वकील साहब स्तब्ध-से खड़े थे। मालूम हुआ कि मामा जी आज रात को शहर से कुछ दूर डाकुओं के एक गिरोह का मुकाबला करने गये थे। कई डाकुओं को मारकर आखिर में एक डाकू की गोली से आहत हो गये और वहीं प्राण छोड़ दिये।

'मां, धीरज रखो और जीप पर बैठो।' वकील साहब ने कहा। मामी गिरती-पड़ती जीप पर बैठीं, पिता जी भी साथ हो लिये। मां ने प्रभा को पकड़ लिया और मैं प्रभा के साथ बातें करने लगा।

पिताजी ने वहां से लौटने पर बताया कि मामा जी का खून चारों और बिखरा हुआ था। मामी जी जाकर वहां भहरा पड़ीं और उनका मुंह देख-देखकर चीखने लगीं, 'जाओ, तुम सब लोग जाओ। मुझे इनसे बातें करने दो। घेरे क्या हुए हो?'

बहुत करुण दृश्य था। सब लोग थोड़ी दूर हट गए। मामी वहां लोटती-पोटती रहीं। उनका मुख देख-देखकर जाने क्या-क्या कहती रहीं!

कुछ महीने बाद मामी को वह सरकारी मकान खाली करना पड़ गया। वकील साहब ने कहीं और मकान ले लिया। अब मेरा प्रभा से मिलना लगभग छूट ही गया। पिता जी कभी-कभार वहां जाकर मिल आते थे और मां को सारा हाल-चाल बताते थे। एक दिन मां से कह रहे थे कि वकील साहब की पत्नी मां-बेटी दोनों को डांटती रहती है 'और कहती है 'कि आखिर ये तीनों भाइयों की मां-बहन हैं, हमीं क्यों इनका बोझ उठाएं?' वकील साहब ने मौन भाव से इसे स्वीकार कर लिया है।

'हाय, बेचारियों पर क्या बीतती होगी! जब तक मरद था तब तक वकील-वकीलानी पांव धोकर पीते थे। मरद का साया उठते ही यह हाल हो गया। नाते-रिश्ते कितने झूठे

पड़ गए हैं!' मां ने कहा।

'हां-हां!' पिता जी गंभीरता से बोले।

'अब क्या होगा बेचारी का? जिसके तीन-तीन जवान बेटे हों और तीनों अच्छा कमाते-धमाते हों, वह अनाथ की तरह घूमे! हे राम, यह तुम्हारा कौन-सा न्याय है?' मां दुखी होकर बोले जा रही थीं।

'यह राम का न्याय कहां है, ये न्याय-अन्याय तो आदमी ने खुद बना लिये हैं। बुजुर्गों के प्रति यह उपेक्षा भाव पहले कहां था? अब देखो, कमाई-धमाई में डूबे हुए लड़के मां-बाप के बेकार होते ही उन्हें बोझ समझने लगते हैं। यह राम का न्याय नहीं है; नयी शिक्षा, नये रहन-सहन और नयी व्यापारिक मनोवृत्ति का न्याय है।' पिता जी ने कहा।

'हे राम, बेचारी कैसे दिन काटेगी!' मां अपनी ही धुन में थीं।

'देवी, यही सबका हाल होना है! जमाने का रिवाज ही कुछ ऐसा हो गया है।' कहकर पिताजी ने कनखियों से मेरी ओर देखा था।

मां ने आकुल होकर मुझसे पूछा था, 'क्यों रे विनोद, तू भी हम लोगों के साथ ऐसा ही बर्ताव करेगा?'

'नहीं, मां!' कहकर मैं मां की गोदी में टूट पड़ा था। मां मेरा माथा सहलाने लगी थीं और पिताजी हलके-हलके मुस्करा रहे थे।

और एक दिन पिताजी का तबादला हो गया। हम दूसरे शहर में आ गए। अब मैं कॉलेज में पढ़ने लगा था। पिताजी के पास मामी जी की चिट्ठियां आती थीं। पिताजी मां से बात करते, तो मुझे भी उनका हाल मालूम हो जाता और जो कुछ मुझे मालूम हुआ, वह यह था कि तीनों भाइयों ने आपस में सलाह करके यह निर्णय लिया है कि मां और बहन बारी-बारी से तीनों भाइयों के पास साल-साल-भर रहेंगी।

'यह क्या हुआ? मां नहीं हुई जैसे कोई सामान हो गयी! धिक्कार है ऐसे बेटों को! अरे, डूब मरो कमबख्तो, चल्लू-भर पानी में! इतने बड़े-बड़े ओहदे पर काम करने वाले बेटे और सबके सब कमीने, स्वार्थी। किसी के पास इतना बड़ा कलेजा नहीं है कि वह छाती ठोककर कह सके--मां मेरे पास रहेगी। वह मेरी मां है, कोई चावल-दाल का बोरा नहीं।' मां ने उत्तेजित होकर कहा था। पिताजी फिर उसी तरह मुस्करा रहे थे।

तब मैं बी० ए० फाइनल में था। एक दिन प्रभा की चिट्ठी आयी और उस चिट्ठी से ही मालूम हुआ कि वह मैट्रिक का इम्तहान दे रही है। ओह, इतनी बड़ी हो गयी प्रभा?

और जब उसकी चिट्ठी पढ़कर समाप्त की तो मैं एकदम भारी हो आया। भारी हो आया प्रभा की मैच्यूरिटी से भी और उसकी तकलीफ से भी। उनके लेखन में कितनी प्रौढ़ता है– भाषा में भी और सोच में भी। पत्र में आद्योपान्त एक दार्शनिक कवि बोल

रहा है जो किताबों से नहीं, अपनी जिन्दगी से अपना सत्य खींच रहा है। पत्र मेरे भीतर व्याप्त हो गया। मैं सचमुच ही बहुत शर्मिंदा हुआ। यह नहीं कि प्रभा को मैं भूल गया था, मैं उसे प्राय: याद करता था और पिताजी और माताजी के संवादों के जरिये मां-बेटी के बारे में सुन-सुनकर दुखी होता था। किन्तु मैंने अपनी ओर से प्रभा को चिट्ठी क्यों नहीं लिखी? क्यों कभी उसके शहर जाकर उससे मिलने का खयाल नहीं आया? शायद··· शायद··· छोड़िए, सफाई तो कुछ-न-कुछ दी ही जा सकती है, जो सही भी हो सकती है किन्तु क्या कारणें को पार नहीं किया जा सकता? क्या कारणों से बँधा रह जाना ही पर्याप्त होता है? अब मैं क्या कह सकता हूं?

खैर, मैंने चिट्ठी लिखी और चिट्ठियों का आना-जाना होने लगा। और प्रभा की चिट्ठियों में उसकी भावुकता, उसका यातना-बोध, सम्बन्धों का व्यर्थता-बोध गहराता गया। वह धीरे-धीरे सत्य की अनजानी गहराइयों में उतरती गयी। मैंने उसे कई बार समझाने की कोशिश की कि इस उम्र में इतना सूफियाना अंदाज, इतनी आत्मोन्मुखता ठीक नहीं है, किन्तु वह हमेशा उत्तर देती रही कि मैं और कुछ नहीं, अपने जीवन का सत्य कह रही हूं, इस पर मैं वश नहीं पा रही हूं। ये मेरे भीतर उतरकर मेरी लेखनी से फूट पड़ते हैं। मैं कविताएं भी लिखने लगी हूं। अभी नहीं, फिर कभी भेजूंगी।

मेरा एम० ए० हो गया और प्रभा का इंटर। प्रभा की चिट्ठी से ज्ञात हुअ कि तीनों भाइयों की एक-एक बारी पूरी हो गयी। अब बड़े भइया उन्हें अपने साथ नहीं रखनाा चाहते और वे नहीं रख रहे हैं इसलिए बाकी दोनों भाइयों को भी न रखने का बहाना मिल गया है। किन्तु सच बात तो यह है भइया, कि हम लोग खुद उनके साथ नहीं रहना चाहते। तीनों भाइयों के यहां बारी-बारी से उपेक्षा और अपमान का जो नरक हमने भोगा है, उसके बाद फिर उसी नरक में जाने की इच्छा नहीं होती। लेकिन मां है न, वह सोचती है कि मैं यदि इन लड़कों के साथ नहीं रही तो दुनिया मेरे लड़कों को बदनाम करेगी, उन्हें नालायक कहेगी। और कुछ भी हो, जिस माँ के साथ जवान बेटी हो, वह उसकी सुरक्षा के बारे में भी तो सोचती ही होगी, यद्यपि मेरी क्या सुरक्षा इन परिवारों में हो रही है, मैं खुद नहीं जान पाती। अपमान से मन टूटता है, काम से तन टूटता है। मैं पढ़ना चहती हूं मगर किसी को मुझे पढ़ाने में रस नहीं। वह तो मैं मां के पैसों से किताबें खरीदकर पढ़ लेती हूं और इम्तहान की फीस भरकर प्राइवेट परीक्षा दे देती हूं। भगवान की दया है कि अच्छे नम्बरों से पास हो जाती हूं जब कि इन भाइयों के बच्चे ट्यूशन लगाये जाने पर भी गिरते-पड़ते पास होते हैं। इस बात से भाभियों के कलेजे जल जाते हैं, भाई लोग भी खुश नहीं होते। तरह-तरह की बातें हैं, तरह-तरह की वजहें हैं अपमानित और ताड़ित होने के लिए। भइया··· ओह, अब तो तुम्हें भइया लिखते हुए हाथ कांप जाते है क्योंकि यह शब्द अब मेरे लिए बहुत बीभत्स और कुरूप हो गया है। लगता है, तुम्हें पत्र लिखते हुए यह शब्द अपना अर्थ

पा लेता है। अब मां मुझे लेकर फिर बनारस के अपने परिचित मोहल्ले में आ गयी हैं। मां के पास न जाने पैसे हैं कि नहीं, हैं तो कितने हैं? वह मुझे कुछ आभास नहीं देती। बहरहाल, मैं चाहती हूं कि कोई छोटी-मोटी नौकरी कर लूं। कभी आओ न। अब तो मैं तुम्हें शायद पहचान भी न पाऊं। कितना समय गुजर गया! मां आजकल बहुत चिंतित और बीमार रहने लगी हैं।

हां, कितना समय गुजर गया लेकिन बचपन की वे स्मृतियां कितनी ताजा हैं। कितनी शक्ति है, कितना विश्वास है, प्रभा के मन में उन क्षणों के सम्बन्धों को लेकर।

एक दिन फिर एक चिट्ठी आयी, 'विनोद भइया, मां मर गयीं। मैं तो एक दम बेसहारा हो गयी। चारों ओर जलता सुनसान ही दिखाई पड़ता है।'

पिताजी प्रभा की मां के देहान्त का समाचार सुनकर बहुत परेशान हो गये। भरी आवाज में बोले, 'अब क्या होगा इस लड़की का?' मां को तो जैसे काठ मार गया।

पिताजी बनारस जाने की तैयारी करने लगे तो मैंने कहा, 'मैं भी चलूंगा।'

लेकिन पिताजी ने हतोत्साहित कर दिया। कहीं भीतर-भीतर मुझे लग रहा था कि प्रभा को इस गम के माहौल में नहीं देखना चाहिए। उसकी चिट्ठियां तो यों ही भारी बना देती हैं। ह परिस्थिति तो मुझे पागल ही बना देगी।

पिताजी लौटकर आये तो हम लोग उनके पास घिर आये। हम सभी चुप थे। 'हे भगवान्!' पिताजी ने उसांस भरी, 'लड़की अनाथ हो गयी। इस तरह गुमसुम हो गयी थी कि देखकर डर लगता था। जानती हो, एक अजीब बात हो गयी। प्रभा की मां मरी तो उनके पास खून से सनी मिट्टी का एक छोटा-सा ढेला मिला। उसके साथ एक चिट्ठी भी कि मेरे पतिदेव का यह खून मेरी लाश जलाते समय चिता पर रख दिया जाए। लगता है, बेचारी उस ढेले को आत्मा की तरह छिपाये अपने साथ ढो रही थी।'

'प्रभा का क्या हुआ?' मैंने पूछा।

'हुआ क्या, बड़े भाई ले गये हैं और यह तय हुआ कि सब लोग मिलकर उसकी कहीं शादी कर दें और जो खर्चा आए उसे बांट लें।'

मुझे लगा कि जिस नरक से वह भागकर आयी थी। उसी में फिर ढकेल दी गयी है। पहले तो माँ का सहारा भी था अब किसका सहारा होगा सम्बन्धों के उस बियाबान जंगल में!

काफी दिनों से प्रभा का कोई पत्न नहीं आया। मैंने उसके बड़े भाई के पते पर दो-तीन पत्न लिखे किन्तु जवाब किसी का नहीं आया; पता नहीं क्यों? पता नहीं उसे मेरे पत्न मिले भी या नहीं, पता नहीं वह पत्न लिखने की मानसिकता में है भी कि नहीं। इस असमंजस ने मुझे बहुत परेशान कर दिया। छह महीने बाद पिताजी के नाम उसकी शादी का निमंत्रण-पत्न आया। पिताजी उस दिन बहुत प्रसन्न होकर बोले,

'चलो बेचारी प्रभा का विवाह हो रहा है। अच्छा है।' मुझे भी लगा कि अच्छा हो रहा है। अब उसका घर होगा। वह गृहस्वामिनी होगी। अब वह अपने को किसी गैर का आश्रित तो नहीं समझेगी। मुझे यह सोचकर बड़ा अजीब लगा कि एक खून से उत्पन्न भाई लोग गैर हो जाते हैं और पराया आदमी अपना हो जाता है।

मेरी इच्छा थी, प्रभा की शादी में जाने की। पिताजी की भी इच्छा थी मुझे भेजने की। मैं शादी के दो दिन पहले पहुंचना चाहता था ताकि शादी की भीड़-भाड़ होने से पहले प्रभा से बातें कर सकूं। पिताजी ने भी चाहा कि मैं दो दिन पहले पहुंच जाऊं ताकि प्रबन्ध में कुछ हिस्सा बँटा सकूं।

मैं गाड़ी में बैठा, तो प्रभा को लेकर अनेक कल्पनाएं करने लगा। वह मेरा आना सुनकर दौड़ी आएगी। उसे चिढ़ाऊंगा, उससे ढेर-सी अनर्गल बातें करूंगा, बचपन की यादें दिलाऊंगा। वह हँसेगी, रोएगी, चिढ़ेगी।

मैं जब उसके भाई के घर की ओर जाने के लिए स्कूटर पर बैठा तो प्रभा को देखने की एक अजीब उत्सुकता मेरे मन में थी, कैसी हो गयी होगी प्रभा? देखूं पहचानती भी है कि नहीं।

पहुंचा तो दरवाजे पर कुछ बच्चे खेल रहे थे। शादी की रौनक के कुछ चिह्न दिखाई नहीं पड़ रहे थे। मुझे सन्देह हुआ कि कहीं गलत जगह तो नहीं पहुंच गया? बच्चों से पूछने पर मालूम हुआ कि नहीं, मैं ठीक ही जगह आ गया हूं। तब तक दो बच्चे शोर करते भीतर भागे कि कोई आया है, कोई आया है।

भीतर से एक सज्जन निकले। मुझे सामान लिये हुए देखा तो पूछा, 'कहिए कहां से आए है?'

कानपुर से। पं. वासुदेव द्विवेदी के यहां से।

'अच्छा-अच्छा, आइए-आइए। आप विनोदशंकर है न?'

'जी!'

'मेरा नाम सुभाष है। मैं प्रभा का बड़ा भाई हूं। माफ करना, मैं पहचान नहीं सका, कितने दिनों बाद देखा है।'

'हां, सचमुच ही तो कितने दिनों बाद देखा है। बनारस में भी आपको एकाध बार ही देखा था।'

'कहिए, फूफा जी कैसे हैं?'

'ठीक हैं।'

मुझे बहुत प्रसन्नता हुई इस आदमी से मिलकर और थोड़ा-सा आश्चर्य भी हुआ कि इतना अच्छा आदमी ··· अपनी मां और बहन के प्रति सहज आत्मीय व्यवहार क्यों नहीं रख सका?

चाय पी चुका तो पूछा, 'कहां हो रही है प्रभा की शादी?'

'शादी बढ़िया हो रही है, विनोद! लड़का बी०डी०ओ० है, उन्नाव में। उन्नाव से

बीस मील दूर एक गांव में घर है। वहां खेती-बाड़ी भी है। कुछ बड़ा परिवार भी नहीं है—मां-बाप, एक भाई और एक बहन गांव में हैं। लड़का बी०डी०ओ० है। जानते ही हो, इसमें अच्छी आमदनी है।'

'विवाह की सारी तैयारी तो हो गयी होगी?'

'हां, हो ही गयी है।'

'और भाई साहब लोग आ गये हैं?'

'आ जाएंगे, आजकल में।'

मुझे बहुत आश्चर्य हुआ कि अभी तक भाई लोग नहीं आये हैं। वे भी जैसे बरातियों के साथ ही आएंगे।

'देखिए, मेरे लायक कोई काम हो तो बताइए। पिताजी ने मुझे दो दिन पहले इसीलिए भेजा है। मैं पहुनाई करने नहीं आया हूं, यह मेरी बहन की शादी है, काम करने आया हूं।'

'सो नाइस आफ यू।' कहकर सुभाष मुस्कराये किन्तु न जाने क्यों फिर उदास हो गये। और मुझे भी लगा कि शायद अनजाने ही मैंने इन पर और इनके भाइयों पर कुछ चोट कर दी है।

चाय-वाय पी चुकने के बाद उन्होंने मुझसे कहा, 'चलिए, बगल के मकान में कुछ कमरे ले रखे हैं, अतिथियों के लिए। यहां तो जगह ही नहीं है और शादी की पों-पों में आपको आराम भी नहीं मिलेगा।'

'अरे, मैं आराम करने थोड़े आया हूं। मुझे काम बताइएगा।' कहता हुआ मैं उनके पीछे-पीछे चल पड़ा। दो मकान बाद के एक मकान में एक कमरे में उनके साथ मैं दाखिल हुआ।

'कोई जरूरत हो तो बता दीजिएगा।' कहकर वे चले गये।

लगता है वह मकान शादी के लिए किराये पर लिया गया है मेहमानों के लिए। अभी और कोई आया नहीं है। एक कमरे में सामान रखा हुआ है। उसे ही खोल-बन्द करने के लिए कुछ लोग आ-जा रहे हैं। मैं निहायत अकेला पड़ गया हूं। अजीब बोरियत आ रही है। यह कस्बा है। कहीं कुछ घूमने-फिरने लायक भी तो नहीं होगा। मैं दो दिन पहले आया था कुछ काम करने के लिए और प्रभा से इत्मीनान से मिलने और यहां एकदम बोरियत ले बैठा। नहा-धोकर बैठा था कि नाश्तापानी आ गया। नाश्ता करके मैं सो गया। दोपहर को आकर किसी ने जगाया, 'चलिए, खाना खा लीजिए।' मैं चला तो मुझे विश्वास था कि अब तो प्रभा मिल ही जाएगी। खाना खाते वक्त मैं औरतों और लड़कियों को आते-जाते देखता रहा। सोचता रहा, इनमें से कोई प्रभा होगी। लेकिन किसी भी लड़की के चेहरे पर प्रभा होने की सी उत्सुकता नहीं दिखाई पड़ी। बात क्या है? क्या प्रभा को मेरे आने की खबर नहीं है? क्या उसे मुझसे मिलने की उत्सुकता नहीं है? या क्या वह इन लड़कियों में नहीं है, कहीं और है?

मैं बहुत चिन्तित हो उठा। कुछ पूछते भी नहीं बनता था। मैंने फिर अपने को धिक्कारा कि तुम इतने बुजदिल क्यों हो? प्रभा तुम्हारी बहन है, कोई प्रेयसी तो नहीं है कि उसकी बात करने या उसके बारे में पूछने से घबरा रहे हो। आत्मधिक्कार से मुझमें बल आ गया और जब खा-पीकर चलने को हुआ तो प्रभा के भाई से पूछा, "प्रभा बहन कहां है? दिखाई नहीं पड़ती। जरा उससे मिलवाइए! मां ने उससे बहुत कुछ कहने को कहा है।'

'अरे, प्रभा यहीं तो थी। आपने पहचाना नहीं होगा?'

'कैसे पहचानता? बचपन में हम साथ खेलते थे, कितन समय गुजर गया इस बीच।'

'अभी बुला रहा हूं।' कहकर सुभाष वहां से चले गए। वे बहुत तत्परता से बात कर रहे थे किन्तु मुझे लगा कि उन्हें खुशी नहीं हुई। पता नहीं क्यों, इस आदमी का सारा सौजन्य, सारा व्यवहार मुझे ऊपरी लग रहा था। शायद वे नहीं चाहते कि मैं प्रभा से मिलूं। यदि वे चाहते तो मेरे आते ही अपने घर के लोगों से परिचय कराया होता, प्रभा से मिलवाया होता। आते ही मुझे घर से बाहर एक दूसरे घर में फेंक दिया। शायद उन्हें डर है कि प्रभा मिलेगी तो अपना दु:ख-दर्द कहेगी, उनकी पोल खोल देगी।

थोड़ी देर बैठा रहा, कहीं कुछ नहीं हुआ। सोचा, चलूं यहां से कि देखा, एक लड़की मेरी ओर चली आ रही है, धीरे-धीरे! सौन्दर्य से दीप्त; भरी-भरी लम्बी काया। आकर वह सामने खड़ी हो गयी और निरुद्वेग भाव से दोनों हाथ जोड़कर प्रणाम किया। मैंने प्रणाम का उत्तर देते हुए पूछा, 'आप प्रभा जी हैं न?'

'पहचानते नहीं, विनोद भइया? मैं प्रभा जी नहीं, प्रभा हूं!' उसने मन्दस्मित के साथ गम्भीर स्वर में कहा।

'ओह प्रभा! कितना समय बीत गया तुम्हें देखे हुए।'

'चलो, इतने दिन बाद तो याद किया। इतनी बड़ी जिन्दगी में इतना विलंब, विलम्ब नहीं माना जाना चाहिए। हर वस्तु की अपनी नियति होती है, समय की भी एक नियति होती है।'

'ओह, तुम यहां भी एक दार्शनिक भाषा में बात करने लगीं। तुम इतनी दार्शनिक क्यों हो गयीं?'

'दर्शन व्यथापूर्ण मन को शक्ति देता है। जो कुछ हो रहा है उसके होने की तार्किक संगति बैठाता है दर्शन! यह न होता तो मैं किस भरोसे जी पाती, विनोद भइया!'

मैं भारी हो आया। उसने अनुभव किया इसीलिए वह एकाएक अपनी गंभीरता झटककर हँसने लगी और बोली, 'अरे, छोड़ो इन बातों को, कहो, बुआ जी कैसी हैं, फूफाजी कैसे हैं? कभी कोई याद करता है मुझे?'

'सभी ठीक हैं और तुम्हें तो इतना याद करते हैं कि मुझे भूलते जा रहे हैं।'

इस पर हम दोनों खूब हँसे। हमने देखा, कुछ औरत चेहरे चलते-चलते हमें देख

लेते हैं, कुछ घूरते हैं, कुछ ठमक जाते हैं।

'और अपनी सुनाओ, अब क्या करने का इरादा है?'

'एम० ए० हो गया हूं। कोशिश में हूं कि कोई लेक्चररशिप मिल जाए।'

'और शादी-वादी?'

'वह भी हो जाएगी। आखिर उसे भी तो होना ही होता है। कोई मेरे लिए भी तो शंकर जी को पूजती होगी। बहन की शादी हो रही है तो भाई की भी हो ही जाएगी।'

'हां, हो ही रही है।' वह उदास हो गयी।

मैंने चारों ओर देखा कि कोई झांक तो नहीं रहा है। फिर धीरे-से पूछा, 'क्यों प्रभा, तुम इस शादी से खुश नहीं हो?'

'जो नियति है, उससे खुश और नाखुश क्यों होना चाहिए? जो नियति अभी मेरी थी वही कौन इतनी अच्छी थी कि दूसरी से भयभीत होऊं? दूसरी नियति तो अभी अनजानी है, उसे लेकर कुछ सुन्दर कल्पनाएं की जा सकती हैं। बाकी वह जो होगी सो तो होगी ही।'

वह फिर दार्शनिक मूड में उतर आयी थी।

'जीजा जी क्या हैं?

'सुना है, बी० डी० ओ०, सी० डी० ओ० हैं।'

उसने जिस तरह बी० डी० ओ०, सी० डी० ओ० कहा था उससे साफ झलक रहा था कि वह इस विवाह से प्रसन्न नहीं है। और ठीक भी है। मैं प्रभा की रुचि जानता हूं। वह कलात्मक है। बी० डी० ओ० उसे कितना सह पाएगा, यह आशंका जरूर प्रभा को हो रही होगी!

'तुम्हारे और भाई लोग नहीं आए?'

'कौन भाई लोग?'

'अरे, तुम्हारे अन्य दो भाई?'

'हां, भाई लोग। वे लोग बारात के साथ आएंगे। उन्हें आने की फुरसत नहीं मिल रही होगी। खैर, मेरा असली भाई तो समय से आ ही गया।' कहकर वह मुझे देखने लगी।

मुझे अजीब-सा लगा।

'प्रभा ··· ओ प्रभा ···' अरे चलो-चलो, बहुत-से काम करने हैं। बैठने से काम नहीं चलेगा।'

'भाभी हैं, वह चाहती हैं कि मैं अब यहां देर तक न बैठूं। चलूं, दो दिन और झेलने हैं, झेल लूं। फिर मिलेंगे। मेरी ससुराल कभी-कभी आते रहना।' वह उठकर चली गयी।

मैं धीरे-धीरे उठकर बाहर आया और अपने कमरे में चला गया। सोया। उठा। थोड़ा कस्बा घूमा। भाई साहब से फिर कहा कि कुछ काम बताइए। उन्होंने टाल दिया। शाम

को खाना खाते समय प्रभा फिर दिखाई पड़ी। रात को सोचने लगा कि अभी कल का दिन पड़ा है, परसों शायद शाम तक बारात आएगी। तब तक क्या करूंगा? इच्छा हुई, चुपचाप घर लौट जाऊं लेकिन मेरे इस तरह लौटने का कुफल प्रभा को भोगना पड़ेगा। न जाने लोग उसे क्या-क्या कहेंगे? नहीं गया। ऐसे ही घूम-फिरकर, खा-पीकर समय बिताया।

बारात आयी। बी० डी० ओ० साहब की भोंड़ी-सी क्रूर शक्ल देखते ही मेरा मन तीता हो गया। क्या भाइयों ने इन्हें देखा नहीं था? क्या अपनी बहन के रूप के साथ इनकी शक्ल-सूरत का मेल नहीं बैठाया? लगता है कि प्रभा को घर से निकालना ही उनका प्रमुख उद्देश्य था, फिर वह चाहे जहां भी जा गिरे। बारात आने के दिन और भाई भी आ गए थे।

प्रभा बिदा होने लगी तो रोयी नहीं। आंखों में उदास खामोशी का गहरा दबाव लिये वह अपने परजिनों से विदा ले रही थी। मैं किनारे खड़ा था। मुझे देखा, हाथ जोड़कर नमस्कार किया, झट से कार में जा बैठी और फफककर रो पड़ी। मैं समझ गया कि मुझे देखते ही उसकी सारी खामोश जड़ता टूट गयी। लेकिन मेरे सामने रोना उसने लोकदृष्टि से उचित नहीं समझा और झट से कार में बैठकर फफक पड़ी।

मैंने भी उसके दो घंटे बाद की गाड़ी पकड़ ली और घर लौट आया था। भगवान् से प्रार्थना की थी कि प्रभा को उसकी ससुराल में सुखी रखे।

लेकिन भगवान् ने मेरी एक नहीं सुनी। पता नहीं, वह किसी की सुनता भी है या नहीं? प्रभा की चिट्ठियां आती रहीं। पहले तो उसने छिपाया लेकिन बाद में खुलती गयी। उसकी चिट्ठियों से मालूम पड़ा कि बी० डी० ओ० साहब ने उसे अपनी मां के पास गांव में पटक दिया है; खुद कस्बे में रहते हैं। महीने-दो-महीने में कभी-कभार आ जाते हैं और अपनी मां तथा बहन से उसके विरुद्ध शिकायतें सुनते हैं और फिर सभी मिलकर समवेत स्वर में उसका प्रशस्ति-गान शुरू करते हैं और पीटते हैं। उनकी शिकायत है कि वह दरिद्र की बेटी की तरह आयी है और घर के काम-काज में मन न लगाकर किताबें पढ़ती है और न जाने क्या लिखती रहती है।

'क्या लिखती रहती हो?' उन्होंने पूछा।

'अरे, घर की शिकायत लिखती होगी, और क्या लिखेगी!' मां ने कहा। बहन ने भी दुहराया। दोनों अपढ़ हैं। बी० डी० ओ० साहब को तो देख ही चुके हो वे भी इसी खान में से निकले हैं।

'चलो दिखाओ, क्या लिखती हो?'

'अरे, कुछ नहीं लिखती हूं; वैसे ही जी में आता है तो कागज गोंजने लगती हूं।'

'नहीं-नहीं, दिखाओ!'–कहकर वे मुझे घसीटते हुए अन्दर ले गये और मेरी किताबें और कागज इधर-उधर फेंकने लगे–'कहां है तुम्हारा लिखा हुआ? इसे लाइब्रेरी बना रखा है? घर में काम नहीं करेगी, लाइब्रेरी बनायेगी! कहां है वह

कागज?' तब तक मेरी डायरी उनके हाथ पड़ गयी–'यही है?'

'जी!' मैंने स्वीकृति में सिर हिलाया।

और वे उसे खोलकर पढ़ने लगे। उनके पास उनकी मां और बहन भी आ गयी थीं। उनके पढ़ने का ढंग बहुत विद्रूप था। उनकी विद्रूप मुद्रा पर उनकी मां और बहन हँस रही थीं।

'यह सब क्या वाहियात चीजें हैं, यह क्या अनाप-सनाप लिखा है! यह कोई कविता है? कहीं पागल तो नहीं हो गयी है!' और उन्होंने डायरी फाड़नी शुरू कर दी।

'अरे रे, यह क्या करते हैं आप?' कहकर मैं झपटी। उन्होंने धक्का देकर मुझे गिरा दिया, दो लातें मारीं और डायरी फाड़कर चिंदी-चिंदी कर दी। फिर उन्होंने हिदायत कर दी कि यह सब वाहियात बातें छोड़ो और घर के काम-काज में मन लगाओ।

'काम तो करती हूं। यह सब तो काम-काज के बाद लिखती हूं।'

'तो क्या माँ झूठ बोलती हैं?' उन्होंने गरजकर पूछा।

मैं कैसे कहती कि झूठ बोल रही हैं, चुप रही। लेकिन भीतर-भीतर एक आग उठी। इच्छा हुई, इस बुढ़िया को धक्का देकर जमीन पर पटक दूं और बी० डी० ओ० साहब से कहूं, जाइए, अपना घूस-घास का काम देखिए। आपके बाप-दादों ने भी कभी कविता पढ़ी और समझी है? और कहूं कि क्या इस खूसट बुढ़िया और इस छिछोरी बहन के लिए मुझे ब्याहकर लाये थे? लेकिन कैसे कहती यह? वे मेरे पूज्य पति हैं, स्वामी है; लोक और शास्त्र दोनों इनकी और इनकी मां की पूजा करने को कहते हैं। फिर कभी।

'फिर कभी?' क्या फिर कभी? 'फिर कभी' के साथ प्रभा ने अपनी चिट्ठी समाप्त की थी और मैं फिर कभी के चक्कर में पड़ गया। फिर कभी चिट्ठी लिखेगी या उसके मन के भीतर उभरने के लिए जो विद्रोह मचल रहा है उसे फिर कभी उभरने देगी, अभी नहीं? शायद दोनों ही बातें हैं।

प्रभा की चिट्ठियां आती रहीं। बस हाल-चाल। उसने मुझे उसके हाल के बारे में चिट्ठी लिखने से मना कर दिया था। पता नहीं, किसके हाथ पड़े और वह समझे कि बाहरवालों से घर की शिकायत करती रहती है। उसने मुझे केवल अपने घर का हाल-चाल लिखने को कहा था। लेकिन हाल-चाल वाली उसकी चिट्ठियों में भी एक बन्द व्यथा या आग रहा करती थी–घरवालों के व्यवहार कटु होते जा रहे हैं। हां, बेचारे ससुर जी अच्छे है लेकिन पत्नी के आगे उनकी चलती नहीं। रिटायर्ड आदमी हैं, बेबस! कभी-कभी वे अपनी पत्नी और बेटों को डांटते हैं कि क्यों तुम लोग बहू को परेशान करते हो तो सासजी डांट देती हैं–'तुम चुप रहो जी, खाओ-पियो और राम-राम जपो!'

'देवर भी अच्छा है, लेकिन उसकी औकात क्या? वह छोटा है, आठवीं में पढ़ता

है। मुझे प्यार करता है। मेरे पास बैठता है, प्यारी-प्यारी बातें करता है और डांट खाता है। विनोद, मैं कविता लिखना नहीं छोड़ सकती; वह मेरा जीवन बन गयी है। और सहारा ही किसका है? ··· अब तो चित्र भी बनाने लगी हूं। कभी भेजूंगी। मैं निकम्मी घरेलू औरत बनकर नहीं जी सकती। मैंने उनसे कह दिया है कि मुझे अपने साथ ले चलिए; मैं यहां नहीं रह सकती। मैं जिन्दगी जीना चाहती हूं, इसे केवल दूसरों की अर्थहीन खुशी के लिए शव की तरह अपने कंधे पर ढोना नहीं चाहती। या तो जिन्दा रहूंगी या शव ही बन जाऊंगी। जीवित शव मैं नहीं बन सकती। लेकिन वे तैयार नहीं हुए। उन्होंने मुझे बहुत भला-बुरा कहा। लगता है, विनोद भइया, कोई अभिशाप मेरे जीवन के साथ शुरू से लग गया है नहीं तो पिताजी क्यों मरते, मां मुझे छोड़कर क्यों चली जातीं और तीन-तीन भाई मुझे प्यार और शक्ति देने के स्थान पर तिरस्कार और अशक्ति क्यों देते? और उनसे छूटकर भी मैं ससुराल के ऐसे परिवार में क्यों गिरती? लगता है, कहीं कोई नियति है, कुछ पहले से तय है। लेकिन मैं यह नियति ढोने से हमेशा इन्कार करती रही, मेरी पीड़ा का एक राज यह भी तो है! लेकिन मैं क्या करूं, इस नियति के दबाव में रेंगना मैं नहीं चाहती, मैं खड़ी होकर चलना चाहती हूं, विनोद भइया! खड़ी होकर चलने के लिए ही तो मैंने कलाओं का सहारा लिया है। और सहारा ही क्या है? क्या तलाक ले लूं? लेकिन वे तलाक देने ही क्यों लगे! और तलाक लेकर भी क्या करूंगी, कहां जाऊंगी? नौकरी कौन-सी मिलेगी मुझे? बी० ए० पास नहीं कर सकी, इम्तहान देने से पहले ही शादी हो गयी। और एक बच्चे की जिन्दगी भी तो ढो रही हूं पेट में। कुछ समझ में नहीं आता क्या करूं? अच्छा छोड़ो, तुम्हें बहुत बोर किया। फिर कभी।'

लगा, जैसे प्रभा चक्रव्यूह में फँस गयी है, निकलना चाहती है लेकिन जितना ही निकलने के लिए हाथ-पांव मार रही है उतना ही अधिक फँसती जा रही है मगर मैं क्या करूं? सगी बहन होती तो कुछ करता भी, यहां तो दाल-भात में मूसरचन्द की स्थिति हो जाएगी। पता नहीं मेरे पत्र देखकर घरवाले क्या सोचते हों। बहुत छोटी मानसिकता के लोग हैं। वे जरूर पूछते होंगे कि यह कौन है? हो सकता है, संदेह भी करते हों। प्रभा ने एक बार इशारा भी किया था। मुझे विश्वास है, प्रभा अपने भाइयों को कुछ नहीं बताती होगी शायद उन्हें चिट्ठी भी नहीं लिखती होगी। क्या किया जाए कुछ समझ में नहीं आता। थम-थमकर ऐसे ही चिट्ठियां आती रहीं और मैं थम-थमकर इसी मन:स्थिति में आ जाता था। उसे कुछ लिख भी तो नहीं सकता था, उसने मना जो कर रखा था।

फिर एक पत्र। उसने लिखा था, 'पतिदेव से मेरी लड़ाई हो गई। मैं घर में उनकी उपस्थिति में ही अपने कमरे में बैठी एक चित्र बना रही थी। उसी में तन्मय थी। शायद पतिदेव ने आवाज दी होगी। मैंने सुनी नहीं। एकाएक बूढ़ी की आवाज सुनायी दी-सुनेगी कैसे? किसी यार को चिट्ठी लिख रही होगी या कुछ गोंज-गांज रही

होगी।' मैं चौंक उठी। पतिदेव धड़ाके से अन्दर आये और डपट कर पूछा–'सुनती नहीं हो? क्या कर रही हो?'

'कुछ नहीं, यों ही मन बहला रही थी।'

'देखूं तो, क्या कर रही हो?' कहकर वे मेरे चित्र की ओर झपट पड़े। बोले–'यह क्या? कुत्ता, भेड़िया, अजगर ··· यह सब क्या है? पागल तो नहीं हो गयी हो! तुम्हारे दिमाग में दुनिया-भर की खुराफात कहां से भर गयी है?' मैं कुछ बोली नहीं। उन्होंने चित्र को उठाया तो मैंने निरुद्वेग भाव से कहा–'देखिए, फाड़ियेगा नहीं!' उन्होंने मुझे निरुद्वेग देखा तो क्रुद्ध हो उठे। बोले फाड़ दूं तो?

'तो फिर बनाऊंगी।'

'फिर फाड़ दूं तो?'

'तो फिर बनाऊंगी?'

उन्होंने पांच बार फाड़ने की बात कही, मैंने हर बार फिर बनाने की बात कही।

'तो जहन्नुम में जाओ!' कहकर उन्होंने तख्ती समेत मेरा चित्र जमीन पर फेंक दिया। मैं भीतर-भीतर बहुत प्रसन्न हुई, अपनी जीत पर। लगा कि मैं अपनी भीतरी ताकत से जी सकती हूं। लेकिन कमरे के बाहर गाली-गलौज चलती रही। ससुरजी की आवाज आयी–'तुम लोग क्यों उस लड़की को बर्बाद करने पर तुले हो? तुम क्यों नहीं उसे साथ ले जाते?'

'तुम चुप रहो, जी!' सास जी डपटीं।

'तुम चुप रहो, आज तक मैं बहुत चुप रहा। देखता हूं, तुम लोग मिलजुलकर एक देवी-सी लड़की का नाश कर दोगे। क्या बिगाड़ा है उसने तुम लोगों का? देखते-देखते कोफ्त हो गयी!' उन्होंने सीधे बी० डी० ओ० साहब से पूछा– 'क्यों जी, तुम उसे साथ रखने में कौन-सी असुविधा महसूस करते हो? वहां कोई रखैल तो नहीं रख ली है?' इसके बाद तीनों ने मिलकर पिता जी की जो दुर्गति की वह अकल्पनीय थी। देवर आंखों में तरलता भर-भरकर मुझे कई बार देख गया और फिर रोने लगा। मैं कमरे में थी, बाहर निकली और ससुर जी से प्रार्थना की--'पिताजी, आप कृपा करके मेरे लिए इन लोगों से कुछ मत कहिए! मैं, जो भोगना है भोग लूंगी, लेकिन आप जैसे देवता का अपमान मेरे लिए बहुत कष्टकर होगा।'

'अरे, ये सब चाहे मेरी चमड़ी ही नोच लें, लेकिन मैं सही बात जरूर कहूंगा!' बहुत शोर-शराबे के बाद वह कांड समाप्त हुआ' लेकिन मेरे मन में एक असमंजस पैठ गया कि सचमुच बी० डी० ओ० महाराज ने कस्बे में कोई रखैल रख ली है और इसीलिए मुझे साथ नहीं रखते? रख ली हो तो रख लें, मुझे तो अपने हाल पर छोड़ दें। फिर कभी ···

और फिर एक पत्र–'बेटी पैदा हुई है। बहुत प्यारी-सी है। किन्तु सारा घर बौखलाया हुआ है कि मैंने बेटा क्यों नहीं पैदा किया। रोज दो-चार ताने सुनने पड़ते

हैं। केवल ससुर जी और देवर उसे मन से खेलाते हैं। सास और ननद तो उसे छूती ही नहीं। मुझे तो जीने का एक और सहारा मिल गया है, बिनोद भइया। वह साक्षात् कला मालूम पड़ती है। उसके साथ अपने खाली क्षणों को भरती हूं और सार्थक करती हूं। चित्र भी इसी के बनाती हूं और कविताएं भी इसी पर लिखती हूं। सास जी इस बच्ची के साथ मेरे मगन होने पर भी गालियां सुनाती हैं 'एक तो कलमुंही ने लड़की जनी, दूसरे उसे छाती में चिपकाकर घर-द्वार की सुध-बुध ही भूल गयी है। उसका चित्र तुम्हें भेज रही हूं। फिर कभी।'

चित्र बहुत प्यारा था। बच्ची तो सुन्दर होगी ही; उसमें चित्रकार माँ का सारा अनुराग और सौन्दर्य-बोध जो घुल गया है। अच्छा हुआ, प्रभा को एक सहारा मिल गया।

इस बार बहुत दिनों तक पत्र नहीं आया। मेरा जी हल्का हो गया कि चलो, प्रभा का मन अपनी बिटिया में रम गया। फिर एक छोटा-सा पत्र आया-

'माफ करना विनोद भइया, तुम्हें पत्र नहीं लिख सकी। बीमार हूं। बीमारी का पता नही चल रहा है। लेकिन घबराओ नहीं, ठीक हो जाऊंगी। फिर कभी।'

मैं लेक्चरर बन गया था और मेरी शादी भी एक लेक्चरर लड़की से हो गयी थी। मैं धीरे-धीरे अपनी गृहस्थी में डूब गया था लेकिन बीच में प्रभा की चिट्ठी आकर उसकी याद जगा जाती थी। अब लगातार छोटी-छोटी चिट्ठियां आ रही थीं। उनमें उसकी बीमारी के गहराते जाने की सूचना होती थी। ऐसा लगता था जैसे वह दो-चार पंक्तियां लिखते-लिखते थक जाती थी। घर वालों की उस ऊब और यातनाप्रद व्यवहार का भी संकेत होता था जो उसकी बीमारी के साथ बढ़ता जा रहा था।

एक दिन एक पुलिंदा मिला। खोला। प्रभा के बनाए हुए चित्र थे। करीब पचास रहे होंगे। पुलिंदे के साथ एक चिट्ठी थी-'ये चित्र भेज रही हूं। पता नहीं ये तुम्हें कैसे लगें, लेकिन ये मेरे खून से बनाये गए चित्र हैं। घबराओ नहीं, सचमुच मैंने अंगुली काट-काटकर खून निकाल-निकालकर चित्र नहीं बनाये हैं, फिर भी ये मेरे खून से बने हैं। मेरा पता नहीं क्या हो। ये मेरे चित्र यहां फालतू कागज मान कर फेंक दिये जाते। ये तुम्हारे पास सुरक्षित रहेंगे। बेटी यदि जिन्दा बचे तो बड़ी होने पर उसे दे देना ताकि वह इन चित्रों के जरिये अपनी मां को पहचान सके। कविताएं भी भेजूंगी, उन्हें फेयर कर रही हूं। फिर कभी।'

मैंने देखा कुछ चित्र थे, कुछ स्याही से बनाये गये थे, विशेषतया लाल स्याही से, कुछ लाल पेंसिल से। हां, उस बेचारी को विविध रंग कहां से मिलते? कौन लाकर देता? इन चित्रों में कहीं उदासी थी, कहीं अवसाद था, कहीं विद्रोह था। एक चिड़िया आकाश में उड़ रही है और एक बहेलिये का जाल उसक पीछा कर रहा है। एक मंदिर है, जिसमें कुछ वनमानुष कीर्तन कर रहे हैं। एक बच्चा है जिसकी मासूम आंखें अपने पिता की भयानक आंखों के सामने भय से स्तब्ध हो गयी हैं। जाड़े की उदास

शाम में एक बियाबान में एक यात्री भटका हुआ है। शस्त्रों से लदे कुछ पाव वसंत की फूलों भरी घाटी को रौंद रहे हैं। लाल जीभ निकाले हुए एक अजगर एक मृगछौने पर घात लगाये बैठा है। जंगल में जलती आग, दिशाओं को जलाती लाल-लाल दोपहरी। घाटी को जलाते पलाश के लाल-लाल फूल, ताजा घाव से झरती खून की धारा, समुद्र में डूबती लाल-लाल शाम और बहुत कुछ। न जाने कितने संक्रांत भाव इन चित्रों में है, न जाने ये किन-किन अर्थों के बिंब है, न जाने प्रभा किन्-किन रूपों में खुद भी इन बिंबों में है। मैंने यह चित्र सहेजकर अपने बक्स में रख लिये। पत्नी से जिक्र नहीं किया। मैं तो उद्विग्न हो ही रहा था, पत्नी को भी क्यों उद्विग्न करूं?

और यह आखिरी चिट्ठी। मैंने अब ध्यान दिया कि इसमें अंत में 'फिर कभी' नहीं लिखा था। इसलिए मैं इसी चिट्ठी को बार-बार पढ़ने लगा। सोचने लगा, कविताएं शायद आती हों या शायद मरते समय तक फेयर न हो सकी हों और अब गैरजरूरी कागज समझकर घर वालों द्वारा फाड़कर फेंक दी जाएं। एक बार फिर यह चिट्ठी आद्योपांत पढ़ गया–

भइया,

यह मेरी आखिरी चिट्ठी है। मैं जा रही हूं। इस दुनिया में तुम्हारे सिवाय और कोई नहीं है जिससे मैं आखिरी शब्द भी कह सकूं। मैं अपनी बेटी और अपनी कहानी छोड़े जा रही हूं। दोनों एक ही हैं। हां, भइया, दोनों एक ही हैं। मेरी बेटी के माध्यम से फिर मेरी कहानी की पुनरावृत्ति होगी, दोनों को शायद कोई नहीं स्वीकार करेगा। एक मां को मरते समय अपनी बेटी को अपनी कहानी से शापित नहीं करना चाहिए, यह मैं जानती हूं, भइया! लेकिन क्या करूं, जिस अकेलेपन और संबंधहीनता के जंगल में बेटी को छोड़कर जा रही हूं उसमें उसकी और गति ही क्या हो सकती है? कौन है जो उसे संभालेगा? कहने को तो उसकी दादी भी है, बाप भी है लेकिन ये सब केवल कहने के लिए हैं, उसकी सुरक्षा के लिए नहीं हैं; संबंधों की बेड़ी जकड़ने के लिए हैं। शायद इनके संबंधों से मुक्त होकर वह अपने भाग्य के सहारे जी भी लेती लेकिन इन संबंधों की जकड़न में वह मेरी या मुझ जैसी लड़कियों की कहानी की पुनरावृत्ति ही करेगी। संबंधों की ये बेड़ियां न होतीं तो शायद तुमसे एक बार साहस करके कहती कि मेरी थाती को सँभालना और मेरी कहानी की पुनरावृत्ति से इसे बचाना। लेकिन संबंधों के भयावह यथार्थ को मैं जानती हूं। ये न सुरक्षा देते हैं, न मुक्त करते हैं, केवल अपने पूरे बोझ से आदमी पर लदे होते हैं। और मैं तुम पर अपना बोझ डालती भी तो किस अधिकार से! जब मेरे भाई, पति, सास सभी ने अपने संबंधों से जकड़कर केवल मारा-पीटा, केवल उपेक्षा की, केवल जहर दिया, फिर तुमसे मेरा क्या संबंध? नहीं, मैं भूल रही हूं, संबंध नहीं है तभी तो तुमसे मैं यह सब कुछ कह रही हूं। शायद जाने पहचाने संबंधों से परे भी एक संबंध होता है जो आरोपित नहीं होता, स्वयं बनाया गया होता है जो अधिक मानवीय और विश्वस्त होता

है। इस जीवन में तुमसे जो प्यार और आत्मीयता पा सकी, उसी से लगा कि यह जीवन है, नहीं तो जीवन लगने जैसी और क्या बात थी इस प्यासे जीवन में? चलते-चलते तुम्हें एक बात बताऊं। मां ने पिता जी के मरने पर उनके खून से सनी मिट्टी का टुकड़ा सहेजकर रख लिया था। मां के मरते समय मैंने मिट्टी के उस टुकड़े में से थोड़ा निकाल लिया था। और आज खुद मरते समय उसे अपने ब्लाउज के नीचे रख ले रही हूं। मां और पिता जी के सम्बन्धों की ऊष्मा मुझे अपने दाम्पत्य जीवन में कहां मिली? यह तो ठीक उसके उल्टा जीवन मिला। प्यार के सम्बन्ध की ऊष्मा ··· महसूस करने के लिए उसे छाती से चिपकाये मर रही हूं। अच्छा भइया, अलविदा ··· अलविदा

तुम्हारी बहन

प्रभा'

तो प्रभा चली गयी? न जाने कैसा-कैसा लग रहा था। एक अवसन्न उदासी ने मन को ग्रस लिया था किन्तु भीतर-भीतर कहीं चित्त हलका भी हो रहा था कि चलो, प्रभा को मुक्ति मिली; रोज-रोज के मरने से मुक्त हो गयी प्रभा। लेकिन उसकी बेटी? अनाथ, निराश्रित और नारी की वही कहानी दुहराने के लिए अकेली छोड़ दी गयी बेटी। उसका क्या होगा? लगा, जैसे सूनी रेत के विस्तार में मछली की तरह सोयी हुई एक लड़की हाथ-पांव फेंककर रो रही है, रोते-रोते उसका गला बैठ गया है। कोई नहीं है सुनने वाला, कोई नहीं है देखने वाला।

मैं सोचता हूं, उठा लूं उसे लेकिन देखता हूं, दूर खड़े होकर कुछ लोग सावधान हैं कि उसे कोई उठाने न पाये। और फिर मेरे अपने पांव भी तो उलझे हुए हैं अपनी परिस्थितियों के जाल में। कहां उठ पाएंगे आसानी से।

नहीं, मुझे इतना निराश नहीं होना चाहिए। प्रभा की बेटी एक विद्रोह की कविता है, उसके प्यार और आग भरे हृदय से फूटी हुई एक मूर्त कविता। वह घूरे पर नहीं फेंकी जा सकती। नहीं, वह अवरोध पाकर और उठेगी, वह अपनी ही लपटों की झालर में अपनी रक्षा करेगी। प्रभा ने एक नयी शुरुआत की है, जिसमें खुद तो होम हो गई, किन्तु होम होकर उसने जो ताप और दीप्ति दी है, वह नहीं मरेगी।

□

टूटे हुए रास्ते

छुन छुन छुन छुन ···

उसने उत्सुकता से देखा–

छुन छुन छुन ··· छुन ··· एक छोटी सी बच्ची प्लेटफार्म पर भाग रही थी और उसकी मां उसे पकड़ने को दौड़ रही थी। उसकी छोटी-सी पाजेब बज रही थी–छुन छुन छुन ···

उसे लगा कि प्लेटफार्म से लेकर उसके गांव तक इस आवाज की एक लकीर सी बन गयी है। वह चुपचाप उसे देखता रहा लेकिन उसके भीतर न जाने कितनी हलचलें उठने-गिरने लगीं और उन हलचलों की आंधी में एक मधुर छोटे संगीत की तरह पाजेब की 'छुन छुन छुन छुन' बज रही थी और उसके भीतर विषाद की एक लय छोड़ जा रही थी।

मां ने बच्ची को पकड़ लिया तो वह खिलखिलाकर मां की बांहों में झूल गयी और उसके बाप ने (हां, बाप ही होगा) डांटा, 'चुपचाप बैठ मेरे पास। यह प्लेटफार्म है, यहां एक से एक चोर-उचक्के घात लगाये बैठे रहते हैं। वे तुम्हें भी उठा ले जायेंगे।'

बच्ची डर गयी और चारों ओर देखने लगी कि कहीं सचमुच ही कोई चोर तो नहीं बैठा हुआ है। और उसके पिता ने उसकी ओर घूरकर देखा। अब उसने गौर किया कि वे थोड़ी-थोड़ी देर बाद क्यों उसकी ओर मुड़-मुड़कर देख रहे थे।

वह धीरे से उठा और भारी कदमों से सरकता हुआ दूसरी ओर चला गया। हां भाई, चलो, ये शरीफ लोग हैं, इन्हें हर गरीब आदमी चोर-उचक्का ही नजर आता है। वह आज ही तो जेल से छूटकर आया है। फिर यह शरीफ आदमी भी कुछ इलजाम लगा दे तो उसके पकड़े जाने में क्या देर लगती है। उस दिन भी तो कोई ऐसा ही शरीफ था। किसी ने जेब काट ली। पुलिस असली अपराधी को तो पकड़ना चाहती नहीं, खानापूरी के लिए गरीब को पकड़ लेती है। उसे पकड़ ले गई। मारा-पीटा। उसका जामिन भला कौन होता, जेल में डाल दिया गया। पुलिस ने उसे धमकी दी थी कि अब इधर फटकोगे तो टांग तोड़ दी जाएगी। मगर यहां न फटके तो कहां जाए? यहां

रहता है तो सामान ढोने का कोई न कोई चांस मिल ही जाता है। चहल-पहल भी रहती है, मन बहला रहता है। फुटपाथ से तो यह अच्छी ही जगह है। दिन भर काम ढूंढ़ता रहता है, कहां कोई काम देता है अनजाने आदमी को? इस शहर में तो वह निरा अजनबी है, अकेला, खोया हुआ। किसी से काम मांगने जाता है तो वह आदमी पहले तो उसे ऊपर से नीचे तक देखता है पहचानना चाहता है कि यह आदमी है या चोर। फिर डांटकर कहता है, जाओ यहां से, चले आते हैं काम लेने। न जाने कहां-कहां के चोर-उचक्के काम के बदले टोह लेने चले जाते हैं।'

वह नहीं समझ पाता कि आदमी की आदमी के प्रति इतनी हिकारत क्यों? अरे भाई, काम न देना हो तो मत दो, इस तरह दुत्कारते क्यों हो?

वह क्या करे, क्या करे प्रभु! ऐसे कब तक काम चलेगा? अब वह भी दिन को जाकर उन चौराहों पर बैठने लगा है जहां मजदूर बैठते हैं। कभी-कभी दो-चार दिन के लिए काम मिल जाता है लेकिन वह देखता है कि मजदूरों के भी अपने गिरोह होते हैं। वे एक जगह के होते हैं और गिरोह में काम करने जाते हैं। उसे तो सभी छुट्टा समझते हैं। कभी एकाध ज्यादा मजदूर की जरूरत पड़ती है तो उसे भी गिरोह में शामिल कर लिया जाता है।

चाहता है अपना पहला कारोबार शुरू करना। काश, कर पाता! कारोबार शुरू करने के लिए पैसे कहां से लाये? उसे अपनी साईकिल की दुकान याद आयी।

दिल्ली से पांच सौ मील दूर उसका छोटा-सा कस्बा, उसका एक बाजार, बाजार की एक दुकान, उसकी अपनी दुकान, उसका वह मालिक। वह साइकिल मरम्मत करता था और चार-पांच छोटी-बड़ी साइकिलें किराये के लिए भी रखता था। जर-जवार के लोग आते-जाते उसकी दुकान के पास के पीपल के पेड़ के नीचे सुस्साते थे। दुकान पर साइकिलिस्टों की भी भीड़ लगी होती थी। कोई पंचर ठीक करा रहा है, कोई हवा भरवा रहा है। आस-पास के बच्चे किराये पर साइकिल ले जाते थे तो कितना अच्छा लगता था। गेंदे के फूल की तरह प्यारे-प्यारे बच्चे। कभी-कभी वे साइकिल लेकर रेस करते थे तो कितना अच्छा लगता था। किसी आदमी को जरूरी काम पड़ गया है, किसी के घर का कोई बीमार पड़ गया है, किसी को भागकर शहर जाना है, सभी उसके यहां साइकिल लेने चले आते थे। पास में बूढ़े मोची घीसाराम का ठिया था, उधर ताड़ी की दुकान थी, वहां जयराम नाई बैठता था, वहां चाय की एक छोटी-सी दुकान थी, वहां चार-पांच सब्जीवाले बैठते थे, उस कोने पर बाबूराम हलवाई की दुकान थी, उधर तपेस्सर पटहेरा था।

हम एक-दूसरे को जानते ही नहीं थे, एक-दूसरे के कुछ लगते थे-रिश्ते जोड़ लिये गये थे। एक-दूसरे के सुख-दुःख की बातें सुनते थे। बाजार भी घर-सा लगता था। वैसे तो वहां रोज ही छोटा-मोटा बाजार लगा रहता था , लेकिन मंगल और शनिवार को बड़े बाजार लगते थे। कहां-कहां से लोग आते थे-माल बेचने वाले आते

थे, शहर के पढ़वइया बाबू आते थे, सिर पर गठरी लादे गरीब किसान आते थे। कितना प्यारा लगता था अपना बाजार। कस्बे के एक ओर रेलवे लाइन थी, सीं-सीं करती हुई, धुआं उगलती गाड़ियां भागती रहती थीं, दूसरी ओर नदी थी जिसमें बारहों मास नाव चलती थी। नदी के पार थोड़ी दूर पर उसका गांव था। गांव में बीवी है, दो लड़के हैं, एक छोटी-सी बच्ची (गुड़िया) है, बूढ़ी मां है। एक बीघा खेत है। वह गांव से साइकिल से कस्बे आता था। कितनी पहचान थी रास्तों से, खेतों से, पेड़ों से, नदी से, मौसमों से। न जाने कितने रंग थे इनके और वह सबको जानता था, पहचानता था, सभी उसके अपने हो गये थे।

बीवी घर से चलते समय रूखा-सूखा खाना प्यार से बांधकर साइकिल में लटका देती थी, गुड़िया रोज कुछ न कुछ लाने की फरमाइश दाग देती थी और वह प्रसन्न हो उठता था। कुछ लाता तो कभी ही कभी था, लेकिन बच्ची का दामन अपने प्यार से भर देता था। लाये भी कहां से? कोई खास आमदनी तो थी नहीं, बस गुजारा चलता था, लेकिन उस गुजारे में एक संतोष था। लेकिन कैसे कहा जाए संतोष था? संतोष होता तो ये दिन क्यों देखने पड़ते? उस संतोष के नीचे एक असन्तोष था जो मजबूरी में दबा रहा और एक दिन मौका पाकर ऊपर आ गया।

'कौन है बे?' डंडा फटकारकर किसी ने कहा।

उसने चौंककर देखा पुलिसवाला है।

'अरे, तू फिर आ गया? साले, क्या यहां तेरा आफिस है जो चला आता है!' कहकर उसने मारने के लिए डंडा उठाया।

'थानेदार साहब, आप बहुत थके लगते हैं। रुकिये मैं आपके लिए चाय लाता हूं।' कहकर वह आगे बढ़ा।

'अबे, सुन! यहां आ। तू पैसा दे, मैं चाय पी लूंगा।' और उसके हाथ में तड़पता हुआ एक रुपये का नोट सिपाहीजी की जेब में जाकर आश्वस्त हो गया। सिपाहीजी चले गये। वह समझ गया कि अब दो-एक दिन यहां आराम से रहा जा सकता है लेकिन एक रुपया तो उसकी आज की पूंजी थी। बोझ उठाने के उसे दो रुपये मिले थे। एक रुपये में उसने कुछ खा लिया था, एक रुपया कल के लिए बचाया था। थका हुआ था, सोचता था कि अब सोयेगा और कल एक रुपये में कुछ खा-पीकर काम ढूंढ़ेगा। लेकिन अब फिर कोई बोझा उठायेगा। बोझा उठाने कहां पाता है वह? लाइसेंसशुदा कुली तो है नहीं, इसलिए पैसेंजर भी उससे सामान नहीं उठवाते और कुली भी मारने दौड़ते हैं। हां, जब किसी गाड़ी की भीड़ में कुलियों का अकाल पड़ जाता है तब उसका कुछ काम बन जाता है। उसे नींद आ रही थी लेकिन अभी सोयेगा नहीं, आधा घंटे बाद एक मेल आने वाला है, उसे देखकर सोयेगा। वैसे यहां मेल की क्या कमी? आते ही रहते हैं।

वह चाहता है कुछ पैसे इकट्ठे हो जायें तो घर लौटे लेकिन दो महीने हो गये,

पेट भरना ही दूभर हो गया। साइकिल की दुकान पर काम करना उसे सबसे अच्छा लगेगा, लेकिन काम मिलता कहां है? यहां-वहां साइकिल मरम्मत की छोटी-छोटी दुकानें हैं। जो आदमी मालिक है वही नौकर है। वहां नौकरी क्या मिले? बहुत हुआ तो सौ रुपये महीने पर एक लड़का रख लिया जाता है। एक दुकानदार ने उसे बुलाया था, इसी बीच जेल जाना पड़ गया। आज जेल से छूटकर उसके पास गया तो उसने पूछा था कि वह समय से आया क्यों नहीं? उसने अपने जेल जाने की बात बतायी तो उसने बहुत अजीब नजरों से उसे देखा, कई बार देखा जैसे उसे पहचानने की कोशिश कर रहा हो। फिर बोला, 'भाई, जाओ, मैंने तो एक लड़का लगा लिया है, वह आता ही होगा।'

वह समझ गया कि उससे झूठ बोला जा रहा है और उस पर शक किया जा रहा है। आहत होकर उठ आया। हे प्रभु, क्या करे वह? अब जाड़ा बीत रहा है, शायद कुछ राहत मिल जाए। जाड़ा तो गरीबों के लिए अपने आप में एक रोग है। कपड़ा नहीं, ओढ़ने को रजाई नहीं, सोने के लिए छाया नहीं। उसके पास एक चादर के सिवा और क्या है? कई दिनों तक वह अजमेरी गेट के फुटपाथ पर सोता रहा। रोज वह डेढ़ रुपये किराये पर गुदड़ीनुमा रजाई लेता रहा। उसी को लपेटकर तमाम लोगों के साथ फुटपाथ पर सो जाता रहा। कई रातों को बारिश से बचने के लिए वह आसफअली रोड की दुकानों की बाहरी छाया की ओर दौड़ा है, वहां दादा लोग सोने नहीं देते। जब अठन्नी-चवन्नी पाते हैं तो सोने देते हैं। अजीब है, दुकान किसी और की है और रात को मालिक बन जाता है कोई और। चारों ओर जोंकें ही जोंकें है इस देश में। छोटी जोंकें, बड़ी जोंकें। जिसका यहां वश चलता है, दूसरों को चूसने लगता है। जिस दिन सर्दी कम मालूम पड़ती थी उस दिन चादर से ही काम चलाने की कोशिश करता था। कई बार रजाई का किराया देने के बाद खाने के लिए पैसे नहीं बचे हैं और वह भूखा सो गया है।

कितना अजीब लगा था जब वह पहले-पहल फुटपाथ पर सोया था। जब वह सोया तो कुछ देर बाद एक आदमी आया और पांव से ढकेलते हुए पूछा-'ओय, यह कौन साला सोया है। तुम लोगों ने मना नहीं किया?'

'मना किया, लेकिन यह माना नहीं। हमने कहा तुम आओगे तो खुद उठ जाएगा, कौन झगड़ा करे।' कई लोगों ने एक साथ कहा।

वह जाग पड़ा था। 'क्या है?' वह चीखा।

'अरे-अरे, यह मेरी जगह है, तू कैसे सो गया? तेरी शामत आयी है क्या?'

उसने देखा-एक अधेड़-सा आदमी है। खिचड़ी दाढ़ी-मूंछ से चेहरा भयानक लग रहा है। एक गंदी-सी लुंगी पहने है, ऊपर कुरते पर एक फटा-पुराना जैकेट डाले हुए है। उसके हाथ में एक गंदी-सी फटी रजाई है। उसके कपड़ों से अजीब गंध आ रही है। शायद शराब भी पिए हुए है।

'उठता है कि नहीं! तेरी हिम्मत कैसे हुई जग्गी के आसन पर बिस्तर लगाने की।'

'मैं अभी-अभी आकर सोया हूं, लेकिन क्या फुटपाथ पर भी कोई लेबल लगा हुआ है जो आप मुझे उठा रहे हैं?

'अरे लेबल के साले, मुझ से इतनी बहस करने की हिम्मत कैसे हुई?' कहकर उसने उसे लात से ढकेल दिया, 'जा, भाग जा, पिल्ला कहीं का!'

वह आहत होकर उठ खड़ा हुआ। जाड़े से कांप रहा था। चारों ओर देखा-दूर-दूर तक लोग सोये हुए हैं। थोड़ी देर ऐसे ही खड़ा-खड़ा देखता रहा। सोच नहीं पा रहा था-कहां जाये?

'तू दिल्ली में नया आया है क्या, रे?'

उसने देखा बिस्तर बिछाकर वही आदमी पूछ रहा है। उसकी आवाज एक नयी आवाज थी, उसमें कठोरता की जगह गीलापन था।

'हां' सूचक उसने सिर हिला दिया।

'अरे साले, तो तूने पहले क्यों नहीं बताया? कहीं मैंने मार-वार दिया होता तो क्या होता? ताकता क्या है चारों ओर, आ यहां, मैं जगह बनाता हूं। अरे, तुम लोग थोड़ा-थोड़ा सरको तो। हां-हां, सरको, सरको, जल्दी सरको!' और बिना चूं-चपड़ किये सरककर सोने वालों ने एक आदमी के सोने की जगह बना दी।

'तेरे पास ओढ़ने को कुछ नहीं है, रे?'

'दादा गांव से आया हूं, ठगों ने मुझे ठग लिया।'

'कब? किन ठगों ने?'

'कहानी लंबी है, दादा। फिर सुनाऊंगा।'

'ठीक है, ठीक है, कहानी फिर सुनाना। लेकिन देख, वहां एक दुकान है, वहां डेढ़ रुपये पर एक रात के लिए रजाई मिलती है। वहां से ले लिया करना।'

'अच्छा दादा।'

'अच्छा दादा!' उसने चिढ़ाने के स्वर में कहा, 'दादा के बच्चे, आज क्या ओढ़ेगा?'

'यह चादर है न, दादा!'

'नहीं, मैं अपनी रजाई बेड़ा-बेड़ी कर दे रहा हूं, दोनों ओढ़ लेंगे।'

'नहीं दादा, तुम्हें भी तकलीफ होगी।'

'ओ तकलीफ के बच्चे, यहां किसी को मेरी बात काटने की हिम्मत नहीं होती। तुझे कैसे हो रही है। दादा मुफ्त में ही नहीं न बन जाऊंगा। ले ओढ़!'

दादा का हुक्म मानकर उसने रजाई का आधा भाग ओढ़ लिया और सोचने लगा कि इस खूंखार से लगने वाले आदमी का दिल कितना मुलायम है। बाद में उसे मालूम पड़ा कि वह गुंडा-सा लगने वाला आदमी सबका बड़ा भाई है। न जाने कितनी तकलीफों के पेबंद लगाये हुए अपनी जिन्दगी के खालीपन और लाचारगी को भरने

के लिए वह दंभ का नाटक करता है। लेकिन उसका दंभ बड़े भाई का है।

उस रात वह सो नहीं सका। बदबू के मारे उसकी नाक फटी जा रही थी। चारों ओर से उठता हुआ बदबू का भभका। दादा की रजाई और शरीर से उठते हुए नजदीकी भभके से तो वह परेशान ही हो उठा, लेकिन उसमें आदमियत की एक महक भी तो उठ रही थी।

उसने देखा-यहां से वहां तक सोने वालों की एक भीड़ थी लेकिन उसे लगा कि उस भीड़ में भी अलग-अलग गिरोह थे। कुछ लोग सोये-सोये गीत गा रहे थे, कुछ कहानियां कह-सुन रहे थे, कुछ हँसी-मजाक कर रहे थे। कहीं कोई रो रहा था, कोई बुरी तरह खांस रहा था, खांसते-खांसते बेदम हो रहा था। कोई बच्ची भूख से रो रही थी तो उसकी मां समझाते-समझाते उसे पीटने लगती थी। कोई किसी से झगड़ा कर रहा था, कोई शेखी बघार रहा था कि देख लूंगा साले को कल। उसे लगा कि एक दुनिया में न जाने कितनी अलग-अलग दुनिया है।

उसे नींद नहीं आ रही थी, नीचे से ठंडक लग रही थी। पास से लगातार इंजिनों की आवाज बज रही थी-झक झक झक झक ··· चौकीदार डंडा पीट रहा था-ठक्क-ठक्क! पुलिस का घोड़ा खटर-खटर-खटर चहलकदमी कर रहा था।

हा-हा-हा ··· जोर-जोर से हंसने की आवाज आयी। वह डर गया। 'दुनिया गफलत में सो रही है।' वह जोर-जोर से बोल रहा था।

अब उसे समझ में आया कि कोई पागल है। फुटपाथ पर सभी लोग चुपचाप सो रहे थे। इन सारी चीजों की जैसे उन्हें आदत पड़ गयी हो। वही जाग रहा था और रातभर जागता रहा।

बाद में तो वह भी धीरे-धीरे आदी बन गया और अब तो कई दिनों से प्लेटफार्म पर ही सोने लगा है। अब बिना रजाई के भी काम चल जाता है।

बाद में तो वह प्लेटफार्म पर ही सोने लगा। कई बार रजाई का किराया देने के बाद खाने के लिए पैसे नहीं बचे, और भूखा ही सो गया है। अब कुछ दिनों से रजाई की जरूरत नहीं पड़ती। चादर से ही काम चला लेता है। शायद कुछ बच जाये। क्या बच जायेगा? जब तक कोई नौकरी न हो या नियमित काम न हो, क्या बच जायेगा। कम-से-कम हजार रुपये भी बच जाएं तो घर लौट सकता है, नहीं तो किस मुंह से घर लौटेगा? पाँच हजार गंवाया है तो कुछ तो वापस आना चाहिए। इतना ही नहीं, उसने लोगों से बड़े गर्व के साथ कहा है कि वह बहरीन जा रहा है, अब पैसे की क्या कमी रहेगी। बहरीन में तो कमा-कमाकर पैसों का ढेर लगा देगा। इसी उम्मीद पर तो उसे लोगों ने कर्ज दिए थे, उसने घर के सारे सामान बेचे थे। चलते वक्त सबने कोई-न-कोई फरमाइश की थी। वह घर से चला था तो घर दुआर के छूटने के दरद के बावजूद कितने नशे में था। हाय, यह सब क्या हो गया? किस बुरी घड़ी में उसके मन में घर-दुआर छोड़कर बहरीन जाकर कमाने का ख्याल आया। अब तो लगता है

कि सारे रास्ते ही टूट गये हैं।

उसकी जान-पहचान के एक पढ़े लिखे आदमी ने एक दिन अखबार पढ़कर सुनाया कि बहरीन में कुछ कारीगरों की जरूरत है, बहुत अच्छी तनखाह है। बस उस दिन से उसके मन में शैतान समा गया-पैसे का शैतान। उसे अपनी सीधी-सादी जिन्दगी छोटी और हीन दिखाई देने लगी। क्या है इस जिन्दगी में? बच्ची की छोटी-छोटी फरमाइशें तक पूरी नहीं कर पाता। न जाने कब से साइकिल में पंचर लगा रहा है, हवा भर रहा है। यह भी कोई जिन्दगी है। क्या कमा लिया? ऐसे ही एक दिन मर जायेगा। जिन्दगी मौज से जीने के लिए है। बहरीन जायेगा, खूब पैसे कमायेगा, पैसों से घर भर देगा। उसकी बीवी जेवरों से लद जायेगी, बच्चे जमीदारों के बच्चों से भी अच्छे कपड़े पहनकर शहरी स्कूल में पढ़ेंगे, एक अच्छा-सा घर बनवायेगा। अभी बड़ी जात के लोग 'साइकिलवाला रमजीवा' कहकर पुकारते हैं, तब वही लोग, 'सेठ रामजी' कहकर पुकारेंगें। उससे कर्ज मांगेंगे।

उसने अखबार में छपे पते पर दिल्ली अर्जी भेज दी। वहां से सात दिन में ही जवाब आ गया। वह बहरीन के लिए चुन लिया गया था। वह पन्द्रह दिन बाद दिल्ली बुलाया गया था और कहा गया था कि वह पांच हजार रुपये लाये-सारे इंतजाम के लिए।

उसके घर में सुख-दुःख की मिली हुई लहर दौड़ पड़ी थी। इतनी अच्छी नौकरी लगने और पैसों से घर भर जाने का सुख और घर के मालिक के परदेश जाने का दुःख। जो भी हो, चारों और चहल-पहल सी मच गयी। उसे पन्द्रह दिन में ही पांच हजार रुपयों का इंतजाम करना है, कैसे क्या हो? भागदौड़ शुरू हो गयी। उसने साइकिलें बेच दीं, खेत रेहन रख दिया, बीवी के जेवर बेच दिये, दोस्तों ने भी उध ार दिये। चिंता क्या है-दो-तीन महीने में तो वह इतने रुपये भेज देगा कि सब कुछ ठीक हो जायेगा।

एकाएक उसने सुना, थोड़ी दूर से छुन्न-छुन्न की आवाजें आ रही हैं। आंख उठाकर देखा- कोई दूसरी लड़की है, ठुमक-ठुमककर चहलकदमी कर रही है और उसकी पायल छुन्न-छुन्न छुन्न छुन्न बज रही है। वह देखता रहा। उसकी आंखों से झर-झर-झर-झर आंसू गिरने लगे। धीरे-धीरे सुबकने लगा। उसकी गुड़िया के पांव में भी तो ऐसी ही पायल थी। कितनी साध से उसने बनवाई थी। कितनी मुश्किल से बनवायी थी। कितना अच्छा लगता था जब वह ठुमक-ठुमककर चलती थी। जब वह थका-हारा घर पहुंचता था तो उसे देखते ही वह छुन-छुन-छुन-छुन भागी आती थी और गोदी में चढ़ जाती थी। उसकी सारी थकान उतर जाती थी। वही पायल उसके पांव से उतर गयी। कितना दरद उमड़ा था जब उसने अपनी तोतली बोली में कहा था-'बाबू, पैछे कम पलते हैं तो हमाली पायल भी बेंच दो, बहलीन थे आना तो हमाले लिए सोने ती पायल लाना।'

न जाने उसे कैसा लगा था यह सुनकर। लेकिन पैसे कम पड़ रहे थे, चारों ओर से पैसे समेटने के बाद भी कम पड़ रहे थे, छोटे-छोटे सामान बेचने की बारी आ गयी थी। और अब क्या? सचमुच गुड़िया के लिए सोने की पायल बनवा देगा अब तो। उसने गुड़िया की पायल भी बेच दी थी।

उसने अपने गंदे-फटे कुरते से अपने आंसू पोंछ लिये। रो-रोकर खुद ही चुप हो गया, दूसरा कौन था जो उसे चुप कराता। इनकी नियति यही है-अकेले में रोयेंगे, रोते-रोते चुप हो जायेंगे।

'कुली! ओ कुली! न जाने कहां मर गया, गाड़ी आ रही है। उसने आकर चढ़ाने के लिए कहा था।' वह आदमी बड़बड़ा रहा था। उसने कई कुलियों से बात की, सबकी अपनी सवारियां थीं, कोई उसकी बात नहीं सुन रहा था।

वह कुछ देर तक देखता रहा। उठा, उसके सामने जाकर खड़ा हो गया-'लाइए बाबूजी, मैं सामान चढ़ा दूंगा।'

'तुम, तुम कुली हो?' उन्होंने संदेह की नजरों से देखकर कहा।

'हूं तो नहीं, तकदीर ने बना दिया है। आप बेफिक्र रहिए, मैं चोर-उचक्का नहीं हूं।'

'अच्छा बाबा अच्छा, उठा लो सामान।'

उसने एक बार लड़की की ओर देखा-बड़ी प्यारी-सी लड़की। वह भी सहमी नजरों से देख रही थी। उसने उसे देखकर मुस्करा दिया। वह और सहम गयी। वह उसे देखता रहा, उसके चेहरे में उसकी गुड़िया का चेहरा उतरने लगा। वह खड़ा-खड़ा उस चेहरे को देखने लगा।

'अरे, तुम खड़े-खड़े क्या देखते हो बाबा, गाड़ी आ रही है।'

और उसने झपटकर सामान उठा लिया। गुड़िया का चेहरा छिन्न-भिन्न हो गया।

सामान रखने के बाद उसे एक रुपया मिला तो उसका चेहरा चमक उठा। वह बाहर खड़ा होकर बहाने से खिड़की से उस बच्ची को देखता रहा। कुछ देर तक गहमा-गहमी रही, गाड़ी चली गयी, फिर उसके मन का सूनापन चारों ओर पसर गया। वह एक कोने में जाकर लेट गया। इतनी भीड़-भाड़, इतनी चहल-पहल और वह इतना अकेला। वह घर क्यों नहीं लौट जाता? कैसे लौट जाये? उस दिन एक बुजुर्ग कह रहा था-'एक बार जो इस सुरसा के मुंह में आ जाता है उसे न पैठते बनता है, न निकलते। कितना बेरहम शहर है! यहां ऊंचे और शरीफ दिखाई पड़ने वालों के मन में तनिक भी दया-माया नहीं है। कैसे सफेद शैतान हैं ये!' उसे क्या पता था कि अखबार में इश्तहार देने वाले भी धोखा देते हैं। यह तो सरकार की आंखों में धूल झोंकना हुआ। वह कांप जाता है जब याद आती है वह घटना। वह घर से दिल्ली के लिए चला तो घर में और स्टेशन पर अजीब दृश्य था। सभी रो रहे थे। इतने दिनों के लिए बिछुड़ने पर तकलीफ तो होती ही है लेकिन सबके भीतर कितना गर्व रहा

होगा कि वह विदेश जा रहा है। उसके घर, परिवार और संबंध के लोगों ने उसके गले में मालाएं डालीं। वह दिल्ली पहुंचकर भौंचका रह गया। कहां जाये? किधर जाये? इतने बड़े शहर में तो वह पहली बार आया था। खैर, दूना किराया लेकर स्कूटर वाला उसे उसके स्थान पर पहुंचा आया। उसने साईनबोर्ड बांचा-हां, वही कंपनी तो है। और कई लोग उसी की तरह आये हुए हैं। उसकी दरखास्त और फोटो फाइल में से निकालकर उसकी शिनाख्त की गयी। हां, ठीक है-रामजी विश्वकर्मा!'

'जी साहब!'

'रामजी, तुम बहुत तकदीर वाले हो कि इतने लोगों में से तुम्हें चुना गया। अब तुम मौज करोगे, पैसा ही पैसा होगा तुम्हारे पास।' कोई बाबू बोल रहा था। वहां आये सभी लोगों से बारी-बारी वह यही कह रहा था।

'जी साहब, आपकी मेहरबानी है।'

'अच्छा, रामजी, पांच हजार रुपये जमा कर दो और बेफिक्र हो जाओ। सात दिन तक तुम दिल्ली घूमो-घामो, तब तक तुम्हारा पासपोर्ट बनवा लिया जायेगा और भी जरूरी इंतजाम कर लिये जायेंगे। सातवें दिन ठीक दस बजे यहां पहुंच जाना। इन सबके साथ तुम्हें हवाई जहाज से बहरीन भेज दिया जाएगा। उस दिन से सारा खर्चा कंपनी करेगी।'

'अच्छा, साहब!' हवाई जहाज के सफर के नाम से उसके भीतर गुदगुदी पैदा हो गयी। गांव-कस्बे के बहुत से बामन-छत्री और सेठ लोग अपने को बहुत ऊंचा लगाते हैं। हुंह! किसी ने हवाई जहाज से सफर किया है।

वह एक धर्मशाला में ठहर गया। और खुशी में फूला-फूला दिल्ली की जगहें देखता रहा- कुतुबमीनार, पार्लियामेंट हाउस, कनॉट प्लेस, राजघाट, शांतिवन, चांदनी चौक। वाह, कितनी सुन्दर है दिल्ली… ।

इसके बाद सोचने से उसकी आत्मा थर्रा उठती है। सातवें दिन जब वह कंपनी के आफिस पहुंचा तो देखा-कंपनी का साइनबोर्ड गायब है और वहां कोई नहीं है। पहले तो उसे लगा कि अभी आये नहीं होंगे। वह वहीं बैठ गया। जब एक घंटा बीत गया तब वह बेचैन हो उठा। पास-पड़ोस से पूछा कि कंपनी के लोग कहां गये?

'कौन सी कंपनी के लोग?'

'अरे, इसी जगह तो कंपनी का साइनबोर्ड टंगा था।'

'यहां कोई कंपनी-वंपनी नहीं थी, भाई! कुछ दिनों के लिए कुछ लोगों ने यह मकान किराये पर लिया था। पता नहीं कौन थे वे। वे तो चले गये।'

उसे लगा जैसे सन्न से किसी ने उसके पांव तले की जमीन खींच ली हो। 'अरे बाप!' कहकर गिर पड़ा। न जाने कब तक बेहोश पड़ा रहा। कुछ लोगों ने पानी के छींटे मार-मारकर जगाया। उसे होश आया तो देखा लोगों की भीड़ उसके आपपास घिरी थी। वह कुछ देर तक फटी-फटी आंखों से सबको देखता रहा, फिर चिल्ला

उठा–'हाय, मैं लुट गया!'

'क्या बात है, भाई?' किसी हमदर्द से पूछा। उसने रो-रोकर अपना किस्सा बताया तो लोग धीरे-धीरे सरकने लगे। सबके मुंह में एक ही रिमार्क था–'अरे बाबा, जमाना बड़ा खराब आ गया है, चोरी के कितने-कितने तरीके ईजाद हो गये हैं।'

एक ने कहा–'इसकी बेहोशी भी ठगी का कोई बहाना न हो।

'हो सकता है भाई, हो सकता है।'

एक भले आदमी ने पूछा–'कहां जाओगे? बस के पैसे-वैसे हैं?'

वह कुछ नहीं बोला। खोया-खोया-सा उठा और लड़खड़ाता हुआ किसी दिशा में चल दिया।

'हाय बेचारा!' किसी की आवाज थी।

तब से दो महीने हो गये, वह इस शहर में भटक रहा है। इसकी गंदगी की कितनी ही परतें देखी और भोगी हैं, न जाने कहां चली गयी कनॉट प्लेस और पार्लियामेंट हाउस वाली दिल्ली? यह दिल्ली तो कोई और है–खांसती हुई दिल्ली, बलगम फेंकती हुई दिल्ली, नंगी भीगती हुई दिल्ली, भूख से टूटती हुई दिल्ली, पुलिस के डंडे से पिटती हुई दिल्ली, जूं और चीलर से भरी गुदड़ी लपेटे हुए दिल्ली, खाज और कोढ़ से सड़ती हुई दिल्ली, बिना किसी अपराध के हथकड़ी पहनती हुई दिल्ली! वाह रे रामजी, तुमने खूब दिल्ली देखी!

वह इस दिल्ली के नरक का कीड़ा बन गया है। घर कैसे लौटे? घरवाले अभी यही समझ रहे हैं कि वह बहरीन पहुंचकर कमा रहा है। वह घर कैसे लौटे? क्या बीतेगी घरवालों पर? कर्ज देनेवाले अभी तक तो भुलावे में होंगे, असलियत खुलते ही वे जान खाने को दौड़ेंगे, जीना मुश्किल कर देंगे। ऊंचे लोग ताना मारेंगे सो अलग। वह किस मुंह से घर लौटे! लेकिन बहरीन से भी तो घरवालों को चिट्ठी पत्री मिलनी चाहिए। कोई चिट्ठी-पत्री न पाकर वे घबरा जायेंगे। आखिर कब तक इंतजार करेंगे? फिर कहीं यह न समझ बैंठे कि वह कहीं मर बिला गया या किसी और मायामोह में फँस गया। यहां से वह चिट्ठी कैसे लिखे, क्या लिखे? बहरीन पहुंचा नहीं, यहां से चिट्ठी लिख नहीं सकता। न अपनी खबर भेज सकता है, न घर की खबर पा सकता है, अजीब दलदल में फँस गया है। हां, सोचता है कुछ पैसे इकट्ठे हो जायें तो घर लौट जाय। यही कह देगा कि रास्ते में किसी ने जेब काट ली और सबसे पहले वह अपनी गुड़िया की पायल खरीदेगा–छुन छुन छुन ··· न जाने कैसी है मेरी बच्ची। पता नहीं कब उसे देखूंगा?

फिर कोई गाड़ी उसी के देश की ओर जा रही थी और वह लेटा-लेटा सूनी आंखों से उसे देख रहा था।

□

मनोज जी

गर्मियों में सुबह की यात्रा आरामदेह होती है। सुबह तीन बजे ही उठकर मैं स्टेशन को चल पड़ा। पांच कोस पर स्टेशन है। आठ बजे गाड़ी मिलती है। गांव से स्टेशन के बीच कोई सवारी नहीं चलती, बीहड़ कछार है।

एक घंटे में नदी पर पहुंच गया। डूबते चांद की रोशनी में नदी के आसपास के पेड़-पौधे, झाड़-झंखाड़ धूमिल स्तूपों के समान लग रहे थे। चांदनी में छलछलाती नदी की पतली धारा पर छलकती हुई नाव इस पार आ रही थी। नाव पर चढ़कर देखा, उस पार कोई तीर पर पानी में झुककर कुल्ला कर रहा था। नाव मंझधार पहुंची, तो उस व्यक्ति का चेहरा कुछ- कुछ साफ दिखाई देने लगा–मटमैला-सा कुरता और टोपी, और मुझे निश्चय हो गया कि वह और कोई नहीं, पं. गया प्रसाद द्विवेदी 'मनोज' हैं।

नाव तट पर लगी। मैंने कहा–'पंडित जी आप?'

'हां-हां, मैं यहीं से तुम्हें पहचान रहा था, सोचा कि तुम्हीं होंगे, और कौन हो सकता है।'

'कहां चल रहे हैं पंडितजी?'

'स्टेशन चल रहा हूं, वहां से देवरिया जाऊंगा। तुम्हें कहां जाना है?' चलते-चलते उन्होंने कहा।

मैंने संक्षेप में उत्तर दिया-'बनारस।'

'तुम बनारस से आये भी और चले भी जा रहे हो, मैंने कौन-सी खता की है कि मुझसे मिलने तक नहीं आये? जब से गोरखपुर तुम्हारी शादी हुई है, तुमने वहीं घर बना लिया है।' कहकर वे मुस्कराने लगे।

मैं कुछ कहने ही जा रहा था कि मनोज जी टोपी-सहित सिर हिला कर गुनगुना पड़े–बनन में बागन में बगरो बसन्त है · · ·

और मैंने महसूस किया कि आम की मंजरियों की सुगन्ध का एक पागल झोंका मस्त हाथी की तरह अभी-अभी झूमता हुआ गुजर गया है।

रास्ता नदी के तीर-तीर जा रहा था। रास्ते के बायीं ओर नदी के उस पार

बंसवारियों की परछाइयां तट के पानी में निस्तब्ध डूबी हुई थीं। दाहिनी ओर जौ गेहूं के कटे हुए खेत थे, कुछ अभी कट रहे थे। मनोजजी चलते-चलते कभी इस पार देखते, कभी उस पार, कभी आम और महुए की उड़ती गन्ध को पकड़ने की कोशिश करते, कभी खेत में काम करने जाती हुई किसी जवान मजदूरिन को सिर से पैर तक एक क्षण में देख लेते।

मैंने कहा-'पंडितजी!'

अचकचाकर उन्होंने अपनी निगाह एक लड़की की ओर से हटाकर सीधी रास्ते में कर ली और बोले-'कालिदास का वसन्त-वर्णन पढ़ा है? क्या बात है! सर्वं प्रिये चारुतरं वसन्ते।'

'हां, पंडितजी, पढ़ा है, क्या बात है। लेकिन पंडितजी, आपने बताया नहीं, आप किस काम से जा रहे हैं देवरिया? क्या कोई कवि-सम्मेलन है?'

मनोज ने मेरी ओर घूमकर देखा। मुझे लगा कि अकस्मात् उनके चेहरे पर उदासी की दो-चार मोटी-मोटी रेखाएं उभर आयी हैं। फिर उन्होंने संयत होते-होते कहा-'महेश (उनका लड़का) की अम्मा मरणासन्न हैं, उन्हें तपेदिक हो गया है। दवाएं कीं, लेकिन कोई फायदा नजर नहीं आया। सुना है, देवरिया में कोई डाक्टर हैं, जो तपेदिक के रोग के इलाज की गारंटी बांटते हैं।'

मैं सन्न रह गया। बगल से झांककर देखा, उनकी आंखों में आंसू का एक कतरा झलमला रहा था, कोशिश करके भी वे रोक न पाये थे।

उन्होंने फिर हँसते हुए कहा कहा-'अरे, यह सब तो होता ही रहता है। हां, तुमने बताया नहीं, तुम्हारा उपन्यास पूरा हुआ कि नहीं?'

'तीन-चौथाई तो कर लिया है। अभावों की मार से बीच-बीच में कलम रुक जाती है। ··· लेकिन कलम है तो चलेगी ही।

मनोज जी ने बातें फेरने की कोशिश की, किन्तु मेरा मन जमा नहीं। 'महेश की मां बीमार है' जैसे बार-बार मेरे मन को मथने लगा, इसलिए नहीं कि महेश की मां मेरी कोई लगती हैं, बल्कि इसलिए कि इस वाक्य के भीतर मनोजजी के जीवन की सारी भीतरी हलचलें बजती हुई ज्ञात हुईं। उनकी हँसी, उल्लास और समस्त वसन्त-वैभव के बीच भी उनकी आन्तरिक पीड़ा के काले-काले साये उभ-चुभ हो रहे थे।

मनोजजी सुस्त चाल से आकाश-धरती, पेड़-पल्लव, नदी-तालाब, खेत-खलिहान को अपनी आंखों में बटोरते चल रहे थे और मेरा मन रह-रह कर उचट जाता था···

तब मैं दरजा सात में पढ़ता था। पता नहीं, कहां से कविता लिखने की प्रेरणा मिली। दो- चार तुकें जोड़कर स्कूल से लौटते समय मनोजजी के यहां जा पहुंचा। पता लगा कि मनोज जी खेत पर गये है। कविता का नया शौकीन मैं उनका सुराग लगाता-लगाता खेत पर जा पहुंचा। मनोज जी गाढ़े का कुरता और गांधी टोपी लगाये

खेत में खड़े थे। उनकी धोती का एक छोर ऐड़ी चूम रहा था और दूसरा छोर घुटने से नीचे जाने का नाम ही नहीं लेता था। खेत में हल चल रहे थे और चमरौटी के आठ-दस लड़के और लड़कियां दूब चिखुर रहे थे। वे दूब कम चिखुर रहे थे, ढेला-ढेलौवल अधिक कर रहे थे। मनोजजी मुस्कराहट-भरे रोष की मुद्रा में बीच-बीच में कहते थे–'हरे-हरे! तुम लोग यह सब क्या कर रहे हो? अच्छा-अच्छा, नहीं मानते तो देखना, मजूरी लेते समय।'

जवाब में वे लड़के और लड़कियां खिलखिलाकर हँस पड़ते थे तथा और भी तेजी से ढेला-ढेलौवल करने लगते थे, जैसे वे मनोजजी के रोष का मूल्य जानते हों।

मैंने जाकर उन्हें प्रणाम किया और अपने आने का मकसद कह सुनाया। उन्होंने बड़े स्नेह से मेरी कविताएं बांचकर गद्‌गद् चित्त से कहा, 'बेटा, तुम में बहुत अच्छी प्रतिभा छिपी हुई है।' और घर आकर उन्होंने 'सुकवि' और 'माधुरी' की कई फाइलें दीं और कविताओं के संशोधन अवसर पर उन्होंने अपनी दो-चार घनाक्षरियां सुनायीं। मैं मूर्ख-सा अवाक् सुनता कम, ताकता ज्यादा रहा। ···

'नरेश, जानते हो, एक अमेरिकन डॉक्टर ने लिखा है कि मनुष्य कभी बूढ़ा न हो अगर वह बुढ़ापे का अनुभव न करे।' चलते-चलते मनोजजी अपनी सहज भंगिमा के साथ बोले।

नाले का पुल पार करते हुए मैंने कहा, 'पंडितजी, यह बात तो कुछ मनमोदक जैसी लगती है।'

'नहीं, नरेश, यह गलत नहीं। मैं खुद अपने को कसौटी पर रखता हूं। मैंने आज तक कभी बुढ़ापे का अनुभव नहीं किया।' कहकर मनोजजी सामने वाले खलिहान से उठे चैते का गीत सुनने लगे।

यह सही है कि मनोजजी आज भी बूढ़े नहीं हुए, यद्यपि वह जिन्दगी भर परिस्थितियों की काली परछाइयों से युद्ध ही करते रहे। मैंने सोचा कि सही अर्थों में ये उन कवियों के वंशज हैं, जिनके रस का झरना पत्थरों से कभी हार नहीं मानता।

लोग कहते हैं कि मनोजजी के पिता जवार के एक जमींदार थे। उनकी बड़ी इच्छा थी कि बेटा मैट्रिक पास करके किसी दफ्तर में नौकर हो जाये। लेकिन गया प्रसाद बचपन से ही कविता की ओर उन्मुख होकर 'मनोज' बन बैठे थे। पढ़ने में इनका मन नहीं लगता था। जब पिता स्कूल भेजने के लिए इन्हें खोजते फिरते, तब मौजी मनोजजी सरसों के खेत में छिपकर पेंसिल से कागज गोदा करते थे और अंगुली पर मात्राएं गिन-गिनकर कभी सवैया, कभी घनाक्षरी, कभी रोले का चक्रव्यूह रचा करते थे। आखिर पढ़ाई से इनकी पटी नहीं। घर पर ही बैठकर वाल्मीकि, तुलसी, सूर, देव, बिहारी, उमर खैयाम, आदि कवियों की कविताओं का अध्ययन करने लगे। और एक दिन इनके पिता अपनी जायदाद, पत्नी, तीन जवान बेटियों और बहू को इकलौते बेटे कवि मनोजजी के सहारे छोड़कर संसार से विदा हो गये।

मनोज जी घर-गृहस्थी हलवाहों पर छोड़कर, साहित्यिक गोष्ठियों और कवि-सम्मेलनों में भाग लेकर हफ्तों बाद घर लौटते, तो सुनते कि छोटी बहन को टाइफाइड हो गया है, मुन्ने (महेश) को खांसी आ रही है, ताल के खेत को चोरों ने काट लिया है। मनोज जी 'हूं' करके रह जाते और फिर उनसे देव और बिहारी की नायिकाएं सवाल करने लगतीं कि बताओ तो प्यारे, हम दोनों में से किस में अधिक ताप है?

लोग कहते हैं कि एक साल ऐसा भीषण ओला पड़ा कि खेत खड़े-खड़े छिनगा-छिनगाकर टूट गये। बखारों में अन्न भरकर रखनेवालों की भी नींव हिल गयी। बड़ा भीषण अकाल पड़ा उस साल। भदई की फसल भी बाढ़ के पेट में चली गयी थी। मनोजजी के यहां भी अन्न की ऐसी कमी पड़ी थी कि घर का खर्च चलाने के लिए उन्हें खेत पर हाथ डालना पड़ा। यों हर साल भी क्या होता था? हलवाहों के भरोसे छोड़ दी गयी खेती के मालिक भगवान ही थे। कवि मनोजजी को 'अभिज्ञान शाकुन्तल' की शकुन्तला और 'रामायण' की सीता की शिकायतें सुनने से छुट्टी ही नहीं मिलती थी। जब उनसे कोई कहता कि भाई, खेती-बारी की भी परवाह किया करो, तो उसे वह अपनी नयी घनाक्षरियां सुनाने लगते।

जवान बहनों की शादियां कब तक टालते और जमींदार का बेटा ऐरी-गैरी जगह शादी भी कैसे करता? अतः कई बीघे खेत उन शादियों की नजर हो गये।

तब से इनकी हालत बिगड़ती ही गयी। बच्चों की सेना बढ़ती गयी। खर्च लम्बा होता गया, दूना ··· तिगुना ··· किन्तु क्या मजाल कि इनके माथे पर कभी शिकन भी दिखायी पड़ी हो।

मनोजजी के परिचय में जब मैं आया, तो वह यौवनावस्था पार कर अधेड़-अवस्था में पांव रख चुके थे। अभावों के थपेड़ों ने उनके अन्तर को बेशक बलवान और जिम्मेदार बना दिया था, किन्तु तो भी वे उनके स्वभावगत हास-विलास और सैलानीपन पर कफन नहीं डाल सके थे। परिवार लम्बा हो गया था। खेत रेहन के पेट में गल-पच रहे थे, चारों ओर खोखलापन था किन्तु मन के राजा मनोज जी ने हलवाहों में कमी नहीं की, पवनी-परजा साबिक दस्तूर रहे। न मनोज जी ने अपने हाथ से कभी काम किया और न उनके सिर से टोपी उतरी और न किसी के सामने उन्होंने हाथ पसारा। कहारिन जो मनोजजी के यहां काम करती थी, मेरे ही गांव की थी, बड़ी चुगलखोर थी। रोज आकर कह जाती–अरे, गया बाबा के घर तो उपवास-पर-उपवास हो रहा है, आज गया बाबा गहना लेकर कस्बे गये हैं।'

एक दिन ऐसे ही जब उनके उपवास-पर-उपवास की खबर सुनायी पड़ी, तो मैं बड़े कष्ट का अनुभव करता हुआ उनके यहां जा पहुंचा। देखा, वे वाल्मीकि रामायण में राम-वन-गमन पढ़ रहे थे। मुझे देखते ही वे हँसकर पुकार उठे- 'आओ जी, आओ, कहो, तुम्हारे खण्डकाव्य का क्या हुआ? उसकी शुरूआत तो बहुत अच्छी हुई है।' तभी उनका दस वर्षीय बालक सामने से अहकता हुआ गुजर गया। उसके हाथ

में बस्ता था। उसे देखकर मनोजजी की आंखें गीली हो आयीं, किन्तु दूसरे ही क्षण संयत स्वर में बोले–'क्यों जी, राम इतने महान क्यों लगते हैं?'

मैं उनका आशय समझे बिना ही कह गया–'इसलिए कि उनमें कष्टों को पचा सकने की अद्‌भुत क्षमता थी।'

'हां जी, यही तो मैं कहता हूं।' उनकी बांछे खिल गयीं। बोले, 'जिसमें परेशानियों को पचा सकने की शक्ति नहीं, वह भी क्या मरद है।'

उसी समय उनका हलवाहा परेशान-सा हाजिर हुआ। उसने डरते-डरते कहा–'बाबा, आज खेत में डालने के लिए बीया नहीं है।'

'क्यों नहीं है? अच्छा, नहीं है तो इन्तजाम हो जायेगा।'

'खेत उखड़ रहा है।'

'जाओ जी, वह खेत ही क्या जो उखड़ जाये। धरती तो अक्षय रसवन्ती है।' स्वाभाविक ढंग से मनोजजी कह गये।

हलवाहा बिना कुछ समझे बड़बड़ाता हुआ चला गया।

तब तक छोटा लड़का उमेश स्कूल से रोता हुआ आ पहुंचा।

'क्या है, रे उमेश?' मनोज जी ने अस्थिर भाव से पूछा।

'पंडित जी फीस मांग रहे हैं।' रोते-रोते उसने कहा।

'अच्छा कह देना, कल मिल जायेगी।'

'नहीं, हम स्कूल नहीं जायेंगे। पंडितजी मारेंगे।'

'अच्छा-अच्छा, कल जाना। जा खेल।'

तब तक डाकिए ने आकर एक पोस्टकार्ड दिया। वह पोस्टकार्ड मनोज जी के बड़े लड़के महेश का था। लिखा था कि इन्ट्रेंस की फीस दाखिले की अन्तिम तिथि महज दस दिन और रह गयी है, यदि फीस नहीं पहुंची तो बड़ी मुश्किल होगी।

मनोजजी बात टालने के लिए या मेरी या अपनी संजीदगी कम करने के लिए बोल पड़े–'यह स्वराज्य क्या मिला है, धूर्तों की बन आयी है। शिक्षा मंत्रालय कहता है कि शिक्षा का प्रसार हो रहा है, मगर हालात यह है कि शिक्षा दिन-दिन महंगी होती जा रही है ··· अहम् ढपोरशंखो वदामि च ददामि न।

'हां पंडित जी, आप सही कह रहे हैं।'

'क्यों जी, सुना है, रूस में बच्चे की शिक्षा की जिम्मेदार वहां की सोवियत सरकार है?'

'वहां के क्या कहने!'

'तो हम लोग भी वैसी ही समाज-व्यवस्था लाने के लिए क्रान्ति क्यों नहीं करते?'

मुझे एक क्षण को तो विश्वास नहीं हुआ कि ये पूजा-पाठ और पौराणिक कल्पनाओं में विश्वास करने वाले मनोजजी के वाक्य हैं। रूस के नाम पर तो इन्हें गालियां देनी चाहिए। और फिर मुझे महसूस हुआ कि मनोज जी की जबान से युग बोल रहा है।

वह फिर कुछ कहने ही जा रहे थे कि उनका एक समवस्यक आकर बोला, 'गया भाई, तुम्हारा बैल नांद पर गिरकर हांफ रहा है। चलो, देखो तो क्या हुआ।'

मनोज जी निरुद्वेग भाव से बोले-हांफ रहा है? हांफ रहा होगा। उसके किसी दोस्त ने खिलवाड़ में पटक दिया होगा। ये हलवाहे भी खूब हैं, दिन-दिन भर पता ही नहीं रहता।'

समवयस्क ने बिगड़कर कहा-'जिन्दगी-भर क्या तुम अढ़ुए ही रहोगे? नांद पर बैल मरा जा रहा है और तुम बैठे-बैठे मजाक कर रहे हो। यह नहीं होता कि चलकर उसे देखें।

मनोजजी तपाक से उठ खड़े हुए। उन्होंने अंगुलियों से एक विशेष संकेत करके कहा-'अच्छा जी, जब तुम कहते हो, तो चलो देखें क्या हुआ है उसे।'

वह बाहर निकलकर पड़ोस में रहने वाले हलवाहे को पुकारने लगे। वह दौड़ा हुआ आया। मनोजजी ने उसे देखते ही कहा-'कहां चले जाते हो तुम लोग? देखो तो, बैल अपनी प्रेयसी के बिछोह में गिरकर तड़प रहा है।'

मेरी हँसी फूट पड़ी। वे भी मुस्कराकर रह गये।

मेरा ध्यान भंग हुआ, जब सुना कि रास्ते से गुजरती हुई गांव की कुछ लड़कियों में से एक कह रही थी।-'ई बुढ़वा का घूर-घूर के देखत बा'। और फिर सब खिलखिला पड़ीं।

मैंने देखा, पंडितजी झेंपकर दूसरी ओर ताकने लगे। कुछ क्षण रुककर उन्होंने पूछा-'क्यों जी नरेश, स्टेशन कितनी दूर है?'

मैंने आसपास के बाग-बगीचों से अनुमान लगाते हुए कहा-'यही कोई एक कोस।'

'तब तो हम लोग आ गये।'

'लेकिन अब तो धूप हो रही है, पंडितजी!'

मनोज जी ने अपने वाक्यों पर जोर देते हुए कहा-अजी, अब क्या ? जब सारी मंजिल हँस-खेलकर पार कर आये, तब इस एक कोस की क्या बिसात?'

मुझे प्रतीत हुआ कि इस एक वाक्य में मनोजजी के जीवन की सारी अनुभूति बोल रही थी।

सहसा मेरा ध्यान स्टेशन की ओर गया। मैंने देखा, सिगनल डाउन था। हड़बड़ाकर कहा-'पंडितजी!'

'क्या है, भाई?' वे निश्चिन्त भाव से बोले।

'सिगनल डाउन है।' मेरे स्वर में घबराहट थी।

'हां, सो तो है।'

'सो तो है नहीं, जल्दी-जल्दी चलिए।' कहकर मैं जल्दी-जल्दी चलने लगा। लेकिन मनोज जी अपनी चाल काहे को बदलें।

'पंडितजी, गाड़ी छूट जायगी।'

'छूट क्या जायेगी, और छूट ही जायेगी, तो क्या दूसरी नहीं आयेगी?'

'आयगी क्यों नहीं, किन्तु बारह घंटे बाद। बारह घंटे बैठकर हम लोग क्या करेंगे?'

'करेंगे क्या, बैठकर साहित्य-चर्चा करेंगे।'

मैं मन-ही-मन खीझ उठा कि घर पर पत्नी मरणासन्न है और इन्हें साहित्य-चर्चा की सूझी है! अपने जायेंगे, हमें भी ले जायेंगे।

'गाड़ी आ गयी, पंडित जी।' मैं जोर से चिल्लाया।

'तो हम लोग भी तो आ गये।'

हम लोग गाड़ी पर चढ़े ही थे कि गाड़ी खुल गयी। मनोज जी ने अपनी सीट बनाते हुए कहा, 'तुम लोग जवान होकर भी छोटी-छोटी बातों में घबरा जाते हो। देखो, गाड़ी मिली कि नहीं।'

मैं शर्मिन्दा हो गया।

ऊपर से देखने वालों को हमेशा यही दिखायी पड़ा कि मनोज जी रास्ते के किनारे बैठे हुए हैं, लेकिन उन्हें नजदीक से जानने वाले जानते हैं कि उन्होंने सारी मंजिल चलकर ही काटी है। हां, उन्होंने कभी चिल्ल-पों नहीं मचायी, हँसी का दामन नहीं छोड़ा, इसलिए गंवार लोग समझते हैं कि इनमें जीवन की परेशानियां नहीं हैं, रास्ते का तर्जुबा नहीं हैं।

□

पशुओं के बीच

एक साल बीत गया ··· अलेना उदास पतझर को देख रही थी ··· गेहूं-जौ के पकते हुए खेतों पर से हवा लहराती हुई निकल जाती थी और पेड़ों से झर-झर टपकते हुए पत्ते उड़ते-उड़ते दूर कहीं जा पड़ते थे।

एक साल बीत गया मुंशी जी को ···

मुर्रओ ··· मुर्रओ ···

सोगनवनी मुवाख, अब किसे खायेगी? मुझे क्यों नहीं खा जाती? क्यों अकेला छोड़ दिया मुझे?

उसने बैठे-बैठे सामने पाकड़ के पेड़ को देखा। मर जा, चुडै़ल ··· ! उसे याद आया कि इसी पेड़ से फागुन के आने पर कोयल बोलती है–सांझ, सवेरे, दुपहरिया, तिजहरिया, रात-बिरात बोलती ही रहती है ··· कब से बोलती आ रही है। जब वह बहू बनकर आयी थी तब से इस कोयल की बोली सुन रही है, वह घूंघट के भीतर बार-बार उसे दोहराती थी। कितना अच्छा लगता फागुन का आना, डालियों का नंगी हो जाना और उन पर बैठ-बैठकर कोयल का बोलना। मुंशीजी जब किसी दूर के स्कूल में पढ़ाने गये होते, वह हर सनिच्चर की तिजहरिया से ही खेतों के बीच खड़ी होकर राह अगोरती थी। चालीस की हो गयी तो भी उसकी आदत नहीं गयी थी। वही खेत, वही फसलें, वहीं राहें, वही फागुन, वही वह ···

मुर्रओ ··· मुर्रओ ···

लेकिन नहीं, तब यह मुवाख नहीं बोलती थी ···

एक साल बीत गया ··· आदत के अनुसार वह कभी-कभी अब भी सनिच्चर की तिजहर को रास्ते पर खड़ी हो जाती है ··· मुर्रओ ···

क्यों रे सोगनवनी–अब किसे खायेगी?

चुप क्यों नहीं होती? ··· लेकिन नहीं, इनका दोष नहीं है। यह बेचारी तो बोलती भर है, खाते तो आदमी हैं आदमी को। मुंशीजी को आदमी ही तो खा गये। आदमी क्यों, अपना ही सगा भाई वसंत ··· मुआ वसंत, तुझे नरक में भी जगह नहीं मिलेगी, तेरे मुंह में कीड़े पड़ेगें।

'हे राम!' कहकर उठी। गाय रस्सी तुड़ाकर खेत की ओर लपकी जा रही थी। उसे पकड़ा, खूंटे पर अटकाया और कुछ भूसा डाल दिया। गाय ने नांद में मुंह नहीं डाला, खेतों की ओर चुपचाप देखती रही—सामने इतनी हरियाली और वह सूखा भूसा खाये ··· गांव के चारों ओर घर और चारों ओर खेत-ही-खेत।!

खा ले, बहना, खा ले! यह हरियाली तेरे लिए नहीं है। तुझे खूंटे पर बंधकर भूसा ही खाना होगा ··· ओह, दोपहर हो गयी और वह बैठी हुई है, घर में सारा काम पड़ा हुआ है।

वह लपककर घर में गयी। दो-चार बरतन रखे थे सो मांजे-मूंजे। खाना बनाने की बात आयी। नहीं, जी नहीं लगता। घर से निकलकर खेत में आ गयी। यह खेत उसी का है, बहुत अच्छी फसल हुई है। वह अपना खेत देखती रही, एकाएक उदास बैल की ओर देखा—चल भाई कुछ तेरे लिए भी इंतजाम करूं।

वह खेत में बैठ गयी और घास उखाड़ने लगी। 'गोरी बैठ मनाये सगुनवां पिया कब अइहें भवनवां ······' मजदूरिनें हैं, फाग गाती जा रही हैं।

अलेना ने उन्हें देखा। धक्क ··· धक्क ··· पिया घर कब आयेंगे? उसका कलेजा धक् धक् करने लगा, जैसे कोई गलत काम करते पकड़ गयी हो। वह भी कभी यह गीत बड़े जोर के साथ गाया करती थी। फागुन की हवा की तरह उड़ती-फिरती थी। ऐसा कोई माई का लाल नहीं हुआ जो फागुन से उसके दरवाजे से बिना भीगे चला गया हो। गांव में फागुन की बागडोर उसी के हाथ में होती थी। ··· मुंशीजी कितने अच्छे थे। उन्होंने कभी भी उसकी मस्ती का गलत अर्थ नहीं लिया। उसकी मस्ती देखते थे और मुस्करा पड़ते थे, लेकिन गांव न जाने क्या-क्या कहता फिरता था।

उसने उठकर दूर अपने खेत की ओर देखा और उसे लगा कि उसके मटर के खेत के आसपास कुछ लोग चक्कर काट रहे हैं। कौन हैं ये लोग? उसने ध्यान से निहारा। शायद सिमंगला है—सिमंगला गांव का सरपंच, लाट गवन्नर। सारे जमींदार जब मर गये, तब ई सिमंगला मरकीनवना, बनारस महाराज बनने चला है। चाहता है जिस किसी की जगह-जमीन पाये अपने नाम लिखवा ले। सरपंच है, पद-पुरान की बात करता है, लेकिन ई दहिजरा किसी का लिहाज नहीं करता—बड़े बूढ़ों को गाली देता है। बेईमान! कुत्ता! जानवर! सरपंच बना हुआ है। हां, गांववालों को इससे बढ़िया सरपंच कहां मिलता? अरे, ई गांव क्या है, हिजड़ों की बस्ती है! सब उससे डरते हैं। कोई अब नियाव-अनियाव की बात नहीं करता। ··· हां कई दिन से उसके खेतों का चक्कर काट रहा होगा कि किधर की जमीन अधिक उपजाऊ है।

बांय बांय बांय ···

अरे, उसके बैल को सिमंगला का बैल मार रहा है, वह दौड़ी और डंडे से सिमंगल के बैल को मारकर एक ओर बरका दिया।

'क्यों मारती है, रे फलानचीनमारी, मेरे बैल को?' सरपंच का बारह वर्षीय लड़का

अलेना को गाली देता हुआ तर्राया।

'ठोंठा मलकर फेंक दूंगी, गाली दी तो। पुत्ती-पुत्ती भर के लड़के, पैदा हुए नहीं कि लगते हैं जीभ से चाटने। अपने बैल को नहीं मना करता, अभागा, कि मेरे दरवाजे पर बंधे हुए बैल को आकर मारता है, उल्टे गाली बकता है।'

सरपंच का लड़का तड़तड़ाकर और गालियां देते हुए बोला, 'मेरा बैल क्यों नहीं मारेगा! तू मेरे दरवाजे पर अपना बैल क्यों बांधे हुए है?'

अलेना ने अकबकाकर कहा—'अरे, ई देखो रे। मेरे दरवाजे पर तुम लोगों ने नांद गाड़ रखा है, घूर लगा रखा है, गोबर पाथ रखा है और तू कहता है कि मेरा बैल तेरे दरवाजे पर बंधा हुआ है। हां-हां, गांव भर के दरवाजे को लिखा ले अपने नाम!

'हां-हां, लिखा ही लूंगा एक दिन, देख लेना! तू समझती क्या है री रंडी! ज्यादा बोलेगी तो बांस कर दूंगा।'

कोई पहुना गुजर रहा था, अलेना व्यथित होकर चुप हो गयी और धीरे-धीरे फिर अपने खेत में चली गयी। मन भर आया था। उसके घर भी चार जबरदस्त सवांग होते तो वह बित्ता-भर का लौंडा इस तरह गाली देता? कितने असभ्य है ये सब! इनके यहां छोटे-छोटे बच्चों को घुट्टी में पिलाया जाता है गाली देना।

उसने यातना-भरी आंखों से अपने दरवाजे की ओर देखा—कभी यह पूरी सहन उसकी थी, आज कट कर आधी रह गयी। उसके ठीक दरवाजे पर सिमंगला अपना मरकहा बैल बांधता है जो हरदम निकलते-पैठते हुरपेटता रहता है। हाथ में डंडा लेकर घर में आना-जाना पड़ता है। वह निकलती है तो बायीं ओर जमा किये गये घूर और गोबर की बदबू झक्क-झक्क नाक में समा जाती है। सिमंगला की बहू लड़कों का मैला भी इसी घूर पर फेंकती है। सारा गांव देखता है। और कोई बोले भी क्या, जब अपने ही घर का आदमी ये सब कांटा बो गया। वसंत, तुझे शरम है न लिहाज, भाई का हत्यारा! कमीना! पाजी! अरे, कहीं डूब मर दहिजरा। बेटे की तरह इस कीड़े को पाला-पोसा मुंशीजी ने। इसे अपना छोटा-भाई नहीं, पुत्र समझा। इतना प्यार दिया, अच्छी शादी करायी। अभागा जोरू के आते ही फिरंट हो गया। नीच को नेवासा क्या मिला, स्वरग मिल गया। आंख का पानी ही मर गया। कमीने, तू घर में आकर रहता तो हम लोग और कहीं चले गए होते, लेकिन तुझे तो आधा हिस्सा चाहिए था, वह भी बेचने के लिए। इस सिमंगला ने तुझे खिला-पिलाकर और झूठी-मूठी बातें कहकर तुझे भाई का दुश्मन बना दिया। अभागे! तूने पैसे के लालच में अपने भइया-भउजी का आधा अंग काटकर बेच दिया। कीरति-हिन्ना! जिन हाथों से तुझे खिलाया-पिलाया, उन्हीं का बंटवारा कर दिया। ··· तूने इस सिमंगला को अपना हिस्सा लिख दिया। मुंशीजी ने मुकदमा दायर किया, पट्टीदारों ने खिलाफ गवाही दी। मुकदमा हार गये। मुंशीजी का सारा रुतबा ही बुझ गया, उदास रहने लगे और तीन महीने भी नहीं गुजरे कि ···

मुर्रओ–मुर्रओ ···

ओह! सौत फिर बोल रही है। अरी बहना, इस सिमंगला को ले जा, बड़ा पुन्न मिलेगा। गांव भर की आत्मा असीसेगी तुझे।

घास उखाड़ते–उखाड़ते उसने कमर सीधी की। आदत के अनुसार उसने दूर बगीचे की ओर देखा–वही छवि, वहीं रंग–रूप, वैसी ही लमछर देह, महेश आ रहा है। महेश, उसका इकलौता बेटा! पिछली–पछाड़ी मेरा लाल आया। लड़कियां सब ब्याह दी गयीं, नहीं तो और मुसीबत खड़ी होती। लड़का है, इस साल इंट्रेस पास कर लेगा। कोई सिलसिला बैठ जायेगा। मेरा क्या, न जाने कब चल पड़ूं। कैसे रहेगा मेरा लाल इन जानवरों के बीच?

चलें, कुछ नास्ता–पताई का जुगाड़ करें। उसने देखा–चारों और खेतों का समुंदर ही समुंदर लहरा रहा था। हवा में एक खुनक भर आयी थी। पत्ते झरझराकर टूटते हुए उड़ जाते थे।

सिमंगला आ रहा है, साथ में वसंत भी है। यह कब आया है? कभी भी आया हो, कीरति–हिन्ना! अब उसके आने से क्या, जाने से क्या? अब तो पैलगी भी नहीं करता। सिमंगला के यहां ही खाता–पीता है, सोता है और घुसर–फुसर करता है। घूम–घूमकर खेत देख रहा है। लगता है कुछ करनेवाला है, उसका कलेजा धक्–धक् कर रहा है ···

शाम हो रही है, बयार धीरे–धीरे ठहर रही है। अलेना उठी-ओह, चलें, कुछ खाने–पीने का इंतजार करें।

सुबह हुई, इतवार की सुबह। अलेना घर से निकलकर बाहर आयी–सामने वही फसलों का समुंदर ···

'फागुन मस्त महिनवां क होरी,
अब कइसे जोबना छिपइबू ए गोरी।'

कोई पहुना जा रहा है, लाल रंग में रंगा हुआ ···

ओह, यह गीत भी कभी वह खुद गाया करती थी, आज दूसरे का गाया हुआ भी नहीं सहा जाता।

कांव ··· कांव ··· कांव ···

उसने पेड़ पर बैठे कौवे को देखा–अब क्या कागा? अब तुझे क्या उचारें? अब कौन आयेगा?

कांव ··· कांव ··· कांव ···

अच्छा, तू नहीं मानेगा! अरे, अब भला कौन आयेगा, रे पगले!

कांव ···कांव ···कांव ···

अच्छा तो कोई जरूर आयेगा।

'चलो, आधा घर खाली करो!'

उसने चौंककर देखा–सिमंगला अपने मुस्टंडे लड़कों को साथ लिये खड़ा है। सबके हाथ में लट्ठ हैं।

वह भयभीत आंखों से देखती रह गयी। इतने में सब भीतर घुस आये और घर के कई कमरों में ताला डाल दिया। महेश आंगन में बैठा पढ़ रहा था, भय से देखने लगा।

अलेना झपटकर सिमंगला के सामने गयी और डट गयी, 'यह क्या करते हो तुम लोग? दूसरे के घर में डाका डाल रहे हो!'

सिमंगला ने अलेना को धक्का देकर गिरा दिया, 'डाका डाल रहा हूं? तुम्हारे बाप का घर है? कब से कह रहा हूं कि आधा घर खाली कर दो, सुनती ही नहीं। अब ये कमरे और इनका सामान हमारा ही होगा।'

महेश चिल्लाया, 'मां को क्यों मारते हैं आप लोग? क्यों इस तरह राक्षस का-सा बर्ताव कर रहे हैं?'

'तेरी मां की ऐसी की तैसी!' कहता हुआ सिमंगला का बड़ा लड़का लपका, उसकी सारी किताबों को नाबदान में फेंक दिया और उसे एक धक्का देकर गिरा दिया।

अलेना उठकर चिल्लायी, 'खबरदार, जो किसी ने मेरे बेटे पर हाथ उठाया!'

सिमंगला ने उसे लात मारकर गिरा दिया। उसकी कुहनी दीवार से टकराकर छिल गयी।

महेश तड़पा, 'आप लोग बहुत जुलुम कर रहे हैं। मां को मारेंगे तो ठीक नहीं होगा!'

'चुप दोगला कहीं का!' सरपंच गरजा और सबने मिलकर मां-बेटे को एक कमरे में बंद कर बाहर से ताला लगा दिया।

अलेना चीखती रही। अगवारे-पिछवारे, अगल-बगल के मकान सुनते रहे और चौबीस घंटे तक चुपचाप सुनते रहे। गांव के लोग आते रहे, जाते रहे, सिमंगला के यहां बैठ कर कचहरी करते रहे। मां-बेटे की आवाज जंगले के रास्ते आसपास के मकानों में भटकती रही, फिर जंगले के ही रास्ते कमरे में लौट आती थी।

'चाची!' जंगले के पास चढ़कर एक पगले ने पुकारा।

'कौन?' अलेना ने टूटती आवाज में पूछा।

'चाची, मैं हूं, पगला।' और वह अपने को ही पागल कहने के कारण व्यंग्य से मुस्करा पड़ा 'कोई काम है, चाची!'

'बेटे, सोनबरसा जाकर समधीजी को खबर कर सकते हो?'

'हां , चाची, अभी जाता हूं।'

उसने इधर-उधर से साइकिल मांगी, किसी ने नहीं दी। फिर वह पैदल ही भागा। सिमंगला के बेटे को मालूम हो गया। वह उसके पीछे-पीछे दौड़ा। पास आकर बांह पकड़ ली, 'अरे, पगला साला, कहां जाता है? तेरा देवता बौरा गया है?'

'जा रहा हूं, जहां मेरा जी चाहता है। तुम लोगों का जुलुम देखा नहीं जाता। तुम लोग आदमी नहीं, राक्षस हो!' वह बांह छुड़ाकर भागा।

तब तक और लड़के भी आ गये और सब मिलकर उसे घसीट ले गये।

मां बेटे रोते-रोते चुप हो गये थे

'चाची!' पगले ने आधी रात को पुकारा।

'हां, भाई, कौन हो?'

'मैं हूं पगला, रोटी लाया हूं।' उसने पोटली में बंधी हुई कुछ रोटियां जंगले के रास्ते फेंक दीं, जो जहां की तहां पड़ी रहीं। मां-बेटे वैसे ही चुपचाप पड़े रहे।

जंगले से उजास फूटी तो मालूम हुआ कि सवेरा हो गया। बाहर ताला खुलने का खटका सुनायी पड़ा। सरपंच का लड़का खड़ा था, 'बंटवारा हो गया। चूं-चपड़ करोगे तो ये कमरा भी ले लूंगा।' और वह चला गया।

अलेना ने देखा कि मकान के आधे हिस्से में बैल बंधे हुए हैं। उन कमरों में रखे उसके जेवर, मुकदमे के कागज-पत्र, महेश की साइकिल-सभी कुछ उठा लिया गया है। हे ईश्वर! अब अपने ही घर में पशुओं के साथ रहना पड़ेगा।

अलेना एकटक अपने घर के इस बंटवारे को देख रही थी, आंखों में यातना की गहरी पर्त उभर आयी थी ···

'मां!' महेश चीखा।

अलेना ने घूमकर महेश की ओर देखा। उसकी आंखो में एक भयंकर आग थी।

'मां ! मैं इसका बदला लूंगा। मैं पशुओं के साथ समझौता नहीं कर सकता। मां, मैं बदला लूंगा।'

महेश की आंखों की लपट मां की आंखों में प्रतिबिंबित होने लगी।

मां की आंखों में प्रतिबिंबित लपट की छाया धीरे-धीरे कांपने लगी और पिघलकर बह चली।

'मां!' फिर एक बार महेश चिल्लाया और सिमंगला के सबसे मरकहे बैल की ओर वह जलती आंखों से घूरता रहा।

बाहर सिमंगला नहा-धोकर शंकरजी की पूजा कर रहा था, नन्दी बैल के पांव पर माथा टेककर गा रहा था–

तुम्हीं हो माता, पिता तुम्हीं हो,
तुम्हीं हो बंधू, सखा तुम्हीं हो।

□

सवाल के सामने

मैं वकील हूं। मैं जानता हूं मुझे भावुक नहीं होना चाहिए। मेरा काम है फीस लेकर किसी भी मुकदमे की पैरवी करना। वह झूठा है या सही है, मुवक्किल हारता है कि जीतता है, गरीब है या धनी है–इससे मेरा क्या वास्ता? मुझे तो कर्मयोगी होना चाहिए। लेकिन मैं क्या करूं? मैं अभी सही वकील नहीं हो पाया हूं। अभी नया हूं न? कभी-कभी कुछ मुकदमों को देखकर जी दहल जाता है। रातभर छटपटाता हूं। खा-पीकर लेटा हूं। बार-बार वही दृश्य सामने आ रहा है। मैं कांप-कांप जा रहा हूं।

कुछ दिन पहले एक गरीब औरत अपने बारह साल के लड़के के साथ मेरे यहां आयी थी। छाती पीट-पीटकर रो रही थी।

'वकील साहब, मैं बहुत गरीब हूं, फीस देने के लिए मेरे पास कुछ नहीं है। आपका बहुत जस सुनकर आयी हूं। इस दुनिया में कोई मेरी सुनने वाला नहीं है।'

मैंने देखा–उसकी आंखों में भयानक दर्द का हाहाकार भरा था।

'घबराओ नहीं, अपनी बात कहो।'

'क्या बात कहूं, वकील साहब! मैं तो लुट गयी, बरबाद हो गयी। आहि, ए वकील साहब, राच्छस सब मेरे सामने ही मेरे मरद और लड़के को कतल कर गये।'

'तुम्हारे सामने ही?'

'हां ए वकील साहब, मेरे सामने ही। पहले मेरे मरद को मारा, लड़का बोला तो उसे भी काट दिया। दोनों की लाशें मेरे सामने गिरीं। यह छोटा लड़का चिल्लाकर मेरी गोद में दुबक गया। और मैं उसे लिये-लिये दोनों लाशों पर भहरा पड़ी। हाय, ए वकील साहब, राच्छसों ने रोने भी नहीं दिया। गंड़ासे तानकर बोले–सोर मचायेगी तो तेरे इस लड़के को भी काट देंगे।'

'कोई रोकने-टोकने वाला नहीं था?'

'रात को एकबारगी में सब घर में घुस आये थे। और अगर वे दिन-दहाड़े भी मारते तो उन्हें कोई रोकनेवाला नहीं था। वे जमींदार लोग हैं बदमाश हैं। लड़ाई-झगड़ा उनका काम ही है। सभी लोग उनसे डरते हैं। नेताओं से उनकी दोस्ती है।'

'क्यों मारा उन्होंने तुम्हारे मरद और बेटे को?'

'पुरानी रंजिश थी, वकील साहब।'

'किस बात की ?'

'वकील साहब, हम लोग बहुत गरीब हैं, लेकिन ईमानदार हैं। मेरा मरद इसी के यहां काम करता था। इस राच्छस ने एक मजूर का खून कर दिया था। उसने मेरे मरद से मुकदमे में झूठी गवाही देने के लिए कहा। मेरे मरद ने मना कर दिया। इस बात को लेकर काफी कहा- सुनी हो गयी और मेरा मरद उसकी हलवाही छोड़कर चला आया और कुछ दूर पर सरकारी सड़क बन रही है, उसी में जाकर मजूरी करने लगा। साथ में बड़े लड़के को भी लेता गया। उस राच्छस ने धमकाया था कि तुम्हें देखूंगा।

'उस दिन मेरा मरद और लड़का कई दिन बाद घर आये थे। खाना-वाना खाकर बात कर रहे थे कि यह राच्छस तीन-चार गुंडों को लेकर आ गया और देखते-देखते दोनों को कतल कर दिया। हाय, वकील साहब, एक औरत के सामने उसके मरद और बेटे का कतल हो तो उस पर क्या बीतती होगी, आप खुद ही सोचिए। अब मैं क्या करूं, न घर में खाने को है, न पहनने को है। और मैं अपने मरद और बेटे का कतल अपनी आंखों के सामने देखकर कैसे चुप रह जाऊं?'

अब मैंने गौर किया–उसकी गंदी साड़ी तार-तार फटी हुई थी, छाती केवल फटे गंदे आंचल से ढक रखी थी। लड़का तो केवल फटी नेकर पहने था।

मैं भीतर तक दहल गया।

मैंने कहा, 'यह तो पुलिस केस है। तुमने पुलिस में रपट लिखाई ही होगी?'

'लिखाई थी हुजूर लेकिन पुलिस क्या लड़ेगी? उसे एक गरीब का मुकदमा लड़ने से क्या मिलेगा? वैसे लड़ने को तो लड़ेगी ही।'

मैं एक बड़ा-सा 'हूं' करके उसकी ओर चुपचाप देखने लगा।

'वकील साहब, आपका बड़ा नाम है, आप सब कुछ कर सकते हैं।' वह गिड़गिड़ाने लगी। फिर बोली–'थानेदार साहब ने इशारा भी किया कि अगर चाहती हो कि तुम मुकदमा जीतो तो कुछ खरच-वरच करो। वकील साहब को भी कुछ खिलाओ-पिलाओ। अब बताइये हुजूर, मैं कहां से कुछ खिला-पिला सकती हूं। अपने खाने के लिए घर में एक दाना भी नहीं है।'

'क्या हो गया है दुनिया को?' मैंने एक ठंडी सांस भरी, 'अच्छा तुम चिन्ता मत करो, मैं मुकदमा लड़ूंगा।'

'जुग-जुग जीओ सरकार, फलो-फूलो सरकार। आप गरीबों का भला करते हैं, भगवान आपका भला करेगा।' वह लाख-लाख आशीष देती हुई और रोती हुई चली गयी।

पुलिस ने तो केस दायर कर ही रखा था। मैंने थानेदार और सरकारी वकील से मिलकर केस के बारे में पूरी जानकारी प्राप्त की। मेरा सहयोग पाकर वे दोनों भी आश्वस्त हुए। पहली तारीख पड़ने से पहले मैंने केस का अच्छी तरह अध्ययन कर

लिया था और मां-बेटे दोनों को खूब समझा दिया था कि वे अपने बयान में क्या कहेंगे? बार-बार उनके बयान का रिहर्सल कराया।

तारीख के दिन वे दोनों मेरे घर पर नहीं आये। सोचा, सीधे कचहरी पहुंचेंगे। कचहरी में अपने स्थान पर पहुंचा। वे वहां भी नहीं आये थे। माजरा क्या है? मैंने देखा, वे दूर से मुझे देख रहे हैं। मुझे देखते देखा तो उन्होंने मुंह फेर लिया। मैंने एक आदमी भेजा उन्हें बुलाने के लिए तो दोनों दूसरी ओर सरक गये। मेरा माथा ठनका। इन्हें हुआ क्या? कहीं ऐसा तो नहीं कि ये कचहरी में अपना बयान ही बदल दें और हम लोगों की भद्द हो।

मैं उठा और न्यायालय में दरखास्त दे दी कि केस तैयार नहीं हो सका है, तारीख बढ़ा दी जाये। तारीख बढ़ा दी गयी।

मैं लौटा तो मेरे मन में एक बहुत दकियानूस विचार पैदा हो गया कि ये साले होते ही ऐसे हैं। कोई बात है तो आकर कहते भी नहीं, छिप-छिप कर भाग रहे हैं। अभी इनका छिपना निकालता हूं।

मैंने थानेदार से कहा कि ले जाओ मां-बेटे को और बन्द करके इनकी मरम्मत करो–कहीं ये सब हमें धोखा तो नहीं दे रहे हैं।

थानेदार उन्हें थाने में पकड़ ले गये। दूसरे दिन उन्हें लिये हुए शाम को मेरे घर आये तो हंसते हुए बोले–'दो ही डंडे में ये ठीक हो गये। अब इनसे इनका असली हालचाल पूछ लीजिए।'

'हां भाई, ऐसा क्या हो गया कि तुम लोग कल लुकने-छिपने लगे थे। तुम्हीं तो मेरे पास आयी थीं, और रो-रोकर अपना दर्द बयान किया था। फिर क्या हो गया कि तुम मुझे देखकर छिपने लगी थीं। क्या तुम्हारे पति और पुत्र की हत्या नहीं हुई है? क्या सब झूठ है?'

औरत फिर हाहाकार कर उठी। बिलख-बिलखकर कहने लगी–'नाहीं वकील साहब, सारी बातें सही हैं, मैंने कुछ झूठ नहीं कहा है लेकिन वह पापी मेरे घर आया था, दस सेई कोदो दे गया और कहा है कि फिर देता रहूंगा।'

'तो, तुम इतनी गिरी हुई औरत निकली कि दस सेई कोदो पर अपने मरद और बेटे का खून भूल गयी? उसे वापस कर दो, मैं तुम्हें एक मन कोदो दे दूंगा।'

'कोदो तो एक बार दे देंगे सरकार, लेकिन ··· '

'लेकिन क्या?'

'लेकिन यह कि वह कह गया है कि अब तो तुम्हारा मरद और बेटा वापस आयेंगे नहीं। अगर तुमने मुकदमे में कुछ ऐसी-वैसी गवाही दी तो तुम्हारा यह लड़का भी नहीं बचेगा?'

'ऐसा कैसे हो सकता है?' मैं तड़पा, 'तुम बयान दो।'

'बयान तो दे दूं वकील साहब, लेकिन क्या आप या ये थानेदार साहब जिम्मा लेते

हैं मेरे बेटे की रच्छा का? बोलिए, लेते हों तो मैं अपना बयान दे दूं?'

मैंने थानेदार की ओर देखा–वे चुप थे। मैं भी चुप हो गया। जब कोई कुछ देर तक नहीं बोला तो वह उठकर अपने बेटे के साथ चली गयी।

इस सवाल ने मुझे जैसे मुझे आर-पार चीर दिया। मैं निरुत्तर-सा इस सवाल के सामने कब से बैठा हूं।

□

डर

'भाई साहब, आपके सामने बरामदे में दरी बिछा लें?' बहुत भर्राये हुए गले से रंजना जी ने पूछा तो मैंने एकाएक स्वीकृति दे दी।

वे चली गयीं तो मैंने पत्नी को बताया कि रंजना जी हमारे सामने दरी बिछाने की अनुमति लेने आयी थीं।

'और आपने दे दी होगी?'

'हाँ, क्यों नहीं, इसमें न देने की कौन-सी बात है?'

'आप रह गए जैसे के तैसे! मरे उनके घर का आदमी और शोक मनाया जाए मेरे दरवाजे पर।'

'अरे हाँ, यह तो है। लेकिन किसी संतप्त पविार का दुखी आदमी दो घंटे के लिए बैठने की अनुमति माँगने आए तो कोई कैसे नहीं कर सकता है।'

'संतप्त परिवार का दुखी आदमी ··· ।' पत्नी व्यंग्य में मुस्करायीं।

'और आप तो इस तरह कह रहे हैं जैसे कुछ जानते ही नहीं हैं।'

'जानता तो सब कुछ हूँ फिर भी ऐसी घटना घटने पर परिवार वालों को तकलीफ तो होती ही है।'

'अरे इन्हें कोई तकलीफ नहीं है। ये सभी बड़े नाटकी हैं। इन्होंने यातना दे-देकर उसे मरने पर मजबूर कर दिया या मार दिया और अब चले हैं संतप्त होने और दुखी होने का खेल खेलने।'

'हाँ, यह तो है।' मैंने कहा।

'हाँ, ये संतप्त हैं किन्तु उसके मरने के गम से नहीं, पुलिस के डर से। ये सभी कातिल हैं, राक्षस हैं। मैं अपने दरवाजे के सामने शोक का नाटक नहीं होने दूँगी।'

'मगर अब तो मैंने कह दिया है।'

'कह दिया है तो फिर कह दिया जाएगा।'

मुझे पत्नी की बात ठीक लगी किन्तु असमंजस में न 'ना' कह सका न 'हाँ'। चुपचाप खड़ा रहा।

'आप चुपचाप बैठिए, मैं मना कर दूँगी।'

मैं अपने दीवान पर बैठ गया और वे बड़बड़ाती हुई रसोई की ओर चली गयीं–'घड़ियाल के आँसू बहाते हैं। सभी एक से बढ़कर एक नाटकी हैं। किस तरह कल दहाड़ मारकर रो रहे थे और सबके चेहरों से कैसा मातम बरस रहा है। आँखें रो-रोकर सूजी-सूजी लग रही हैं। मन तो होता है भरी सभा में इन्हें नंगा कर दिया जाए लेकिन लोग हैं कि इनका बचाव करने पर तुले हुए हैं ··· ।'

मैं चुपचाप सुनता रहा और जब वे चुप हो गयीं तो मेरा मन बोलने लगा–

सचमुच क्रूरता के कितने-कितने रंग होते हैं। अलग-अलग भी होते हैं और सामूहिक भी। इस परिवार में इन दोनों रंगों का कब से अनुभव कर रहा हूँ। नीचे हम रहते हैं, ऊपर यह परिवार। इस परिवार के पैंसठ वर्षीय गृहस्वामी किसलय जी सरकारी सेवा में सेक्शन ऑफीसर थे। जो भी मिलेगा उसकी तारीफ करने लगेंगे, हँसेंगे और राष्ट्र तथा विश्व में व्याप्त हो रही अमानवता के विरुद्ध अपनी चिंता जताएँगे। मैं चित्रकार हूँ, अखबारों में मेरा कोई चित्र छपेगा या उसकी चर्चा होगी तो वे मेरी कला की प्रशंसा करने लगेंगे और बहुत प्रसन्न होंगे कि उन्हें मुझ जैसा किरायेदार मिला है। एक दिन मैंने कहा–'वाह किसलय जी, आप तो बहुत कला-पारखी हैं।'

वे गर्व से मुस्कराए और बोले–'अरे भाई, छात्रावस्था में मैं भी कविताएँ लिखता था। किसलय मेरा उपनाम था।'

'असली नाम क्या है आपका?'

'अरे छोड़िए, अब तो यहीं असली नाम बन गया हैं।'

उनकी अपढ़ पत्नी (जिन्हें सभी ताईजी कहते हैं) उम्र में उनके आसपास ही होंगी लेकिन स्वास्थ्य में उनके ठीक विपरीत हैं। किसलय जी के दुहरे शरीर को कोई न कोई रोग लगा रहता है। रक्तचाप भी है, अनिद्रा रोग भी है, दमा भी है किन्तु इकहरी काठी वाली श्रीमती किसलय हमेशा टनमन दिखाई पड़ती हैं। सुबह से रात तक उन्हें घर से बाजार और बाजार से घर होते देखता रहता हूँ और घर पर होती हैं तो कभी खाली नहीं बैठतीं, कुछ न कुछ किया करती हैं और कमरे में उनकी निरन्तर क्रियाशीलता हमारे सिर के ऊपर बजती रहती है। वे भी पति के स्वर में स्वर मिलाकर हमारी तारीफ करती हैं और हमेशा अपने को हमारी सहायता के लिए प्रस्तावित करती रहती हैं। दूसरी औरतों से भी बड़े प्रेम से बोलती हैं। लोग कहते हैं कि कितनी भली हैं–ताईजी।

लेकिन पता ही नहीं चलता कि कब किस बात पर मियाँ-बीवी चीखते-चिल्लाते हमारे सिर पर सवार हो जाएँगे। एक कुछ लगा-बुझा देगा तो दूसरा सहज भाव से उसे स्वीकार कर लेगा और हमारे साथ या किसी और के साथ हो जाएँगे दोनों शुरू। और धीरे-धीरे हमें लगने लगा कि इनका असली रूप यही है, बाकी सब आवरण। किसलय जी का नाम भी नकली। असली नाम तो कुछ और ही है जिसे वे बताते

नहीं। शायद असली नाम रहा होगा–नकछेदी लाल या घुरहू प्रसाद या बेंचू लाल या ऐसा ही कुछ।

इनकी एक बेटी है पति-परित्यक्ता। नाम है रंजना। नहीं जानता कि पति ने इन्हें क्यों छोड़ा लेकिन पुरुष-प्रधान समाज में किसी भी स्त्री को छोड़ देने के लिए किसी बड़े कारण की आवश्यकता नहीं होती। छोटे से छोटा या बड़े से बड़ा कोई भी कारण हो सकता है। इसलिए मैं परित्यक्ता स्त्री को देखकर यह जिज्ञासा ही नहीं करता कि इसमें क्या दोष है जिसके कारण यह छोड़ी गयी। उलटा मुझे उससे बेहद सहानुभूति होती है। पति के साथ घिसट-घिसट कर जीने से तो अच्छा है कि लड़की अलग हो जाए और अपने पैरों पर खड़ी होकर स्वाभिमान से जिये। यह लड़की किसी दफ्तर में क्लर्क है और इस तरह माँ-बाप के आश्रय में होकर भी उन पर बोझ नहीं है अपने ऊपर खड़ी है। यह बड़ी शांत लड़की है। चुपचाप नमस्ते करती है, 'नमस्ते भाई साहब।' और चली जाती है। उसके चेहरे पर कभी हँसी नहीं देखी। किसी से बहुत बोलते-बतियाते भी नहीं देखा।

रंजना से छोटा एक भाई है जिसे हम भोलू कहते हैं। वह स्वस्थ सुंदर गोरा है किन्तु अविकसित मस्तिष्क का। आवाज भी साफ नहीं है। अधिक पढ़-लिख भी नहीं सका। किसी दुकान पर काम करता है। उसे हमेशा माँ के आँचल में ही पड़े देखा। उसकी अपनी कोई औकात नहीं है वह माँ का आदेश भर है। पच्चीस साल का हो गया है किन्तु अभी भी काम पर जाते समय रोटी चुनिया कर खाता जाता है। वह नौ बजे रात को लौटता है तो लेटरबाक्स में चिट्ठी जरूर देखता है और यदि आने के घंटा भर बाद यानी दस-ग्यारह बजे उसे किसी काम से घर से बाहर निकलना पड़ता है तो जाते समय फिर एक बार चिट्ठी देख लेता है और लौटता है तो फिर देखता है। छुट्टियों में भी चिट्ठी देखता है। हम देखकर हँसते हैं और सोचते हैं पता नहीं यह चिट्ठी के पीछे क्यों इतना दीवाना है? यह किसकी चिट्ठी का इंतजार करता है।

माँ-बाप इसकी शादी के लिए चिंतित थे। बहू के बिना घर सूना-सूना लगता था और सवाल प्रतिष्ठा का भी तो होता है। किसी के बेटे की शादी न हो तो उसकी प्रतिष्ठा मारी जाती है। वैसे उससे छोटे दो भाई और थे और एक भाई शादी के लायक हो गया था किन्तु पहले तो बड़े बेटे की शादी होनी चाहिए न।

वैसे देखिए तो उस समाज में जहाँ लड़कियाँ गरीब माँ-बाप के लिए बोझ बनी होती हैं, किसी भी लड़के की शादी बहुत बड़ी समस्या नहीं होती। किसलय साहब तो अफसर रह चुके थे और उनके पास अपना मकान है, लड़का कुछ न कुछ अर्जित करता है और देखने-सुनने में भी ठीक है। कोई भी गरीब बाप अपनी लड़की दे सकता था किन्तु किसलय साहब इस उम्मीद में थे कि कोई अच्छा घर फँसे । नहीं फँसा तो आखिर एक गरीब घर की लड़की से शादी करनी पड़ी। लड़की की पाँच बहनें थीं। तीन की शादी हो चुकी थी। बाप चपरासी था। रिटायर हो चुका था। एक

भाई था जो एक प्राइवेट दुकान पर छोटी-मोटी नौकरी करता था।

बहू पद्मा को आए अभी दस दिन भी नहीं हुए थे कि ऊपर हल्ला-गुल्ला और रोने की आवाज उठी। हम लोग ऊपर जाने लगे थे कि दरवाजा बंद करने की आवाज आयी। यानी यह हमारा मामला है, कोई ऊपर मत आओ। किन्तु हम सीढ़ी के पास खड़े रह गए और किसलय और ताई की भद्दी आवाजें सुनते रहे। किसलय की आवाज भोंपू जैसी थी और ताई की आवाज कड़ाकुल जैसी। दोनों की जुगलबंदी में परित्यक्ता बेटी की आवाज भी ताल दे रही थी और पहली बार अनुभव कर रहा था कि उस दर्द की मीनार जैसी दीखने वाली खामोश लड़की के भीतर कितना जहर भरा है।

पता नहीं बात क्या हुई? और बात क्या हो सकती है, गरीब की बेटी होने से बड़ी बात क्या हो सकती है? शादी करनी थी कर ली लेकिन गरीब की बेटी में न कोई गुण दिखाई पड़ा होगा न ढंग। ऐब ही ऐब नजर आ रहा होगा। लड़की के मायके का कोई आतंक तो होगा नहीं इसलिए अब ये लोग यही कर रहे होंगे कि, 'दरिद्र की बेटी को घर में ले आए, उद्धार किया लेकिन यह क्या पता था कि फूहड़ होगी, कामचोर होगी।' हाँ, वास्तव में ये लोग यही कह रहे थे।

कुछ देर बाद मैं अपने बरामदे में टहल रहा था तो देखा रंजना नौकरी पर जाने के लिए निकली। उसकी आँखों से आँखें मिलीं। आज नमस्ते नहीं किया। उसकी आँखों में आज एक मौन उग्रता थी, चेहरे पर रोष की लाली थी। मैंने भी उसे आज तेज नजरों से देखा ताकि उसे चुभे। वह झटके से आँखें फेर कर चली गयी। भोलू निकला। आज वह रोटी चुनियाकर नहीं खा रहा था। धीरे-धीरे भारी कदमों से आगे बढ़ रहा था। उसने एक बार मेरी ओर देखा। उसकी आँखों में बेबसी का दर्द था।

एक बार शुरू हुआ फिर तो यह आए दिन का कार्यक्रम बन गया। हमारे सिर पर कौआरोर होता था। बहू के पिटने और रोने की आवाज आती थी। हम कुछ कर नहीं सकते थे। यह उनका अपना मामला था लेकिन क्या सचमुच यह उनका मामला था? एक परिवार की औरत के पिटने और तरह-तरह से ताड़ित होने का मामला क्या केवल उसका मामला होता है? यदि ऐसा होता तो हमारा खून क्यों खौलता, उस औरत की पीड़ा से हम क्यों छटपटाते? हाँ, हम छटपटाकर रह जाते थे क्योंकि हम उस औरत के लिए कुछ कर सकने की स्थिति में नहीं थे।

एक दिन शाम को पत्नी ने बताया कि उस परिवार के सभी लोग कहीं गए थे और वह औरत डरती-डरती उनके पास आकर बैठ गयी। उसे देखकर लगा कि भूखी है। पत्नी ने उसे खाने को दिया। पहले तो उसने संकोच से नाहीं-नूहीं किया लेकिन खाने पर नजरें गड़ाये रही, फिर झपटकर खाना शुरू कर दिया। उसने अपनी पीठ के निशान दिखाए और बताया कि सबसे अधिक उसकी ननद कोंचती और मारती है।

'तुम्हारा मरद भी मारता है?'

'नहीं, वह मारता नहीं चुपचाप खड़ा रहता है और दूसरे कमरे में चला जाता है।'

'वह भोलू तुम्हारे लिए लड़ता क्यों नहीं?'

'वे क्या लड़ेंगे? उस बूढ़ी का आतंक तो बड़ों-बड़ों पर छाया हुआ है। ये तो भोलू ही हैं। अभी तो माँ के आगे दुधमुँहा बच्चा ही लगते हैं।'

'तो भी।'

'तो भी क्या आण्टी। वे आते हैं तो वह बूढ़ी लगाती-बुझाती है फिर भी वे चुप ही रहते हैं। उन्हें मेरे पास कभी अकेला छोड़ती ही नहीं। रात को भी मेरे पास नहीं आने देती।' एक दिन बूढ़ी ने झल्लाकर कह दिया-'अरे जोरू का गुलाम, मैं तुझसे तेरी जोरू की करनी गा रही हूँ और तू है कि कान में रुई डाले उधर देख रहा है। मैं आज समझ गयी कि मेरा बेटा मुझसे छिन गया!'

फिर वे एकाएक घूमे और यह कहकर पीटने लगे कि तूने मेरा जीना हराम कर दिया है-हरामजादी।

उस दिन लगा कि मेरा सब कुछ लुट गया। एक आशा यही थे, ये भी उनके गिरोह में पूरी तरह शामिल हो गए। देखा-उस दिन बूढ़ी के चेहरे पर रौनक आ गया थी। उसका बेटा उससे छिनते-छिनते रह जो गया था। कहती है-'तुम्हारा मरद जितना कमाता है उसी के अनुसार तुम्हें भोजन-कपड़ा मिलेगा।' बस सुबह-शाम दो-दो रोटियाँ मिलती हैं और अभी कपड़े तो मायके वाले चल रहे हैं।

वह बात कर रही थी लेकिन बेहद डरी हुई थी कि उस परिवार का कोई आ न जाए। चौंक-चौंककर गेट की ओर देखती थी।

'तुम्हारे मायके वालों को यह सब मालूम है?'

'हाँ मालूम है। वे क्या कर सकते हैं?' एक दिन पिताजी ने बुढ़ऊ से कहा-'क्यों आप लोग मेरी बेटी को तंग कर रहे हैं?' इस बात पर बुढ़ऊ उखड़ गए और सारा घर मिलकर उनका अपमान करने लगा। बुढ़ऊ बोले-'यदि आपकी बेटी यहाँ तंग की जाती है तो ले जाइए और जिन्दगी भर अपने यहाँ रखिए। नहीं चाहिए ऐसी कुलच्छनी बहू इस घर को।'

'यदि मुझे अपनी बेटी जिन्दगी भर अपने घर रखनी होती तो यहाँ क्यों भेजता? आप जानते हैं किसलय जी, विवाहित बेटी का घर मायका नहीं, ससुराल है। फिर भी आप थोड़े दिनों के लिए विदा कर देंगे तो कृपा होगी।'

'ठीक है, फिर बात कीजिएगा अभी नहीं।'

मैं कसाई के खूँटे से बँधी गाय की तरह जाते हुए पिताजी को देखती रही और वे भी अथाह बेबसी भरी आँखों से मुझे निहारते हुए चले गए। उसके बाद इस परिवार का कहर और भी बढ़ गया। ये जानते हैं मेरे माँ-बाप गरीब हैं। कई-कई बेटियाँ ब्याहने को पड़ी हैं इसलिए उनका और उनकी बेटी का जितना चाहो अपमान कर सकते हो। वे चाहें भी तो मुझे अधिक दिन तक अपने घर नहीं रख सकते। गेट

खटका। एकाएक वह काँप गयी और सीढ़ियों की ओर भागी। हाँ, किसलय जी अपनी श्रीमती जी के साथ प्रवेश कर रहे थे।

कुछ दिन बाद मालूम हुआ कि उसे किसलय साहब ने छोटी-सी स्टोरनुमा मियानी में ढकेल दिया। ढकेलकर स्वतंत्र कर दिया होता तो भी गनीमत थी। वह अपने पति के पैसे में अपने ढंग से गुजारा कर लेती लेकिन पति के पैसे तो स्वयं ले लेते थे और ताई कुछ रोटियाँ और चाय समय-समय पर बहू के आगे फेंक जाती थी और वह स्वतंत्र भी कहाँ थी? लगातार उस पर निगरानी रखी जाती थी। रात को बाहर से ताला मार दिया जाता था। भोलू अपनी माँ को मरजी के बिना उससे दिन या रात को मिल नहीं सकता था।

हमारा छोटा बेटा रवि प्रायः पद्मा के पास जा बैठता था। अपनी माँ से उसकी दुर्दशा की कहानी कहता था और खाने-पीने की कोई न कोई चीज माँ से लेकर चुपके से उसे दे आता था। पद्मा ने उससे कह रखा था–'बेटे, तुम ये चीजें लाते हो तो चुपके से लाया करो, कोई देख लेगा तो कुहराम मच जाएगा।'

'अरे क्या मैं किसी साले से डरता हूँ। मैं तो ले आऊँगा और देखूँ कोई क्या कर लेता है?'

'तुम्हारा तो नहीं कर लेगा लेकिन मेरी तो दुर्गति हो जाएगी।'

'अच्छा आण्टी तुम्हारी खातिर मैं चुपके से लाया करूँगा।'

एक दिन रंजना ने देख लिया कि रवि पद्मा के यहाँ जा रहा है और उसके हाथ में कुछ है। कुछ देर बाद वह भी पहुँच गयी। देखा पद्मा पकौड़ी खा रही है और रवि वहाँ बैठा है।

'यह पकौड़ी कहाँ से आयी?'

पद्मा को काटो तो खून नहीं। वह जड़-सी बैठी रही।

रंजना ने उसके हाथ से पकौड़ी छीन कर फेंक दी। 'कहाँ से आयी पकौड़ी?' वह फिर चुभते हुए स्वर में बोली।

'तुमने पकौड़ी क्यों फेंक दी, इसे मैं लाया था।'

'कहाँ से लाया था?'

'अपने घर से लाया था।'

'क्यों लाए थे?'

'मेरी मरजी।'

'तुम लोग मिल-जुलकर हमारी बहू को बिगाड़ रहे हो। दुनिया को यह दिखा रहे हो कि खाने को नहीं मिलता, तुम इसकी परवरिश कर रहे हो। और इस चुड़ैल का घर के खाने से पेट नहीं भरता, भिखारिन की तरह दूसरों के खाने के लिए पल्ला बिछाए रहती है।'

'मैं कोई खाना लाता हूँ? अरे मेरी माँ जब कोई अच्छी चीज बनाती है और मुझे

देती है तो थोड़ा-सा लाकर आण्टी को भी दे देता हूँ। मैं तो दूँगा। क्या मैं किसी से डरता हूँ?'

रंजना खामोश सूजी-सी आँखों में जहर भरे वहाँ से खिसक गयी और थोड़ी देर में पूरे घर को बटोर लायी। फिर तो मोटी-पतली, तेज-मद्धिम आवाजों का कोरस पद्मा पर बरसने लगा और वह बेचारी गाय की तरह हल-हल काँपने लगी।

चारों ओर से रवि को भी डाँट पड़ने लगी–'तू क्यों आता है इस कमरे में। तू होता कौन है मेरी बहू को कुछ देने वाला?'

'मैं आता हूँ और आऊँगा। ये मेरी आंटी हैं, मुझे अच्छी लगती है इसलिए आता हूँ। क्या मैं किसी से डरता हूँ!'

फिर तो किसलय और ताई की लानत भरी आवाजें हमारे लिए, हमारे कमरे में बरसने लगीं–'लोग हमारी बहू को बिगाड़ने पर तुले हुए हैं। लोग दुनिया को दिखाना चाहते हैं कि हम अपनी बहू को भूखा मारते हैं और वह पड़ोसियों की मेहरबानी पर जी रही है। खबरदार, अब किसी ने यदि हमारे घर में दखल दिया और यह लड़का फिर यहाँ आया तो इसकी टाँग तोड़ दूँगा।'

अब तक हम चुप बैठे रहे फिर मैंने जोर से आवाज दी–'रवि नीचे आओ, वहाँ क्यों जाते हो?'

'और सुनिए मिस्टर किसलय,' पत्नी बोलीं–'आपके परिवार के काम में कोई दखल नहीं देता लेकिन आप जरूर हम लोगों का जीना हराम किए हुए हैं।'

'क्यों, मैं क्या कर रहा हूँ?'

'एक ही मकान में ऊपर के तल पर बहू की पिटाई हो रही हो, उसे भूखा रखा जा रहा हो और दिन-रात अमानवीय कौआरोर हो रहा हो तो नीचे के लोग कैसे जी सकते हैं। आखिर हम मनुष्य हैं, आपके अत्याचारों से हम चुप रहते हैं किन्तु हमारा हृदय तो चीखता है। इस लड़के के जरिए हम खाना नहीं भेजते, यह खुद ही दे आता है। उस औरत से न जाने इसे क्या लगाव महसूस होता है। बच्चा है, इसे कोई कब तक रोक सकता है। हाँ, आप इसकी टाँग जरूर तोड़ दीजिए लेकिन तब आपका सिर सलामत नहीं रहेगा।'

हमारे मना करने पर भी रवि चुपचाप जाता रहा लेकिन हम मना भी कहाँ करते रहे! ऊपर-ऊपर से मना करते रहे और भीतर-भीतर चाहते रहे कि यह कुछ न कुछ उस लाचार औरत तक पहुँचाया करे।

एक दिन पत्नी के साथ मैं किसी मित्र के यहाँ गया हुआ था। शाम को आया तो मालूम हुआ कि पद्मा जल गयी है और अस्पताल ले जायी गयी है।

रवि ने बताया–'मैं नीचे खेल रहा था कि ऊपर से चीखने की आवाज आयी। मैं दौड़कर ऊपर गया और देखा कि पद्मा आंटी जल रही हैं और जलती हुई हालत में छत पर चली गयी हैं और इधर-उधर भाग रही हैं।

मैंने ऊपर से ही हल्ला किया और फिर हल्ला करता हुआ नीचे दौड़ा।

'उस घर के लोग कहाँ थे?' मैंने पूछा।

'दिखाई नहीं पड़े। नीचे आया तो देखा रंजना जी कहीं से आ रही हैं। मैं चिल्लाया–'आंटी जल रही हैं।'

वे ऊपर भागीं।

फिर देखा कहीं से किसलय जी और ताई चली आ रही हैं। वे भी मुझसे समाचार सुनकर ऊपर दौड़े।'

'हे राम! आखिर यही होना था।' मेरे मुँह से निकला।

'लेकिन उसके जलने के तुरन्त बाद रंजना और किसलय दम्पति का बारी-बारी आ जाना क्या कुछ नहीं कहता?' पत्नी बोलीं।

'हाँ इसका भी कोई अर्थ हो सकता है।'

पद्मा का जला हुआ शरीर अस्पताल ले जाया गया। किसलय-परिवार बदहवास-सा दौड़-धूप करता रहा। सुना कि पुलिस ने डाइंग स्टेटमेंट लेने की बड़ी कोशिश की लेकिन पद्मा होश में ही नहीं आयी। और कल चल बसी।

रवि बहुत परेशान नजर आ रहा था। वह बार-बार बड़बड़ाता था, 'आंटी को मार दिया राक्षसों ने।'

कल कुछ पड़ोसी मेरे पास आए। आते ही बोले–'बहुत बुरा हुआ साहब।'

'क्यों, यह बुरा तो कितने दिन से हो रहा था, आज तो अच्छा हुआ कि वह आत्मा मुक्त हो गयी।'

'हाँ, वह तो मुक्त हो गयी लेकिन इन लोगों को तो फँसा गयी। जो गया सो गया, अब चिंता तो इन लोगों की है।'

'आप लोग उस औरत की चिंता करने कभी नहीं आये। इन लोगों की चिंता ज्यादा हो रही है।'

'मकान-मालिक हैं न।' पत्नी बोलीं।

'अब छोड़िए उन बातों को साहब जी! पुलिस इनके पीछे पड़ी है। जाहिर है आप लोगों के भी बयान लेगी और उस बयान पर बहुत कुछ निर्भर है।'

मैं समझ गया कि लोग किसलय साहब के भेजे हुए आये हैं। मन तीता हो गया और गुस्सा आया कि इन सबको डंडा लेकर खदेड़ लूँ।

'देखिए हम सबको साथ रहना है, एक-दूसरे के सुख-दुख में काम नहीं आयेंगे तो कैसे काम चलेगा? मुसीबत तो सब पर पड़ती रहती है।'

'जी हाँ, जी हाँ, सो तो है।' कहकर मैं रह गया।

लोग चले गये।

शाम को पुलिस आयी। मैंने सही बात बता दी कि हम पति-पत्नी तो घर पर ही नहीं थे इसलिए कैसे घटित हुआ इस बारे में कुछ नहीं जानते।

रवि दूसरे कमरे में बैठा हुआ था। झपटकर आया। बोला, 'मैं था साहब, बल्कि केवल मैं ही था–मैंने आण्टी को जलते हुए देखा।'

'शबाश बेटे, सही-सही बात बताओ, क्या-क्या देखा?'

'अरे क्या मैं किसी से डरता हूँ? सही-सही बात तो बताऊँगा ही।'

उसने जो कुछ देखा था बयान कर दिया।

'अच्छा बताओ वहाँ मिट्टी के तेल का कोई पीपा पड़ा हुआ देखा?'

'अरे जलती हुई आण्टी को देखकर मैं उनकी ओर भागा, तेल का पीपा-सीपा देखने का मुझे कहाँ मौका था। पता नहीं, रहा हो या न रहा हो।'

'मिट्टी के तेल की दुर्गन्ध आ रही थी?'

'आप भी तो ऐसा कहते हैं जैसे मैं मिट्टी का तेल सूँघने गया था। गंध आ भी रही होगी तो आ रही होगी, मैं तो आण्टी को जलता हुआ देखकर नीचे भागा, मिट्टी का तेल सूँघने के लिए वहाँ थोड़े रुका।'

बयान लेकर पुलिस वाला चला गया तो मैंने रवि से कहा–'बेटे, आज तुमने इस परिवार को बचा लिया।'

'बचा लिया? सो कैसे?'

'अगर तुमने बयान दे दिया होता कि वहाँ मिट्टी के तेल का पीपा दिखा था और तेल की दुर्गन्ध आ रही थी तो आत्महत्या का केस बनता, हत्या का भी बन सकता था। अब तो कह दिया जाएगा कि वह खाना बना रही थी, उसकी साड़ी में आग लग गयी।'

'मैंने बचा लिया इन राक्षसों को। मैंने यह क्या किया? लेकिन मैंने जो देखा था वही न कहता!'

'यही तो हमारी भी बेबसी थी, जो नहीं देखा उसे कैसे कहते लेकिन आत्मा धिक्कार रही थी कि जो रोज-रोज हो रहा था उसे तो देख रहे थे। उसका बयान तो कर सकते थे। हो सकता है पुलिस उसी में कुछ निकाल लेती इन दरिन्दों के खिलाफ।'

मैंने देखा, रवि बेचैन हो गया। वह गुस्से में इधर से उधर चक्कर काटने लगा था। बच गये ये राक्षस और मेरे कारण बच गये।

आज मातम मनाया जाना था। इसीलिए मेरे सामने दरी बिछाने की इजाजत चाही गयी थी। लेकिन न जाने क्या सोचकर उन लोगों ने गैलरी में दरी बिछा ली। शिष्टाचार के नाते मैं भी जाकर बैठ गया। रवि गुर्राता हुआ अपने बरामदे में टहलता रहा।

एकाएक एक हाहाकार-सा मचा। पद्मा के माँ-बाप, भाई रोते-चिल्लाते आये। पद्मा की माँ के विलाप में ताई के विलाप की आवाज मिल गयी। बुढ़िया छाती पीट-पीटकर बहू को याद करने लगी। पद्मा की माँ ने बुढ़िया को गाली देना शुरू किया–'डाइन है, चुड़ैल है, खा गयी मेरी बेटी को।' फिर विलाप के भीतर से ही ताई

ने भी उत्तर देना शुरू किया। यानी विलाप और झगड़े का अद्भुत दृश्य था। पद्मा का जवान तगड़ा भाई खामोश बैठा था जैसे सुन्न हो गया हो। एकाएक उठकर गरजा–'हरामजादो, तुम लोग खा गए मेरी बहन को।' उसके हाथ में वहीं पड़ा एक डंडा आ गया और उसी से भोलू को पीटने लगा–'अरे हरामी अगर माँ की ही फुफुती में जीना था तो शादी क्यों की? बैल साला! इतनी लम्बी-चौड़ी काया लेकर भी माँ-बाप के अत्याचार का विरोध नहीं कर सका। दोंय-दोंय ले साला।'

भोलू इधर-उधर भागता रहा और वह पीटता रहा। ताई चिंचियाई–'अरे मार डाला रे, कोई बचाओ।' फिर वह ताई पर पिल पड़ा–'ले शैतान की खाला, ले हरामजादी तू भी ले।' वह चिल्लाने लगी–'अरे मर गयी रे, मर गयी रे।'

'और मार ⋯ और मार, ये सब हत्यारे हैं।' रवि बरामदे में से चिल्लाया।

सबने चौंककर देखा। 'रवि चुप रहो, यह क्या बकते हो?' मैंने डाँटा?

'बकता क्या हूँ? ठीक तो कहता हूँ। क्या मैं किसी से डरता हूँ?'

लोगों ने पद्मा के भाई को समझा-बुझाकर रोक लिया था। वह कुछ देर हाँफता हुआ खड़ा रहा फिर बुक्का फाड़कर रो उठा–'दीदी ⋯ ।'

रवि जलती आँखों से घूरता हुआ न जाने कब तक खड़ा रहा।

□

रोटी

वह थके पैरों धीरे-धीरे रास्ते पर सरक रहा था। मन पर जैसे मन-मन भर के पत्थर लदे हों। उसकी आँखों में एक धुंध छा गयी थी और उस धुंध के पीछे दूर गाँव में पड़ा हुआ अभावों से लथपथ उसका परिवार छटपटा रहा था। बेकारी का बोझ लिए कब से घूम रहा था। उसकी आत्मा उसे धिक्कारती रही है कि पढ़ा-लिखा होकर भी तू कितनी अकारथ जिन्दगी जी रहा है। क्या मूल्य है तेरी विद्या का? क्या अर्थ है तेरे पति और पिता होने का? उसे लगता है कि उसके सारे अभावों का कारण है उसका पढ़ा-लिखा होना, नहीं तो वह भी रेक्शा चला लेता, मिट्टी-गारा ढो लेता, ठेले पर लादकर गली-गली सब्जी बेच लेता। शारीरिक श्रम करने वाले संपन्न तो नहीं हैं किन्तु उन्हें रोटी तो मिल जाती है। और वह विद्या की गठरी सिर पर लादे हुए गली-गली आवाज लगाता घूम रहा है-'है कोई खरीददार?' कोई नहीं पूछता।

उस दिन उसका एक दोस्त मिला था। उसने बी. ए. पास किया था। उसने बताया कि वह नौकरी की तलाश में न भटककर मकानों को सफेदी और रँगाई करता है और ठीक-ठाक कमा लेता है।

मित्र की बात सुनकर उसे भी लगा कि उसे कुछ ऐसा ही करना चाहिए। लेकिन क्या करे? शारीरिक श्रम के साथ कोई विशेष हुनर तो हो। काश, उसे किताबी शिक्षा के साथ कोई व्यावहारिक हुनर भी सिखाया गया होता। अब यह हुनर सीखने वह कहाँ जाए? खाली शारीरिक काम तो उससे नहीं होगा। फिर भी कुछ करना ही चाहिए। अभाव और अपमान की जिन्दगी से अच्छा है कोई भी काम कर लेना।

किसी ने कहा-'किसी फैक्टरी में कोई काम क्यों नहीं देखते?' उसे सुझाव अच्छा लगा। वह फैक्टरी वाले इलाकों में घूमता फिरा। आखिर एक परिचित के सहारे एक फैक्टरी में एवजी वाला काम मिला। सत्रह रुपये रोज। काम बारह घंटे। परिचित ने बताया इन बारह घंटों में चार घंटे ओवर टाइम के हैं जिनके पैसे अलग से मिलेंगे। संयोग से एक मजदूर छुट्टी पर गया था। उसकी जगह उसे लगा दिया गया। उम्मीद थी कि धीरे-धीरे वह नियमित हो जाएगा।

बारह घंटे काम करने के बाद अनभ्यस्त देह थककर चूर-चूर हो जाती थी। बीस

दिन बाद वह मजदूर आ गया जिसकी जगह वह काम कर रहा था। महीना पूरा होने पर उसे जो तनख्वाह मिली वह कम थी। उसने बड़ी विनम्रता से मालिक से कहा–'सत्रह रुपये रोज के हिसाब से बीस दिन के तीन सौ चालीस रुपये हुए और एक सौ बीस रुपये ओवर टाइम के हुए। यानी कुछ चार सौ साठ रुपये, लेकिन आपने कुल ढाई सौ रुपये दिये।'

फैक्टरी के मालिक ने उसे हिकारत से देखा और बोला–'कलम घिसने वाली देह के लिए यह सब काम नहीं है मिस्टर! आपसे काम तो होता नहीं, चाहे आठ घंटे करें चाहे बारह घंटे। मैंने तो आप पर तरस खाकर आपको काम पर लगाया था, नहीं तो क्या काम करने वालों की कमी है? आपसे तो आधा काम भी नहीं हुआ।'

वह हतप्रभ रह गया। सोचा–झगड़ा करके क्या पाएगा। अभी तो आशा है कि जगह होते ही यह फिर काम पर लगा लेगा। बोला–'आप ठीक कहते हैं सेठजी। दरअसल शारीरिक काम करने का अभ्यास मुझे कहाँ है? किन्तु धीरे-धीरे अभ्यास हो जाएगा। आपकी कृपा बनी रहे।'

सेठ खुश हुआ। उसे लगा कि उसने बड़ी आसानी से इस ग्रेजुएट का शोषण कर लिया। कोई अपढ़ मजदूर होता तो लड़ बैठता और इतनी आसानी से अपना पैसा नहीं छोड़ता। बोला–'आप ठीक कहते हैं। अभ्यास हो जाएगा तो पूरे पैसे भी आपको मिलने लगेंगे। दो-एक दिन बाद आकर पूछ जाइएगा। जगह तो होती ही रहती है।'

यों आसानी से लुटकर न बोल पाने की विवशता से दबकर वह धीरे-धीरे अपने क्वार्टर की ओर सरक रहा था। वह रुपये नहीं, अपनी और अपने परिवार की रोटी खोकर आ रहा था। सेठ ने दो सौ दस रुपये मार लिए और वह भविष्य की आशा पर अटका रहकर कुछ न बोल सका।

उसने देखा–रास्ते में बैठा हुआ एक बूढ़ा आदमी कुछ कर रहा है। नजदीक आने पर देखा कि बूढ़ा अपने हाथ में धूल भरे हुए है। उसमें से कंकड़ और खर-पतवार छाँट रहा है। छाँटने के बाद उसने वह धूल मुँह में झोंक ली।

'अरे यह क्या करते हो बाबा?' उसने चकित होकर कहा।

बूढ़े ने निस्तेज आँखें उठाकर उसकी ओर देखा। बोला–'क्या करता बेटा, चार दिन हो गए, कुछ खाया नहीं।'

'हे राम!' वह कराह उठा। उसे लगा कि उसी का बूढ़ा बाप बैठा धूल फाँक रहा है। वह दहल गया।

'मेरे साथ चलो बाबा।' कहकर उसने बूढ़े की बाँह थाम ली। पास के ढाबे पर ले जाकर खाना खिलाया। खाना खाकर बूढ़ा जबान और आँख से आशीर्वाद बरसाता हुआ एक ओर सरक गया।

वह अपने क्वार्टर की ओर सरकने लगा। उसने देखा–एक मरियल कुत्ता उसके आगे-आगे जा रहा था। उसके शरीर पर चमड़ा झूल रहा था और जगह-जगह घाव

बने हुए थे। सेठ के दरवाजे पर बैठा हुआ एक मोटा कुत्ता उसे देखकर गुर्राने लगा। मरियल कुत्ता दुम दबाकर किनारा कसकर आगे-आगे भागने लगा। मोटा कुत्ता भूँकता हुआ उसके पीछे हो लिया। कुछ दूर तक पीछा करने के बाद मोटे कुत्ते को दो रोटियाँ दिखाई पड़ीं। उसने पीछा करना और भूँकना छोड़कर रोटी खाना शुरू कर दिया। मरियल कुत्ता कुछ आगे बढ़ गया था, तभी उसे लगा कि रास्ते में रोटियाँ पड़ी थीं। वह ठहर गया। उसने मुड़कर देखा कि मोटा कुत्ता रोटियाँ खा रहा है। वह धीरे-धीरे रोटी की ओर बढ़ने लगा। दो-चार कदम बढ़कर रुक गया। अपने को तौला, फिर आगे बढ़ा। फिर रुका, फिर आगे बढ़ा और इस तरह वह धीरे-धीरे रोटी खाते कुत्ते के बहुत करीब आ गया। फिर अपने को तौला और उछल कर मोटे कुत्ते की गरदन में दाँत गड़ा दिए। मोटे कुत्ते ने बहुत जोर मारा, प्रतिवाद करने की कोशिश की किन्तु उसके दाँतों से नहीं छूट पाया। आजिज आकर किसी तरह अपने को छुड़ाया और पों-पों करता हुआ भाग चला। वह मुश्किल से आधी रोटी खा सका था। फिर मरियल कुत्ते ने बहुत शान से बची रोटियाँ खायीं और आगे की ओर चल दिया।

वह खड़ा होकर यह दृश्य देखता रहा। उसे लगा कि मरियल कुत्ता उसके भीतर उतर आया है और वह क्वार्टर की ओर न जाकर फैक्टरी के सेठ की ओर चल पड़ा। □

अपने लिए

समझ नहीं पा रही हूँ क्या करूँ? कैसे दिन कटेंगे? ससुराल आये अभी बीस-पच्चीस दिन भी तो नहीं हुए। और यह सब कुछ··· कितनी खुश थी यहाँ आकर। सास-ससुर ने आते ही कितना प्यार दिया। सास तो जैसे अपने आँचल की छाँह किये मेरी माँ बन गयीं। मुझे जैसे अपनी माँ मिल गयी। कितने दिन हो गए माँ का प्यार पाये। माँ बचपन में ही चली गयी थी। तब दूसरी माँ आयी थी। कितनी मधुर स्मृतियाँ थीं मातृत्व की? इस दूसरी माँ ने आकर मातृत्व की तस्वीर ही बदल दी। हम दो बहनें थीं। मैं बड़ी थी। पिताजी हम दोनों के पालन-पोषण के लिए हमारे लिए दूसरी माँ लाए थे लेकिन भगवान ही जानता है कि उसने हमारा पालन-पोषण किया कि हमने उसका। मैं अपनी छोटी बहन की भी देख-रेख करती थी और नयी माँ की भी। नयी माँ से हमें ताड़ना ही मिलती थी। माँ के आग्रह से मैं गाँव के स्कूल में पढ़ती थी। चार पास कर पाँचवीं में गयी थी। नयी माँ के आने पर वह भी छूट गया।

पिताजी की औकात मामूली थी। कठिनाई से खाना-पीना चल पाता था। अक्सर किसी जरूरत को लेकर नयी माँ पिताजी से झगड़ उठती थी और चीखती हुई कहती थी–'खिलाने का बेवत नहीं था तो क्यों उठा लाए मुझे? छाती पर मूँग दलने के लिए तुम्हारी दो-दो बेटियाँ हैं। कहाँ से इनकी शादी करोगे? मुझसे भी तो तुम्हारी संतान होगी, उन्हें कहाँ से खिलाओगे-पिलाओगे?' पिताजी अक्सर चुप ही रहते लेकिन मेरे भीतर आग सुलग उठती। पिता के प्रति गुस्सा जागता और इच्छा होती चिल्लाकर कहूँ–'और कर लो शादी! बड़ी अथाह संपत्ति थी न कि उसे भोगने के लिए वारिस चाहिए था! तुम्हारी पुरुष जाति तो औरत को भेड़-बकरी समझती है, एक मरी दूसरी ले आये।' लेकिन नहीं कर सकी। पिता से यह बात कैसे कहती? लेकिन खुद पिताजी ही एक दिन रुआंसे होकर बोले–'मेरी मति मारी गयी थी जो दो-दो बच्चों के रहते शादी की और शादी की तो चुड़ैल से!'

मेरी नयी माँ तो चीखने-चिल्लाने लगी–'मैं चुड़ैल हूँ! हे ईश्वर, यह मुझे चुड़ैल कह रहा है!' लेकिन मुझे अच्छा लगा। लगा जैसे मैंने ही कहा हो। जी हल्का हो गया था। नयी माँ का रोना-चिल्लाना राहत दे रहा था और पिताजी की आँखों से बरसती

खामोश आग भी मुझे बहुत सुंदर लग रही थी। तभी चीखती-चिल्लाती माँ की कोपदृष्टि हमारी ओर घूम गयी और हमें गालियाँ दे-देकर रोने लगी–'अरे ये दोनों चुड़ैलें ही सारे फिसाद की जड़ हैं। निपूती अपने तो मर गयी, मेरे जिम्मे दो-दो डायनें मढ़ गयी। मैंने इस निखट्टू मरद से यह जानते हुए भी शादी की कि इसके दो लड़कियाँ हैं। मेरे मन में था कि दोनों अनाथ लड़कियों को सहारा दूँगी लेकिन लेने के देने पड़ गये। ये लड़कियाँ क्या हैं, आफत का परकाला हैं–काम की न काज की नौ मन अनाज की। अरे, तुम दोनों को मैंने दुरुस्त नहीं कर दिया तो मेरा नाम गौरी नहीं!'

यह कहकर वे मुझे मारने झपटीं। छोटी बहन चिंचियाने लगी और मैं गुस्से से देखती हुई उनकी पकड़ में आ गयी। झपटकर पिताजी ने मुझे उसकी पकड़ से खींचा। वह झटके से मुझे थप्पड़ जमाये जा रही थी और छोड़ नहीं रही थी। पिताजी ने उसे चार-पांच थप्पड़ जमाये, मुझे उसकी पकड़ से खींचकर अलग किया और हमें लेकर ओसारे में चले गए। नयी माँ राग कढ़ा-कढ़ाकर रोती रहीं और हम सबको सरापती रहीं।

मार खाकर माँ को यह समझ तो आ गयी कि पिताजी निहायत गऊ नहीं हैं, वे कुटाई भी कर सकते हैं इसलिए वह उन्हें खुश रखने की भी कोशिश करती और बहुत होशियारी से हमारी कोई न कोई शिकायत उनसे लगा देती। आखिर कोई कब तक सहे! झूठ भी बार-बार दुहराया जाकर सच लगने लगता है, उसे झूठा जानता हुआ भी अपनी खीझ मिटाने के लिए कुछ कर बैठता है, पिताजी बदले हुए लगने लगे। वे रह-रहकर हमारे ऊपर झल्ला पड़ते।

जाड़े के अभाव के दिन थे। एक दिन वे कहीं गए हुए थे। शायद किसी से कर्जा लेने। कई दिन से उपवास हो रहा था। पिताजी मुँह लटकाए वापस लौट आए। शायद कुछ पाने में सफल नहीं हुए। छोटी बहन रोये जा रही थी। उसे भूख लगी थी। भूख तो सभी को लगी थी लेकिन छोटी बहन तो अपनी भूख को अपनी रुलाई से ही व्यक्त कर सकती थी। पिताजी मार खाये-से खड़े थे। नयी माँ के चेहरे पर अपनी भूख, पिताजी के प्रति हिकारत और हम बहनों के प्रति झल्लाहट भरी थी। खीझकर बोली, 'करमजली, मुझे खा जा! तू ही तो एक निराला पेट लेकर आयी है! पैदा होते ही अपनी माँ को खा गयी, अब मुझे खा जा!'

वह डरकर मुझसे चिपट गयी। पिताजी तो कुछ नहीं बोले लेकिन मुझसे नहीं रहा गया। चिढ़कर बोली–'नयी माँ, तुम इस छोटी-सी बच्ची को इस तरह क्यों डाँटती हो? डाँटने से आपकी सेहत बढ़ती हो तो मुझे डाँट लो। इसे भूख लगी है तो रोयेगी नहीं? आप लोग माँ-बाप हैं, आपका फर्ज बनता है कि अपने बच्चों को खिलायें-पिलायें। वह तो दूर रहा, उलटे गालियाँ बक रही हैं!'

इस पर नयी माँ चीखने-चिल्लाने लगीं। पिताजी को संबोधित करती हुई कहने

लगीं–'देखा, देखा, अपनी इस मुँहजोर लाड़ली को? यह हमें और आपको फर्ज सिखा रही है! आज तक इसने मुझे माँ कहना नहीं सीखा, नयी माँ, नयी माँ चिल्लाती रहती है। तिस पर मुझसे माता का फर्ज माँगती है। अरे ओ करमजली, मुझसे क्या कहती है, अपने बाप से कह जो बिना किसी बेंवत के दो-दो शादियाँ कर बैठा, एक गयी तो दूसरी ब्याह लाया। अरे जब खिलाने-पिलाने की औकात नहीं थी तो क्या जरूरत थी शादी करने की और बच्चे पैदा करने की!'

पिताजी ने आव देखा न ताव, मुझ पर पिल पड़े–'हरामजादी, एक तो मैं वैसे ही परेशान हूँ। दूसरे तुम सब मिलकर मेरी जान लेने पर तुले हो। तुम्हें बहुत पद-पुरान सूझने लगा है न? बड़ी दादी बन गयी है! माँ-बाप, सबसे साड़ा-तोड़ी करने लगी है! दिन-भर इस घर में खिचखिच मची रहती है। कहाँ से डाका डालकर लाऊँ तुम लोगों के लिए अथाह संपत्ति? जो मेरे पास है, उसमें रहना हो तो रहो नहीं तो जाओ, सभी नदी-तालाब में डूब मरो! मेरी गरीबी ने तो मुझे यों ही मार रखा है, ऊपर से तुम लोग लुकाठे से दागा करते हो!'

वे मुझे मारते गए, मारते गए, छोटी बहन चिंचियाती रही। नयी माँ संतोष के भाव से पहले तो देखती रहीं, जब वे परम संतोष पा गयीं तो तड़पीं–'अरे मार ही डालोगे! छोड़ो, छोड़ो लड़की को!'

पिताजी ने उन्हें भी ढकेल दिया और थककर खड़े हो गए।

मैं चुपचाप पिटती रही। जब वे पीटकर रुक गए तो मैंने उनकी ओर देखा, फिर धीरे से कराहती हुई बोली–'और मारेंगे कि जाऊँ?'

वे कुछ बोले नहीं। थके हुए-से धम्म से बैठ गए तो मैं वहाँ से उठकर दूसरे कमरे में आयी और भहराकर गिर पड़ी। न जाने कब तक गिरी रही। लगभग बेहोश-सी हो गयी। बेहोशी में ही अनुभव हुआ कि कोई धीरे-धीरे मेरा माथा सहला रहा है। धीरे-धीरे आँख खुली तो देखा पिताजी थे। उनकी आँखों से आँसू बरस रहे थे। वे कुछ बोले नहीं, बस रोते रहे। छोटी बहन मेरी बगल में शायद रोते-रोते सो गयी थी।

पिताजी के आँसुओं को देखकर उस दिन लगा था कि उन्हें मुझ पर हाथ छोड़ने का बहुत पछतावा हो रहा था। लेकिन एक बार हाथ छूट गया तो उस पछतावे के बावजूद गाहे-बगाहे मुझ पर छूटता ही गया क्योंकि घर की दशा जैसी थी, वह पिताजी की झल्लाहट को बढ़ाने में सहायक ही होती गयी। मैं भी इस स्थिति की अभ्यस्त होती गयी।

कुछ दिनों बाद नयी माँ को लड़का पैदा हुआ। पिताजी के चेहरे पर एक उल्लास छा गया। फसल के दिन थे इसलिए घर में अस्थायी संपन्नता आ गयी थी। उस साल फसल हुई भी बहुत अच्छी थी और कम खेत होने के बावजूद उम्मीद थी कि कुआर-कार्तिक तक काम चल जाएगा। तब तक दूसरी फसल आ जाएगी। 'यह सब इस लाड़ले के भाग्य से हुआ है। बहुत भाग्यशाली होगा।' नयी माँ इस बात को

दुहराती रहतीं और पिताजी भी खुशी से हाँ में हाँ मिलाते रहते। हमें भी अपने भाई को पाकर बहुत खुशी हुई और हम भी इस खुशी को और गाढ़ा करने के लिए मान लेते कि फसल इसी के भाग्य से अच्छी हुई है। लेकिन जब नयी माँ बात-बात में इस बात का दूसरा पहलू खोलने लगीं तो हमारी खुशी गायब होने लगी। दूसरा पहलू यह था कि भाई तो भाग्यशाली है और हम दोनों बहनें अभागी हैं। इस घर की दरिद्रता का कारण हमीं हैं। पिताजी भी सुनते और जैसे इसे स्वीकार कर लेते।

वह भाई जो हम सबका प्यारा था और उसका कोई दोष नहीं था, धीरे-धीरे हमारी ईर्ष्या का शिकार होने लगा। पूत जनमने वाली माँ के लिए खाने-पीने की अच्छी चीजें आतीं। छोटी बहन ललचाई आँखों से देखती और मैं उसे खींचकर दूर ले जाती। नयी माँ बड़बड़ातीं–'लड़की है कि चुड़ैल? दवा की चीज भी इसके मारे खाना मुसकिल!' मैं सुनती और मन मसोसकर रह जाती।

धीरे-धीरे भाई कुछ बड़ा हुआ। उसी गरीब वित्त बेंवत में से उसके लिए अच्छे से अच्छा इंतजाम होता– खाने-पीने के लिए, पहनने के लिए और मेरी तो बात छोड़िए, छोटी बहन को भी कुछ नहीं मिलता। वह चीथड़े पहने टुकुर-टुकुर ताकती रहती।

एक दिन भाई और वह खेल रहे थे। भाई के हाथ में मिसरी के दो टुकड़े थे। भाई ने एक टुकड़ा बहन की ओर बढ़ाते हुए कहा–'लो, तुम भी खाओ।'

'नहीं, नहीं भइया, तुम्हीं खाओ। तुम्हारे लिए यह दवाई है!'

भाई ने जिद करके वह टुकड़ा बहन को दे दिया। तब तक नयी माँ कहीं से निकल आयीं। बहन के हाथ में मिसरी का टुकड़ा देखते ही चिल्लायीं–'आहि मइया, मैं कहूँ कि काहे नहीं हमारे बचवा की देह पर मांस चढ़ रहा है! अरे ई सोगियानवनी फुसलाकर खा जाती है।'

'नहीं नयी माँ, मैंने इससे माँगा नहीं है, इसी ने जबरदस्ती दिया है। इसी से पूछ लो।'

'हाँ माँ!' भाई बोला।

'इससे क्या पूछूँ? इसे भी तूने सिखा-पढ़ा रखा है! फुसला लेती है।'

मैं आँगन में बरतन मल रही थी खरर-खरर। मेरे हाथ रुक गए और मैं भी इन तीनों की ओर देखने लगी और मन में डर समा गया कि नयी माँ बहन के साथ बदसलूक करेंगी।

बहन जोर से बोली–'नहीं नयी माँ, मैंने कुछ नहीं किया है। मैं इससे कभी कुछ नहीं लेती हूँ। आप झूठ बोल रही हैं।'

'क्या? मैं झूठ बोल रही हूँ! हरामजादी, मुझे झुट्ठी बना रही है!' और वे बहन पर पिल पड़ीं। मैं उठी, झपटकर उनके पास गयी और गुस्से से बोली–'छोड़ दो नयी माँ, छोड़ दो इसे। खबरदार जो इस पर हाथ उठाया!'

'क्या कहा चुड़ैल? खबरदार? तू मुझे धमकी दे रही है?'

'धमकी नहीं दे रही हूँ, गलत काम करने से रोक रही हूँ।'

'अच्छा देखती हूँ तू कैसे रोकती है!' कहकर वे बहन पर झपटीं। मैंने उसे पीछे कर लिया तो वे मुझी को मारने लगीं। गुस्सा पीकर मैं पिटती रही। जब नहीं सहा गया तो जोर का धक्का दिया और वे दूर जाकर गिर पड़ीं। हाथ में पीढ़ा लेकर फिर झपटीं लेकिन शायद मेरी आँखों की आग देखकर सहम गयीं और रोते हुए बोलीं–'अच्छा, आने दो अपने बाप को! फिर आज वारा-न्यारा होकर ही रहेगा।'

खेत पर से पिताजी आए तो नयी माँ ने झूठ गढ़-गढ़कर उन्हें सुनाया। पिताजी ने गुस्से से चीखकर मुझे बुलाया। गरजकर बोले–'तूने अपनी माँ पर हाथ उठाया है?'

'नहीं।' मैंने दृढ़ता से कहा, 'इन्होंने ही मुझे पीटा है।'

'क्यों?'

मैंने सारा किस्सा बता दिया। उनका गुस्सा थोड़ा ठंडा पड़ा तो मैं चीखकर बोली–'एक ही घर में एक बच्चा तरह-तरह की चीजें खाता है और दूसरा बच्चा यदि ललचायी निगाह से उधर देख लेता है तो आफत आ जाती है! यह कौन-सा इंसाफ है इस घर में?'

'देखा, देखा आपने, अपनी लड़ाकू लाड़ली को? बच्चा दवा की चीज नहीं खाने पाए इन कुलच्छिनियों के मारे?'

'क्यों मिसरी दवा के रूप में खाता है? गुड़ दवा के रूप में खाता है?'

पिताजी बोले–'चोऽप, बहुत सटर-सटर जबान चलाती है! लड़की की जाति को अपनी औकात पहचाननी चाहिए। इतना खाने-पहनने का मन था तो तुम और तुम्हारी बहन लड़का बनकर जनमी होतीं। लड़के-लड़की में अंतर रहता है, रहेगा ही। कल पराये घर जाएगी तो ऐसे ही मरद से साड़ा-तोड़ी करेगी? लड़की जाति को अपनी इच्छा मारकर रखनी पड़ती है।'

'इच्छा मारकर रखने की क्या जरूरत है पिताजी, यहाँ तो वैसे भी मरी हुई है। अब आप जो कुछ मारने को कहें, उसे भी मार दें हम लोग।'

पिताजी के चेहरे पर क्रोध तो आया किन्तु देखा वह क्रोध धीरे-धीरे पिघलकर थरथराने लगा। मैं बहन का हाथ पकड़कर वहाँ से हट गयी। बहन अब भी काँप रही थी।

आखिर मेरी शादी तय हो गयी। न जाने कितने सालों से पिताजी वर खोज रहे थे लेकिन गरीब बाप की बेटी को कौन पूछता है? यहाँ तो खाने के लाले पड़े हैं, दहेज कहाँ से दिया जाता! और दहेज के बिना कोई बात नहीं करता, भले ही खुद भुक्खड़ हो। आखिर शादी तय हो गयी। पिताजी और नयी माँ अलग-अलग कारणों से राहत अनुभव कर रहे थे। कुछ लोग दहेज न माँगकर भी दहेज चाहते हैं और मन ही मन हिसाब लगाते रहते हैं। उसके मुताबिक दहेज न पाकर लड़की को मारना-पीटना शुरू करते हैं और आखिर में जला ही डालते हैं। इसलिए जब मैंने सुना कि लड़के वाले

दहेज नहीं माँग रहे हैं तो बहुत आवश्स्त नहीं हुई। ये तो इनके चोंचले हैं किन्तु जब अपने बिचौलिए रिश्तेदार से यह सुना कि मेरे ससुरजी समाज-सुधारक और नामी शिक्षक हैं और वे केवल मेरे रूप में एक अच्छी लड़की चाहते हैं, दहेज के नाम पर कुछ भी नहीं चाहते, तो मुझे कुछ राहत मिली। यह भी मालूम हुआ कि उन्हें मेरे पिताजी की असली हालत मालूम है। वे सच्चे इंसान हैं और इंसानियत ने नाते ही यह रिश्ता कर रहे हैं।

यह भी मालूम हुआ कि लड़का मैट्रिक पास है सुन्दर-सुडौल है। अभी किसी नौकरी में नहीं है किन्तु शहर में मकान है, पास के गाँव में कुछ खेत हैं, लड़का आगे पढ़ नहीं सका लेकिन कोई न कोई व्यापार करेगा।

मुझ जैसी गरीब लड़की के लिए इतना सौभाग्य बहुत है। भुक्खड़ घर की दर्जा चार पास लड़की को कौन डाक्टर-इंजीनियर मिलेगा! इसलिए मैं मन ही मन महक रही थी और अपने उदार ससुरजी को जी भरकर असीस रही थी। एक ओर इस घर के नरक से उस घर की खुली आबोहवा में जाने की खुशी थी दूसरी ओर अपनी बहन को इसमें छोड़े जाने की तकलीफ से मैं भीतर-भीतर रो रही थी। वह आती और मेरे गालों पर हाथ फेरती हुई पूछती–'दीदी, तुम मुझे छोड़कर चली जाओगी?' तब मेरी छाती फट जाती। सोचती–'क्या होगा इस बेचारी का?' लेकिन लड़की को पराये घर तो जाना ही पड़ता है। क्या करती यह सब सोचकर! जिसे यह सब सोचना चाहिए, वह नहीं सोचता तो मैं सोचकर क्या कर लेती! 'भगवान सहारा है उसका,' सोचकर जी को तसल्ली देती।

हाँ, तो मैं ससुराल आ गयी। यहाँ के लोग बहुत अच्छे लगे। मैंने कहा न कि इन थोड़े ही दिनों में मुझे लगा कि सासजी के रूप में मेरी माँ लौट आयी हैं और ससुरजी मेरे पिता न होकर भी मेरे अपने पिता से ज्यादा ममतावान हैं। शहर का घर है, पंखा है, गैस का चूल्हा है, फ्रीज है और अनेक आधुनिक सुविधाएँ हैं। मुझ अभागिनी के लिए यह सब कितना ज्यादा है। पति सुन्दर हैं, सीधे-सादे हैं, आज नहीं तो कल किसी व्यवसाय में लग ही जाएँगे।

परसों रात को देर से घूमकर आए। सासजी ने पूछ लिया–'बाबू कहाँ रहे? इतनी देर से क्यों आए?'

'चुप हरामजादी, मेरे घूमने का हिसाब माँगती है!'

मैंने भी सुना। मेरे लिए उनका यह नया रूप था। मुझे लगा कि शायद किसी बात से नाराज हों। मेरे कमरे में आए तो मैंने समझाया–'आप माता जी को इस तरह क्यों डाँट रहे थे?'

बस फिर क्या था, मुझे भी गालियाँ बकने लगे। मैं चकित थी कि हुआ क्या? सासजी उन्हें समझाती हुई भीतर आ गयीं। उन्हें फिर गालियाँ बकने लगे। ससुरजी शहर से बाहर कहीं गए हुए थे।

दूसरे दिन उनका तांडव शुरू हो गया। मुझसे कहने लगे–'डिस्को डांस करो!'

'यह क्या होता है?'

'तुम्हें डिस्को नहीं मालूम तो मेरे जैसे आदमी से शादी क्यों की?' फिर वे घर में तरह-तरह के तमाशे करने लगे और नाचने लगे। सासजी कहीं पड़ोस में गयी थी।

कामवाली ने धीरे से कहा–'फिर शुरू हो गया!'

'क्या?' मैंने पूछा।

'पागलपन। इन लोगों ने बताया नहीं था कि इसे पागलपन का दौरा पड़ता है! बहू, मेरा नाम मत लेना।'

मैं तो सनाका खा गयी–'अब क्या होगा भगवान?'

सासजी आ गयीं। ससुरजी भी बाहर से आ गए। सासजी ने ससुरजी से शिकायत लगायी–'देखिए न पारस को, कल-परसों से न जाने कैसा व्यवहार कर रहा है?'

'अच्छा, क्या हो गया है इसको?' ससुरजी ने बहुत अचरज भरे स्वर में कहा। मुझे लग गया कि नाटक कर रहे हैं।

'जद्द-बद्द बोल रहा है।'

'अरे, किसी बात पर गुस्सा हो गया होगा। कहाँ है?'

'कहीं घूम रहा होगा।'

मैं जोर-जोर से सिसकने लगी। ससुरजी ने सुना। उन्होंने बड़प्पन के स्वर में मुझे आश्वासन देते हुए कहा, 'क्या है बहू! इसने कुछ कहा है क्या? अरे थोड़ा जिद्दी स्वभाव का है। सब ठीक हो जाएगा। तुम घबराओगी तो कैसे काम चलेगा, उसे प्यार से सँभालो।'

मुझे गुस्सा आ गया। मैं भूल गयी कि बीस-पच्चीस दिन पहले आयी हुई बहू हूँ। बोली–'हाँ पिताजी, अब तो जिंदगी-भर उन्हें और अपनी तकलीफ को सँभालना ही है। जब आप लोगों से नहीं सँभले तो उनके लिए एक अदद बीवी ले आए। आखिर गरीब घर की लड़की की क्या औकात? आप लोगों ने सोचा कि एक लड़की इनके गले बाँध दो, शायद पागलपन ठीक हो जाए। हम लड़कियों की अपनी औकात क्या होती है, हम तो पुरुषों का इलाज करने के लिए निर्जीव दवाएँ हैं!'

'अरे, यह तुम कह रही हो बहू?'

'मैं ठीक कह रही हूँ। आप अध्यापक हैं, समाज सुधारक हैं। एक बार भी नहीं सोचा कि आप क्या कर रहे हैं? अपने बेटे का पागलपन छिपाकर एक गरीब लड़की की बलि दे रहे हैं। गरीब लड़की की अपनी बिसात क्या? उसे बलि देना ही चाहिए। गरीब बाप को आसानी से धोखे में रखा जा सकता है और गरीबी में अफनाता हुआ बाप यदि इस सत्य को जान भी ले तो भी क्या फरक पड़ता है, वह आसानी से लड़की दे सकता है?'

'यह क्या कह रही हो बहू, होश में तो हो?' ससुरजी थोड़ा तल्खी-से बोले।

'मैं बिलकुल होश में हूँ पिताजी। मेरी निरंतर यातना ने मुझमें होश के सिवा कुछ भरा-ही नहीं । मैं कितनी सुखी थी, आप जैसा पिता और सासजी जैसी माता पाकर। लगा कि आप लोग आदमी नहीं देवता हैं। बिना दहेज के शादी कर रहे हैं और बिना दहेज के आयी हुई लड़की को इतने प्यार से रख रहे हैं। किंतु अब मालूम हुआ कि आपकी सारी भलमनसाहत के पीछे अपने अहंकार की तृप्ति थी।'

'तुम क्या कह रही हो?'

'मैं कह रही हूँ कि आपने समाज को छाती ठोंककर दिखा दिया कि देखो, मेरा रुतबा इतना बड़ा है कि मेरे पागल लड़के की भी शादी हो गयी। यह नहीं सोचा कि पागल लड़का अपना ही जीवन नहीं खींच पाएगा, एक बेचारी लड़की को इसके गले क्यों बाँध रहे हैं? वह भी सबसे छिपाकर!'

'बहू, तुम गलत सोचती हो।'

'अब सोचने को रहा क्या पिताजी?'

'हे देखो, कल की आयी बहू बहुत सटर-सटर जबान चला रही हो! पकड़कर खींच लूँगी!' सासजी गरजीं।

'जबान क्यों, अब तो मेरे परान खींच लें तो मैं खुश हूँगी। इस अभागी जिंदगी से छुटकारा पा जाऊँगी।'

तब तक वे आ गए। मैं अंदर चली गयी और माँ-बाप तथा उनमें भिड़ंत होती रही। न जाने वे क्या-क्या बकते रहे।

इच्छा हुई, कहीं भाग जाऊँ या नदी-तालाब में डूब मरूँ। क्या करूँ ऐसे समाज में ऐसी जिंदगी जीकर। सोचा था, रात को भाग जाऊँगी। वे रात को कहीं से बड़बड़ाते हुए आए। देखा– उनके ललाट से खून बह रहा था। लगता है किसी से झगड़ा किया है। मरहम-पट्टी की गयी।

खा-पीकर मेरे कमरे में सोये तो कुछ शांत थे। मैं जगी थी। बैठी-बैठी उन्हें देख रही थी। धीरे-धीरे मेरे मन में इनके प्रति करुणा उमड़ने लगी। आखिर मेरी ही तरह इस आदमी का भी क्या दोष है? कौन चाहता है पागल होना? लोग पागल बना देते हैं। क्या मैं इन्हें असहाय छोड़ जाऊँ? मेरे भाग जाने से क्या यह व्यक्ति और बरबाद नहीं हो जाएगा? और भागने पर मुझे क्या मिलेगा मौत के सिवाय? नहीं, मैं कहीं नहीं जाऊँगी। लड़ूँगी अपने भाग्य से। लड़ूँगी इस आदमी के लिए। लड़ूँगी अपने लिए।

□

भविष्य

आखिर यह यातना कब तक सहता। तबादले के लिए प्रयत्न किया। आदेश मिल गया। थोड़ा जी हलका हुआ। सोचा, बात कुछ सुलझेगी। शाम को घर आया तो महिमा को तबादले का समाचार दिया। मैं जानता था उसे अच्छा नहीं लगेगा किन्तु मन में यह जिज्ञासा तो थी ही कि इस अंधी निर्णयहीनता की स्थिति में कोई निर्णय तो उभरेगा या उसके लिए कोई रास्ता तो बनेगा।

समाचार सुनकर महिमा चुप रही। मैंने कहा–'चलो अच्छा हुआ, एक ही शहर में रहते-रहते जी ऊब जाता है, कुछ नई हवा तो मिलेगी।'

'शहर बदलने से क्या फर्क पड़ता है। सभी शहर एक-से होते हैं।' गंभीर स्वर में महिमा बोली।

'हाँ, शहर एक-से होते हैं किन्तु नये सम्बन्ध तो बनते हैं, अनुभवों का विस्तार तो होता है।'

'जो भी हो, मैं तो नहीं जा पाऊँगी वैभव?'

'क्यों?'

'मैं भी राधा महिला कॉलेज में लेक्चररशिप के लिए प्रयत्नशील रही हूँ और प्रिंसिपल ने मुझे आश्वस्त किया है कि इस महीने के अंत तक मुझे मिल जाएगी।'

'तो अकेली रहोगी?'

'नहीं होस्टल में मुझे जगह मिल जाएगी। तुम्हारे जाने के बाद वहीं चली जाऊँगी।'

'लेकिन तुम्हें नौकरी करने की क्या आवश्यकता थी? तुम जानती तो हो कि मैं सरकारी नौकरी में हूँ और यह नौकरी परिवर्तनशील है।'

'हाँ, सो तो जानती हूँ किन्तु मेरी सार्थकता एक अफसर की बीवी बनकर रह जाने भर में तो नहीं है। अपनी अभिव्यक्ति के लिए मुझे कुछ चाहिए तो।'

'तुम्हारी अभिव्यक्ति के लिए तुम्हारी कला तो है।'

'लेकिन मेरी साहित्य-शिक्षा की अभिव्यक्ति के लिए भी तो कुछ चाहिए। घर में बैठकर दिन-रात चित्र तो नहीं बना सकती। लोगों के बीच रहकर ज्ञान और अनुभव का आदान-प्रदान बड़ी जीवंत अभिव्यक्ति है वैभव।'

'हाँ, सो तो है।'

मेरे मन में एक कड़वी बात आयी और चाहा कि कह दूँ लेकिन आज तक मैं यही तो नहीं कर सका। न जाने क्या है महिमा में कि मैं उसके प्रति कटु हो ही नहीं पाता और चाहता हूँ किसी प्रकार वह मेरी बनी रहे। महिमा–कलात्मक देह ओर कलात्मक मन।

जब पिताजी कुंडली मिलवाने गुरु जी के पास गए थे तो गुरु जी खुशी से उछल पड़े थे। कारण यह था कि हम दोनों अलग–अलग उनके प्रिय शिष्य रह चुके थे। गुरु जी कालेज में पढ़ाते हैं और ज्योतिष में भी उनकी गहरी पैठ है। खाली समय में वे ज्योतिष का भी काम करते हैं और जन्मपत्री भी बनाते हैं किन्तु कुछ खास लोगों की ही।

पिताजी ने कहा–'गुरुजी, जरा दोनों जन्म-पत्रियाँ मिलाकर तो देखिए।'

गुरुजी जी भावुक होकर बोले थे–'मैं दोनों को जानता हूँ। दोनों बहुत अच्छे और नेक बच्चे हैं। अच्छे लोगों के बीच अच्छाई स्वयं दृढ़ सूत्र बन जाती है।'

'फिर भी।'

'हाँ, फिर भी मैं मिलाए दे रहा हूँ।'

जन्मपत्रियाँ देखकर प्रसन्न भाव से बोले थे–'बहुत अच्छी मिल रही हैं।'

पिताजी प्रसन्न भाव से घर आ गए थे। उसके बाद मैंने और महिमा ने एक-दूसरे को देखा था। तब मुझे शादी के लिए 'हाँ करते देर नहीं लगी थी। उसकी प्रसन्न उपस्थिति एक सुंगधित अनुभव बनकर मेरे भीतर छा गयी। मुझे बताया गया था कि वह साहित्य से एम. ए. है और चित्रकार भी है। वह चित्रकर तो है ही, मुझे तो वह स्वयं विधाता के अनुपम चित्र-सी लगी। हर अंग अपनी-अपनी छवि के उत्कर्ष में। और सारे अंगों में एक मोहक संतुलन। फिर शरीर और मन में संतुलन। शरीर और मन का संतुलन? उसे अभी कहाँ जाना? क्यों नहीं? जो बढ़िया चित्रकार हो और स्वयं एक सुन्दर चित्र हो तो तन-मन का संतुलन हुआ कि नहीं?

वैसे इतना जल्दी तन-मन के संतुलन का निष्कर्ष निकाल लेना बुद्धिमानी नहीं कही जा सकती किन्तु महिमा के आगे बुद्धिमानी का अस्तित्व कहाँ ठहरता और अब तक कहाँ ठहर रहा है?

मैं विज्ञान का छात्र हूँ। आई. ए. एस. हूँ। बुद्धिवाद से मेरा सहज लगाव है लेकिन महिमा के सन्दर्भ में मेरा बुद्धिवाद पंगु हो जाता है और मेरे भीतर एक भावुक कलाकार जन्म ले लेता है जो महिमा के सिवा और कुछ देखता-समझता नहीं है।

शादी के बाद महिमा के साथ होना एक ऐसा अनुभव था जिसे कोई नाम नहीं दे सकता। ये दिन हम लोगों के लिए वंसत होने के दिन थे–हँसते-खिलखिलाते हुए, महकते और महक लुटाते हुए, हवा की तरह उड़ते और उड़ाते हुए।

साल कैसे गुजर गया पता ही नहीं चला।

एक दिन महिमा ने कहा–'वैभव, तुम कितने अच्छे हो।'

साल-भर के बीच महिमा के मुँह से कभी भी यह शब्द नहीं निकला था। आज यह शब्द कुछ अटपटा-सा लगा। एक-दूसरे में समा कर तन्मय जीवन जीने और उसके सुगंधित आनंद का अनुभव करने की प्रक्रिया में जिह्वा चुप रहती है। वहाँ तो मौन भाव से आँखें बोलती हैं, मन बोलता है। जहाँ जिह्वा बोलना शुरू करती है लगता है भीतर का रस कुछ कम हो रहा है।

'तुम कितने अच्छे हो वैभव?' महिमा ने फिर दुहराया।

'पता नहीं कैसा हूँ पर इतना जानता हूँ कि तुम्हारा हूँ।'

'ओ स्वीट डार्लिंग।' कहकर महिमा गले से झूल गयी थी। लेकिन मैं ऊपर से हँसता हुआ भी भीतर से उदास हो आया था।

अब वह प्राय: मेरी प्रशंसा करने लगी। लेकिन मुझे लगने लगा कि उसके प्रगाढ़ सान्निध्य में कुछ विरलता और ठंडापन आने लगा है। वह कम मिलती है और मिलती है तो बस प्रशंसा करती है और ज़ब मैं उसका ऊष्म साहचर्य चाहता हूँ तो किसी बहाने उठकर कहीं चली जाती है।

फिर वह किसी न किसी बहाने बार-बार मायके जाने लगी।

'महिमा, बार-बार मुझ गरीब को क्यों अनाथ कर जाती हो?' मैं हँसी-हँसी में पूछता। एक पति के अधिकार से मैं उसके मायके जाने या कहीं जाने की स्वतंत्रता को बाधित तो नहीं कर सकता था लेकिन उसके इस व्यवहार का दर्द तो अनुभव करता ही था। उसे विनोद-भरे उपालम्भ में व्यक्त कर देता था।

'तुम कहाँ अकेले हो वैभव। इतने बड़े अफसर हो–तमाम अफसरों, नौकरों और लोगों से घिरे हुए। तुम भला कैसे अनाथ हो सकते हो?' वह भी हँसकर उत्तर देती।

यह उत्तर मुझे बहुत व्यावसायिक-सा लगता और मैं मन ही मन सहम जाता था।

'महिमा तुम साहित्यिक हो, कलाकार हो, क्या तुम्हें बताना पड़ेगा कि पत्नी के साथ तथा और लोगों के साथ में क्या अंतर होता है?'

वह हँस पड़ती जिसका कुछ भी मतलब निकाला जा सकता था।

मुझे भीतर ही भीतर शिकायत होने लगी कि महिमा मेरे प्रति क्रूर होती जा रही है मगर क्यों? और तब यह भी लगने लगा कि महिमा कहीं कुछ परेशान-सी है। उसके सारे ऊपरी सपाट आचरण के पीछे कोई बात है जिसे लेकर वह बेचैन-सी लगती है मगर मुझसे कहती नहीं है। मैं बार-बार उसके प्रति अपने व्यवहार की समीक्षा करता–मेरा कोई आचरण उसे तकलीफ तो नहीं दे रहा है लेकिन मैं ऐसा कुछ पकड़ नहीं पाता। मेरे लिए तो वह परम प्रियता थी। मैं तो उसे किसी भी स्थिति में किसी भी तरह 'हर्ट' नहीं कर सकता था किन्तु हो सकता है अनजाने में मैंने उसका जी दुखा दिया हो।

'महिमा, मैंने कहीं तुम्हारा जी दुखाया है क्या?'

'क्यों ऐसा क्यों पूछ रहे हो?' उसने चौंक कर उत्तर दिया।

'नहीं, ऐसे ही। मुझे न जाने क्यों लग रहा है कि मैं तुम्हें उतना प्रसन्न नहीं रख पा रहा हूँ जितना रखना चाहिए।'

'नहीं, नहीं वैभव, तुम तो बहुत अच्छे हो, तुम्हारे जैसा पति पाना तो किसी भी स्त्री के लिए सौभाग्य की बात है लेकिन किसी स्त्री के दामन में सौभाग्य न समाये तो उसमें पति का क्या दोष?' कहकर वह हँसी लेकिन उसी हँसी में एक उदासी स्पष्ट देखी जा सकती थी।

'क्या बात है महिमा?'

'कुछ भी तो नहीं। तुम इस तरह क्यों पूछ रहे हो?'

मुझे लगा–नहीं कोई बात जरूर है जिसे वह खोलना नहीं चाहती।

एक दिन हम लोग कमरे में निश्चिंत होकर बैठे थे–काफी अच्छे मूड़ में। बाहर रिमझिम-रिमझिम बारिश हो रही थी। महिमा ने पूछा–'काफी पियोगे?'

'नहीं, इच्छा नहीं है।'

'मेरी खातिर।'

'तुम्हारी खातिर तो मैं कुछ भी कर सकता हूँ डार्लिंग।' वह कॉफी बनाकर लायी। हम सिप करने लगे।

'क्यों डियर, क्या हम मित्रों की तरह नहीं रह सकते?' महिमा ने लापरवाही दिखाते हुए पूछा।

'क्यों क्या हम अमित्रों की तरह रह रहे हैं?' मैंने कहा किन्तु मन ही मन सोचा, कैसी अटपटी बात कर रही है महिमा।

वह खिलखिलाकर हँसने लगी। लेकिन मुझे लगा कि यह खिलखिलाहट भीतर से नहीं फूट रही है, किसी बात का आवरण है।

'सच पूछो महिमा तो पति-पत्नी सच्चे मित्र भी होते हैं। दास-दासी या पूजक-पूज्य का सम्बन्ध तो विकृत सांमती मनोवृत्ति की देन है। वास्तव में पति-पत्नी में न कोई छोटा है न बड़ा, दोनों की अपनी अस्मिता है और फिर दोनों समान भाव से दोनों के लिए हैं। तुमसे बढ़कर मेरा मित्र कौन हो सकता है?'

'सो तो है परन्तु मैं यह नहीं कह रही थी।'

'तो क्या कह रही थी? जो कह रही थी उसे बताओ।'

'अरे छोड़ो डियर, बस कॉफी पियें। मैं भी न जाने क्या-क्या बक जाती हूँ।'

मैं कॉफी तो पी ही रहा था। मैंने महिमा के मुँह की ओर देखा और लगा कि फिर वह कोई बात कहते-कहते झटके से कॉफी की ओर मुड़ गयी थी।

बार-बार मायके जाना, मेरे साथ रहकर भी पूर्ववत् साहचर्य की ऊष्मा न दे पाना और फिर मित्र की तरह रहने का प्रस्ताव, आखिर क्या है इन सबका अर्थ? ये बातें ऐसे ही हैं या साभिप्राय? ये प्रश्न मेरा मन अपने से करने लगा था किन्तु खुलकर

महिमा से नहीं पूछता था। डरता था कि कहीं उसकी कोई दुखती रग न छू जाए, किसी प्रकार वह दुखी न हो जाए, मेरे किसी कार्य से मेरे प्रति खिंचाव न आ जाए।

इसी मानिसकता में मैं एक दिन गुरुजी के यहाँ चला गया। वैसे जाता तो रहता ही था। इस बार मुझे देखकर गुरु जी बोले–'क्या बात है वैभव, तुम कुछ प्रसन्न नजर नहीं आ रहे हो। सब ठीक तो है?'

'सब ठीक है गुरु जी, कोई खास बात नहीं।'

'अरे कोई खास बात नहीं तो आम बात ही सही। पर कुछ है तो जरूर।'

मैं कुछ नहीं बोला। इधर-उधर की बातें करने लगा। मुझे लगा कि मैं जिस बात के लिए आया हूँ वह कह नहीं रहा हूँ और जो कहे जा रहा हूँ उसके लिए आया नहीं हूँ।

'महिमा भी आयी थी। वह भी तुम्हारी ही तरह अन्यमनस्क थी।' मैं चौंका। लगा कि गुरु जी को मेरी समस्या की आहट मिल गयी है। मैं चुप रहा और गुरु जी स्वयं बोलते गए और अपने तथा महिमा के बीच हुआ संवाद सुना गए।

'आओ महिमा, बहुत दिनों बाद आयी। तुम्हारी बहुत याद आती थी।'

'हाँ गुरुजी, मुझे भी बहुत दिनों से दर्शन करने की इच्छा थी लेकिन आप जानते ही हैं, शादी के बाद की जिन्दगी में सौ तरह की समस्याएँ आ जाती हैं।'

'हाँ, यह तो है मगर तुम्हारे जीवन में ऐसी क्या समस्याएँ आ गयीं? तुम्हारा पति आई.ए.एस. है, सुन्दर है, सुशील है और तुम भी सुयोग्य। तुम दोनों में शिक्षा-दीक्षा, सौंदर्य और कलामक रुचि की इतनी अच्छी लय। आर्थिक दृष्टि से सम्पन्न। फिर सौ-सौ समस्याएँ कहाँ से आ गयीं? अभी संतान भी नहीं हुई कि उसी को लेकर सुख-दुख के अनेक क्रियाकलाप तुम्हें घेरे रहें।' मैं हँस पड़ा और लगा कि वह भी मेरी हँसी में अपनी हँसी मिला रही है परन्तु वास्तव में वह गंभीर थी।

'गुरु जी, समस्याओं का दायरा क्या केवल इतना ही होता है जितना आपने बताया?'

'अरे भाई, समस्याओं का तो अंत नहीं और विशेषतया मानसिक समस्याओं का। लेकिन मानसिक समस्याएँ भी तो बाहरी परिस्थितियों के दबाव से ही पैदा होती हैं और बनती-बिगड़ती रहती हैं। अब एक दम्पति के लिए जो खास बात देखनी होती है वह यही है कि दोनों में शारीरिक और मानसिक मेल हो। आर्थिक अभाव के दंश के पीड़ित न हों। बाकी चीजें तो बाद में आती हैं।'

'गुरु जी, आप ठीक कहते हैं फिर भी कुछ समस्याएँ ऐसी हैं जो इनके बावजूद पैदा हो जाती हैं। बाहर से सब कुछ ठीक-ठाक दीखने के बावजूद वे कहीं से पैदा हो जाती हैं और ऐसी अरूप होती हैं कि न अपनी पकड़ में आती हैं और न किसी को समझाई जा सकती हैं। वे मन का ऐसा एकांत पक्ष होती हैं कि उन्हें सुलझाने में परिस्थितिगत यथार्थ सिर पटक-पटक कर लहू-लुहान हो जाता है।'

मैं कुछ बोला नहीं। चपुचाप उसे देखता रहा कि वह स्वयं ही अपनी समस्या का कोई संकेत दे। किन्तु वह भी चुप रही और एकाएक उठी, प्रणाम करके चली गयी।

मैं मुसकरा पड़ा, गुरु जी ने मेरी मुस्कराहट में कुछ और देखा होगा तभी तो बोले–'कुछ कहो वैभव, यदि कह सको तो।'

'क्या कहूँ गुरु जी लगता है महिमा मुझसे कुछ ठंडापन अनुभव करने लगी है।'

'तुमने कुछ अप्रिय व्यवहार किया है क्या?'

'नहीं गुरु जी, वह तो मुझे जान से भी प्यारी है। मुझे तो गर्व है कि मुझे महिमा जैसी सुरुचिपूर्ण और कलाकार पत्नी मिली है। वह जो चाहती है उसे पूरा होता देखना चाहता हूँ।'

'तो?'

'यही तो मैं भी पूछ रहा हूँ परन्तु कोई उत्तर नहीं मिल रहा है।'

गुरुजी कुछ सोच में पड़ गए लगे।

'अच्छा गुरु जी, चलता हूँ।' मैं गुरु जी को सोच में ही छोड़कर चला आया।

एक दिन फिर मैं बहुत प्रसन्न स्थिति में महिमा के साथ बैठा था तो उसने वही बात दुहरा दी–'क्या हम लोग मित्र की तरह नहीं रह सकते?'

इस बार उसने भूमिका नहीं बनायी, सीधे मेरी आँख में आँख डालकर पूछा था। जैसे यह सवाल सब कुछ तोड़-ताड़कर बरबस फूट पड़ा हो और मैं कई बार इस सवाल का सामना करते-करते समझ गया था कि वह इस वाक्य के माध्यम से कुछ कहना चाहती है। फिर भी मैंने अपना वही उत्तर दोहरा दिया–'महिमा, मैं कई बार कह चुका हूँ कि हम पति-पत्नी होते हुए भी मित्र हैं।'

'नहीं, मैं केवल मित्र के रूप में रहने की बात कर रही हूँ।'

'यानी।'

'यानी कि हम साथ रहेंगे किन्तु पति-पत्नी के रूप में नहीं, मित्र के रूप में।'

'यदि हम साथ रहेंगे तो पति-पत्नी होने से कैसे वंचित रह सकते हैं?'

'रह सकते हैं। दुनिया की नजरों में हम पति-पत्नी रहेंगे किन्तु अपनी नजरों में हम दो मित्र ही रहेंगे।'

मैं बुरी तरह चौंक गया। भीतर एक गहरा डर समा गया। क्या करना चाहती है यह औरत? लेकिन चीजों को मजाक में लेते हुए मैंने हँसकर पूछा–'क्यों, मैं इतना बुरा पति हूँ··· ।'

'नहीं, वैभव ऐसा नहीं है। तुम्हारे जैसे पति तो भाग्य से ही मिलते हैं। तुम्हारी जैसी उदारता और शिष्टता तो पतियों में दुर्लभ है फिर भी मेरी विवशता है कि मैं तुम्हारी पत्नी बनकर नहीं रह सकती।'

'आर यू सीरियस महिमा?'

'यस वैभव, आई एम क्वाइट सीरियस?'

'मगर ऐसा क्यों?'

'है कोई कारण।'

'बताओगी नहीं?'

'बता दूँगी।'

'मगर कब?'

'जब ठीक समझूँगी।'

'लेकिन मैं तुम्हारे बिना नहीं रह सकता महिमा।'

'तो मैं तुमसे अलग कहाँ हो रही हूँ। रहूँगी तो तुम्हारे साथ ही।'

'मगर मैं तुम्हारे साथ केवल मित्र बनकर नहीं रह सकता। यह कौन-सा रहना हुआ? और महिमा तुम यदि इतना बड़ा निर्णय लेन में संकोच नहीं कर रही हो तो उसका कारण बताने में क्या संकोच? तुम निर्भीक हो और दूसरी ओर तुम्हें मेरी शराफत पर विश्वास भी है। कह दो जो कहना हो। तुम्हारी अप्रिय से अप्रिय बात इस रहस्यमय मौन से कम ही दुखद होगी।'

महिमा कुछ देर चुप रही। शायद इस ऊहापोह में रही कि कहे कि नहीं कहे। फिर जैसे अपना सारा साहस बटोर कर उसने अपनी बात मेरे सिर पर दे मारी–'बात यह है वैभव, मैं किसी दूसरे से प्यार करती हूँ।'

'अभी शुरू हुआ है क्या?'

'नहीं, बहुत पहले से। हम दोनों कॉलेज में साथ पढ़ते थे। तभी से हम दोनों एक-दूसरे को चाहते रहे।'

'फिर मुझसे विवाह क्यों किया?'

वह चुप रही। जैसे कई उत्तर ढूँढ़ रही हो।

'तुममें साहस की कमी तो नहीं है फिर क्यों नही मेरे साथ होने वाले सम्बन्ध को ठुकरा दिया?'

वह फिर भी चुप रही।

'बोलती क्यों नहीं महिमा?' उसने सिर उठाया और मेरी आँखों में आँखें डालते हुए कहा–'क्योंकि वह इस शहर से जा चुका था और वह विवाहित भी हो चुका था। मैंने उसे भुला दिया और जब तुम्हारी शादी का प्रस्ताव आया तो शादी न करने का कोई सवाल मन में पैदा ही नहीं हुआ। लेकिन ··· '

'लेकिन क्या?'

'वह फिर इस शहर में आ गया है और मिलते ही हम दोनों के भीतर छिपा हुआ प्रेम जोर मारने लगा। हम विवश होते गए और लगा कि हमीं दोनों एक-दूसरे के लिए बने हैं। तुम्हारी शिष्टता, तुम्हारी सज्जनता, तुम्हारा प्यार कितनी बार मेरे इस आवेग के रास्ते में आया। मैं इस आवेग को दमित कर तुम्हारी बनी रहने की कोशिश करती रही किन्तु इस आवेग के आगे हार मान बैठी वैभव।'

'किन्तु वह तो विवाहित है।'

'हाँ, जैसे मैं हूँ। तभी तो उसके साथ नहीं रह सकती। और तभी तो तुम्हारे साथ मित्र की तरह रहने का अनुनय कर रही हूँ। तुम जैसे शरीफ इंसान से झूठ बोलते रहना, छल करते रहना मैं बहुत बड़ा पाप समझती हूँ वैभव। इसलिए सब कुछ साफ-साफ कह देना ही उचित लगा।'

'यानी मेरा घर तुम्हारे लिए एक सराय है। अजीब बात यह है न कि तुम वास्तविक पत्नी बनी रहो किसी और की, और कहाओ मेरी पत्नी। मैं मित्र बनकर अपनी पत्नी को अपने रकीब को पेश करता रहूँ।' न जाने कितना कटु भाव, कितना क्रोध और अपने ऊपर कितना धिक्कार भाव मन में आया किन्तु मैं चुप रहा। वही मजबूरी कि महिमा को मैं खोना नहीं चाहता था। उसी मजबूरी ने रोक रखा नहीं तो उत्तर तो यही था कि वहीं अपने यार के पास चली जाओ, यहाँ तुम्हारा क्या रखा है?' मगर वह सचमुच चली गयी तो? तो क्या वह चैन से रह पाएगा?

एक दिन फिर गुरु जी के पास पहुँचा और धीरे-धीरे इस नये यथार्थ का संकेत देकर पूछा–'गुरु जी, आपने हमारी जन्मपत्रिका मिलायी थी और हमारे सुंदर भविष्य का वाचन किया था, एक बार फिर भविष्य देखिए न।'

गुरु जी गुस्से में आ गए। बोले–'तुम इतने अच्छे क्यों हो वैभव?'

'कहाँ अच्छा हूँ गुरु जी? और मेरे अच्छा होने से इस बात का क्या सम्बन्ध?'

'है वैभव। मैं किसी का भविष्य बाँच सकता हूँ, बना नहीं सकता। तुम्हारा और महिमा का भविष्य बाँचा था, अच्छा था, किन्तु जब तुम में से कोई भी तुल जाएगा उसे बिगाड़ने पर और दूसरा निष्क्रिय हो जाएगा तो भविष्य कैसे बनेगा!'

'मैं समझा नहीं गुरु जी!'

'इसमें समझना क्या है। महिमा जो कुछ कर रही है उसके लिए तुम्हारा इतना अच्छा होना भी उत्तरदायी है। मैं उसे जानता हूँ अच्छी लड़की थी किन्तु किसी के चरित्र का विकास कैसे होगा, किधर होगा, इसे कोई नहीं जान सकता। वह जो कुछ कर रही है इसका अनुमान न तुम्हें था न मुझे, लेकिन तुम अपनी परम उदारता से छूट देकर उसके इस नये व्यवहार को शह देते गए। क्या तुम्हें कभी गुस्सा नहीं आया? क्या कभी उसके इस व्यवहार का प्रतिरोध करने का तुम्हारा मन नहीं हुआ? क्या कभी तुमने दो टूक जवाब नहीं माँगा?'

मैं चुप रहा।

वे बोले–'तुम उसे इतना प्रेम करते हो तो तुम्हें अपने अधिकार का प्रयोग भी करना चाहिए–अपने से अधिक उसके भले के लिए। महिमा जिस रास्ते पर जा रही है क्या वह रास्ता उसे एक दिन असुख और अशांति के अँधेरे में नहीं छोड़ देगा? और भले के लिए तुम्हें उसे रोकना-टोकना नहीं चाहिए।'

'गुरु जी, आप ठीक कह रहे हैं किन्तु ···।'

'किन्तु-परन्तु क्या, जाओ और अपना तथा महिमा का भविष्य बनाने का प्रयत्न करो।'

मैं चला आया था। प्रेम और विवेक दोनों मुझे महिमा से कटु होने से रोक रहे थे। कह चुका हूँ न कि महिमा मेरे लिए न जाने क्या है कि उससे कटु हो ही नहीं पाता और विवेक भी कह रहा था कि ऐसी स्थिति में अप्रिय कहा-सुनी तथा अधिकारों की टकराहटें हमें सदा के लिए विच्छेद की ओर ले जाएँगी। गुरु जी यह बात नहीं समझ पा रहे हैं। वे द्रष्टा हैं, मैं भोक्ता हूँ। वे तटस्थ भाव से दो टूक फैसला कर सकते हैं किन्तु मैं?

इसीलिए मैंने शहर छोड़ने का निश्चय किया। तबादले के लिए प्रयत्न किया किन्तु यह तबादला भी हमारी समस्या सुलझा नहीं सका।

मैं इस शहर में महिमा को छोड़कर जा रहा हूँ। अभी तक तो वह मेरी पत्नी है ही, चाहे किसी रूप में हो। हो सकता है कल मेरी न रहे और हो सकता है कि वह एकदम लौट आए। अभी तक, सम्बन्धों का द्वार खुला हुआ ···

जाने से पहले गुरुजी के यहाँ गया। वे कोई जन्म-पत्री बनाने में मगन थे और उनके चेहरे पर प्रसन्नता की दीप्ति थी। मैं जाकर खड़ा हो गया उन्होंने अपने-आप कहा-'वाह, क्या भाग्यरेखा है।'

'प्रणाम गुरु जी!'

'अरे वैभव तुम!'

'हाँ गुरु जी, शहर छोड़कर जा रहा हूँ। मेरा तबादला हो गया है, आप महिमा की खोज-खबर लेते रहिएगा।'

'क्यों वह नहीं जा रही है?'

मैंने सारी बात बता दी। वे कुछ देर तक गंभीर मौन में डूबे रहे। फिर एकाएक उस जन्मपत्री को फाड़ डाला।

'यह क्या किया गुरु जी?'

'नहीं, अब किसी की जन्मपत्री नहीं बनाऊँगा, न मिलाऊँगा। तुम लोगों की जन्मपत्रियाँ तो मैंने ही मिलायी थीं न।'

मैं कुछ देर तक स्तब्ध बैठा रहा, फिर उठकर चला आया।

□

शेष यात्रा

सुबह आँख खुलने पर भी सुरेन्द्र बिस्तरे में लेटा रहा। 'चाय' की आवाज आए तो उठे। फिर एकाएक कुछ चौंका।

'ओह! उसे क्या हो गया है?' कहकर उठ बैठा और पूरा घर झाँय से चिल्ला उठा।

वह कुछ देर चुपचाप बैठा रहा। सूनी-सूनी आँखों से सामने के शून्य को निहारता रहा। फिर दीवार पर लटकी पत्नी की फोटो पर उसकी नजर टिक गयी। देर तक उसमें खोया रहा। उठा, धीरे-धीरे उसके पास गया। उसे निहारता खड़ा रहा और फिर फ्रेम पर सिर टिकाकर बिलख उठा–'क्यों चली गयी मुझे अकेला छोड़ कर?'

थोड़ी देर यों ही टिका रहा, फिर डगमगाता हुआ-सा किचेन की ओर बढ़ा। चाय बनायी। लेकर कुर्सी पर बैठ गया। पहली घूँट भरी। स्वादहीन लगी। स्वादहीन? हाँ, एक तो उसे अच्छी चाय बनाने आती कहाँ है, दूसरे उन हाथों की चाय के बाद अपने हाथों की यह चाय। ˙˙ पी लो सुरेन्द्र, अब तो ऐसी ही चाय पीनी पड़ेगी।

आज उसे गए 15 दिन हो गए। कल तक तो सगे-सम्बन्धी यहाँ थे। क्रियाकर्म की हलचल और सगे-सम्बन्धियों की उपस्थिति के कारण घर का सूनापन कुछ बहला रहा। कल शाम तक सभी चले गए और आज वह निपट अकेला हो गया। अकेला तो वह होता ही रहा है। धीरे-धीरे सभी उसे छोड़ते और अकेला करते चले गए लेकिन कोई नहीं था तो पार्वती तो थी न। उसके साथ होते हुए उसने सारा अकेलापन झेल लिया। सच पूछिए तो उसने कभी अकेला होने ही नहीं दिया। उसके कारण उसका निजी से निजी दर्द भी अकेला नहीं होने पाया। उसने उसे पहचान लिया और बाँट लिया और यदि संभव हुआ तो उसने छीन लिया।

वह भीतर-भीतर बड़बड़ाने लगा–'तुमने यह सब क्यों किया पार्वती? तुमने मुझे शुरू से ही मेरा अकेलापन ढोने दिया होता तो यह अकेलापन मुझे आज इतना अजनबी तो न लगता। तुम क्यों बार-बार मेरे रास्ते उठने वाले अकेलेपन को धकियाकर उसके स्थान पर अपने को खड़ा कर देती थी। और खड़ा कर देती थी तो अब इतनी निर्ममता तुमने क्यों बरती? क्यों मुझे बेसहारा छोड़कर चली गयी।'

उफ, सुबह से ही इतनी गर्मी, अभी तो पूरा दिन पड़ा है–आगे क्या होगा? उसने

उठकर पंखा फुल पर कर दिया।

भन भन भन भन पंखा चल रहा था।

चाय पीते-पीते वह निरुद्देश्य भाव से अपने बेडरूम में अपनी नजरें घुमा रहा था। पार्वती के जाने के बाद बेडरूम में पड़े उसके किसी सामान को उसने छेड़ा नहीं था। बगल में उसका बिस्तरा, उसकी चादर वैसे ही पड़ी थी। खूँटी पर झूलती हुई दो-एक साड़ियाँ वैसे ही झूल रही थीं। वहीं उसका बक्सा था जिसे अभी तक उसने खोलकर देखा नहीं था कि क्या-क्या है उसमें। हाँ, इतना जरूर जानता है कि उसमें उसकी वे प्रेम-चिट्ठियाँ हैं जो उसने शादी के बाद उसे लिखी थीं। उसने उससे कई बार कहा—फाड़ दो ये चिट्ठियाँ, बच्चों के हाथ पड़ जाएँगी लेकिन उसने कभी इस बारे में सुना ही नहीं। उधर टेबुल पर शीशा है, उसके पास कंघी है, सेंदुरदान है।

भन भन भन भन ...

एक साड़ी हवा में बार-बार हिल रही है। लगा, जैसे वह स्वयं हिल रही है।

उसने देखा और देखता ही रह गया जैसे स्वयं उसी को देख रहा हो।

आफिस से आया है और पार्वती उसकी ओर आ रही है। उसके माथे पर गोल चौड़ी बिन्दी भास्वर हो रही है, माँग में सिन्दूर की चौड़ी पट्टी चमक रही है। आँखों में अन्नपूर्णा की मुस्कराहट है।

'बहुत थक गए लगते हैं। बहुत काम रहा क्या?'

'हाँ, पार्वती, अब तो थकावट की ही उम्र आ रही है न।'

'बैठिए, चाय लाती हूँ।'

'थकावट! पार्वती पूछती है, थक गए? बहुत काम रहा क्या?'

अरे यह काम न रहता तो उसकी थकावट का क्या कोई अंत होता? धीरे-धीरे अवकाश प्राप्ति का समय पास आ रहा है, तब तो आराम ही आराम रहेगा और उस आराम की थकावट की कल्पना से ही वह थर्रा जाता है। और तब उसकी दृष्टि पार्वती की ओर चली जाती है। जिस थकावट की कल्पना से वह थर्रा जाता है वह थकावट तो यह बेचारी कब से भोग रही है। वह तो आफिस से बहला रहता है। अवकाश प्राप्ति के बाद भी जहाँ चाहे जा सकता है किन्तु पार्वती? वह तो दिन-भर घर में ही रहती है। कभी-कभार कोई पड़ोसन आ गयी या वह किसी के यहाँ जाकर बैठ गयीं। कितनी कर्मठ है यह महिला! शादी के बाद से ही उसे देख रहा है कि वह कितनी सक्रिय रही है। घर के कितने सारे काम, साथ में परीक्षाओं की तैयारी। बच्चे होते गए और उसकी सक्रियता बढ़ती ही गयी। घर में कितने काम निकाल लेती थी। काम ही जैसे उसकी सखी हो, सहेली हो। वही पार्वती अब उस सहेली के बिना घर में दिनभर कैसे रहती होगी? वह अपने लिए तो कुछ करती नहीं, जो कुछ करती है उसी के लिए करती है और उसके लिए भी उसे अब कितना करना है। सुबह चाय-नाश्ता-भोजन, शाम को चाय-नाश्ता-भोजन और दो-चार कपड़े धो लेना। बस!

'लीजिए, चाय पीजिए।' और वह अपनी चाय लेकर उसके सामने बैठ गयी। वह जैसे का तैसा बैठा रहा।

'चाय पीजिए न।'

'हाँ-हाँ, ··· ।' कहकर उसने चाय उठा ली।

'क्या सोच रहे हैं आज ज्यादा गंभीर होकर?'

'कितनी अकेली हो गयी हो पार्वती?'

'मैं? अरे आपके होते मैं अकेली कहाँ से हो गयी?' वह हँसने लगी।

'सो तो ठीक है, पार्वती, लेकिन मैं तो दिन-भर आफिस में रहता हूँ। तुम यहाँ अकेली।'

'अकेली? अरे अकेली कहाँ? वह धोबन है न, वह आती है बैठ जाती है और अपने घर का दुखड़ा सुना जाती है। वह काम वाली है न, वह भी कभी-कभी बैठ जाती है और पूरे मोहल्ले का सुख-दुख सुना जाती है। कभी किताब लेकर बैठ जाती हूँ।'

'और वह आवारा गाय है न, वह आकर दरवाजे पर रोटी के लिए खड़ी हो जाती है उससे तुम देर तक बात करती हो और गौरा-गौरैया हैं न, वे आकर चावल का दाना माँगते हैं और तुम उनसे भी खेलती हो। और कौवे तुम्हें गाना सुनाते हैं काँव-काँव-काँव ··· और चूहे हैं न, वे भी कपड़े कुतर-कुतर कर भागते हैं और तुम्हें कपड़ों को सिलने का काम सौंप देते हैं और ··· ।'

'बस-बस, मजाक रहने दीजिए। आप विश्वास मानिए कि मैं सचमुच अकेली अनुभव नहीं करती हूँ और अब तो साल भर बाद आप भी सेवा-मुक्त जाएँगे तो हम दोनों हमेशा साथ ही रहेंगे, साथ ही घूमेंगे, फिरेंगे।'

'हाँ, पार्वती, संतानों के रहते हुए भी घर भर नहीं पाया और हमीं दोनों रह गए एक-दूसरे का अकेलापन दूर करने के लिए।'

'मत नाम लीजिए उन नालायकों के। ये संतान नहीं शत्रु हैं।' पार्वती फनफना उठी।

उसने पार्वती की ओर देखा। उसने मुँह फेर लिया था।

'नहीं नाम लूँगा। कहाँ नाम लेता हूँ? मैंने भी मन को समझा लिया है कि हमारे संतान थी ही नहीं।'

'नहीं होती तो सचमुच कोई दर्द नहीं होता लेकिन होने पर भी कैसे मान लिया जाए कि वह ही नहीं।'

'क्यों न मान लिया जाए? संतान का कौन-सा सुख पाया तुमने?'

'पाया क्यों नहीं? जब वे बच्चे थे तो कितना सुख पाया हमने। भरे-पूरे गदगदे बच्चे, हँसते महकते-चहकते बच्चे। उन्हें नहलाना-धुलाना, दूध पिलाना, खेलाना, उनके साथ हँसना-दौड़ना, उनकी प्यारी-प्यारी बातें सुनना, उनकी शरारतें झेलना, स्कूल भेजना, उनके स्कूल से आने का इंतजार करना, फिर उनके साथ हो लेना ··· कितना कुछ पाया इन बच्चों से!'

'हाँ पार्वती, इनसे बहुत कुछ पाया लेकिन अपने को देकर। जब इनसे पाने का समय आया तो साथ छोड़ते चले गए। जवानी तो यों भी बीत जाती है पार्वती लेकिन बुढ़ापा अकेले नहीं बीतता। बुढ़ापे में सबसे बड़ा सहारा बच्चे होते हैं यानी पोते-पोतियाँ, लेकिन हम लोगों के नसीब में यह सुख नहीं था तो नहीं था।'

पार्वती गुस्से में आ गयी। 'नहीं था तो नहीं था। कौन हम उन कमबख्तों के सहारे जीते हैं। वे नालायक जहाँ रहें, जैसे रहें, सुखी रहें।'

और गुस्से में फनफनाती हुई रोने लगी। फिर आँसू पोंछ कर उसकी ओर मुड़ी–'आप हैं तो अकेलापन कैसा? असली साथी तो पति-पत्नी ही होते हैं न।'

'हाँ पार्वती। लेकिन हम लोग अमर होकर नहीं आए हैं न। हम दोनों एकसाथ तो जाएँगे नहीं। जरूर कुछ समय के लिए कोई न कोई अकेला होगा तब?'

'नहीं, ऐसा मत कहिए। दर्दनांक चित्र मत खींचिए।' जैसे वह दहशत में आ गयी।

वह धीरे-धीरे खाट के पास गयी और उस पर गिरकर फफकने लगी। वह भी भर आया। और उसके पास जाकर रुँधे गले से बोला–'ना पार्वती ना।'

ऐसे ही कितना समय गुजर गया और वह सेवा-मुक्त हो गया। उसे प्रसन्नता हुई कि अब वह पार्वती का अकेलापन कुछ कम कर पाएगा। दोनों को पढ़ने की आदत थी। दोनों पढ़कर उस पुस्तक पर अपने विचार व्यक्त करते थे। साथ चाय पीते, खाना खाते, बातें करते। वह पार्वती के रसोई के काम में भी हाथ बँटाता, पार्वती मना करती तो कहता इस बहाने हम और भी साथ रहते हैं और मन बहला रहता है। कभी वह और पार्वती अपने किसी परिचित या साथी का दुख-दर्द लेकर बैठ जाते और दोनों उसमें शामिल होकर देर तक उस पर बातें करते रहते। दोनों को कोई न कोई शारीरिक तकलीफ लगी रहती और दोनों एक-दूसरे की देखभाल करते दवाएँ लाते। सेवा-मुक्ति के बाद सात साल का समय इस प्रकार की सघन सहयात्रा में बीत गया और एक दिन पार्वती उसे छोड़कर चली गयी। कोई लंबी बीमारी नहीं, बुखार हुआ और डाक्टर के अनुसार दिमागी बुखार हुआ और छोड़कर चली गयी।

उसने पार्वती की आँखों को पढ़ा था, न जाने उनमें क्या-क्या लिखा था। वह बोल तो पा नहीं रही थी। निरीह आँखों से देख भर रही थी जैसे कह रही हो–'माफ करना, तुम्हें अकेला छोड़कर जा रही हूँ। जा कहाँ रही हूँ, कोई खींचे लिए जा रहा है। तुमने कहा था न, हम अमर होकर नहीं आए हैं, किसी न किसी को पहले जाना ही था, मेरा सौभाग्य कि मैं पहले जा रही हूँ।'

पार्वती चली गयी। पैंतालीस साल की लंबी सहयात्रा के बाद एकाएक छोड़कर चली गयी। स्तब्ध, ठहरे ठिठके अकेले राही की तरह वह चौराहे पर खड़ा है। सूनी आँखों से पीछे के रास्ते को देख रहा है दूर-दूर तक। अकेला है, अब वह निपट अकेला। कहने की तो वह दो संतानों का पिता है लेकिन संतानहीन होता तो अच्छा रहा होता।

पार्वती मरी। कोई नहीं आया। बल्कि उसने सूचना ही नहीं दी। सूचना क्या भेजनी जब कोई खोज-खबर लेनी ही नहीं तो। कितनी बार वह बीमार पड़ा, पार्वती बीमार पड़ी, चिट्ठियों में सूचनाएँ भी गयीं लेकिन कोई नहीं आया, महज यह हिदायत आयी कि 'आप लोग अपने स्वास्थ्य का ख्याल किया कीजिए।' हो सकता है माँ के मरने की खबर सुनकर आते, फिर औपचारिक तौर पर उसका बँटवारा होता। दबी जबान से एक कहता–'मेरे साथ रहिए,' दबी जबान से दूसरा कहता–'मेरे साथ रहिए।' वह इस उपहासास्पद स्थिति में नहीं आना चाहता। जिस किसी के यहाँ जाएगा, आश्रित होने की पीड़ा झेलेगा, अकेला तो होगा ही। जब अकेलापन ही झेलना है तो किसी का आश्रित होकर क्यों झेले? यहीं अपने कमरे में झेलेगा।

लोग सोचते हैं कि लड़के होंगे तो अकेलेपन का सहारा बनेंगे। लोग क्या-क्या नहीं करते लड़कों की प्राप्ति के लिए। उसे कुछ करना तो नहीं पड़ा, सहज ही उसे बेटे नरेन्द्र और महेन्द्र प्राप्त हो गए। उसने और पार्वती ने सहज ही माँ-बाप के आनंद और कर्तव्य से गुजरते हुए उन्हें अच्छे ढंग से पाला-पोसा, पढ़ाया-लिखाया। योग्य बनाया, नरेन्द्र और महेन्द्र दोनों ही पढ़ने में तेज रहे। दोनों को पब्लिक स्कूल में पढ़ाया। वह वैसे तो बहुत खुला हुआ है लेकिन बच्चों की पढ़ाई और नैतिक व्यवहार के मामले में बहुत कड़ा रहा है। वह अपनी तमाम आवश्यकताएँ सीमित कर बच्चों की अच्छी पढ़ाई पर ध्यान देता रहा और उनके व्यवहार और आचरण पर भी सावधानी से नजर रखता रहा, उनको आदर्शवादी सीख देता रहा। उसे कितना अच्छा लगता जब लोग कहते कि सुरेन्द्र जी के लड़के तो आदर्श हैं। पढ़ाई में इतने तेज हैं और उनके शालीन व्यवहार का क्या कहना?

दोनों में दो साल का फासला था। दोनों हर कक्षा में प्रथम श्रेणी प्रथम पाते रहे। उस साल नरेन्द्र ने बहुत अच्छे नंबरों से बारहवीं पास किया था और महेन्द्र ने दसवीं। उसकी छाती गजभर चौड़ी हो गयी थी। सचमुच उसका नाम रोशन करेंगे ये लड़के।

महेन्द्र को इंजीनियरिंग में आसानी से दाखिला मिल गया। मित्रों और आसपास के लोगों में प्रायः इन बच्चों की योग्यता और सदाचरण की चर्चा होती। औरतें पार्वती के पास बैठतीं तो प्रायः यह चर्चा छिड़ जाती। उस दिन भी छिड़ गयी–'कितने अच्छे लड़के हैं कि अँगरेजी स्कूल में पढ़ने के बावजूद उनमें आज का कोई ऐब नहीं आया।' सभी औरतें समर्थन में सिर हिला रही थीं लेकिन एक औरत तनी हुई मुद्रा में चुप बैठी रही। किसी औरत ने कहा–'अरे तुम इस तरह तनी हुई खामोशी में क्यों बैठी हो? कुछ बोलती क्यों नहीं?'

'ऐसे ही ठीक हूँ, कुछ बोलूँगी तो पार्वती बहन को बुरा लगेगा।'

'अरे ऐसा क्या बोलोगी जो मुझे बुरा लगेगा?'

'बात यह है कि आप अपने बेटों की प्रशंसा सुनने की इतनी आदी हो गयी हैं कि दूसरी बात आपको बर्दाश्त नहीं होगी।'

पार्वती चौंकी। दूसरी औरतें भी चौंकीं। पार्वती बोली–'अरे, ऐसी कौन-सी बात है जिसे आप कहना चाहती हैं और मैं बर्दाश्त नहीं कर सकती। कहिए न।'

'नहीं मैं आपसे अकेले में कहूँगी। सबके सामने कहने की बात नहीं!'

'अरे आप तो यह बात कहकर सबके मन में एक शुबहा पैदा कर रही हैं। आपको जो भी सच्ची-झूठी बात कहनी हो कहिए, मुझे कोई डर नहीं पड़ा है। मैं और सभी लोग मेरे बच्चों को जानते हैं।'

'जब बच्चे बड़े होने लगते हैं तब उन्हें जानना आसान नहीं रह जाता पार्वती बहन! आपको पता नहीं है कि आपका नरेन्द्र सिगरेट पीता है, ड्रिंक भी करता और ··· '

'लड़कियाँ भी छेड़ता है।' क्रोध में पार्वती ने कहा।

'अब चलिए शेष बात तो आपने स्वयं कह दी।'

'और तुमने यह सब खुद देखा है जैसे तुम्हीं उसे सिगरेट, शराब और लड़कियाँ सप्लाई करती हो।' पार्वती होश खो बैठी थी।

'पार्वती बहन, जबान सँभालकर बोलिए। मैंने कहा था न कि आपको बर्दाश्त नहीं होगा। रही इस बात की सत्यता की, तो ये बातें छिपी नहीं रहतीं। आप जानती हैं मेरे श्रीमान् भी उसी कैंपस में प्रोफेसर हैं, उन्हें ये बातें मालूम पड़ीं तो बहुत दर्द से बोले कि सुरेन्द्र जी और पार्वती जी तक यह बात पहुँचनी चाहिए। मैं इसीलिए अकेले में बताना चाहती थी। चलती हूँ नमस्कार।'

धीरे-धीरे और औरतें भी उठकर चली गयीं। उनके चेहरे ईर्ष्याजन्य प्रसन्नता से खिले हुए थे।

पार्वती उस समय तो खूब झल्लायी, उस महिला के चले जाने के बाद भी उस पर बरसती रही किन्तु क्रोध ठंडा होने पर परेशान हो गयी। क्या सचमुच ऐसा है? दिन-भर उद्विग्न रही। शाम को पति के आने पर समय पाकर उसे यह घटना सुनाई। सुरेन्द्र भी परेशान हो उठा। विश्वास-अविश्वास के बीच फँसा रहा। रह-रहकर उत्तेजना से भर उठता था और उसी उत्तेजना में नरेन्द्र को बुलाकर पूछना चाहता था। फिर कुछ सोचकर अपने को शान्त कर लेता था। उत्तेजना में बात बिगड़ जाएगी। फिर सोचता था, यह सूचना गलत मिली है, इसे भूल जाना चाहिए। वह भूलने की कोशिश करता, फिर वही संशय उसे घेर लेता। वह देर तक अपने से लड़ता रहा। आखिर पार्वती से सलाह कर नरेन्द्र को बुलाया।

नरेन्द्र अदब के साथ उसके सामने खड़ा हुआ। उसे देखकर उसका संशय फिर डिग गया। इतना सुशील लड़का भला, वह सब कैसे करेगा जो उससे सुना है।

'नरेन्द्र बेटा, पढ़ाई-लिखाई ठीक चल रही है न?'

'हाँ पापा जी, अच्छी तरह चली रही है।'

'ठीक है बेटा, पढ़ाई ही मूल चीज है। आजकल कालेजों का माहौल ऐसा हो गया है कि अच्छे से अच्छे लड़के भटक जाते हैं और उनका अच्छे से अच्छा कैरियर और

चरित्र खराब हो जाता है।'

नरेन्द्र कुछ बोला नहीं, उसने केवल सप्रश्न नेत्रों से बाप को देखा।

'तुम्हारे जैसे पुत्र पर मुझे नाज है। तुम्हारी प्रगति और मेरे भाग्य से जलते हैं लोग और तुम्हारे ऊपर भी लांछन फेंकने लगे हैं।' कहकर सुरेन्द्र ने नरेन्द्र की ओर एक परीक्षक की-सी दृष्टि से देखा।

'कैसा लांछन पापा जी।' वह निरुद्वेग भाव से बोला।

'यही कि नरेन्द्र सिगरेट पीने लगा है, यह पीने लगा है, वह पीने लगा है।'

नरेन्द्र कुछ नहीं बोला। सुरेन्द्र भीतर-भीतर परेशान हो गया : यह कुछ कहता क्यों नहीं।

'पापा, सिगरेट पीना ऐसा तो कोई गुनाह नहीं है कि उससे कैरियर और चरित्र नष्ट होता हो।'

'तो तुम पीते हो?' सुरेन्द्र उत्तेजना में आ गया।

'हाँ, पीता हूँ।'

'शराब भी पीते हो?'

'हाँ, कभी-कभी दोस्तों के साथ पार्टियों में ले लेता हूँ।'

'चुप रह बेशरम। छोटे-बड़े का लिहाज तुम पी गए हो। अरे पीते भी हो तो माँ-बाप के सामने छाती तानकर इसे स्वीकार तो न करते।'

'यह हीपोक्रेसी आपकी पीढ़ी करती रही है। हमारी पीढ़ी जो करती है छिपकर नहीं करती। आपकी पीढ़ी छिप-छिपकर वही काम करती है।'

सुरेन्द्र हैरान रह यगा। अरे यह कौन-सा नरेन्द्र है। यह कब पैदा हुआ? क्या यह पहले से ही था और वह इसे जानता नहीं था।

वह तो स्तब्ध था किन्तु पार्वती फूट पड़ी-'अरे नालायक! बेशरम! बाप से ऐसे ही बात करते हैं। हमें तो तुम्हारे चरित्र पर नाज था। लोग तुम्हारा दृष्टांत देते थे। हमें नहीं पता था कि तू ऐसा है?'

'कैसा हूँ? आप लोगों को अपने बेटे के आदर्श चरित्र की बात सुन-सुनकर गर्व होता है। मैं आप लोगों के गर्व की संतुष्टि के लिए एक नकली आदर्श जीवन जीता रहूँ। अपने सुखों को दबाकर ऐसी खोखली नैतिकता ओढ़कर घूमता फिरूँ कि लोग कहें-वाह, अमुक साहब कितने पुण्यात्मा है कि उन्हें ऐसी संतान मिली। यानी आप लोग मेरा नहीं, अपने अहं की तृप्ति का खयाल करते हैं।'

पार्वती कुछ बोलने को थी कि सुरेन्द्र ने उसे चुप करा दिया-'चुप करो पार्वती, अब बोलने से फायदा क्या?'

महेन्द्र भी वहाँ आकर खड़ा हो गया था। उसकी खामोश आँखों को देखकर यह समझ पाना कठिन था कि उस पर क्या प्रतिक्रिया हो रही है?

सुरेन्द्र ने नरेन्द्र से कहा-'अच्छा जाओ आराम करो। अब बात करने को बचा क्या?

और बेटा महेन्द्र तुम भी जाओ आराम करो।'

वे चले गए तो पार्वती धीरे-धीरे सिसकने लगी।

'चुप करो पार्वती, रोने से क्या होगा? यह सब तो आजकल आम बातें हो गयी हैं।'

पार्वती सिसकते-सिसकते सो गयी। वह भी आँखें मूँदकर लेटा रहा, नींद नहीं आ रही थी। नरेन्द्र का एकाएक नया व्यवहार सुरेन्द्र सँभाल नहीं पा रहा था। क्यों हुआ ऐसा? क्या कहीं उसके पालन-पोषण में गलती रही है जिसकी प्रतिक्रिया में नरेन्द्र आज उठ खड़ा हुआ है या वह शुरू से ही ऐसा है और माँ-बाप के संकोच से अपनी सौम्यता दिखाता रहा है। नहीं बच्चा ऐसा दुहरा व्यवहार कैसे निभा सकता है?

यह अध्याय शुरू हुआ तो नये-नये रंग उभरते गए। सुरेन्द्र ने चाहा कि वह मन को समझा ले कि ये सब जीवन के यथार्थ हैं, उस आदर्श को निर्ममता से फेंक दे जिसे उसने अपने पुत्र में देखा था और देखना चाहा था लेकिन चाहने और होने में अतंर होता है न। न चाहने पर भी नरेन्द्र से प्रायः उसकी टकराहट होने लगी। नरेन्द्र हर बात में बहस करता और अपने तर्क को ऊपर रखता। सुरेन्द्र के लिए बड़ा असह्य हो जाता। कभी-कभी वह भी चीखने-चिल्लाने लगता और दोनों की चिल्लाहटों के बीच पार्वती समझौता बनकर खड़ी रहती। चरित्र के विकार के बावजूद नरेन्द्र की पढ़ाई में कोई कमी नहीं आयी। वह उसी तरह अच्छे अंकों से पास होता रहा।

नरेन्द्र ने बहुत अच्छे अंकों से बी. ई. पास किया। सुरेन्द्र और पार्वती बधाइयों में डूब गए। अपने बेटे की सफलता पर उसके व्यवहार से उत्पन्न कड़वाहट काफी कम हो गयी। वे अब प्रसन्न होकर सोचने लगे थे कि बेटा सरकार में या किसी बड़ी कंपनी में लग जाएगा। उनका आर्थिक बोझ तो कम होगा ही, घर में एक बहू आ जाएगी। बच्चे होंगे। घर में एक नयी रौनक आ जाएगी। सुरेन्द्र अच्छी सरकारी नौकरी में थे किन्तु किसी बहुत बड़े पद पर नहीं। उन्होंने दोनों बेटों की अच्छी पढ़ाई में अपनी आय का अधिकांश भाग झोंक रखा था। विभाग से कर्ज लेकर एक मकान भी बनवा लिया था। कई बार पी. एफ. से भी कर्ज लेना पड़ा था। अब यह सोचकर राहत अनुभव कर रहे थे कि नरेन्द्र की अच्छी तनखाह से उनकी आर्थिक कशमकश दूर होगी।

कुछ कंपनियों से बातचीत चली और नरेन्द्र नौकरी में आ गया किन्तु नरेन्द्र प्रसन्न नहीं दिखाई पड़ा। एक दिन बोला–'पापा, मैं स्टेट्स जाना चाहता हूँ।'

'स्टेटस?'

'हाँ।'

'क्या करने?'

'आगे की पढ़ाई के लिए।'

'तो?'

'तो मुझे इसके लिए रुपये चाहिए।'

'रुपये? अब तो मुझे तुमसे रुपयों की उम्मीद थी बेटे! मैं तो पहले ही खाली हो गया हूँ।'

'यह मेरे कैरियर का सवाल है, मुझे पैसे चाहिए ही।'

'कैरियर तो तुम्हारा ठीक-ठाक बन गया है। इसके लिए जो कुछ हो सका, मैंने किया। अब तुम्हारा दायित्व बनता है इस परिवार और देश के प्रति कि अपनी योग्यता का लाभ इन्हें दो। मैं चाहूँ भी तो तुम्हारी विदेशी पढ़ाई का खर्चा नहीं सँभाल सकता।' वह जरा थमकर बोला–'और तुम्हें विदेश जाना ही है तो कुछ दिन नौकरी करके पैसे एकत्र कर लो फिर चले जाओ। इस घर को तुम्हारे पैसों का कोई आसरा नहीं है।'

'पी.एफ. में से निकालकर सत्तर-अस्सी हजार तो दीजिए। वहाँ पहुँचने और कुछ दिन तक खाने-पीने के लिए कुछ रुपये पास में होने चाहिए फिर तो वहाँ मैं अपना प्रबंध कर लूँगा। और घबराइए नहीं वे पैसे मैं लौटा दूँगा।'

'पी. एफ. के पैसे तो पहले ही बहुत आहत हो चुके हैं। जब तक मैंने आवश्यक समझा उन पैसों को आहत किया, अब नहीं। अब तो आठ साल नौकरी के रह गए हैं। यह कर्ज भर भी नहीं सकता हूँ। ··· और अभी महेन्द्र की पढ़ाई ··· है और ··· हमारा बुढ़ापा है ··· ।

'ठीक है, काटिएगा अपना बुढ़ापा पी. एफ. के पैसों को छाती पर लादकर।' कहकर गुस्से में नरेन्द्र चला गया। अब सुरेन्द्र को नरेन्द्र के इस व्यवहार पर दुख नहीं होता। वह और पार्वती अभ्यस्त हो गए हैं। अब चाहते हैं कि वे अधिक सह लें ताकि घर में कोलाहल न मचे।

पार्वती ने भी नरेन्द्र को बहुत समझाया कि वह अपने देश में ही नौकरी करे और उसे अपने और पति के प्यार का वास्ता दिया, अकेला होने का रोना रोया, घर के प्रति जिम्मेदारी की याद दिलायी लेकिन वह निर्मम भाव से अपने निर्णय पर अडिग रहा।

कई महीने बीत गए। दोनों में बोलचाल नहीं हुई और एक दिन महेन्द्र ने बताया कि भइया अगले सप्ताह स्ट्रेटस जा रहे हैं।

'अच्छा तो उसने चुपचाप वहाँ जाने की सारी तैयारी कर ली और हमें पता भी नहीं चलने दिया और पता भी चला तो महेन्द्र के द्वारा।' सुरेन्द्र ने दर्द से जैसे अपने-आप से कहा। पार्वती उस रात बहुत रोयी।

'न जाने कैसे रहेगा, कहाँ खाएगा-पिएगा, न जाने फिर कब आएगा? वहाँ कौन है अपना जो उसकी देखभाल करेगा।'

'न रोओ पार्वती, वहाँ वह बड़े मजे में रहेगा, वहाँ दुनिया के सारे सुख हैं। जो सुख वह चाहता है उसे अपने लोग नहीं, पराये लोग ही दे सकते हैं। यहाँ तो उसके अपने लोग पराये हो गए। वह यहाँ रहकर भी तुम्हारा अपना नहीं रहेगा पार्वती। वह वहाँ जाता है तो हँसी-खुशी जाने दो। उसने तो हम लोगों से बोलना भी छोड़ दिया है।'

'आपने ही उसे नाराज किया है, दे दिए होते पी. एफ. से सारे पैसे निकालकर।

आखिर ये पैसे बच्चों के लिए ही हैं न।'

'नहीं पार्वती, ये पैसे हमारे अपने लिए भी हैं, हमारे बुढ़ापे के लिए भी हैं। जिन पैसों के कारण अपना खून अपने से बोलना बंद कर दे रहा है उनकी अहमियत को समझो पार्वती। और मत भूलो कि तुम्हारा एक और बेटा है जिसकी खर्चीली पढ़ाई अभी दो-तीन साल और सँभालनी है, उसका शादी-ब्याह करना है, उसकी डॉक्टरी की दुकान भी खोलवानी पड़ सकती है। नरेन्द्र के प्रति हमारा दायित्व पूरा हो गया था।

नरेन्द्र चला गया। जाते समय उसने माँ के पाँव छुए तो माँ ने आशीर्वाद देकर मुँह में आँचल ठूँस लिया। बेमन से बाप को नमस्ते कहा तो बाप ने कहा–'जहाँ रहो सुखी रहो।' वह अपने दोस्तों और महेन्द्र के साथ एयरपोर्ट की ओर रवाना हो गया तो पार्वती फफककर रो पड़ी।

महेन्द्र एम. बी. बी. एस. कर रहा था और सुरेन्द्र और पार्वती यह सोचकर संतोष अनुभव कर रहे थे कि चलो नरेन्द्र गया तो महेन्द्र तो है न! वह माँ-बाप के साथ भाई के संवादों को सुनता था और मौन रहता था। सुरेन्द्र को लगता था कि महेन्द्र नरेन्द्र के व्यवहार से माँ-बाप के प्रति एक पीड़ा का अनुभव करता है किन्तु कहता कुछ नहीं। वैसे भी उसके व्यवहार में काफी स्निग्धता और सौम्यता लक्षित होती थी। साथ रहता तो बहुत अदब से रहता। माँ-बाप के आदेश का पालन भी करता। उसके दोस्त भी बहुत सौम्य और सभ्य लगते थे। सभी पढ़ाई की बात करते, कोई हँसी-मजाक नहीं, गपशप नहीं। वे अदब से आते, अदब से नमस्कार करते, अदब से चाय पीते, पढ़ने-लिखने की बातें करते और अदब से चले जाते।

पार्वती कहती–'कितना अच्छा लड़का है अपना महेन्द्र और कितने अच्छे दोस्त हैं उसके।'

'हाँ सो तो है पार्वती!' वह कहता लेकिन भीतर-भीतर अनुभव करता कि इस लड़के और उसके साथियों में लगाव की ऊष्मा लक्षित नहीं होती। सभी ठंडे लगते हैं। महेन्द्र शांत तो बचपन से ही रहा है। खेलने-कूदने, घूमने-घामने की अपेक्षा वह अपनी पाठ्य-पुस्तकों में खोया रहता था किन्तु उनके साथ उसके लगाव का ठंडापन इधर ज्यादा ही बढ़ता जा रहा है। ठीक भी है, बच्चे बड़े होते जाते हैं, उनकी यात्रा घर से बाहर की ओर होने लगती है और उनकी दुनिया बाहर बसने लगती है लेकिन मित्रों के साथ भी तो लगाव की ऊष्मा नहीं लक्षित होती।··· नहीं जरूर होगी, लगाव की ऊष्मा के बिना मित्रता बनती ही कहाँ है। लगाव की ऊष्मा का रंग भी एक ही तो नहीं होता। तरह-तरह के रंग होते हैं, एक रंग यह भी है। वह लगाव को प्रदर्शित नहीं करता, उसे भीतर छिपाए रहता है। और उसे इस बात पर गर्व होना चाहिए कि इस लड़के में नरेन्द्र की तरह कोई अवगुण नहीं आया।

महेन्द्र ने अच्छे डिवीजन में एम. बी. बी. एस. कर लिया। गोल्ड मेडल पाया।

उसकी फोटो अखबारों में छपी। सुरेन्द्र और पार्वती फूले नहीं समाए–'शाबाश बेटे, नाम रोशन कर दिया।' माँ–बाप ने खुशी में पार्टी देनी चाही किन्तु महेन्द्र ने ठंडे मन से मना कर दिया। माँ–बाप ने समझना चाहा तो उसने बहस नहीं की, चुपचाप उठकर चला गया।

सरकारी अस्पताल में उसकी नौकरी लग गयी। माँ–बाप निश्‍चित हो गए। साल बीत गया। महेन्द्र चुपचाप नौकरी पर जाता था, आता था, घर पर भी चुपचाप कुछ पढ़ता रहता था, कभी किसी मित्र के यहाँ निकल जाता था। नौकरी के पैसों के बारे में न उसने कभी बात की, न माँ–बाप ने। साल–भर बाद उसने एक दिन ठंडे मन से कहा–'पापा जी, मैं स्टेट्स जा रहा हूँ।'

'तुम भी?'

'तुम भी क्या?' का क्या मतलब?'

'मतलब यह कि हम लोगों को छोड़कर तुम्हारे बड़े भाई तो चले ही गए थे, तुम भी जा रहे हो?'

'कोई किसी की एवज में थोड़े ही जीता है पापा जी! बड़े भाई अपने विकास के लिए गए थे, मैं अपने विकास के लिए जा रहा हूँ। मैं उनके द्वारा छोड़े गए दायित्वों को पूरा करने के लिए तो जिन्दगी नहीं जिऊँगा।' आपको दुकेला रखने के लिए तो मुझे जिन्दगी नहीं मिली है।'

सुरेन्द्र को झटका लगा किन्तु सँभल गया। उसे लगा यह महेन्द्र कोई नया नहीं है, उसी महेन्द्र की चरम परिणति है।

'यह तू क्या कर रहा है बेटा?' पार्वती घबराकर महेन्द्र की ओर देखने लगी।

'यह वही कर रहा है पार्वती जो कर सकता था। तुम इसे नहीं जान सकी थी किन्तु मैं धीरे–धीरे पहचानने लगा था।'

महेन्द्र उत्तेजित नहीं हुआ और ठंडे स्वर में बोला, 'पापा जी, मैं इस विषय पर आप लोगों से बहस करने या अनुमति लेने नहीं आया हूँ, केवल सूचित कर रहा हूँ और पैसे भी नहीं माँग रहा हूँ, उसकी व्यवस्था हो गयी है।'

और एक दिन वह भी चला गया। कई साल बीत गए। दोनों ने वहीं नौकरी कर ली। वहीं शादी कर ली। दोनों के बच्चे भी हुए। दोनों के कभी–कभी सूचनात्मक पत्र आते रहे। जब भी उनकी शादी या बच्चा पैदा होने की सूचना आयी, पार्वती बहुत रोयी, बहुत तड़पी। तड़प सुरेन्द्र को कम तो नहीं किन्तु पार्वती को समझाने के लिए उसने अपने को सँभाले रखा। बेटे के विवाह का सुख, पोते का सुख, इनसे वंचित होकर माँ का मातृत्व छटपटाएगा नहीं तो क्या करेगा? वह पार्वती को सँभालता था, अनेक दृष्टांतों से समझाता था, अपने साथ का वास्ता देता था किन्तु कभी–कभी जब खुद उसके ध्यान में बेटे आते थे तो लगता था उसके सामने एक बड़ा–सा सूना आसमान फैला हुआ है। वह एक चिड़िया की तरह पर मारता हुआ उस सूने के दूसरे

छोर की ओर उड़ता जा रहा है, नीचे विशाल सागर गरज रहा है, ऊपर वह अकेला ··· अकेला अकेला और न जाने कब वह अनंत सूनापन उसे निगल लेता है और वह एक दहशत से चौंक जाता है।

ऐसे कितने वर्ष बीत गए। पार्वती तो विवाह के समय से ही उसकी आत्मा की धड़कन बन गयी थी। सामान्य जीवनचर्या में, सुख-दुःख के अनंत मोड़ों पर, चिंता के गहरे क्षणों में पार्वती उसके साथ रही, उसकी शक्ति रही। उसके हाथों के, आँखों के, हँसी के स्वर के कितने ही बिंब उसकी जिन्दगी में अंकित हैं, उसके शृगांर के, कर्म के कितने ही राग उसके भीतर बजते रहे हैं। उसे लगता है कि वह यह न रहा होता यदि पार्वती न रही होती। अकेला हो जाने पर पार्वती और भी उसके लिए सक्रिय हो उठी। विचित्र बात थी कि वह पार्वती को समझाता था और पार्वती अपना सारा दर्द लिए-दिए और अधिक कर्म बन गयी थी। उसे उसके सुख-दुःख की चिन्ता अब और अधिक होने लगी थी। इन थोड़े वर्षों में वे दोनों एक-दूसरे के दर्द बनकर और अधिक एक-दूसरे में समा गए थे।

कालबेल बजी। वह चौंका। खोलकर देखा, डाकिया चिट्ठी फेंककर जा रहा है।

'अरे, डाकिया के आने का समय हो गया? ग्यारह बज गए।'

चिट्ठी उठा ली–

श्रीमती पार्वती लाल

प्रेषक–नरेन्द्र

वह चिट्ठी लिए कुछ देर अनमना-सा खड़ा रहा। फिर आँखों से लगा लिया और हबसकर रोने लगा। शान्त हुआ तो कलम उठायी और पार्वती का नाम काटकर लिख दिया–'नाट फाउंड' और उसे लेटर बक्स में डालने के लिए कमरे से निकल पड़ा।

□

हँसी

कभी-कभी मैं अपने से पूछता हूँ कि वह क्या है जो मुझे जिन्दा रखे हुए है? जब कोई उत्तर नहीं मिलता तो हँस पड़ता हूँ और प्रश्न उस हँसी में बह जाता है। आज मैंने फिर प्रश्न किया और फिर हँसी आ गयी। लेकिन इस बार मैं ज्यादा ही संजीदा था, प्रश्न को हँसी में बहने नहीं दिया। देर तक इस प्रश्न से टकराता रहा और बार-बार इस प्रश्न पर हँसी चढ़ जाती रही! मैं अपनी हँसी पर झल्ला उठा–कैसी है कमबख्त कि किसी बड़े सवाल के सामने ठहरने नहीं देती। इस बार हँसी को दबाकर खूब बलपूर्वक इस प्रश्न को घूरने लगा और लगा कि प्रश्न के भीतर से ही एक हँसी झलकती हुई ऊपर आ रही है। फिर लगा–कुछ नहीं वह मेरी हँसी का ही प्रतिबिम्ब है। 'हँसी'–एकाएक चमत्कृत होकर मैं बोल पड़ा और खुलकर हँसने लगा। हाँ, हँसी ही मेरे प्रश्न का उत्तर है। सुख में, दुख में, भाव में, अभाव में, बचपन में, जवानी में और इस ढलती उम्र में भी वही मेरे साथ रही है।

'हँसी! लेकिन वह हँसी आयी कहाँ से?' फिर एक प्रश्न मेरे सामने था।

हँसी तो हँसी है। वह अपने आप भीतर से आती है।' प्रश्न टाल देने की कोशिश की।

फिर सभी के भीतर से यह हँसी क्यों नही आती? सबकी हँसी में एक-सी गति और निरंतरता क्यों नहीं होती? कोई बस मुस्करा देता है और पता नहीं चलता कि वह हँस रहा है कि चोट कर रहा है। कोई एक छटाँक हँसता है तो लगता है इससे अधिक की गुंजाइश ही नहीं। कोई हँसता भी है तो रोता हुआ जान पड़ता है। कोई हँसते-हँसते एकाएक ऐसा रुक जाता है जैसे हँसना एक अपराध हो और एकाएक उसे अपराध का बोध हो गया हो। कोई ठठाकर हँसता है और शिष्ट समुदाय की आरोपित गंभीरता के वातावरण में एक तूफान-सा ला देता है। कुछ हँसियाँ ऐसी होती हैं, जो बाहर-बाहर बहुत उद्दाम दिखाई पड़ती हैं किन्तु जिनके भीतर बहुत नपी-तुली व्यावसायिकता सजग रहती है, और मात्रा तथा शैली के आधार पर हँसी के अनंत रंग देखे जा सकते हैं। 'कहाँ से आती हैं ये सारी हँसयाँ? केवल हँसने वाले के भीतर से?' प्रश्न फिर सामने था।

"हाँ भीतर से नहीं तो और कहाँ से?'

माना कि भीतर से आती हैं लेकिन भीतर अपने-आप में स्वतंत्र है क्या? बाह्य निरपेक्ष है क्या?'

साहित्य के संदर्भ में इस सवाल से तो हम बार-बार टकराये हैं और उसकी समाज-सापेक्षता-निरपेक्षता पर सदियों से चली आती हुई बहस में भाग लिया है किन्तु हँसी के सदंर्भ में कभी सोचा ही नहीं। जैसे मैंने भी मान लिया था कि हँसी भी एक सहज क्रिया है-जो अपने-आप होती है।

आज इस प्रश्न ने मुझे छेड़ दिया और 'कहाँ से आयी है यह हँसी?' पूछता-पूछता बाहर फैलता गया और फैलता-फैलता वहाँ पहुँच गया जहाँ मैं पैदा हुआ था। यहीं से मैं शुरू होता हूँ। यहीं से शुरू होनी चाहिए मेरी हँसी। मैं खड़ा होकर चारों ओर देखने लगा-चारों ओर अभाव की उदासी, बाढ़ की विभीषिका, टूटते-गिरते कच्चे घर, उनके भीतर लोटते उपवास, कमजोर गर्दनों पर जमींदार, पुलिस, कुर्क अमीन, पटवारी, पुरोहित, आदि के कसे हुए हाथ, चौधरियों की तिजोरियों में डूबते जाते माँ और बहू-बेटियों के शृंगार और इस जटिल चक्रव्यूह में जीता हुआ गाँव का आदमी। और वहीं कहीं मैं।

'कहाँ है वह हँसी?··· लेकिन याद आया कि बचपन में भी मैं बहुत हँसता था। मेरे मित्र हँसते थे। गाँव के सारे लोग हँसते थे। जैसे बार-बार उदासी के परदे फाड़कर मौसम हँसता था वैसे ही लोग हँसते थे। भयावह गर्जन और त्रासद सन्नाटे के भीतर से जैसे प्रकृति खिलखिला पड़ती थी, उसी तरह आदमी भी उसके गर्जन और सन्नाटे से जूझने-खिलखिलाने लगते थे। संघर्ष उन्हे शक्ति देता था और शक्ति हँसी। वे भूखे पेट, नंगे बदन भविष्य के सपने देखते थे और पर्वों, त्योहारों के गीत गाने लगते थे। वे शादी-ब्याह में, मेले में साथ-साथ खिलखिलाते थे। मैं भी था उनमें। लगता है निश्चय ही मेरी हँसी इसी जमीन की हँसी है।

मुझे बराबर पढ़-लिखकर कुछ बनने की आकांक्षा सालती थी। लेकिन कुछ कैसे बन पाऊँगा। टूटा घर, उस पर चढ़ा हुआ कर्ज, रेहन रखे हुए खेत, गरीब पर फेंके जाते हुए अपमान के बाण। प्राइमरी मिडिल तो गाँव के स्कूल से पास कर लूँगा किन्तु उसके बाद?··· और हँसते-हँसते मैं भीतर-भीतर रो पड़ता था।

हँसी वहीं रुक गयी होती यदि भइया न होते। उन्होंने रो-रोकर इस घर के लिए हँसी की तलाश की। न जाने कहाँ-कहाँ से वे हँसी बटोरकर लाये और सीलन भरे इस घर में उसे उजाले की तरह फैला दिया। इस उजाले में मेरा भविष्य दिखाई पड़ने लगा। जमीन की दी हुई हँसी से भरने से मन का जो कोना छूट गया था वहाँ भी हँसी भरने लगी। गरीबी और उससे उत्पन्न अपमान-बोध इस हँसी की ऊष्म छुवन से गल-गलकर बहने लगा। हँसी के नये-नये लोकों से गुजरता रहा और अपने भीतर इतनी हँसी भर ली कि वह अंधकार की बड़ी से बड़ी चट्टान को फोड़कर उभर आती है।

भइया ने हमें देने के लिए अपनी सारी हँसी लुटा दी लेकिन वे हँसी से खाली नहीं हुए। हमारी हँसी को अपनी हँसी बना ली और हँसते रहे, खूब हँसते रहे। हमारी हँसी के साथ वे देश की हँसी के साथ भी जुड़ गए। राष्ट्रीय आन्दोलन के सिपाही की तरह हँसते रहे—साथ-साथ की हँसी। आजादी की ओर देखते हुए पीठ पर गुलामी की मार खा-खाकर हँसते रहे।

जब कभी वे हमारे साथ होते तरह-तरह की कहानियाँ सुनाकर हँसते रहते, विनोदी स्थितियों को मज़ेदार ढंग से प्रस्तुत कर हँसते-हँसाते रहते। लोगों की निश्छल मिमिकरी करके हँसते-हँसाते रहे। उनके साथ होने का अर्थ था हँसना।

बहुत दिनों से गाँव नहीं गया था। हँसी के इस प्रसंग में गाँव याद आ गया, गाँव में बैठे हुए भइया याद आ गए। मन में इच्छा जागी कि हँसी के उस स्रोत की ओर चलना चाहिए। होली का अवसर था। सोचा हँसी के लिए इससे अधिक उपयुक्त देहाती प्रसंग और क्या हो सकता है? चला गया। होली के एक दिन पहले पहुँचा। दरवाजे पर बैठा था। मालूम हुआ कि भइया पास की जमीन में झोंपड़ी डालकर रहते हैं। गया तो वे पूजा-पाठ कर रहे थे। मैंने प्रणाम किया। उन्होंने जरा-सी आँख खोलकर मुझे देखा और इशारों से ही आशीर्वाद देकर पूजा में लीन रहे। मैं लौटकर खाट पर बैठ गया।

गाँव में खबर फैल गयी कि मैं आया हुआ हूँ तो धीरे-धीरे (खासकर मेरे या उससे थोड़े आगे-पीछ के जमाने के लोग) आने लगे। कुछ लोग जमकर बैठ गए और एक-दूसरे को छेड़ते हुए तथा कुछ मेरे बचपन और जवानी के दिनों के प्रसंगों को याद करते हुए ठेठ देहाती शैली में शुरू हो गए और उन्मुक्त कंठ से ठहाके फूटने लगे। मैं तो इसी उन्मुक्त ··· हँसी के लिए वहाँ गया था, मैं भी उनकी हँसी में शरीक हो गया।

कुछ नये और पढ़े-लिखे एक युवक को मेरे सामने ठेठ देहातियों की गम्मज बुरी लगी और उसने कहा—'आप लोगों को वाहियात बातें करते शरम नहीं आती? कुछ इनकी प्रतिष्ठा का तो खयाल किया होता?'

'अरे सुनो कल के इस लौंडे की। यह प्रतिष्ठा का पाठ पढ़ा रहा है। अरे बाहर तो इनकी प्रतिष्ठा बहुत है क्या गाँव में भी उसी प्रतिष्ठा का बोझ इन पर लादा जाए। हमें मालूम है, ज्ञान भाई गाँव में हमारे बीच बैठने के लिए जाते हैं।' मेरे समय के जीवन भाई ने कहा और लोग अपना वाद-संवाद चालू रखते हुए ठहाके लगाते रहे। मुझे जीवन भाई का व्यवहार बहुत अच्छा लगा। सचमुच मैं बाहर की प्रतिष्ठा से ऊबकर ही तो गाँव आता हूँ—गाँव जैसा होने के लिए।

कुछ देर बाद भइया आये। चुपचाप उनके साथ बैठ गए। उनके चेहरे पर एक ठंडी चुप्पी कसी रही। मैं उन्हें देखकर परेशान था। क्या हो गया है इन्हें! थोड़ी देर बाद वे उठे और अपनी झोंपड़ी में चले गए और जोर से कोई भजन गाने लगे। उनका

भजन हमारे ठहाकों से टकराने लगा। ऐसा लगा जैसे वे जानबूझ कर जोर-जोर से गा रहे हैं। वे उस वातावरण को अपने भजन के स्वर से पवित्र करना चाहते हैं जो हँसी-मजाक और उससे उत्पन्न ठहाकों से अपवित्र हो गया है।

'अब इनको देखो। इतने दिनों बाद होली में ज्ञान भाई सबसे मिलने-जुलने गाँव आए हैं तो ये भजन लेकर बैठ गए।' जीवन भाई ने टिप्पणी कसी। जीवन भाई मुझे बहुत अच्छे लग रहे थे। वे ही बैठक के सूत्रधार थे। इन्होंने अपने जीवन में एक से एक अवांछित कर्म किए थे किन्तु यह देखकर अच्छा लग रहा था इनकी हँसी बनी हुई है। ये न केवल हँस रहे हैं बल्कि औरों की हँसी को भी जगा रहे हैं।

'क्या हो गया है इन्हें?' मैंने धीरे से जिज्ञासा की।

'अरे इन्हें हुआ क्या है? ये संत बन रहे हैं। दिन-रात एक छोटा-सा बस्ता खोले बैठे रहेंगे, कभी नाक पकड़ेंगे, कभी पानी छिड़केंगे, कभी गीता पढ़ेंगे, कभी जाँघ पीट-पीटकर भजन गाएँगे। ढोंग बना रखा है।' जीवन भाई बोले।

'ढोंग क्यों कहते हैं? पूजा-पाठ करना ढोंग है क्या?' उसी लड़के ने कहा।

'ढोंग नहीं तो क्या है?' जीवन भाई ने डाँटकर कहा। 'देखते नहीं कैसे हो गए हैं। उन्हें पाँच साल पहले जिसने देखा होगा वह जानता है कि ये कैसे खुशदिल आदमी थे। उनके व्यवहार में एक खुशबू थी जो दूर-दूर तक फैलती थी। अब देखो जली हुई भूसी की तरह मनहूस मुँह लटकाये खुद को तो सजा दे ही रहे हैं जिनके साथ बैठते हैं उन्हें भी देते हैं।'

'अरे भाई, आदमी जिन्दगी भर हँसी-ठट्ठा ही करता रहेगा? बुढ़ापे में वह दुनिया से हटकर अपने में डूबता है, डूबकर आत्मा का साक्षात्कार करता है।'

'धुर्त्त मूर्ख कहीं का। चार ठो किताब पढ़ ली तो चले हैं हमें पढ़ाने। अरे उल्लू, जिसके बेटे-पोते हों, खेत-बारी हो, भाई-बंधु हों, वह सबसे कटकर इतना मनहूस कैसे बन सकता है? अरे सबके बीच हँसते रहो, सबको हँसी देते रहो, यही पूजा है, यही भक्ति है।'

'वाह जीवन चाचा, आपने तो पूजा और भक्ति की खूब परिभाषा गढ़ी। आपने तो ऋषियों-मुनियों के विचार गलत सिद्ध कर दिए।' एक दूसरे पढ़े-लिखे युवक ने व्यंग्य किया। जीवन ने सिर हिलाकर उसे देखा और गाली देते हुए कहा–'तुमने पढ़ा है ऋषियों-मुनियों को? बी. ए. पास करके नौकरी खोजते फिर रहे हो न। ऋषियों-मुनियों ने नौकरी खोजी थी? और हमसे सुनो, ऋषी-मुनी होना आसान नहीं है। वे सचमुच सुख-दुख में समान हो जाते हैं। अरे ई शिवचरण ऋषी-मुनी हो जाएँगे भजन गाने और माला फेरने से? इन्हें अपने बच्चों पर गुस्से से चिल्लाते हुए नहीं देखते हो? अपने लड़के नालायक निकल गए तो दूसरों के लड़कों की तरक्की पर भीतर-भीतर जलते रहते हैं।'

'अरे भाई, जरा धीरे बोलो न, जीवन काका ··· ।' किसी ने कहा।

'हो देखो, अरे मैं किसी से डरता हूँ? मैं तो उनके और उनके बच्चों के मुँह पर कहता हूँ, आज भी कह रहा हूँ! अब ई बताओ कि यह कहाँ की सधुवई है कि भाई दस बरस बाद गाँव आया हुआ है, सभी लोग मिल-जुल रहे हैं और इनको सभी लोग अपवित्र लग रहे हैं। यहाँ से उठकर माला जपने चले गए।'

सारी बातें हँसी-मजाक में ही हो रही थीं और ज्यों-ज्यों भइया की पर्तें खुलती जा रही थीं मेरी हँसी थमती जा रही थी। मैं तीन दिन रहा और भइया से केवल तीन बार भेंट हुई। होली के अवसर पर भी वे अपनी झोंपड़ी में बन्द रहे।

मुझे महसूस हुआ कि भइया अपने इस नये रूप के प्रति बहुत गौरव अनुभव करते हैं और चाहते हैं कि लोग ऊँचा समझें। वे लोगों से जुड़ना तो चाहते हैं किन्तु अपना प्रवचन सुनाने के लिए। कोई उन्हें सुनने को तैयार नहीं। वे लोगों को पापी और अपवित्र समझते हैं। दिन में कई बार नहाते हैं; एकादशी और कई-कई व्रत रखते हैं। उन्हें बाजार की तमाम चीजों में भ्रष्ट चीजों की मिलावट की गंध आती है। छुआछूत का भाव प्रबल हो उठा है। वे भइया जो मेरे मित्रों और गाँव के बच्चों के लिए अपनी उदारता का कोष खोले हुए थे, अब अपने पुत्रों के यहाँ उनके साथियों को चाय पीते देख जल-भुन जाते हैं और बच्चों से कहा-सुनी हो जाती है। क्या हो गया है इन्हें? क्यों हो गया है?

लौटने लगा तो मिलने गया। पूजा कर रहे थे। 'जा रहा हूँ।' मैंने कहा।

'जा रहे हो, अभी?'

'हाँ, जा रहा हूँ। अभी जाऊँ या कभी, आपके पास समय कहाँ है?' मैंने थोड़ा विरक्त होकर कहा।

वे उठे और साथ हो लिए। और लोग भी साथ थे जो बोलते-बतियाते चल रहे थे, लेकिन भइया चुप थे।

सबसे विदा लेकर बस में बैठा तो जी भारी हो आया। भइया प्रसन्न होंगे कि उन्होंने भक्ति का रास्ता चुना है और भगवान उन्हें अवश्य तारेंगे लेकिन मैं दुखी था कि एक जीवंत आदमी की हँसी छिन गयी थी और एक जिन्दगी देखते-देखते अपने ही द्वारा निर्मित मृत्यु के ठंडेपन में डूब रही थी। मैं उनकी जिन्दगी के इस रूप को सह नहीं पा रहा था जैसे मेरी हँसी भी ठंडी पड़ गयी थी। भइया के जीवन के अनन्त जीवंत और प्रसन्न प्रसंग उमड़ते आ रहे थे और उनके वर्तमान रूप से टकराकर मेरे मन में गहरा अवसाद भर रहे थे।

ठठठठठठ··· चौंककर देखा—किसी से मजाक करता हुआ एक बूढ़ा देहाती सिर हिलाकर हँसी से लोट-पोट हो रहा था। उसके फटे-पुराने कपड़े होली के रंग में रँगे थे। उसकी हँसी से उसका पोपला मुख एक दीप्ति से चमक उठा था।

सभ्यता से कसे लोगों के चेहरों पर व्यंग्य-भरी एक मंद मुस्कान झलक आयी थी। बाहर मेरी दृष्टि गयी। पकती हुई फसलें उन्मत्त हवा की तरंगों पर ठठाकर हँस रही थीं।

वह बूढ़ा फिर हँसा। मैं। भी ठठाकर हँस पड़ा। लोगों ने चौंककर मुझे देखा। उनका सभ्यता का कसाव दरक गया और सभी खिलखिलाकर हँसने लगे।

□

रहमत मियां

कॉलबेल बजी। उठकर दरवाजा खोला।

'अरे, रहमत मियाँ! आप?'

'नमस्ते, बाबूजी!'

'नमस्ते, नमस्ते। आइए, रहमत भाई!'

वे आकर मेरे ड्राइंगरूम में बैठ गए। उनके साथ एक चौबीस-पच्चीस वर्ष का सरदार युवक भी था।

'जमाने बाद भेंट हो रही है रहमत भाई!'

'हाँ, बाबूजी, जब हम लोग शक्ति नगर में थे तो मिलते ही रहते थे। उसके बाद तो आप विकासपुरी चले आए। मैं सीलमपुर चला गया। इस बीच आप लोगों की रोज याद आती थी।'

'आपकी मेहरबानी है रहमत भाई कि हमें इतना याद कर लेते हैं, नहीं तो इस जमाने में कौन किसे याद करता है-वह भी एक अर्से से अलग रहने पर।'

'अरे, ऐसे जमाने को गोली मारिए बाबूजी! वे भी कोई लोग हैं जिनके दिलों में मुहब्बत न हो, इंसानी जज्बा न हो।'

'सही कहते हैं रहमत भाई !'

'बाबूजी, ये रविंदर सिंह है। मेरे यहाँ काम सीखते हैं। ये कुछ कहानी-वहानी लिखते हैं। मैंने इनसे एक दिन कहा-मियाँ, कहानी लिखते हो तो ठीक से लिखो। हमारे मेहरबान राजीव शर्मा भी बहुत-बड़े लेखक हैं। आला दर्जे के इंसान भी। उन्हें तुम्हारी कहानी देखवा देता हूँ। वे जो राय देंगे, वह बड़े काम की होगी। इसलिए इन्हें आज ले आया हूँ। दिखाओ भाई, अपनी कहानियाँ'।

मैंने पत्नी को आवाज दी—'अरे भाई, देखो रहमत मियाँ आए हैं। कुछ चाय-वाय तो ले आओ।'

पत्नी आयीं तो रहमत मियाँ उठ खड़े हुए, 'आदाब अर्ज बहन जी! कैसी हैं?'

'ठीक हूँ रहमत भाई! कितने दिनों बाद देख रही हूँ। ठीक वैसे ही हैं आप आज भी।'

'आप लोगों की दुआ है बहन जी, नहीं तो रहमत अपने आपमें क्या चीज है?'

'अच्छा, चाय लाती हूँ।'

'अरे बैठिए न बहन जी! आपकी चाय और नाश्ते का रस तो मेरी रग-रग में बसा है। आप लोगों से बात करने को जी तरसता है।'

'अरे, बात भी करेंगे और चाय भी पियेंगे। अभी आयी।'

पत्नी चली गयीं तो रहमत मियाँ कहानी पढ़ते मेरे चेहरे को देखते रहे। शायद वे मेरे चेहरे पर प्रतिक्रिया की रेखाएँ पढ़ना चाहते रहे।

पत्नी चाय लेकर आ गयीं और रहमत भाई से बात करने लगीं। तब तक मैं एक कहानी पढ़ गया। दूसरी कहानी पढ़ने की आवश्यकता नहीं रही।

'हाँ, बाबूजी, कहानी कैसी लगी?' रहमत मियाँ ने पूछा।

मैंने संक्षेप में रहमत मियाँ को कहानी सुना दी और कहा कि ऐसी कहानियों में मैं कोई मदद नहीं कर सकता। यह फिल्मी तर्ज पर लिखी गयी कहानी है। इन्हें वास्तव में मेरी सहायता चाहिए तो इन्हें कहानी लिखने का ढंग बदलना पड़ेगा। इन्हें अपने आसपास की जिन्दगी से कथा उठानी पड़ेगी।'

रहमत मियाँ रविन्दर की ओर मुड़ गये। कहने लगे, 'अरे, रविन्दर, तुम ऐसी ही फिल्मी कहानी लिखते हो? अरे, यह कोई कहानी है, यह तो जोड़-बटोर है। मुझे मालूम होता है कि तुम्हारी कहानी ऐसी है तो मैं तुम्हें बाबूजी के पास लाता ही नहीं। बाबूजी ऐसी कहानी में तुम्हारी क्या मदद करेंगे?'

इसके बाद रहमत मियाँ ने अपनी जिन्दगी में घटित कुछ कहानियाँ सुनायीं।

मैंने रविन्दर से कहा, 'देखो, ये कहानियाँ हैं, ये लिखी नहीं गयीं हैं घटित हुई हैं जिन्दगी में, इसलिए लेखक की कलात्मक काट-छाँट के बिना भी जानदार कहानियाँ हैं। लेखक इन्हीं कहानियों को काट-छाँटकर एक उद्देश्य प्रदान करता है, उनके प्रभाव को और तेज करता है।'

'बाबूजी, आप मेरी इन कहानियों को अपनी कलम से धार दीजिए न! मेरी कहानियाँ मेरे पास ही रह जायें तो क्या फायदा? आपकी कलम पर चढ़कर वे न सिर्फ अधिक असरदार हो जाएँगी, बल्कि दूर-दूर तक फैल जाएँगी। मेरी कहानियों से समाज का, इंसानियत का कुछ भला हो तो मुझे बेहद चैन मिलेगा बाबूजी!'

'मैं इन कहानियों पर कहानियाँ लिखूँगा रहमत भाई! आपकी तड़प मैं लोगों तक पहुँचाऊँगा।'

'शुक्रिया, बाबूजी।'

इसके बाद कुछ देर हम बातें करते रहे। फिर रहमत मियाँ बड़े संकोच से बोले—'छोटा सा काम था बाबूजी!'

'अरे, अरे बताइए न, संकोच क्यों कर रहे हैं?'

'मैं अपने बेटे के दाखिले के लिए पास के सरकारी स्कूल में गया था। हेडमास्टर

साहब ने कहा कि सीटें भर गई हैं।'

'तो?'

'मगर सीटें भरी नहीं। उसके बाद तो उन्होंने और कई बच्चों का दाखिला लिया। असरदार लोगों के लिए कोई कायदा-कानून नहीं होता बाबूजी!'

'तो किसी दूसरे सरकारी स्कूल में क्यों नहीं डाल देते?'

'मैं चाहता हूँ कि यह बच्चा अच्छे स्कूल में पढ़े और कुछ अच्छा बने। आपकी मेहरबानी से यह काम हो जाएगा तो सकून मिलेगा।'

'मेहरबानी वोहरबानी छोड़िए रहमत भाई! ऐसे लफ्ज हमारे बीच नहीं आने चाहिए। अरे, मैं कुछ कर सकूँगा तो उससे मुझे कितनी खुशी मिलेगी, इसका तो अंदाजा लगाइए। हाँ जरा बच्चे के बारे में जरूरी जानकारी लिख लूँ। बच्चे का जन्म?'

'2 अक्टूबर, 1985।'

'बच्चे का नाम?'

'मोहन अली।'

'मोहन अली?' चौंककर मैंने पूछा—'आपका ही बेटा है न?'

'हाँ, बाबूजी, अब मेरा ही कहा जाएगा न।'

'अच्छा! अब समझा। मगर रहमत भाई, कोई इस्लामी नाम भी तो रख सकते थे।'

'रख तो सकता था, लेकिन मन नहीं माना। भीतर बार-बार कोई कहता रहा कि यह हिन्दू संतान है रहमत! इसका नाम हिन्दू ही रखो। मन होगा तो अली लगाएगा। मन होगा तो निकाल देगा। तुम तो इसे पालने-पोसने का जिम्मा लो, उसे प्यार दो, उससे प्यार पाओ।'

'क्या बच्चे को भी मालूम है कि वह आपका बेटा नहीं, किसी हिन्दू का बेटा है।?'

'नहीं, उसे नहीं मालूम। उसे मालूम कराकर उसे दो भागों में क्यों बाँटूँ?'

'फिर इस नाम से उसे अटपटापन नहीं लगता होगा? और उसके साथी भी तो पूछते होंगे-तेरा यह कैसा नाम है रे? तू है तो मुसलमान का बेटा और नाम है मोहन और फिर अली।'

'नहीं, उसे समझा दिया है कि बेटे गाँधीजी बहुत बड़े इंसान थे। उनके लिए मेरे मन में गहरी इज्जत है। उन्होंने हिन्दू-मुस्लिम एकता के लिए अपनी जान दी थी इसलिए उनके नाम पर तुम्हारा नाम रखा है। और तेरी पैदाइश भी तो गाँधीजी की पैदाइश के दिन हुई है। तू न हिन्दू है न मुसलमान है, बस एक इंसान है। इस पर वह बहुत खुश हो गया। अब कोई पूछता है तो यही समझाता है।'

'लेकिन मोहल्ले वालों को तो असलियत मालूम होगी।'

'इसीलिए तो मैं शक्तिनगर छोड़कर सीलमपुर चला गया।'

हम थोड़ी देर चुप रहे। फिर रहमत मियाँ बोले—'उस स्कूल का हेडमास्टर भी

बच्चे का नाम देखकर चौंका था। सवाल किया-यह कैसा नाम?'

'अरे, नाम तो नाम है जनाब, क्या मोहन और क्या अली। यह तो माँ-बाप की पसन्द है कि वे क्या नाम रखते हैं। सारे नामों के नीचे होता तो इंसान ही है न?'

'बहुत अच्छा कहा आपने।' मैंने कहा।

'लेकिन बाबूजी, उस हेडमास्टर की समझ में नहीं आया। वह शक की निगाह से देखता रहा और बोला -मियाँ किसीं हिन्दू का लड़का उठा-पटा लाए हो क्या? और नाम के आगे अली लगा दिया।'

'बाबूजी, मुझे गुस्सा तो बहुत आया। सोचा, इतनी पाक कुर्सी पर बैठे हुए आदमी का सोच कितना नापाक है, लेकिन भीतर से कोई बोला-अपने को जब्त करो रहमत। इस लड़के का नाम लिखाना है। इसलिए इतना ही कहा-कैसी बात करते हैं जनाब! अरे, मैं अली हूँ तो मेरा बेटा अली होगा ही और रही बात मोहन की, तो वह गाँधीजी इसे अपना दे गए। बाबूजी, लगता है उसने नाम के चक्कर को लेकर ही सीट न होने का बहाना बना दिया।'

'हो सकता है रहमत भाई, कुछ भी हो सकता है।'

'अच्छा बाबूजी चलता हूँ। कुछ हो सके तो बताइएगा।'

'हाँ, कुछ-न-कुछ तो होगा ही। वहाँ नहीं तो और कहीं।'

तब मैं शक्ति नगर में था। रहमत भाई भी मेरे घर से थोड़ी दूर पर रहते थे। अपने घर में ही दर्जी का काम करते थे। मेरे परिवार के कपड़े बाजार में सिलते थे लेकिन एक मित्र ने एक दिन रहमत मियाँ का परिचय देते हुए कहा, 'एक बार उनसे भी सिलवाकर देखिए। वे पैसे भी कम लेते हैं और दूसरे दर्जियों से अच्छा सिलते हैं।' मैंने उन्हें आजमाया। और फिर तो वे ही मेरे कपड़े सिलने लगे। रहमत मियाँ मस्त-मौला व्यक्ति हैं। मूड आया और मेरी आवश्यकता रही तो सिलकर दूसरे दिन भी दे सकते थे और नहीं तो अर्से तक पता नहीं चलता था। उनके घर पहुँचिए तो गायब। पत्नी को कुछ पता नहीं होता था। मैं झल्लाता था। बच्चे झल्लाते थे। बच्चों ने तो अपने कपड़े बन्द कर दिए लेकिन मेरे भीतर न जाने कौन सी बेबसी थी कि इन सबके बावजूद रहमत मियाँ से ही कपड़े सिलवाता था। मैं उन्हें पहचान गया था और वे मुझे। चाहे मैं उनके यहाँ गया होऊँ, चाहे वे मेरे यहाँ आए हुए हों, कामकाज की हल्की बातचीत के बाद हम दार्शनिक हो उठते थे।

उनके घर होता था तो उनके घर की मामूली स्थिति देखकर सोचता था-कैसा है यह आदमी। इतना हुनर इसके हाथ में है और एक दुकान तक नहीं खोल सकता। और घर भी काम ले आता है तो मन हुआ किया, मन हुआ नहीं किया। मन हुआ तो दिन-भर में दे दिया, नहीं मन हुआ तो दो महीने तक पता नहीं। औलिया है। ऐसे फक्कड़ से कोई दुकान चलती है क्या? कोई घर सम्पन्न होता है क्या? इसीलिए तो रहमत भाई बाजार में दुकान नहीं खोलते।

एक दिन रहमत मियाँ मेरे घर आए। बोले—'आपसे अकेले में कुछ बात करनी है। आपके सिवा कोई मेरे दिल की बात नहीं समझ सकता, इसलिए जब भी उलझन में होता हूँ, आप याद आते हैं। सही सलाह भी देते हैं और राज को राज भी रखते हैं।'

'हाँ, बताइए। घर में कोई है नहीं, आप निश्‍चिंत हो कर बात करें।'

'मेरे मकान मालिक हैं न ! अरे, मुकेशजी।'

'हाँ हैं, तो?'

'उनके बड़े लड़के शादी के बाद दुबई चले गए। उन्हें गए हुए तीन साल हो गए। उनकी जोरू यहीं है-सास, ससुर, देवरों, ननदों के साथ।'

'तो?'

'तो उनकी जोरू को बच्चा होने वाला है।'

'तो ?'

'अरे 'तो' का क्या मतलब? औरत का पति तीन साल से परदेस में हो और उसे बच्चा पैदा होने वाला हो तो कुछ हुआ ही नहीं। आप तो ऐसे 'तो' कर रहे हैं जैसे कोई कहानी सुन रहे हों।'

मुझे झटका लगा। हाँ ठीक तो कह रहे हैं रहमत मियाँ। यह सुनकर मुझे कोई झटका ही नहीं लगा। 'सॉरी रहमत भाई, हम ऐसी खबरों के ऐसे आदी हो गए हैं कि अब सचमुच इनसे झटका नहीं लगता?'

'अरे, हम कितने भी आदी हो जाएँ लेकिन क्या इन घटनाओं के भीतर छिपे हुए सवाल कभी खत्म होंगे? क्या उनसे उठने वाला इंसानी दर्द कभी गैर-इंसानी हो जाएगा।'

'हाँ, आगे कहिए रहमत भाई!'

'मुकेश खानदान ने तो यह राज खूब छिपाया लेकिन मेरी बीवी सकीना उनके घर आती-जाती रहती थी। राज धीरे-धीरे खुल ही गया। यह भी मालूम हुआ कि यह बच्चा मारा जाएगा या फेंक दिया जाएगा। लेकिन चूँकि छिपाते-छिपाते यह आठवाँ या नवाँ महीना लग गया इसलिए फिलहाल बच्चा गिरवाने से माँ की जिन्दगी जा सकती है फिर बवाल मचेगा। इसलिए यही तय हुआ कि पैदा होने के बाद देखा जाएगा।

'बाबूजी, मैं यह जानकर परेशान हो गया। मेरी तो नींद उड़ गयी। मैं चाहता रहा यह बच्चा ले लूँ और सकीना की सूनी गोद भर दूँ। लेकिन मुकेश जी से कहूँ कैसे? और मैंने कुछ नहीं किया तो बच्चे की हत्या का भागीदार मैं भी बनूँगा। जिन्दगी-भर मेरा जमीर मुझसे पूछेगा-तुमने बच्चे को बचाने के लिए कुछ किया क्यों नहीं? तुम भी कातिल हो। मन में ठान लिया कि अब चाहे जो भी हो, बच्चा लेकर रहूँगा।

'एक दिन मुकेश जी और मैं साथ ही बस से उतरे और साथ ही घर की ओर चल पड़े। रात के नौ बजे थे। सोचता रहा कि यही समय है बात चलाने का।

उनसे पूछा–

'दुबई से कोई चिट्ठी–पत्री आयी?'

'हाँ, आती ही रहती है।'

'कैसे हैं बरखुरदार?'

'ठीक ही हैं।'

'कब लौट रहे हैं?'

मुकेश जी ने एक बार शक की निगाह से मुझे देखा–फिर एक डूबी हुई आवाज में बोले, 'पता नहीं। हो सकता है अगले तीन–चार महीने में कभी आ जाएँ।'

'जरा उनका पता दीजिएगा, मुझे उन्हें चिट्ठी लिखनी है।'

'क्यों? मुकेश जी चौंक उठे।'

'क्यों, क्या मैं उन्हें चिट्ठी नहीं लिख सकता। मेरे भी तो अज़ीज हैं, कितनी याद आती है उनकी।'

उन्हें मेरी चिट्ठी वाली बात परेशानी में डाल गयी है। मैंने मुकेश जी से कहा–'मुकेश जी, जरा दस मिनट इस पार्क में बैठ जाते हैं, कुछ जरूरी बात करनी थी।'

'अरे मियाँ, घर पर कर लेंगे।'

'नहीं घर पर बात नहीं हो पाएगी। यह जगह ठीक है। आपका ज्यादा समय नहीं लूँगा।'

वे मेरी बात मानकर पार्क के एक खामोश बेंच पर बैठ गए। और मेरी ओर इस तरह देखने लगे कि हाँ कहिए।

मैं खाँसकर बोला, 'बात यह है मुकेश जी, आप जानते हैं कि मैं बेऔलाद हूँ।'

'हाँ तो?' वे चौंककर बोले।

'मुझे वो बच्चा चाहिए।'

'कौन सा बच्चा?'

'मैं ज्यादा नहीं कहूँगा। आप समझ जाइए। यदि वह बच्चा मरा तो मैं राज खोल दूँगा क्योंकि इस राज को जान गया हूँ और राज जानने के बाद मैं अपने को भी उस हत्या का जिम्मेदार मानूँगा।'

वे खामोश हो गए जैसे कि सोच रहे हों कि आप किस बच्चे की बात कर रहे हैं। मैं फिर बोला, 'मैं राज को राज रहने दूँगा। आप मुझे इतने दिनों से जानते हैं तो आपको मुझ पर भरोसा करना ही चाहिए। मैं उसे पालूँगा–पोसूँगा, पढाऊँगा–लिखाऊँगा, बड़ा बनाऊँगा। सोचिए तो आपका मुझ पर और बच्चे पर कितना अहसान होगा।'

'चलिए घर चलते हैं, आपका होश ठिकाने नहीं है।'

'मेरा तो है। आपका जब ठिकाने पर आ जाए तो सोचिएगा।'

कुछ दिन बाद रहमत मियाँ आए और बोले—'बाबू जी, बच्चा ले आया।'

'बहुत अच्छा किया। उन्होंने दे दिया है?'

'नहीं बाबूजी उन्होंने दिया कहाँ? मैंने ले लिया। मुकेश जी की बहू ने चुपके से सकीना को बताया कि मुकेश जी उसे लेकर ग्वालियर यानी उसके मायके जा रहे हैं और उनकी योजना है कि बच्चे को संडास में ले जाकर नीचे गिरा दिया जाए। यह सुनकर मैं बहुत बेचैन हो गया। क्या करूँ क्या न करूँ। आखिर जिस दिन उन्हें ग्वालियर जाना था, मैं भी स्टेशन पर पहुँच गया और जैसे ही ये लोग गेट से अन्दर होने लगे, मैंने मुकेशजी को बाँह से पकड़कर पीछे खींच लिया और अकेले में ले जाकर कातर होकर उनसे कहा—'आप यह क्या करने जा रहे हैं मुकेश जी?'

'आप मेरी मुसीबत जानते हैं रहमत मियाँ!'

'हाँ जानता हूँ। लेकिन मैं आपकी मुसीबत को अपनी खुशी में बदलना चाहता हूँ। देखिए मुकेश जी, मुझे किसी अदनामी-बदनामी का डर नहीं है। आप लोग बदनामी के डर से एक नन्ही-सी जान से खेल रहे हैं। उसे मेरी झोली में क्यों नहीं डाल देते?'

'नहीं, नहीं, यह नहीं होगा रहमत मियाँ,' कहते हुए चलने लगे तो मैंने कहा, 'सुन लीजिए, अभी तो मैं आपकी इज्जत बचाने के लिए अपनी इज्जत दाँव पर लगा रहा हूँ, इसके बाद मैं आपके घर का सारा भंडाफोड़ कर दूँगा और बच्चे की हत्या का जुर्म लगाऊँगा।'

मुकेश जी ठिठक गए। कुछ सोचकर बोले, 'खड़े रहिए।' जाकर बहू की गोद से बच्चा लाए और मेरी गोद में डालते हुए बोले, 'अब मेरी इज्जत आपके हाथ में।'

मैंने कहा, 'आप बेफ्रिक रहिए मुकेश जी!' रात के अँधेरे में हम अलग-अलग घर लौट आए।

बच्चे को देखते ही सकीना बड़बड़ाई—'आप नहीं माने न। उठा ही लाए यह बला।'

'देखो सकीना, मैं तुमसे पहले ही कह चुका हूँ कि पाल-पोस लूँगा। तुम मुझसे हुज्जत न करो।' मैंने कहा।

'आधी रात हो गयी थी। शायद बच्चा भूखा था। चिल्लाए जा रहा था। मैंने रूई के फाहे से उसके मुँह में दूध की बूँदें टपकायीं। पेट में कुछ गया तो चुप हो गया। उसे अपनी बगल में सुलाया था। मैं सो नहीं सका। वह रह-रहकर पेशाब करता था और मैं उसके नीचे सूखे कपड़े डालता रहता था। सवेरे उठकर दातौन-कुल्ला करने लगा। लौटकर आया तो देखा सकीना उसके चेहरे को गौर से देख रही थी। मैं चुपचाप सकीना के पीछे खड़ा हो गया। बच्चा बार-बार मुस्करा रहा था। सकीना उसकी मुस्कराहट में डूबी हुई थी।

'बाबू जी, मैं जानता था कि आज नहीं तो कल सकीना की ममता उभर आएगी। नहीं तो क्या मैं अपने भरोसे इस नन्हीं जान को लाने की हिम्मत करता?'

रहमत भाई चले गए। उनकी इंसानी महक से मेरा मन भर आया था। इसके कुछ

समय बाद वे सीलमपुर चल गए और मैं विकासपुरी आ गया।

तब से उनसे भेंट नहीं हुई थी। आज आए तो यह अतीत ताजा हो उठा। वे उस लड़के को अच्छी शिक्षा देना चाहते हैं लेकिन मुसीबत खड़ी हो जाती है आम आदमी की मामूलियत की। बड़े लोगों के बच्चों के लिए सीट की कोई सीमा नहीं लेकिन इनके बच्चे के लिए सीट भर गयी है। या समस्या खड़ी होती है नाम की। बच्चे का नाम मोहन अली क्यों? क्या मोहन अली नाम का अर्थ तर्क द्वारा समझाया जा सकता है? जिस नाम के पीछे रहमत भाई का पूरा इंसानी जज्बा लगा हुआ है उसका अर्थ व्यावसायिक दिमाग वालों को समझाया जा सकता है क्या?

मैंने ठान लिया कि मैं कुछ करूँगा। अभी तो छुट्टियाँ हैं। स्कूल खुलने के समय उधर जाऊँगा और कोई न कोई स्रोत खोजूँगा।

छुट्टियाँ बीत गयीं। पता चला कि मेरे एक मित्र सीलमपुर में एक स्कूल चलाते हैं। अच्छा स्कूल है। उसमें मोहन अली के दाखिले की बात कर ली थी। लेकिन रहमत मियाँ नहीं आए। उनके घर का पता मुझे नहीं मालूम। पिछली बार न उन्होंने दिया न मैंने माँगा ही। वे खुद आने को कह गए थे इसलिए इसी में पता लेने की बात रह गयी। शायद कहीं दाखिला हो गया हो इसलिए नहीं आए।

एक दिन वही सरदार युवक रविन्दर मेरे घर आया। बहुत उदास था। आकर चुपचाप मेरे कमरे में बैठ गया।

'कहाँ हैं रहमत अली? मैं तो कई दिन से उनका इंतजार कर रहा हूँ।'

वह चुप रहा।

'मोहन अली का दाखिला हो गया क्या?'

वह चुप रहा। उसके चेहरे पर उदासी की परत गाढ़ी होती गयी।

मैंने झल्लाकर पूछा, 'तुम बोलते क्यों नहीं, कहाँ हैं रहमत भाई?'

वह फफककर रो पड़ा। हबसते हुए बोला, 'वे नहीं रहे।'

'अरे, यह क्या सुन रहा हूँ। कब··· कब? उन्हें क्या हुआ था?'

'सीलमपुर के दंगे में।'

हे ईश्वर, तुम भी कैसे-कैसे लोगों को सजा देते हो? उदासी का बोझ मेरे तन-मन पर लद गया। कुछ देर बाद रविन्दर प्रकृतिस्थ हुआ। बोला—'दंगा अचानक शुरू हो गया। रहमत भाई की एक छोटी-सी दुकान है। दुकान के एक ओर हिन्दू मोहल्ला है, दूसरी ओर मुसलमान मोहल्ला। उसमें वे और जीवन महतो सिलाई का काम करते हैं। मैं और युसुफ उनके यहाँ काम सीखते हैं। उस दिन मोहन भी दुकान पर ही था। शोर हुआ तो हम लोग चौंके। निकलकर देखा दोनों ओर दंगाइयों की भीड़ दिखाई पड़ी। हम लोगों ने फट से दुकान बंद कर अपने को अन्दर कर लिया।'

एक ओर की भीड़ कह रही थी-यह मुसलमान की दुकान है। इसमें हिन्दू भी काम करते हैं। हिन्दुओं को निकालकर इसे मार दो, दुकान लूट लो और जला दो। दूसरी

ओर की भीड़ कह रही थी–यह मुसलमान तो है लेकिन काफिरों से प्रेम करता है। यहाँ तक कि इसने अपने बेटे का नाम हिन्दू नाम रखा है। इसकी दुकान में कई हिन्दू काम करते हैं। उन हिन्दुओं को निकालकर मार डालो। नहीं माने तो इसके सहित दुकान फूँक दो।

हम सभी थरथर काँप रहे थे, लेकिन रहमत चाचा दिलासा दे रहे थे–मेरे रहते तुम्हारा बाल बांका नहीं होगा। जब शोर बढ़ गया और लगा कि बचाव मुश्किल है तो हम सबके रोकने के बावजूद रहमत चाचा दुकान से निकल गए और हमसे कहा—दुकान भीतर से बंद कर लो।

वे छाती तानकर खड़े हो गए और ललकार कर बोले—'देखो तुम्हारे सामने मैं खड़ा हूँ। मैं न हिन्दू हूँ न मुसलमान। मैं इंसान हूँ और मेरी दुकान में भी न हिन्दू हैं न मुसलमान। सब मेरे भाई हैं। बेगुनाहों का खून बहाने निकले हो, कुछ तो शर्म करो।'

'दरवाजा खोलवाओ, दरवाजा खोलवाओ।'

'दरवाजा नहीं खुलेगा। जिसे दरवाजे के अन्दर जाना हो, पहले मेरी छाती पर से गुजरे।'

'धाँय, न जाने किस ओर से एक गोली आयी और 'या खुदा' कहकर रहमत चाचा वहीं गिर पड़े। हम भीतर भय से काँप रहे थे। तभी पुलिस की गाड़ी का सायरन सुनाई पड़ा। गोलियों की आवाज आयी और लगा कि भीड़ भाग रही है।

'पुलिस को पास आया जान हमने फाटक खोल दिया और उसी के साथ अपने-अपने घर पहुँचे। फिर कर्फ्यू लगा। और और .... ' रविन्दर फिर रोने लगा।

'और मोहन अली?'

'मोहन अली अपनी बेहाल बेवा माँ के साथ है। रहमत चाचा का एक ही सपना था कि मोहन अली की अच्छी पढ़ाई हो। वे कहते थे कि उसमें हिन्दू का खून है, मुसलमान की परवरिश है, सरदार युवक की मुहब्बत है। मेरी ख्वाहिश है कि पढ़-लिखकर यह एक बड़ा इंसान बन जाए।'

'लेकिन रहमत भाई का सपना सपना रह गया।' मैं बोला।

'नहीं बाबू जी, आप उसे दाखिला दिला दीजिए।'

'उसके बाद?'

'रहमत चाचा अपनी दुकान छोड़ गए हैं। मैं, जीवन महतो और युसुफ–तीनों मिलकर वह दुकान चलायेंगे और कोशिश करेंगे कि उनका सपना पूरा हो।'

'मैं दाखिला जरूर दिलाऊँगा रविन्दर ! ईश्वर तुम्हारी मुराद पूरी करे।'

'अच्छा, बाबूजी चलता हूँ।'

'ठीक है, जाओ।'

वह चलने लगा तो मैंने कहा—'सुनो अब कहानी लिखना तो जरूर दिखाना। तुम्हारी कहानी की असली जिन्दगी अब शुरू होगी।'

वह मुस्कराया और आगे बढ़ गया।
और मैं सोचने लगा–मुझे भी तो लिखनी है रहमत भाई की कहानी।

□

दक्षिणा

माधो के घुटे हुए सिर और नंगे बदन पर जेठ की दोपहरी की धूप चिलचिला रही थी। वह दो घंटे से इसी तरह बैठा था। उसका सिर घुटनों के बीच झुका हुआ था। आँखें सुन्न-सी थीं। वह जैसे अपने भीतर किसी खोह में गुम हो गया था।

'सुनते हो कि नहीं ? मैं कब से तुम्हें समझा रहा हूँ कि बिना दान-दक्षिणा के तुम्हारे पिता का उद्धार नहीं होगा। उनकी आत्मा भटकती रहेगी और अन्त में नरक में गिर जायेगी और तुम भी नरक में जाओगे। तुम कैसे कपूत हो कि बाप की आत्मा की सुख-शान्ति के लिए तुम्हें कोई चिन्ता ही नहीं।'

बीस वर्षीय माधो छाते के नीचे बैठे महापात्र के इस उपदेश को सुनकर एक बार निरीह आँखों से उन्हें देखता था और मौन भाव से शुरू में दिया हुआ अपना वही जवाब दुहरा देता था-'पंडित जी मेरे पास तो कुछ भी नहीं है। एक बीघा खेत है और एक गाय है। खेत में से चार कट्टा तो रेहन रख दिया बाबू के क्रिया-कर्म के लिए। गाय है, तो उसका कुछ दूध अपने नन्हें बेटे को पिलाता हूँ और कुछ बेचता हूँ जिससे घर का कामकाज चलता है। आप गाय माँग रहे हैं। इसे आपको दे दूँ तो हम लोग जियेंगे कैसे? बापू तो चले गये, क्या आप चाहते हैं कि आपको गाय देकर हम लोग भी चले जायें?'

'अरे, कैसा कपूत है रे तू? जिसने तुझे जन्म दिया, पाला-पोसा, बड़ा किया और तुम्हारे सुख के लिए क्या-क्या नहीं किया, उसी बाप का क्रिया-कर्म बिगाड़ रहा है और उसे नरक में धकेल रहा है?'

महापात्र का खाना तैयार था लेकिन खा नहीं रहा था। दान-दक्षिणा मिले तो घी पिये और खाना खाये। उसके खाने से ही तो घर पवित्र होगा और भटकती हुई आत्मा को शान्ति मिलेगी। वह घर की अपवित्रता और आत्मा की अशान्ति पी रहा है, कोई मामूली बात है। उसके एवज में उसे मनचाही चीज मिलनी चाहिए। लोग देते भी हैं चाहें जैसे भी दें और देने के बाद चाहे जैसे भी रहें। आखिर यह धर्म का मामला है।

लेकिन माधो तो कुछ सुन ही नहीं रहा है ? बस एक ही मौन मुखर रट—
'पंडितजी गाय देकर तो हम लोग मर जायेंगे।'

मरो या जियो महापात्र को इससे क्या मतलब? उसे तो अपना पेट दिखाई देता है। वह गाय लेकर रहेगा। इसलिए माधो को धूप में बैठाये हुए है। धूप से तंग आकर वह उसकी बात मान लेगा।

धूप की चिड़चिड़ाहट माधो के सिर और रग-रग में फैल रही थी। पंडितजी का आदेशनुमा उपदेश पिघले शीशे की तरह उसके कान से होता हुआ उसके भीतर उतर रहा था। उसके अभावों की दुनिया और भयावह होती जा रही थी। बचपन से ही उसने जो दुनिया देखी है उसमें अफाट गरीबी, अपमान और यातना के सिवा पाया क्या है? एक बीघा खेत, उसमें साग-सब्जी उगाते हुए बाबू, माई, बहनें और वह। बाद में उसकी बीवी भी। उसने हमेशा बाबू और माई को फटे-पुराने कपड़ों में ही देखा। बहनों को और उसे भी कहाँ अच्छे कपड़े नसीब हुए। वह पढ़ना चाहता रहा। दर्जा चार तक पढ़ा भी। लेकिन मास्टर साहब उसकी किसी गलती पर बार-बार यही गाली देते—'कोइरी ससुर पढ़ने चले हैं। अरे जाकर साग-सब्जी उगाओ और बाजार में बेचो। पढ़ाई-लिखाई तुम्हारा काम नहीं है।' फिर घर की हालत ने सचमुच उसे साग-सब्जी की दुनिया में ला पटका।

बाबू के मन में बहुत दिनों से इच्छा थी कि एक गाय होती। उन्होंने किसी तरह पैसे बचा-बचाकर एक गाय ले ही ली। बचपन में दूध के लिए तरस गये थे। अब तो उसका बेटा है साल-भर का। बाबू अपने बच्चों को तो बचपन में दूध नहीं दे सके, लेकिन उसके बेटे के लिए तो इंतजाम कर ही गये। जब-जब पंडितजी का उपदेश उसके कानों से टकराता, साल-भर का बेटा उसके सामने आ जाता।

धूप और महापात्र के उपदेश की गर्मी से वह भीतर-भीतर तिलमिला उठा था। लगता था जैसे वह अपना नियन्त्रण खो रहा है। अबकी ज्यों ही उसके कान से स्वर टकराये—'माधो गाय दिये बिना तुम्हारे बाबू की आत्मा को शान्ति नहीं मिलेगी।' वह झटके से उठ खड़ा हुआ और जाकर लात से चूल्हा फोड़ दिया और सारी रसोई तितर-बितर कर दी। क्रोध में बोला—'रहने दो पंडित, अपना पूजा-पाठ। मेरे बाबू अपने बेटे और पोते के मुँह से दूध छीनकर खुद नहीं पीना चाहेंगे। जाओ, पंडित जी, अपने घर जाओ, मेरे बाबू की आत्मा को भटकने दो। और सुनो, आत्मा भटकती है पापियों की। मेरे बाबू पापी नहीं थे।'

वहाँ उपस्थित लोग भौंचक रह गये। पंडितजी क्रोध में उठ खड़े हुए और बोले-'तुम पापी हो, दुरात्मा हो, अधर्मी हो लेकिन मैं पाप और अधर्म नहीं होने दूँगा। मैं इस पेड़ पर चढ़कर कूद पड़ूँगा और अपनी जान देकर धर्म की रक्षा करूँगा और सुनो, अगर मैं भूत बन गया तो तुम लोगों को सताऊँगा।'

माधो ने लपककर पंडितजी की टाँग पकड़ ली। बोला, 'मैं भी तुम्हारे साथ पेड़ से कूदूँगा और जान दे दूँगा। तुम भूत बनोगे तो मैं महाभूत बनूँगा। तुम्हारा भूत मेरे घर की ओर देखेगा तो मेरा महाभूत उसे दबोचकर चीं बोला देगा।'

माधो की माँ रोने लगी—'अरे माधो, क्या करता है बेटा! यह अधरम मत कर। दे दे गाय पंडितजी को, नहीं तो तेरे बाबू की आतमा को मुकती नहीं मिलेगी।'

'माई, तू चुप रह। मैं किसी हालत में इन्हें गाय नहीं दे सकता।'

उधर महापात्र जी चिल्ला रहे थे—'अरे छोड़-छोड़ मेरी टांग, पापी कहीं का।'

'टाँग तो नहीं छोड़ूँगा। हम साथ ही मरेंगे।'

पंडित जी की टाँग दुखने लगी तो बोले, 'अच्छा छोड़, मैं उतर रहा हूँ।'

अब तक ऊँची जातियों के कुछ जवान और बुजुर्ग जुट आये थे। जवान तो हँस रहे थे किन्तु कुछ बुजुर्गों ने हस्तक्षेप किया—'अरे यह गरीब आदमी है पंडित जी! कोई आसान रास्ता निकालिए।'

'अब इससे आसान तरीका क्या हो सकता है जजमान! लोग अपने पितरों को खुश करने के लिए क्या-क्या नहीं दे देते हैं—सोना, चाँदी, कपड़ा, लत्ता बर-बिछौना, अरतन-बरतन, गाय-बैल, खेत-बारी। लेकिन इसके पास तो जो है वही माँग रहा हूँ न। यह वह भी नहीं दे रहा है।'

'पंडितजी, लोगों के पास तमाम चीजें फालतू होती हैं, दे देते हैं। यहाँ तो गाय हमारी जिन्दगी है। इसे देकर हम कहाँ जायेंगे ?'

महापात्र जी समझ गये थे कि कुछ मिलने वाला नहीं हैं और आये थे तो कर्मकांड पूरा किये बिना जाना भी अनिष्टकारी था। बोले, 'अच्छा भाई, चल, करा देता हूँ काम पूरा। लेकिन देख, मेरी दक्षिणा दिये बिना न तुझे पुण्य मिलेगा न तेरे बाबू की आत्मा को शान्ति।'

वे काम पूरा कराकर शाप देते चले गये लेकिन उसने लौटकर देखा कि उसे गाय वत्सल आँखों से निहार रही थी। उन आँखों से उसके और उसके परिवार के जीवन के लिए आशीर्वाद बरस रहा था। वह गाय की गर्दन से लिपट गया और रोने लगा जैसे एक बहुत-बड़ा हादसा होते-होते टल गया है।

□

नेता की चादर

इस बार अतिथिगृह पहुँचा तो ज्ञात हुआ कि कोई कमरा खाली नहीं है। वैसे हर बार थोड़ी दिक्कत के बाद कमरा मिल जाता है, इस बार भी ऐसा ही हुआ। कर्मचारी ने एक नौकर को केयर-टेकर के पास भेजा। दस-पन्द्रह मिनट बाद नौकर आया और बोला—कमरा नं. दस। मैं मुस्कराया कि यह नम्बर तो मेरा कभी नहीं था, इस बार क्या हो गया ?

नम्बर दस खुलते ही दुर्गन्ध का एक भभका आया। मैंने देखा कि कमरे में मिठाई की खाली हंडिया, दोने, पत्ते बिखरे हुए हैं। पूरे कमरे में गन्दगी अस्त-व्यस्त है।

'यह क्या है भाई ?'

'साहब, इसमें एक नेताजी ठहरे हुए थे। हमें तो यही मालूम था कि वे अभी हैं, इसलिए खोलकर साफ-वाफ नहीं कराया।'

'दस नम्बर का कमरा।' मैं बुदबुदाया और हँस पड़ा।

'क्यों हँस रहे हैं साहब?'

'नेताजी को दस नम्बर का कमरा।'

'उन्होंने इसे खुद ही पसन्द किया था साहब!'

'लेकिन मैंने तो पसन्द नहीं किया था।'

'मजबूरी है डॉ. साहब, नेताजी तो जो चाहेंगे, देना ही पड़ेगा, लेकिन बाकी लोगों को तो वही मिलेगा, जो बचा रहेगा।'

'ठीक कहते हो भाई, यह क्या कम गौरव की बात है कि मुझे यह कमरा मिल रहा है, जो नेताजी को मिला था।'

'अब मैं क्या कहूँ साहब?'

'आपको कहना यह है कि मैं इस गन्दगी में कैसे रहूँ?'

'साहब, अभी सफाई वाला आदमी आयेगा, साफ करवा दूँगा। तब तक नहाइये-धोइए, फिर जाकर नाश्ता कर आइए।'

वह चला गया। मैं ट्वायलेट गया तो उलटे पाँव लौट आया। उसमें गोश्त के छोटे-छोटे टुकड़े पड़े थे। नेताजी ने इस सबसे अच्छे कमरे का क्या बुरा हाल कर

दिया था।

संयोग से सफाई वाला आ गया। उसने फिनाइल से धो-धाकर कमरे को रहने-लायक बना दिया।

'भाई, यह सब तो हुआ, लेकिन चादर तो बदलो।' कर्मचारी से मैंने कहा।

'साहब, ऑफिस खुलने पर बदल दूँगा।'

'ठीक है, तब तक मैं नहा-धोकर नाश्ता कर आऊँगा।'

'ठीक है साहब !'

नहा-धो लिया। थका था। लेटने की इच्छा हो रही थी। नाश्ते में घण्टे-भर की देर थी, लेकिन नेताजी द्वारा व्यवहृत चादर पर लेटने की इच्छा नहीं हो रही थी। फिलहाल लेटना तो था ही। चादर उलटकर बिछा ली। सोचा, कुछ देर ऐसे ही सही। चादर के उलटने पर भी शरीर में अजीब गिजगिजाहट लग रही थी।

नाश्ता करके लौटा तो फिर चादर बदलने की बात दुहरायी।

'बदल दी जायेगी।' फिर वही उत्तर।

थोड़ी देर बाद मैं उस काम पर चला गया, जिसके लिए आया था। दोपहर को लौटा तो फिर वही चादर।

नीचे आया। कर्मचारी से कहा। फिर वही उत्तर, 'बदल दी जायेगी साहब।' कमरे में लौट आया। चादर झाड़ी। फिर उस पर ही लेट गया। थका था, तो भी नींद नहीं आयी। रह-रहकर चादर का गिलगिला स्पर्श परेशान कर रहा था। उसमें दुर्गन्ध उठती-सी लग रही थी। यद्यपि मिठाइयों की मटकियाँ और दोने बाहर फेंक दिये गये थे और ट्वायलेट में बिखरे हड्डी के टुकड़े भी साफ कर दिये थे, लेकिन उनका वजूद गया नहीं था। लगता था कि नेता इसी चादर पर बैठकर मिटाइयाँ खा रहा है, गोश्त के टुकड़े चबा रहा है, फिर मदिरा-पान कर रहा है और भक्त लोग यह सब-कुछ अर्पित कर खाली हाथ जोड़े देख रहे हैं।

ये पैसे कहाँ से आये होंगे? नेता की जेब से निकले होंगे? अरे भाई, नेता के कुर्ते में जेब कहाँ होती है? जेब तो जनता की होती है। वह चाहे जिस जेब में हाथ डालकर पैसे निकाल सकता है। उस जेब में चाहे चार पैसे हों या चार करोड़ रुपये, उसमें हाथ डालने में वह संकोच नहीं करता। और साहब, नेता से काम लेना हो तो उससे अपनी जेब न छिपाइये। उसके आगे खोल दीजिए। उसके हाथ में जितना आयेगा, उसके अनुसार आपका काम करेगा या करायेगा। कहीं काम करेगा, कहीं काम करने का नाटक करेगा। दरअसल उसके हाथ में होता भी कितना है? छोटे-मोटे नेता तो सत्ताधारी नेताओं के दलाल होते हैं और डींग हाँकते हैं कि सब-कुछ उन्हीं के हाथ में है। जनता उनसे काम कराये, ऐसा प्रभाव-जाल बुनते रहते हैं। काम हो जाता है तो श्रेय ले लेते हैं और नहीं होता तो सौ बहाने गढ़ लेते हैं।

मैं कल्पना कर रहा था कि नेताजी अपने किसी काम से आये होंगे, ठहरे होंगे और

तमाम जरूरतमंद लोगों को पता चला होगा। वे लोग हाथ जोड़े आये होंगे। फिर नेताजी के साथ आये किसी चमचे ने यानी चमचे के चमचे ने इशारा कर दिया होगा। फिर क्या था? मिठाइयाँ आयी होंगी, चिकन आया होगा और इसी चादर पर बैठकर नेताजी ने सबका भक्षण और पान किया होगा, डकारा होगा, पेट पर हाथ फेरा होगा, फिर लम्बा-सा अधोराग छेड़ा होगा और दूषित योजनाएँ बनायी होंगी। उसकी दूषित योजनाएँ और भोगवाद उसके रोम-रोम में उदग्र हुआ होगा। मुझे लग रहा था कि यह चादर नेता के उस पसीने से भीगी हुई है। मैं लगातार इस पसीने की चिपचिपाहट और दुर्गन्ध से टकरा रहा था और थका होने के बावजूद सो नहीं पा रहा था। देर तक यों ही लेटा रहा, फिर न जाने कब नींद आ गयी।

उठा तो शाम होने को थी। बाजार चला गया। जाते-जाते कर्मचारी से कह गया, 'भई, चादर बदल देना।'

'अच्छा सर !'

शहर में घूमने गया। क्या घूमता? जिन जगहों पर हम कितना-कितना घूमे हैं, कितनी-कितनी प्यारी स्मृतियाँ जहाँ से जुड़ी हैं, कितने-कितने सांस्कृतिक और सामाजिक उत्सवों के रस अन्तःसलिला बन जिसके गर्भ में समाये हुए हैं, वे जगहें अब उजाड़-सी लग रही थीं। यह नहीं कि वे निर्जन हो गयी थीं, नहीं, बल्कि वहाँ भीड़ दुगनी हो गयी थी, लेकिन इस भीड़ में वह पारस्परिक सम्पृक्ति नहीं थी। लोग चलते-फिरते पुतले लग रहे थे और पूरे वातावरण में एक भय छाया था। भय दूर करने के लिए यहाँ से वहाँ तक संगीनों की छाया बिछी थी, लेकिन भय दूर करने वाली संगीनें स्वयं भी भय बन गयी थीं।

लौट आया। आते ही पूछा— 'भई, चादर बदल दी गयी ?'

'नहीं साहब, धुलने को गयी है, अभी तक नहीं आयी।'

मैं समझ गया कि अब पूछना बेकार है। यह एक बड़े शिक्षा-संस्थान का अतिथिगृह है। देश में तरक्की हो रही है, इसकी भी हुई है। अतिथि-गृहों या होटलों का एक सामान्य सा नियम है कि किसी के जाने के बाद चादर और रजाई की खोल बदल दी जाती है। पहले यहाँ भी ऐसा होता रहा है, लेकिन अब नहीं होता। बहुत-से छोटे-मोटे होटलों में नहीं होता। किराया बढ़ गया है, लेकिन सुविधाएँ सिकुड़ गयी हैं। अब तो इस अतिथिगृह में कोई जग में पानी भी भरकर नहीं रखता। कोई किस-किस बात के लिए कर्मचारियों को पुकारेगा? इसलिए बेहतर है कि प्यासे रह जाओ या स्वयं जग (यदि कमरे में रखा है तो) लेकर पुकार लगाते जाओ, 'भई, कहाँ है पानी ?'

खैर, खा-पीकर कमरे में आना तो था ही। चादर फिर झाड़ी और बेमन से पलंग पर लेट गया। एक नयी सूचना मिली थी कि नेताजी छात्रसंघ के चुनाव में आए थे यानी वे अपने दल के छात्रों के प्रचार के लिए आये थे। प्रचार के लिए आना बुरी

बात नहीं है। किन्तु क्या सचमुच वे प्रचार के लिए आये थे? अब प्रचार कहाँ रहा भाई, अब तो चुनाव-षड्यंत्र होता है। नेताजी लोग षड्यंत्र के लिए आते हैं। वे अपने लोगों से मिल-जुलकर योजना बनाते हैं कि विरोधियों को ध्वस्त करने के लिए कौन-कौन से हथकंडे अपनाये जाएँ? पैसा, आतंक, चरित्र-हनन, छुरा-तमंचा न जाने कितने नये साधन बन गये हैं जय-पराजय के। आश्चर्य की बात यह है कि यह दलगत लड़ाई शिक्षा-संस्थाओं में भी बुरी तरह पैठ गयी है। शिक्षा-संस्थाओं में भी छात्र नहीं लड़ते, राजनीतिक दल लड़ते हैं, छात्र नहीं हारते-जीतते, राजनीतिक दल हारते-जीतते हैं। प्रदेश और देश के स्तर के तमाम नेताओं की प्रतिष्ठा दाँव पर लगी होती है। जो छात्र जीतते हैं, वे छात्र नहीं होते, उनमें छात्र-धर्म का अंश भी बचा नहीं होता। वे न स्वयं पढ़ते हैं, न दूसरों को पढ़ने देते हैं, हड़ताल कराते रहते हैं। गुरुओं के साथ इनके सम्बन्ध आदर-सम्मान के नहीं, छुरे-तमंचा के होते हैं। ये छात्रों के प्रतिनिधि छात्रों के हित की नहीं, अपने दलों के हित की चिन्ता करते हैं। चिन्ता क्या करते हैं, उनका उचित-अनुचित आदेश ढोते हैं। इस प्रक्रिया में बाहरी गुंडा-तत्त्वों से हाथ मिलाते रहते हैं। वे फेल हो-होकर संस्था में बने रहते हैं और अपनी सेवाओं से उसे उपकृत करते रहते हैं और यहाँ से तपकर जब निकलते हैं, तब जिला, प्रदेश या देश की राजनीतिक सत्ता से जुड़ जाते हैं। यह नेता भी इस संस्था से इसी तरह निकला हुआ छात्र है।

'ऊँह, यह क्या हो रहा है ?' चौंककर अपने से पूछा।

अरे यह चादर सोने नहीं देगी। लगता है चादर के नीचे अनेक खटमल रेंग रहे हैं या छोटे-छोटे कीड़े फैले हैं, जो रह-रहकर काट रहे हैं। सारी देह चुनचुना और परपरा रही है।

सोने की कोशिश करने लगता। बार-बार आँख मूँदता और बार-बार यह चादर चिकोट लेती। धीरे-धीरे आज की शाम आँखों में उतर आयी। संगीनों की छाया में सहमे हुए चौक, गलियाँ, सड़कें, घाट-सभी सामने दिखाई पड़ने लगे। मन्दिर और मस्जिद दोनों एक दूसरे से डरे हुए खामोशी में डूबे थे। फिलहाल तो संगीनों की छाया में सब-कुछ ठीक था, लेकिन भीतरी आतंक ठंडा नहीं हुआ था। लगता है अभी कोई इधर का या उधर का नेता किसी अदृश्य कोने में चुपचाप आग लगा देगा और शान्त वातावरण एकबारगी भभक उठेगा। नेता को शान्ति नहीं चाहिए, सद्भाव नहीं चाहिए। शान्ति और सद्भाव स्थापित रहे तो उसके नाटक का क्या होगा? वह तो पहले शान्ति-सद्भाव खंडित करता है, फिर उसके स्थापित करने के लिए मंच पर आता है। तबाही को कोसता है, तबाह हुए लोगों के लिए आँसू बहाता है और अपराधियों के विरुद्ध आग उगलता है। वह जनता को विश्वास दिलाता है कि वह नहीं रहेगा तो लोगों का चैन से जीना हराम हो जायेगा। लोगों को एहसास दिलाता रहता है कि उनकी सलामती के लिए उसका होना कितना जरूरी है। वह जनता का धन खाकर

उसकी गरीबी पर आँसू बहाता है। वह सम्प्रदायों को लड़वाकर भाईचारे का मंत्र पढ़ता है, वह बन्दूक की नोक पर चुनाव लड़कर जनतंत्र के फलने-फूलने का मंत्र-पाठ करता है, वह अनेक आपराधिक क्रिया-कलापों में डूबा हुआ देश का आचरण और नैतिक स्तर ऊँचा उठाना चाहता है, वह, वह वह···

मैं आगे नहीं सोच पा रहा था, क्योंकि चादर जल्दी-जल्दी बुरी तरह गड़ने लगी थी। लगता था, इस शहर की तबाही की भयानक दुर्गन्ध इस चादर में से उठ रही है। पूरे देश के जलने का ताप मेरी पीठ से टकरा रहा है। लोगों की चीख को पीता हुआ एक विकृत अट्टहास कहीं इस चादर में रेंग रहा है।

मैं घबराकर उठ बैठा और हाँफने लगा। कुछ देर बाद मैं नंगे फर्श पर सो गया। राहत मिली और न जाने कब नींद आ गयी। आया तो कई दिन के लिए था, किन्तु मन उखड़ गया था और सुबह उठा तो तय किया कि आज ही दोपहर को यहाँ से चला जाऊँगा। यह सोचकर चैन मिला कि अब नेता की चादर से मुक्ति मिल गयी।

जाने की तैयारी कर ही रहा था कि दस्तक हुई। दरवाजा खोला तो देखा, कर्मचारी एक धुली हुई चादर लिये खड़ा था।

'सर, चादर।'

'अब इसे किसी दूसरे नेता के लिए रखो, अब तो मैं जा रहा हूँ।'

□

चक्र

नरगिस फिर सुबक रही थी। वह चुपचाप बेटी को देख रहा था। क्या करे, नहीं सोच पा रहा था। नरगिस जब पहली बार रोती हुई आयी थी तो वह उसके सिर पर हाथ फेरकर बोला था—'नयी जगह है, लोग पहचान जायेंगे तो सब ठीक हो जायेगा। लेकिन बार-बार यही आश्वासन कैसे दे? उसके पास उसकी बीवी सलमा गुमसुम बैठी थी। वह एक आह भरकर बोली—'या रब, कहाँ जायें, क्या करें ?'

पति-पत्नी दोनों की आँखें मिलीं और एक-दूसरे की उदासी में खो गयीं। नरगिस माँ-बाप की व्यथा भाँपकर चुप हो गयी और धीरे-धीरे अपने कमरे में सरक गयी।

'कब तक ऐसे चलेगा ?' सलमा ने आहत स्वर में कहा।

'यही तो मैं भी सोच रहा हूँ।

सलमा उठकर बेटी के पास चली गयी। उसने सोचा, कहीं घूम आये, लेकिन शाम के धुँधलके में घूमना ठीक नहीं। शाम होते ही कैसी एक डरी हुई खामोशी छा जाती है। दिन का कर्फ्यू तो उठ गया है लेकिन डर का साया अभी नहीं उठा है और रातें तो कर्फ्यू में डूबकर बेहद डरावनी हो ही जाती हैं। शाम होते ही लोग अपने-अपने घरों के दड़बों में समा जाते हैं और एक वीरानगी सड़कों और गलियों में छा जाती है। उसे चीरकर कुछ काली-काली आकृतियाँ इक्का-दुक्का घूमती नजर आती हैं और फिर नौ बजते ही पुलिस के बूटों की खट-खट सन्नाटे से टकराने लगती है। क्या हो गया है गुजरात के इस शान्त शहर को ?

वह कहीं नहीं गया। बस एक किताब लेकर बैठ गया। पता नहीं कितनी देर वह अपने को किताब में छिपाये रहा। वह चौंका। पत्नी पूछ रही थी—'खाना-वाना नहीं होगा क्या?'

उसने घड़ी देखी, 'अरे, दस बज गए ?'

'वक्त तो अपनी चाल चलेगा ही, आदमी चले या न चले।'

'हाँ बेगम, आदमी ने तो अपनी चाल छोड़ ही दी है।'

खाना खाकर वह लेटा। नींद नहीं आ रही थी। आसपास की खामोशी से टकराती पुलिस के बूटों की आवाज उसके कानों पर बज रही थी। उसकी स्मृति में तमाम

हिन्दू-मुस्लिम मोहल्लों में उठती बन्दूकों की धाँय-धाँय की आवाज गरज उठी, चीख और कराहों का एक जंगल उग आया। गलियों में खदेड़ते हुए छुरे, डरी हुई आवाजें, खून के छूटते फव्वारे, चिपचिपाती हुई सड़कें उसके सामने साकार हो गयीं। कर्फ्यू ने जैसे घरों में बाहर से ताले मार दिये हों और उनमें बन्द भूखे बीमार पड़े बेबस लोग। जो लोग दंगे कराते हैं क्या वे भूख से मरते हैं ? क्या उन्हें इस बात का अहसास नहीं होता कि वे धर्म और मजहब के नाम पर अपनी ही कौम के तमाम गरीब इंसानों को छुरे तमंचे के हवाले तो कर ही रहे हैं, उससे अधिक बेरोजगारी, भूख, बीमारी के मुँह में डाल रहे हैं। मजहब के नाम पर पागलपन फैलाने वाले इन वहशियों को क्या लगता है कि ईश्वर या खुदा उनसे खुश होता होगा। खुदा ने पेट तो बनाया है मजहब नहीं। इसलिए उसके लिए तो मजहब की निस्बत आदमी का पेट ज्यादा जरूरी और महत्वपूर्ण लगता होगा। इसलिए आदमी के पेट पर लात मारने वाले इन मजहबी दरिन्दों को खुदा क्या कभी माफ करेगा? धीरे-धीरे वह अपने इस किराये के मकान से निकलकर अपने खुद के मकान की ओर जाने लगा। हाँ, अपना मकान जिसे उसने बड़े शौक से गंगा-विहार में बनवाया था। 'गंगा-विहार' यूनिवर्सिटी और कालेज के प्रोफेसरों की कालोनी है। वह भी इतिहास का प्रोफेसर है। अपने साथियों के साथ इस कालोनी में उसने भी घर बनवाया। जब उसने घर बनवाने की योजना बनायी तो उसके अजीज दोस्त पवन कुमार ने कहा था-शरीफ भाई आप हमारे साथ हैं, इससे अधिक खुशी की बात क्या होगी? लेकिन···'

'लेकिन क्या पवन?'

'लेकिन जमाने की हवा बड़ी खराब चल रही है···।'

'तो ?'

'तो यदि आप मुस्लिम मोहल्ले में घर बनवाते तो अच्छा रहता।'

वह हँसा था। बोला था—'पवन, क्या मैं तुमसे डरूँ? क्या मैं इनसे डरूँ ? क्या मैं उनसे डरूँ ?' और उसने एक-एक कर मोहल्ले के तमाम लोगों के नाम गिना दिए थे।

'शरीफ, क्या दंगों में हमारे या तुम्हारे जैसे लोग लड़ते हैं? कभी देखा है पढ़े-लिखे हमेशा पड़ोसी लोगों को साम्प्रदायिक लड़ाई लड़ते हुए और एक-दूसरे का खून करते हुए? बल्कि मेरा तो अनुभव है कि वे जी-जान से अपने पड़ोसियों के बचाव की कोशिश करते हैं।'

'तो?'

'तो क्या? उपद्रव के समय बाहर से लोग आते हैं और उनका उपद्रव इतना बड़ा और अराजक होता है कि स्थानीय लोग अपने पूरे सद्भाव के बावजूद अपने पड़ोसी की रक्षा नहीं कर पाते?'

'और उन्हें अपने विनाश का भी तो डर लगा रहता है?'

'सही कह रहे हो। सामान्यत: मनुष्य उतनी ही दूर तक सहायता करता है जितनी दूर तक वह स्वयं बरबादी से बचा रहे।'

उसे लगा था कि पवन की बात में सच्चाई है।··· लेकिन मुस्लिम मौहल्ले में वह मकान बनवाये, इस पर कभी सोचा ही नहीं। यानी यह बात उसकी सोच में कभी उतरी ही नहीं। यह हिन्दू मोहल्ला और मुस्लिम मोहल्ला क्या होता है? हम हिन्दुस्तानी हैं, सभी एक-सी राष्ट्रीय समस्याओं से गुजर रहे हैं, भूख-प्यास, अमीरी-गरीबी, नौकरी-बेरोजगारी, पढ़ाई-लिखाई क्या हिन्दू-मुसलमान हैं? क्या इस देश के जमीन-आसमान, हवा-पानी, पेड़-पौधे हिन्दू-मुसलमान हैं? ··· लेकिन उसकी सोच से क्या होता है। उसके और उसके समान मुसलमानों के अलावा भी तो मुसलमान हैं। पवन और उसकी तरह तमाम हिन्दुओं के अलावा भी तो हिन्दू हैं और वे सक्रिय हैं सब-कुछ को हिन्दू और मुसलमान के नजरिये से देखने के लिए। इसलिए पवन की बात में दम तो है। उसकी फिक्र एक दोस्त के लिए दोस्त की फिक्र है किन्तु बदकिस्मती से यह फिक्र हिन्दू-मुस्लिम हो गयी है।

पवन ने कहा कि वह मुस्लिम मोहल्ले में मकान बनवाये। मुस्लिम मोहल्ला। है कहाँ मुस्लिम मोहल्ला? ··· उर्दू बाजार, दानापुर, रसूलपुर, कस्साब पुरा। ये सारे मोहल्ले पहले से बसे हुए हैं। मुसलमानों की कोई नई बस्ती कहाँ बस रही है ? उन्हीं पुराने मोहल्लों को खींच-खाँचकर कुछ बढ़ा लिया जाता है। कुछ नये मोहल्ले बसते भी हैं तो कहीं से भागे हुए या उजड़े हुए मुसलमानों के। और ये नये मोहल्ले पुराने मोहल्लों के चरित्र से अलग नहीं दिखाई पड़ते। पुराने मुस्लिम मोहल्लों में कुछ पुश्तैनी अमीर और पढ़े-लिखे लोगों के मकान हैं। वे मकान अपने आप में चाहे जितने भी सुन्दर हों लेकिन पास-पड़ोस में तो गरीब अपढ़ मुसलमानों के छोटे-छोटे गन्दे घर छाये हुए हैं। गलियों और बाजारों में दुर्गन्ध का भभका उठता रहता है। गोश्त और मछली की खुली-खुली दुकानें··· भिनभिनाती हुई मक्खियाँ, बिखरी हुई हड्डियाँ, मँडराते चील-कौवे, लड़ते हुए कुत्ते···

आधुनिक पढ़े-लिखे मुसलमान इन मोहल्लों में बसना नहीं चाहते, उन्हें हिन्दुओं के मोहल्लों में किराये के मकान पाने में भी दिक्कत होती है और मुसलमान मिल-जुलकर कोई नया मुस्लिम मोहल्ला बसायें, यह न मुमकिन है न अच्छा। दरअसल पढ़े-लिखे लोगों की एक जमात है-क्या हिन्दू, क्या मुसलमान? इसलिए जहाँ उनके पेशे के लोग मिल-जुलकर एक नयी बस्ती बसाते हैं वे भी उसमें बसना पसन्द करते हैं। वहाँ भेदभाव की कोई हवा नहीं बहती। हवा आती है तो बाहर से और तब सब कुछ बिखर जाता है।

इसलिए जब पवन ने उसे मुस्लिम मोहल्ले में बसने के लिए कहा तो एक-एक मुस्लिम मोहल्ला उसकी आँखों में घूम गया। नहीं बस सकता उन मोहल्लों में। ··· नहीं नहीं इसका यह मतलब नहीं है कि वह अपने ही भाइयों से नफरत कर रहा है।

वह नफरत कर रहा है उनकी गन्दगी से। गन्दगी··· हाँ वह यह भी जानता है कि यह गन्दगी उन्हें दी गयी है। चाहा गया है कि वे इस गन्दगी में रहें। गन्दगी कहाँ से आती है? अशिक्षा से, गरीबी से। नेताओं ने और खुद मुसलमानों के मजहबी रहनुमाओं ने मुसलमानों की जहालत और गरीबी की चिन्ता नहीं की। नेताओं ने अपने वोट के लिए उनका इस्तेमाल किया और चाहा कि ये हमेशा डरे रहें ताकि उन्हें उनका रक्षक बनने का बहाना मिलता रहे और वे अपने वोट अपने रक्षक की पेटी में डालते रहें। नेता जानते थे कि मुसलमान पढ़-लिख लेगा तो समझदार और सम्पन्न हो जायेगा और फिर उसे बहका पाना आसान नहीं होगा। धार्मिक नेता भी जानते हैं कि आम मुसलमान तभी तक उनके असर में रहेगा जब तक वह अपढ़ और गरीब है और वे तभी एक धर्म के नाम पर उत्तेजक भाषण देकर उसे प्रभावित कर पायेंगे और धर्म को खतरे में बताकर उनका रहनुमा बनने का खेल खेलते रहेंगे। अजीब बात है कि आज जब देश के पढ़े-लिखे समाज की भाषा, पढ़ाई, रहन-सहन में भेदभाव खत्म हो रहा है, तब रुढ़िवादी मजहबी रहनुमा भाषा-विशेष, पढ़ाई विशेष, रहन-सहन विशेष से मुसलमानों को जोड़कर उनकी एक अलग पहचान बनाये रखने पर जोर दे रहे हैं? उन्हें कौन समझाये कि वे इस तरह से आम मुसलमान को आधुनिक जीवन-प्रवाह से काटकर उनका भयानक अहित कर रहे हैं।

ठीक है उसे अपने इन भाइयों से बेहद हमदर्दी है लेकिन उनके साथ बसना मुमकिन नहीं। इसलिए उसने पवन की सलाह नहीं मानी और उसके मकान की बगल में ही अपना घर बनवाया। पवन ने उसे सलाह जरूर दी थी लेकिन उसके वहाँ होने से सबसे ज्यादा खुशी उसी को थी। दोनों परिवारों में गहरा पारिवारिक रिश्ता जुड़ गया। पूरे मोहल्ले के साथ उसका भाईचारा था। सभी लोग एक-दूसरे के त्योहारों और पर्वों पर साथ होते थे, हँसते गाते थे, खुशियाँ मनाते थे। कुछ दिन तक तो वह गंगा-विहार-विकास-समिति का महासचिव भी रहा। इस कालोनी में कई राजनीतिक दलों के लोग थे लेकिन इससे पहले वे अच्छे पड़ोसी थे। उनके राजनीतिक आग्रह पड़ोसी सम्बन्धों में कोई बाधक नहीं बनते थे। लेकिन वह जब-तब पाकिस्तान की भारत-विरोधी हरकतों और बयानों से और अपने ही मजहबी नेताओं की तकरीरों से परेशान हो उठता था। उसके मोहल्ले में इनके खिलाफ तीखी प्रतिक्रिया होती थी तो वह बहुत अपराधी अनुभव करने लगता था। उसे लगता था कि सारी मुसलमान कौम इल्जाम की गिरफ्त में आ रही है।

भारतीय मुसलमानों को लेकर पाकिस्तान या किसी भी इस्लामिक देश की दखलदांजी उसे या उस-जैसे लोगों को बेहद नागवार गुजरती है और अपने देश के मजहबी नेताओं की भड़काऊ तकरीरें सालती हैं। इस देश के आम कानून के स्थान पर जब ये मज़हबी कानून चलाने की माँग करते हैं तो उस-जैसे तमाम लोगों को चोट पहुँचती है और वे अपने ढंग से इन चीजों की खिलाफत भी करते हैं। इसके बावजूद

जब मजहबी हिन्दुओं की ओर से उन पर पाकिस्तान-परस्त और अराष्ट्रीय होने के इल्जाम लगाये जाते हैं तब उसकी या उस-जैसे तमाम लोगों की क्या अन्दरूनी हालत होती है उसे कैसे बताया जाए? एक अपराध- बोध से पीड़ित जिन्दगी जीने के लिए वे लोग मजबूर कर दिये गये हैं। मजहबी नेताओं को तो शरम नहीं। वे अपनी नकली नुमाइंदगी बनाये रखने के लिए आग उगलते रहते हैं। आम आदमी उसमें जलने के लिए मजबूर कर दिया जाता है। उधर एक खास सोच की हिन्दू जनता सारे मुसलमानों पर देशद्रोही होने का इल्जाम लगाती रहती है। ऐसे इल्जाम उठते हैं तो लगता है लोगों की अँगुली उसकी ओर है या वे इशारेभरी आँखों से उसे देख रहे हैं लेकिन इस पढ़ी-लिखी गंगा-विहार कालोनी में उसे किसी ने कुछ नहीं कहा। अपने बीच एक मुसलमान होने का उन्होंने कभी उसे अहसास ही नहीं कराया।

लेकिन जब अयोध्या का मन्दिर-मस्जिद कांड उठा, वह विचलित-सा हो उठा। खुले दिमाग वाले हिन्दू साथियों ने हमेशा यही कहा कि क्या है मंदिर-मस्जिद-विवाद में? आज देश के सामने अनेक अहम मसले हैं लेकिन हिन्दूवादी राजनीतिक और सामाजिक दलों को मन्दिर-मस्जिद की पड़ी है। दरअसल यह हिन्दूवादी नेताओं और महंतो का खेल है-वोट और वर्चस्व बनाए रखने का। तमाम इनकलाबी हिन्दू दोस्तों ने तो डंके की चोट पर कहा कि मन्दिर को तोड़कर मस्जिद नहीं बनायी गयी है।··· लेकिन वह बेचैन रहने लगा। इन पढ़े-लिखे लोगों का वजूद क्या है ? एक बड़ी हिन्दू जमात को इस बात के लिए जगाया जा रहा है कि वह अपने परम आराध्य राम के जन्म-मन्दिर की पवित्रता की रक्षा करे और उसे तोड़कर बनायी गयी मस्जिद को तोड़-ताड़कर बराबर कर दे। जहाँ हिन्दू जन इस बात से आन्दोलित हो रहा है और कुछ भी करने को उतावला हो रहा है, वहाँ बुद्धिजीवियों की छोटी-सी जमात क्या कर लेगी? वह तो केवल बात कर सकती है, अखबारों में बयान दे सकती है या सुरक्षित जगहों पर रैली निकाल सकती है। खुद मुस्लिम बुद्धिजीवी भी क्या कर रहे हैं? अनेक प्रगतिशील सोच वाले मुस्लिम लेखकों, कलाकारों, राजनीतिज्ञों और शहरियों ने लेख लिखे, सम्पादक के नाम चिट्ठियाँ लिखीं, बयान दिये कि इस मन्दिर-मस्जिद के झगड़े में क्या रखा है? बाबरी मस्जिद में क्या रखा है? राम हिन्दुओं के परम आराध्य हैं, वे हमारे लिए भी उतने पाक हैं जितने हिन्दुओं के लिए। इसलिए वह जगह हिन्दुओं को दे दी जाए और मस्जिद कहीं और बनायी जाए। मन्दिर-मस्जिद से बढ़कर है हमारा आपसी भाईचारा, हमारा प्यार, हमारी मूल्यवान् सांझी विरासत।··· लेकिन मजहबी मुस्लिम नेता इस आवाज को कहाँ सुन पाये? वे आम मुस्लिम जनता में आग लगाने का काम करते रहे और छह दिसम्बर को अयोध्या में जो आग भड़की वह पूरे मुल्क में छा गयी। हिन्दू-मुस्लिम नेता और महंत तो अपने-अपने महलों में सुरक्षित रहे, आम जनता उस आग में धू-धू जलती रही। जो बची रही वह कर्फ्यू के घेरे में पेट की आग में जलने लगी। बीमार कराहते रहे, बच्चे

भूख से मरते रहे, लाचार आँखें एक-दूसरे में समाकर दहशत भरे वक्त को पलकों पर ढोती रहीं। बाहर उपद्रवी तूफान उठाते रहे, गोलियाँ चलती रहीं, आसमान तक आग की लपटें उठती रहीं। आखिर इन मरने और जलने वालों का क्या कसूर था? इतना ही न कि वे हिन्दू थे या मुसलमान।

छह दिसम्बर की घटना ने मुसलमानों को दहशत से भर दिया। उसके भी मन में रह-रहकर डर की एक कौंध उभर आती थी। कभी-कभी दो-चार अजनबी लोग उसके घर के पास से गुजरते थे तो उसे लगता था कि वे उसके घर को घूर रहे हैं और कुछ मार्क कर रहे हैं। बच्चे भी डरे-डरे से लग रहे थे। उसे खास फिक्र अपनी जवान बेटी नरगिस की थी। वह किसी से अपना डर कहता नहीं था लेकिन मोहल्ले वालों ने खुद एक बैठक बुलायी और फैसला किया कि मौजूदा हालात में बहुत सावधान रहने की जरूरत है। रात को पहरा देने की भी बात तय की गयी। उसे बहुत राहत मिली।

लेकिन उसे लगने लगा कि मोहल्ले पर बाहर का दबाव बढ़ रहा है। किसी भी वक्त सैकड़ों की भीड़ मोहल्ले पर धावा बोल सकती है। वह किसी से कुछ कहता नहीं था, लेकिन भीतर-भीतर बेचैन था। पवन ने कई रात उसके परिवार को अपने घर में सुलाया और एक दिन उसने कहा—'अब चुपके से किसी मुस्लिम मोहल्ले में सरक जाइए। भीड़ के उन्माद को रोक पाना कठिन होगा। हम अपनी जान देकर भी नहीं बचा पायेंगे।'

वह खुद कई दिनों से यही महसूस कर रहा था। एक दिन वह रसूलपुर जाकर एक गन्दे मोहल्ले में एक छोटा-सा मकान किराये पर तय कर आया और कीमती सामान पवन तथा दूसरे पड़ोसियों के यहाँ रखकर अपने परिवार के साथ वहाँ सरक गया। कहाँ वह खुला-खुला मोहल्ला, खुला हुआ सुन्दर अपना मकान, पढ़े-लिखे साथी-उसके भी और बच्चों के भी, और कहाँ यह गन्दा मोहल्ला, किराये का, सीलन-भरा छोटा मकान।

'कहाँ आ गये पापा?' नरगिस ने कहा।

'वक्त का फेर है बेटे! देखो, इस गन्दे मकान में कुछ भी न हो, हमारी जिन्दगी की हिफाजत तो है। इस समय तो, यह जिन्दगी है बेटे!'

'हाँ पापा !' कहकर नरगिस चुप हो गयी लेकिन किसी का मन चुप नहीं हुआ।

सभी सोचते थे कि एक तो यह गन्दा छोटा मकान, दूसरे कर्फ्यू। बस बन्द रहो इस सीलन भरे छोटे मकान में। न जाने कब तक यह सजा भोगनी होगी। अतीत, वर्तमान, भविष्य-तीनों एक बिन्दु पर गड्डमड्ड होकर मन के ऊपर चोट करते रहते। कोई रास्ता नहीं सूझ रहा।

थोड़ा अमन हुआ तो दिन का कर्फ्यू उठा लिया गया। ऊपर से आग बुझ गयी थी लेकिन राख अभी गरम थी। न जाने कौन कब उसमें खर-पतवार डाल दे और वह

फिर धधक उठे। इसलिए रात का कफर्यू जारी रहा। जब से दिन का कर्फ्यू उठाया गया है तब से वह रोज एक हादसा देख रहा है। रोज नरगिस कॉलेज से या और कहीं से लौटती है तो परेशान-परेशान सी दिखाई पड़ती है। पूछने पर मालूम हुआ कि इस मोहल्ले के कुछ गुंडानुमा लड़के उसे छेड़ते हैं-'अरे इस मोहल्ले में यह हूर कहाँ से आ गयी? क्या चीज है यार? अब तक कहाँ थी? सुना है यह चिड़िया किसी कॉलेज में पढ़ती है। कितनी बेपर्दगी से घूमती है ?'

नरगिस रोज ये रिमार्क सुनती है। डरी-डरी सी लौटती है। पता नहीं ये लौंडे कब क्या कर दें।

वह नरगिस से यह भी नहीं कह सकता कि घर से निकलती क्यों हो? इस सीलन-भरे मोहल्ले में और घर में नरगिस को या किसी को भी बन्द किया जा सकता है क्या? और अब तो कॉलेज भी खुल गया है।

वह गंगा-विहार में जाकर अपना घर देख आया। उसमें आग लगायी गयी थी। किवाड़, खिड़कियाँ, फर्नीचर-सभी जल गये हैं। दीवारें धुँवठ गयी हैं और अभी भी तो देश में डर का साया डोल रहा है। किसी-न किसी शहर में आग लग ही जा रही है और एक शहर की आग को दूसरे में पहुँचने में कितनी देर लगती है।

'अब मैं यहाँ नहीं रहूँगी।' नरगिस हबस रही थी।

'तो कहाँ जाओगी ?'

'अपने उसी मकान में।'

'वह मकान तो जल गया है। और अभी डर का साया दूर नहीं हुआ है बेटे!'

'वह डर इस डर से कम खौफनाक है पापा! वहाँ अपने मौहल्ले में तो सुरक्षित हैं। यहाँ तो अपने मोहल्ले में डर बना हुआ है कि कुछ शैतान पता नहीं कब क्या कर दें? जले हुए मकान में खुली हवा तो आयेगी।'

'सो जाओ मेरी बच्ची! यह टेंपररी संकट है। ऐसे लौंडे किस जगह नहीं होते। फिर भी कुछ सोचता हूँ।'

और वह ज्यों-ज्यों सोचता गया उलझता गया और न जाने कब नींद आ गयी। और पुलिस के बूटों की ठक-ठक उसकी नींद से टकराती रही।

□

आज का दिन भी

सवेरे उठकर थोड़ा गैलरी में टहलता हूँ। अपने छोटे से किचन-गार्डन में और गैलरी में रखे गमलों के फूलों से बतियाता भी हूँ। काफी लोग सलाह दे चुके हैं कि मुझे सवेरे उठकर दूर किसी पार्क में निकल जाना चाहिए और तेज-तेज घूमना चाहिए लेकिन मैं टहलने के लिए दूर नहीं जा पाता और किसी पार्क में जाकर, जहाँ रंग-बिरंगे फूल खिले हों, तेज-तेज घूमना नहीं हो पाता। लगता है फूल मुझे पुकारते हैं और मैं ठमककर उन्हें देखने लगता हूँ। फिर अपने किचन-गार्डन और गमलों के फूलों का तो कहना ही क्या? इन्हें मैं लगाता हूँ, सींचता हूँ और रोज-रोज इनकी विकासगति को देखता हूँ। मैं जैसे ही सुबह उठता हूँ, लगता है वे पौधे, उनके फूल मुझे मेरे नाम से पुकार रहे हैं और मैं उनके बीच घूमता भी हूँ रुक-रुककर। उन्हें देखता भी हूँ, उनकी मुस्कान से मुस्कान मिलाता हूँ, उनकी गन्ध मेरे भीतर तक चली जाती है, उनका हाल-चाल पूछता हूँ। और लगता है, मैं एक ही साथ बाहर भी घूम रहा हूँ और भीतर भी। अब इस घूमने को डॉक्टर लोग, योगाभ्यासी लोग चाहे जो कहें, लेकिन यह मेरी तो आदत बन गयी है।

पीछे के खुले आँगन में खड़ा होता हूँ।

'दादाजी !' एक बहुत मीठी आवाज मेरे कानों में रस घोल देती है। देखता हूँ छत पर रेंलिग के सहारे मिट्ठू खड़ी है। मिट्ठू यानी डेढ़ साल की मेरी पोती। उसका भोला-भाला, गोल-मटोल चेहरा, गदबदी देह, हँसती-सी आँखें···, किचन-गार्डन के तमाम फूलों के साथ खिला हुआ एक बड़ा-सा फूल, सूर्यमुखी का फूल-सबसे विशिष्ट, सबसे ताजा और सबसे जीवन्त फूल। और मेरी सुबह एक महकती हुई अनुभूति बन जाती है।

'दादाजी!' वह फिर पुकारती है। मैं बाहर से भीतर तक भीग जाता हूँ इस स्वर के रस-माधुर्य से। पुकारकर छिप जाती है और कुछ पलों में उसका हँसता, मुसकराता हुआ चेहरा फिर सामने आ जाता है।

'नीचे आओ।' मैं कहकर व्यायाम करने लगता हूँ। आँगन में मेरा व्यायाम चलता रहता है और ऊपर से मिट्ठू की मीठी पुकार बरसती रहती है, उसका गोल-मटोल

चेहरा छिप-छिप कर उदित होता रहता है और मेरी आँखों में समाता रहता है।

मुझे स्पांडीलाइटिस है। बाँहों में काफी पहले आर्थ्राइटिस भी हुआ था। इसलिए कुछ व्यायाम कर लेता हूँ। व्यायाम क्या है व्यायाम-जैसी चीज है। जानकार लोगों का सुझाव है कि मैं बहुत सवेरे उठकर पार्क में जाया करुँ। वहाँ एकान्त में एकाग्र होकर व्यायाम करूँ, तभी उसका लाभ है। लेकिन यह मुझसे कभी नहीं हो सका। दो-एक बार यहाँ के एक छोटे से उद्यान में गया। इस इलाके में यही सबसे बड़ा उद्यान है। अच्छा है लेकिन यहाँ इतनी ठेलमठेल कि मुक्त-भाव से घूमना नहीं हो पाता। आगे-आगे बूढ़ों की ठिलती हुई दुनिया चलती रहती है जो खाँसती है, थूकती है और आपको तेज-तेज चलने नहीं देती। चारों ओर घास पर लोग पसरे होते हैं। यहाँ कहाँ है एकान्त जिसमें आप व्यायाम के लिए एकाग्रता पैदा कर सकते हैं? इसलिए जैसे अपनी गैलरी में घूमता हूँ वैसे ही आँगन में व्यायाम कर लेता हूँ और एकाग्रता की स्थिति यह है कि एक आसन करने पर यदि अखबार आ गिरा तो पहले उसके हेडिंग पर नजर मार लेता हूँ, फिर दूसरा आसन करता हूँ। उसी क्रम में किसी से बात करनी हुई तो वह भी कर लेता हूँ और थोड़ा रुककर मिट्ठू को देख लेता हूँ, पुकार लेता हूँ, और आसन करते हुए भी उसे देखता पुकारता रहता हूँ, बल्कि वही पुकारती रहती है। अब इसे आसन या व्यायाम कहा जाय या नहीं, यह लाभकर सिद्ध होता है या हानिकर, इसकी चिंता कौन करे? आखिर इसी क्रम से जीवन के इतने दिन बीत गये। बाकी भी बीत जायेंगे। नियमों में कभी यान्त्रिक ढंग से बँधकर काम नहीं किया तो अब क्या करुँगा? फुरसत होने पर भी कभी मन हुआ तो लिखा, नहीं हुआ तो नहीं लिखा। कभी लिखने के क्रम को तोड़कर कुछ और करने लगा, कभी लिखता रहा तो लिखत रहा। कभी किसी उपन्यास के लिखने का क्रम टूटा तो छः-छः महीने या साल-सालभर तक नहीं जुड़ा लेकिन जब जुड़ा तो फिर एक क्रम बन गया।

इन दिनों तो फुरसत ही फुरसत है लेकिन लिखने का क्रम मंद पड़ गया है-एक तो इसलिए कि स्वास्थ्य को कुछ-न कुछ हो जाता है। कभी चक्कर का क्रम चला, कभी यूरिन ट्रबल का। कभी स्पांडीलाइटिस पीड़ित कर रहा है कभी एसिडिटी। कभी जुकाम जोर-आजमाइश कर रहा है कभी आर्थ्राइटिस। और सिर-दर्द तो सारे रोगों का साथी है। यह भगवान की दया है कि मुझे कोई अतिचिंताजनक बीमारी नहीं है किन्तु ये छोटे-छोटे रोग भी कम उत्पाती नहीं हैं, बच्चों की तरह ढेले फेंकते रहते हैं और अपनी शरारतों से बेचैन किये रहते हैं।

ठंडा पड़ने का दूसरा कारण यह है कि मैं सोचता हूँ—काफी कुछ लिख लिया और बहुत लोगों की तरह यह भ्रम नहीं बनाये बैठा हूँ कि अभी मेरा श्रेष्ठ आना बाकी है। जो आ चुका है वह मेरे सन्तोष के लिए काफी है-उन औरों की चिंता मैं क्यों करूँ जो मेरे लिखे गये साहित्य से परिचित नहीं है और राय देते फिरते हैं कि अब मैं कुछ बहुत ऊँची रचना दे मारूँ। मेरे इस सोच से जुड़ा यह सोच भी है कि इन

फुरसत के दिनों को कुछ फुरसत से जिया जाए। यानी जब जो मन करे किया जाए। अब नियमित रूप से पढ़ना-लिखना अनिवार्य क्यों बनाया जाए? कभी घर के काम में हाथ बँटाया जाए, कभी बच्चों से खेला जाए, परिवार के लोगों के साथ गपशप की जाय और घर आने वाले दोस्तों के साथ महफिल जमायी जाए। कभी अकेले बैठकर कुछ अनाप-शनाप विचारों से खेला जाए। कभी रेडियो पर पुराने फिल्मी गीत सुने जाएँ।

रोज-जैसा आज भी एक दिन था—

'दादाजी!' मिट्ठू सीढ़ियों से नीचे उतर आयी थी। मैंने व्यायाम छोड़कर उसे गोद में उठा लिया और एक विशेष मुद्रा से मैंने उसे देखा और सिर हिला दिया। वह खिलखिल-खिलखिल हँसने लगी। हँसना मिट्ठू की आदत है। जब से उसने होश संभाला, हँस रही है। पहले तो सहज ढंग से हँसती है फिर बनावटी हँसी हँसती है। मैंने फिर उसी मुद्रा में देखा और सिर हिला दिया और वह फिर हँसने लगी। यह क्रम कुछ देर तक चलता रहा।

फिर उसकी माँ आ गयी। माँ को सुबह-सुबह स्कूल जाना होता है न, इसलिए उसे खिला-पिलाकर जाती है।

माँ ले गयी तो मैं फिर व्यायाम करने लगा। थोड़ी देर में मिट्ठू के रोने की आवाज आयी। रोना भी मिट्ठू का अद्‌भुत होता है। उसमें एक मीठा दर्द भरा होता है। मैं समझ गया कि मिट्ठू को दूध पिलाया जा रहा है। यानी गोदी में लिटाकर जबरदस्ती चम्मच से दूध। न जाने वह क्यों नहीं सहज भाव से दूध पी पाती। चम्मच और मिट्ठू का संघर्ष चलता रहा। मिट्ठू का रोना किसी कष्टवश नहीं है, यह जानते हुए भी मैं उद्विग्न हो उठा। उसका रुदन मेरे व्यायाम को आहत करता रहा और व्यायाम छोड़कर उसकी ओर लपका और गोद में आने के लिए उसे पुकारा! वह दूध पिलायी जा चुकी थी। स्कूल के लिए माँ तैयार होने चली गयी थी। वह सिर नीचे झुकाकर अहक-अहककर रो रही थी। उसका पूरा शरीर लहर की तरह उठ-गिर रहा था।

'आओ मिट्ठू, घूमने चलें।'

उसने मुझे कनखियों से देखा और फिर सिर झुकाकर रोने लगी।

'टाटा मिट्ठू !'

उसने फिर कनखियों से देखा और फिर रोने लगी।

ओहो, अब मुझे ज्ञात हुआ कि वह मेरे नंग-धडंग बदन को देखकर मुँह फेर ले रही है।

मैंने अन्दर जाकर झट से कुर्ता पहन लिया और फिर लौटकर पुकारा—'मिट्ठू टाटा!' उसने फिर देखा। उसकी दृष्टि में थोड़ा विश्वास का ठहराव दिखाई पड़ा फिर भी वह आयी नहीं।

'अच्छा मिट्ठू टाटा, मैं घूमने चला।'

मैं वहाँ से चलकर थोड़ा छिप गया। वह धरती पर सिर पटककर रोने लगी। मैं उसके पास फिर गया और कहा—'आओ मिट्ठू, घूम आयें टाटा।' मैंने बाँहें फैला दीं तो वह झट-से मेरी गोदी में आ गयी । टाटा टाटा के अन्दाज में हाथ हिलाने लगी।

उसे गोद में लिये आया तो अपने पेड़ों को देखकर बोली—'चीया।'

मैंने देखा गौरेया के कई जोड़े डालों पर फुदक रहे थे।

'हाँ बेटी, चिड़िया।'

गेट के बाहर निकला तो कुत्ते को देखकर बोली—भौं भौं···

फिर बोली, गइया···

उसे गोद में लेकर सड़क पर निकल आया। सड़क पर नाना वाहनों की आवाजे-ही- आवाजे। मिट्ठू जल्दी-जल्दी हर आवाज से चौंकती है, उसका पीछा करती है और अपनी शक्ति-भर उसकी नकल करती है।

उसे पार्क में ले गया। वह वहाँ इस बेंच से उस बेंच तक फुदकती फिरी। एक बड़े फूल की तरह वह फूलों के बीच खेलती रही।

'आओ चलें।'

उसका मन तो नहीं भरा था लेकिन फिर भी चल पड़ी। मैंने उसकी अंगुली पकड़ ली और वह पैदल-पैदल घर की ओर चल पड़ी।

उसकी माँ आठ बजे स्कूल चली जाती है। बेटा पौने दस बजे बैंक जाता है। पत्नी भी बीस-पचीस दिनों से बाहर गयी हुई हैं। पत्नी होती हैं तो सब सँभाल लेती हैं। इधर मुझे ही कुछ करना होता है-साढ़े बारह बजे तक यानी बहू के स्कूल से लौटने तक। कई दिनों तक बेटा छुट्टी लेकर रहा किन्तु मुझे लगा कि इसकी कोई आवश्यकता नहीं है, कुछ ही घण्टों की तो बात है, सँभाल लूँगा।

मिट्ठू घूमकर आयी तो प्रसन्न थी। मैंने, उसके पिता शेखर को पुकारकर कहा, 'इसे सँभालो।'

शेखर नहा रहा था। बोला—'अभी आता हूँ।'

मैं अपने कमरे में आ गया । सोचा, घण्टा-भर कुछ लिख लूँ।

कागज-कलम लेकर बैठा ही था कि फोन आ गया। फोन मेरे एक स्नेही मित्र का था जो बिलावजह फोन किया करते हैं और जल्दी छोड़ते नहीं। फोन सुनते कुछ देर हो गयी तो याद आया-पता नहीं मिट्ठू कहाँ हैं? और मैं फोन रखकर उसे देखने निकला तो पाया कि वह एक किवाड़ की आड़ में चुपचाप बैठकर मिट्टी खा रही है।

'अरे, क्या कर रही है, मिट्ठू?'

वह कुछ बोले बिना मेरी ओर विचित्र दृष्टि से देख रही थी।

मैंने उसके बन्द मुँह को जबरदस्ती खोला और उसमें से कंकड़ निकाला। 'यह कंकड़ कहीं गले में अटक जाये तो?' मैं सोचने लगा। रोज ही सोचता हूँ। सभी सोचते

हैं। किन्तु सबके सोचने से क्या होता है। मिट्ठू सोचे तब न। और वह यह सब सोचने लायक हुई कहाँ है? अत: हम सबको यह चिन्ता बनी रहती है। यह लड़की न मन से दूध पीयेगी, न मन से खाना खायेगी और मिट्टी के पीछे पागल रहती है। उसे पता है, पक्के फर्श-वाले पूरे घर में कहाँ-कहाँ मिट्टी या उस जैसी चीजें मिल सकती हैं। यदि मिट्ठू कहीं दिखाई न पड़ती हो तो हम जान लेते हैं कि वह कहाँ-कहाँ हो सकती है।

मिट्ठू का मुँह खोलकर कंकड़ निकाला तो वह रो पड़ी।

'क्या हुआ?' बाथरूम के भीतर से शेखर ने पूछा।

'कुछ खास नहीं, वही मिट्टी-प्रसंग।'

लेकिन मिट्ठू को हल्का-हल्का बोध तो है ही कि उसने कोई गलत काम किया है इसलिए अपने रुदन-कार्य को लम्बा नहीं खींचा, बहलाने से थोड़ी देर में चुप हो गयी।

वह कई बार हमें दिखाकर झूठे कोई चीज मुँह में डाल लेती है और हमारी ओर देखती है। हम उसका मुँह खोलना चाहते हैं तो खुद ही खोल देती है और जब हमारे हाथ कुछ नहीं लगता तो हँस देती है और फिर उसी तरह की क्रियाएँ करती है।

शेखर के बैंक जाने का समय हो रहा था। उससे पहले मिट्ठू को सो जाना चाहिए। मैंने उसे बाहर बरामदे में पड़े झूले में डाल दिया और झूले के आगे कुछ दूरी पर कुर्सी पर बैठकर उसे झुलाने लगा और कहा मिट्ठू सो जाओ।

मिटठू ने तुरंत अपना सिर झूले के एक ओर टिकाकर स्वयं ही ऊँ ऊँ ऊँ ऊँ लोरी गाना शुरू कर दिया। मैं झुलाता रहा और वह लोरी गाती-गाती सो गयी।

शेखर अपने कमरे में उसे सुलाकर नौकरी पर चला गया। अब घर में मैं था और मिट्ठू थी। पौने दस बजे हैं, मिट्ठू साढ़े ग्यारह-बारह बजे तक सोयेगी। फिर साढ़े बारह बजे उसकी माँ आ जाएगी। सोचा-इस बीच कुछ लिखूँ। कई चीजें शुरू कर-करके छोड़ रखी हैं। मैं सुबह ही लिखता हूँ और निश्चिंतता में लिखता हूँ किन्तु वह निश्चिंतता अब कहाँ मिल पाती है। छोटे-छोटे क्रिया-व्यापार बीच-बीच में आते रहते हैं और सबसे बड़ा क्रिया-व्यापार तो मिट्ठू के साथ हो लेना होता है न। और यह हो लेना मजबूरी नहीं है, जीवन्त आह्लाद भी है जो आमंत्रित करता है।

लिखने बैठा तो सोचता रहा किस अधूरे लेखन को उठाऊँ। मन थोड़ी देर उसी में भटकता रहा। कुछ शुरू करता कि फोन की घण्टी बजी। अब घण्टी बज रही है तो उठाना ही पड़ेगा। फोन चाहे किसी के लिए हो, जूझना तो मुझी को पड़ेगा न। फोन प्राय: छोटे बेटे अनन्त का होता है। वह अभिनेता है न। सारा कार्य-व्यापार फोन से ही चलता रहता है। वह है नहीं। कहीं शूटिंग पर गया है।

'हलो'

'हलो'

'हलो'

'हलो'

'अरे भाई, हलो हलो ही करते रहेंगे कि कुछ बोलेंगे भी!'

'हलो अनन्त भाई !'

'जी, मैं अनन्त नहीं, उनका फादर बोल रहा हूँ।'

'अनन्त भाई को जरा बुला दीजिए।'

'वे हैं नहीं।'

'कहाँ गए हैं?'

'शूटिंग पर गए हैं।

'कहाँ, किस जगह गये हैं।'

'यह तो मुझे नहीं मालूम।'

'कब आयेंगे?'

'नहीं मालूम।'

'बड़ा जरूरी काम था जी!'

'तो मैं क्या कर सकता हूँ? आप सन्देश दे दें।'

'देखिए, रात को जब भी आयें मुझे फोन कर लें।'

'वे काफी देर से आते हैं।'

'कोई बात नहीं, मैं बहुत देर तक जागता हूँ। वैसे भी यह फोन मेरे कमरे में है। मैं जग जाऊँगा।'

'लेकिन हमारे यहाँ का फोन उनके कमरे में नही, मेरे कमरे में है और वे ऊपर की मंजिल में रहते हैं। आते हैं तो चुपचाप अपने कमरे में चले जाते हैं। उन्हें सन्देश देने के लिए मैं रात-भर जागने से रहा।'

मैंने फोन रख दिया और फिर अपनी सीट पर आ गया। सोचा अब फिर कुछ शुरू करूँ कि फिर फोन की घण्टी बजी।

'हल्लो।' एक मोटी भद्दी सी आवाज थी।

'हलो।'

'आप कहाँ से बोल रहे हो?'

'जी, मैं अपने घर से बोल रहा हूँ।'

आप कौन बोल रहे हो?'

आपको किससे बात करनी है, यह तो बताइए।'

'चड्ढा है!'

'होगा।'

'कहाँ होगा।'

'अपने घर होगा।'

'तो उसे बुला दो जी।'

'उसका घर मैंने नहीं देखा है। यह फोन मेरा है, उसके घर फोन कीजिए।'

मैंने फोन रख दिया। रोज ऐसे बेतुके फोन आते रहते हैं।

लिखने ही बैठा था कि गेट खट-खट-खट बजने लगा। दो-दो सेकण्ड के बाद कई बार बजा।

'अरे, आता हूँ भाई, इतनी जल्दी क्या है?' गया तो देखा कुछ युवक खड़े हैं। एक के हाथ में रसीद बही है।

'कहिए?'

'अंकलजी, हमारे मोहल्ले में भगवती जागरण है। चन्दा लेने आये हैं।'

'तुम लोग युवक हो, कुछ अच्छे सामाजिक काम करो। उसके लिए चन्दा माँगने आओगे तो मैं दिल खोलकर दूँगा, लोगों की नींद हराम करने के लिए चन्दा नहीं देता।'

उनका मुँह तीता हो गया। लगा कि वे मन-ही-मन मुझे गालियाँ दे रहे हैं।

उनमें से एक ने कहा— 'चलो भाई फौरन यहाँ से।'

अब सोचा कि लिखना नहीं हो पायेगा। कोई पुस्तक पढ़ूँ।

ढेर सारी पुस्तकें पढ़ने के लिए निकाल रखी हैं। कुछ वे हैं जिन्हें पढ़ना चाहता हूँ, कुछ वे हैं जिन्हें पढ़ना पड़ता है। प्रायः नये लेखकों की पुस्तकें आती रहती हैं। कुछ पर लिखा होता है समीक्षार्थ, कुछ पर केवल भेंट लिखी होती है। लिखा कुछ भी हो किन्तु पन्द्रह-बीस दिन के बाद तकाजे शुरू हो जाते हैं मेरी समीक्षात्मक प्रतिक्रिया के लिए। वैसे पुस्तकें मिलते ही मैं एक नजर देख लेता हूँ और जो अच्छी लगती हैं उन्हें अलग रखता जाता हूँ—इत्मीनान से पढ़ने के लिए। और जो यों ही होती हैं उन्हें एक ओर डाल देता हूँ। किन्तु जिन पुस्तकों के बारे में लिखने लायक नहीं होता, चुप रहता हूँ तकाजों के बावजूद चुप रहता हूँ। उनकी व्यर्थता के बारे में लिखकर लेखक को क्यों दुखी करूँ और मिथ्या प्रशंसा होती नहीं।

चुनी हुई पुस्तकों में से एक पुस्तक उठा ली। लेखक अनजाना था लेकिन उसकी उम्र कम नहीं थी, लगभग पैंतालीस की थी और यह दूसरा संग्रह था। कविताएँ पढ़नी शुरू कीं तो कविताओं ने पकड़ लिया। उनमें अद्‌भुत संवेदनशीलता और ताजगी थी। ये किसी कटघरे की कविताएँ नहीं थीं, बलिक खुली हुई सहज कविताएँ थीं। इनमें मनुष्य और परिवेश का बड़ा सहज और मार्मिक संवाद था। देखा, पुस्तक को छपे साल-भर से ऊपर हो गया था लेकिन कहीं भी इसकी चर्चा नहीं हुई। मैं इस पर लिखूँगा। लेकिन इससे क्या हो जायेगा? हाँ सही है, मेरे लिखने से कुछ नहीं होगा। फिर कवि को पत्र लिखकर सलाह दूँगा-बन्धु, तुम कवि तो बहुत अच्छे हो लेकिन इतना ही काफी नहीं है। तुम मुझसे जुड़कर या मेरी राय पाकर कुछ नहीं पाओगे। तुम दिल्ली आओ, चाहे वहीं से पत्र द्वारा यह काम करो। हाँ, यहाँ कुछ लोग हैं जो

साहित्य का वारा-न्यारा करते हैं। कुछ कवि हैं, कुछ कहानीकार हैं, कुछ आलोचक हैं, कुछ सम्पादक हैं और कुल मिलाकर इनका एक गिरोह है जो शिक्षा-संस्थाओं, सरकारी विभागों, अकादमियों, अखबारों, पत्रिकाओं, पुरस्कार-समितियों में छाया हुआ है। उनसे जुड़ो। यह अहसास दिलाओ कि तुम उनके पट्ठे हो । फिर देखो तुम्हारी चर्चा कैसी होती जायेगी। यानी तुम साहित्य के पंक्ति-पावन बन जाओगे।'

'खट-खट-खट-खट' में चौंक गया। कोई गेट खड़का रहा था।

मैंने बाहर निकलकर पूछा—'कहिए, आप कौन हैं, कैसे आये हैं?'

'साहब, जरा यह पता बता दीजिए।' उसने एक कागज मेरे हाथ में थमा दिया।

'तो पता पूछने के लिए सड़क पर आपको कोई नहीं मिला। इस तरह गेट खड़काकर, किसी को बुलाकर पता पूछा जाता है? और गेट खड़काया तो खड़काते ही चले गये।' मैं काफी उद्विग्न हो उठा था।

'सॉरी साहब, दरअसल किसी ने कहा कि चूँकि यह पता किसी दूबेजी का है, हो सकता है डॉ दुबे को मालूम हो। और आपका पता बताकर यहाँ भेज दिया।'

'यानी दिल्ली में जितने दुबे हैं उन्हें जानने का ठेका मैंने ले लिया है इसलिए कि मैं दुबे हूँ। अजीब जातिवादी सोच है लोगों की।'

मैंने पुरजा देखा। उसमें अनिल दुबे 1/161 वाणी विहार लिखा हुआ था। मैंने पुरजा थमाते हुए कहा, 'नहीं भाई, मैं इन्हें नहीं जानता। मुझे नहीं लगता कि इस नाम का कोई दूबे वाणी विहार में रहता है। यह नंबर भी वाणी विहार का नहीं है। हुआ यह है मित्र कि वाणी विहार थोड़ा ठीक-ठाक मोहल्ला है तो आसपास के मोहल्ले वाले भी अपने को वाणी विहार का ही कहते हैं।'

वह चला गया तो मुझे अपने पर गुस्सा आ गया। कोई भूला-भटका आदमी पता पूछ रहा है तो इसमें उद्विग्न होने की क्या बात थी? तुम तो पता पूछते हुए अनेक लोगों को उनकी मंजिल तक पहुँचा आते हो, फिर यह तो तुम्हारे दरवाजे पर आकर पूछ रहा था।

सचमुच मैं हैरान था कि इतना उद्विग्न क्यों हो गया? शायद इसलिए कि मैं एक अच्छी किताब पढ़ रहा था और उसने भद्दे ढंग से गेट खड़का-खड़काकर मुझे बुलाया। मुझे भद्दे और फूहड़ व्यवहार बहुत बुरे लगते हैं। फिर मिट्ठू सो रही है। इतने जोर से गेट खड़केगा तो जग जायेगी और अभी उसकी माँ के आने में डेढ़ घंटा बाकी है।

मैं फिर आकर बैठ गया और फिर पुस्तक हाथ में उठा ली। आगे की कविताओं पर नजर गड़ाई, पढ़ भी गया लेकिन क्या पढ़ गया पता ही नहीं चला। वास्तव में मेरे मन में उस पता खोजते आदमी की तस्वीर उतर आयी थी। एक आदमी एक गलत या अधूरा पता लेकर दर-दर भटक रहा है, किस-किससे पूछ रहा है, हर आदमी बड़ी आसानी से कह दे रहा है, 'मुझे नहीं मालूम' और आगे बढ़ा जा रहा है और वह

आदमी थोड़ी देर बाद वहाँ खड़ा रहकर सोचता है-किधर जाऊँ, किससे पूछूँ ?' लगा जैसे मैं ही भटक रहा हूँ। लगा जैसे अभी-अभी मैंने अपने को ही डाँटा था।

पुस्तक में मन नहीं लगा। अनमने भाव से उसे बगल में पटक दिया।

टिक-टिक-टिक-टिक घड़ी बोल रही थी। देखा अभी उसमें बारह बजे हैं। बारह बजे देखते ही मिट्ठू का ध्यान आया। अरे, वह तो उठ गयी होगी। मैं इन उलझनों में उसे भूल गया। भागा उसके कमरे में गया। वह उठकर रो रही थी। बिस्तर भी गीला कर दिया था। मुझे देखते ही उसने सिर झुकाकर बिस्तर में गड़ा लिया। नाराज थी। मैंने जबरदस्ती उसे बाँहों में उठा लिया और बोला, 'टाटा मिट्ठू! चलो घूमने चलते हैं।' उसने थोड़ा-सा मेरी ओर देखा। शायद पहचानना चाहती रही हो कि क्या सचमुच घूमने चल रहे हैं।

उसे लेकर गैलरी में गया। गेट पर गया। थोड़ा बाहर गया और वह धीरे-धीरे प्रकृतिस्थ हो गयी। उसे केला खिला ही रहा था कि गेट खड़का। मैंने कमरे के अन्दर से ही देखा—दो गेरुआ वस्त्रधारी साधु महाराज खड़े हैं। और आशीर्वाद बरसाये जा रहे हैं।

मरने दो अभागों को। हट्टे-कट्टे जवान लोग चले जाते हैं बिना माँगे आशीर्वाद बरसाने।

जब नहीं सहा गया तो मैंने भीतर से ही चिल्लाकर कहा—'जाओ महाराज, आगे बढ़ो।'

'अरे सुनो तो बच्चा! जरा सामने आओ। बाबा का आशीर्वाद तो ले लो।'

'मैं बच्चा नहीं हूँ साधु महाराज, उम्र में आपका चचा हूँ और फिलहाल मैं अपने रूठे बच्चे को मना रहा हूँ, उसे खिला-पिला रहा हूँ। फालतू काम के लिए मेरे पास फुरसत नहीं है।'

वे चले गये शायद मन में मुझे कोसते हुए! एक केला खाकर मिट्ठू जब प्रकृतिस्थ हुई तो मैंने उसे खेलने के लिए नीचे उतार दिया।

फोन की घंटी बजी—

'हलो।'

'क्या डॉ. दुबे से बात हो सकती है ?'

'बोल रहा हूँ।'

'पहचाना आपने?'

'नहीं भाई, आवाज कुछ पहचानी-सी लग रही है किन्तु ठीक पकड़ नहीं आ रही है।' सचमुच ठेठ पुरबिया टोन की एक यह बेहूदा आवाज कुछ परिचित-सी लग रही थी लेकिन किसकी है इसी सोच में मैं था।

'अरे, कोशिश कीजिए। कीजिए कोशिश।'

'हाँ, कोशिश कर रहा हूँ लेकिन ··· ।'

'अरे भाई, आप लोग बड़े हो गये हैं, अपने पुराने मित्रों को कैसे पहचानेंगे?'

क्रोध जब्त नहीं हो पा रहा था। जी में आया कह दूँ—तुम्हें फोन पर कोई बात करनी है कि घण्टा-घर आवाज ही पहचनवाते रहोगे। फिर भी नहीं बोला। पता नहीं कौन हो। इसलिए चुप रह गया।

'हलो-हलो।' मेरी चुप्पी अनुभव कर उधर से आवाज आयी।

'हलो।' मैंने धीरे-से कहा। फिर कहा—'देखिए मेरे आगे ढेर सारे काम पड़े हैं। आप कृपया, अपना परिचय दीजिए और सेवा बताइये।'

'हो हो हो हो।' वे हँसे और बोले—'अरे, मैं आपके शहर का गणेश हूँ। काफी पहले आपके यहाँ आया था बल्कि कई बार आया था।'

अब एकाएक इस व्यक्ति का हुलिया मेरी स्मृति में कौंध गया। मन वितृष्णा से भर गया।

'हाँ, हाँ गणेश जी, पहचान लिया। दिल्ली कब आये?'

'बस, कल आया। फिर किसी काम-काज के जोगाड़ में आया हूँ। आपके दर्शन करना चाहता हूँ। आज आ जाऊँ?'

मेरा जी भन्ना गया । उसका सारा अतीत-व्यवहार दुर्गन्ध मारने लगा। सारी मुरौवत छोड़कर बोला, 'नहीं आज नहीं, मैं अभी थोड़ी देर में निकल जाऊँगा और रात तक आऊँगा। कई दिन तक दिनचर्या बहुत व्यस्त है। घर से लेकर बाहर तक। जब भी आना होगा पूछकर आइएगा।'

'अरे, आप लोग अपने हैं। बड़ा भरोसा करके आया हूँ। अपने ही लोग साथ नहीं देंगे तो कहाँ जाऊँगा?'

मैंने झटके-से फ़ोन रख दिया। अपने? पता नहीं यह आदमी अपना कब से हो गया । न मेरा सहपाठी, न रिश्तेदार, न मित्र, न पड़ोसी। खाली इसलिए अपना हो गया कि वह भी मेरे शहर का है। ढोंगी कहीं का। ? जितनी बार आया उतनी बार चार-पाँच घंटे से पहले नहीं उठा और अपनी बेहूदा टोन में कहाँ-कहाँ की अनर्गल बातें करता रहा और जब भी गया मेरी कोई-न-कोई पुस्तक लेकर गया। एकाध बार तो किराये के लिए पैसे भी ले गया। इतना वक्त खा गया।

'अरे, मिट्ठू कहाँ गयी?' इधर-उधर देखा फिर सोचा ड्राइंगरूम में चली गयी होगी और अपना प्रिय कार्य कर रही होगी।

'मिट्ठू-मिट्ठू' पुकारता हुआ ड्राइंगरूम में गया तो देखा मिट्ठू मेज के ऊपर नीचे रखी हुई तमाम पत्रिकाएँ निकाल-निकालकर फेंक रही है। पूरा कमरा फेंकी गयी पत्रिकाओं से अस्त-व्यस्त है।

मुझे प्यास लग आयी थी। गिलास में पानी लाकर पीने लगा कि मिट्ठू मेरे गिलास की ओर झपटी 'मम मम'। ओह मैं तो भूल ही गया था कि पानी पहले मिट्ठू को देना चाहिए। उसे प्यास बहुत लगती है। न भी लगी हो तो किसी को पानी पीते देख

लग जाती है और उसके गिलास पर झपट पड़ती है। कभी-कभी तो किसी छोटे बच्चे के हाथ में पानी का गिलास देखकर लपकी हुई जाती है और उसका गिलास जबरदस्ती अपनी ओर खींचकर गटर-गटर पी जाती है और बच्चा या तो स्तब्ध देखता रह जाता है या रोने लगता है।

सो पानी लाकर मिट्ठू को दिया। वह पीने लगी कि गेट खड़का।

'मम्मी' मिट्ठू बोली। मैंने घड़ी देखी-- बारह बज रहे थे। कमरा खोल दिया। उसकी मम्मी ने कमरे में प्रवेश किया और मिट्ठू उसे देखकर मुस्करायी। मम्मी कपड़ा बदलने के लिए आगे बढ़ी कि मिट्ठू बकैंया लेट गयी और जमीन में सिर धँसाकर रोने लगी।

'अच्छा, आओ बाबा आओ, कपड़े बाद में बदलूँगी।'

लेकिन मिट्ठू ने उठने का नाम नहीं लिया। मम्मी ने उठाया तो भी उसकी गोद में हाथ-पाँव मारती रोती रही।

'तुलसी सही न जात है थरिया पर की भूख' इतने घण्टे उसने तुम्हें नहीं पूछा लेकिन सामने देखकर एक पल भी वियोग का नहीं सह सकती।'

'साड़ी खराब हो जाती है न।'

'साड़ी मिट्ठू से ज्यादा कीमती है क्या?'

बहू मुस्करायी।

अब थोड़ा निश्चिन्त हुआ। लेकिन कहाँ हुआ? अभी तो मिट्ठू की माँ उसे नहलायेगी, फिर जबरदस्ती दूध पिलायेगी, साथ-ही-साथ किचन भी देखेगी, मिट्ठू को खाना खिलाने का संघर्ष छिड़ेगा यानी कि जब तक मिट्ठू सो नहीं जाती, तब तक उसकी माँ तो निश्चिन्त नहीं ही होगी, मैं भी नहीं हूँगा।

'चलूँ, नहा लूँ।' बाथरूम में घुसा ।

'दादाजी !' मिट्ठू बाथरूम के दरवाजे पर थाप दे रही थी।

'अरे, मिट्ठू! दादाजी को नहाने दो।' उसकी माँ आयी और झपटकर पकड़ ले गयी।

मिट्ठू रोने लगी। दादा ··· दादा ··· ।'

'आओ भाई मिट्ठू आ जाओ, आज मैं ही तुम्हें नहला दूँ।'

उसकी माँ मेरे कहने पर उसे दे गयी। मिट्ठू खुश और बाल्टी में मग डुबो-डुबोकर पानी फेंकने लगी।

मैंने कहा—'अरे भाई, नहाओगी भी या पानी ही फेंकती रहोगी। नहाओ, नहाओ।' लेकिन मिट्ठू का खेल जारी रहा। मैं भी सोचता रहा खेलने दो कुछ देर तक। तब तक इसकी माँ को काम करने की फुरसत मिल जायेगी।

दरअसल अभी मार्च का अन्त था। ठण्डे पानी से नहाना शुरू कर दिया था। लेकिन पानी में अभी ठण्डक थी। इसलिए मिट्ठू नहाने के स्थान पर नहाने का खेल

कर रही थी। वैसे तो इस साल मिट्ठू ने जमकर होली खेली थी, घण्टों खेलती रही लेकिन वह भी देखा-देखी एक खेल ही था न। खेल कोई हो, बच्चों को अच्छा लगता है। जब मैं नहा चुका तो यह खेल खत्म होना ही था। मैंने मिट्ठू के ऊपर पानी डालना शुरू किया। पहले तो थोड़ी अफनायी फिर पानी के ठण्डे स्पर्श का आनन्द लेने लगी।

'आओ, चलें मिट्ठू !'

'नईं' कहकर वह फिर पानी की ओर झपटी लेकिन मैं उसे खींचकर बाहर ले आया तो रोने लगी। फिर धीरे-धीरे चुप हो गयी।

दो बजे खाना खाने बैठा तो मिट्ठू आ गयी और पंजे पर उचक-उचककर देखने लगी कि मेरी थाली में क्या है? वह कुर्सी पर चढ़कर मेज पर आने का प्रयत्न करने करने लगी।

'लो खाओ।'

'नई।'

'अच्छा यह खाओ।'

'नई।'

कभी मुँह खोल भी दिया तो कौर मुँह में जाते ही उगल दिया।

'अच्छा, प्याज खाओ।'

उसने हाथ फैला दिया।

'आलू खाओ।'

उसने मुँह खोल दिया।

फिर उसकी माँ आ गयी उसके लिए खाना लेकर और तब खाने और खाने से भागने का खेल शुरू हो गया।

मिट्ठू अपनी माँ के साथ ऊपर की मंजिल पर चली गयी तो नीचे की मंजिल एकदम सूनी हो गयी। यानी मैं—केवल मैं।

चलो भाई थोड़ा सो लिया जाए।

ढाई बजे थे। अभी क्या सोया जाए। डाकिया आता है तीन बजे के आसपास। कोई रजिस्ट्री भी होती है (और प्राय: होती ही है) तो वह गेट खटकाकर या बेल बजाकर बुलाता है। एकदम कच्ची नींद से उठ जाने पर बैचेनी अनुभव होने लगती है। इसलिए मैं प्राय: उसके आने के बाद ही सोता हूँ। सो लेने से दिन की यात्रा में कुछ देर के लिए ठहराव आ जाता है और उसके बाद फिर कुछ काम करने का उत्साह जागता है। लेकिन जब से अकेला पड़ गया हूँ सब गड्ड-मड्ड हो गया है। इसलिए प्राय: सोना नहीं हो पाता।

हाथ में एक उपन्यास लेकर कुर्सी पर बैठ गया। इसे हाल ही में एक सम्मानित पुरस्कार मिला था। इसे मैं कई बार शुरू करके छोड़ चुका हूँ। लेकिन जब उसे

पुरस्कार मिला तो सोचा कि इससे युद्ध करके पढ़ ही डालूँ। साहित्य के एक पाठक के नाते फर्ज बनता है कि इसे पढ़ जाऊँ। यानी मैं आनन्द पाने के लिए नहीं, फर्ज निभाने के लिए इसे पढ़ रहा हूँ। लेकिन चाहे किसी उद्देश्य से पढ़ूँ, पुस्तक वही है, पढ़नेवाला मैं ही हूँ। नहीं चलती है तो नहीं चलती है। उपन्यास की पुस्तक भी यदि न चले तो उसे क्या कहा जाए?

लेकिन मैं चाहे जो कहूँ क्या फर्क पड़ता है। इसे पुरस्कार तो मिल ही गया है। पुरस्कार पुस्तक को नहीं लेखक को मिला है। वह कुछ भी लिखेगा, उसकी प्रशंसा करने वाले लोग तैयार बैठे हैं। अब स्वतन्त्र लेखन या स्वतन्त्र चिंतन का कोई मतलब नहीं रह गया है। उसे किसी-न-किसी राजनीतिक दल से जुड़ना ही होगा। देश का प्रशासन बँट रहा है तमाम दलों में। कहीं कांग्रेस है, कहीं साम्यवाद है, कहीं लोहियावाद है, कहीं भाजपा का वर्चस्व है। आप इनमें से हैं तो कही-न-कहीं आप पुरस्कृत होंगे, अन्य सुविधाएँ भी मिलेंगी। उनके साहित्यिक मंचों से आपके साहित्य पर बहस होगी-डंका बजेगा। स्वतन्त्र लेखक हैं तो आप न तीन में हैं न तेरह में। गये मियाँ रहमाँ, न एहमाँ न वोहमाँ। ···

पुरस्कार ससुरा जाये जहन्नुम में। पुस्तक नहीं पढ़ी जाती तो नहीं पढ़ूँगा और मैंने पुस्तक जोर से नीचे फेंक दी। उसके कुछ पन्ने फट गये। वह परकटे पंछी की तरह नीचे पंखे की हवा में फड़फड़ाती रही। ससुरू जोगाड़ करके लेखक बने हुए हैं।

काल-बेल बजी। शायद डाकिया है।

हाँ, डाकिया ही था। कुछ पत्रिकाएँ। कुछ चिट्ठियाँ। दो रजिस्टर्ड चिट्ठियाँ। दो शोध-प्रबन्ध। दो पुस्तकें। डाक जैसे रोजमर्रा की जिन्दगी का एक हिस्सा बन गयी है। बैठे-बैठे हम कहाँ से कहाँ जुड़ जाते हैं। जिस दिन डाक नहीं आती (यानि छुट्टियों के दिन) वह दिन बड़ा बन्द-सा लगता है। रजिस्टर्ड लिफाफा में दो चेक पाकर बड़ी प्रसन्नता हुई। दो साल पहले जाँचे गये शोध-प्रबन्धों के चेक हैं ये। प्रसन्नता इसलिए कि ये नहीं भी आते तो क्या कर लेता? ये आ जाते हैं तो लगता है कि पारिश्रमिक नहीं, पुरस्कार है। फिर दो शोध-प्रबन्ध, यानी फिर दो साल बाद दो चेक आयेंगे, आना होगा तो। चिट्ठियाँ खोलीं। कुछ मित्रों की थीं, कुछ पाठकों की, कुछ सम्पादकों की। किसी सम्पादक ने कहानी माँगी थी, किसी ने लेख। एक प्रकाशक ने उपन्यास माँगा था, कविता किसी ने नहीं माँगी। यहाँ तो वही हाल है पहले तो छपने में आठ-दस महीने लग जायेंगे उसके बाद कई महीने लग जायेंगे पारिश्रमिक आने में यदि आने होंगे तो। सोचता हूँ हम लेखकों और प्राध्यापकों का पारिश्रमिक भी कितना अजीब है। सब उधार खाता। मिला तो लम्बे समय बाद और नहीं मिला तो नहीं मिला। और सारे कामों की मजदूरी तुरंत मिल जाती है लेकिन हमारी?

घड़ी देखी—साढ़े तीन बज रहे थे। सोचा अब थोड़ा सो ही लूँ।

लेटकर एक पत्रिका पढ़ने लगा। पता नहीं कब नींद आ गयी। फोन की घनघनाहट

से चौंककर जाग गया।

'हलो।'

'हाँ, मैं कपूर बोल रहा हूँ।'

'कौन कपूर ? दिल्ली में कपूर एक दो थोड़े हैं।'

'वेदप्रकाश कपूर।'

'हाँ, कहिए।'

'मैंने आपको अपनी कहानी-पुस्तक भेजी थी। उस पर आपकी सम्मति चाहता था।'

'क्या नाम था पुस्तक का ?'

'आपको याद नहीं। दस दिन पहले ही तो भेजी थी।'

'भेजी होगी। मगर मेरी स्मृति बहुत कमजोर है।'

'उसका नाम था 'मौत का कुआँ।'

'भाई कपूर जी, पहली बात तो यह है कि यह मेरे सोने का समय होता है। आगे से फोन करें तो ध्यान रखें और मैं अभी मौत के कुएँ में उतरा नहीं हूँ। यदि उतरूँगा तो आपको सूचित कर दूँगा।'

'साहब, जल्दी उतरिए। फ्रेम छपना है। उस पर आपकी सम्मति जायेगी।'

'कपूर साहब, मुझे अभी जीना है? इतनी जल्दी हो तो किसी और को उसमें उतारिए।'

कहकर मैंने फोन रख दिया। अजीब अहमक लोग हैं। सम्मतियों और आशीर्वादों से लेखक बनना चाहते हैं।

अब क्या करुँ? सो भी नहीं पा रहा हूँ। पढ़ भी नहीं पा रहा हूँ। अब तो चार बज रहे हैं क्या करुँ? फिर सोने की कोशिश की। नींद में फिर लगा कोई दरवाजा थपथपा रहा है। अनमने भाव से पड़ा रहा। फिर थपथपाहट हुई।

'कौन है भाई ?' कहकर मैं उठा।

'कपड़े हैं।' धोबी की लड़की खड़ी थी।

'अरे, मैं सो रहा था। तुम लोग बेवक्त आते हो, थोड़ा आराम भी नहीं करने देते।'

'बेवक्त? कैसा बाबूजी। साढ़े पाँच बज रहे हैं।'

'ओह, साढ़े पाँच बज गये।'

'हाँ। कपड़े हैं?'

'पता नहीं, शायद नहीं हैं कल आना।' कहकर मैंने पिण्ड छुड़ाया। कौन इंटरकाम बजाकर बहू को जगाये। मिट्ठू सो रही होगी तो जग जायेगी।

मैं उठ तो गया था लेकिन अनमन था। न सोते में था न जागते में।

जाकर हाथ मुँह धो आया, थोड़ा टहला फिर चाय बनायी।

चाय पीते हुए कुछ पढ़ने लगा कि पीछे से कुर्सी पर किसी ने हाथ मारा। देखा

मिट्ठू थी। मुस्करा रही थी।

'दादाजी!' उसने पुकारा।

'हाँ बेटा!'

मुझे प्रसन्न देख टेबल की ओर बढ़ गयी और टेबल पर दोनों हाथों से थपथप मारा। मैं मुस्कराया तो उसने एक किताब उठा ली।

'लाओ, दो।'

उसने लाकर दे दी। फिर वापस ले ली। फिर माँगा, उसने दे दी और इस बार मैंने पुस्तक अपने पास रख ली तो झपटकर उसने दूसरी पुस्तक उठा ली। उसे भी माँगा तो उसने दे दिया। फिर वह टेबल पर की तथा अन्यत्र रखी पुस्तकें ला-लाकर मुझे देने लगी और मैं उन्हें दीवान पर रखता चला गया लेकिन कब तक रखता? उसे एक रंगीन (मगर बेकार की) पत्रिका दे दी और कहा-पढ़ो। फिर वह उसे खोलकर पढ़ने लगी यानी उसके पन्ने फाड़ने-फूड़ने लगी। इस खेल से जब मन भर गया तब टेबल के नीचे रखी पत्रिकाएँ निकाल-निकालकर फेंकने लगी।

मैंने कहा— 'वाह मिट्ठू वाह वाह, क्या पढ़ाई हो रही है।'

वह सुनकर मुस्करायी। पुस्तकों से उसका ध्यान हटाने के लिए मैंने कहा—'मिट्ठू पेट बजाओ।' फिर तो वह प्रसन्न होकर अपने पेट पर दोनों हाथ मारने लगी। तड़-तड़-तड़तड़। मारने की अदा ऐसी थी कि बस पूछिए मत। यह अदा मिट्ठू की ही अदा थी। मैं हँसते-हँसते लोट-पोट हो रहा था और वह मेरी प्रसन्नता देखकर और तेजी के साथ पेट पर हाथ मार रही थी और हँस भी रही थी।

स्कूटर की घर्राहट हुई तो मिट्ठू चौंकी। फिर 'पापाजी पापाजी' कहती हुई कमरे के बाहर भागी।

फुरसत मिली तो सोचा कहीं घूम आना चाहिए। वैसे आज इंडिया इंटरनेशनल में एक साहित्यिक समारोह था। जाने को जाया जा सकता था लेकिन दिल्ली में समारोहों की क्या कमी? आज यहाँ, कल वहाँ, परसों वहाँ, नरसों वहाँ। बोलने वाले वही दो-चार नटवरलाल लोग जिनके भाषणों की कलाबाजियाँ देखते-देखते हिन्दी-साहित्य ऊब गया है। समय खर्च करो, पैसे खर्च करो, किसलिए भाई। अच्छा है अपने घर रहो, लिखो-पढ़ो, घर के लोगों और दोस्तों से गपशप करो। जिन्हें साहित्य लूटना है उन्हें लूटने दो। और लूटने वालों की अदा पर जिन्हें तालियाँ बजानी हैं बजाने दो। ये लोग बालिग न होने की ठाने हुए हों तो हम क्यों नाबालिग बनें इतनी उम्र में।

जाना कहाँ था। बस ऐसे ही घर से निकल पड़ा। लोग रास्ते में मिलते गये, दुआ-सलाम होता गया। बाजार और मुहल्ले में दो-एक घर ऐसे हैं जहाँ मैं प्रायः जाता हूँ और जहाँ साहित्य से लेकर घर-परिवार, दीन-दुनिया, अतीत-वर्तमान तक सबकी बातें होती हैं। कोई वर्जना नहीं, कोई संकोच नहीं, बस प्रवाह चलता रहता है। आजकल साहित्यकारों की ऐसी पौध आयी है जिनके बीच बैठकर आप हँसना ही

भूल जायेंगे और सोचेंगे कि क्या बात की जाए। ससुर बात करेंगे विश्व और ब्रहमाण्ड की लेकिन भीतर एक आदमी की भी जगह नहीं।

बैठा ही था कि घर से फोन आ गया। कोई मिलने आये हैं।

'कौन हैं?'

'पता नहीं, आप आ जाइए।'

पहुँचा तो देखा—चालीस के आसपास का एक अपरिचित युवक बैठा हुआ है।

'नमस्कार जी !'

'नमस्कार, मैंने आपको पहचाना नहीं।'

'जी, बाजार में मेरी कपड़े की दुकान है। मैं कुछ लिखता भी हूँ। मुझे अपनी पुस्तक छपानी है इसलिए आपसे सहायता लेने आया हूँ।'

'मुझसे क्या सहायता चाहिए?'

'यही कि किसी प्रकाशक से कह दें कि वह मेरी किताब छाप दे। और आप मेरी रचनाएँ सुधार भी दें।'

'क्या लिखते हैं ?'

'कविताएँ भी, कहानियाँ भी।'

'कैसी कविताएँ लिखते हैं ?'

आठ-दस पंक्तियाँ सुनने के बाद मैंने कहा—'बस कीजिए। समझ गया आप क्या लिखते हैं।'

'कैसी लगीं ये कविताएँ?'

'कविताएँ हों तब तो कुछ लगें। आप कविता के नाम पर टूटे-फूटे फ़िल्मी गीत लिखते हैं। इसे में क्या सुधारूँगा और कोई प्रकाशक क्या छापेगा।'

'सर, पैसे मैं लगा दूँगा किसी प्रकाशक से बात करा दीजिए।'

'पैसे तो आप लगा देंगे लेकिन प्रकाशक पैसा नहीं छापेगा, वह रचना छापेगा न।'

'सर, लेकिन मेरी कहानियाँ अच्छी होती हैं, कविताएँ तो मुझे भी कोई खास नहीं लगतीं।'

'कुछ कहानीकारों की कहानियाँ पढ़ी हैं? कुछ पत्रिकाएँ पढ़ते हैं ?'

'हाँ, सरिता, गृहशोभा, आदि पढ़ लेता हूँ। सर, उनमें जो कहानियाँ छपती हैं उनसे मैं बुरा नहीं लिखता। मेरी कहानियों में प्रेम का बड़ा धाँसू बयान मिलता है।'

कहकर उसने एक कहानी मेरे आगे सरका दी। न चाहते हुए भी मैंने कहानी पर नजर गड़ा दी। आठ-दस पंक्तियाँ पढ़ीं और कहानी उसकी ओर सरका दी।

'क्यों क्या हुआ सर?'

'कुछ नहीं, कुछ अच्छे कहानीकारों को पहले पढ़िए, फिर लिखिए।'

'सर, आप चाहेंगे तो मैं भी लेखक बन जाऊँगा। मेरी रचनाओं पर आपकी कलम चल जायेगी न तो वे चमक उठेंगी।'

'देखिए आप अपने व्यापार में मन लगाइए। पैसे कमाइए। साहित्य की दुनिया बहुत समय और समर्पण माँगती है। ऐसा नहीं होता कि चलो व्यापार करते-करते देखा-देखी कविता और कहानी भी लिख लो। इसकी अपनी दुनिया है, इसके लिए बहुत-कुछ खोना पड़ता है।'

बहुत समझाया किन्तु वह व्यापारी आदमी व्यापारी अंदाज में चिपका रहा, वह लेखक बनने के लिए अड़ा रहा और हुज्जत करता रहा। घण्टा बीता, डेढ़ घण्टा बीता, मैं कैसे कहूँ कि भाग जाओ। तब तक मिट्ठू के रोने की आवाज आयी। माँ रसोई के साथ व्यस्त थी और पिता बाजार से कुछ लेने गये थे।

'अच्छा भाई, बच्ची रो रही है। इसके घूमने का समय हो गया है।' कहकर मैं उठ गया। यह व्यक्ति अब भी नहीं उठना चाहता था किन्तु मैंने मिट्ठू को गोदी में लेकर उसकी मां को पुकारा—'बहू, मैं मिट्ठू को घुमाने ले जा रहा हूँ, कमरा बन्द कर देना।'

मैं कमरे के बाहर निकलने लगा तो फिर उसे निकलना ही था।

'अच्छा जी, फिर आऊँगा।' कहकर वह भारी मन से चला गया।

थोड़ी देर घूमघाम लेने से मिट्ठू प्रसन्न हो गयी थी। लौटा तो भोजन का समय हो गया था।

खाना खाते समय हमने टी. वी. खोल दी। कुछ फिल्मी गीत आ रहे थे। मिट्ठू उनकी धुन पर नाचने लगी।

'वाह मिट्ठू वाह-वाह।' वह 'वाह-वाह' पाकर और जोश में आ जाती थी और हमें दिखा-दिखाकर और मटक-मटककर नाचने लगती थी।

देखा-दस बज रहे थे। यानी एक दिन और बीत गया।

मिट्ठू अपने माँ-बाप के साथ ऊपरी मंजिल के अपने कमरे में सोने चली गयी तो मैं नीचे की मंजिल में फिर निपट अकेला रह गया।

खाट पर पसरा तो सोचने लगा कितने दिन से कुछ ठीक से लिखा-पढ़ा नहीं। आज का दिन भी वैसे ही बीत गया।

'वैसे ही? वैसे ही क्या?'

मैंने अपने से पूछा। माना कि तुम लिख-पढ़ नहीं पाये लेकिन लिखना-पढ़ना ही सब कुछ होता है क्या? मिट्ठू के साथ बिताये गये हँसते, खिलखिलाते समय का इतना जीवन्त और सघन सुख कभी पाया है क्या अपने लिखने-पढ़ने में? यह जीवन्त सुख क्या कुछ भी नहीं है?

और लगा मेरे सामने घिरी हुई रात के अकेलेपन में मिट्ठू झाँक रही है और पूछ रही है-दादाजी, आऊँ?

□

दिन के साथ

'आपको पता है—आज सवेरे-सवेरे सड़क पर एक गाय कुचलकर मर गयी है। कैसे हत्यारे हैं लोग जो दूध दुहकर अपनी गायों को भटकने के लिए खुला छोड़ देते हैं।'

'आपको पता है कि आज सवेरे-सवेरे मिसेज मेहरा सड़क पर अकेली भटक रही थीं। रास्ते में गड्ढा था! वे उसमें गिर पड़ी होतीं, वह तो मैं पीछे से पहुंच गयी और उन्हें पकड़ लिया, फिर उन्हें घर पहुंचाया। अरे बाबा, जब तबियत ठीक नहीं है तो उन्हें घर में सँभाल कर रखो।'

'आपको पता है—आज रेड लाइन की बस गलत दिशा में दूध के डिपो के पास इतनी तेजी से निकली कि एक बड़ा हादसा होते-होते बच गया। मैंने लोगों से कहा कि ईंट के टुकड़े इकट्ठा कर लो और गलत ढंग से बस जा रही हो तो टुकड़े बरसाना शुरू कर दो। इन हैवानों को अपने थोड़े से पैसे की खातिर लोगों की कीमती जान लेने में कोई परेशानी नहीं होती।'

'आपको पता है—सवेरे-सवेरे ···'

'हाँ भाई पता है सवेरे-सवेरे कोई मर गया होगा, कोई खो गया होगा, कोई गिर गया होगा, किसी की बहू के जलने की खबर होगी, किसी के घर चोरी हो गयी होगी, किसी के शराबी पति ने उसे पीटा होगा। ··· सवेरे-सवेरे ···'

पत्नी ने रुक कर मेरी ओर देखा। 'अरे तो इसमें इतना गुस्सा होने की क्या बात है। नहीं कहूँगी कुछ भी आपसे।' और वे फिर अपने काम में लग जाती हैं।

लेकिन दूसरे दिन फिर वही सवेरे-सवेरे ··· वे जानती हैं कि उनका सवेरे-सवेरे सुनकर मुझे गुस्सा नहीं, तकलीफ होती है और सबसे बड़ी तकलीफ तो उन्हें होती है—वे जो सवेरे-सवेरे देखती या सुनती हैं, उसे सँभाल नहीं पातीं। वे उसकी चोट से तड़पने लगती हैं, तड़पती हुई घर आती हैं और मेरे सामने अपनी तकलीफ कह कर हल्का करना चाहती हैं। वे यह जानती हैं कि उससे मुझे भी तकलीफ होगी लेकिन यह भी जानती हैं कि मैं इस तकलीफ से भागता नहीं हूँ, बाहर-बाहर उसकी उपेक्षा करता हुआ भी उसे अपना बना लेता हूँ। शायद इसीलिए मैं हूँ ··· आदमी भी और लेखक भी। और वे चाहती हैं कि मैं आदमी भी बना रहूँ और लेखक भी।

इसलिए मैं जो कुछ भोगता हूँ वह तो भोगता हूँ, वे चाहती हैं कि वे दुनिया का जो दुख भोग रही हैं उसमें भी भागीदार बनूं।

हां मौसम कोई भी हो, पत्नी सुबह पांच बजे दिल्ली दुग्ध योजना के बूथ पर दूध लेने जाती हैं। वे जाकर दूध लेकर चली आयें तो फिर वे काहे की? वे तो चेतना हैं और हर जगह अपने नाम को चरितार्थ करती रहती हैं। दूध लेने वालों का भी एक संघ-सा बन गया है। उसके निर्माण में भी उनकी भूमिका रही है। पहले बड़ी अराजकता थी। लाइन तोड़-तोड़कर लोग धांधली मचाये रखते थे। चेतना जी ने कुछ समझदार लोगों के सहयोग से एक व्यवस्था स्थापित करने का प्रयत्न किया और इस प्रक्रिया में उन्हें बहुत यश मिला और वे चेतनाजी न रहकर किसी की भाभीजी हो गयीं, किसी की माताजी, किसी की बहनजी। धीरे-धीरे दूध का डिपो कुछ लोगों के लिए एक परिवार-सा बन गया जहाँ आपसी सुख-दुख, पारिवारिक स्थितियों और पास-पड़ोस तथा देश-विदेश की देखी-सुनी खबरों का विनिमय होता है। वे प्राय: दूध के साथ दूसरों के सुख-दुख से बोझिल एक सुबह लाकर अपने घर पर पटक देती हैं।

आज घर आईं तो पूर्ववत चाय बनायी। मुझे उठाया और टेबुल पर चाय रखकर चली गयीं। रोज तो चाय देकर कुछ देर के लिए मेरे पास बैठ जाती थीं लेकिन आज रुकी नहीं, सीधे किचन में चली गयीं। मुझे लगा कि असहज हैं। हाथ में चाय लिए हुए किचन में चला गया। रोज किचन में काम करते हुए वे गुनगुनाती थीं आज खामोश हैं। चिड़ियों को दाना देना भी भूल गयीं। जब चिड़ियों ने शोर मचाया तो उन्हें ध्यान आया और चावल लेकर आंगन में बिखेर आयीं।

मैं यह सब कुछ देखता रहा। जब लगा कि ये कुछ नहीं बोलेंगी तो पूछ बैठा—'क्या है भाई, आज बहुत गंभीर हो और गमगीन भी?'

'कुछ नहीं।' उनकी आवाज भर्राई हुई थी। लगता था कि रो देंगी।

'नहीं कुछ तो है। तबियत खराब है? सिर दर्द है · · · '

'नहीं-नहीं, ऐसा कुछ नहीं है।'

'तो क्या मुझसे कोई खता हो गयी है। लेकिन खता कैसे हो जायेगी? रात को तो तुम हँसती-गाती अपने बिस्तर पर चली गयी थीं और मैं भी अपने अध्ययन-कक्ष में पढ़ता-पढ़ता सो गया था। उसके बाद अब उठा रहा हूँ। इस सोने में मुझसे क्या खता हो सकती हैं? हां तुम्हारे सपने में कुछ खता हो गयी हो तो नहीं कह सकता।'

वे मुस्करायीं और बोलीं—'सारी उम्र तो हम लोग एक-दूसरे के भरोसे काट आये अब क्या खता होनी हैं?'

'तो फिर? क्या कुछ सवेरे-सवेरे · · · ?'

उदास होकर बोलीं— 'हां सवेरे-सवेरे · · · '

मैं समझ गया कि आज कोई बहुत भारी शाम गिरी है सवेरे के ऊपर इसलिए ये

कुछ कह नहीं पा रही हैं। मैंने कुछ बोलना ठीक नहीं समझा। बस थोड़े इंतजार के लिए अपने को मौन छोड़ दिया।

'क्या-क्या दिन दिखाती है यह जिन्दगी!' वे शुरू हुईं तो मैं मौन ही मौन उन्हें सुनने को तत्पर हो गया।

'एक गरीब-सी औरत आती है दूध लेने के लिए। उसके पति ने उसे घर से निकाल दिया। उसका तीन साल का एक बेटा था, उसी के लिए कभी-कभी एक थैली दूध लेती थी।'

'बेटा था का क्या मतलब?'

'वही तो बता रही हूँ। वह अपनी बूढ़ी मां के साथ झुग्गी में रहती थी अपने बेटे को लेकर। बेटे को घर छोड़ कर दूध लेने आती थी। आज बता रही थी कि उसकी मां बीमार है इसलिए बेटे को भी साथ लायी थी।'

मैं चुप ही रहा।

'वह लाइन में लगी थी। बेटे को वहीं एक चबूतरे पर बैठा दिया था। लाइन की रेल-पेल में वह कुछ मिनट के लिए ऐसी व्यस्त हुई कि बेटे का ध्यान ही नहीं रहा। इस बीच वह लड़का सड़क की ओर चला गया और कीं-कीं करती हुई एक बस जब तक अपने को रोके वह उसके नीचे आ गया था। और सब कुछ समाप्त।'

सुनकर जी कांप गया।

'वैसे तो हम लोग रोज-रोज ऐसी अनेक क्रूर घटनाएं अखबार में पढ़ते हैं और पढ़कर अपने काम-धाम में व्यस्त हो जाते हैं किन्तु जो आँख के सामने घटित होता है वह तो नहीं सहा जाता न।'

'हां ठीक कह रही हो। यह तो बड़ी दर्दनाक बात रही। बस-ड्राइवर का क्या हुआ?'

'इसके बाद किसका क्या होता है यह अलग प्रश्न है। जो होता हो होता रहे लेकिन वह बच्चा तो गया। उस लाचार औरत का एकमात्र सहारा तो गया। आप तो जानते हैं कि मैं किसी को क्षत-विक्षत अवस्था में देख नहीं सकती। लोग तो वहाँ घिर कर लड़के की लाश देखने में लगे थे, मैं चुपचाप इधर चली आयी।'

'हाँ, इधर तो आ गयीं लेकिन आयीं कहां? वहां का सारा दर्द तो अपने साथ लायी हैं।' मैं सोचने लगा।

उनसे आज भी कहा—'भई, तुम्हें कितनी बार मना किया कि सवेरे-सवेरे दूध लेने मत जाया करो। अब तुम साठ को पार कर गयी हो। आराम से उठो, आराम से जितना काम हो सके, करो, कुछ घूमो-फिरो, आरामकुर्सी पर बैठकर कुछ घंटे, निश्चिंत पढ़ो-लिखो। अब बच्चे बड़े हो गये, अपनी-अपनी जरूरतें देख लेंगे।'

आज भी मेरी अनसुनी करके रसोई के काम में लग गईं। किसी के लिए कुछ, किसी के लिए कुछ नाश्ता तैयार करने लगीं। हां यहाँ न सब लोग साथ नाश्ता करते

हैं न साथ खाते हैं। यह संभव भी नहीं है। एक बच्चा साढ़े सात बजे स्कूल जाता है, एक बच्चा आठ बजे जाता है। किसी को परांठा-सब्जी चाहिए, किसी को अंडा ब्रेड। बहू भी स्कूल चली जाती है। वह भी ऊपर से ही तैयार होकर नीचे आती है और तैयार नाश्ता लेकर स्कूल चली जाती है। उसके बाद लड़का ऑफिस जाता है। फिर मेरे नाश्ते की बारी आती है। फिर बचता है नन्हा चिंटू। उसे नाश्ता कराना और दूध पिलाना आसान नहीं है।

मैं एक कमरे में बंद होकर खाली पढ़ता और लिखता हूँ। कभी-कभी जब बच्चा रोता है तो निकल पड़ता हूँ। उसे चुप कराने की कोशिश करता हूँ लेकिन वह चुप होता है अपनी दादी के ही दुलार से। इसलिए वे दौड़ी आती हैं और अपनी भूमिका अदा करती हैं।

आज वे बेहद उदास थीं लेकिन कार्यों की शृंखला से उदास नहीं थीं, वह शृंखला तो उसी उत्साह से घर में अपना आना-जाना बनाये हुए थी और चेतनाजी उससे उसी प्रकार बहनापा कायम किए हुए थीं। हां रोज वे काम करने की प्रक्रिया में कुछ न कुछ गाती रहती हैं, प्रायः मेरी वे पुरानी कविताएं गाती हैं जिनकी मुझे भी याद नहीं। आज गा नहीं रही थी।

उनसे आज भी कहा—'क्यों अपने को इतनी सजा देती हो। अरे यह शरीर इतना बोझ बर्दाश्त नहीं कर सकता। इसे कुछ आराम चाहिए।'

जवाब भी उनका वही था—'आप क्यों सोचते हैं कि मैं अपने को सजा दे रही हूँ। यह क्यों नहीं सोचते कि इससे शरीर में स्फूर्ति बनी रहती है और दिन छोटे तथा आत्मीय हो जाते हैं। मेरी कोई मजबूरी तो है नहीं। मैं किसी के आदेश से या डर से तो ये काम नहीं करती न, अन्तर्प्रेरणा से करती हूँ और किसके लिए करती हूँ? किसी पराये के लिए? अरे ये बहुएं, बेटे, पोते सब अपने ही हैं न। अब बताइए बहू को स्कूल जाना होता है। उठकर वह तैयार होती है, अपने बच्चों को स्कूल के लिए तैयार करती है और छोटे बच्चे को उठाकर दूध पिलाती है। आप जानते ही हैं कि इनको दूध पिलाना एक जंग जीतना होता है। फिर उससे कैसे उम्मीद की जाए कि सवेरे-सवेरे उठ कर वह ये सारे काम कर लेगी जो मैं करती हूँ। और मैंने कहा न कि ये सब काम मैं अपने सुख से करती हूँ। जिस दिन सुख नहीं अनुभव करूंगी उस दिन छोड़ दूंगी।'

'ये तो ठीक है देवीजी, लेकिन मुझे लगता है कि आपने अपने इन सुखों में अपने को बंदी बना लिया है। मेरे सुख से अपने सुख को जोड़ने के स्थान पर शिथिल करती चली गयी हैं।'

'यह आप क्या कह रहे हैं?' वे मर्माहत-सी बोलीं। 'आपके सुख से मेरा सुख अलग है क्या? और आपका सुख इन बाल-बच्चों के सुख से अलग है क्या?'

'अलग है भी और नहीं भी? मैं तो तुम्हारे साथ अपने इस परिवार के लिए

जीता-मरता आया हूँ। जो भी अर्जित किया उसे व्यक्तिगत भोग में न झोंककर परिवार के सुख-चैन के लिए ही अर्पित किया। कभी भूले-भटके किसी होटल में सौ-पचास रुपए खर्च हो गये तो यह ग्लानि कई दिन तक मुझे दबोचे रही कि इतने पैसों में बच्चों के लिए नये कपड़े आ सकते थे, पत्नी के लिए साड़ी आ सकती थी, बच्चे महीना भर दूध पी सकते हैं। वैसे तुम जानती ही हो कि किसी तरह की बुरी लत मैंने पाली ही नहीं। यह सहज था किन्तु उस सहजता को पारिवारिक चिन्ता का दबाव सघन करता रहा।'

'तो फिर?'

'तो फिर यह कि इसके बावजूद कुछ अपने निहायत निजी सुख होते हैं। उन सुखों की कामना वृद्धावस्था में बढ़ जाती है। जिन्दगी-भर बाल-बच्चों की परवरिश, पढ़ाई-लिखाई, ब्याह की चिन्ता लेकर हम यात्रा करते हैं और हमारे हर निजी सुख में उनके प्रति दायित्व का बोध टांग अड़ाता रहता है किन्तु बच्चों के बड़ा होने और उनके परिवार के बस जाने पर इच्छा होती है कि हम दोनों अब थोड़ा अपने लिए भी जिएं। यानी कुछ देर जाड़े की धूप में या गर्मी की छांह में साथ-साथ बैठें, कुछ गपशप करें, कुछ अतीत की यादों के साथ खेलें, साथ-साथ शहर में निकलें, छोटी-मोटी यात्राओं पर निकलें। कभी एक पुस्तक पढ़कर उस पर बातचीत करें। पहले तो तुम मेरी सारी रचनाएं पढ़ती या सुनती थीं, अब तो कभी-कभी ही यह नौबत आती है।'

'आप यह क्या कर रहे हैं?'

'क्या गलत कह रहा हूँ। मेरे कुर्ते का बटन टूट जायेगा या सींवन उधड़ जायेगी या किसी पार्सल के लिए पैकेट बनाना होगा तो मैं तकाजा करता रहूँगा, तुम भूलती रहोगी और इस तरह कितने दिन बीत जायेंगे।'

'आप क्या समझते हैं कि मैं आपकी उपेक्षा कर सकती हूँ।'

'नहीं, मैं उपेक्षा की बात ही नहीं करता। मैं तो यह कहता हूं कि तुम एक साथ अपने को रोजमर्रा के इतने कामों में फंसाये रहती हो कि मेरे छोटे-छोटे काम हाशिए पर चले जाते हैं और बार-बार उनके लिए याद दिलानी पड़ती है।'

सब लोग नाश्ता-पानी करके अपने-अपने काम पर चले गये थे। मैं उनके पास खड़ा-खड़ा उन्हें वे ही सारी बातें सुना रहा था जो प्रायः सुनाता हूँ। चूल्हे पर दाल पक रही थी। वे पहले सब्जी काटती रहीं, फिर चावल चुनने लगीं। फिर एकाएक झपटकर उठीं— अरे आजकल लाइट बहुत जा रही है पानी की मोटर चला दी जाए। मोटर ऑन की तो वह घड़-घड़-घड़-घड़ करने लगी और लगा कि पानी टंकी में नहीं चढ़ रहा है।

'अभी आती हूँ।' कहकर बाहर चली गयीं और एक मिस्त्री को पकड़े हुए आयीं—'तुम लोग पता नहीं रोज-रोज क्या ठीक करते हो कि मशीन जस की तस

बनी रहती है।' मिस्त्री मुस्कराता हुआ काम पर लग गया।

'ठीक हो गया माताजी?'

'अच्छा ठीक है जाओ।' वह पैसा लेकर चला गया तो इन्होंने मोटर चला दी और उधर बाथरूम में वाशिंग मशीन चालू कर दी। मैं आंगन में ही धूप में बैठ गया एक किताब लेकर। इधर पानी की मोटर, उधर धुलाई मशीन, उधर रसोईघर में बदकती हुई दाल, छौंकी जाती हुई सब्जी। बीच में एक काया को अनथक भाव से आते-जाते महसूस करता रहा।

कॉलबेल बजी। मैंने उठकर देखा। गेट पर से धोबिन पूछ रही थी—'कपड़े हैं?'

'कपड़े हैं?' मैंने पूछा।

'हां, हां, कहिए रुके।'

उन्होंने थोड़ी देर के लिए वाशिंग मशीन बंद की और धोबिन को देने के लिए कपड़े सहेजने लगीं।

तब तक फोन की घंटी बजी—'अरे फोन की घंटी बज रही है। देखता हूँ।'

'अरे आप काम कीजिए मैं देखती हूँ।' कहकर उधर गयीं।

'आपका फोन है।'

'अरे यह तो मुझे मालूम था ही। इसीलिए तो मैं जा रहा था। तुम खामखाह भागी-भागी गयीं।'

'क्या और किसी का फोन नहीं हो सकता? वाहियात फोन भी तो आते रहते हैं। आप कुछ लिख रहे हैं बिना वजह आपका ध्यान क्यों भंग किया जाए?'

मैं मुस्कराया और फोन सुनने चला गया। लौटकर आया तो देखा श्रीमतीजी किचन में नहीं थीं और ऊपर से चिंटू के रोने की आवाज आ रही थी। समझ गया वहीं गयी होंगी। कुछ देर बाद वे अहकते-डहकते चिंटू को गोदी में लादे हुए आयीं और दूध पिलाने की भूमिका बनाने लगीं। चिंटू को दूध पिलाना आसान नहीं है। वह बोतल में दूध नहीं पीता। उसे चम्मच से दूध पिलाना पड़ता है। गोदी में सुलाकर बल्कि थोड़ा दबा कर चम्मच से दूध पिलाना पड़ता है। पीने की प्रक्रिया में उसका चिल्लाना जारी रहता है। उठकर रोते हुए चिंटू को भूख तो लगी है किंतु तुरंत दूध नहीं दिया जा सकता। एक रोने को शांत करके ही दूसरे रोने की शुरुआत की जा सकती है। इसलिए दादीजी उसे फुसला रही हैं, कहानी सुना रही हैं, गा रही हैं, बज्जी (बाजार) ले जाने का प्रलोभन दे रही हैं।

मैं लिखते-लिखते रुक गया और यह सारा खेल देखता रहा बल्कि देखने के लिए विवश हो उठा। श्रीमतीजी समझती हैं कि उन्होंने तो मुझे निश्चिंत कर दिया किन्तु इस माहौल में कोई निश्चिंत हो सकता है क्या?

चिंटू दूध पी चुका तो मैंने पुकारा—'बज्जी चलेगा?'

'नहीं ··· अम्मा ··· ।' वह सिर झटककर कहता है।

अम्मा यानी दादी। यानी तुम्हारे साथ नहीं, दादी के साथ जाऊँगा।

'ठीक है मैं तो जा रहा हूँ पार्क में भों-भों देखने।'

वह मेरी ओर जिज्ञासा भरी नजर से देखने लगा। यानी जांचता रहा कि क्या मैं सचमुच पार्क में जा रहा हूँ।

'जाओ बेटा दादा के साथ घूम आओ।' दादी ने कहा—'मैं ये सब काम कर लूं तो तुम्हें बज्जी ले चलूंगी।'

वह 'नहीं-नहीं' कहता रहा किन्तु जब देखा कि मैं जा रहा हूँ तो उठ खड़ा हुआ और मेरे पीछे-पीछे आने लगा। मैंने उसकी अंगुली पकड़ ली और पार्क की ओर चल दिया।

घंटा-डेढ़ घंटा पार्क में चिंटू को खेलाता रहा बल्कि उसके साथ स्वयं खेलता रहा। लौटा तो देखा कपड़े धुल गये हैं। किचन में काफी कुछ बन गया है, चावल (यानी अंतिम आइटम) चढ़ाया जा रहा है।

'बाहर बरामदे में कोई बैठे हुए हैं।'

'कौन हैं?'

'मैं जानती नहीं। कोई बाहर से आये हुए हैं।'

'फिर उन्हें तुमने घर के भीतर बैठाया कैसे हैं?'

'कहा न बाहर बरामदे में बैठे हैं। कुछ देर तो उनके पास बैठी रही। फिर चली आयी। बुरा मत मानिएगा, इतना सारा काम पड़ा है, बैठकर उनकी आवभगत कैसे करती? कह दिया—बैठिए। वे बच्चे को घुमाने ले गये हैं, अभी आयेंगे।'

'अच्छा किया। बिना सूचना के लोग जब चाहे तब चले आयेंगे तो तुम किस-किसके स्वागत में उनके पास बैठी रहोगे? तुम चाय भेजो, मैं देखता हूँ कौन हैं?'

'चाय पिला चुकी हूँ।' मैंने विस्मय से पत्नी की ओर देखा, वे मुस्करा रही थीं।

'गजब की हो भाई।' मैं चलने लगा तो बोलीं—'और हां, दोपहरी हो गयी है यदि उन्हें खाना खिलाना हो तो संकेत कर दीजिएगा।'

'अच्छा भाई पहले देखूं तो कौन-सी विभूति आयी हुई है।'

'कहिए।'

'अरे आप घर में ही थे। मुझे तो बताया गया कि आप आस-पास कहीं गये हैं।'

'जी नहीं, घर में होता तो आपसे यह क्यों कहा जाता कि मैं घर में नहीं हूँ। मैं अभी-अभी पिछले दरवाजे से आया हूँ।

'माफ कीजिएगा, दिल्ली में बहुत से लोगों को बहाने बनाते देखा है इसलिए ऐसा कह रहा हूँ।'

मुझे बड़ा विचित्र लगा कि मान न मान मैं तेरा मेहमान। मैंने कहा—'श्रीमान्‌जी आप लोगों के न रिश्तेदार हैं, न मित्र, न आप उनसे कर्जा वसूल करने गये हैं। हर

आदमी की अपनी जीवन-शैली होती है, व्यस्तताएं होती हैं, अपना दायरा होता है। जब बाहर का आदमी उसमें अवांछित रूप से प्रवेश करता है तो आदमी को असुविधा होती ही है। वह सीधे 'ना' बोलकर बदतमीजी दिखाये, इससे अच्छा है कि बहाना बना दे। क्यों है न? अब आप देखिए—आपको मैं जानता नहीं, आप मुझसे पूछकर तो आये नहीं, हो सकता है मैं सचमुच यहाँ नहीं होता। और मैं कितने महत्त्वपूर्ण कार्य में व्यस्त था यह भी आपको पता नहीं।'

'क्षमा करेंगे, मैंने आपको डिस्टर्ब किया। जाता हूँ।'

'जाता हूँ' कहकर भी उन्होंने उठने का कोई आभास नहीं दिया।

'नहीं, आप नहीं जायेंगे। मैंने तो आपकी बात का जवाब दिया है और कहा है न कि सबकी अपनी-अपनी कार्य-शैली और जीवन-पद्धति होती है। मेरी भी अपनी शैली और पद्धति है। यदि कोई मेरे यहाँ अचानक भी आता है तो मैं मिलता हूँ, अपना महत्त्वपूर्ण से महत्त्वपूर्ण कार्य छोड़ कर मिलता हूँ। इसमें मुझे सुख मिलाता है।' मैं थोड़ा रुका।

'हां आप बतायें कौन हैं, कहाँ से आये हैं? ये सब बातें तो हुई नहीं, हम लोग सैद्धांतिक लड़ाई लड़ने लगे।'

वे भी हँसे, मैं भी हँसा।

'धन्यवाद सर। मैं भागलपुर से आया हूँ। कुछ लिखता-विखता हूँ। आपसे मार्गदर्शन के लिए आया हूँ।'

'मार्गदर्शन? अरे भाई इतना आलोक तो मुझमें नहीं है। हां कुछ सीधी-सादी बातें हम लोग करें। उनमें से कुछ मिल जाए तो उसी को मार्गदर्शन समझ लें।'

काफी देर तक वे बातें करते रहे। उन्होंने क्या-क्या लिखा है बताते रहे। अपनी काफी कविताएं भी सुनाईं। उन्हें कैसे छपाया जा सकता है यह सलाह भी मांगते रहे। संपादकों को सिफारिशी पत्र भी लिखने को कहते रहे। किसी प्रकाशक से कहकर उनका कविता संग्रह छपवा दूं, इस आग्रह पर भी अड़े थे। उनकी रचनाएं क्या थीं क्या बताऊं? वे उठने का नाम नहीं ले रहे थे। मैं बार-बार घड़ी देख रहा था।

आखिर मुझे ही उठना पड़ा—'ओफ दो बज गये, माफ कीजिए मुझे तीन बजे निकलना है।' वे अरमराकर उठे और धीरे-धीरे चले गये।

'लाओ भाई खाना खिलाओ।'

'और वे।'

'वे तो गये। बल्कि उन्हें ठेल कर भेज दिया।'

'कौन थे वे?'

'भागलपुर से आये थे। साहित्यकार थे।'

'अरे दो बज रहे हैं और इतनी दूर से वे आपसे मिलने आये थे, उन्हें भी खाना खिला दिया होता।'

'अरे तुम भी विचित्र हो। उसने मेरा इतना सिर खाया है कि और कुछ खाने की गुंजाइश ही नहीं होगी। और वह क्या मुझसे मिलने सीधे भागलपुर से आ रहा है। अरे अनेक काम लेकर आया होगा। एक काम यह भी सही।'

'तो भी।'

'नहीं, तो भी वो भी कुछ नहीं। मुझे खाना खिलाओ।'

'मम्मी आप नहाने जाइए, मैं परोस देती हूँ।' देखा, बहू आ गई थी।

'अभी तुमने स्नान नहीं किया?'

'अरे कर लेती हूँ बाबा।'

'अब तक क्या कर रही थीं?'

'आराम कर रही थी।' वे हँसी और नहाने चली गयीं।

खाना खाते हुए मैंने सोचा—'हां जब मैं साहित्यकार से बात कर रहा था तब श्रीमतीजी ने क्या-क्या किया होगा। चिंटू की मालिश की होगी, उसे नहलाया होगा। फिर खिलाने के लिए संघर्ष किया होगा। फिर लोरी गाकर सुलाया होगा।

खाना खाकर किचन में गया तो देखा श्रीमतीजी नहा-धोकर पूजा कर रही हैं। वे पुजारी नहीं हैं और न परंपरागत ढंग से व्रत आदि रखती हैं। उनके भीतर इन सब चीजों के बीज रहे होंगे किन्तु मेरे जैसे औघड़ व्यक्ति के संपर्क या प्रभाव या दबाव (जो भी कहिए) में आकर वह बीज पल्लवित होने नहीं पाया। मैं नास्तिक हूँ या आस्तिक यह प्रश्न मेरे लिए कभी महत्त्वपूर्ण नहीं रहा और मैं खुद नहीं जानता कि क्या हूँ? एक ओर रामकृष्ण या अन्य दैवी सत्ताओं के जीवन-व्यापार की मूल्यवान छवियां मुझे भीतर-भीतर आलोकित करती रहती हैं, दूसरी ओर मैं किसी भी प्रकार के पूजा-पाठ या धर्म के बाह्याचार से विरक्त हूँ। मुझे ढंढ-कमंडल से सख्त चिढ़ होती है। इस दिशा में पत्नी भी मेरे साथ हैं किन्तु उनका बीज भाव भीतर-भीतर वर्तमान है और थोड़ा-सा समय निकालकर बाहर झांक लेता है। वह भी अपने लिए नहीं, परिवार के लिए।

मुझे साढ़ेसाती लगी थी। बांह में भयानक दर्द था। लोगों ने सुझाया कि मैं हनुमान वाहुक का पाठ करूं और शनिश्चर को पीपल पर जल चढ़ाऊं। जाहिर था कि मैं हँसकर टाल देता। इतना ही नहीं, शनिश्चर को ही मैं हमेशा बाल कटवाता रहा, कटवाता हूँ किन्तु श्रीमतीजी ने मेरा काम चुपके-चुपके खुद शुरू किया। तभी से वे हनुमान-चालीसा का पाठ करती हैं और अन्य देवी-देवताओं की भी प्रार्थना कर लेती हैं। इस पूरे परिवार में सभी मेरे जैसे ही हैं अतः सबके पापों के शमन और उद्धार की चिंता से वे अकेले ही जूझती रहती हैं।

मैं सो गया था कि पत्नी की आवाज सुनी। वे किसी को डांट रही थीं। मैं उठकर गया। 'क्या है भाई?'

'कुछ नहीं, मैंने धोबी के इस लड़के को बार-बार समझा रखा है कि तीन और

साढ़े चार के बीच न आया कर लेकिन बार-बार इसी टाइम आता है। आकर जोर-जोर से गेट खड़काता है और मुझे लगता है कि सिर पर किसी ने हथौड़ा मार दिया हो।'

धोबी का लड़का चुपचाप खड़ा था। मैंने डांट कर कहा—'जाओ भाग जाओ शाम को आकर पैसे ले जाना।'

'अरे अब जग ही गयी हूँ तो पैसे दे देती हूँ।'

वह चला गया तो मैंने कहा कि 'इसे हटा क्यों नहीं देती?'

'अरे बड़ा गरीब है। इसका बाप मर गया। इसकी मां अपने कई छोटे-छोटे बच्चों के साथ जिन्दगी से लड़ रही है। यह लड़का भी स्कूल में पढ़ता था, पढ़ाई छोड़कर अपनी मां का हाथ बंटा रहा है।'

'सो तो ठीक है लेकिन इसी वक्त क्यों आता है, दूसरों की सुविधा का ख्याल तो करना चाहिए।'

'हां करना तो चाहिए। इसे कई बार डांट भी चुकी लेकिन इनकी भी मजबूरी है। यहाँ काम खत्म करके इन्हें अपने घर जाना पड़ता है। घर यहाँ से कोस भर पर है। बाप था तो सब देर तक यहाँ काम कर सकते थे।'

'ठीक है। तब भोगो। दो में एक ही काम संभव है या तो आराम कर लो या दूसरों की चिंता कर लो।'

मैं अपने कमरे में चला आया और समझ गया कि अब श्रीमतीजी का सिर-दर्द शुरू हो जायेगा। वे न जाने कब से आधे सिर के दर्द से पीड़ित चल रही हैं। वैसे तो उन्होंने क्या-क्या नहीं झेला है किन्तु यह दर्द तो जैसे स्थायी हो गया है। इसके लिए क्या-क्या उपचार नहीं किये गये किन्तु जाता ही नहीं। डॉक्टर कहते हैं कि आप चिंता मत किया कीजिए। इन्हें चिंता अपनी कम, घर की अधिक रहती है और आसपास तथा देश-दुनिया की चिन्ताएं क्या कम हैं? एक संवेदनशील व्यक्ति की सबसे बड़ी मुसीबत तो यही है कि वह हर एक के दुख-दर्द के साथ जीने लगता है और उसका अपना निजी सुख क्षीण होता चला जाता है, बल्कि यह कहना ज़्यादा सही होगा कि लोगों के दुख-दर्द के साथ हो लेने में ही उसे सुख मिलता है, तृप्ति मिलती है। उसे कोई कहने थोड़े आता है कि तू सबके साथ हो ले। वह तो अपने सुख से ही साथ हो लेता है।

दुनिया देख रहा हूँ। लड़के बड़े हो जाते हैं तो वे अपने सुख से मां-बाप से अलग हो जाते हैं या अपने सुख से जुड़े रहते हैं अथवा मां-बाप ही बच्चों से कह देते हैं कि अब तुम लोग अपना-अपना दायित्व सँभालो, हमें मुक्त करो। तुम्हारा सुख-दुख अब तुम्हारा सुख-दुख रहेगा। लेकिन हमारे यहाँ हम साथ हैं। इस साथ रहने में हमारी कोई बाहरी मजबूरी नहीं है, हमें किसी से कुछ पाना नहीं है किन्तु संवेदना के तार हमें अलग होने नहीं देते। और श्रीमतीजी सुबह से रात तक जो मशीन की तरह चलती रहती हैं इनके लिए, वह इसी संवेदना के तहत। भले ही शरीर को इसके लिए

खमियाजा भोगना पड़ता हो लेकिन सबके लिए कुछ कर पाने की जो शान्ति उन्हें मिलती है उसका स्वाद तो उन्हीं को मालूम होगा।

कमरे में आकर कुछ लिखने लगा। कुछ देर बाद फिर बाहर निकला तो उन्हें आवाज दी—अरे भाई चाय पिला दो। देखा तो कोई नहीं था। खुद ही चाय बना ली। पीने लगा और सोचने लगा कहाँ गयीं चेतनाजी। शायद बाजार गयी होंगी। दिन-रात बाजार ही तो करती रहती हैं। बाजार भी पास में है, छोटी-बड़ी चीजों के लिए दिन में दस बार बाजार जाना लगा रहता है।

सोचते-सोचते अपने पर हँसी आ गयी। 'तुम जो इतने निश्चिंत भाव से लिखते-पढ़ते या आराम करते रहते हो या बाहर यात्रा पर चले जाते हो, किसके मूल्य पर? कभी आटा पिसवाते हो? कभी राशन लाते हो? कभी सब्जी लाते हो? कभी दवा लाते हो? यानी कभी कोई चीज लाते हो? तुम्हें घर आने वाली चीजों के दाम मालूम हैं? फिर कौन लाएगा?'

सचमुच अपने पर ग्लानि हुई कि मैं कुछ लाता भी नहीं हूँ और पूछता हूँ कि वे बाजार क्यों आती रहती हैं। अरे यह मकान भी तो उन्होंने ही बनवाया। इसकी एक-एक चीज उन्हीं की खरीदी हुई है।

कुछ देर बाद बहू नीचे आयी तो पूछा—'तुम्हारी मम्मी बाजार गयी हैं क्या? काफी देर से दिखाई नहीं पड़ रही हैं।

'आप काम कर रहे थे या सो रहे थे इसलिए मम्मी ने आपको डिस्टर्ब नहीं किया। मुझसे बोल कर गयी हैं कि सफदरजंग अस्पताल जा रही हूँ।'

'अस्पताल?'

'हां कोई बीमार है न? आपके दोस्त हैं शायद।'

'दोस्त? अच्छा-अच्छा पांडेजी। हां उनका लड़का दस दिन से अस्पताल में पड़ा है न। मुझे भी उसे देखने जाना था। अकेली ही चली गयीं?'

'हां कह रही थीं कि कई दिनों से वहाँ जाने की तैयारी हो रही है हम साथ नहीं जा पाते। आज अकेले ही देख आती हूँ। इन्हें जब सुविधा होगी तो जाकर देख आयेंगे।'

तो वे अस्पताल चली गयीं। दरअसल यह काम भी प्रायः वे ही कर रही हैं। हम लोगों के जो 'कामन' मित्र हैं उनके यहाँ कथा-वार्ता, सामाजिक कार्यों, जीवन-मरण और बर-बीमारी में जाने का दायित्व भी वे ही निभाती रही हैं और उनका व्यक्तित्व इतना प्रभावशाली है कि उनके जाने से मेरी अनुपस्थिति का बोध मिट जाता है। यानी वे अपने में स्वयं भी हैं और मैं भी हूँ। कई दिनों से पांडेजी के बेटे को देखने जाने की बात हो रही थी लेकिन मेरे आलस्य या व्यस्तता के कारण बात टलती आ रही थी। उन्होंने अनुभव किया होगा कि यह अच्छा नहीं है; चलो, अकेले ही देख आओ। उन्हें मालूम था कि आज मुझे कहीं एक पुस्तक-गोष्ठी में जाना है, अतः आज भी

अस्पताल नहीं जा पाऊँगा।

गोष्ठी से लौटा तो वे भी आ गयीं। बहुत प्रसन्न थीं। बोलीं—'पांडेजी के लड़के का आपरेशन सफल रहा। कोई 'कम्प्लीकेशन' नहीं हुआ। होश में आ गया था। मुझे देखा तो मुस्कराया। भगवान सबका भला करे। लेकिन-लेकिन ··· ' कहते-कहते उदास हो गयीं।

'क्या हुआ?'

'अरे अस्पताल जाकर मन खराब हो जाता है। तमाम दुख-दर्द और मृत्यु की सीलन छायी रहती है। एक जवान लड़का आपरेशन के बाद मर गया था। चिंग्घाड़ मची हुई थी, दिल दहल गया। उसकी जवान पत्नी को तो देखा नहीं जा रहा था। मैं तो उसके बाद वहाँ से उठी और चली आयी।'

मैंने उनके चेहरे को देखा। मुझे लग गया कि अंदर कुछ है जिसे दबा रही हैं। मैंने टटोलने के ख्याल से कहा—'अच्छा तुम बहुत थक गयी होगी खाना खा लो और आराम करो।'

'हां अब आराम तो करूंगी मगर खाने को जी नहीं हो रहा है।' कह कर उन्होंने मेरी ओर देखा। मैं मुस्कराया। समझ गया मैडम का सिर-दर्द उभर गया है। 'इसे तो उभरना ही था। आखिर आप उसकी नहीं सुनेंगी तो वह आपकी क्यों सुनेगा?'

वे कुछ बोली नहीं। अपना बिस्तर लगाती रहीं। वे लेटीं तो चिंटू आकर उनके बिस्तर पर उनके साथ लेट गया और कहने लगा—'अम्मा कहानी, अम्मा कहानी।'

बहू ने उसे खींच कर कहा—'नहीं चिंटू, ऊपर चलो, अम्मा का सिर दुख रहा है।' मगर चिंटू को क्या मालूम कि सिर दुखना क्या होता है। वह मां के द्वारा खिंचता हुआ रोता रहा और दादी का आंचल पकड़े हुए था।

'छोड़ दो बहू, यह नहीं मानेगा।'

'चिंटू बेटे चलो आज मैं तुम्हें कहानी सुनाता हूँ।' मैंने कहाँ

चिंटू मेरी ओर विस्मय के भाव से देखने लगा कि क्या ये भी कहानी सुना सकते हैं।

'तो सुनो बेटा। एक थी दादी।'

'हां, कह कर उसने दादी की ओर देखा।

'एक थी दादी।'

'हां, आगे।' वह झल्ला कर बोला।

'बस बेटा कहानी हो गयी। तुम्हारी दादी अपने आप में एक कहानी हैं।'

कहकर मैं चला आया किन्तु अनुभव करता रहा कि उस कमरे में सिर-दर्द और कथा-दर्द का संघर्ष जारी है।

□

दुकान

'चलिए क्लास में पढ़ाइए।' प्रिंसिपल शिवनारायणजी बोले।

वह तो घबरा गयी। आज तो वह इनसे केवल मिलने आयी थी। यानी यह जानने आयी थी (बल्कि इनके द्वारा बुलाई गयी थी) कि इस स्कूल में उसके आने पर कौन-सी क्लास उसे पढ़ानी होगी और उस क्लास में किताबें कौन-कौन-सी हैं?

किन्तु यहाँ तो प्रिंसिपल ने सीधे उसे दसवीं कक्षा में धकेल दिया और भूषण की एक कठिन-सी कविता खोलकर दे दी—'पढ़ाओ।'

वह कविता उसने पहले कभी नहीं पढ़ी थी। उसे एक बार देखने का मौका भी नहीं दिया गया और खुद प्रिंसिपल सामने बैठ गये।

नर्वस तो उसे होना ही था। जिस-तिस तरह से कविता पढ़ाई। पढ़ाई क्या उससे नजात पायी।

'क्या हुआ मैडम आपको? प्रिंसिपल ने बहुत शरारती ढंग से पूछा।

उसके जी में आया कि कह दे—'वही जो आप चाहते हैं। किन्तु यहाँ तो एक उम्मीद लेकर वह आयी थी, वह अभी भी मरी नहीं हैं इसलिए अपना क्षोभ दबा कर कहा—'कुछ नहीं सर, कोर्स को बिना जाने हुए जैसा पढ़ा सकती थी पढ़ाया। कल तैयारी के साथ आऊंगी।'

'ओके, ओके मैडम।'

उस दिन वह गृहस्थी के जंजाल से मुक्त होकर देर रात तक कविताएं तैयार करती रही। दूसरे दिन बहुत आत्मविश्वास के साथ क्लास में गयी। प्रिंसिपल तो नहीं आये किन्तु उनकी दो प्रतिनिधि शिक्षिकाएं आयीं। उसने जम कर पढ़ाया और शिक्षिकाओं ने तारीफ की किन्तु जब वह बाहर निकली तो प्रिंसिपल ने अपने कमरे में बुला लिया और कहा—मैडम, मैंने आपसे कविता पढ़ाने को कहा था आप तो गद्य पढ़ाती रहीं।'

वह तो इस झूठ से हतप्रभ हो गयी किन्तु दृढ़ स्वर में कहा—'यह आप क्या कह रहे हैं सर, मैंने तो तीन पीरियड कविता के ही लिये हैं।'

'नहीं, नहीं, आप गलत कह रही हैं। शिक्षिकाएं तो मुझे यही बता रही थीं।'

'मैं नहीं, वे गलत कह रही हैं। उन्हें बुलाइए मेरे सामने। मेरे सामने तो वे मेरी

प्रशंसा करती रहीं और आपसे यह कह गयीं।'

'नहीं मैडम, वे झूठ नहीं बोलती हैं।'

वह समझ गयी कि प्रिंसिपल उसे नियुक्त करना नहीं चाहता, केवल नाटक कर रहा है इसलिए उसने दृढ़ स्वर में कहा—मैं दुनिया के बारे में कुछ नहीं कह सकती किन्तु अपने बारे में निश्चयपूर्वक कह सकती हूँ कि मैं झूठ नहीं बोलती। मैं उस परिवार से हूँ जिसकी विश्वसनीयता पर किसी ने उंगली नहीं उठाई।'

'ऐसा?' प्रिंसिपल ने कुछ व्यंग्य, कुछ नाराजगी भरे स्वर में कहा।

'जी, ऐसा ही। आप याद कीजिए, आप तीन बार मुख्य अतिथि के रूप में बुला चुके हैं मेरे पिताजी को। एक बार तो गणतंत्र दिवस पर झंडा फहराने के लिए बुलाया था।'

'हां मैं उनका बहुत सम्मान करता हूँ।'

'हां इसीलिए अब उन्होंने मेरी नौकरी के बारे में आपसे कहा तो आप 'न' नहीं कर सके। आपने कहा—आपका आदेश मेरे लिए काफी है।'

'हां कहा था। मैं सचमुच उनका सम्मान करता हूँ। नौकरी के लिए मैंने हां जरूर कहा था किन्तु योग्यता की परीक्षा तो करनी होती है न।'

'देखिए प्रिंसिपल साहब, आपने योग्यता की परीक्षा नहीं, उसका अपमान किया है। वास्तव में आपको मुझे नियुक्त करना था नहीं और पिताजी से हां कह चुके थे इसलिए योग्यता की परीक्षा का यह भोंड़ा नाटक किया। मुझे और पिताजी दोनों को अपमानित किया।'

कहकर वह तैश में मई की दोपहर की गर्मी में तमतमाती हुई पैदल चली आयी थी पिताजी के पास।

उसे देखते ही पिताजी सब कुछ समझ गये। फिर भी पूछा—'क्या हुआ?'

'पिताजी अब वहाँ नहीं जाऊंगी।' उसने कहा और जो घटित हुआ था वह सब बता दिया। फिर कहा—'पिताजी मैं अपने को रोक नहीं सकी इसलिए उनके नाटक का पर्दाफाश करके चली आयी। मुझे माफ कीजिएगा यदि मुझसे कोई अभद्रता हुई हो।'

'बेटी तुमने बहुत अच्छा किया। यदि उनके अपमानपूर्ण व्यवहार को चुपचाप झेलकर चली आयी होतीं तो मैं तुम्हें कभी माफ नहीं करता। देने को हजार रुपये और नाटक इतना बड़ा। ये छोटे-छोटे पब्लिक स्कूल स्कूल नहीं हैं शिक्षा की दुकानें हैं। छात्रों से फीस लेंगे पांच-पांच सौ रुपये, फिर डोनेशन और न जाने किस-किस चीज के लिए चंदा वसूलेंगे और एम.ए, बी.एड. टीचरों को देंगे पांच सौ, छः सौ, बहुत हुआ तो एक हजार ··· । लूट मचा रखी है।'

वह धीरे-धीरे डगमगाते पांवों से ससुराल लौट आयी।

कितने वर्षों से उसकी यह यात्रा चल रही है। वह अपनी दुर्दशा से कम किन्तु

पिताजी के अपमान से अधिक आहत होती है। वह जब शादी करके यहाँ आयी तो केवल बी.ए. थी। उसके पतिदेव फ्रीलांसर थे। अभी भी हैं। शादी के बाद भी पिताजी ने पढ़ाई जारी रखने को कहा। पिताजी ने ही उसे उत्साहित किया कि अपने पांव पर खड़ी होने की योग्यता प्राप्त कर लो। आज औरतों के लिए यह बहुत जरूरी हो गया है। उन्हीं के प्रोत्साहन से प्राइवेट एम.ए. किया, फिर बी.एड. किया। बी. एड. करने के लिए क्या-क्या नहीं पापड़ बेलने पड़े। दिल्ली में तो दखिला मिलने का सवाल ही नहीं था अत: अन्नामलाई से प्राइवेट बी.एड. किया। जब बी.एड; कर लिया तो लगा कि उसने मंजिल पा ली। भीतर बहुत उल्लास था, पिताजी भी बहुत प्रसन्न थे। सोचती थी—पिताजी का इतना मान है, इतना प्रभाव है—किसी न किसी स्कूल में नौकरी मिल ही जायेगी। हालांकि यह भी जानती थी कि पिताजी की जीवन-यात्रा बहुत सादगी से बीती है। वे अपने किसी काम के लिए किसी से कहते नहीं। सहज भाव से उन्हें जो मिलता गया लेते गये, कभी किसी से कुछ मांगने नहीं गये। इसलिए उनके पास जो कुछ है (भले ही थोड़ा है) अपना है, अपने द्वारा अर्जित किया हुआ। वे स्वाभिमान से सबके आगे सिर उठाकर मुस्करा सकते हैं। किसी के सामने उनकी आँखें झुकती नहीं हैं। वे उसके लिए किसी से कहने जायेंगे क्या? वे नहीं कहेंगे तो भी विश्वास था कि उनकी बेटी होने का उसे फायदा अवश्य मिलेगा। लोग उन्हें जानते ही हैं। जहाँ कहीं, जब कभी उनका नाम आता है लोग उसके साथ अदब से पेश आते हैं। 'अरे उन्हें कौन नहीं जानता? बहुत यशस्वी और भद्र पुरुष हैं। उनके तो दर्शन से पुण्य मिलता है।'

लोगों के इस प्रकार के व्यवहार से वह धन्य हो जाती है। इसलिए विश्वास था कि पिताजी के न कहने पर भी उनका प्रभाव कहेगा। इसी विश्वास के साथ वह पास के एक स्कूल में गयी। प्रिंसिपल से मिली। साथ में बेटी भी थी। उसने अपना परिचय दिया। प्रिंसिपल प्रसन्न हो आयीं। 'अरे चिन्मयजी को कौन नहीं जानता? वे तो हमारे स्कूल में आ चुके हैं एक समारोह की अध्यक्षता करने।' उन्होंने बच्ची की ओर गौर किया। बोलीं—'बहुत प्यारी बच्ची है। तो इसका नाम लिखाना होगा।' उन्होंने उत्साह से कहा।

'जी नहीं, अभी तो यह तीन साल की है, बड़ी दिखती है न!'

'अच्छा-अच्छा।' देखा उनका चेहरा उतर गया था।

'तो फिर' के भाव से उसे देखने लगीं।

'दरअसल मैंने सुना है कि आपके स्कूल में टीचर की कोई जगह खाली है।'

'नहीं, कुछ साफ नहीं है अभी। जगह हो भी सकती है नहीं भी हो सकती है। वैसे आपकी योग्यता क्या है?'

'जी मैं हिन्दी में एम.ए., बी.एड. हूँ।'

'स्कूलिंग कहाँ से की है?'

'दिल्ली के ही सरकारी स्कूल से।'

'सरकारी स्कूल से?'

'जी हां।'

'वहाँ तो अंग्रेजी की स्थिति बड़ी दयनीय है। आपने तो हिन्दी माध्यम से ही पढ़ाई की होगी।'

'जी हां। और हिन्दी तो हिन्दी ही माध्यम से पढ़ी जायेगी न। और मुझे तो हिन्दी संस्कृत ही पढ़ानी है।

'सो तो ठीक है मिसेज ··· '

'शर्मा। मिसेज उषा शर्मा।'

'हां मिसेज शर्मा, बात यह है कि हमारा तो कानवेंट स्कूल है। यहाँ विषय कोई भी पढ़ाया जाए, माहौल अंग्रेजी का ही है। शिक्षा का माध्यम तो अंग्रेजी है ही, हम यह भी चाहते हैं कि और भाषाओं के शिक्षक भी स्कूल के भीतर अंग्रेजी में ही बात करें ताकि छात्रों को अंग्रेजी का वातावरण मिल सके।'

'सो तो आप ठीक कहती हैं किन्तु क्या आपको नहीं लगता कि कानवेंटी एजुकेशन से गुजरने वाली शिक्षिकाओं की हिन्दी बड़ी असहज लगती है, उच्चारण बनावटी और गलत लगता है।'

'सो व्हाट? हम तो चाहते हैं कि हिन्दी के उच्चारण में भी अंग्रेजी की-सी स्मार्टनेस आये।'

'ठीक है मैडम। अब मैं क्या कह सकती हूँ?' उठकर चलने को हुई कि एकाएक याद आया कि मेरे पड़ोसी वर्माजी ने प्रिंसिपल के नाम एक पत्र दिया था। वे आयकर विभाग में क्लर्क हैं।

उसने वह पत्र उन्हें दे दिया। पढ़कर कहा—'बैठिए-बैठिए। पहले ही यह पत्र देना था न।'

मैं बैठ गयी। वे बोली—'वर्माजी को आप कैसे जानती हैं?'

'वे मेरे पड़ोसी हैं और मेरे पिताजी के शिष्य रहे हैं। मेरे उनके बड़े घरेलू संबंध हैं।'

'अच्छा-अच्छा। वे तो हमारे सरपरस्त भाई हैं। उनका कहा कहाँ टाल सकती हूँ। ठीक है आप कल से पढ़ाने आ जाइए।'

'धन्यवाद-मैडम।'

वहाँ से चली तो मन ग्लानि से भर गया था। पिताजी को अध्यक्ष बनाने वाले स्कूल के लिए पिताजी का कोई महत्व नहीं है और वर्माजी का नाम गोली की तरह चल गया। वर्माजी ने बताया था कि प्रिंसिपल के व्यापारी पति प्रायः आयकर के सिलसिले में आते रहते हैं और अपनी बचत और बचाव के लिए सहायता पाते रहते हैं।

उसने घर आकर बताया कि कल से नौकरी पर जाना है तो सभी लोग खुश हुए।

बाबूजी और अम्मां ने ढेर सारा आशीर्वाद दिया किन्तु पतिदेव खामोश रहे। उन्होंने इतना ही पूछा कि 'तनख्वाह क्या मिलेगी?'

'यह सब तो मैंने पूछा नहीं। लेकिन पता तो चल ही जायेगा।'

'बेटे, यह तो पता है ही कि पब्लिक स्कूल वाले क्या देते हैं किन्तु कहीं से तो शुरू करना ही पड़ेगा।'

'सो तो ठीक है बाबूजी, लेकिन पांच-छः सौ पर पूरे महीना मजदूर की तरह खटना कोई नौकरी है क्या? मां घर में अकेली पड़ जायेंगी। वह क्या-क्या सँभालेंगी?'

'मैं सब सँभाल लूंगी बेटे! आज तक सँभालती ही तो आयी हूँ। हां तुम अपने को सँभाल लो तो सब कुछ संभल जायेगा।'

पतिदेव झल्लाकर चले गये।

उसने काम तो शुरू कर दिया किन्तु यह नहीं पूछा कि क्या मिलेगा? फिलहाल तो इसी बात से बड़ी राहत मिल रही थी कि वह अपने पांव खड़ी हो रही है। हां अपने पांव पर खड़ा होना बहुत जरूरी था। पतिदेव लेखक हैं खाली लेखक। नौकरी नहीं की। कभी उसके लिए प्रयत्न ही नहीं किया। स्वभाव से अक्खड़ हैं, किसी की धौंस या आधिपत्य नहीं सह सकते। एक बार किसी पत्रिका में काम शुरू किया था किन्तु वहाँ मारपीट करके निकल आये—'साले सोचते हैं उनका खरीदा हुआ नौकर हूँ उनके कहने पर उठूंगा-बैठूंगा, उनके कहे हुए समय पर आऊंगा-जाऊंगा। लानत है ऐसी नौकरी पर। मैं नौकरी करने के लिए नहीं, लेखन करने के लिए पैदा हुआ हूँ।' वे बहुत अच्छे कथाकार हैं। आलोचक भी हैं किन्तु लेखक होने मात्र से घर चलता है क्या? लेखक तो पिताजी भी हैं बल्कि बड़े लेखक हैं लेकिन नौकरी करते रहे हैं इसलिए घर-गृहस्थी ठीक-ठाक चलती रही है। पतिदेव तो बस लिखते हैं। कहीं से अनुवाद मिल गया तो कर दिया, नहीं तो उसे भी लेने कहीं नहीं जाते। बस पैसे टुकड़ों-टुकड़ों में आते रहते हैं। आ गये तो एक साथ आ गये, नहीं आये तो महीनों नहीं आये और आदतें कई पाल रखी हैं— पान भी खायेंगे, सिगरेट भी पियेंगे, शराब का भी शौक है और मांस-मछली तो उन्हें चाहिए ही। उधार जमा रहता है। जब कहीं से पैसा आता है उधार चुकाने में चला जाता है। वह जब से इस घर में आयी है उन्हें सँभालने की कोशिश में लगी है लेकिन वे किसी की नहीं सुनते। बाबूजी भी अब उन्हें नहीं समझाते। समझाने पर और उग्र हो उठते हैं। फिलहाल तो बाबूजी हैं, सब ठीक चल रहा है जब वे नहीं रहेंगे तो क्या होगा? वैसे बाबूजी के पास भी कौन संपदा रखी हुई है। जिन्दगी भर दूर संचार विभाग में क्लर्क रहे, रिटायर्ड होने से चार साल पहले सेक्शन ऑफिसर हो गये थे। जो पी.एफ. के पैसे थे, वे बेटी की शादी में चले गये। जो पेंशन आती है उसी में घर चलता है, हां मकान अपना है। पचास गज में दो कमरे नीचे और एक कमरा ऊपर बना लिये गये हैं, इसलिए किराये की परेशानी से बचे हुए हैं। रिटायर्ड होने के बाद बाबूजी ने एक कमरे में स्टेशनरी की

दुकान खोल ली है। मकान सड़क पर है इसलिए कुछ बिक्री हो जाती है। वे अपने बेटे और बहू के भविष्य को लेकर काफी चिंतित रहते हैं। जब तक वे हैं किसी तरह चल जायेगा, जब नहीं रहेंगे तब क्या होगा? उसके मन में तो आता है कि वह नवीन से कहे 'कि कुछ देर दुकान पर ही बैठा करें' किन्तु यह संभव नहीं है। नवीन लेखक हैं। वे कागज बेचने के लिए नहीं हैं, उस पर लिखने के लिए हैं। एक बार बाबूजी ने संकेत में कहा था तो नवीन ने बहुत अपमानित अनुभव किया था।

नवीन को कोई चिंता नहीं। उनका दार्शनिक तकिया-कलाम है जो कल होगा उसे कल देखा जायेगा, उसकी चिंता में आज को क्यों खराब किया जाए? लेकिन दार्शनिक अंदाज में बोल देने से न आज की समस्या हल होती हैं न कल की। उनके साथ आज और कल दोनों के रूप में यह बेटी चल रही है। कल कुछ और चलेंगी या चलेंगे। उनकी परवरिश है, पढ़ाई-लिखाई है, शादी-ब्याह है, यह सब क्या दार्शनिक शब्दावली से सम्पन्न होगा? हाथ में एक पैसा नहीं होता और जब बेटी कुछ मांगती है तो वह अभागिन अपने खालीपन को टटोलती कितना हीन अनुभव करती है। इसलिए बाबूजी की चिन्ता थी, अम्मां की चिन्ता थी, उसकी चिन्ता थी कि उसे कोई नौकरी मिले। यह नौकरी मिली है चाहे जैसी भी है एक शुरुआत तो है।

पहली तनखाह मिली तो मन बुझ गया। कुल छः सौ रुपये और हस्ताक्षर कराया था दो हजार पर। सभी कर रहे थे उसने भी किया। और टीचरें तो पुरानी थीं फिर भी चुपचाप कर रही थीं वह तो अभी कल लगी है, कुछ कहे तो प्रिसिंपल आज ही आने से मना कर देंगी।

मन बुझ तो गया लेकिन पहली बार अपनी कमाई के कुछ पैसे हाथ में आये थे—यह अच्छा लग रहा था। पहली बार अपनी कमाई से बच्ची के लिए कुछ खरीदने का सुख मिलेगा।

घर जाते ही चाय बनायी और पतिदेव को भी दी। चाय पीते हुए उन्होंने पूछा—'कितनी तनखाह मिली?'

'छः सौ रुपये।'

'बस इसी टुच्ची राशि के लिए दिनभर वहाँ खपती हो? इतना पैसा तो मेरी एक आर्टिकल से आ जाता है जो मैं एक घंटा में लिखता हूँ।'

'हां लिखते हैं लेकिन कुल मिला कर कितने पैसे आते हैं?'

'अब मैं बनियों की तरह हिसाब-किताब तो रखता नहीं, जो आता है आता है। बस काम चल रहा है यह क्या कम है?' नवीन ने झल्ला कर कहा।

'काम चलता है? आपके पैसे से काम चलता है? जिस दिन बाबूजी और अम्मां नहीं रहेंगे, उस दिन आपको पता चलेगा कि काम कैसे चलता है।'

अब तुम आ गयीं न अपने टुच्चे सोच कर। कल कौन रहेगा, कौन नहीं रहेगा? क्या होगा, क्या नहीं होगा? इसे लेकर आज क्यों मरा जाए? तुम्हारे इसी प्रकार के

संवाद तो मेरा मूड ऑफ कर देते हैं, अब तुम्हीं पूरा करो यह लेख।' कहकर उन्होंने चाय का प्याला उठा कर फेंक दिया और हाथ से माथा पीटने लगे। मैं भी चाय छोड़कर उठ गयी और अम्मां के कमरे में सोयी बच्ची को जगाने चली गयी। ऊपर चीजों की उठा-पटक चलती रही। अम्मां और बाबूजी जानते ही थे कि नवीन को इन सब क्रियाओं के लिए कोई कारण नहीं चाहिए। फिर भी अम्मां ने पूछा—'क्या हुआ बहू?'

'कुछ नहीं अम्मां बस यों ही।'

दो घंटे बाद जब वह अपने कमरे में गयी तो नवीन फिर बड़बड़ाये—'इतना अच्छा लेख लिख रहा था, तुमने दिमाग खराब कर दिया। अब निकालो सौ रुपये। जब तक पिऊंगा नहीं, कुछ नहीं होगा।'

वह चुप रही।

'सुनती नहीं हो।' वे थोड़ा उग्र हुए।

'सुन रही हूँ लेकिन आपके पीने के लिए मेरे पास पैसे नहीं हैं। महीना भर स्कूल जाना है, बच्ची के लिए कपड़े लाने हैं, आये दिन बीमार रहती है, दवा लानी पड़ती है और ··· और हर बार पैसे के लिए अम्मां के सामने हाथ पसारते प्रायः शर्म आती है।'

'शर्म? काहे की शर्म? वे हमारे मां-बाप हैं उनसे मांगने में शर्म कैसी?'

'आपको शर्म नहीं है मुझे तो है। अब उनसे मांगने का समय नहीं है उन्हें देने का समय है। देखते नहीं बाबूजी इस अवस्था में भी हम लोगों के लिए कुछ न कुछ करते रहते हैं।'

'दे दो, बहुत बहस मत करो, मुझे सौ रुपये चाहिए।'

उसने दुखी मन से दे दिया। जानती थी देना ही पड़ेगा, नहीं तो चीखेंगे-चिल्लायेंगे, अरतन-बरतन फेंकेंगे।

यह भी जानती थी कि पीकर उनका मूड बनेगा नहीं, बहकेगा। यदि ज्यादा बहक गया तो कुछ भी कर सकते हैं। आसपास को भी पता चल जायेगा। फिर भी पैसा देना था, दे दिया।

स्कूल चाहे जितना भी कम देता हो वह अपने टीचरों को गुलाम ही समझता था। बच्चों के घर चले जाने के दो घंटे बाद टीचरें वहाँ से छोड़ी जाती थीं। टीचरों में अधिकांश माताएं थीं। उनके छोटे-छोटे बच्चे उनकी प्रतीक्षा में होते थे किन्तु प्रिंसिपल को न तो इसका ध्यान था, न दर्द। दर्द क्यों हो? वे तो अविवाहित थीं। उन्हें क्या पता कि बच्चा पैदा करने का दर्द क्या होता है और घर पर छूटे हुए बच्चे कैसे मौन भाव से माताओं को पुकारते हैं। वे टीचरों को अपने स्कूल के बच्चों के हित में नहीं रोकती थीं, बस उन्हें अहसास कराती थीं कि तुम लोग हमारे नौकर हो। हम जब तक चाहेंगे यहाँ रुकना होगा।

जैसा भी था बीत ही रहा था और उसे इस बात से थोड़ा संतोष था कि कुछ मिल

ही रहा है और धीरे-धीरे कुछ वर्षों में इतना मिलने लगेगा कि वह अपने को असहाय अनुभव नहीं करेगी। और अध्यापन का अनुभव तो हो ही रहा है। यह भी आगे के लिए काम की चीज है। और इस बात का भी संतोष था कि छात्राओं को उसका अध्यापन प्रिय लगता था। प्रिंसिपल भी संतुष्ट थीं लेकिन फिर एक व्यवधान आ गया। रोज-रोज की किच-किच तो थी ही, बहुत बचाने पर भी वह एक और बच्चे की मां बनने वाली थी। चलिए पतिदेव की इच्छा। आठ महीने तो किसी तरह जाती रही किन्तु नवें महीने स्थिति भारी हो गयी।

छुट्टी लेनी ही थी लेकिन यहाँ लंबी छुट्टी कहाँ मिलती हैं? या तो दो-चार दिन के लिए या हमेशा के लिए। और छुट्टी मिलती भी है तो बिना तनखाह के।

छुट्टी मांगने पर प्रिंसिपल ने कहा—'देखो उषा, तुम्हें नौकरी करते सालभर भी नहीं हुआ है और इम्तहान आने वाला है। तुम्हें डेढ़ दो महीने की छुट्टी चाहिए ही। इससे तो हमारा काम नहीं चलेगा।'

'अब क्या बतायें मैडम, मुझसे चला जाता नहीं और कष्ट बढ़ता जा रहा है।'

'यह तो पहले सोचना था न! नौकरी शुरू कर रही हो और शुरू करते ही अपने भीतर एक बोझ लाद लिया। सोचना चाहिए था न।'

वह चुप रही। इस बदतमीजी का क्या उत्तर देती। और वे गलत भी तो नहीं कह रही हैं। जो नौकरी करा रहा है उसे तो पूरा काम चाहिए, उसे दूसरे के जीने-मरने से क्या सम्बन्ध?

'देखो तुम चिंता न करो। मैं तुम्हारी जगह किसी को रख ले रही हूँ। जब तुम स्वस्थ हो जाना तो मुझसे मिल लेना। मैं देखूंगी कि तुम्हें फिर यहाँ काम मिल जाए।'

'धन्यवाद मैडम।' कहकर उसने त्यागपत्र लिख दिया।

उस दिन घर लौट रही थी तो बेकारी का अतिरिक्त बोझ उसके तन-मन पर था। रह-रहकर नवीन पर गुस्सा आ रहा था। 'इन्हें तो जीने का कोई सलीका आया नहीं, दूसरों का भी सलीका छिन्न-भिन्न कर दिया है।'

स्कूल से लौटते समय उसकी सहेली रमा भी साथ थी। उसने दर्द से कहा—'तो अब कल से तुम्हारा साथ नहीं रहेगा।'

वह चुप रही। रमा ने कहा—'यह प्रिंसिपल अपने स्कूल में जो चाहती है करती-कराती है, अब वह चाहती है कि लोग अपने परिवार में भी उसकी मर्जी से चलें। हुंह बोझ लाद लिया। संतानें बोझ होती हैं? क्यों न हो वह तो अविवाहित है न। संभ्रांत घरों की बहू-बेटियां अपने पांव पर खड़ी होने के लिए यहाँ आती हैं और यह जिस-तिस को अपमानित करती रहती है। वे खून के घूंट पीकर रह जाती हैं।'

बेटी पैदा हुई। मन में था कि एक बेटी के बाद बेटा पैदा हो तो अच्छा रहेगा। किन्तु अपने मन का कहाँ होता है? जब अपना आदमी ही नहीं सुनता तो भगवान क्या सुनेगा?

सास से कहा—'मां कुछ दिनों के लिए बुला रही है हो आऊं क्या?'

'बेटे, वैसे यहाँ मैं भी तो तुम्हारी मां ही हूँ—किन्तु जाओ मां के यहाँ हो आओ, मन बहल जायेगा।'

सासजी ने ठीक ही कहा था, वे उसकी मां से बढ़कर हैं। उसे कभी बहू समझा ही नहीं। अभी भी तमाम सारा गृहकार्य स्वयं कर लेती हैं और यह उन्हीं की ममता का फल है कि वह नौकरी कर लेती है। तीन साल की बेटी उनसे इतनी हिली-मिली है कि मां के न होने का दुख उसे नहीं सताता है। फिर भी मां तो मां ही होती है न। उसके साथ बिताये गये क्षणों की आत्मीयता ही कुछ और होती है और बच्ची को नानी मिल जाती है। दादी और नानी दोनों चाहिए न।

वह मां के घर चली गयी। दो महीना रही। पिताजी और मां दोनों बहुत चिंतित थे। उनकी आँखों में उसके भविष्य को लेकर चिंताएं लदी रहती थीं किन्तु कहते कुछ नहीं थे। पिताजी ने एक बार बहुत दर्द से कहा कि एक छोटी-सी नौकरी भी लगी लेकिन वह भी नहीं चल सकी। न जाने नवीन क्यों नहीं कुछ ठीक से सोचता है जीवन के बारे में।

उसने सुना और इसके जाने कितने अर्थ भीतर फैल गये। पिताजी साफ-साफ तो उससे कुछ कहेंगे नहीं, लेकिन लगता है इस दूसरी बच्ची के जन्म को लेकर उनके भीतर एक नाराजगी है। यानी क्या जल्दी थी इस दूसरे बच्चे के आने की। इसी ने एक लगी-लगायी नौकरी चौपट की। इसके लिए वे नवीन को कोस रहे हैं। बेटी के प्रति भी तो आक्रोश होगा ही किन्तु कहें कैसे?

अब सवाल इस नौकरी के छूटने का ही नहीं था, काफी दिनों तक नयी नौकरी कर पाने की स्थिति में न आने का भी था। कम से कम दो साल तक तो यह बच्ची उसे निकलने नहीं देगी। अम्मां किस-किस बच्चे को सँभालेंगी?

फिर वही दिनचर्या। बूढ़े बाबूजी घर का खर्च चलाते रहे और नवीन निश्चिंत होकर उसी रास्ते पर चलते रहे। उस दिन तो वह दंग रह गयी जब दोपहर को उन्होंने कहा—'अपनी एक चूड़ी मुझे दे दो, मुझे काम है।'

चूड़ी का क्या काम है मैं जानती हूँ। शराब पीने के लिए मैं चूड़ी नहीं दूंगी।'

'क्यों नहीं दोगी? आखिर ये चीजें मुसीबत के समय के लिए ही होती हैं न। पैसे आयेंगे तो फिर बनवा दूंगा।'

'आप बनवा चुके। कभी कुछ बनवाया भी है? तोड़ते ही तो रहे हैं चीजों को।' उन्होंने हल्ला-गुल्ला शुरू कर दिया। चूड़ी हाथ से खींचने लगे। बच्चियां हल्ला सुनकर चीखने-चिल्लाने लगीं। बाबूजी और अम्मां भी आ गये।

वे हाथ में चूड़ी निकाल चुके थे। हाथ में खून छलछला आया था।

बाबूजी आँखों में खामोश आग लिए खड़े थे। इससे अधिक वे कर भी क्या सकते थे। क्या जवान बेटे से हाथापायी करते?

अम्मां ने कहा—'लाओ चूड़ी मुझे दे दो। मैं ज्वेलर के यहाँ बेच कर पैसे लाती हूँ। तुम्हें तो ठग ही लेगा।'

'हां ले जाओ, जल्दी आना।'

अम्मां ने चूड़ी लेकर अपने पास रख ली और बाजार जाने का नाटक किया। बाजार से लौट कर उन्होंने अपने पास से नवीन को आठ सौ रुपये थमा दिये।

'इतना कम मिला?'

'हां, बेचा नहीं है बंधक रखा है।'

इसी तरह दिन बीत रहे थे। कभी-कभी इच्छा होती थी कि वह जलती हुई इस्त्री हाथ से पकड़ ले और सदा के लिए सो जाये लेकिन बच्चे बीच में आ जाते थे और बच्चे ही क्यों नवीन भी तो थे। वे भी बच्चे ही लगते थे। सच पूछिए तो उन पर दया आती थी। और उसे लगता था कि इन सारे उपद्रवों के बावजूद वे बहुत सीधे-सादे, भोले-भाले बौड़म से इंसान हैं। उनमें छल बिलकुल नहीं है इसलिए जो भीतर हैं वही बाहर हैं। शायद इसीलिए घर में या सड़क पर कुछ भी करते या कहते शरम नहीं आती थी, उन्हें किसी की परवाह नहीं थी। और यह नहीं कि वे उसे प्यार नहीं करते, बल्कि प्यार के क्षणों में वे निर्मल नदी की तरह बहने लगते थे और अपने भावात्मक आवेग में उसे डुबा देते थे और वह उन क्षणों में अपना सारा ताप-दाप भूलकर शीतल और शांत हो उठती थी। यह कम तो नहीं कि इस जमाने में, और शराब की लत लगने के बावजूद उन्होंने परायी स्त्री की ओर देखा तक नहीं। कई बार तो अनजान औरतों की अस्मत की रक्षा की है गुंडों से, और लहूलुहान होकर घर लौटे हैं। उन्होंने अपने व्यक्तिगत किस्म के लेखों और साक्षात्कारों में कई बार स्वीकारा भी है कि मैं उषा को बहुत प्यार करता हूँ। उनके पास हो तो उसके ऊपर कितना कुछ निछावर कर दें। लेकिन होने की ही तो समस्या है। वह होता नहीं और पाने के लिए इस जमाने में जो चालाकियां करनी होती हैं वे इनके पास हैं नहीं। न होने पर भी बहुत कुछ खाने-पीने की जो आदत बनी हुई है वही समस्या खड़ी करती है।

अम्मां बताती हैं कि नवीन को उन्होंने बहुत लाड़-प्यार से पाला है। इसलिए कि इस लड़के ने बचपन में बहुत कष्ट भोगे हैं। क्या-क्या नहीं भोगे हैं और बचपन में ही इसकी प्रतिभा एक चमत्कार की तरह दिखाई देती थी प्रतिभा ही क्यों आचरण की सभ्यता भी। फिर पता नहीं क्या हुआ कि यह रास्ता छोड़ता गया और जहाँ रहा, वहाँ के सभ्य और पढ़ाकू लड़कों की अपेक्षा खिलंदड़ और आवारा लड़कों की संगत पसंद करता गया। और धीरे-धीरे वहाँ तक पहुंचा जहाँ आज है।

उसके पिताजी कहते हैं कि एक बड़ा लेखक बनने के लिए जैसी जिन्दगी अपेक्षित है वैसी जिन्दगी नवीन ने जी है। उसकी कहानियों और उपन्यासों में जो आम जन की इतनी जीती-जागती तस्वीर मिलती है वह इसीलिए कि वह खिलंदड़ और आवारा लड़कों के साथ घूमता-फिरता रहा है, जिन्दगी के तमाम पहलू देखता रहा है।

उन्होंने नवीन के साथ उसका विवाह भी इसीलिए किया था। उन्होंने नवीन में एक बड़ा कथाकार देखा था। उन्हें यह उम्मीद तो थी ही कि यह साहित्य में एम.ए. है, किसी कॉलेज या अखबार में नौकरी पा ही लेगा और फिर उसका अपना लेखन है। लेकिन रह गया। पिताजी का अपना भी तो प्रभाव था किन्तु नवीन ने नौकरी करने से साफ मना कर दिया तो पिताजी क्या करते? पिताजी जब उसके सामने होते हैं तो अपराध-बोध से उनका चेहरा भर जाता है। कभी-कभी भारीपन कम करने के लिए कहते हैं—'नवीन बड़ा कथाकार है। वह विज्ञापनबाज नहीं है, फिर भी एक दिन लोग उसके लेखन का लोहा मानेंगे।'

उस दिन शाम को नवीन घर आये तो बहुत प्रसन्न थे। उसे देखते ही पूछा—'क्यों मैडम उषा, क्या बात है?'

'कुछ नहीं परंतु आप बहुत प्रसन्न हैं आज।'

'हां प्रसन्न क्यों न होऊं? इधर तुम्हें पता हो कि न हो मैं एक सीरियल की स्क्रिप्ट लिख रहा था, उसके फिलहाल दस हजार रुपये मिले हैं बाकी बाद में मिलेंगे।'

उन्होंने दो हजार रुपये देते हुए कहा तो तुम्हारी चूड़ी बंधक रखी है न, छुड़ा लेना—बाकी पैसों से अपने लिए कुछ साड़ियां ले लेना। छः सौ रुपिल्ली पर तुम महीना भर हलाल होती थीं। अब देखो मैं कहानी-फहानी उपन्यास-सुपन्यास छोड़कर धारावाहिकों के लिए स्क्रिप्ट लिखूंगा। क्या मिला है इनसे?'

उन्होंने उसे अंक में भर लिया, खूब प्यार किया। बोले—'मैं तुम्हें बहुत सताता हूँ न। मैं शैतान हूँ, अहमक हूँ, शराबी हूँ ⋯।

'नहीं—नहीं ऐसा मत कहिए।' उसने उनके मुंह पर हाथ रख दिया।

वे पिघल आये थे। बोले—'सुनो तुम्हें एक राज की बात बताता हूँ। उस दिन तुम्हारी चूड़ी शराब पीने के लिए नहीं ली थी।'

'तो।' के भाव से उसने देखा।

'मेरा एक मित्र है न एक आटो वाला। उसका स्कूटर एक्सीडेंट में टूट गया और वह भी घायल हो गया। उसकी बूढ़ी मां घर पर भूख से मरने लगी। उस परिवार में और कोई नहीं है। मुझसे देखा नहीं गया किन्तु अपने पास भी पैसे कहाँ थे बस तुम्हारी चूड़ी का सहारा लिया।'

उसकी आँखें भीग आयीं।

'तो सीधे मांग लिया होता।'

'सीधे मांगने पर इस काम के लिए तुम अपनी चूड़ी मुझे देतीं?'

वह कुछ बोली नहीं।

वे हँसते रहे, गाते रहे, बच्चों से देर तक खेलते रहे।

उसने कहा—'सुनिये आप कहानी और उपन्यास लिखना नहीं छोड़ेंगे।'

वे हँसे और बोले—'ओके मैडम!'

पैसे दस दिन में ही खत्म हो गये। फिर वही दिनचर्या!

जो भी हो नौकरी उसकी मजबूरी बनती गयी। लेकिन अब तो दो साल तक कुछ करने से रही। ज्ञात हुआ कि दिल्ली के सरकारी स्कूलों में सैकड़ों जगहें निकली हैं। कुछ आशा बँधी किन्तु सरकार ने कमाल कर दिया। शिक्षामंत्री ने बिना लिखित परीक्षा और साक्षात्कार के स्कूल और कॉलेज में प्राप्त अंकों के आधार पर नियुक्तियां कर लीं। यह भी नहीं देखा कि कोई छात्र नकल करके इतने अंक लाया है कि अपनी मेहनत से। वह कैसा बोलता है? यानी पढ़ा भी सकता है कि नहीं। परिणाम यह हुआ कि तमाम नकलची लोग शिक्षक के रूप में नियुक्त कर लिये गये।

कुछ दिनों बाद फिर एक आशा बँधी। नगर निगम के स्कूलों में जगहें निकलीं। एक परचा आउट हो गया तो परीक्षा रद्द कर दी गयी और वहाँ भी नियुक्तियों की वही प्रक्रिया अपनायी गयी।

धीरे-धीरे दो वर्ष भी बीत गये। अम्मां ने कहा—'बेटे अब रिंकी भी सँभल जायेगी। अब तुम चाहो तो किसी स्कूल में कोशिश करो।'

उसने पिताजी से कहा कि अब फिर किसी स्कूल में लगने की कोशिश करनी होगी।

पिताजी कुछ बोले नहीं किन्तु लगा कि वे भीतर ही भीतर अपने दायरे से बाहर आने के लिए छटपटा रहे हैं। हां उन्होंने एक तरह से प्रतिज्ञा ही कर ली थी कि वे अपना हर काम अपने बूते पर करेंगे, किसी के आगे हाथ नहीं फैलायेंगे और अपने तक उन्होंने अपनी इस अघोषित प्रतिज्ञा का पालन भी किया किन्तु दूसरे लोग तो अपना काम कराने के लिए उनकी प्रतिज्ञा पर लगातार दबाब डालते रहे। अपनी मर्यादा का पालन करते हुए दूसरों के लिए वे जितना कर सकते थे करते ही रहे। दूसरों के हित के लिए कुछ करने में मर्यादा टूटती भी है तो वह असुंदर नहीं लगती किन्तु अपने लिए दूसरों से मांगने में आदमी कितना छोटा हो जाता है इसे पिताजी जानते थे।

उसे इसी बात की गहरी पीड़ा है कि पिताजी विवश होकर उसके लिए कई बार छोटे हुए। दो दिन के लिए वहाँ गयी थी। उस दिन तो वे कुछ नहीं बोले किन्तु लगता था कि भीतर ही भीतर लगातार छटपटा रहे हैं।

दूसरे दिन बोले—'बेटे एक छोटे-मोटे नेता हैं, छोटे-मोटे साहित्यकार भी हैं।'

'किसकी बात कर रहे हैं?'

'तुम जानती होगी, शायद न भी जानती हो। उनका नाम है राजेश्वर चौधरी।'

'हां-हां जानती हूँ जो रोमानी गीतों की एक पत्रिका निकालते हैं।'

'हां-हां वही। उनका एक नया उपन्यास आया है-—दोजख़ की आग। उस पर वे गोष्ठी कर रहे हैं। मुझे मुख्य अतिथि बनाया है।'

'तो जायेंगे?'

'हां जाऊंगा।'

'क्या यह बहुत अच्छा उपन्यास है?'

'यों ही है, फिर भी जाऊंगा।' वह समझ नहीं पाई कि पिताजी वहाँ क्यों जा रहे हैं। लेकिन उनका निर्णय था वे जानें।

एक सप्ताह बाद वे उसके यहाँ आये, बोले—बेटे राजेश्वरजी ने तुम्हें बुलाया है।

'मुझे? उसने चौंक कर कहा।

'हां।'

'मगर किसलिए?'

'बेटे कई स्कूल चलाते हैं बल्कि यों कहो कि वे तमाम छोटे-बड़े पब्लिक स्कूलों के संगठन में सम्मानित मुखिया हैं। उनसे तुम्हारी नौकरी के बारे में बात की है। उन्होंने तुम्हें मिलने को बुलाया है।'

अब वह समझी कि पिताजी उस दिन उपन्यास पर बोलने क्यों गये थे।

उस गोष्ठी में गये हुए नवीन के एक मित्र से रपट भी मिली थी। उसने बताया कि नवीनजी को देखते ही राजेश्वरजी लपक कर आये और बहुत विनम्रता के साथ झुक कर अभिवादन किया और बोले—'धन्यभाग कि हमारे यहाँ आपके चरण पड़े।'

'पिताजी क्या बोले उस दिन? उपन्यास के काफी विरोध में बोले होंगे।'

'नहीं तो। बहुत संतुलित बोले। कुछ दोषों की चर्चा करते हुए भी उपन्यास के महत्त्व को ही रेखांकित किया। उनके भाषण से राजेश्वरजी बहुत प्रसन्न दिखे।'

तो पिताजी के वहाँ जाने का कारण वह है। उसके भीतर बहुत ग्लानि भर आयी। उसके कारण पिताजी को न जाने क्या-क्या करना पड़ेगा।

'किस सोच में डूब गयी बेटी। कल आठ बजे तैयार रहना, तुम्हें लेकर वहाँ चलूंगा।'

दूसरे दिन राजेश्वरजी के यहाँ पहुंचने पर उसने देखा कि पिताजी और राजेश्वरजी ने एक-दूसरे को नमस्कार किया किन्तु राजेश्वरजी का सिर तना हुआ था और पिताजी का झुका हुआ था। राजेश्वरजी की बातचीत में साहित्यिक सहजता नहीं दिखाई पड़ी। स्वागत-सत्कार में भी एक औपचारिकता नजर आयी। फिर भी कुल मिलाकर उनकी सज्जनता छायी रही। उससे उसके कैरियर के बारे में औपचारिक बातचीत की किन्तु उसमें भी चालू आफिशियल ठसके की जगह, परिचय की एक गंध महसूस होती रही।

उन्होंने कहा कि उनके यहाँ जगह नहीं है किन्तु वे उसके घर के आस-पास के किसी स्कूल में व्यवस्था कर देंगे।

'देखिए राजशेवरजी इसकी मुख्य समस्या रोजी--रोटी की है। नौकरी करने के बाद भी यदि महीने में पांच-छः सौ रुपये मिले तो उससे क्या होगा? उधर के स्कूल इतना ही देते हैं।'

'नहीं-नहीं इतना कैसे देंगे, मैं कहूँगा कि कम से कम दो हजार तो मिलना ही चाहिए।'

'धन्यवाद! आपसे मिल कर बहुत आश्वस्त हुआ। अब आज्ञा दीजिए।'

'मै फोन से आपको सूचित कर दूंगा। नमस्कार।'

एक सप्ताह बाद पिताजी ने उसे सूचित किया कि राजेश्वरजी ने विवेक पब्लिक स्कूल की प्रिंसिपल से बात कर ली है। प्रिंसिपल ने कल तुम्हें बुलाया है। तुम तो वहाँ पहले भी काम कर चुकी हो। सब कुछ परिचित है वहाँ।

दूसरे दिन अम्मां के साथ वह स्कूल गयी। प्रिंसिपल बहुत धधा कर मिलीं और अम्मां से मेरी प्रशंसा करने लगीं—'अरे यह तो बहुत प्यारी है। बहुत अच्छी टीचर भी है। मैं तो इसे छोड़ना नहीं चाहती रही किन्तु इसकी मजबूरियां ही इसे मुझसे दूर ले गयीं। यह तो मेरे लिए यों ही प्रिय है दूसरे मेरे परम आदरणीय राजेश्वरजी ने कहा है। मुझे कुछ करना ही होगा किन्तु फिलहाल कोई जगह नहीं है, एकाध महीने में मैं जगह बनाऊंगी तो सूचित कर दूंगी!'

उन्हें धन्यवाद देकर वह खुशी-खुशी घर आयी और लगा कि कष्ट कटा।

पिताजी को भी सूचित किया। उन्होने राजेश्वरजी को सूचित किया। दो दिन बाद पिताजी ने उसे फोन पर सूचित किया-'बेटे दुनिया बड़ी टेढ़ी है। जिस प्रिंसिपल ने तुम्हारे ऊपर इतना प्यार उड़ेला उसी ने राजेश्वरजी से कह दिया कि यह तो क्लास में सोती है। इसे नहीं लूंगी। मैंने राजेश्वरजी को बता दिया कि वह झूठ बोल रही है। वह ऐसा इसलिए कह रही है कि आपने अच्छी तनखाह देने के लिए कहा होगा।'

राजेश्वरजी गंभीर हो आये थे। फिर बोले—'अच्छा कहीं और देखता हूँ।'

पांच-छः दिन बाद पास के ही एक स्कूल से फोन आया—'उषाजी हैं।'

'जी मैं बोल रही हूँ।'

'देखिए मैं नरोदा गांव के अरुण कमल विद्यालय से बोल रहा हूँ। राजेश्वरजी ने आपके बारे में मुझसे कहा है। कृपया आइए मिल जाइए।'

वह गयी तो प्रिंसिपल ने कहा—'आपको कल से नियुक्ति दी जा रही है। डेढ़ हजार रुपये महीने के मिलेंगे।'

'धन्यवाद। मैं कल ज्वाइन कर लूंगी।'

वहाँ पढ़ाना शुरू कर दिया। सब कुछ ठीक-ठाक चल रहा था। शीध्र ही कुछ अध्यापिकाएं निकट आ गयीं। वे पूछती थीं कि कितने पर तय किया है।

'यह तो तब पता चलेगा जब पहली तनखाह मिलेगी।'

वैसे उसे धीरे-धीरे पता चला कि यहाँ की टीचरें पांच-छः सौ के करीब पाती हैं, बहुत सीनियर हुई तो हजार-डेढ़ हजार।

उसे जो इतने पैसे देने की बात कही गयी है वह राजेश्वरजी के दबाव के नाते कही गयी है। वह खुश तो हुई किन्तु मन में एक आशंका भी समा गयी कि पता नहीं

राजेश्वरजी का वह दबाव कब तक बना रहेगा।

महीने भर बाद उसने देखा कि एक महिला प्रायः स्कूल में आ-जा रही है। निकट की शिक्षिकाओं ने उसे बताया कि यह स्कूल के मैनेजर से संबंधित है। पहले यहाँ पढ़ाती थी किन्तु अपने पति के साथ भोपाल चली गयी थी। अब इसके पति का तबादला फिर दिल्ली हो गया है तो फिर अपनी नौकरी पर आना चाहती है।

'ये किस विषय की हैं।'

'हिन्दी की।'

उसका माथा ठनका। भीतर एक भय समा गया। कहीं ··· ।

और हुआ वही। दूसरा महीना खत्म होते ही प्रिंसिपल ने उसे बुलाया और कहा—'मैडम, हम लोग आपके अध्यापन से संतुष्ट नहीं है। अतः कल से मत आइए।'

वह तो सनाका खा गयी। भीतर आग-सी लग गयी और बोली—'क्या आपको यह अहसास दो महीने बाद हुआ है? क्यों न हो, मैनेजर की संबंधिन जो आ गयी है।'

'देखिए मैडम, अपनी सीमा में रहिए।' तड़पकर प्रिंसिपल बोले।

'मैं तो अपनी सीमा में हूँ आप ही अपनी सीमा नहीं पहचान रहे हैं। एक छोटे स्कूल के प्रिंसिपल हो गये हैं तो समझते हैं किसी का भी अपमान करने का अधिकार आपको प्राप्त हो गया है।'

वह वहाँ से तड़प कर चली आयी। संयोग से पिताजी भी आये हुए थे। उन्हें जब सब कुछ मालूम हुआ तो उन्होंने राजेश्वरजी को फोन से सब बता दिया।

शायद राजेश्वरजी दुखी भी हुए और कहा—'फिर कहीं देखूंगा।'

पिताजी बोले—'नहीं राजेश्वरजी, मैं आपका बहुत आभारी हूँ कि आपने मेरी बेटी के लिए इतना कुछ किया किन्तु अब रहने दीजिए। जिन-जिन से आप कहेंगे वे सब मिल कर मेरी बेटी को पागल कर देंगे। उसकी योग्यता को इतना बदनाम कर देंगे कि कोई संस्था उसे स्वीकार ही नहीं करेगी। दरअसल ये लोग आपके तात्कालिक दबाव में आकर मेरी बेटी को स्वीकार तो कर लेते हैं किन्तु बाद में किसी न किसी फूहड़ बहाने से उसे हटा देते हैं। वे इस बात से भी डरते हैं कि आपके संकोच से उन्हें ज्यादा तनखाह देनी पड़ जायेगी। इन लोगों ने इसे आपकी नजर में भी गिरा दिया। आप भी मानने लग गये होंगे कि खोट मेरी बेटी में ही है। खैर जाने दीजिए।'

पिताजी ने फोन रखा तो रोष से कांप रहे थे।

फिर काफी दिनों तक खाली बैठी रही। एक दिन किसी ने पिताजी को सुझाया कि आप शिवनारायण से क्यों नहीं कहते। वे तो आपका बड़ा सम्मान करते हैं। एक तरह से वे आपके शिष्य भी हैं। उनके कई स्कूल हैं, कहीं न कहीं एडजस्ट कर ही लेंगे।

पिताजी को यह बात स्वीकार्य लगी और एक दिन उसे लेकर वहाँ पहुंच गये। शिवनारायणजी ने बहुत उत्साह दिखाते हुए कहा—'अरे आपकी बात टाल सकता हूँ

क्या? और यह तो अपने घर की बात है। स्कूल खुलने दीजिए फिर व्यवस्था करते हैं।'

उस दिन वह और पिताजी बहुत प्रसन्न लौटे थे और शिवनारायणजी के शिष्ट व्यवहार तथा सज्जनता से बहुत प्रभावित थे। और आज?

दोनों लड़कियों सोई हुई थीं और वह चुपचाप बैठी हुई सामने के खाली आकाश को देख रही थी और रह-रहकर लड़कियों के सिर पर प्यार से हाथ फेर देती थी।

एकाएक उसने एक निर्णय लिया और दुकान पर बैठे बाबूजी के पास जाकर खड़ी को गयी।

'क्या है बेटे, इतनी दुखी मत हो। यहाँ नहीं तो किसी और स्कूल में नौकरी मिल ही जायेगी।'

'नहीं बाबूजी अब मैं और अधिक अपमानित होने के लिए शिक्षा की किसी और दुकान पर नहीं जाऊंगी, अपनी इस दुकान पर बैठूंगी।'

'अरे यह तुम क्या कह रही हो। इससे अपना कितना अपमान होगा।' कहते हुए बाबूजी अचकचाकर खड़े हो गये।

वह मुस्कराकर उनकी जगह बैठ गयी और बोली—'दूसरों की दुकानों पर धक्के खाने की अपेक्षा अपनी दुकान पर बैठना ज्यादा सम्मानपूर्ण है।'

□

पेंशन

भाई साहब का क्रियाकर्म करके मैं लखनऊ लौट रहा था। कितना खालीपन लग रहा था। भाई साहब के आशीष-भरे साहचर्य में बीता हुआ एक लंबा समय अपने अनेक रंगों के साथ मन में उठ-गिर रहा था। कितना कुछ बीत गया, कितना कुछ बीतकर भी नहीं बीता। मुझमें और भाई साहब में आठ साल का अन्तर था किन्तु वे मुझे अपना मित्र ही समझते थे। उनके जीवन में जो कुछ घटित हुआ मुझे उसका साक्षी बनाना चाहते थे। प्रत्यक्ष और अप्रत्यक्ष दोनों माध्यमों से वे मुझमें भरते ही चले गये थे। हां वे अपने निजी दर्द कम खोलते थे, लेकिन मैं वहाँ भी पहुंच जाता था।

मैं स्टेशन पहुंचा तो देखा एक खादी-सज्जित मोटा आदमी प्लेटफार्म पर खड़ा है और उसे घेरकर अनेक लोग उसकी जय-जयकार कर रहे हैं—'रूप नारायण जी की जय।'

'मुझे याद आ गया। यह वही व्यक्ति है जो कुछ साल पहले भाई साहब को मिला था। मैं भी भाई साहब के साथ था। इसने भाई साहब को देखते ही पूछा था—'कहिए पंडितजी कुछ काम बना?'

मैंने देखा खादी से लकदक वह व्यक्ति व्यंग्य से मुस्करा रहा था। भाई साहब कुछ बोले नहीं, आगे बढ़ते गये और मैं भी उनके साथ बढ़ गया। कुछ दूर जाने के बाद मैंने भाई साहब से पूछा—'कौन था यह आदमी और क्या पूछ रहा था?'

'यह इस इलाके का एक शातिर चोर था। इसे मैं चोरी के अपराध में कई बार पीट चुका था। जिन दिनों बयालीस का आन्दोलन छिड़ा था उन दिनों इसकी बन आयी थी। सब लोग यहाँ-वहाँ तोड़-फोड़ कर रहे थे और यह माल लूट रहा था और सेठों के घरों में सेंध मार रहा था। चोरी के इल्जाम में पकड़ा गया और इसे जेल हो गयी। उन्हीं दिनों स्वाधीनता सेनानी जेल भर रहे थे। बस जब देश आजाद हुआ और स्वंतत्रता-सेनानियों को पेंशन और संपत्ति मिलनी शुरू हुई तो न जाने कैसे इसका भी उन्हीं में शुमार कर लिया गया। और यह अकेला थोड़े ही है, जाने ऐसे कितने चोर-लुटेरे जेल जाने के नाम पर स्वतंत्रता-सेनानी मान लिए गए और जो जेल नहीं गये, वे अपनी लाख सेवाओं के बावजूद कुछ नहीं पा सके। मेरी तरह दौड़ते ही रह गये। इसी के

बारे में वह पूछ रहा था कि काम बना। अब इसके घर जाकर देखो क्या जलवा है? कल का चोर और दरिद्र रुप्पन आज रूपनारायण सेठ बना हुआ है।' बोलते-बोलते भाई साहब का कंठ आर्द्र हो उठा था। मैं सोचने लगा परसों का चोर कल राष्ट्रीय सेठ बना और एम.एल.ए. बन गया है और लोग उसकी जय-जयकार कर रहे हैं ··· ।

भाई साहब ··· परिवार और देश के बीच भूलता एक व्यक्तित्व ··· । वे दिन थे जब आजादी का आन्दोलन जोरों पर था। गांधी और नेहरू का नाम हर सच्चे भारतीय के भीतर देशप्रेम का आवेग भर देता था। गांवों में अपार गरीबी की अंधी तहें बिछी हुई थीं लेकिन सन्नाटा नहीं था। तहों को तोड़-तोड़कर पर्व-त्योहारों और सामाजिक उत्सवों की धूप फूटती रहती थी और उसी धूप में मिल जाती थी स्वाधीनता-आन्दोलन की प्रभाती। कुछ सम्पन्न लोग तो अपनी संपत्ति की रक्षा के लिए सरकार के पिट्ठू थे और स्वाधीनता-आन्दोलन के विरुद्ध बोलते थे या चुप थे। सामान्य जन मिल-जुलकर झंडा उठाये हुए प्रभातफेरी करते थे। जहाँ कहीं कांग्रेसी सभाएं होती थीं 'विजयी विश्व तिरंगा प्यारा, झंडा ऊंचा रहे हमारा' गाते हुए और गांधी-नेहरू की जय बोलते हुए पहुंच जाते थे। घर लौटकर खालीपेट सो जाते थे लेकिन रात को आजादी के सपने देखते थे और सपने में ही गुनगुनाते थे—

भारत में होइहें सुरजवा हो मनरजना लाल
गोहुंवा क रोटी रहरिया क दलिया
घी छौंकि करबें भोजनियां हो
मनरजना लाल

गांव के इन्हीं लोगों में पिताजी भी थे। गाना-बजाना मेला-हटिया जाना तो उनका सहज शौक था ही, झंडा उठाकर चलने वालों और कांग्रेसी सभाओं और कार्यक्रमों में वालंटियरी करने वालों में भी वे आगे थे। खेत रेहन चढ़ रहे थे। बचे हुए खेत परती पड़ रहे थे। अभावों की गहरी सीलन घर में फैलती जा रही थी।

इसी माहौल में बड़े हुए थे भाई साहब। एक ओर देश का अतीत और वर्तमान उनके भीतर अपने सुख-दुख के साथ फैल रहा था, दूसरी ओर परिवार की घनीभूत दरिद्रता सामने ठाठें मार रही थी। दर्जा सात पास करते-करते उन्होंने देश के अतीत के बारे में बहुत कुछ जान लिया था और वर्तमान तो सामने था ही। देश के लिए कुछ करना चाहिए, यह भाव उनमें हिलोरें लेने लगा था लेकिन पहले अभाव के इस जमकातर में फँसे परिवार के लिए कुछ करना चाहिए, यह भाव देश-भाव के आगे आकर अड़ जाता था।

भाई साहब ने पढ़ाई छोड़ दी और नौकरी की तलाश शुरू की। किन्तु कहाँ थी नौकरी? ··· यहाँ गये, वहाँ गये, कहाँ-कहाँ नहीं गये— और क्या-क्या नहीं झेला? लेकिन नहीं मिली नौकरी। कलकत्ता से मरणासन्न होकर लौटे। कई महीने तक खाट पर पड़े रहे। धीरे-धीरे अच्छे हुए तो पथ्य की समस्या थी। दूध-दही की तो बात ही

छोड़िए, खाने को भरपेट ठीक-ठाक अनाज भी नहीं था। मां किसी तरह इंतजाम करती थी। कोले में भिंडी फली थी। उसी को तोड़-तोड़कर भाई साहब खाते थे और मान लिया जाता था कि एक पथ्य मिल रहा है।

अंत में इन्हें जमींदार की नौकरी पर जाना पड़ा। पास-पड़ोस के जमींदार राय साहब से हमारे पुश्तनी सम्बन्ध थे। उन्होंने कई बार भाई साहब को बुलाया था किन्तु भाई साहब का आदर्शवादी स्वभाव जमींदार के यहाँ नौकरी नहीं करना चाहता था। वे वहाँ के माहौल से परिचित थे और उन्हें यह भी ज्ञात था कि आजादी की लड़ाई में जालिम जमीदार सरकार के साथ हैं इसलिए उन्होंने हर बार वहाँ जाने से मना कर दिया। जब चारों ओर दौड़कर लथपथ हो गये और घर की दरिद्रता का हाहाकार नहीं सहा गया तो मन मारकर राय साहब के यहाँ नौकरी कर ली।

काफी दिनों तक इस माहौल में परेशान रहे। अपने सामने निरीह किसानों को पिटते हुए देखकर छटपटाते रहे और चाहते रहे कि घर भाग आयें लेकिन घर का दहाड़ता खालीपन उन्हें फिर उधर धकेल देता था। कशमकश में कई महीने बीत गये और जब राय साहब का मुख्य कारिंदा किसी कारणवश वहाँ से चला गया, तब इनके ऊपर इस कार्य का बोझ आया।

राय साहब के यहाँ तनखाह थी दो रुपये महीने। बाकी खाना-पीना, कपड़ा-लत्ता तो मिलता ही था। लेकिन कारिंदा के काम में जब पहली बार भाई साहब को कुछ रुपये मिले तो उन्हें नौकरी के सुख का अनुभव हुआ। ये पैसे राय साहब के नहीं थे, किसानों के थे। लगान देने की प्रक्रिया में किसान कारिंदा को कुछ फर्खतियावन देते थे। यह नियम चला आ रहा था। भाई साहब को इसके लिए कुछ नहीं करना पड़ा। हां उन्हें जब पैसा मिला तो उन्हें पहली बार पैसे के सुख का अनुभव हुआ और यह क्रम बन गया और सुख सघन होता गया। उनका सुख घर का सुख बनता चला गया। घर में चूल्हे की आंच की सुखद ऊष्मा फैलती गयी।

भाई साहब देश और समाज के लिए परिवार छोड़ दें, इसकी तो कल्पना ही नहीं की जा सकती थी। घर कर्ज, भूख और अपमान से लदा था उसे तो काटना ही था और उसे केवल पैसे से ही काटा जा सकता था और जब पैसा मिलने लगा तो यह सोचकर छोड़ना कठिन था कि ये पैसे किसानों के खून से आते हैं। लेकिन पैसा उनकी मूलभूत संवेदना को सोख नहीं सका अतः पहले के कारिन्दों के विपरीत वे किसानों से बहुत नरमी से पेश आते थे। असमर्थ लोगों का कई-कई साल का लगान छोड़ दिया और अपना फर्खतियावन तो छोड़ ही दिया। असामी की स्थिति के अनुसार वे अपना पैसा कम कर देते थे और सिपाहियों को हिदायत दी थी किसी भी किसान को यातना देकर और अपमानित करके न लाया जाए। जो बदतमीजी करें उन्हीं के साथ सख्ती की जाए।

मैं नहीं कह सकता कि भाई साहब इस सामंती माहौल में हमेशा संवेदनशील ही

बने रहे होंगे या बने रहने पाये होंगे। यह तो काजल की कोठरी थी न। इसमें जाने पर काजल की लीक तो लगनी ही थी। हां फर्क इतना ही होता है कि कोई काजल की कोठरी में जाकर उसमें धँसना चाहता है, कोई बचना चाहता है और भाई साहब आखिर मालिक तो थे नहीं। कई बार मालिक तक उनकी सदाशयता की बात नमक-मिर्च लगाकर पहुंचायी गयी और मालिक को बताया गया कि इससे आर्थिक हानि हो रही है। इस कारण मालिक की नाराजगी भी झेलनी पड़ी। कभी मालिक की झक से किसी व्यर्थ के उत्सव का आकस्मिक आयोजन करना पड़ा और इसके लिए ढेर सारे पैसे वसूलने पड़े। इन स्थितियों में भाई साहब का क्रोध किसानों पर बरसा और उन्हें वे क्रूर कर्म करने पड़े जिनके लिए वे बाद में पछताते रहे।

भाई साहब केवल खादी पहनते थे। जमींदार के कारिन्दा के लिए मिल के अच्छे से अच्छे कपड़ों के लालच दिये गये किन्तु वे केवल मोटी खादी की धोती और कुर्ता पहनते रहे। सादगी तो इनके स्वभाव में थी फिर गांधीजी की सादगी का आदर्श भी सामने था।

यहाँ आसपास के कांग्रेसी युवाओं का आना-जाना लगा रहता था। भाई साहब के कमरे में बैठकें होती थीं और योजनाएं बनती रहती थीं। सन् 1942 का आन्दोलन चारों ओर धधक उठा। युवा कांग्रेसी भाई साहब के यहाँ आये और योजना बनी कि स्टेशन फूंक दिया जाए। थाना जला दिया जाए।

योजनानुसार क्रांतिकारी युवा स्टेशन पहुंच गये और स्टेशन धधकने लगा। लपटों के साथ-साथ देश की जयजयकार के नारे उठने लगे। योजना के अनुसार ही भाई साहब बंदूकधारी सिपाहियों के साथ स्टेशन की ओर लपके और योजनानुसार ही क्रांतिकारी भाग चले। भाई साहब को देखते ही कांपता हुआ स्टेशन मास्टर उनकी शरण में आ गया।

इसके बाद तो चला सिलसिला—धर-पकड़ का। क्रांतिकारी भागते फिरे। छद्म वेश में वे भाई साहब से मिलते रहे—कभी खेत में, कभी बगीचे में, कभी कमरे में ही। भाई साहब उन्हें खिलाते-पिलाते रहे, उनके परिवारों की भी सुध लेते रहे। भाई साहब पर किसी को क्यों संदेह होता? एक तो वे अंगरेजों के खैरखाह राय साहब के नौकर, दूसरे स्टेशन की रक्षा में सहायक।

लेकिन कोई कब तक भागता। वे क्रांतिकारी पकड़े गये और जेल भेज दिये गये, साथ ही उनके घर-परिवार को भी बरबाद किया गया।

हवा थी कि हमारे तथा गांव के अन्य कांग्रेसियों के घरों पर कहर टूटने वाला है। पिताजी घोषित कांग्रेसी जो थे लेकिन हवा आयी, चली गयी। इसका एक कारण तो यह था कि गांव के ये सिपाही तो केवल झंडा उठाने और वालंटियरी करने के लिए थे, तोड़-फोड़ न इनका स्वभाव था न गांव के माहौल में उसका कोई अवकाश था। गांव में कोई क्या तोड़ता? हमारे घर के बचाव का एक कारण भाई साहब भी तो थे।

भाई साहब का मन तड़प रहा था आन्दोलन में खुलकर आने के लिए लेकिन राय साहब का नौकर रहते हुए आ नहीं सकते थे और जब तक घर की स्थिति पूरी तौर पर संभल नहीं जाती, नौकरी तो करनी ही पड़ेगी। वैसे घर तो काफी संभल गया था लेकिन सबसे बड़ी समस्या थी मेरी पढ़ाई। मुझे एम.ए. करने में अभी चार वर्ष बाकी थे। ये चार वर्ष तो नौकरी को देने ही होंगे।

मैं क्रांतिकारी कविताएं लिखने लगा था। भाई साहब सुनते थे और प्रसन्न होते थे। वे मुझे खूब प्रोत्साहित करते थे। मैं छात्र राजनीति में भी सक्रिय भाग ले रहा था। भाई साहब इसे भी खूब पसंद करते थे। मुझे लगता था कि वे जो स्वयं नहीं कर पा रहे थे, उसे मेरे माध्यम से होता हुआ देख बहुत तृप्ति अनुभव करते थे। अनुभव करते थे कि वे ही कर रहे हैं। सच पूछिए तो वे ही कर रहे थे क्योंकि उनके कारण मैं रुपये-पैसे की समस्या से मुक्त था और खुल कर पढ़ने, कविताएं लिखने और छात्र राजनीति में भाग लेने का अवसर पा रहा था।

एक बार पास के कस्बे में नेहरूजी आये। जनता में बड़ा उत्साह था। सन् 1942 में पकड़े गये आसपास के भाई साहब के कांग्रेसी साथी जेल से छूट आये थे। भाई साहब इन सबके साथ नेहरू और गांधी की जय बोलते हुए सभा में पहुंच गये। राय साहब छावनी पर आये तो उन्हें इसका पता चला। उन्होंने भाई साहब को डांटना शुरू किया—'तुम जानते हो कि तुमने क्या किया है।'

'जानता हूँ। मगर मैंने तो ऐसा-वैसा कुछ नहीं किया। मैं तो बस नेहरूजी की जय बोलता हुआ सभा में गया था। देश के लिए करना तो मुझे बहुत कुछ चाहिए था लेकिन नहीं कर पा रहा हूँ।'

'जब तक तुम यहाँ हो, कर भी नहीं सकते।'

'ठीक कह रहे हैं राय साहब। इसे तो मैं भी समझता हूँ। इसीलिए सोचता हूँ कि मुक्त हो जाऊं उन सारे कामों से जो मुझे स्वाधीनता-आन्दोलन में खुलकर भाग लेने से रोकते हैं।'

'तो जाओ चले जाओ।'

'ठीक है राय साहब।'

भाई साहब कुछ नहीं बोले। दूसरे दिन अपने सहायक को सब कुछ समझा कर कागज-पत्र थमा दिया और राय साहब को बोलकर घर चले आये। उन्होंने बहुत मुक्ति की सांस ली किन्तु दो महीने बाद राय साहब का संदेशा आया कि कागज-पत्र समझ में नहीं आ रहा है आकर समझा जाओ।

भाई साहब को जाना पड़ा किन्तु वहाँ जाने के बाद राय साहब ने फिर अपने मायाजाल में फांस लिया। बोले—'भाई तुम्हें देश का काम करने से नहीं रोकता हूँ लेकिन मेरा ध्यान रख कर जरा बच कर करो।'

'बच-बचकर, बच-बचकर, कब तक बच-बचकर अपना लांछित जीवन जीता

रहूँ।' भाई साहब मन ही मन बड़बड़ाये।

इस बार उनका तबादला हो गया। वे गांव के पास की छावनी बगहा पर नियुक्त हो गये। यहाँ आ जाने से भाई साहब का गांव आना सुगम हो गया। वे अब गांव तथा आसपास आयोजित होने वाले कांग्रेसी कार्यक्रमों में हिस्सा लेने पहुंच जाते थे। राय साहब बुरा मानते हुए भी एकदम मना नहीं कर पाते थे। जाते थे, कि यह छोड़कर चला जायेगा।

देश को स्वाधीनता मिल गयी। लोगों के उल्लास का क्या कहना? राय साहब और उन जैसे जमींदारों तथा सरकारपरस्तों को गिरगिट की तरह रंग बदलते देर नहीं लगी। वे रंग ही बदल सकते थे संस्कार नहीं। संस्कारों से वे अभी भी जन-शोषण कर रहे थे और रंग बदलकर नयी सरकार में शामिल होना चाहते थे।

दिन बीतने लगे। सरकार की जनहित में नयी-नयी योजनाएं आने लगीं और जमींदार लोग उन योजनाओं के प्रकोप से बचने के लिए नये-नये उपाय करने लगे। ग्राम पंचायतों का गठन होने लगा। इस प्रक्रिया में चुनाव होने लगे। भाई साहब इन गतिविधियों में भाग लेने लगे और अपनी अच्छी साफ-सुथरी छवि के नाते प्रभावशाली सिद्ध होने लगे।

एक दिन उन्होंने राय साहब से कहा—'अब मैं एकदम मुक्त होना चाहता हूँ। आपके यहाँ कोई विशेष काम रहा भी नहीं। सामाजिक कार्यों में मैं पूरा समय नहीं दे पा रहा हूँ।'

'अरे अभी कुछ दिन और साथ रह लो। देखो मैं सरपंची के चुनाव में उठना चाहता हूँ। तुम्हें मेरे लिए प्रचार करना पड़ेगा।'

भाई साहब चुप हो गये।

'क्यों, बोलते क्यों नहीं?'

'इसलिए कि लोग सरपंची के लिए मुझे उठाना चाहते हैं।'

'क्या तुम मेरा विरोध करोगे?'

'जब हम दोनों एक ही पद के लिए उठेंगे तो परस्पर विरोध तो होगा ही।'

राय साहब गुस्से से लाल हो गये। फिर बोले—'ठीक है तुम्हें जो ठीक लगे करो, मुझे जो ठीक लगेगा करूंगा।'

भाई साहब इस कथन में निहित धमकी को समझ गये और घर आकर बैठ गये। कई बार राय साहब के आदमी उन्हें बुलाने आये, वे नहीं गये।

भाई साहब सरपंच चुन लिये गये। अनेक प्रलोभनों ओर आतंकों के बीच उन्होंने सरपंची की न्यायशीलता को बहुत पवित्र भाव से निभाया। उनकी ख्याति बढ़ती गयी और भीतर-भीतर वे अर्थाभाव से जर्जर होते गये। इस बीच राय साहब ने वे खेत तिकड़म से निकाल लिये जो उन्होंने भाई साहब को नौकरी के उपलक्ष्य में दिये थे। भाई साहब ने कभी भी उन खेतों का मालिकाना हक वाला कागज उनसे नहीं मांगा

था। इसलिए यह संभव हुआ।

भाई साहब घर में निपट अकेले पड़ गये थे। पत्नी पहले ही मर चुकी थी। हमारी मां भी पांच साल पहले मर चुकी थीं। पिताजी घर का काम-काज देखते थे, अब वे भी नहीं रहे। भाई साहब का बड़ा लड़का पंकज फौज में भरती हो गया था। छोटा श्याम कुछ पढ़ नहीं सका और खेती-बारी का काम भी नहीं करता था, आवारा घूमता था। मेरी नियुक्ति लखनऊ हो गयी और मैं अपने परिवार के साथ वहाँ बस गया था।

एक दिन वज्रपात हुआ। फौज से समाचार आया कि कश्मीर में पंकज आंतकवादियों से लड़ते हुए शहीद हो गया। भाई साहब बुरी तरह टूट चुके थे। मैंने बहुत आग्रह किया कि वे मेरे साथ रहें, लेकिन वे तैयार नहीं हुए। मैंने कुछ नियमित रूप से पैसे भेजने शुरू किये तो उन्होंने मना कर दिया। बड़े भाई के जमीर को यह कतई स्वीकार नहीं हुआ कि छोटे भाई से पैसे लेते रहें।

भाई साहब को अब याद आया कि सरकार स्वंतत्रता सेनानियों को पेंशन देती है। जिनके घर-बार जलाये गये, उन्हें तराई में कुछ खेत भी दिये गये। भाई साहब पेंशन के लिए सक्रिय हो उठे। किन्तु पेंशन का एकमात्र आधार था जेल सर्टिफिकेट। यह उनके पास था नहीं। वे सोचते थे कि यह कौन-सी बात हुई कि जो लोग एक बार जेल जाकर फिर मुक्त हो गये वे तो स्वतंत्रता सेनानी हैं और जो लोग जेल नहीं गये और जीवन-भर देश और समाज के लिए कुछ न कुछ करते रहे, वे स्वतंत्रता सेनानी नहीं हैं।

भाई साहब की विवशता मुझे भीतर तक हिला गयी। जब स्वाधीनता सेनानी पेंशन योजना शुरू हुई थी तो किसी मिलने वाले ने भाई साहब को सुझाव दिया था कि वे भी आवेदन-पत्र दे दें। तब उन्होंने बहुत गर्व से कहा था—'धिक्कार है ऐसी देश-सेवा को जिसका मूल्य वसूला जाए।' किन्तु आज ···

भाई साहब ने अपने समय के अनेक कांग्रेसी नेताओं से अपने कार्यों का सर्टिफिकेट लिया। उन लोगों से भी लिया जो स्टेशन फूंककर जेल गये थे। उन लोगों ने भाई साहब की मौन सेवाओं की खूब सराहना की थी। भाई साहब प्रमाण-पत्रों का पुलिंदा लिए यहाँ-वहाँ दौड़ते रहे, प्रधानमंत्री तक अपनी गुहार की, लेकिन कोई सुनने वाला नहीं था। कई बार मुझसे आवेदन-पत्र लिखवाये, अपने प्रभाव का इस्तेमाल करने को कहा किन्तु अंत में मैं झल्ला कर बोला—'आपको दौड़ना हो तो दौड़िए, मुझे मत तंग कीजिए, आप समझ क्यों नहीं लेते कि आप पेंशन के लिए निर्धारित जेल जाने की मुख्य शर्त पूरी नहीं करते। जब तक नया नियम नहीं बनता तब तक आपको पेंशन नहीं मिल सकती और आपके लिए नया नियम कौन बनायेगा?'

'अरे अकेला मैं ही थोड़े हूँ, मेरे जैसे तमाम लोग हैं।'

'हां हैं परन्तु हैं तो अलग-अलग ही न। सब मिलकर आन्दोलन छेड़ दें तो कुछ होगा। यह सरकार अकेले कंठ की पुकार थोड़े ही सुनती है।'

भाई साहब ने इस बारे में फिर मुझसे कुछ नहीं कहा लेकिन वे अपने प्रमाण-पत्रों का पुलिंदा लिए जिले से लखनऊ, लखनऊ से दिल्ली दौड़ते रहे। जिद्द की तरह पहनी गयी उनकी खादी की धोती तार-तार फट गयी थी, कुरता फटा हुआ था। पांव में एक टूटी हुई हवाई चप्पल थी, बगल में कागजों का एक गंदा-सा पोटला, टूटे चश्मे के नीचे मोतिया बिन्दु भरी आँखों में दर्द-भरा सन्नाटा और उस सन्नाटे में पेंशन की कांपती हुई एक हल्की-सी लौ।

और इसी तरह चलते हुए वे शहर में एक नये नेता की कार से टकरा गये थे और सब कुछ समाप्त हो गया था।

□

अकेला मकान

मुझे बहुत धक्का लगा जब देखा कि सोहन भइया मेरे गांव में आकर मेरे यहाँ नहीं आते और कुछ लोगों के दरवाजों पर बैठने लगे हैं। मुझे विश्वास था कि वे खेत मुझे ही देंगे। कोई मुफ्त तो देंगे नहीं, पैसे लेकर देंगे। लेकिन जब वे मेरे यहाँ न आकर औरों के यहाँ जाने लगे तो मेरा माथा ठनका—ये तो मुझसे कतरा रहे हैं। आखिर इनकी मंशा क्या है? ये मेरे सगे फुफेरे भाई हैं। उनके एक खेत की तो मुझे सख्त जरूरत है। यह मेरे छोटे-से खेत के पास पड़ता है और मुझे अपने खेत में मकान बनाना है। सहन भी बन जायेगा और मकान के सामने खेत भी हो जायेगा। सबसे बड़ी चिन्ता इस बात की है कि यदि मैने अपने छोटे-से खेत में मकान बनाया (और बनाना है ही क्योंकि गांव के बीच का मकान बड़े परिवार के लिए छोटा पड़ने लगा है) तो सहन नहीं होगा और घर के सामने बूआ वाले खेत में दूसरा आदमी कोई भी कुकृत्य कर सकता है। पहले तो सोहन भइया भी तैयार थे। अब क्या हो गया? सुना है वे औरों से बात कर रहे हैं या और लोग चढ़ा-ऊपरी कर रहे हैं। सोहन भइया सोचते होंगे कि रिश्तेदारी में मुरौवत के कारण उन्हें घाटा हो जायेगा और लोग एक-दूसरे से बढ़-चढ़कर बोली बोल रहे हैं और वे सबसे ऊंची बोली का इंतजार कर रहे होंगे।

मैंने अपने छोटे भाई को भेजकर कई बार सोहन भइया को बुलवाया। वे कतरा गये। आखिर एक दिन गांव के बाहर मुझसे टकरा ही गये। मैं उन्हें एक पेड़ की छाया में ले गया और पूछा कि आप मेरे यहाँ आते क्यों नहीं? उन्होंने इधर-उधर का बहाना बना दिया। मुझमें आत्मीय भाव जोर मार रहा था। उसी के आग्रह से जरा तेज स्वर में पूछा—'आप जगरानी फूआ के खेतों का क्या कर रहे हैं। सुना है बेच रहे हैं। आपने मुझे देने का वादा किया था।'

"हां बेचना तो चाहता हूँ लेकिन तुम्हारे गांव वाले बेचने दें तब न।'

'क्यों, गांव वाले क्यों नहीं बेचने दे रहे हैं?'

'छीन-झपट मची हुई है। चढ़ा-ऊपरी कर रहे हैं। एक-दूसरे से बढ़-चढ़कर वोली बोल रहे हैं। मुझे धमका रहे हैं कि अगर मुझे नहीं मिला तो इस गांव में तुम्हारा आना बन्द हो जायेगा। कोई कहता है कि तुम्हें मारकर फेंकवा दूंगा।'

मैं मुस्कराया—'वाह सोहन भइया, आप तो बहुत उस्ताद हो गये हैं?'

'वाह, इसमें उस्तादी की कौन-सी बात हो गयी?'

'वह आप खुद समझ रहे हैं। मैं जानना चाहता हूँ कि ये खेत आप मुझे क्यों नहीं देना चाहते? आपने पहले तो कहा था।'

'अरे, मैंने कहाँ अभी किसको दे दिया। लोग यों ही मेरी जान खा रहे हैं और बोली बोल रहे हैं। अब बोली बोल रहे हैं तो मेरा क्या जाता है? पैसा किसे बुरा लगता है? ये लोग अपने में जितना चढ़ा-ऊपरी करेंगे, मेरा उतना ही फायदा होगा।'

'सो तो होगा। आपके लिए मेरा या हमारे सम्बन्धों का कोई मूल्य नहीं है! बस, पैसा ही आपके लिए भगवान हो गया है। आप नहीं सोचते कि मेरा घर आपका ही घर है और दूसरे लोग आपका ही खेत लेकर आपके घर के सामने पाखाना करेंगे और बड़े गर्व से हँसकर देखेंगे कि देखो हम पाखाना कर रहे हैं। आप तो बिलकुल निर्लज्ज हो गये हैं।'

'देखो सुरेश, सम्बन्ध-वंबंध तो सब ठीक है लेकिन अपना-अपना स्वार्थ सबको पहले दीखता है। तुम्हें भी अपना स्वार्थ दिखाई पड़ रहा है, मुझे भी। इस तरह मजाक करने या धिक्कारने का अधिकार किसी को नहीं है। मेरी बीवी का खेत है यानी मेरा खेत है। मैं जिसे चाहे बेचूं, जिसे चाहे न बेचूं।' कहकर वे चलने को हुए।

'ठीक कह रहे हो, सोहन भइया। यह आपकी बीवी का खेत है। बीवी का खेत तो अपना ही खेत होता है न। आपने बीवी के लिए चाहे कुछ न किया हो लेकिन बीवी आखिर बीवी है, उसका तो सब कुछ अपना ही है। जाइए जिसे चाहे बेचिये। आपका चरित्र यही रहा है, आपसे मैंने अपेक्षा गलत की थी।'

'हां-हां दोषी हूँ, पापी हूँ, यह हूँ—वह हूँ ··· कहते हुए सोहन भइया गांव की ओर निकल गये और मैं बगीचे में जाकर एक पेड़ की छांह में बैठ गया।

शरद ऋतु की धूप फैली हुई थी। धूप तेज थी किन्तु उसका चिड़चिड़ापन कुछ कम होने लगा था। वातावरण में एक सुगंधित नमी फैलने लगी थी। यहाँ-वहाँ खेतों में अरहर के बीच-बीच में उठे हुए बाजरे की रंग-बिरंगी कलगी झूम रही थी। तालाब के ऊपर से उड़ते हुए पंछी खेतों में बाजरे के दानों तक जा पहुंचते थे और 'किलोहो, कड़ेहो' की आवाज में उन्हें हांकने वाले बच्चों की ध्वनियां कनस्तर की आवाज के साथ फैल जाती थीं। फिर पंछी खेतों में से निकल भागते थे। मुझे अपना बचपन याद आ रहा था। मैं भी अपने सामने वाले खेत में मचान पर बैठकर चिड़ियां उड़ाया करता था।

कितनी-कितनी यादें जुड़ी हें इन खेतों से! और उनमें सबसे बड़ी याद तो जगरानी फूआ की है। यह सामने वाला खेत मेरा है और उसकी बगल वाला जगरानी फूआ का यानी सोहन भइया का। इधर मैं अपने खेत में मचान पर बैठा होता, उधर फूआ अपने खेत में होतीं। और खेत में क्या होतीं मेरे ही पास आकर बैठ जातीं। मैं

अकेला-अकेला ऊबता रहता तब उनका आकर बैठ जाना कितना अच्छा लगता! वे न जाने कहाँ-कहाँ की किस-किसकी कहानियां सुनातीं। उनकी शैली इतनी रोचक थी कि कहानी में और जान आ जाती। और मेरे वे अकेले दिन बहुत आसानी से बल्कि खुशी से बीत जाते। जिस दिन वे नहीं आतीं, उस दिन मैं दिन-भर खेत में केवल चिड़ियां उड़ाता—उनके खेत की भी और अपने खेत की भी। फिर भी चिड़ियां उड़ाने से कितना अकेलापन कटता। फूआ से पूछता कि आप कल आयीं क्यों नहीं तो कहतीं—'कोई और काम आ पड़ा था या किसी दूसरे गांव चली गयी थी।' मैं कहता कि 'दूसरे गांव मत जाया कीजिए। आप रोज-रोज यहाँ आया कीजिए। आपके बगैर मन नहीं लगता।' वे हँस देतीं और फिर उदास हो जातीं। मैं कुछ नहीं समझ पाता कि वे क्यों हँस देती हैं और फिर क्यों उदास हो जाती हैं।

जब से मैंने होश सँभाला, फूआ को अपने और अपने परिवार से बहुत गहराई से जुड़ा हुआ पाया। वे प्रायः मेरे घर आतीं, वहां प्रायः खाना-पीना भी करतीं और मां के काम-धाम में हाथ भी बटातीं। जब मैं कुछ समझता नहीं था तो एक दिन मां से कहा था—'ये रोज-रोज मेरे घर क्यों आया करती हैं और यहीं क्यों खाती-पीती हैं? और इन्हें मैं लगातार घूमते ही देखता हूँ।'

मां ने एक बार मुझे घूरकर देखा। बोलीं—'ऐसा नहीं कहना चाहिए बेटे, और तुम्हें तो नहीं ही कहना चाहिए।'

'क्यों नहीं कहना चाहिए?'

'इसलिए कि ये न होतीं तो तुम भी नहीं होते। तुम्हारी जिन्दगी उन्हीं की दी हुई है।'

मैं विस्मय से देखता रहा। समझ नहीं पाया कि मां क्या कह रहीं हैं।

'मैं तो अकेली रही हूँ, कोई आगे न पीछे। न सास, न जेठानी, न देवरानी। ननदें ब्याहकर ससुराल चली गयी थीं। बस जगरानी ही मेरा हाथ-गोड़ थी। जब तुम पैदा हुए तब भी यह हमारे यहाँ आ गयी थी। तुम्हारे पैदा होते ही मैं बेखबर सो गयी थी। दाई नार काटकर तुम्हें भी मेरे पास सुला गयी थी। एकाएक जगरानी ने अन्दर हल्ला किया। मैं उठी तो देखा तमाम लाल-लाल चींटे कमरे में फैले हुए थे और तुम जगरानी की गोद में थे। मैं यह सोचकर डर के मारे कांपने लगी कि यह न आयी होती तो क्या हो गया होता।'

शहर में रहने के बाद कुछ बातें अजीब लगने लगी हैं। शहर में बच्चा साफ-सुथरे वातावरण में पैदा कराया जाता है और देहात में नाबदान वाले घर में। सीलन-भरे नाबदान के कमरे में बच्चा पैदा होता है और वहीं फर्श पर जच्चा-बच्चा दोनों को सुला दिया जाता है। बच्चा पैदा कराने वाली अनाड़ी दाई, नार काटने वाला उसका मुरदार हंसिया, पड़ोह का सीलनभरा कमरा—लगता है बच्चा यहाँ भगवान के भरोसे ही जिन्दा रह पाता है। फिर भी कुछ है संजीवनी देहात में। नहीं तो इतने करोड़ लोग आखिर कैसे जिन्दा रहते?

मुझे लगता है कि फूआ कहीं मुझसे विशेष लगाव अनुभव करती थीं जैसे उन्हें इस बात का अहसास हो कि मैंने इसे बचाया है, अतः मेरा है। मां के द्वारा बतायी गयी उस घटना के बाद मेरा मन भी उनके प्रति एक गहरी कृतज्ञता ही नहीं बल्कि गहरा अपनापन अनुभव करने लगा था। ज्यों-ज्यों बड़ा होता गया त्यों-त्यों उन्हें समझने लगा। पूरे गांव में उनकी खोज होती रहती और वे भी कभी इस घर, कभी उस घर चक्कर काटती रहतीं किन्तु लगता जैसे चारों ओर का चक्कर काटकर उनका मन मेरे ही घर पर आकर ठहरता और जैसे मैं ही वह बिन्दु था जहाँ आकर उनकी सारी दैनिक यात्रा विश्राम पाती थी।

'लोग फूआ को क्यों बुलाया करते है, मां? और ये क्यों दिन-भर चक्कर काटती रहती हैं? क्यों नहीं अपने घर पर रहकर कुछ करती-धरती हैं जैसे और लोग करते हैं?'

'फूआ का घर कहाँ है?'

'वाह, है क्यों नहीं? मैंने देखा है। गांव से बाहर पच्छिमी किनारे पर बरगद के पास किसका घर है? क्या वह फूआ का घर नहीं है?'

'हां, है तो फूआ का ही, लेकिन घर उसी को तो नहीं कहते हैं।'

'तब किसे कहते हैं?'

'अभी तुम नहीं समझोगे, बेटे! बड़े होगे तो खुद समझ जाओगे।'

'वाह, अजीब बात है! मैं इतना बड़ा हो गया और घर नहीं समझूंगा। तू भी मां, कमाल करती है।'

मां हँस देती और फिर उदास हो जाती।

'मां और सब कुछ तो मैं समझ लेता हूँ किन्तु तुम्हारा हँसना और उदास हो जाना नहीं समझ पाता हूँ।'

'इसे भी समझ जाओगे बड़ा होने पर।'

और मैं झल्लाकर वहाँ से हट जाता। 'सब कुछ बड़ा होने पर ही समझूंगा। जब मैं ही सब कुछ समझ लूंगा तो तुम लोग क्या करोगे? क्या समझाने वालों का कोई जिम्मा नहीं होता।'

मां का हँसना और उदास होना जारी रहता।

और सचमुच मैंने बड़ा होने पर ही समझा कि घर क्या होता है। मेरी शादी हो चुकी थी और शहर में मेरी नौकरी भी लग गयी थी। वहाँ मैं किराये का मकान लेकर रहता था। सातवें दिन गांव पहुंचता था। मुझे लगता था कि छः दिन मैं घर से बाहर हूँ केवल एक दिन घर पर रहता हूँ। जैसे छः दिन तक घर मुझे पुकारता था। आखिर घर तो शहर में भी ले रखा था किन्तु लगता था कि वह घर नहीं मकान है। अब मुझे खयाल आया कि मां क्यों कहती थी कि तुम अभी घर का मतलब नहीं समझोगे।

फूआ ने मेरे विवाह में कितना उत्साह दिखाया था। गाते-गाते उनका गला बैठ गया

था। उन्होंने सारे शुभ और साधारण कार्यों को जैसे अपने ऊपर उठा लिया था। बहू आयी तो फूआ ने मां के साथ मिलकर उतारा और आशीर्वाद दिया। बहू की मुंह-दिखाई की रस्म पूरी करके औरतें निकल रही थीं और उसकी सुन्दरता की प्रशंसा कर रही थीं। मैं बाहर बैठा-बैठा फूआ की आवाज सुन रहा था—'कितनी प्यारी है मेरी बहू! जोड़ी का प्यार बना रहे। दूधन नहाओ, पूतन फलो।'

निकलते-निकलते एक खूंसट मुंहफटी बुड्ढी बड़बड़ा रही थी—'जहाँ देखो वहाँ यह मनहूस औरत आगे-आगे खड़ी दिखाई पड़ती है। भगवान न करे कि इसकी मनहूस छाया किसी पर पड़े।' और औरतें खिलखिलाकर हँस पड़ीं। मैं सुनकर तिलमिला गया। शायद भीतर बैठी मां फूआ आदि ने भी सुन लिया हो।

घर के अन्दर रह-रहकर गीत चलता रहा। गाने वालों में फूआ की आवाज उभरती रही किन्तु मुझे लगता रहा कि उनकी आवाज में वह अटूट लय नहीं रह गयी थी, कांप-कांप जाती थी। हो सकता है मेरे अपने मन का भ्रम हो।

देखा—कुछ देर बाद फूआ चली गयीं। सब लोग खा-पी चुके तो मां ने मुझसे कहा—'जाओ फूआ को बुला लाओ। कहना—मां ने खाना खाने को बुलाया है।'

'वे क्यों चली गयी थीं?'

'अरे, क्या यहीं रहेंगी? उनके अपने यहाँ भी तो कुछ काम हो सकता है। मेरी इतनी सहायता की है, कौन करता है?'

मैं फूआ के यहाँ पहुंचा। अन्धेरे सन्नाटे में डूबा हुआ घर। घर में अन्धेरा। सोचा फूआ नहीं है, फिर पास जाकर देखा तो कमरा बाहर से बन्द नहीं था। घर में ही होंगी और घर भी क्या, एक कमरा है। बाकी सब कुछ गिरा हुआ। एक अजीब अनुभूति होती है इस कमरे को देखकर। कमरे के चारों ओर टूटे हुए मकान का उजाड़, इस उजाड़ के चारों ओर एक खालीपन और उस खालीपन के कुछ दूर बाद गांव। वृत्त में वृत्त।

मैंने कमरे के पास खड़ा होकर आहट लेने की कोशिश की। लगा भीतर कोई सिसक रहा है।

'फूआ!' मैंने जोर से पुकारा।

एक चुप्पी-सी छा गयी।

'फूआ!'

'कौन?'

'मैं हूँ, सुरेश।'

'आयी।' चारपाई के चरमराने की ध्वनि आयी।

लगता है वे लेटी हुई थीं। आकर भीतर से कमरे की कुंडी खोली।

'अरे फूआ, दिया जला लिया होता। इतने अंधेरे में क्यों लेटी हुई हैं?'

'अंधेरा? अंधेरा मुझे अच्छा लगता है, सुरेश! जब मैं घर में ही अकेली हूँ तो

रोशनी जलाकर किसका मुंह देखना है? अंधेरे में यह तो होगा कि मेरा कोई मनहूस चेहरा तो नहीं देख पायेगा।'

मैं सन्नाटा-सा खा गया। तो फूआ ने उस खूंसट बुढ़िया की बात सुन ली थी। मैंने अनजान बनकर कहा—'फूआ, तुम्हारा चेहरा कैसे मनहूस हो गया? यह तो तमाम मनहूस घरों में रौनक ला देता है।'

'जो अपने घर में रौनक नहीं ला सका, वह दूसरों के घर में क्या रौनक लायेगा, रे?'

मैं सोचने लगा कि आज फूआ को गहरी चोट लगी है। आज तक कभी भी मैंने उन्हें उदास होते नहीं देखा है, उन्हें गाते-बजाते, हँसते-बोलते और दूसरों के लिए कुछ-न कुछ करते ही देखा है। आज इन्हें क्या हो गया है? या हो सकता है रोज ही ये अपने घर के अकेले में इसी तरह आकर सिसकती हों। लोग तो इन्हें बाहर-ही-बाहर देखते हैं, घर के अकेले में तो कोई नहीं देखता। मुझे मां का कहा याद आ गया 'फूआ का घर कहाँ है?' सचमुच अकेलेपन से भरा घर कोई घर होता है। और मेरे सवालों पर मां का हँसना और उदास हो जाना भी याद आया।

'तुम जाओ भइया, भउजी से कहना मुझे भूख नहीं है।'

'तो ठीक है फूआ, भूख मुझे भी नहीं है। मैं भी आज तुम्हारे साथ इसी अंधेरे में रहूँगा। और तुम्हारे साथ रोऊंगा।'

'धत् पगले, रोता कौन है, रे? और तू क्यों रोयेगा, रोयें तेरे दुश्मन! आज तो तेरे जीवन की सबसे मीठी रात है, चांद-सी दुल्हन पायी है। और मेरा क्या!'

मुझे लगता है जैसे कुछ कहते-कहते वे कहीं खो गयी हों और किसी सुदूर अतीत की गहराइयों में डूब गयी हों। अंधेरे में उनके चेहरे की प्रतिक्रिया तो दिखाई पड़ती नहीं थी, बस अनुमान ही लगा सकता था।

मैं इस बीच अन्दाज से टटोलता हुआ उनकी चारपाई तक चला गया और उस पर लेटता हुआ बोला—'अच्छा फूआ, मैं तो अब सो रहा हूँ, तुम्हारा फैसला हो जाए तो जगा देना।'

'उठ, चल शैतान, तू नहीं मानेगा।'

'यह हुई न कुछ बात।' कहता हुआ मैं चारपाई से उठ आया और फूआ को घसीटता हुआ बाहर ले चला।

'अरे, रुक तो, ताला तो बन्द कर दूं।'

'ताला?'

'हां, ताला। वैसे इस घर में है ही क्या कि कोई ले जायेगा लेकिन कुछ चोर इतने घटिया किस्म के होते हैं कि गुदड़ी तक उठा ले जा सकते हैं। घर में पैठने के बाद सोचते हैं कि भागते भूत की लंगोटी भली।'

मैं हँसा था। वाह फूआ, तुम्हारा सेंस आफ ह्यूमर तो बहुत विकसित है।'

'यह क्या होता है, रे?'

'वही जो तुम अभी कह रही थीं।'

हम दोनों ठठाकर हँस पड़े थे।

उस रात लेटा हुआ मैं फूआ के बारे में ही सोच रहा था कि कोई मुझे बुला ले गया। इस बार जितने दिन घर रहा रात को फूआ के बारे में सोचना चाहकर भी नहीं सोच सका किन्तु जब शहर आया तो रात कटने का नाम ही नहीं लेती थी। पहली बार लगा कि रात इतनी भारी होती है। बार-बार बीवी का चेहरा याद आता था। उसके साथ बीते हुए क्षण याद आते थे। उसके साथ समय बिताने की स्पृहा कचोटती थी और धीरे-धीरे जगरानी फूआ की भी याद आने लगी।

उस दिन मां से किया हुआ संवाद याद आ रहा है—'क्यों मां, जगरानी फूआ क्यों घूमती-फिरती हैं? अपने घर पर रहकर कुछ करती-धरती क्यों नहीं?'

तब मां ने कहा था—'फूआ का घर कहाँ है?'

'वाह, है क्यों नहीं? मैंने देखा है।'

'तुम अभी नहीं समझोगे, बेटे! बड़ा होने पर सब समझ जाओगे।'

और समय-बोध के साथ समझता गया कि घर का मतलब मकान नहीं होता। कुछ और होता है। कुछ और यानी किसी और का अपना हो जाना। वैसे तो बचपन में व्यक्ति अपनों के बीच ही होता है लेकिन यह कितनी विचित्र बात है कि अपने धीरे-धीरे अपर्याप्त लगने लगते हैं और धीरे-धीरे दूर होने लगते हैं और एक पराया व्यक्ति निहायत अपना हो जाता है। घर का अर्थ है अपनेपन का साक्षात्कार। यह अपनापन बदलता या विकसित होता रहता है। बचपन में मा-बाप, भाई-बहन के अपनेपन से घर बनता है, जवानी में पति या पत्नी के अपनेपन से। घर दीवारों का घेरा नहीं है। घर वह है जिसकी दीवारों पर गुनगुनी धूप की पंक्तियां लिखी होती हैं, जिसके अवकाश में धारोष्ण दूध की तरह स्पर्श की ऊष्मा तैरती रहती है। फूआ का घर क्या है? जबसे मैंने होश सँभाला, फूआ को अकेले ही देखा। और घर ? उसमें क्या था। गिरे हुए मकान में गिरने-पड़ने से रुका-रुका-सा एक कमरा जिसमें घर के कुछ पुराने टूटे-फूटे सामान, कुछ कपड़े-लत्ते बिखरे-बिखरे पड़े होते। उसमें हमेशा मुझे एक सीलन-सी अनुभव होती। बचपन में तो उस घर की इस हालत के प्रति सचेत नहीं हो सका किन्तु ज्यों-ज्यों बड़ा होता गया, इस घर की अपनी यह निजी पहचान मेरे भीतर उतरती गयी। और जब मुझे यह मालूम हुआ था कि यह घर केवल घर नहीं, फूआ की भीतरी जिन्दगी का प्रतिरूप है तब से यह पहचान अधिक संक्रांत हो गयी।

हां, मां बताती है—'जगरानी के पिता धनी आदमी थे, इनके पास काफी खेत थे। वे जगरानी के बचपन में ही मर गये। जगरानी अपने बाप की इकलौती संतान थीं। अब बची केवल जगरानी और उनकी मां। कितने कठिन दिन थे वे इनके लिए।

लेकिन जगरानी को बाप का भरपूर प्यार मिला था और मां का भी उतना ही प्यार मिला। सारे संघर्षों के बीच मां-बेटी का आपसी प्यार उनकी शक्ति बन गया था। वे टूटी नहीं। धीरे-धीरे मां आवश्यकतावश खेत बेचती गयीं और जब जगरानी जवान हुई तो मां को शादी की चिन्ता हुई। जगरानी की जवानी फागुनी हवा की तरह फटी पड़ रही थी। क्या खूबसूरती थी। मां को चिन्ता खाये जा रही थी। रांड़ की बेटी ··· सभी रांड़ को असहाय ही समझते हैं। पता नहीं कौन कब उसकी बेटी की जवानी को कलंकित कर दे।

'तुम्हारे सोहन भइया अक्सर हमारे ही घर रहते थे। उनकी मां तुम्हारे पिता जी की अद्‌भुत लाडली बहन थीं। वे भी प्रायः यहीं रहतीं। जगरानी की मां ने जगरानी के लिए सोहन को पसन्द कर लिया और तुम्हारे पिता जी की कोशिश से शादी हो गयी लेकिन सोहन के पिता एक दम लालची थे, करकरे सुकुल जो ठहरे। भला इतनी ऊंची जाति आसानी से कहाँ मिलती है? उन्होंने मुंह फैला दिया। जगरानी की विधवा मां को बेचैनी थी अपनी बेटी को सही-सलामत पार लगाने की। मगर बेचारी के पास पैसे थे कहाँ? काफी खेत रेहन रखने पड़ गये। सुकुल जी की सुकुल आत्मा तब भी तृप्त नहीं हुई। तुम्हारे पिता जी और तुम्हारे फूफा जी से बारात में झगड़ा भी हो गया।'

मैं कल्पना करता हूँ कि जगरानी फूआ भी गहमागहमी के साथ ससुराल गयी होंगी, गाने-बजाने के बीच उतरी होंगी, औरतों ने उनका सूर्यमुखी-सा चेहरा देखकर तरह-तरह से प्रशंसा की होगी या ईर्ष्या से जली होंगी और फूल-सी सुहागरात आयी होगी जिसमें जगरानी फूआ ने न जाने कितने सपने देखे होंगे। उन्हें अनुभव हुआ होगा कि जन्म-जन्मांतर से प्यासी आत्मा जिसकी खोज में थी, वह मिल गया है। अपनी मां के अपनापे का दायरा तोड़कर वह उस अपनापे के घेरे में आ गयी हैं जहाँ दो तन एक तन और एक मन हो जाते हैं और जहाँ से आत्म-विस्तार होता है—हां आत्म-विस्तार। उन्होंने आँखें मूंदकर देखा होगा कि उनका अपना एक घर है जिसमें वे हैं, उनका प्रियतम है और उनकी कोख से उगते हुए कुछ कमल के फूल हैं।

'जागते रहो।' पहरेदार की आवाज लूक की तरह सन्नाटे को चीर गयी।

'अरे इतनी रात चली गयी? यहाँ तो यों ही जागे हुए हैं भाई, काहे को चिल्लाते हो? अजीब बात है—रात सोने के लिए होती है और पहरेदार चीखता है जागते रहो। आखिर लोग निश्चिंत सोने के लिए ही तो पहरेदार लगाते हैं। अगर हमें जागना ही होता तो तुम्हारा क्या काम होता भाई?'

इतनी रात हो गयी, मुझे सो जाना चाहिए। मैंने सोने की चेष्टा की फिर ध्यान उचटकर घर की ओर चला गया। मैं सो रहा था, मन जाग रहा था। ऐसे ही कभी-कभी लगता है कि दुनिया के काम-काज के बीच मन का एक दर्द भरा पहलू सो गया है लेकिन वह सोया नहीं होता। क्या जगरानी फूआ के साथ ऐसा ही नहीं है?

वे गाती हैं, बजाती हैं, लोगों की सेवा करती हैं, इस गांव से उस गांव तक के

सामाजिक और सांस्कृतिक समारोह उनकी भागीदारी के बिना संभव नहीं हो पाते, दूसरों की खुशियों को अपनी खुशियां बनाकर वे हँसती-मुस्कराती हैं लेकिन मन के भीतर दर्द की एक ऐसी टीस सोई है जो घर का एक अपरिहार्य हिस्सा बन गयी है और मुझे लगता है जब फूआ बाहर की दुनिया में हवा के झोंको की तरह उड़ने के बाद घर लौटती होंगी तो वह टीस जाग पड़ती होगी। लगता है वे इस टीस से भागने के लिए ही बाहर की दुनिया में खो जाना चाहती हैं लेकिन यह दुनिया भी क्या है? कोई-न कोई बात ऐसी उछाल देती है कि फूआ घर में आकर भहरा पड़ती होंगी और वह टीस जाग पड़ती होगी। वह टीस तो वैसे भी इस घर की दरो-दीवार में समाई होगी जिसे देखते ही फूआ का सामाजिक मन अकेलेपन की लपेट में आ जाता होगा। मैंने फूआ को उस दिन जिस रूप में देखा था वह रूप प्रा : होता होगा।

मां बताती है—जगरानी शादी के साल-भर बाद आयीं तो उदास-सी लगीं। कुछ दुबली भी हो गयी थीं। पूछने पर कुछ बताती नहीं थीं। वैसे तो मुझे मालूम था कि सोहन के घर खाने-पीने की कमी रहती है और ननद जी थोड़ी खरदिमाग हैं फिर भी यह आशा नहीं थी कि साल भर में ही वे बहू के साथ कुछ ऐसा वैसा रंग दिखाएंगी कि बहू बुझ जाए। इसीलिए मैं बार-बार जगरानी से पूछती थी—'कहो क्या बात है?

'कुछ तो नहीं भउजी, सब ठीक है।'

'होली के आसपास के दिन थे। जगरानी का कंठ ही प्यारा नहीं था वे गाने-बजाने में बहुत उछाह से भाग लेती थीं और होली के अवसर पर तो उनकी मस्ती की बात ही मत पूछो। लगता था कि वे फागुनी हवा हो गयी हैं—गाती हुई घर से लेकर खेत-खलिहानों, बाग-बगीचों तक उड़ती-फिरती थीं। लेकिन इस बार चुप थीं। मैंने अपने साथ गाने को बहुत उकसाया लेकिन वे चुप रहीं। बहुत कोंचने पर दो-चार कड़ी गाती थीं फिर उनका स्वर कांपने लगता था जैसे गाते-गाते सामने कोई भयानक दृश्य देख लिया हो या भीतर ही कोई ऐसी दहशत समा गयी हो जो गाते-गाते उभर आती हो।

उस होली में न वे रंग खेलने निकलीं, न गाने-बजाने। उन दिनों होली की रात को मर्दों और औरतों के बीच फाग का कंपटीशन होता था। यह रातभर चलता था। औरतों में केवल बहुएं ही नहीं गांव की लड़कियां भी होती थीं और जगरानी की उसमें मुख्य भूमिका होती थी। इस वर्ष वे इसमें भाग नहीं ले सकीं और औरतें हार गईं।

कुछ दिनों बाद ननद जी आयीं तो उनसे जगरानी के बारे में पूछने की इच्छा हुई। लेकिन चुप रही। वे एक दिन बाद खुद ही बरस पड़ीं—'न जाने तुम लोगों ने कैसी बहू दिला दी?'

'क्यों क्या हुआ, ननद जी?'

'हुआ क्या? इसकी तो कोख ही ठस लगती है।'

'अरे अभी साल-भर हुए। साल भर में ही आपने कोख का कैसा फैसला कर लिया?'

'अरे जिसकी कोख फलनी होती है तुरंत फल जाती है, नहीं फलनी होती है, नहीं फलती है। मेरे तो एक ही बेटा है अगर सचमुच इसकी कोख ठस निकली तो मेरा तो बंश डूब जायेगा।'

'वाह ननद जी, आप तो बहुत जल्दबाज निकलीं। लगता है आपने जगरानी को कुछ कहा है तभी उदास-उदास-सी लगती है। पूछने पर कुछ बोलती ही नहीं।'

'अरे तो मैं कहूँगी नहीं, क्या मैं किसी से डरती हूँ?'

'डरोगी क्यों? आग लगाने की तो तुम्हारी पुरानी आदत है। हमारे घर में क्या तुमने कम आग लगायी है? मुझे अपने लाडले भाई से कम पिटवाया है? अब अपने घर को उजाड़ने पर तुली हो। तुम्हें सोचना चाहिए कि वह तुम्हारी बहू ही नहीं है, तुम्हारे अपने मायके की है, बहन लगती है।'

ननदजी कुछ देर तक बलबलाती रहीं, फिर चुप हो गयीं। शायद अपने भाई साहब से नालिश भी की लेकिन भाई साहब को शह देने वाली उनकी प्यारी मां यानी मेरी सास अब नहीं थीं इसलिए वे चुप रहे बल्कि बहन को ही डांटा।

लेकिन मुझे लग गया कि कुछ अघटित घटेगा। फिर भी विश्वास था कि जगरानी की कोख भरेगी ही और तमाशे नहीं होने पायेंगे। और कहीं नहीं भरी तो! तो··· '

कहते-कहते मां भर आयीं। जैसे इतने दिनों पहले घटित घटनाएं अभी भी ताजा हैं। पहले तो मां कुछ पूछने पर हँसतीं और उदास हो जाती थीं लेकिन मुझे अब चीजों को समझने का पात्र जानकर घटनाएं बयान कर देती थीं—टुकड़ों-टुकड़ों में। और अब न जाने कितना कुछ जान गया हूँ फूआ के बारे में।

मां का बहुत गहरा लगाव है फूआ से। एक अच्छी ननद-भाभी का सा लगाव। लगता है मेरी असली फूआ की जगह जगरानी फूआ से ही उन्होंने ननद का सुख पाया। कभी-कभी उनसे मजाक की नोंक-झोंक भी कर लेती थी। एक बार मेरी हालत खराब हो गयी। मैं खड़ा था और दोनों में नोंक-झोंक हो रही थी। मां से मैंने कहा—'क्यों फूआ को परेशान कर रही हो मां?'

'तू इन्हें फूआ क्यों कहता है, रे? ये तो तेरी भउजी हैं?'

'भउजी?'

'हां भउजी। तेरे सोहन भइया की बीवी नहीं हैं ये। आज से इन्हें भउजी कहा कर।'

फूआ के गाल लाल हो गये और मैं भी शरमा के चला गया—'धुत्।'

सचमुच रिश्ते कितने विचित्र हो जाते हैं कभी-कभी। फूआ और भउजी साथ-साथ।

घण्टा बजा—टन-टन-टन-टन ··· बारह बज गये। अब सोना चाहिए नहीं तो कल ऑफिस में काम कैसे होगा।

मैंने सोने की कोशिश की। करवट बदली। एक चेहरा मेरी आँखों में भर गया। इसी तरह वह भी जाग रही होगी। कितनी प्यारी मासूम आँखों से उसने पहली बार मुझे देखा था। वे आँखें अभी भी मेरी आखों में भरी हुई हैं। हर बहू अपनी प्यारी मासूम आँखों में एक सपना भरे होती है और धीरे-धीरे धीरे-धीरे मेरी बहू की आँखें फूआ की आँखें बनती चली गयीं और फूआ ···

मां ने बताया था—'चार-पांच साल बीत गये और जगरानी की कोख नहीं फली। जगरानी बुझती चली गयीं। उनके प्रति सास-ससुर, पति सबका व्यवहार रूखा होता चला गया। वे रूखे व्यवहार से उतनी परेशान नहीं थीं, जितनी भविष्य के डर से। उनके लाल-लाल गोल-गोल गाल पिचक गये, उन पर झाइयां पड़ने लगीं।

एक दिन वे आयीं और फफककर रोने लगीं—'भउजी?'

'क्या है, जगरानी?'

'वे लोग, वे लोग।'

'क्या वे लोग, कौन लोग?'

रोते-रोते उनकी घिग्घी बंध गयी। मैंने उन्हें छाती में भर लिया।

'बोलो ननद रानी, क्या हुआ?'

'वे लोग उनकी दूसरी ··· ।'

'क्या दूसरी? क्या दूसरी शादी कर रहे हैं।'

'हां-आं-आं-आं।'

ऐसे चिल्लाई जैसे कसाई के खूंटे पर गाय बां-आं-आं कर रही हो।

'उस दिन तुम्हारे पिता जी और मुझमें खूब झगड़ा हुआ। तुम्हारे पिताजी कह रहे थे कि क्या मरद कई-कई शादियां नहीं करते? इसमें कौन-सी अनहोनी बात हो गयी। आखिर बहन को एक ही लड़का है उसका बंश नहीं चलेगा तो क्या होगा?

'बंश कैसे नहीं चलेगा? बच्चा नहीं पैदा होता है तो लोग दवा-दारू कराते हैं सोखैती-ओझैती कराते हैं, मनौतियां मानते हैं। जब यह सब फेल हो जाये तब आदमी को दूसरी शादी करने को सोचना चाहिए।'

'तुम्हें कैसे मालूम कि यह सब कुछ नहीं हुआ।'

'मालूम है मुझे, सब मालूम है—कुछ नहीं हुआ है। तुम्हारी बहन और बहनोई दहेज के लालच में सोहन की दूसरी शादी करना चाहते हैं और इस असहाय लड़की को दूध की मक्खी की तरह निकाल फेंकना चाहते हैं। तुम समझाते क्यों नहीं, इन दोनों लालचियों को।'

'जाकर तुम्हीं समझाओ, मैं इन सब झमेलों में नहीं पड़ता।'

'तुम क्यों पड़ोगे, तुम्हें तो एक और बारात करने को मौका मिल जायेगा। थोड़ा राग-रंग रहेगा। एक लड़की की जिन्दगी बरबाद होती हो तो हो।'

"पिता जी झल्लाकर चले गये थे किन्तु मां बहुत उद्विग्न रही। कई दिन तक

खाया-पिया नहीं। जगरानी की व्यथा उसकी नस-नस में भर गयी थी।

आखिर सोहन भइया की दूसरा शादी हो ही गयी। शादी से पहले सोहन भइया ने जगरानी फूआ को बहुत समझाया कि तुम्हें कोई तकलीफ नहीं होने दूंगा। तुम दोनों सौत की तरह नहीं, बहनों की तरह रहना। किन्तु जगरानी फूआ कुछ नहीं बोलीं। वे स्तब्ध हो गयी थीं। न किसी से बोलना, न चालना, न गाना, न बजाना। शादी के सजीव माहौल में जैसे वे एक निर्जीव सत्ता भर हों। फूआ सवेरे-सवेरे बहुत उछाह में उठीं कि आज दुल्हन आयेगी मगर उठकर देखा कि जगरानी घर में नहीं थीं। इधर देखा उधर देखाा किन्तु कहीं नहीं मिलीं।

मां बताती है कि जगरानी बहुत सवेरे उठकर यहाँ चली आयी थी। उसकी मां ने कहा—'क्यों बेटी आज तुम्हारे यहाँ दुल्हन आने वाली है और तू यहाँ चली आयी।'

'हां रे माई, चली आयी क्या तुझे बुरा लगा?'

'बुरा का सवाल नहीं है रे, आखिर तेरा घर तो वहीं है न।'

'जहाँ सौत आती है, वह घर होता है, माई! तुम्हें बुरा लगा हो तो मैं कहीं और चली जाऊं—रन में, वन में, नदी-नाले में, कुएं में, लेकिन मैं जीते जी सौत का मुंह नहीं देखूंगी। सौत की सेवकाई नहीं करूंगी।'

'नहीं बेटी, रन-वन में जायें तुम्हारे दुश्मन। तुम यहीं रहो। तुम मेरी बुढ़ौती का सहारा भी रहोगी और तुम्हारा भी जीवन कट जायेगा। आखिर ये खेत-बारी तुम्हारे ही तो हैं।' कहकर जगरानी को उसकी मां ने गोदी में भर लिया और दोनों देर तक फफक-फफककर रोती रहीं।

सोहन बुलाने आये तो जगरानी ने जाने से साफ मना कर दिया। सोहन ने डराया-धमकाया, खुशामदें की, पंचायत बुलाने की धमकी दी लेकिन जगरानी जो एक बार न जाने की जिद पर अड़ी तो अड़ी ही रहीं।

'तो फिर समझ लो मुझसे तुम्हारा कोई वास्ता नहीं है।'

'जहाँ तक आपका मुझसे वास्ते का सवाल है उसे तो आपने तोड़ ही दिया, जहाँ तक आपसे मेरे वास्ते का सवाल है उस पर आपका बस नहीं है।'

'तो ठीक है।' सोहन झल्लाकर चले गये थे। तुम्हारी बतासी फूआ भी आयीं उन्होंने भी आंधी-पानी की तरह बहुत लह-लह-लह-लह किया किन्तु जगरानी, उनसे मिलने ही नहीं आयी। यही औरत विष की जड़ है। इससे क्या मिलना।

गांव वालों ने भी जगरानी के बारे में मुंहामुंही बहुत कुछ कहा—'अरे भाई तो कौन-सी आफत आ गयी। सब लोग करते हैं। यह लौंडिया सारी जिनगी ऐसे ही नइहर में पड़ी रहेगी। अभी सारी जवानी पड़ी है, कहीं पांव ऊंचे नीचे पड़े तो।'

'वह तो पड़ेगा ही लेकिन क्या फरक पड़ेगा? उसका फल सामने तो आयेगा नहीं, बांझ होने में तो यही फायदा है।'

जगरानी के बारे में ऐसी बुरी बातें कहीं सुन लेती तो मन तीता हो उठता, इच्छा

होती कहने वाले का मुंह नोच लूं। लेकिन किस-किसका कोई मुंह नोचे। नारी के बारे में इस तरह राम-चरचे सनातन काल से चले आ रहे हैं। जगरानी एकदम बुझ गयी थीं। न निकलती थीं, न पैठती थीं। घर के किसी कोने में उदास-उदास पड़ी रहतीं।

एक दिन मैंने उनसे कहा—'फूल-सी औरत छोड़कर सोहन एक पहाड़ उठा लाये है और अब पूरा घर खुश है उसको लेकर। मेरी ननद महारानी भी बड़ी बड़ाई कर रही थीं। मैंने तो उन्हें जी भर पिला दिया—लठैत घर की है न, तुम लोग उसके साथ कुछ करोगे तो खैर नहीं है। जगरानी के आगे-पीछे भी लठैत घर होता तो तुम लोग यह हिम्मत नहीं करते। उसे बेचारी समझकर दूध की मक्खी की तरह निकाल दिया।'

ननद जी नाराज हो गयीं और तनतनाकर बोलीं—'तुम हमेशा उसी का पक्ष लेती हो। उसे निकाला किसने? वह तो खुद ही निकल आयी। क्या उस बांझ को लेकर हम अपने कुल का नाश करते। सोहन का क्या बिगड़ा, वह तो नयी औरत के साथ मगन है। अब यह ठसके से यहाँ आयी और न जाने का हठ ठान लिया तो मरे रो-रोकर। देखें इसका घमंड कब तक रहता है।'

जगरानी की उदास पलकें थोड़ा फड़फड़ाई, होठों पर एक हल्ली मुस्कान आयी, चेहरे पर एक निश्चय का भाव उभरा और उठ खड़ी हुईं।

'भउजी, कह देना अपनी ननद जी से कि मैं मर जाऊंगी लेकिन उनके दरवाजे पर घुटने टेकने कभी नहीं जाऊंगी। और मैं मरूंगी नहीं, जीने के लिए पैदा हुई हूँ।'

और वे उसी समय चौताल की एक कड़ी गुनगुनाने लगीं।

मुझे अच्छा लगा।

दो दिन बाद होली पड़ी। रात को मरदों और औरतों का फाग का कम्पटीशन शुरू हुआ। आधी रात गुजर गयी। औरतें कमजोर पड़ने लगीं, वे पुरुषों द्वारा गाये गये चौताल या वैसवारा के भावानुकूल उत्तर नहीं दे पा रही थीं। वे व्यंग्य करने लगे। एकाएक पासा पलट गया। औरतों ने देखा कि जगरानी आकर उनके बीच बैठ गयी है। पुरुषों ने एक नये स्वर का अनुभव किया। 'जगरानी आ गयी क्या?' और फिर कम्पटीशन में जान आ गयी।

फिर तो जगरानी फागमय हो गयीं। दूसरे दिन उसकी मस्ती देखकर लोग दंग रह गये। आसपास की लड़कियों का झुंड बना लिया और होली गाती हुई रंग खेलने लगीं। गांव भर की सहेलियों और भाभियों से वह रंग खेला कि वृंदावन मात हो गया। तरह-तरह की निगाहें और आवाजें उन पर उठीं और गिरीं लेकिन आज तो जैसे वह हवा बनकर सूखे पत्तों की तरह सारी निगाहों और आवाजों को कुचलती हुई बहने पर आमादा हो गयी थीं।

मैंने कहा—'हां ननद जी यह हुई न कुछ बात।'

'हां भउजी, अब बात वहाँ पहुंचेगी कि मैं किसी के बिना भी मस्ती से जी सकती हूँ।'

टन··· टन···

ओह, दो बज गये, अब सो ही जाना चाहिए। और कोशिश की। पता नहीं कब सो गया।

और इस बार न जाने क्या हो गया कि जब भी मैं सोने जाता, घर मेरी आँखों में उभर आता और पत्नी का चेहरा अंधेरे में कमल के फूल की तरह खिल जाता और मैं उस चेहरे से होता हुआ जगरानी फूआ के चेहरे तक पहुंच जाता। न जाने कितनी सुनी-सुनाई बातें उस चेहरे के इर्दगिर्द मंडराने लगतीं और फिर पंक्तिबद्ध खड़ी हो जातीं जैसे कथा की तरतीबदार पंक्तियां हों।

जब मैंने होश सँभाला फूआ पैंतीस पार गयी थीं। तब से मृत्यु तक मैंने उन्हें एक ही रूप में देखा लेकिन मैं तो सौत को अदेखी छोड़कर लौटी हुई फूआ के जवान चेहरे को देखना चाहता था। कैसा लगता रहा होगा वह चेहरा। एक सुन्दर चेहरा—जिस पर न जाने कितने ताजा-ताजा भाव एक दूसरे को काटते हुए या एक-दूसरे में गुंथते हुए उभरते रहे होंगे—पति-प्रेम, सौत के प्रति नाराजगी, जीवन का खालीपन, एक असुरक्षा और यातना का बोध, फिर ऊर्जा के साथ एक चुनौती-भरी मुद्रा में उठ खड़ा होना और हँसते-गाते यात्रा के साथ हो लेना।

फूआ और उनकी बूढ़ी मां खेतों में काम करते रहते। बिकते-बिकते, रेहन चढ़ते-चढ़ते खेत काफी कम रह गये थे। गरीबों के रेहन चढ़े खेत या गहने लौटते नहीं। उन्हें लौटा लेने की शक्ति वे कहाँ बटोर पाते हैं? बचे हुए सात-आठ बीघे खेतों में से कुछ बंटाई में दिये गये थे। बाकी खेतों में मां-बेटी काम करती थीं। खेत बोतीं थीं, निराई करती थीं, सिंचाई करती थीं, काटती थीं, ढोकर खलिहान में लाती थीं, दंवरी करती थीं। साथ में एक हलवाहा होता था। दो बैल थे। उनका सानी-पानी भी होता था। उसके लिए घास भी उखाड़कर लाना होता था। फिर घर में चूल्हे-चक्की का काम था।

लेकिन फूआ के चेहरे पर कोई शिकन नहीं आती थी। उन्हें जैसे हर काम में एक चुनौती नजर आती थी। जैसे वह महसूस करती थीं कि कोई उन्हें देख रहा है और व्यंग्य से मुस्कराकर कहना चाहता है, 'चख लिया घर छोड़कर आने का फल।'

वे किसी को इस प्रकार व्यंग्य से हँसने का मौका देना नहीं चाहतीं, इसलिए स्वयं हँसती रहती हैं। नहीं, उन्हें कोई परेशानी नहीं। स्वाभिमान से जीने का मजा ही और है।

और इस जीने के लिए जो कठोर मेहनत करनी पड़ती है, उसका आंनद अद्भुत है। नहीं वे अपने फैसले पर पछता नहीं रही हैं, बहुत संतोष पा रही हैं।

फूआ थकी-मांदी होतीं तो मां के पास आकर बैठ जातीं। मां पूछती—'कहो कैसी हो, बहुत थकी हुई लग रही हो?'

'अरे कहाँ भउजी, मैं ठीक हूँ।'

'अच्छा कुछ खा-पी लो।'

'अरे अभी जाकर कुछ बनाती हूँ न।'

'यहीं कुछ खा लोगी तो क्या हो जायेगा?'

'और मां?'

'उनके लिए जाकर बना देना।'

एक दिन मां का सिर दुख रहा था। फूआ आयीं तो बोलीं—'क्या बात है, भउजी! उदास क्यों हो?'

'कुछ नहीं जरा सिर दुख रहा है।'

'लाओ दबा दूं।'

'अरे नहीं-नहीं, अभी-अभी दबवाया था बिटिया से।'

'अरे, उसके और मेरे दबाने में फर्क है, भउजी!'

'तो क्या तुम मंतर जानती हो?'

'हां, मैं मंतर जानती हूँ। तभी तो कह रही हूँ।'

मां मुस्करायीं लेकिन फूआ गंभीर हो गयीं और मां का सिर पकड़कर दबाने लगीं तथा मुंह में कुछ मंतर बुदबुदाने लगीं। मां को हँसी आ रही थी फूआ के इस नाटक पर लेकिन फूआ पूरी गंभीरता से इस कार्य में जुटी थीं। काफी देर बाद उन्होंने मां का सिर छोड़ा तो मां राहत अनुभव करने लगीं।

'ठीक हो जायेगा, भउजी!'

'यह मंतर कहाँ सीखा ननद जी, किसी जोगी के पाले पड़ गयी थीं क्या?'

'तुम तो मजाक करने लगी, भउजी! अरे सचमुच मैंने सीखा था। मेरे पड़ोस में एक बूढ़ी औरत रहती थी। उसी ने सिखाया था। मैंने सीख लिया था कि चलो कभी-कभी पतिदेव पर मंतर का असर दिखाने का मौका मिलेगा।' कहते-कहते वे उदास हो गयीं। मां ने लक्षित किया। बोलीं—'अरे सचमुच फायदा हो रहा है, ननद जी। तुम्हारे हाथ में तो जादू है।'

'जादू! सच भउजी?'

'हां, रे!'

और लगा कि फूआ का चेहरा रुआंसा हो गया है। अब रो पड़ेंगी, तब रो पड़ेंगी। और वे झटके से उठकर चली गयीं।

मां अवाक् देखती रहीं। और काफी देर तक फूआ के ख्यालों में ही खोयी रहीं।

और काफी देर बाद उन्हें मालूम हुआ कि उनका सिर-दर्द कम हो गया है। क्या सचमुच जगरानी मंतर जानती है? उन्होंने मजाक-मजाक में कुछ लोगों से कह दिया। फिर तो पूरे गांव में मशहूर हो गया। फिर जिसे देखो वही फूआ के यहाँ चला जा रहा है सिर-दर्द ठीक कराने। फूआ ने मंतर की विश्वसनीयता को बढ़ाने के लिए कुछ ताम-झाम भी शुरू कर दिया। वे हँसुआ हाथ में ले लेतीं और बार-बार उसे उस व्यक्ति के ललाट से छुआती जाती थीं। हाथ से उसके ललाट को निचोड़-निचोड़कर

बीच-बीच में छू करके फूंक मारती थीं।

आज सोचता हूँ—पता नहीं फूआ मंतर जानती थीं कि नहीं लेकिन मुझे लगता है कि उन्होंने इसे सामाजिक सेवा का एक बहाना बना लिया था। ऐसी सेवा लोगों में एक मनोवैज्ञानिक राहत भी भरती है और स्वयं को एक सामाजिक सार्थकता प्रदान करती है।

एक दिन मां उदास बैठी थीं कि फूआ आ गयी। 'क्या बात है, भउजी!'

'आओ-आओ जगरानी।'

'लो आ तो गयी। बात क्या है? उदास क्यों हो? फिर सिर दुख रहा है?'

मां हँस पड़ी—'नहीं तो, जगरानी! कई दिन हो गये तुम्हारे भइया नहीं आये।'

'कहाँ गये हैं?'

'गये हैं मेले में बैल खरीदने। आज आठ दिन हो गये। आये नहीं। जी टंगा हुआ है।'

'लाओ, मैं सगुन उचारती हूँ।'

'अच्छा! यह गुन भी जानती हो।'

'हां भउजी, मैं कौन गुन नहीं जानती?' उन्होंने सूप और लोढ़ा मंगाया। सूप का ऊपरी सिरा उंगलियों से पकड़ लिया और नीचे के हिस्से पर लोढ़ा रख दिया और सवाल किया कि 'मेरे भइया कुशल से हैं न?'

सूप हिलने लगा।

'वे बीमार है?'

सूप नहीं हिला।

'लो भउजी, भइया कुशल से हैं। चिंता मत करो'

उन्होंने फिर पूछा—'भइया आ रहे हों तो बताओ।'

और किसी ने चलते-चलते चौताल की एक कड़ी छेड़ दी ···

गोरी बैठि उचारे सगुनवा
पिया कब अइहैं भवनवा।

फूआ ने सुना और उनके हाथ में उठा हुआ सूप जोर-जोर से हिलने लगा।

'लो भउजी, तुम्हारे प्रियतम आ रहे हैं।'

संयोग देखिए कि उसी समय पिताजी हाथ में बैल की रस्सी पकड़े आते हुए दिखाई पड़े। दोनों ने सगुन के विस्मयकारी प्रभाव को देखा। मां ने हँसकर फूआ की ओर देखा—अरे इनके चेहरे को क्या हो गया? लगता था जैसे भीतर का कोई वेग फूट पड़ना चाहता है और वे उसे रोके हुए हैं। मां ज्यों ही पिता जी की ओर बढ़ी, फूआ वहाँ से तेजी से खिसक गयीं। मां को फूआ के एक और गुण को उजागर करने का मौका मिला।

अब जिसे देखो वही फूआ के घर भागा जा रहा है। बहुएं तो उन्हें अपने पास बुला भेजती थीं। तरह-तरह की बातें जानने के लिए लोग उनसे सगुन उचरवाते थे—किसी

को पास होना है, किसी की कोई चीज खो गयी है, किसी के पति कहीं गये हें, नहीं आये।

और फूआ ने मां द्वारा प्रचारित इस गुण को भी पूरे तामझाम के साथ विकसित किया। उन्होंने सूप और लोढ़ा के अतिरिक्त सगुन के और भी कई तरीके निकाल लिये। सांस रोककर और छोड़कर पहले भूमिका बांधतीं थीं और फिर अपने अन्य साधनों का प्रयोग करती थीं।

मैंने बहुत बाद में उनसे एक दिन पूछा था, 'फूआ क्या तुम्हें अपनी सगुन-विद्या में विश्वास है?'

वे मुस्करायीं, बोलीं—'यह तो मैं नहीं जानती किन्तु इतना जानती हूँ कि लोग विश्वास करते हैं। कितने छोटे-छोटे सुख-दु:ख हैं लोगों के। कितनी छोटी-छोटी आशाएं लेकर जीते हैं। सगुन उनके दु:खों को थोड़े भुलावे में डालकर उनके सुखों और आशाओं को सहलाता है, लोग इनके सहारे जीते चलते हैं। मैं उनके जीने के सहारे का एक छोटा-सा टुकड़ा बन जाती हूँ। यह मेरे जीने के लिए भी कितना जरूरी बन जाता है, बेटे!'

मैं चकित रह गया। यह अपढ़ औरत अपने अनुभव के बल पर कितनी बड़ी बात सीख गयी है। पंडितों की किताबी भाषा से जीवन के अनुभव की यह भाषा कितनी भिन्न और ठोस है।

मां बताती हैं—'जगरानी को विचित्र-विचित्र परिस्थितियों का सामना करना पड़ा है। वे कभी-कभी अपनी ही सद्‌भावना के जाल में फंसकर तड़फड़ाने लगती थीं। उनकी सगुन-विद्या बहुत मशहूर हो गयी थी। एक दिन की बात है, मैं पड़ोसी के घर गयी हुई थी। उस घर की एक बहू ने जगरानी को बुला भेजा था। वह आयीं तो बहू बहुत दीन स्वर में बोली—'फूआ जी, जरा सगुन उचारिए कि मेरी गोद कब भरेगी?' जगरानी को जैसे करंट मार गया हो। कुछ बोली नहीं जैसे कुछ सुना ही न हो।

'उचारिए न फूआ जी। वह फिर दीन स्वर में घिघियायी।

'मुझे लग गया कि जगरानी के भीतर क्या चल रहा है और बहू ऐसी उल्लू की पट्ठी कि बिना कुछ सोचे-समझे उनके घाव को कुरेदती जा रही है। मुझे लगा कि जगरानी इस प्रसंग को टाल जाना चाहती हैं किन्तु फिर पता नहीं क्या सोचा कि अपने सगुन का तामझाम फैला दिया। लग रहा था कि वे निश्चेष्ट भाव से कुछ कर रही हैं और काफी देर बाद पता नहीं क्या सोच-समझकर कहा—'सगुन बता रहा है कि कुछ अच्छा होगा।'

'ठीक-ठीक बताइए न, फूआ जी।'

'अरे यह क्या ठीक-ठीक बताएगी, ऐसी ही बताने वाली होती तो अपना नहीं बता देती?

अपना के पवतीं त तीन गीत गवतीं।'

लोगों ने देखा कि पड़ोस की मशहूर खूसट बुढ़िया वहाँ उपस्थित होकर जहर उगल रही है। पता नहीं वह कब से छिपकर यह सब देख रही थी।

जगरानी तो वहाँ से आंधी की तरह उठीं और फफकती हुई चली गयीं लेकिन हम सबने मिलकर बुढ़िया की अच्छी दुर्गति की। लेकिन वह बेशर्म हम सबसे लड़ती रही। जीवनभर उसने यही तो किया है।

कुछ दिन तक जगरानी सगुन-उचार से बचती रहीं, लेकिन फिर पटरी पर आ गयीं। सगुन-उचार उनकी जीविका के साधन के रूप में भी काम आने लगा। लोग सगुन-उचार के बाद जगरानी के लाख मना करने पर भी उसे सीधा-पिसान दे देते। धीरे-धीरे जगरानी को लगने लगा कि स्वाभिमान से जीने के लिए यह भी जरूरी है।

इस बार सातवें दिन जब मैं घर आया तो घर का एक अजीब नशा मेरे ऊपर तारी था। घर पहुंचा तो शाम हो गयी थी। गांव के बाहर ही फूआ मिल गयीं। लगता है ये भी कहीं से आ रहीं थीं।

'फूआ, कहाँ से?'

'कस्बे गयी थी।'

'कस्बे गयी थीं?'

'हां, रे।'

'बाजार करने गयी थीं।'

'हां बाजार ही समझो।'

'लेकिन कुछ ले तो नहीं आयीं।'

'अब तुम वकील-बैरिस्टर की तरह जिरह करने लगे। सात दिन पर घर आये हो, जाओ जल्दी जाओ, बहू राह देखती होगी।'

लगा फूआ मुझसे कुछ छिपा रही हैं। मैं चुपचाप उनके साथ चलने लगा।

'तू नाराज हो गया क्या, रे?'

'क्यों नाराज हूँगा, फूआ! हर आदमी की कुछ ऐसी बातें होती हैं, जिन्हें वह दूसरों को बताना नहीं चाहता।'

'अब मेरी जिन्दगी में ऐसा क्या बचा है रे जिसे छिपाऊंगी। मैं किसी और आदमी के काम से गयी थी।'

फिर वे भारी हो आयीं। 'कितनी तकलीफें हैं लोगों को। तरह-तरह की तकलीफें।' वे अपने आप बुदबुदाती रहीं। फिर अपने आप बोलीं—'कस्बे में एक बाबा जी आये हुए हैं उनसे भभूत लेने गयी थी।'

'किसलिए?'

'संतान के लिए।'

'संतान के लिए?'

'हां, एक औरत को लड़का नहीं हो रहा है। वह छिप-छिपकर रोती है। उसकी

सास और मरद दोनों उसे ताना मारते हैं। उसकी कोख को कोसते हैं। वह मुझसे अपना हाल कहती है। उसने किसी से सुना तो मुझसे चिरौरी की कि मैं बाबा जी से भभूत ले आऊं।'

'ले आयीं?'

'हां ले आयी।'

'आप विश्वास करती हैं?'

'अरे, मेरे विश्वास करने न करने की बात नहीं है, रे। लोग तो करते हैं। मैं सोचती हूँ शायद इसी तरह किसी का दुःख कुछ कम हो जाए। चली गयी, नहीं तो यह जाने का समय है। खलिहान में डांठ पड़े हुए हैं। दंवरी की चिंता समायी हुई है। बैलों का जोगाड़ हो नहीं रहा है। लेकिन यह सब तो चलता रहेगा रे।' वे गांव में आकर अपने घर की ओर मुड़ गयीं और मैं अपने घर की ओर।

लगता है फूआ अपने लिए नहीं रह गयी हैं। वे जैसे दूसरों के लिए जीती हैं। गांव में शादी-ब्याह किसी के घर हो, फूआ वहाँ होंगी और गाते-गाते गला बैठा लेंगी। हर तीज-त्योहार के दिन फूआ का गीत स्वर सबसे आगे और ऊपर सुनाई पड़ेगा।

गांव की लड़कियों की अगुआई करती हुई फूआ मेले चली जायेंगी और सबको सहेजकर घर ले आयेंगी। किसी के घर कोई बीमार पड़ गया या मर गया उसका कोई नहीं है तो कोई चिंता की बात नहीं, फूआ तो हैं न। खाना बनाने से लेकर तीमारदारी करने तक सारा काम वे स्वयं अपने सिर पर उठा लेंगी। लगता है गांव फूआमय हो गया है या फूआ गांवमय हो गयी है। गांव की खुशी भी उनकी, उसका गम भी उनका। लेकिन क्या फूआ का गम कोई बांट पाता है। मुझे लगता है अपना गम वे किसी तक पहुंचने नहीं देतीं, अकेले में खुद पी लेती हैं चुपके-चुपके।

सोहन भइया किसी को लेकर इधर ही आ रहे हैं। साथ में शायद जगमोहन है। हां वही तो है। सुना है आजकल उसी के यहाँ इनका बैठना हो रहा है। हो सकता है उसी को खेत बेचने वाले हों।

मेरी इच्छा हुई कि इन दोनों के आने से पहले ही उठकर चला जाऊं लेकिन वे दोनों खुद ही मुड़ गये।

फूआ जीवित थीं तब भी इस सोहन के बच्चे ने उनका अपमान किया और मर गयीं तब भी उनका अपमान कर रहा है। मुझे तो लगता था कि फूआ का खेत और मेरा खेत दो नहीं, एक ही हैं। अपने खेत की फसलों की रखवाली करने के क्रम में मैं फूआ के कितने करीब आ गया था। फूआ मुझे अपने बेटे की तरह मानती थीं। और मां द्वारा फूआ के अतीत जीवन की सुनी हुई कहानियां मुझे लगातार फूआमय बनाती जा रहीं थीं।

मैं अक्सर फूआ को उनकी मां के साथ देखता था। लगता था कि वे मां-बेटी न होकर सहेलियां हैं। एक दिन जब मैं स्कूल से घर पहुंचा तो मालूम हुआ मां घर पर

नहीं है। मेरी छोटी बहन ने बताया कि 'फूआ की मां मर गयी हैं, मां वहीं गयी हैं। मां ने तुम्हें-मुझे वहाँ जाने से मना किया है।' लेकिन मैं भागा-भागा वहाँ गया। देखा उनके घर के बाहर उनकी मां की लाश रखी हुई है और फूआ उस पर भहराकर रो रही हैं। 'अरे माई तू मुझे किसके सहारे छोड़ गयी रे। अब इस दुनिया में मेरा कौन है रे। ससुराल से भागकर तेरे पास आयी, अब यहाँ से भागकर कहाँ जाऊं रे?' बड़ा दर्दनाक दृश्य था। सभी रो रहे थे। मैं भी पुक्का मारकर रोने लगा।

और जब पहली बार फूआ को अकेले-अकेले खेत के काम-धाम में जुटते हुए देखा तो बड़ा उदास-सा हो उठा। सहेली की तरह साथ-साथ चलने वाली मां कहाँ है? फूआ के चेहरे को देखते हुए डर लगता है। एक अजीव उजाड़ उस चेहरे पर उग आया था। ससुराल से भागकर आने वाली फूआ की उदासी मैंने नहीं देखी थी, मैंने तो फूआ को गाते-बजाते और हँसते-मुस्कराते ही देखा था इसलिए मेरे लिए फूआ का यह चेहरा एकदम नया था जो मेरे भीतर अंटता ही नहीं था। उनसे बोलने की हिम्मत नहीं होती थी, उनसे दूर-दूर भागता था।

एक दिन वे अपने मक्के के खेत में बैठी थीं। मैं भी अपना खेत रखाने जा रहा था। उन्हें बैठा देख मैं ठिठककर खड़ा हो गया। वे अपने आप में खोयी थीं। मैं उन्हें देखता रहा।

बादल छाये हुए थे। बरस नहीं रहे थे। हवा बंद थी। एक अजीब उमस वातावरण में धँसी हुई थी।

'फूआ, फूआ!' मैंने धीरे-धीरे पुकारा। वे खोयी रहीं।

मैंने जरा और जोर से पुकारा।

उनकी समाधि टूटी। मुझे पास बुलाया। मैं धीरे-धीरे उनके पास गया।

'फूआ, अब तुम मुझसे बोलती क्यों नहीं? अब हँसती-गाती क्यों नहीं?'

फूआ चुप रहीं।

मैंने कहा—'फूआ तुम्हारा इस तरह चुप रहना मुझे अच्छा नहीं लगता। मुझे डर लगता है। मैं जानता हूँ तुम्हारी मां तुम्हारे साथ नहीं रहीं। इसीलिए न उदास हो। लेकिन तुम्हारे साथ मैं जो हूँ।'

फूआ के मौन का बांध टूट गया। उनका ठहरा हुआ चेहरा कंपकंपाया, और वे आंसुओं में फट पड़ीं। उन्होंने झपटकर मुझे गोद में भर लिय। देर तक रोती रहीं। फिर आंसू पोंछ लिये। बोलीं—'नहीं, अब उदास नहीं रहूँगी, मेरे बेटे! फिर हँसूंगी, गाऊंगी। रो-रोकर तो मैं हार ही जाऊंगी और वे जीत जायेंगे। नहीं मैं झूठ को जीतने नहीं दूंगी। तुमने मुझे जगा दिया, बेटे!'

मैं सोच रहा था कि उनकी हारजीत का क्या मतलब है ··· तब तक वे गुनगुना पड़ीं। धीरे-धीरे उनके होंठों से एक गीत की कड़ी फूट पड़ी।

हवा का झोंका आया। उमस टूट पड़ी और बादलों में एक हलचल मच गयी।

रिमझिम-रिमझिम पानी बरसने लगा। मैं बाहर से भीतर तक एक आर्द्रता से भर गया।

फूआ गा रही थीं। मुझे पता नहीं चल रहा था कि उनके गाने में उल्लास है या विषाद लेकिन जो भी रहा हो, वह बहुत गहरा दर्द जगा रहा था जैसे वह हँसना चाहती हों लेकिन भीतर रो रही हों।

'फूआ, आओ चलते हैं अपने मचान पर। पानी तेज हो रहा है।'

और फूआ मेरे साथ मेरे मचान पर आ बैठीं। पानी तेज होता गया। एक गहरे कुहरे की तरह फैली बारिश में आसपास का सब कुछ डूब गया। हवा के ठंडे झोके मेरे अधखुले शरीर को कँपा रहे थे। मेरे रोंगटे खड़े हो गये। लेकिन फूआ जैसे इसके स्पर्श में नहा रही थीं और विह्वल हो रही थीं जैसे उनके भीतर कोई आग हो जिसे ठंडा कर रही हों।

गाये जा रही थीं—रिसझिम-रिमझिम बरसे पनिया मोरे अंगनवा ए हरी।

फूआ धीरे-धीरे फिर ठीक हो गयीं। फिर हँसने-गाने, समाज का काम करने का रास्ता पकड़ लिया। मां के क्रिया-कर्म में दो बीघे खेत फिर रेहन चढ़ गये।

सोहन भइया मेरे यहाँ आते रहते थे। मुझे इस बात पर बहुत आश्चर्य और गुस्सा आता था कि यह आदमी कभी भी फूआ से मिलने नहीं जाता था। कभी एक पैसे की मदद नहीं करता था। कभी नहीं पूछता था कि जी रही हैं कि मर रही हैं। कभी-कभी जब वे मेरे घर आये होते, और फूआ अनजाने ही मेरे यहाँ आ जातीं तो इन्हें देखकर घूंघट काढ़ लेतीं। और घर के भीतर चली जातीं। मां से पूछतीं—'ठीक-ठाक हैं न ये।'

'हां, एकदम ठीक-ठाक हैं।'

इस बार भी सोहन भइया आये हुए थे। संयोग से फूआ आ गयीं और मां से वही सवाल पूछा। मां ने कहा—'ठीक-ठाक हैं, जरा पैसे की बहुत तंगी में हैं। बम्बई जाने की बात सोच रहे हैं।'

फूआ घर से निकली गयीं। थोड़ी देर बाद एक गठरी लेकर आयीं। बोलीं—'इनसे कह दीजिएगा कि लेते जाएंगे।'

सोहन भइया ने निस्संकोच भाव से गठरी उठा ली। मां विस्मित थी, मैं भी चकित था।

और फिर ऐसा अकसर होने लगा।

एक दिन मैं घर पहुंचा तो देखा फूआ बड़बड़ा रही थीं—'अच्छा हुआ। भगवान करे कभी उसकी कोख न फूले-फले। मुझे घर से निकलवाकर कुल का दीया जलाने आयी थी। अभागिनि, पिशाचिनि, भैंस। देखना भउजी, भगवान कभी माफ नहीं करेगा इन राच्छसों को।'

मां ने समझाया—'नहीं जगरानी, ऐसे नहीं कहते। आशीर्वाद दो कि घर का चिराग रोशन हो।'

'आशीर्वाद? मैं आशीर्वाद दूंगी भउजी, इन राच्छसों को? मैं तो सरापूंगी।' कहते-कहते रो पड़ीं। देर तक रोती रहीं।

'मैं ही कुलच्छनी हूँ भउजी, मैं करमजली हूँ। न जाने क्या-क्या कह जाती हूँ।'

मुझे पता नहीं चला कि फूआ का रोना अपनी असहायता का है कि प्रायश्चित का।

फूआ चली गयीं। मां से पूछा। मां ने बताया कि 'सोहन भइया की औरत को बच्चा होने वाला था। गरभ ठहरा नहीं।'

अब फूआ के नाराज होने और रोने का अर्थ समझ में आया।

कई सालों में ऐसा प्रसंग कई बार आया।

एक दिन फूआ के घर पहुंचा तो फूआ बहुत प्रसन्न दिखाई पड़ीं। उन्होंने एक पीली साड़ी पहन रखी थी और सोहर की एक कड़ी गुनगुना रही थीं।

आजु घर बाजे ला बधइया
उठन लागे सोहर हो

मैं गया तो उन्होंने मेरे हाथ में गुड़ की एक डली देकर कहा—'खाओ।'

'क्या बात है, फूआ! आज सब कुछ बदला-बदला नजर आ रहा है। तुम भी खुश, तुम्हारा घर भी खुश, तुम्हारे कपड़े भी खुश और यह गुड़।'

'कुछ नहीं, कुछ नहीं, खाओ। ऐसे ही आज कुछ अच्छा पहनने का मन हो आया।'

वे फिर सोहर गुनगुनाने लगीं।

मैंने घर आकर मां से कहा तो मां मुस्करायीं। बोलीं, 'आज उन्हें पुत्र प्राप्त हुआ है।'

'उन्हें?'

'हां, सोहन भइया को लड़का हुआ है।'

'अच्छा, अच्छा!'

थोड़ी देर बाद फूआ आ गयीं। मैंने कहा—'वाह फूआ, मुझे तुम्हारी खुशी का राज मालूम हो गया!'

'क्या मालूम हो गया? शैतान कहीं का।' वे गुस्से में बोलीं।

'अब बनो मत, मुझे मालूम हो गया कि तुम्हें बेटा प्राप्त हुआ है। इसीलिए इतनी खुश हो।'

'खुश! मैं खुश हूँगी? उस चुड़ैल को बेटा हुआ है, मैं खुश हूँगी? मेरी छाती में आग जल रही है और तुम कहते हो मैं खुश हूँ। भगवान भी कितना जालिम है कि उसने मेरी एक नहीं सुनी।'

वे गुस्से में बड़बड़ा रही थीं। मैं कुछ समझ नहीं पा रहा था लेकिन मां मुस्करा रही थीं।

'तुम मुस्करा रही हो, भउजी! जैसे मैं कोई नाटक कर रही हूँ।'

'नहीं-नहीं, मैं मुस्करा रही हूँ इस लड़के की अकल पर कि तुम्हें समझ नहीं पा रहा है।'

कुछ समय एक गहरे मौन में बीता। फूआ के हाथ में एक पोटली थी। जिसे मां बार-बार कनखियों से देख लेती थीं।

कुछ देर बाद फूआ शरमाई-सी बोलीं—'भउजी!'

'क्या है?'

'इसे जरा वहाँ भेज दीजिएगा।'

'कहाँ?'

'वहीं।'

'अरे कहाँ वहीं।'

'अरे वहीं भउजी, वहीं।'

'अरे कहाँ?'

'देखो भउजी, बनो मत, तुम समझती हो कहाँ?'

कहकर फूआ ने पोटली मां के आगे फेंक दी और शरमाकर भाग गयीं।

मां हँसने लगीं फिर उनकी आँखों में आंसू छलक आये।

'क्या है, मां?'

'बड़ी पगली है जगरानी।' मां ने आंसू पोछते हुए कहा।

'इसमें क्या है, मां?'

मां ने उसे खोलकर देखा। उसमें एक साड़ी थी। बच्चे के लिए एक छोटा-सा रंगीन कुरता था, एक तावीज थी, एक गरी का गोला था।

कुछ दिन बाद शहर से लौटा तो पाया कि एक विचित्र हवा गांव में फैल गयी है—'जगरानी फूआ टोनहिन है।' सुनकर मै मर्माहत रह गया। मां बहुत दु:खी थी। मेरी पत्नी ने कहा–'तुम तो उनकी बहुत तारीफ करते थे?' मैंने उसे डांट दिया। यह विषाक्त हवा किसने फैलायी है, क्यो फैलायी है?

सुना गांव में कोई तांत्रिक आया था।

उसने बात-बात मे घोषित किया है कि इस गांव में कोई टोनहिन रहती है–जबर्दस्त टोनहिन जो घर-घर मे घुसी रहती है। वह अपनी सौत की सन्तान-प्राप्ति के लिए अभी-अभी एक गरीब औरत के बेटे को खा गयी है। वह बांझ है इसलिए उसकी छाया न जाने कितनी औरतों पर पड़ रही है।

लोग चकित थे। सब आश्चर्य से देखने लगे थे—यह कौन हो सकता है?

फिर तांत्रिक ने आविष्ट होकर कहा—वह इस गांव की लड़की है।

फिर भनभनाहट फैल गयी—यह तो जगरानी है, जगरानी। भाई यह तो बड़ी खतरनाक औरत निकली। हां, उसकी सौत को आये कितने साल हो गये, सन्तान नहीं हुई, अब जाकर हुई है। उसने इसके लिए एक गरीब आदमी के बच्चे की जान ली

है। सभी बांझ औरतें अपने बांझ होने का कारण फूआ से जोड़ने लगीं।

हमें कई लोगों से प्रतिवाद करना पड़ा, लड़ाई करनी पड़ी लेकिन जो हवा बह गयी, उसे रोकना इतना आसान है क्या?

फूआ मर्माहत रह गयीं। उनकी हँसी और गीत जैसे फिर छिन गये। उन्होंने गांव में निकलना बन्द कर दिया।

मैं फूआ के पास गया और पूछा—'फूआ, बात क्या है?'

'बात जो है उसे सुन ही रहे हो।'

'नहीं, मैं यह नहीं पूछ रहा। पूछ यह रहा हूँ कि एकाएक यह सब कैसे हो गया? किसने प्रचार किया।'

'मुझे क्या मालूम?'

'नहीं फूआ, कुछ तो बता। किसी से तकरार कुछ हुई थी क्या? तू तो घर-घर की सांस पहचानती है, तू जरूर जानती होगी।'

'हां, जानती तो हूँ लेकिन छोड़ो क्या फायदा?'

'नहीं, फूआ, बता न।'

'जगमोहन।'

'क्या किया उसने?'

'उसका लड़का परदेस में रहता है और खुद अभाग रंडुआ है। एक दिन घर सूना था। वह अपनी बहू से जबरदस्ती करने लगा, वह अपने को छुड़ाने लगी। मैं पहुंच गयी। मैंने उसे डांटा—तू कितना कमीना है रे कि अपनी बेटी के साथ कुकरम करना चाहता है। अरे अभागे, पतोह भी बेटी ही होती है।'

'वह गुर्राया—तू साली कुतिया, जब देखो तब सबके घर में घुसी ही रहती है। न काम, न काज; बस दिन भर आवारगर्दी करती रहती है।'

'चुप रह कलमुंहे, भरी सभा में तेरा भंडा फोड़ूंगी। तू गांव का बड़ा आदमी बनता है न।'

वह गुर्राकर बाहर चला गया। मैं भला उसका भंडा क्या फोड़ती। उसकी बदनामी कम, बहू की ज्यादा होती।

'और वह लड़का।'

'अरे वह उस गरीब जियावन का लड़का था। वह बीमार था। कुछ खाने पीने को मिलता नहीं था। मां बीमार, बेटा बीमार। जियावन मिल में नौकरी करता है, सातवें दिन आता है। मैं बच्चे को झाड़-फूंक कर मां को विश्वास दिलाती थी कि अच्छा हो जायेगा। बेचारी औरत का और सहारा ही क्या था?'

'समझ गया, फूआ! वह किराये का तांत्रिक लाया होगा। सोचा होगा जब तक यह कुछ मेरे खिलाफ कहे, इसकी बदनामी करके इसकी साख कम कर देनी चाहिए। अब मैं उसकी कलई खोलता हूँ न।'

'ना-ना, बेटे, ऐसा न करना। परदेस से लौटने पर बेटा यह सब कुछ सुनेगा तो बहू को छोड़ देगा। वादा करो कि तुम नहीं कहोगे।'

मैं मन मसोसकर इस बात का प्रचार न करने का वायदा किया लेकिन जब सोहन भइया आये और उन्होंने कहा—'मैं यह क्या सुन रहा हूँ? उसने यह सब क्या सीख लिया? वह इतना नीचे गिर गयी?' तो मैं गुस्से से लाल हो गया—'आपको उनसे क्या वास्ता है? आपने कभी यह भी जानना चाहा है कि वे मर रही हैं कि जी रही हैं। आप उनके पति हैं न। आपको धिक्कार है कि आपकी पत्नी अकेली जीवन से जूझती रही और अब इस तरह अपमानित हो रही है।'

वे चुप हो गये। मैंने कहा—'पुरुष हैं तो अपमान करने वाले से बदला लीजिए। है हिम्मत? आते ही पूछ रहे हैं कि यह क्या सीख लिया? इतना नीचे गिर गयी? उनको नीचे गिराने में आपने कोई कसर बाकी रखी? यह तो फूआ थी कि जवानी की आंधी में भी अपनी आबरू और हवस के आंचल को सँभालती हुई चलती रही हैं और धीरे-धीरे अपने को समाज से एक कर दिया। उसी समाज ने उन्हें अच्छा पुरस्कार दिया। है हिम्मत, लड़ियेगा जगमोहन से? उसी ने एक किराये का तांत्रिक बुलाकर यह सब कुछ किया है।'

वे फिर चुप रहे। उठे। बोले—'वहीं जा रहा हूँ।'

'हां जाइए, शायद फूआ ने कुछ सीधा-पिसान जुटाकर रखा हो, लेते जाइएगा।'

इस बार फूआ की हँसी छिनी तो फिर वापस नहीं आयी। धीरे-धीरे गांव वालों का फूआ के प्रति विश्वास कुछ दूर तक वापस लौट आया था और वे उनकी चाह करने लगे थे किन्तु फूआ का टूटा हुआ मन फिर नहीं जुड़ा। उनके खेत भी उजड़ने लगे और गांव से मिलने वाला दान-दक्षिणा लेना भी उन्होंने बन्द कर दिया। वे सूखती गयीं, सूखती गयीं।

एक बार मैं शहर से आया तो मां ने बताया की फूआ का हाल अच्छा नहीं है। मैं गया तो फूआ दर्द से छटपटा रही थीं। उनके पास कोई नहीं था। उजड़ा हुआ मकान, बिखरे हुए कुछ गन्दे सामान, टूटी चारपाई पर छटपटाती हुई फूआ।

'फूआ!'

उन्होंने आवाज पहचान कर मेरी और देखा।

'तू आ गया, रे! अब मैं जा रही हूँ। मैं तेरी ही राह देख रही थी।' उनकी आँखों में कितनी ही टूटी हुई उदास परछाइयां देखीं।

'अपने भइया से कहना कि गोइड़ वाला खेत तुम्हें दे दें। कह देना—मैंने कहा है। सोचा था—'सारे खेत तुम्हारे नाम कर दूंगी लेकिन ⋯'।

मैं कुछ नहीं बोला। एक अहसास मुझे बुरी तरह मथने लगा। अभी भी फूआ को इतना विश्वास है कि सोहन भइया इनका कहा करेंगे! जीवन कितना विचित्र होता है। फूआ को जोर की हिचकी आयी और सिर एक और लुढ़क गया।

'फूआ!' मैं जोर से चीख पड़ा। कुछ देर तक अवाक् खड़ा रहा। फिर सूचना देने घर की ओर चल पड़ा। बाहर निकलकर देखा—चारों ओर अंधेरा। अंधेरे में खड़ा अकेला मकान, मकान में अकेला कमरा, अकेले कमरे में अकेला फूआ का शव।

सोहन भइया फिर जगमोहन के साथ इधर ही आ रहे हैं, साथ में खेत नापने की जंजीर वगैरह भी है। लगता है इन्होंने जगमोहन को खेत बेच दिया। सोहन और जगमोहन क्या लय है दोनों के बीच।

मैं उठकर वहाँ से दूसरी ओर निकल गया—नहीं, मैं अपने सामने फूआ के खेत को जगमोहन के हाथ बिकता हुआ नहीं देख सकता। यह खेत, खेत नहीं, दिवंगत फूआ की आत्मा है!

वहाँ से दूसरी दिशा को सरक गया। सामने अकेलेपन में खोया हुआ फूआ का मकान दिखाई दे रहा था।

□

फिर कब आयेंगे ?

वे अपने परिवार से ऊबकर संत हो रहे थे और मेरे यहाँ चले आये थे। मैं बहुत दिनों से चाह रहा था कि वे यहाँ आयें, रहें और शांत भाव से पूजा-पाठ करें, पढ़ें-लिखें। मुझे शांति मिलेगी कि कुछ दिन मेरे साथ रहकर बड़े भाई की दिनचर्या को थोड़ा चैन मिला।

वे निरंतर पूजा-पाठ में धंसते गये। यद्यपि पूजा-पाठ या कर्मकांड में मेरी कतई श्रद्धा नहीं है किन्तु किसी को इससे शांति मिलती है तो मुझे क्या? इसलिए यह सोचकर मैं बहुत संतुष्ट हो रहा था कि भाई साहब पूजा-पाठ में नहाकर अपने भीतर का ताप शमित कर रहे हैं। इन्हें जिन्दगी में कभी चैन नहीं मिला। पहले नौकरी खोजते रहे, वह मिली तो मां-बाप, भाई, भयहु और अपनी पत्नी तथा बच्चों वाले परिवार की परवरिश में ही अपनी जवानी और अधेड़ावस्था होम कर दी और उन्हें ये देखकर बहुत दुख हुआ कि उनके बच्चे निकम्मे निकल गये तथा उनकी पत्नी भी उनके निकम्मेपन की पक्षधर निकली। जब वे नौकरी के बाद घर रहने लगे तो अभावों से लथपथ थे और परिवार के निकम्मेपन से उनकी आत्मा बेचैन होकर छटपटा रही थी। चीखते थे, चिल्लाते थे, परिवार से झगड़ते थे तथा अपमानित होते थे। मैं उन्हें कहता था—'यथार्थ स्थिति को पहचानकर चुप रहिए और मेरे पास चले आइए, आखिर मैं भी तो आपका ही हूँ—आपका ही बनाया हुआ।' आने की बात करके भी वे नहीं आते थे। इस बार आये तो मुझे राहत मिली।

लेकिन उन्हें राहत कहां थी? वे तो जब भी मेरे साथ बैठते अपने परिवार के निकम्मेपन की कहानी ले बैठते। मेरे लाख समझाने पर भी जब वे नहीं माने तो मैंने उनके साथ बैठना छोड़ दिया। वे ही कभी-कभी मेरे कमरे में आ जाते थे और फिर वही कहानी छेड़ देते थे। मैं उनके दर्द को समझता था। समझता था कि वे यहाँ रहकर भी गांव-घर से छूटे नहीं हैं। बच्चों द्वारा बरबाद की जाती मिल्कियत का दर्द उन्हें यहाँ बेचैन करता रहता था। परिवार के निकम्मेपन और तज्जन्य अभाव की आंच यहाँ तक आती है लेकिन मैं क्या करूं? उनकी जिस समस्या का मैं समाधान नहीं कर सकता वह समस्या खामखाह यहाँ मुझ पर या मेरे परिवार पर चढ़ी रहे, इसे स्वीकार

कर पाना कठिन लग रहा था। अत: दो-चार बार मैं उग्र भी हो गया। वे चुप तो हो गये किन्तु फिर मिलने पर वही बात।

सुबह हम सोये रहते, वे चार बजे ही उठ जाते ओर जांघ पर ताल दे-देकर जोर-जोर से भजन गाने लगते। जब असह्य हो गया तो पत्नी ने मुझसे कहा—'भाई साहब को समझाइए न।'

मैंने उन्हें समझाया तो बोले—'अरे चार बजे के बाद सोने का कोई तर्क है? आदमी को ब्राह्म मुहूर्त में उठ जाना चाहिए और राम का नाम लेना चाहिए।'

'हां सो तो सही है किन्तु समय बदल गया है। रात देर तक काम करने वाला आदमी ब्राह्म मुहूर्त में कैसे उठ सकता है? और राम का नाम लेना सुबह होने की शर्त है तो धीरे-धीरे भी या मन में भी लिया जा सकता है।'

'अब तुम लोगों के समझाने से तो मैं अपनी धर्म-भावना छोडूंगा नहीं। तुम लोग धर्म से विमुख हो गये हो तो क्या मैं भी हो जाऊं।'

'सबसे बड़ी धर्म-भावना है जीना और दूसरों को जीने देना। जिद आपकी सबसे बड़ी दिक्कत है भाई साहब। आप चाहते रहे कि जो आपकी समझ में ठीक है, दुनिया भी उसे ठीक समझे। आपने धर्म-भावना को बहुत ऊपर से पकड़ा है और उसके साथ हम लोगों का हो लेना संभव नहीं है।'

'ठीक है ठीक है अब तुम मुझको समझाओगे न। धर्म की किताबें मैंने पढ़ी हैं, उनका जाप मैं करता हूँ और तुम धर्म की एक भी पुस्तक पढ़े बिना मुझे धर्म का पाठ पढ़ा रहे हो।'

मैं अपने आदरणीय बड़े भाई के सामने था। कैसे क्या कहता? भीतर-भीतर इनकी धर्म की समझ पर क्रोध भी आ रहा था और तरस भी। लेकिन मैं विवश था। विवशता यह थी कि मैं इन पर एक सीमा के बाद गुस्सा भी नहीं कर सकता था और इनके अटूट विश्वास को धिक्कार भी नहीं सकता था। अपने भीतर उबलता हुआ बैठा रहा।

'ठीक है ठीक है, नहीं जोर-जोर से गाऊंगा। अरे मेरा क्या बिगड़ेगा, मेरे जोर-जोर से गाने से सुबह के वातावरण में यह घर प्रार्थना में नहाता था और पवित्र होता था।'

मैं भीतर-भीतर मुस्कराया और उठकर चला आया।

दूसरे दिन से सचमुच प्रार्थना और जांघ पीटने का स्वर मंद हो गया किन्तु जब कभी में बाहर चला जाता तो निर्भीक होकर उसी तरह जांघ पर ताल देते हुए जोर-जोर से गाते रहते। उन्हें लगता कि औरतें और बच्चे क्या कर लेंगे? दोनों को वे नाचीज समझते थे। यह शायद अपने परिवार की प्रतिक्रिया थी या पारंपरिक सोच का परिणाम। मेरे परिवार में दो पौत्रियां ही थीं। वे दोनों जब उनके सामने पड़तीं तो कांप उठतीं क्योंकि लड़के-लड़की का जबरदस्त भेद-भाव इनके मन में था। मेरी पत्नी, पुत्र-वधू और पुत्र मेरे कारण चुप थे सब कुछ देखते हुए भी।

एक दिन तो पत्नी बौखला उठी थी। मेरी पोती बरामदे में से निकल रही थी। पानी

में फिसल गयी और सिर में भयानक चोट आई।

मैंने गुस्से में भाई सहब से कहा—'कितनी बार आपसे कहा कि पूजा करते समय बरामदे में जो आप लोटे से पानी छिड़कते रहते हैं और अंत में बचा-खुचा पानी वहीं ढार देते हैं उसे रोकिए। पता नहीं आपने पूजा-पाठ और धर्म-कर्म की कैसी-कैसी परिभाषाएं बना रखी हैं।'

वे चुपचाप सुनते रहे। फिर बोले—'अब पूजा तो विधि-विधान से ही न होगी और जहां रहता हूँ वहीं न होगी। इन बच्चों को देखकर न चलना चाहिए। इन्हें क्यों नहीं समझातें?'

'हां बड़े लोग तो नहीं समझते, बच्चे जरूर समझेंगे। और यह बात समझेंगे कि वे अपने बरामदे में से न चला करें, चलें तो बच्चों की तरह उछलते-कूदते न चलें, बूढ़ों की तरह रेंगते हुए चलें।'

जब-जब भाई साहब को मैं तेज स्वर में कुछ कहता तो बाद में बड़ी पीड़ा होती। देखो न, मेरे कहने पर, अपने परिवार से तप्त ये यहाँ आये हैं और यहाँ मैं उनसे यह कह रहा हूँ, वह कह रहा हूँ, उन पर तरह-तरह के प्रतिबंध लगा रहा हूँ। कहीं ऐसा न हो कि एक दिन तंग आकर गांव चले जायें और कहें कि यदि यहाँ भी ऐसे ही रहना है तो गांव का परिवार क्या बुरा था?

यह विचार उठते ही मैं अपने को संयत करने की कोशिश करता और कुछ दिन तक उनके किसी भी प्रकार के आचरण पर प्रतिक्रिया नहीं व्यक्त करता। लेकिन जब फिर कोई बात असह्य हो जाती तो बोलना ही पड़ता। मेरे एक मित्र मुझसे थोड़ी दूर पर रहते थे। वे मेरे मित्र तो थे ही, स्वभाव से भी काफी हेली-मेली थे। उनके यहाँ लोगों का आना-जाना लगा रहता था। गपशप, पूजा-पाठ, कथावार्ता होती ही रहती थी। भाई साहब उनके यहाँ जाते रहते थे और वहाँ उनका संवाद सघन हो रहा था। वहाँ वे बड़े अधिकारपूर्वक कथा-प्रवचन करते थे, खाते-पीते थे, हुकम चलाते थे। मेरे मित्र इसका आनन्द लेते थे। एक दिन एक दूसरे पड़ोसी मिले जो मेरे मित्र के यहाँ आते-जाते रहते थे। उन्होंने बताया—'आपके भाई साहब की आवाज में बड़ी ठनक है इस उम्र में भी।'

उन्होंने बताया तो था हँस कर ही किन्तु लगता था उसमें शिकायत का स्वर भी था। अत: मैंने पूछा—'क्या हुआ?'

'अरे नहीं कुछ नहीं।'

'नहीं कुछ तो है जिसे आप कहकर भी नहीं कह रहे हैं।'

'अरे कुछ नहीं, बुजुर्ग आदमी हैं, डांट ही दिया तो क्या हुआ?' उनके साथ खड़े दूसरे आदमी ने कहाँ

'अरे कुछ बताइए तो सही?'

फिर दूसरा आदमी ही बोला—'कल सुबह साढ़े आठ बजे के आसपास आपके

भाई साहब वर्माजी के यहाँ आये तो हम लोग वहीं किसी काम से गये थे। उन्होंने जाते ही वर्माजी से कहा—'अच्छा, तो अब मेरी सुनिए। बुलाइए सबको। औरतों, बच्चों सबसे कहिए कि इकट्ठा हो जायें, मेरा प्रवचन शुरू हो रहा है।'

'अरे पंडितजी, अभी कामकाज का समय है, औरतें घरेलू काम में लगी हैं।'

'अरे आप भी वर्माजी विद्वान होकर कैसी बात कह रहे हैं? अमूल्य धार्मिक प्रवचन के आगे दो पैसे के काम को अहमियत दे रहे हैं।'

वर्माजी ने हँसकर अपनी पत्नी को बुलाया और कहा—'अरे भाई थोड़ी देर के लिए आ जाओ, पंडितजी का आदेश कैसे टाला जा सकता है।' वे जल्दी-जल्दी हल्दी-रंगे हाथ धोकर नेपकिन से पोंछती हुई आयीं औरा मुस्कराकर नमस्कार किया, फिर बैठ गयीं।

'अरे कहां लोक-धंधा में पड़ी हुई हैं? ये सब मायाजाल है। कुछ परलोक की भी सोचिए।'

'अरे पंडितजी, अभी तो इह लोक की ही चिंता प्रमुख है। जब आपकी अवस्था में आयेंगे तो परलोक की भी सोचेंगे।' हँसकर वर्माजी ने कहा।

'यही तो अज्ञान है। जिदगी भर आदमी सोचता है कल से परलोक के बारे में सोचेगा और इसी में जिन्दगी बीत जाती है। अच्छा तो इसी के बारे के एक पुराण-कथा सुनाता हूँ।'

उन्होंने कथा शुरू कर दी तब बाबू साहब ने उठते हुए वर्माजी से कहा—'अच्छा चलता हूँ।'

इतने पर पंडितजी बिगड़ गये और लाल-पीले होते हुए गरजने लगे—'तुम कौन हो? बहुत बड़े पापात्मा हो। धार्मिक कथा-वार्ता के बीच से उठकर जाने वाले नरक में पड़ते हैं। यह असभ्यता भी है।'

'अरे पंडितजी, मैं सुबह-सुबह यहाँ एक काम से आया था, कथा सुनने थोड़े ही आया था। मुझे 10 बजे ऑफिस पहुंचना है।' बाबू साहब बोले।

'काम, काम, काम यही तो दुनिया की बीमारी है। धार्मिक प्रवचन सुनने से और बड़ा काम क्या है?'

'कोई क्या कहता? बाबू साहब चुपचाप चले गये। जाना मुझे भी था लेकिन मैं तो डर के मारे वहाँ बैठा प्रवचन का अमृत पान करता रहा। और जब घर पहुंचा तो पत्नी ने विष-पान कराया—'जब भी किसी काम से जाते हो आवारागर्दी करने लगते हो।'

बाबू साहब और उनका साथी चले गये तो मैं बहुत उद्विग्न हो उठा।

शाम को मैं कुछ पढ़ रहा था कि भाई साहब आकर बैठ गये। मैंने भी किताब एक ओर रख दी। दोनों के बीच कुछ मिनट एक चुप्पी छायी रही। फिर भाई साहब खंखारकर बोले—'गांव से कोई चिट्ठी तो नहीं आयी है?'

'नहीं।'

'पता नहीं निकम्मे सब क्या कर रहे होंगे? खेत बोये जा रहे हैं लेकिन मुझे विश्वास नहीं होता कि मेरे नालायक लड़कों ने कुछ किया होगा।'

मैं चुप रहा।

'इतने नालायक लड़के तो पूरे जवार में नहीं हैं। सारा जवार थू-थू करता है।'

मैं फिर भी चुप रहा। क्या करता? मुझसे इनके मिलने का अर्थ ही है नालायक पूत-पुराण का शुरू होना। फिर मैं बोला—'अच्छा है आपके लड़के सांसारिक मायाजाल में नहीं पड़ रहे हैं।'

उन्होंने मुझे एक विशेष दृष्टि से देखा।

'इसे सांसारिक माया-जाल कहते हो? अरे अपनी संपत्ति की रक्षा करना, अपने परिवार का भरण-पोषण करना, दिन-रात अपने को कर्म से संलग्न रखना सांसारिक मायाजाल है? अरे यह तो कर्मठता है।'

'क्यों आपका उपदेश दूसरों के लिए ही है? जो अपना काम-धाम छोड़कर आपका प्रवचन नहीं सुनते वे पापात्मा हैं, निक्कमे हैं, नालायक हैं और अपने बच्चे जब काम-धाम नहीं करते तो नालायक हैं।'

वे चुप रहे।

'और आप जो यहाँ के लोगों पर अनधिकार रोब गालिब कर रहे हैं—डांट-डपट रहे हैं, वह उचित नहीं है। वे मेरे मुरौवतवश कुछ दिन तो बर्दाश्त कर लेंगे किन्तु फिर? फिर किसी दिन आपको बुरी तरह बेइज्जत कर देंगे?'

भाई साहब झल्लाकर उठ खड़े हुए—'तुम लोग चाहते हो कि किसी के यहाँ उठूं-बैठूं नहीं, तो नहीं जाऊंगा।'

'यह मैंने कब कहा? लोगों के यहाँ उठेंगे-बैठेंगे तो हमें भी अच्छा लगेगा और आपको भी, लेकिन उठने-बैठने का यह मतलब तो नहीं होता है न।'

'तुम यों ही परेशान होने लगते हो। वर्माजी के यहां तो कोई बुरा नहीं मानता, उलटे वे लोग मेरा प्रवचन सुनकर प्रसन्न होते हैं। वे लोग धार्मिक प्रवृत्ति के हैं, तुम्हारी तरह नास्तिक नहीं हैं, इसलिए वे स्वयं चाहते हैं कि मैं वहाँ बैठूं तो कुछ धार्मिक प्रसंग छेड़ूं-कुछ अध्यात्म रस की वर्षा करूं।' कहते हुए वे अपने कमरे में चले गये।

मेरा परिवार बड़ा है। कई बच्चे हैं, पढ़ते हैं। सबकी चीजों पर नियंत्रण रखना आसान नहीं होता और मैं अपना काम करूं कि यह देखूं किसने पेंसिल की ठूंठ फेंकी है, किसकी इस्तेमाल करके फेंकी गयी कापी में कुछ पन्ने शेष रह गये हैं। किसका टूटा जूता या चप्पल फेंकी हुई है जिसे मरम्मत करा कर कुछ दिन और पहना जा सकता था। किसकी फटी कमीज या बुश्शर्ट फेंकी गयी है जिसे कुछ दिन और आसानी से उपयोग में लाया जा सकता था। भाई साहब की नजर इन्हीं चीजों पर पड़ती थी और कभी फटी कमीज, कभी फटा जूता, कभी पेंसिल की ठूंठ लाकर मेरे सामने रख देते और कहते—'तुम्हारे घर में बहुत अपव्यय हो रहा है। रोज-रोज कपड़े

धुलते हैं, रोज-रोज बाहर से इतने लोग आते हैं जिनके लिए दिनभर चाय-नाश्ता बनता रहता है · · · रोज-रोज · · · '

और मेरी झल्लाहट कहीं उग्र क्रोध न बन जाए यह सोचकर मैं वहाँ से हट जाता था। आज गैलरी में टहलता हुआ कुछ सोच रहा था कि भाई साहब की आवाज सुनाई पड़ी—'ये लो।'

देखा कुछ रफ कापियां थी जिनमें कई पेज कोरे छूटे हुए थे।

'यह क्या है?' मैंने पूछा।

'तुम खुद ही देख लो। क्या इन पर अभी लिखा नहीं जा सकता था?'

'लिखा तो तब जायेगा जब सोचूंगा। और सोचूंगा तब जब सोचने पाऊंगा।'

'क्यों मैं क्या कर रहा हू?'

'यही कर रहे हैं। आप घूर-कतबार पर से कापी उठाकर कोरे पन्ने दिखा रहे हैं और जता रहे हैं कि मैं अपने घर में कितना बड़ा अपव्यय होने दे रहा हूँ। अब मेरा यही काम रह गया है कि मैं सारा काम छोड़कर इधर-उधर फेंकी गयी चीजों में झांकता फिरूं।'

'अरे फेंकी गयी चीजों में से काम की चीज निकाल लेना बुरा है क्या? गांधीजी ने फालतू चिट्ठी में से पिन निकाल लिया था। गांधीजी से प्रेरणा लेनी चाहिए।'

'तो गांधीजी से ली जाने वाली महती प्रेरणा यही है? यदि गांधी गांधी न होते तो क्या उनके पिन निकाल लेने को कोई महत्त्व देता? गांधीजी पिन निकालने से नहीं बने हैं वे अपने महान कार्यों से गांधी बने हैं इसलिए उनका पिन निकालना भी महत्त्व का हो गया। उनके और गुणों पर आपका ध्यान नहीं गया, केवल पिन निकालने पर गया।'

'अरे उनके किसी गुण पर गया न। आखिर गुण गुण होता है।'

'तो फिर उधर देखिए, सड़क पर कितने महान-महान गांधीवादी घूम रहे हैं।'

उन्होंने देखा कि कबाड़ बीनने वाले चार-पांच बच्चे बड़े-बड़े, गंदे-गंदे झोले लटकाये सड़क पर से कागज, प्लास्टिक, लोहे, आदि के टुकड़े बीन रहे थे।

मैंने कहा—'ये आपसे ज्यादा बड़ा काम कर रहे हैं। आपने कोरे पन्ने निकाल कर मुझे दिये थे, ये तो रद्दी कागज, प्लास्टिक, आदि बीन रहे हैं। इससे इनका पेट भी पलता है और सड़क पर का कचरा भी साफ होता है।'

'तो?'

'तो यह कि आपके तर्क से ये ज्यादा बड़े गांधीवादी हैं। और कल जब आप नहा-धोकर मंदिर जा रहे थे और एक कबाड़ी वाले लड़के का गंदा थैला आपको छू गया था तो उसे गाली बकते हुए लौट आये थे और दुबारा नहाकर मंदिर गये थे। क्या गांधीजी भी ऐसा करते थे? वे तो कोढ़ियों की सेवा करते थे और पाखाना भी साफ करते थे। किसी सत्य को उसके पूरे परिप्रेक्ष्य में देखना चाहिए।'

भाई साहब चुप तो हो गये किन्तु महसूस हुआ कि उन्हें मेरा तर्क प्रीतिकर नहीं लगा। धीरे-धीरे वहाँ से चल गये।

जब तक वे रहे ऐसे प्रसंग आते ही रहे।

लेकिन भाई साहब पहले तो ऐसे नहीं थे। पहले तो एक अच्छे-खासे जिन्दादिल इंसान थे। भयानक क्रोध करते हुए, बेपनाह प्यार करते हुए, उदासी में डूबते हुए, झरने की तरह खिलखिलाते हुए··· । धीरे-धीरे उनकी यह जिन्दादिली डूबती गयी और उभरता गया यह रूप। उनके भीतर अपने परिवार से उत्पन्न न जाने कितनी गहरी पीड़ा है, कितनी भयानक टूटन है, कितनी दमित इच्छाएं हैं जिन्होंने उस व्यक्तित्व को सबके लिए असह्य बना दिया जिसके साहचर्य की प्रतीक्षा में हम बिछे होते थे और जिसके आते ही हमारी ठहरी हुई जिन्दगी गुनगुने पानी की नदी की तरह बह चलती थी।

इन दिनों जब भाई साहब से टकराकर मैं अकेले में होता था तो उनका पिछला रूप उभर आता था और मन में फैली कटुता धुल जाती थी। मन एक प्रीतिकर भाव से हँसने लगता था। इस तरह भाई साहब के कटु वर्तमान और प्रीतिकार अतीत के द्वन्द्व से गुजरते हुए दिन बीत रहे थे कि एक दिन उन्होंने कहा—"मैं अब गांव जाऊंगा।'

मैं कुछ कह नहीं सका? शायद मैं भी चाहता रहा। लेकिन उनके जाने की बात सुनकर धीरे-धीरे उनका सारा अतीत भरभराकर फिर मेरे भीतर भर आया। मैं आर्द्र होता गया और अपने को धिक्कारने लगा—'तुम तीन महीने भी इन्हें सम्मान से नहीं रख सके। लेकिन ये जिस ढंग से रहे··· ये चाहे जिस ढंग से रहे, तुम्हें प्यार से झेल लेना चाहिए था। उनसे तुम्हारा विवेक नहीं, अहं टकराता रहा··· ।

मैंने भरे हुए गले से पूछा था—'फिर कब आयेंगे?'

'जल्दी ही आऊंगा। तुम्हारे सिवा अब मेरा कौन अपना है? जरा उन नालायकों की खोज-खबर लेता आऊं—खेत बिन बोये पड़े होंगे, मालगुजारी नहीं दी गयी होगी, कई मुकदमें लटके हुए हैं, उनको भी थोड़ा सँभालना होगा। वहाँ की समस्याएं सुलझाकर जल्दी ही यहाँ लौट आऊंगा।'

लेकिन मुझे लग रहा था कि अब वे नहीं आयेंगे। समस्याएं कहां सुलझने वाली हैं और ये समस्याओं से कहाँ मुक्त होने वाले हैं और उन्हें लग रहा होगा—जैसा वहाँ था, वैसा ही यहाँ भी है।

□

एहसान

नागपंचमी का दिन था। उस दिन हम बच्चे खेत में चिक्का कबड्डी खेलते थे, कुश्ती लड़ते थे। खेलकूद का कार्यक्रम तब तक चलता था जब तक गाँव की लड़कियाँ पानी में पुतरी बहाने और घुघुरी बाँटने के लिए नाले के किनारे नहीं आ जाती थीं। उनके आते ही हम अपने-अपने रँगे हुए डंडे लिए हुए नाले के किनारे पहुँच जाते थे और पुतरी पीटने लगते थे।

हाँ, तो हम चिक्का खेल रहे थे। हमारे साथ हरिजन युवक संतू भी था। वह हमसे कुछ बड़ा था और ताकतवर भी। वह हमारे पट्टीदार का हलवाहा था; वह जिस टीम में था, वह जीत रही थी। हम हार रहे थे। हमारी खीज बढ़ती जा रही थी। फिर संतू ने मुझे आउट करने के लिए पाँव फेंका और पाँव मेरे पेट पर लगा। मैं खेलना छोड़कर गाली बकता हुआ उसे पीटने लगा। वह समर्थ होकर भी पिटता रहा।

'अरे क्या हुआ, क्या हुआ?' कहते हुए लोग एकत्र हो गए।

'हार रहे हो तो इसे मारना शुरू कर दिया।' दो-एक ने कहा।

'मारूँ नहीं तो क्या करूँ! इस चमार को आप लोगों ने शामिल कर लिया है, अब मैं इसका पाँव पकड़ने से तो रहा। मैं इससे बचकर भागता फिरता रहा कि इसका पाँव मेरे ऊपर न लग जाए, लेकिन पेट में ही लग गया। पाँव पर लगता रहा तो सहता रहा; अब सिर, पेट, पीठ पर चमार-सियार की लात तो खाने से रहा।'

संतू कुछ बोला नहीं, उदास होकर खेल से अलग हो गया और धीरे-धीरे वहाँ से चला गया। लेकिन विरोधी पक्ष के कुछ लोग कहते रहे—'यह तो खेल खेलना नहीं हुआ। खेल में जात-पाँत कहाँ देखते हैं। हारने लगे तो जाति याद आने लगी। हुँह!'

मेरा भी मन उखड़ गया था। संतू तो चला गया, किंतु मैं वहाँ होकर भी वहाँ नहीं था। लड़कियाँ आईं, पुतरी पीटी गई, घुघुरी बँटी और लोग खाने-पीने के लिए घरों को लौटने लगे। मैं भी धीरे-धीरे घर की ओर चल पड़ा; किंतु अकेला।

गाँव के पास पहुँचा तो उससे सटे हुए उस छोटे नाले को देखा, जिससे हहराता हुआ बाढ़ का पानी गुजरता था और बड़ी पोखरी में मिल जाता था। फिर चारों ओर के खेत-खलिहान, बाग-बगीचे जल में डूब जाते थे। इस साल बाढ़ नहीं आई थी,

इसलिए यह नाला उफना नहीं था। उसमें थोड़ा-सा पानी था। हलकर पार तो हो गया, लेकिन उसे पार करते हुए मेरे अतीत का एक टुकड़ा तेजी से कौंध उठा।

'हाय, मैंने यह क्या किया!'

हाँ, उस साल मैंने तैरना सीखा था। तैरना आते ही उत्साह मन में भर गया था और इच्छा होती थी कि तैरता ही रहूँ, तैरता ही रहूँ। उस दिन इस छोटे से नाले में तैर रहा था। इस पार से उस पार और उस पार से इस पार हो रहा था। बहुत उल्लास था। तैरते-तैरते मैं प्रवाह के साथ गहरी पोखरी के जल में जा पड़ा। अब तो मेरे होश उड़ गए। यहाँ तो प्रवाह चौड़ा व तेज हो गया था और चारों ओर जल-ही जल था। यदि मैं बह गया तो न जाने कहाँ जाकर समाप्त हूँगा। मैं प्रवाह के विपरीत तैरने लगा और ज्यों-ज्यों तैरता था, लहरों द्वारा पीछे ठेल दिया जाता था। उस हड़बड़ाहट में यह बात अकल में नहीं आई कि प्रवाह से छिटककर शांत पानी में आ जाऊँ और फिर तैरकर किनारे लग लूँ।

संतू अपने गोसयाँ के दरवाजे पर रस्सी बट रहा था। उसने मुझे इस हालत में देख लिया और आव देखा न ताव, छपाक से पोखरी में कूद पड़ा। तेजी से तैरता हुआ मेरे पास आया और मुझे पकड़कर प्रवाह से छुड़ाया; फिर मुझे ठेलता हुआ किनारे तक ले आया।

और सबसे बड़ी बात यह थी कि यह बात वहीं दब गई। उसने किसी से इसका जिक्र नहीं किया और मैं भी डाँट खाने से बच गया। आज इस घटना के याद आते ही मुझे अपने पर धिक्कार छूटने लगा। उसकी जिस ताकत से मुझे उस दिन जिंदगी मिली थी, उसी से आज मैं अपमानित हो गया! चाहा, संतू को खोजकर उससे माफी माँग लूँ। लेकिन वह इस समय कहाँ होगा?

तब तक देखा कि संतू लोटा-थाली लिये अपने गोसयाँ के यहाँ खाना लेने जा रहा था। उसे देखकर मैं ठमक गया।

'संतू!' मैंने पुकारा

'क्या है महराज?' उसने ठंडे स्वर में कहा।

'अरे, यार बुरा मान गए क्या? मैं अपनी गलती महसूस कर रहा हूँ। मुझे ऐसा नहीं करना चाहिए था। माफ करना यार!'

संतू थोड़ा चौंका। फिर बोला—'आप यह कैसी नई बात कह रहे हैं, महराज। अरे, इस गाँव में बाबा लोग हम लोगों की क्या-क्या दुर्गति नहीं करते, लेकिन आज तक मैंने किसी के मुँह से यह बोली नहीं सुनी।'

'संतू, तुम्हें याद है, एक बार मैं इसी नाले में बहकर सामने वाली पोखरी में आ गया था?'

'मुझे याद नहीं।'

'और तुमने इस पोखरी में कूदकर मुझे डूबने से बचाया था?'

'नहीं, मुझे कुछ याद नहीं। अरे बाबा, हम लोग तो जिस दिन जीते हैं उसी को याद रखते हैं—कहाँ काम करना है, कहाँ से मजूरी मिलनी है, कहाँ से खाना मिलना है; कल क्या हुआ, यह याद नहीं रखते। उसमें याद रखने लायक कोई चीज होती ही नहीं। सब जहर-ही-जहर तो है, फिर क्यों जहर को याद में ढोया जाए!'

'अरे भाई···'

'छोड़िए महराज, मुझे भूख लगी है।' कहकर वह गोसयाँ के दरवाजे की ओर सरक गया और मैं अवाक्-सा जहाँ-का-तहाँ खड़ा था—कमाल है, मुझ पर इतना बड़ा एहसान करके भी वह भूल चुका है। बड़े लोग तो ऐसी घटनाओं को तमगे की तरह अपने माथे पर लटका कर घूमते हैं और उसे भुनाते रहते हैं।

□

एक खेल

चुनाव का शोर उमड़ा पड़ा था। कारें, जीपें, टैंपो, ताँगे—सभी तमाम पार्टियों के पोस्टर पहने हुए, अनेक झंडे लहराते हुए दौड़ रहे थे और सभी के ऊपर से माइक गरज रहे थे, 'अमुक पार्टी को वोट दो, अमुक पार्टी को वोट दो'। सारे दल एक-दूसरे की बखिया उधेड़ते हुए देश और समाज के प्रति अपने वायदे छींट रहे थे। एक पोस्टर दूसरे पोस्टर को मुँह चिढ़ाता हुआ उसके पास ही अपनी विगत उपलब्धियों और भावी क्रिया-कलापों का डंका बजा रहा था।

लोग आपस में बहस कर रहे थे और भिन्न-भिन्न दलों के बारे में भिन्न-भिन्न राय उछाल रहे थे। भिन्न-भिन्न उम्मीदवारों के चरित्रों की फेहरिस्त खोले हुए थे। अरे, यह तो डाकू था; अरे, इसने तो कई खून किए हैं; अरे, यह तो चोर-बजारिया है; अरे, यह तो तमाम गुंडे पाले हुए है।

'हाँ, लेकिन यह भी तो देखो कि इतने पर भी वह लोगों का कितना काम करता है। भला लोग लेकर क्या करोगे, जो काम ही न करते हों?'

'क्यों, भले लोग काम नहीं करते? क्या पहले के वे नेता भले नहीं थे, जिन्होंने देश के लिए कुरबानियाँ दीं और जिन्होंने देश के निर्माण में अहम भूमिका निभाई ··· अरे भाई, इतनी पार्टियों को तो देख लिया गया, अब अगर यह पार्टी आती है तो निश्चय ही अच्छा होगा। ··· '

'क्या खाक अच्छा होगा, सबको देख लिया है!'

यह सब सुनता-सुनता मैं कचहरी में पहुँच गया। देखा, एक जगह मजमा लगा हुआ है। मैं भी उधर सरक गया।

देखा, एक मदारीनुमा आदमी अपना ताम-झाम फैलाए वहाँ बैठा था—'हाँ तो मेहरबान, कदरदान! आइए, एक राष्ट्रीय खेल देखिए! मेरे पास तीन पंछी हैं। आइए, ईनका कमाल देखिए!' अब मेरा ध्यान उन पंछियों की ओर गया। देखा, तीन पिंजड़ों में तीन तोते थे। तीनों अलग-अलग जाति के लग रहे थे।

'हाँ तो प्यारे पेटूराम! मेहरबानों, कदरदानों से तुम क्या कहना चाहते हो?'

लोग उत्सुक हो उठे।

'एक पैसा कोई मुझे दे देता।' पेटू राम बोले।

लोग हँसने लगे, 'अरे वाह रे पेटू राम!'

'देद हो, देखीं का करे लें!' (दे दो न, देखो ये क्या करते हैं!)

बेटूराम की बोली सुनकर लोग खुशी से तालियाँ बजाने लगे। 'अरे वाह रे बेटू राम!'

बेटूराम की आवाज फिर आई, 'देद हो, देखीं का करे लें! देद हो, देखीं का करे लें!'

लोग खुशी से तालियाँ बजा रहे थे। मदारी ने कहा—'मेहरबानी, कदरदानो, बेटूराम की बात पर आप खुश तो हो रहे हैं, लेकिन वह जो कह रहे हैं, वह कर नहीं रहे हैं।'

तब लोगों को ध्यान आया, 'अरे हाँ, यह तो पैसा देने को कह रहा है।' फिर क्या था, पैसे गिरने लगे। जब पैसे गिर चुके तो लोग उत्सुकता से देखने लगे कि देखें तो अब पेटू राम इन पैसों का क्या करता है। और यह तीसरा पंछी क्या करता है!

'धर गोलक्क में, धर गोलक्क में, धर गोलक्क में ।' (यानी सारे पैसे बटोरकर गोलक में रख ले) समेटूराम बके जा रहा था।

फिर जोर की ताली बजी और मदारी ने सारे पैसे बटोरकर अपने झोले में डाल लिये।

लोग सोच रहे थे कि देखें, अब इसके बाद क्या होता है कि सारे पंछी एक स्वर में बोले—'अलविदा, अलविदा, हमारे मेहरबानो, कदरदानो!'

मदारी वहाँ से सरक गया और भीड़ शायद सोचती खड़ी रही, 'यह कौन सा खेल है भैया, कि बिना कुछ किए-दिए मदारी पंछियों से खाली कुछ शब्द सुनवाकर हमारे पैसे बटोरकर चला गया। यह तो अद्‌भुत धोखा है।'

मैं वहाँ से आगे बढ़ा तो देखा, फिर वही बड़े-बड़े वायदों वाले चुनावी-पोस्टर और नेताओं के चित्र यहाँ-वहाँ रंग-बिरंगी अदा में चमक रहे थे और एक-दूसरे के विरुद्ध होने के बावजूद पास-पास सटे थे।

□

मैया मैनूँ लाल बख्शी दे

आज माता का जागरण हो रहा था। कई दिनों से एक छोटे से पंडाल में एक मेज़ पर उनकी फोटो रख दी गई थी। उनके गले में और आसपास फूलों की छटा बिखर रही थी। सामने थाल था, जिसमें रोली-चन्दन रखा हुआ था। माइक पर माता-गीत लगातार बज रहा था। एक व्यक्ति माता के पुजारी का बाना धारण किए हुए बैठा था। लोग आते थे तथा सिर झुकाकर माता को प्रणाम करते थे और थाल में कुछ पैसे डाल देते थे। भक्त बना व्यक्ति उसे टीका लगाता था। जो अंदर नहीं जाते थे, वे बाहर से ही सिर झुकाकर आगे बढ़ जाते थे।

हाँ, इतने दिनों की भूमिका के बाद विशाल देवी-जागरण हो रहा था। कुछ युवक मुझसे भी चंदा माँगने आए थे। मैंने पूछा था-'माइक पर रात-भर चिल्ला-चिल्लाकर क्यों लोगों की नींद हराम करते हो?'

'अरे! कैसे नास्तिक आदमी हैं आप, जो माताजी के विरुद्ध ऐसी बात कर रहे हैं!'

'नहीं, आप गलत समझ रहे हैं। मैं नास्तिक हूँ या आस्तिक, यह सोचना आप लोगों का काम नहीं है। हाँ, मैं दूसरों की आस्था का अपमान नहीं करता, माँ के विरुद्ध भी कुछ नहीं कह रहा हूँ।'

'आस्था का अपमान भी कर रहे हैं और माँ के खिलाफ भी बोल रहे हैं।'

'अच्छा बताइए, माँ में आपकी आस्था है?'

'हाँ, है क्यों नहीं? आस्था नहीं होती तो इतना बड़ा देवी जागरण क्यों कराते?'

'देखिए, आस्था लाउडस्पीकर पर नहीं बोलती, वह मौन होती है: और माँ भी सर्वज्ञा हैं, वे बहरी नहीं हैं कि इतने लोग मिलकर माइक पर चिल्लाते हैं और सुनिए, भगवान या देवी-देवता में सही आस्था आत्मा की शुद्धि के लिए होती है, लेन-देन के लिए नहीं। माँ रुपए-पैसे और खुशामद की भेंट नहीं चाहती हैं, वे तो माँ हैं, प्यार चाहती हैं, समर्पण चाहती हैं। आप यदि सच्चे भक्त हैं तो चुपचाप उन्हें अपने भीतर देख सकते हैं। लेकिन लोग तो उन्हें भी दुनिया की अफसर समझ बैठे हैं-चढ़ावा देकर बेटा, पैसा, मकान, नौकरी, तरक्की माँगते रहते हैं।

'आप झूठ कह रहे हैं।'

मैं मुस्कराया। बोला-'अपने पंडाल से उठता हुआ यह गाना सुन रहे हैं।'

उन्होंने गाने पर कान लगाया।

गाना बज रहा था-'मैया मैनूँ लाल बख्शी दे'।

'चलो जी, यह नास्तिक आदमी चंदा तो नहीं ही दे रहा है, ऊपर से बक-बक कर रहा है।'

वे चले गए। मैं मुस्कराता रहा-वाह रे भक्तो ! अरे कौन नहीं जानता कि लाला चंपत लाल को लॉटरी में दस लाख रुपये मिले हैं। वे देखते-देखते परचून के दुकानदार से सेठ हो गए। वे इस लॉटरी के इनाम को देवी का प्रसाद मानते हैं। उन्होंने पिछले वर्ष भी देवी-जागरण कराया था और प्रार्थना की थी—'हे मइया, लॉटरी का इनाम मिल जाए तो तुम्हारे इस भक्त का दुख-दलिद्दर दूर हो जाए'। उन्हें दुःख-दलिद्दर तो पहले भी नहीं था, अच्छी खासी दुकान चलती थी और ठगी में उनकी महारत अपने उत्कर्ष पर थी; लेकिन अब वे मालदार हो गए हैं।

लेकिन उन्हें एक बड़ा कष्ट यह है कि उन्हें चार बेटियाँ हैं, बेटा एक भी नहीं। अबकी बार बेटा प्राप्त करने के लिए देवी-जागरण करा रहे हैं। उन्हें विश्वास हो गया कि चढ़ावा चढ़ाकर माँ से जो माँगोगे, मिल जाएगा।

सो देवी-जागरण हो रहा है। हमारी गली पवित्र गीतों से गूँज रही है। गायक भक्तों की बहुत महँगी व्यावसायिक मंडली आई हुई है। फिल्मी तर्ज पर बने हुए भक्ति गीत उनके सोमरस-सिक्त कंठों से फूट रहे हैं और पूरी गली के लोगों की नींद रौंद रहे हैं। इम्तहान की तैयारी करते छात्र माथा पीट रहे हैं, दिन-भर की मजदूरी से टूटी हुई देह तड़प रही है, बुखार में तपते हुए लोग छटपटा रहे हैं। हां, जो लोग कीर्तन में शामिल हैं या जो इन गीतों को पवित्रकारी भक्ति-प्रसाद समझते हैं, वे अपनी पीड़ा में भी प्रसन्न हैं या कम-से-कम अप्रसन्न नहीं है।

शोर से लड़ते-लड़ते रात के अंतिम पहर में थोड़ी-सी नींद आ गई थी। एकाएक पत्नी ने जगाया—'अरे उठो तो, देखो सामने वाले मकान में लोग क्यों रो रहे हैं?'

मैं एक आशंका से कांप गया। उस घर में एक छोटा-सा बच्चा कई दिन से बीमार था। उसे कहीं कुछ हो न गया हो।

भागा-भागा वहाँ गया तो देखा, बच्चे की लाश जमीन पर रखी हुई थी और माँ छाती पीट-पीटकर रो रही थी। पिता गुमसुम बैठे थे। हमें देखते ही बिलख उठे—'कई दिन से बीमार था। रात बुखार काफी तेज हो गया। बेचैन होकर रात-भर कहता रहा—'पिताजी, इस शोर को बंद कराइए न। बड़ी बेचैनी हो रही है।' अब मैं यह शोर कैसे बंद कराता, आप ही बताइए। धर्म का मामला है।'

'हाँ, यह शोर धर्म का मामला बन गया है। इसे कोई कैसे बंद कराए!'

छाती पीट-पीटकर चीखती माँ की व्यथा सही नहीं जा रही थी। थोड़ी देर बाद

वहाँ से निकला तो सुना, भक्त शिरोमणि लोग चीख-चीखकर गा रहे थे-'मैया मैंनूँ लाल बख्शी दे'।

मुझे लगा कि चंपतलाल को देने के लिए यह बच्चा छीन लिया गया है। □

चिकित्सा

आज वह बहुत प्रसन्न था। घर आकर माँ के चरण छुए और बहुत उल्लास से उसके आगे दो हजार रुपये रखते हुए कहा-'माँ, यह तेरे बेटे की पहली अच्छी कमाई।'

'मुबारक हो बेटा!' माँ ने हँसते हुए कहा। माँ के चेहरे पर खुशी की वह तरंग नहीं दिखाई पड़ी, जिसकी कल्पना उसने की थी।

'माँ, तुमने इतने कष्ट सहकर अपने बेटे को डॉक्टर बनाया। अब तुम्हारे बेटे की अच्छी कमाई होने लगी है। मैं चाहूंगा कि अब तुम इस छोटी सी नौकरी से छुट्टी पा लो।'

'देखा जाएगा, बेटे। अभी तो मैं बहुत स्वस्थ हूँ।'

'माँ, स्वस्थ होने का सवाल नहीं है, सवाल प्रतिष्ठा का है। अब तुम्हारा बेटा बड़ा डाक्टर हो गया है। तुम्हारे आशीर्वाद से मेरा यश बढ़ने लगा है, मरीज बढ़ने लगे हैं, निरंतर आमदनी बढ़ रही हैं। अब अच्छा नहीं लगता कि तुम निम्न स्तरीय सरकारी स्कूल में सड़ती रहो। देखो न, तुम महीने-भर में जो कमाओगी, वह मैं एक दिन में कमा लूँगा।'

'बेटे, इसी निम्न स्तरीय स्कूल ने हमें सहारा दिया है, अस्मिता दी है। नहीं तो सोचो-तुम्हारे पिताजी के गुजर जाने के बाद हम कहाँ होते? यह शिक्षा की पहली भूमि है बेटे, यहीं बच्चों के चरित्र की बुनियाद पड़ती है। इसे पैसे के ख्याल से मत देखो। और पैसा? इसी के पैसे से तुम्हारी उस डाक्टरी की पढ़ाई हुई है, जिसकी कमाई पर आज तुम गर्व कर रहे हो।'

'माँ, मजबूरी की बात और होती है। मजबूरी में तूने जो किया सो किया, अब तो तुम्हारे आराम के दिन है। अब क्यों गंदे मोहल्लों में गंदे बच्चों के करीब फँसी रहो? उनकी गंदगी से न जाने कितने कीटाणु उड़कर स्वास्थ्य खराब करते हैं। आखिर तुम्हें वहाँ क्या मिलता है?'

माँ मुस्कराई। लगा जैसे दर्द से मुस्करा रही हो। बोली—'बेटे, बहुत कुछ मिलता है। और मुझे तो यह चुभ रहा है कि तुम मेरे बेटे होकर यह सब कुछ कह रहे हो। मैंने तुम्हें यह संस्कार तो नहीं देना चाहा था। तुम्हें इन गंदे गरीबों से इतनी घिन है

तो इनका इलाज कैसे करोगे?'

'इलाज की बात और है, माँ। ये मेरे यहाँ आएँगे तो भगा तो नहीं दूँगा। मुझे तो जो भी फीस देगा, उसका इलाज करूँगा।'

'मगर वे तुम्हारी फीस कहाँ से दे पाएँगें? इसलिए वे वैसे भी तुम्हारे पास नहीं आएँगे।'

'ठीक कहती हो, माँ।'

'हाँ, लेकिन तुम ठीक नहीं कह रहे हो।'

'क्या, माँ?'

'वही, जो तुम कह रहे हो। जानते हो, इस देश में कितनी बड़ी संख्या है इन अभागों की? क्या उच्च शिक्षित लोगों का इनके प्रति कोई दायित्व नहीं होता? डॉक्टर इनका इलाज न करें, वकील इनका केस न लड़े, शिक्षक इन्हें पढ़ाएँ नहीं, नेता और अफसर इन्हें अपने पास न फटकने दें, पुलिसवाले इन्हें कीड़े-मकोड़ों से बदतर समझें तो इनका क्या होगा? पैसे वाले इन्हें गरीबी और गंदगी में झोंककर सारी सुख-सुविधाओं पर कुंडली मारे बैठे हैं। आखिर यह कब तक चलेगा? क्या इनके घावों पर फाहा रखने का दायित्व हम लोगों का नहीं होता?'

'वाह माँ, तुम तो कवि हो गई हो। लेकिन आज कविता से काम नहीं चलता। और जिन्हें तुम गरीब कह रही हो, उनकी झुग्गियों में जाकर देखो, वहाँ क्या नहीं हैं!'

'देखा है, देखा है। झुग्गियों में जाकर तो नहीं देखा है, लेकिन स्कूल में झुग्गियों की व्यथा-कथा रोज देखती हूँ। और बेटे, इतनी स्थूल दृष्टि से दुनिया को मत देखो। तुमने कुछ झुग्गियों में रेडियो, टी.वी., आदि देख लिए तो समझने लगे कि वे बहुत अमीर हो गए। अरे, ये जो जिंदगी जीते हैं, उसका जहर कुछ कम करने के लिए ये चीजें साधन हैं, ऐसा क्यों नहीं समझते? क्या उनके इतने छोटे से सुख से ऊँचे लोगों को जलन होने लगी और वे समझने लगे कि उनकी सारी समस्याएँ हल हो गईं? तुम मेरे पुत्र हो और मैं चाहती हूँ कि तुम बीमारों को केवल डाक्टर की दृष्टि से मत देखो, मनुष्य की भी दृष्टि से देखो।'

'ठीक है माँ, तुम्हारा बेटा हूँ, तुम्हारा आदेश सिर-माथे।'

'आदेश? आदेश से तुम अभागे लोगों की सेवा करोगे? या उससे तुम्हें आत्मिक तृप्ति मिलेगी?'

'माँ, तृप्ति का क्या प्रश्न है? सच बात तो यह है कि लोगों को वास्तविक तृप्ति अब पैसे से ही मिलती है-कोई कहे या न कहे। हर नौकरी, हर पेशा इसी तृप्ति को खोजता है। यदि यह तृप्ति मिलती है तो सेवा भी अच्छी लगती है। तुम्हारा आदेश है तो गरीबों से कुछ कम पैसे लिया करूँगा।

'बड़ी कृपा करोगे, बेटे! और देखो, तृप्ति भी पैसे से नहीं होती, पैसे तो और अतृप्ति पैदा करते हैं। उससे थोड़ा मुक्त होकर कभी देखना, शायद आत्मतृप्ति का

अनुभव हो जाए। नौकरी नौकरी होती है, पेशा पेशा होता है और आत्मतृप्ति आत्मतृप्ति होती है।'

बेटा हँसा। बोला—'माँ आँ आँ! आज तुम्हें क्या हो गया है? तुम किस तृप्ति की बात कर रही हो?'

'बेटा, आज तुम्हें तृप्ति इस बात की हो रही है कि तुमने आज मरीजों से दो हजार रुपये प्राप्त किए और मुझे तृप्ति इस बात की हो रही है कि मैंने आज एक अभागे छात्र के लिए दो रोटी का इंतजाम कर दिया। सुनोगे, आज मैं जिस तृप्ति से गुजरी हूँ?'

'सुनाओ, माँ?'

'तुमने कहा था न कि सरकारी स्कूल में बहुत गंदे बच्चे आते हैं। हाँ, सचमुच बहुत गंदे आते हैं। मेरी नौकरी तो कहती है कि उन्हें जो पढ़ा सकती हो, पढ़ाओ। पाठ याद न करके आने पर या कक्षा में प्रश्नों के उत्तर न देने पर उन्हें पीटो और आजिज आकर उन्हें गालियाँ दो-'जाओ नरक के कीड़ो, नरक में ही जाओ, पढ़ाई-लिखाई तुम्हारे वश में नहीं'। और अपनी तनख्वाह लो, मस्त रहो। काफी लोग ऐसा ही करते हैं। लेकिन पता नहीं, बेटा क्यों, तुम्हारी यह माँ उनकी गंदगी और उसके भीतर छिपी हुई गरीबी तथा लाचारगी देखकर थर्रा उठती है। उनके चेहरों पर सदियों से पुती हुई उदासी और आँखों में लिखा हुआ डर का सन्नाटा देखती है तो जी न जाने कैसा-कैसा होने लगता है। मैं सोचती रहती हूँ कि न जाने कितनी सीमाओं और दिमागी जकड़बंदी से निकलकर ये अभागे नई राह पर चलने के लिए निकले हैं। शायद कुछ बन जाएँ। इनके लिए हम केवल शिक्षक नहीं होते, इनके अभिभावक भी होते हैं, इनकी अँगुली पकड़कर इन्हें कुछ दूर तक ले चलना है, ताकि ये बीच ही में कहीं गिर न पड़े।'

'तो माँ!' बेटे ने मुस्कराते हुए कहा।

'बेटे, अब बीच में टोको मत, मैं कोई कहानी नहीं, बल्कि जीवित व्यथा सुना रही हूँ। हाँ, तो आज कुछ लड़के एक लड़के को पकड़कर ले आए। वह छटपटा रहा था। 'क्या है? इसे क्या हुआ है?' मैनें पूछा, तो वे बोले—'मैडम, इसके पेट में दर्द हो रहा है।'

'मैं अपने साथ हमेशा कुछ दवाएँ रखती हूँ। मैंने उसे अपने पास बैठाया। यह मेरा खाली घंटा था। उसे पेटदर्द का एक टेबलेट दिया और बोली—'बेंच पर आराम से लेट जाओ।' मैंने देखा, उसका दर्द बढ़ता ही जा रहा था। मैंने डाँटकर पूछा—'सुबह ऐसा क्या खा लिया था रे, कि इतना भयानक पेटदर्द शुरू हो गया? क्यों अंड-बंड चीजें खा लेते हो?'

'वह चुप रहा तो मैंने डाँट कर पूछा—'बोलता क्यों नहीं रे?'

'सहमते हुए उसने कहा-'मैडम, कल शाम से ही मैंने कुछ नहीं खाया।'

'क्यों?'

'घर में खाने को कुछ था ही नहीं।'

'मैं स्तब्ध रह गई। मैंने सोचा, जहाँ रोटी चिकित्सा हो वहाँ दवा क्या काम करेगी? चपरासी को पाँच का नोट देकर कहा-'इसके लिए कुछ केले और डबल रोटी ले आओ।'

'लड़के ने कुछ खाया। धीरे-धीरे उसके पेट का दर्द शांत हो गया और उसके चेहरे पर एक हँसी उग आई।

'अब जाओ बेटा क्लास में।' कहकर उसे भेज दिया; लेकिन मैं देर तक मर्माहत बैठी रही। आँखों में आँसू आ गए थे।'

उसे लगा कि फिर रो पड़ेगी, इसलिए उसने दूसरी ओर मुँह फेर लिया।

'अब बताओ, बेटे ··· ' उसने मुँह फेरकर बेटे से कुछ पूछना चाहा, किंतु देखा कि वह तो वहाँ से उठ गया है और मुँह फेरकर आकाश में कुछ देख रहा है।

□

गोहत्या

मैं अपने नवनिर्मित मकान में आया ही आया था। सवेरे-सवेरे घर के सामने टहल रहा था।

'धोंय धोंय··· '

देखा, सब्जी वाला एक गाय को लाठी से पीट रहा है और गाय अपने मुँह में सब्जी दबाए हुए इधर-उधर भाग रही है।

मैंने कहा—'अरे भाई, क्यों बेरहमी से पीट रहे हो? आखिर गाय है। गाय माँ की तरह होती है।'

'अरे बाबू, इसने बहुत नाक में दम कर दिया है। कई-कई बार न जाने किधर से निकल आती है और झपाटे से सब्जी मार ले जाती है और यह एक नहीं हैं, कई-कई हैं। और जिसे दूध दे रही है, उसकी माँ होंगी, हमारी तो रोटी ही छीन ले रही है।'

'वैसे किसकी गाय है यह? कहीं लावारिस तो नहीं?'

'अब पता नहीं बाबू। कई-कई हैं, पता नहीं किस-किसकी हैं! वैसे लावारिस नहीं हैं। लोग दूध दुहकर छोड़ देते हैं कि जाओ-खाओ-कमाओ और ये सड़क पर खाती-कमाती घूमती हैं। वैसे तो गाय तो शायद पुजारी महाराज की है।'

'पुजारी जी महाराज कौन?'

'अरे वही, जो मंदिर के पुजारी हैं।'

'अरे वे तो बड़े धार्मिक व्यक्ति हैं। सवेरे-सवेरे गाय को गुदगुदाते हैं। उस गुदगुदी से गाय पेशाब करने लगती है। पंडित जी अँजुरी रोपकर पेशाब पीने लगते हैं।' मेरे पास खड़े एक व्यापारी ने कहा।

'अच्छा, इसका पेशाब पीते हैं?' सब्जी वाले ने चौंककर पूछा।

'अरे हाँ भाई, इसमें चौंकने की क्या बात है? गाय का पेशाब तो पवित्र होता है, उसे पीकर लोग शुद्ध हो जाते हैं।' व्यापारी का उत्तर था।

'ऐसा!'

'हाँ, और इतना ही नहीं, स्वास्थ्य के लिए भी यह बहुत लाभदायक है।'

व्यापारी ने अपना वैज्ञानिक ज्ञान व्यक्त किया।

'अरे बाबू, कुछ भी हो, लेकिन है तो पेशाब ही न। वह कोई पीने की चीज है?'

मैं हँसने लगा—'तुम बहुत ठीक कहते हो, भाई; लेकिन जो लोग पीते हैं उनसे उनका स्वाद पूछो। वे तो कहेंगे कि अमृत पी रहे हैं।'

व्यापारी जी चुपचाप सरक गए थे।

देखा, गाय कुछ दूरी पर खड़ी सब्जी चबाकर निगल रही थी और उसके शरीर पर लाठी की धारियाँ पड़ी हुई थीं।

मुझे बहुत दया आई। सब्जी वाले को डाँटकर कहा—'देखो तो, इस बेचारी के शरीर पर कितनी धारियाँ पड़ गई हैं।'

'मैं क्या करूँ, बाबू, गाय को मारना अच्छा लगता है क्या? पहले तो बहुत परहेज किया, लेकिन यह बड़ी ढीठ है, बिना मार खाए भागती ही नहीं। और अजब बात यह देखिए कि दूध पीते हैं पुजारी जी महाराज, उसका व्यापार करते हैं पुजारी जी महाराज और पालन-पोषण करते हैं दूसरे लोग। मेरी एक किलो सब्जी का मतलब होता है बीस रुपए।'

'क्या वे दूध बेचते भी हैं?'

'हाँ, मेरे पड़ोसी के बच्चे के लिए वहीं से दूध आता है।'

मुझे लगा कि गाय को प्यार से सहलाना चाहिए। मैं उसकी ओर बढ़ा, किंतु उसने फुफकारकर सींग तान लिये। मैं हट आया—बाबा रे बाबा! यह तो गुस्से में है।

तब तक देखा, दूसरा सब्जी वाला दूसरी गाय को खदेड़ता हुआ आ रहा है और उस पर डंडे बरसा रहा है।

यानी गायों के आने, भागने और डंडों के गिरने की एक लय बनी हुई है।

तब तक देखा कि कैसेट में गो-महिमा का गीत बजाती हुई एक छोटी-सी बैलगाड़ी चली आ रही है। बैलगाड़ी को छोटा-सा बैल खींच रहा है और गाड़ी को तीन ओर से रंगीन परदे से ढककर पीछे से खुला छोड़ दिया गया है। उसमें कुछ देवी-देवताओं की मूर्तियाँ हैं। पीछे-पीछे एक छोटी-सी गाय चली आ रही है, जिसकी पीठ पर खुरदार छोटा सा पैर उगा हुआ है। साथ-साथ संन्यासी वेश में दो आदमी चले आ रहे हैं।

गाड़ी मेरे पास आ खड़ी हुई।

'क्या है, भाई?'

'गाय माता का दर्शन कीजिए।'

'सो तो कर रहा हूँ। देखिए, हमारे सामने कितनी गायें खड़ी हैं, उन्हें भी देख रहा हूँ।'

'अरे, यह सुरभी गाय है, धर्मात्मा।'

'हाँ, सो तो देख रहा हूँ कि इसका शरीर विकृत है।'

'विकृत कह रहे हैं आप! अरे, वेदों में लिखा है कि ऐसी गाय देव गाय होती है,

उसके दर्शन से पुण्य-लाभ होता है।'

'तो आपको तो हो गया होगा, फिर उसे घुमाते क्यों घूम रहे हैं? और किस वेद में कहाँ लिखा गया है, जरा मैं भी तो जानूँ?'

'देखिए, आप नहीं समझ रहे हैं ··· ।'

'मैं सब समझ रहा हूँ। आप आगे बढ़िए और किसी और को धर्म के नाम पर उल्लू बनाइए।'

वे लोग आगे बढ़ गए। न जाने कितनी गालियाँ दे रहे होंगे।

मेरे मकान के आसपास कई मकान बन रहे थे। प्लाटों के सामने सड़क पर रेत गिरी हुई थी। गायों के झुंड रेत पर रात्रि-विचरण करते थे। सुबह-सुबह आसपास गोबर-ही-गोबर दिखाई पड़ता था। अलख सुबह उठकर वे गायें शायद अपने मालिकों के यहाँ चली जाती थीं। दूध दुहाकर उन्हें याद आता था कि लोगों के घरों से रोटी वसूलना तो रह ही गया। फिर वे बारी-बारी सिर हिलाती आती थीं और हर दरवाजे पर खड़ी हो जाती थीं और रोटी की उगाही करके सरक जाती थीं। गाय को बासी रोटी देकर लोग तृप्त हो जाते थे और समझ लेते थे, सुबह-सुबह एक पुण्य का कार्य उनके खाते में जुड़ गया है। गाय के गोबर को भी लोग पवित्र मानते हैं, इसलिए सड़क पर बिखरे हुए गोबर से किसी को शिकायत नहीं थी। अभी इस मोहल्ले में सफाई की कोई व्यवस्था नहीं थी, अतः फैले या फैलते हुए गोबर से दुर्गंध उठती थी। मैंने कई बार लोगों से कहा भी कि इसका कोई प्रबंध होना चाहिए। लोगों ने इसे हल्केपन से लिया। इसके कई कारण हैं—एक तो गली में अधिकांश व्यापारी लोग हैं, जिन्हें सड़क पर हो रहे किसी व्यापार को देखने की फुरसत नहीं। दूसरे, सौंदर्यबोध की अपेक्षा उनका अर्थबोध अधिक सजग रहता है। आसपास की दुनिया कितनी सुंदर-असुंदर है, इसकी चिंता उन्हें नहीं होती। चिंता इस बात की होती है कि इस दुनिया से वे कितना कमा सकते हैं। तीसरे, वे धर्म को जीते नहीं, उससे (बल्कि उसके बिजूके से) डरते हैं।

गोबर अपने आप सूखता रहा, फैलता रहा। धर्मपरायण लोग आसानी से उसके बीच जीते रहे; लेकिन मेरा तो जीना मुश्किल हो गया और तब तो हद हो गई, जब ये गाय माताएँ मेरे पेड़-पौधों का विध्वंस करने लगीं। घर के आगे की थोड़ी-सी जमीन तार से घेरकर उसमें कुछ फूल और पेड़-पौधे लगा रखे थे। उनमें एक था हरसिंगार का पेड़। इस बरसात में वह खूब प्रफुल्ल होकर बढ़ा था। मुलायम पत्तों से भरी उसकी डालियाँ हुलसकर बढ़ और फैल रही थीं।

मैं बहुत प्रसन्न था कि इस शरत् में यह फूलेगा। महीना-भर तक सुबह-सुबह उसके फूलों की बारिश होगी और उसकी खुशबू में नहाऊँगा। फूलों को अँजुरी में भरूँगा, उन्हें अपने कमरे मे सजाऊँगा और उनके माध्यम से एक खुशनुमा शरत् को जी लूँगा।

किंतु गाय माताएँ आते-जाते हरसिंगार की डालियों की ओर लपकने लगीं। उन्हें ठूँठ करने लगीं। कभी देखता था तो हाँक देता था। कभी नहीं देखता था तो वे इत्मीनान से चबाती थीं। मन तकलीफ से भर उठा। तार के बाहर की ओर फैलती डालियों को रस्सी में बाँधकर अंदर की ओर मोड़ दिया था। फिर भी, एक दिन सुबह-सुबह मैं टहलकर आ रहा था तो देखा, पुजारी जी की गाय दोनों टाँगें उठाकर हरसिंगार की डालियों को पकड़ने की कोशिश कर रही थी। मुझे भयानक गुस्सा आ गया। पास ही पड़ा एक डंडा लेकर उसे खदेड़ने लगा। दो-चार डंडे लगा भी दिए। वह सब्जी वाले की ओर भागी, मैं पीछे-पीछे।

फिर रुक गया। हाँफने लगा।

'क्या हुआ, बाबूजी?' उसी सब्जीवाले ने पूछा।

'अरे, यह ससुरी मेरे फूलों और पेड़ों का नाश कर दे रही है।'

'अरे बाबू, तो क्या हुआ? गाय तो माँ की तरह होती है न! और फूल'पत्ता ही खा रही थी न, कोई साग-सब्जी नहीं न!'

वह मुस्करा रहा था। मुझे लगा कि वह व्यंग्य से मेरे उस दिन का जवाब दे रहा है।

'देखो, तुम्हें दुनिया में सब्जी ही सब कुछ दिखाई पड़ती है। तुम क्या जानो, इन फूलों और पेड़ों का महत्त्व क्या है!'

मैं चला आया, किंतु अनमन-सा हो उठा। सोचने लगा, गाय भी तो पशु ही है न! और पत्ते खाना तो इनकी आदत है। इसमें इनका क्या कसूर है? कसूर जिसका है उससे तो हम लोग कुछ कहते नहीं। इन निरीह पशुओं पर अपना गुस्सा उतारते हैं।

कुछ दिन बाद ऑफिस से आ रहा था तो देखा, सड़क पर भीड़ जमा है, पास गया तो ज्ञात हुआ कि पुजारी जी की गाय मर गई है। उसके मुँह से इतना झाग निकला हुआ है। लोग तरह-तरह के अनुमान लगा रहे हैं—किसने मारा होगा? कौन हो सकता है? गाय की हत्या जैसा जघन्य पाप किसने किया होगा। लगता है, किसी ने जहर दिया है। पता लगाकर उस आदमी को हत्या का दंड देना चाहिए।

लोग चुप थे। पुजारी जी की आँखों में आँसू थे। मैंने कहा—'मैं जानता हूँ, किसने हत्या की है इस गाय की।'

'किसने की है?' लोग चौंककर बोले।

मैं चुप लगा गया। फिर लोग बोले—'बताइए न, किसने की है?'

'जिसकी गाय है, उसने की है।'

'गाय तो पुजारी जी की है।'

'मैं नहीं जानता किसकी है, परंतु जिस किसी की हो।'

'अरे, इतने बड़े धर्मात्मा व्यक्ति अपनी ही गाय की हत्या करेंगे? आप कैसी फालतू बात कर रहे हैं।'

'करेंगे नहीं, की है। इनसे पूछिए कि अपनी गाय को दुहकर सड़क पर आवारा की तरह क्यों छोड़ देते थे? गाय किसी का कुछ नष्ट कर रही है, किसी का कुछ। कभी इधर लाठी खा रही है, कभी उधर। अरे, यह तो कई बच्चों को पटक चुकी थी। पुजारी जी को शाम को अपनी गाय पर बरसी लाठियों के निशान नहीं दिखाई पड़ते थे?'

'अरे, आप कैसी नास्तिकों जैसी उल्टी-सीधी बातें कर रहे हैं? गाय माता है। किसी का कुछ खा लिया तो इसका मतलब तो नहीं कि उसकी हत्या कर दी जाए। यह तो घोर अधर्म है।'

'मैं भी इसे समझता हूँ। लेकिन क्या धर्म यह है कि माता का दूध पीकर उसे लाठियाँ खाने के लिए घर से बाहर हाँक दिया जाए? किसने यह क्रूर हत्या की, यह तो पता नहीं, किंतु उस बेटे का तो पता है न, जो अपनी माँ की हत्या का जिम्मेदार है-वह भी पुजारी बनकर।'

मुझे लगा कि लोगों को मेरा तर्क कड़वा लग रहा है और मन-ही-मन मुझे कोस रहे हैं। वे कभी भी भड़क सकते हैं।

मैं वहाँ से धीरे-धीरे लौटने लगा। पीछे सुना, एक आवाज उठ रही थी-

'अजीब ऊलजलूल बात करता है यह आदमी। बहुत अधार्मिक लगता है।'

इच्छा हुई, पलटकर कहूँ—'मेरी बात आपकी समझ में नहीं आएगी, बंधु! जाइए, डाँड़ी मारिए और धर्म के नाम पर चींटी को आटा और गाय को जूठी रोटी खिलाइए।'

□

एक कहानी लगातार

'चकबंदी' हो रही है। सुनकर लोगों में उत्तेजना आ गई थी। पैसे वाले सजग हो गए थे पैसे लेकर और बिना पैसे वाले सजग हो गए थे निवेदन लेकर। पैसे वालों को चिंता थी कि कैसे दूसरों के अच्छे खेत हड़प लिये जाएँ और बिना पैसे वालों को चिंता थी कि कैसे वे अपने खेत बचाएँ रखें।

मिस्टर भानु कुमार ए.सी.ओ. होकर आए थे। बाबू साहब की छावनी पर रुके थे। उनके यहाँ दस-दस बजे रात तक लोगों की भीड़ जमा रहती थी। हर आदमी सोचता था कि भीड़ छँटे तो वह अपनी बात कहे; किंतु एक-दूसरे के डर से कोई भी उठने को तैयार नहीं होता था। मिस्टर भानुकुमार विनोदी स्वभाव के थे। वे अपने यहाँ जमा भीड़ का मजा लेते रहते थे। लोगों को आपस में टकराकर उनके ठेठ देहाती संवादों का लुत्फ उठाते रहते थे। सबको लगता था कि ये जनता के बीच के ही आदमी हैं। इन तक सबकी पहुँच आसान है। इनके दरबार में सभी लोग एक साथ ही होते हैं, फिर इन्हें घूस देकर काम कराने का सवाल ही नहीं उठेगा।

लेकिन जब चकबंदी होने लगी तो धीरे-धीरे सबको ज्ञात होने लगा कि सबसे अच्छे चक तो पैसे वालों को मिल रहे हैं और बची-खुची जमीन गरीबों पर फेंक दी जा रही है। आपस में पैसे की दौड़-प्रतिस्पर्धा शुरू हो गई। जो पैसे नहीं दे सकते थे, वह खुद दौड़ने लगे। आपत्तियों पर आपत्तियाँ दर्ज होने लगीं। मुकदमे शुरू हो गए। पूरा वातावरण गरम होकर बजबजाने लगा। मिस्टर भानु कुमार का दरबार उसी तरह चलता रहा, हँसी-मजाक का दौर उसी तरह बरकरार रहा।

उस दिन भानु कुमार के आमंत्रण पर उनका बी.ए. का सहपाठी मित्र अमित आया हुआ था। वह भी दरबार में शामिल हो गया। उसने पूछा—'भाई, यह सब क्या है?'

'अरे पूछो मत, यार! बहुत बीहड़ इलाके से पाला पड़ा है। कोई भी निर्णय लो, खैर नहीं। निर्णय से पहले आपत्तियाँ दाखिल हो जाती हैं। हर आदमी स्वार्थी है; चाहता है, अच्छे खेत उसी को मिलें। मैं भला क्या करूँ! जो खेत हैं, उन्हीं में से न चक बनाए जाएँगे।'

अमित हँसा। बोला—'तो भी तुम हँसी-मजाक का मजमा लगाए हुए हो।'

'हाँ यार, इस देहात में और कोई मनोरंजन तो है नहीं, यही सही।'

अमित गंभीर हो गया। उसका कॉलेजी आदर्शवाद अभी सुरक्षित था। वह अपने मित्र भानु को अच्छी तरह जानता था। इसे जनता मनोरंजन का साधन लग रही है। उसकी दृष्टि दरबार के पीछे की ओर एकदम चुपचाप लुटे-लुटे से बैठे एक गरीब आदमी पर टिकी हुई थी। वह सोच रहा था, जरूर इसके साथ कुछ अघटित घटा है। आखिर वह उस आदमी से पूछ ही बैठा—'तुम्हारा क्या नाम है, भाई?'

लोगों ने घूमकर उसकी ओर देखा और एक आदमी बोला—'अरे, इसका नाम बुधई है, सरकार। यह बहुत अच्छी कहानियाँ सुनाता है।'

'जरूर सुनाता होगा,' उसने सोचा। इतना दु:खी आदमी ही कहानियाँ सुनाता है।

'सुना न, बुधई, सरकार को कोई कहानी।'

बुधई ने नकार के भाव से सिर हिला दिया।

'अरे रोज तो सुनाता है, आज क्या हो गया?' भानु ने कहा।

'सरकार कह रहे हैं तो सुनाना ही पड़ेगा।' बुधई ने सोचा। फिर बोला—'ठीक है सरकार, आपके दोस्त आए हैं तो सुनाना ही पड़ेगा।'

सभी लोग सावधान हो गए। बुधई की आवाज उभरी-

'एक मदारी था, सरकार! उसके पास एक बंदर था और एक बकरा था। मदारी रोज शहर जाया करता था, खेल दिखाने के लिए।'

'हाँ भाई, कौन-सा खेल दिखाता था?' कोई बोला।

'उस खेल में बंदर साहब बनता था और बकरा एक गरीब आदमी। बंदर कुरसी पर बैठता था और बकरा उसके सामने आगे के दोनों पाँव उठाकर सलाम बोलता था, कभी उसके पाँवों में सिर डालकर नीचे बैठ जाता था। बंदर कभी-कभी उसकी पीठ पर सवार होकर दर्शकों के बीच घूमता था।' इतना कहकर बुधई ने अमित की ओर देखा कि सुन रहे हैं न।

'हाँ भाई, सुन रहा हूँ, आगे सुनाओ।' अमित ने कहा।

'तो सरकार, मदारी के गाँव और शहर के बीच एक जंगल पड़ता था। वहाँ नदी के किनारे एक पेड़ के नीचे वह सुस्ताता था और साथ ले गया हुआ खाना खाता था। उस दिन वह अपने साथ चूरमा ले गया था। उस पेड़ के नीचे पहुँचकर अपना सामान उतार दिया और सोचा, नदी में नहा-धोकर आएगा। तब चूरमा खाएगा। वह चला गया तो बंदर के मुँह में पानी आ गया। वह सारा चूरमा खा गया और बचा-खुचा भाग बकरे के मुँह पर मल दिया। नदी से लौटकर मदारी ने चूरमा खाना चाहा तो देखा, वह तो सफाचट हो गया है। बकरे के मुँह पर उसके चूरन देखकर उसने उसी को अपराधी मान लिया और उसे डंडे से पीटने लगा। बकरा बेचारा भूखे पेट मार खाता हुआ इधर-उधर भागता रहा और सारा चूरमा हड़पकर बंदर मन ही मन हँसता रहा।'

बुधई चुप हो गया तो किसी ने पूछा—

'फिर क्या हुआ?'

'फिर कुछ नहीं हुआ, जो उस समय हुआ वही चलता रहा—आज तक चल रहा है।' अमित ने कहा।

कुछ देर तक चुप्पी छाई रही।

'बहुत अच्छी कहानी है, बुधई।' भानुकुमार ने झेंपते हुए कहा। फिर तो दूसरों ने कहा—' हाँ सरकार बहुत अच्छी कहानी है।'

'हाँ भाई, कहानी तो अच्छी ही होगी ही। आखिर हमारे अपने पूर्वज की बुद्धिमानी की कहानी है।' कहकर अमित उठ खड़ा हुआ और भानुकुमार से बोला—'भई, बहुत रात हो गई है, अब क्या इरादा है?'

□

हद से हद तक

चलते-चलते वह बायीं ओर के मकान के सामने रुकी, जेब से सिगरेट और दियासिलाई निकाली और सिगरेट जलाकर मुंह से लगा लिया। दूर उसका बाप खड़ा था, उसने गुस्से से मुंह फेर लिया। वह अब सिगरेट पीती नहीं थी, केवल बाप के लिए दो-एक सिगरेट जेब में रखती थी। बाप हरामजादा, वह मुस्करायी, आगे चल दी। खिड़की में से झांकती हुई मां की आंखें दिखाई दीं। वह एक पल रुकी, हाथ जोड़े और आगे बढ़ गयी।

वह रोज इस रास्ते से गुजरती थी। कहीं बरतन मांजती थी। वह गुजरती थी कि इसी बहाने मां से भेंट हो जायेगी, जिस दिन बाप नहीं होता था, उस दिन मां उसे देखते ही इशारा करती थी। इशारा पाते ही वह आगे बढ़ जाती थी और थोड़ी देर बाद मां निकलकर चौराहे पर पहुंच जाती थी। उसका हालचाल पूछती थी और कुछ होता था तो उसे चुपके से दे देती थी। वैसे उसके पास होता ही क्या था? उसकी बड़ी इच्छा होती थी कि उसे घर बुलाये, चाय पिलाये, लेकिन बड़ी बेटी जो थी। बाप के आते ही लगा-बुझा देती थी और बाप उसकी कुटम्मस करने लगता था। बेटी नहीं, वह उसकी सौत थी।

एक दिन चौराहे पर झाड़ी की आड़ में मां उससे बातें कर रही थी कि बाप कहीं से पहुंच गया। इन्हें बात करता देख रुक गया और लड़की से बोला, "क्यों री कुतिया, तू फिर इधर आने लगी?"

"खबरदार, मुझे गाली मत दो। मैं तुम्हारी कोई लगती नहीं हूं और यह तुम्हारा घर नहीं है, सड़क है। इस पर आने-जाले से तुम्हारे फरिश्ते भी नहीं रोक सकते।"

बाप तिलमिलाकर रह गया और अपनी बीवी को वहीं से घसीटता और मारता घर की ओर ले गया, "हरामजादी, बेटी का मोह अभी नहीं छूटा, जैसी तू वैसी बेटी। घर का सामान चुरा-चुराकर इसके पास पहुंचाती है।"

वह खड़ी सोचती रही—पिटती हुई मां गाय की तरह डकारती हुई चली जा रही थी, मां और वह, वह और मां, दोनों ने इस घर में पिटने के सिवाय क्या पाया है?

इसलिए जब वह दरवाजे से गुजरती है, तब मां कमरे में से चुपचाप झांकती रहती

है और वह आंखों-आंखों में या हाथ जोड़कर मां को प्रणाम कर लेती है और बाप को देखते ही सिगरेट पीने लगती है।

वह आगे बढ़ी तो कहीं से बड़ी बहन आते दिखाई पड़ी। आहा, आज तो सजी-संवरी है—हिजड़ा लगती है। साली जवानी में ही बूढ़ी हो गयी। दिन-रात बाप के लिए मशीन की तरह काम करेगी और बाप को धन्ना सेठ बनने की इच्छा है। साला बाप है कि कसाई··· लड़कियों के बलबूते पर अमीर बनने का सपना देखता है। यह कभी सोचा ही नहीं कि लड़कियां मशीन नहीं, आदमी हैं, उनका अपना सुख-दुख है। उन्हें बाप के साथ-साथ मरद भी चाहिए। उन्हें रोटी के साथ-साथ और कुछ चाहिए, लेकिन यह बाप तो बस धनी होना चाहता है। खुद मशीन बन गया है और बीवी और बेटियों को भी मशीन बनाना चाहता है। बड़ी बहनजी तो मशीन बन गयीं, इसलिए उनका मान-सम्मान है। वे ही मालकिन हैं, वे जो चाहती हैं, खाती-पीती हैं और जवानी में बूढ़ी होती जाती हैं।

बड़ी बहन के पास आते ही उसने सिगरेट का धुआं मुंह में से छोड़ा, जो बड़ी बहन के मुंह से टकरा गया।

"छिनाल कहीं की!" बड़ी बहन बुदबुदायी और वह हंसती हुई आगे बढ़ गयी।

छिनाल ही सही, अब तो मैं आजाद तो हूं। तेरी तरह बाप और मशीन की गुलाम तो नहीं बन गयी हूं। साली, बड़ी बहन बनकर सारा रास्ता ही बिगाड़ दिया। बैठ गयी बाप की दासी बनकर। घर में न राग न रंग, न कहीं जाना न आना। न होली मनाना न दिवाली, न कोई उत्सव न जलसा। बस काम-काम और बाप को खाली पैसे चाहिए, बेटी की शादी की चिंता ही नहीं। अब जब पैसे हो गए तो बापजान को बेटी की शादी की चिंता हुई है। अब यह बुढ़िया अच्छे कपड़े और गहने पहनकर घूमती है। कई लोग आए और मुंह बिचकाकर चले गये। हुंह, आयी है शादी करने।

वह धीरे-धीरे चलती रही, फिर पार्क में जाकर बेंच पर बैठ गयी, कहां जाये? अभी से घर लौटकर क्या करेगी? घर वह घर के नाम पर मुस्करायी। वाह रे घर! पिता का घर, पति का घर, होटल का घर, फिर एक घर, लेकिन उसका घर कहां है? सुना था कि पति का घर ही औरत का घर होता है। तभी तो उसने बाप से विद्रोह किया, बड़ी बहन के आदर्श रास्ते से विद्रोह किया और पति के घर की इच्छा मन में बसाये हुए बाप से पिटती रही, बहन से पिटती रही, लेकिन मां भी तो एक मरद की औरत ही है! कहां मिला उसे घर? उसे लगा, मां चिल्ला रही है। बाप और बहन उसे बांधकर मार रहे हैं, घसीट रहे हैं, और छोटी बहन टुकुर-टुकुर देख रही है। वह सीधी है, लेकिन वह भी बड़ी बहन के रास्ते पर है, इसलिए उसे भी प्यार मिलता है, लेकिन ठंठा गाय बनती जा रही है।

उसने बड़ी बहन के रास्ते पर चलना नामंजूर कर दिया। उसे पढ़ने की इच्छा थी, लेकिन पढ़ने नहीं दिया गया। उसे मशीनी काम में जोता जाने लगा। उसने इनकार कर

दिया। उसे इच्छा थी, एक जिंदगी जीने की–औरत की तमाम इच्छाओं के साथ जीने की। बाप और बहन उसे किसी काम पर लगाते तो वह थोड़ा-बहुत करके अलग हट जाती और छत पर खड़ी होकर लोगों को आते-जाते देखती रहती। वह सुन्दर नहीं है बल्कि, कुरूप कहा जा सकता है–काली-कुरूप। उसकी ओर कोई निगाह नहीं उठाता। लेकिन वह सुन्दर जवान लड़कों को सामने से जाती देखती तो उसके भीतर तूफान उठ खड़ा होता। इच्छा होती उसे बुलाये और छाती में दबाकर तोड़ दे। शायद उसके चेहरे पर एक मुस्कान खिंची होती, लेकिन जब कोई उसे यों हंसते देखता तो घबराकर आगे बढ़ जाता या नफरत से थूक देता।

"क्या वह बुरी बात है?" बार-बार सोचती और टूटती जाती।

कई बार उसे इस हालत में बहन ने देख लिया। पीटा और बाप से कहा। फिर क्या था–उसे बांधा गया और जानवर की तरह पीटा गया। बार-बार पीटा गया। भरपेट खाना न उसे मिलता था, न मां को। फिर आये दिन पिटाई ऊपर से होती थी। मां बोलती थी तो उसे भी घसीटकर मारा जाता था। उसे भी भूखा रखा जाता था।

कितना मन होता था कि वह भी होली में रंग खेले, दीवाली में दिये जलाये, पड़ोसियों की शादियों में जाये और नाचे-गाये लेकिन इस मातमी घर में किसी चीज की छूट नहीं थी। बस, मशीन चलाओ और पैसे बटोरो। और गाहे-बगाहे पड़ोसियों से झगड़ा करो।

साला बाप ऊंची जाति का बनता है। उसने भी उसकी ऊंची जाति खूब निकाली। भाग गयी एक छोटी जाति के आदमी के साथ। उसके लिए क्या ऊंची जाति, क्या छोटी जाति! वह उसके पागलपन के दिन थे। भीतर से बाहर तक अपनी जवानी की आग में जल रही थी। कोई सहारा नहीं मिलता था। जिसकी ओर प्यार से देखती, वही थूककर आगे बढ़ जाता। पड़ोस में मकान का काम चल रहा था वह आदमी एक मिस्त्री से मिलने अक्सर आता था। वह कभी-कभी उसकी ओर मुस्कराकर देख लेता था। एक दिन घर में पिटकर वह पार्क के कोने में जाकर बैठ गयी थी। अंधेरा हो गया था। वह आदमी आया और उसके सामने कुछ खाने की चीज डालता हुआ बोला, "बीवी, तुम्हारी तकलीफ देखी नहीं जाती, लो कुछ खा लो।"

उसने उसको देखा–तीस एक साल का एक जवान, काला आदमी। कितना सुंदर लगा था वह।

"नहीं-नहीं, तुम अपने रास्ते जाओ भाई नहीं तो घर वाले देख लेंगे। मेरी तो मरम्मत होगी ही, तुम्हारी भी खैर..."

"मेरी खैर नहीं?" उसने बड़ी अकड़ के साथ कहा–"अरे मुझसे टकरायेगा तो मैं तो उस तमूरे को तोड़ दूंगा।"

उसने उसकी ओर देखा और एक गहरी आश्वस्ति अनुभव की। सहारा पाकर सिसकने लगी।

"नहीं, सिसको मत। खा लो और घर जाओ!"

"मैं घर नहीं जाऊंगी।"

"तो क्या करोगी?"

"कहीं डूब मरूंगी। तंग आ गयी हूं इस जिंदगी से।"

"नहीं, ऐसी बात मत करो।"

"तो कैसी बात करूं? किसके सहारे जियूं?"

"खोजोगी ... सहारा मिल ही जायेगा।"

"तुम?"

उसने उसका हाथ थाम लिया, "जाओ, घर जाओ और मेरे साथ चलने की तैयारी कर लो।"

"और तुम्हारी घरवाली?"

"नहीं, कोई नहीं है मेरे साथ।"

रात भर देह दुखती रही, मगर मन में सपने तैरते रहे—एक अजनबी आदमी के साथ भागने से सपने। वह कौन है, किस जाति का है, क्या करता है, कैसा है, उसे कुछ भी तो मालूम नहीं, फिर भी, उसे लेकर प्यारे सपने मन में तैरते रहे। ये सपने डरावने भी तो हो सकते हैं, लेकिन जो अपने हैं, उनके साथ का यथार्थ यदि खुद बहुत डरावना हो जाये तो अजनबी के साथ की संभावना मीठी लगने लगती है।

एक दिन उसके साथ भाग गयी। जनकपुरी की इस दुनिया से निकलकर वह कहां जायेगी, इसका उसे भान नहीं था। सुबह जहां पहुंची, वह गाजियाबाद का एक मोहल्ला था। एक गंदी संकरी गली। एक झुग्गी-झोंपड़ी वाली कालोनी में एक कमरा लेकर कल्लन रहता था।

उसे अब मालूम पड़ा कि यह पंजाब का है। पंजाब के किसी गांव से आया है। जाति का कुछ पता नहीं, लेकिन है किसी पिछड़ी हुई जाति का ही और किसी फैक्टरी में काम करता है।

और वे दिन कितनी मस्ती के थे! लगता था कि उसकी जवानी की लहराती नदी का बांध टूट गया हो और वह सब कुछ को अपने में डुबती चली जा रही हो। कल्लन भी जवान था, बलवान था। लगता था, जैसे जन्म-जन्मांतर से भूखी लपटें सांप की तरह लिपटकर हर दिन और रात की छाती पर अपनी हिलती हुई परछाइयां छोड़ रही थीं।

इतनी भूख, इतनी प्यास जैसे कोई अन्त ही न हो। पूरा साल बीत गया, बीच-बीच में मां की याद आती रही और उसकी याद के साथ घर की पूरी डरावनी शक्ल भी कांप जाती।

वह मां बन गयी। एक बच्ची पैदा हुई। वह बहुत चाहती थी कि एक बार मां यहां

आ जाती या वह जाकर मां से मिल पाती किंतु कल्लन मना कर देता। डांटकर कहता, "अब यहां चुपचाप रहो, भूल जाओ पिछला सब कुछ।"

वह मन मारकर रह जाती। एक दिन कल्लन से बहुत प्रार्थना की कि किसी से संदेशा भेजकर चुपके से मां को बुलवा लो। कल्लन नहीं माना तो वह बिगड़ पड़ी–"आखिर तुमने मुझे समझ क्या रखा है! मैं तुम्हारी बीवी हूं, कोई जेल की कैदी तो नहीं हूं, क्या मैं अपनी मां से नहीं मिल सकती?"

"तो जाओ, मिल आओ, मैं क्या तुम्हारा नौकर हूं जो तुम्हारे कमीने मां-बाप के यहां संदेश भेजता रहूं। जाओ, चली जाओ, सरग से आयी हो न कि याद आ रहा है। उस नरक से निकाल लाया और यह रंडी उसी नरक में जाना चाहती है।"

वह कुछ नहीं बोली। उसे कल्लन के लक्षण इधर अच्छे नहीं लग रहे थे। अब वह साथ सोने के समय कहता–"नहाती-धोती नहीं हो गया? बदबू करती हो।" बात-बात में गालियां देता, घर भी देर से आता। उसकी जरूरत की चीजों के प्रति लापरवाही बरतता। इसलिए वह चुप रही नहीं तो इच्छा हुई कि मां को गाली देने वाले का मुंह नोच ले और चिल्लाकर कहे–"रंडी होगी तेरी मां।"

और एक दिन वह फिर बेसहारा हो गयी। शाम को कल्लन लड़की को खेलाने ले गया था। घर आकर रोने लगा–"मैं बच्ची को बैठाकर किसी से बात कर रहा था कि इतने में न जाने कौन बच्ची को उठा ले गया। जब तक मैं उसे देखूं, वह लेकर भाग गया।"

वह दहाड़ मारकर रोती रही। कल्लन भी रोता हुआ उसे समझाता रहा। और सुबह काम पर निकला तो फिर नहीं लौटा! कई दिन बीत गये, तब उसे मालूम पड़ा कि कल्लन की नौकरी छूट गयी, कहीं भाग गया। बाद में यह भी मालूम पड़ा कि उसने लड़की किसी को बेच दी थी।

वह कई दिन तक तड़पती रही। सोचती रही, कहां जाये? जान-पहचान होने के बावजूद लोग एक-दूसरे में बहुत दिलचस्पी नहीं लेते हैं, मगर लौटकर जायेगी कहां? कहां रहेगी?

"कमरा खाली कर दे।" कमरे का मालिक कह रहा था।

"हम कहां जायें?"

"यह मैं क्या बताऊं?"

"हां, आप ठीक कह रहे हैं।" उसने छोड़ने का फैसला कर लिया। और एक रात वह जनकपुरी पहुंच गयी। मंगलवार का दिन था। देखा, मंदिर के साम भिखारियों की भीड़ लगी थी। लोग मंदिर से निकल-निकलकर भीड़ को प्रसाद और पैसे बांट रहे थे। भूखी थी। भूख और तेज हो आयी। लाइन में किनारे की ओर बैठ गयी। लोगों से प्रसाद पाती गयी, खाती गयी, थोड़ी-सी राहत मिली। एक आदमी प्रसाद बांटता-बांटता इसके सामने ठिठका, देखा, कुछ पहचानने की कोशिश की, फिर आगे

बढ़ गया। उसका जी धक्क से रह गया। यह मंदिर उसके घर से दूर दूसरे ब्लाक में था। यहां भी उसे कोई पहचानता है। हाय रे! जब काफी देर हो गयी तो भिखारियों के साथ-साथ वह भी उठने को हुई। उसने देखा कि उसके आगे भी कुछ पैसे बिखरे हुए थे। उसने उन्हें उठाया, गिना, पचास पैसे थे। खोमचे वाले से उसने भुने हुए चने लिये, खाये। अब कहां जाये? एक भिखारी परिवार सामने फुटपाथ पर गुदड़ी-कथरी बिछाये लेट रहा था? वह उससे थोड़ी दूरी पर लेट गयी। रात भर उसे नींद नहीं आयी।

उसके मां-बाप तक खबर पहुंची कि वह आ गयी है। भीख मांगती हैं बाप ने गाली दी, बहन ने गाली दी, मां चुप रही। इन लोगों ने मोहल्ले में कह रखा था कि वह बुआ के यहां गयी है। बुआ ने उसे गोद ले लिया है। वहीं रहेगी। लेकिन अब क्या करें? इस साली ने तो कहीं का नहीं रखा। बाप गरजा, "इस कुतिया ने तो इस घर की नाक कटा दी।"

"कभी इस घर की नाक थी क्या?" मां के मुंह से निकल पड़ा।

"अब तू साली लात खायेगी। गधी, तुझसे कह रखा है कि तू घर के मामले में मत बोला कर।"

मां चुप हो गयी और शुक्र मनाया कि पिटाई नहीं शुरू हो गयी।

शाम को मां निकली और उस मंदिर की ओर चली गयी जहां वह बैठती थी; मां डरती-डरती भिखारियों को देखती हुई आगे बढ़ रही थी कि एकाएक रुक गयी। चार आंखें मिलीं और आपस में चिपक गयी। बहुत देर तक यही स्थिति रही। फिर मां मंदिर में गयी। वहां से निकली। भीगी आंखों से फिर उसकी ओर देखा और आगे बढ़ गयी। वह देखती रहीं धीरे से उठी, मां के पीछे-पीछे चलती गयी। मां एक अंधेरे कोने में जाकर फफक पड़ी। वहीं छिपकर रोती रही।

"मां!"

आवाज सुन मां ने पीछे मुड़कर देखा, झपटकर उसे छाती में भर लिया, देर तक रोती रही।

"कहां थी रे? और आयी भी तो इस हालत में?"

"क्या करूं, मां? क्या तुम्हारे घर आती? क्या वहां मुझे कोई घुसने देता? और क्या तुम वहां मुझसे इस तरह मिल पातीं?"

फिर उसने सारा किस्सा सुना दिया। मां सुनती रही। बोली-"हाय, मैं भी एक मां हूं, जो बच्चों के लिए कुछ भी नहीं कर सकती? कितनी बेसहारा मां हूं, जो बच्चों को प्यार का भी सहारा नहीं दे सकती, जो अपने बच्चे को भीख मांगता देखकर भी यह नहीं कह सकती कि चल, घर चल।"

मां चली गयी थी और वह यों ही चल रही थी। रात को सोयी हुई थी, उसकी नींद टूट गयी। एक भिखारी पुरुष भिखारी नारी से गुंथा हुआ था। उकसे भीतर की

भी औरत जाग उठी, उसे तोड़ने लगी, नींद टूट गयी। अंग-अंग टूटने लगा, "हरामजादा, ठांव-कुठांव भी नहीं देखता।"

कुछ दिनों बाद वह मंदिर के आसपास दिखाई नहीं पड़ी। भिखारियों ने समझा कि कहीं चली गयी। एक दिन उन्होंने देखा कि उस जैसी ही एक लड़की अच्छी साड़ी ब्लाउज पहने, चेहरे पर लाली पोते, अच्छा-सा सैंडिल पहने और हाथों में एक बड़ा-सा पर्स लिये चली आ रही है। वह इन्हें देखकर मुस्करा रही थी। भिखारियों ने समझा कोई और है, लेकिन उसने पास आकर पूछा, "कैसे हो तुम लोग?"

"अरे तुम हो? यह कैसे हो गया?"

"बस ऐसे ही।" वह मुस्कराकर निकल गयी। पहचानने वालों ने देखा तो समझ गये कि कोई बड़ी चीज हुई है और बात फैलते-फैलते फैल गयी।

उसने एक छोटा-सा कमरा लेना चाहा। बड़ी मुश्किल हुई। अकेली लड़की को कमरा देने को कोई राजी ही न हो। मर्द तैयार हों तो उनकी औरतें हाय-तौबा मचा दें और तरह-तरह की बातें करने लगें। आखिर उसे पंखा रोड पर एक कमरा मिला, लेकिन उसे कुछ काम-धाम करने का स्वांग रचना पड़ा। उसने बताया कि वह कुंवारी है, किसी ऑफिस में काम करती है। वह सज-धजकर दस बजे निकल जाती और शाम को काफी देर से आती। हां, इन दिनों ओवर टाइम करना पड़ता है। वह धीरे-धीरे सिगरेट पीने लगी। जहां रहती, वहां सबके सामने नहीं पीती, कमरे में पीती या फिर रास्ते में पीती। खुश थी। पैसे भी मिलते हैं और उसकी भयानक काम-ज्वाला भी शांत होती है, लेकिन अब थकान लगने लगी है। उसकी आग ठंडी होती जा रही है। घर लौटती तो थक जाती, देह टूटने लगती। इच्छा हो या न हो, उसे मशीन की तरह ग्राहक की मर्जी पर तैयार होना पड़ता ही है। ऊपर-ऊपर सजती जा रही है, भीतर-भीतर खाली होती जा रही है। क्या जिंदगी मिली, कोई तो अपना हुआ होता। कब तक चलेगा इस तरह? जिस दिन देह काम की न रहेगी उस दिन...?

एक दिन पुलिस ने छापा मारा और अखबारों में कई लोगों के साथ उसका भी नाम-पता छपा। मकान मालिक आया और कहा कि फौरन कमरा खाली करो। और उसके कमरे में घुसकर उसका सामान बाहर फेंक दिया। सामान था ही क्या, एक बक्सा था, कुछ बरतन थे।

वह कमरे के बाहर खड़ी रो रही थी—कहां जाये? और लोग गालियां दे रहे थे। धीरे-धीरे उसने बक्सा उठाया, और वहां से चल पड़ी। कहां जाये? क्या जिंदगी का अंत कर दे? हां, ऐसा ही करेगी।

"ऐ बेटी!"

उसने मुड़कर देखा, एक बूढ़ी औरत खड़ी थी।

"चल, मेरे यहां चल।"

वह कुछ नहीं बोली, केवल खड़ी रही और बिखरते लोग जाते-जाते फिर रुक गये थे।

"चल, बेटी! ये जितने तमाशा देखने वाले हैं न, ये औरत का दुख नहीं समझते। ये केवल मजा लेते हैं। अभी तू इन्हें अकेले में मिल जाये न तो तेरा पांव चाटने लगेंगे। लेकिन खुलेआम कुलटा कहेंगे, छिनाल कहेंगे।"

"ऐ बुड्ढी, क्या बक रही है। तेरी शामत आयी है क्या?" कुछ लोग चिल्लाये।

"चल, बेटी चल, इन्हें भूकने दे। सरकार का दिया हुआ कमरा है, अपनी कमाई का खाती हूं, मुझे किसी का डर नहीं पड़ा हुआ है।"

वह उसके साथ हो ली, लोग देखते रहे।

बुढ़िया बोलती जा रही थी–"मेरा कोई नहीं है, मैं चौका-बरतन करती हूं। तेरी जैसी एक बेटी थी, जो बीमारी में दवा बगैर तड़प-तड़पकर मर गयी। तुझे देखा तो उसकी याद आ गयी। देख बेटी, मैं जानती हूं, औरत बुरी नहीं होती, उसे बुरी बनाया जाता है। तू जो भी रही हो, अपनी मर्जी से नहीं रही होगी, लेकिन अब तू अपने हाथों के काम पर जीना सीख। तुझे चौका-बरतन के कुछ काम दिला दूंगी। थोड़ा ही मिलेगा, लेकिन उससे मन को चैन मिलेगा। समझी न, बेटी!

वह चुप थी। बोली–"हां मां, समझ रही हूं।"

"तेरे मुंह से 'मां' कितना प्यारा लगता है, बेटी!"

"हां, मां आं आं ···" वह रोने लगी थी। बुढ़िया की आंखों में उसकी मां की आंखें उतर आयी थीं।

□

वसंत का एक दिन

लगता है जयराम फिर आ गया है। तिर तेंतें तिर तेंतें कुकुही (छोटी सारंगी) बज रही है। एक बुदबुदाहट गांव में रेंगी लेकिन कोई हलचल नहीं हुई। हां, कुछ बच्चे कौतूहलवश वनखंडी की ओर दौड़े और जयराम को घेरकर खड़े हो गए।

पलाश फूल गए थे, वनखंडी में जैसे आग लग गयी हो। फागुनी हवा सूखे पत्तों को लुटाती, जलते फूलों को अपनी सांस से और दहकाती, फसलों को गुदगुदाती सर्राटे भर रही थी।

जयराम थोड़ी देर तक इन फूलों को सुन्न दृष्टि से देखता रहा, फिर एक पेड़ के नीचे बैठ गया। कुकुही को छुआ, वह सिहरी, फिर सिसकने लगी, फिर उमड़-घुमड़कर रोने लगी। जयराम देर तक कुकुही में डूबा रहा—तिर तेंतें तिर तेंतें··· ।

काफी देर बाद अपने से बाहर आकर उसने सामने देखा। गांव के कुछ बच्चे खड़े थे। मुस्कराया। बच्चे कुछ देर तक उसे देखते रहे फिर 'पगला' कहकर भाग खड़े हुए।

जयराम फिर मुस्कराया। उसने फिर सामने फैले लहलहाते खेतों को हसरतभरी नजर से देखा जो अब पराये हो गए थे। वह धीरे-धीरे उठा, खेत के पास गया। कुछ क्षण मौन भाव से देखता रहा, झुककर खेत से एक मुट्ठी मिट्टी उठा ली, सिर पर लगायी, फिर फफककर रो पड़ा। गेहूं की एक बाल तोड़कर अपने गालों पर फेरता रहा। धीरे-धीरे अपनी जगह पर लौट आया। कुकुही फिर कांपी और रो पड़ी...

फु-फु-फु-रे-ए-ए···

कुकुही फिर चुप हो रही थी। जयराम खयालों में डूब रहा था...हां, यही उसका गांव है, जहां वह पैदा हुआ है, पला है। आज फिर साल-भर बाद लौटा है। मगर जाए कहां? कोई तो अपना नहीं। वह धीरे-धीरे घुटनों पर सिर झुकाते-झुकाते कहीं खो गया।

सामने के खेत तो उसी के हैं, जिन्हें चाचा ने धूर्तता से हथिया लिया। वह मुस्कराया ··· चाचा नामक चीज भी ऊंचे दरजे की होती है। वाह रे चाचा, तुमने खूब मेरे पिता जी के प्यार का बदला चुकाया। मरते हुए पिताजी को कैसे सुबक-सुबककर बचन

दिया था–"मैं इस लड़के को अपने पुत्र से बढ़कर प्यार करूंगा, आपके चरणों की कसम, भाई साहब!" वाह रे कसम और वाह रे चाचा! मां तो पहले ही मर चुकी थी। जब पिताजी मरे तब वह आठ बरस का था। पिता अपनी इकलौती सन्तान के लिए कितने-कितने सपने पाले हुए थे। वाह रे जयराम, तूने खूब उन सपनों को पूरा किया। वह फिर मुस्कराया। पिताजी के मरते ही चाचाजी को उसकी आंखों में सपनों की जगह कंकड़-पत्थर दिखाई पड़ने लगा। "पढ़ेंगे सरऊ–डिपटी कमिसनर होंगे।" और थप्पड मारकर किसी काम के लिए भेज देते।

पिताजी उसके सपनों के लिए आठ बीघा जमीन और कुछ पैसे छोड़ गये थे जिसे चाचाजी ने अपना लिया और बात-बात में थप्पड़ से पीटकर कहते–"अनाथ हो गए थे। न अपनाया होता तो गली-गली भीख मांगते फिरते।" उसे आज भी चाचा-चाची के गरम-गरम थप्पड़ अपनी कनपटियों पर जलते हुए गुड़ की तरह चिपटे हुए मालूम पड़ते हैं। काश, वह अनाथ ही रहा होता तो उसके आठ बीघे खेत तो उसके साथ रहे होते। सनाथ होकर वह अपना सब कुछ गंवा बैठा। अभी भी उसके पेट में बचपन की भूख की कड़वाहट खौल रही है। हमदर्द चाचा-परिवार और गांव वालों को घिन-भरी नजरों और लांछन-भरी फटकार की तेज धार उसके कान के परदे को कर्र-कर्र चीर रही है।

उसका बचपन जानने वाले जानते हैं कि वह उगते हुए फूल-सा होनहार था, सुन्दर था, स्वस्थ था, लेकिन चाचा-चाची के व्यवहार ने उससे उसका सब कुछ छीन लिया। इतनी कठोर घृणा और पीड़ा ने उसे सुन्न बना दिया। धीरे-धीरे उसके लिए फटकार और लांछन का कोई अर्थ नहीं रह गया। वे केवल शब्द रह गए थे। मार का मतलब किसी चीज से टकराना रह गया था।

वह खुद सोचता था–उसे क्या हो गया? काम धाम में उसका मन अब क्यों नहीं लगता। डांट-डपट खाकर भी घूर की तरह बैठा रहता है। मास्टर साहब हैरान थे कि इसकी सारी अकल कहां चली गयी। पढ़ने-लिखने में मन ही नहीं लगता। मास्टर साहब ने उसे प्यार से समझाया भी, डांटा भी, मारा भी, लेकिन कुछ असर नहीं हुआ था। एक दिन मास्टर की बेंत से लहूलुहान होकर उसने पढ़ाई छोड़ दी।

चाचा-परिवार ने खूब गालियां दीं–"हरामजादा, आवारा, पढ़ाई छोड़ दी, बाप का नाम डुबा दिया। सुसर, अब घूमो कुत्ते की तरह गली-गली।" लेकिन वह जानता है कि परिवार खुश ही हुआ होगा। लोक-लाज से स्कूल जाने की छूट जरूर देता रहा, लेकिन पढ़ने-लिखने का सारा समय छीनकर उसे घर-दुलार की सेवा में झोंक देता था। दरअसल इस परिवार ने तो यही सोचा होगा–अच्छा हुआ कि पढ़ाई छोड़ दी, नहीं तो पढ़-लिखकर दुश्मन ही बनता।

हे ··· हट्ट ··· हट्ट ··· उसने देखा–उसके खेत में किसी का बैल चर रहा है। वह हांकने के लिए दौड़ा। बैल हांकने के बाद वह मुस्कराया–"उसका खेत! वाह रे

जयराम, अभी अपने खेत से मोह नहीं छूटा!" उसका चार बीघे का चक सामने समुद्र की तरह उमड़ रहा था और वह उसके बीच खड़ा होकर भी जैसे अजनबी था।

वह धीरे-धीरे अपने खेत के विस्तार की ओर सरकने लगा। तरह-तरह की फसलें. ..सोने का रंग पकड़ते गेहूं, पीले-पीले फूलों से लदी सरसों, नीले, पीले, सफेद, लाल रंगों से दमकती मटर, तितली के समान नीले फूलों वाली तीसी और एक किनारे पर पीले फूलों और छीमियों से लदी रहर और उसके बाद दूसरे के खेतों में रहर के जंगल का एक लम्बा सिलसिला · · ·

कितना अच्छा लगता है यह मौसम! लगता है इस जाते हुए मौसम को बांध लिया जाय। धुत पगले, किसी ने जाते हुए मौसम को भी रोका है।

कितने सुंदर हैं ये मटर के खेत! मोटी-मोटी छीमियां। उसे पेट में कुछ बेचैनी महसूस हुई। उसने कल शाम से ही कुछ खाया नहीं। इच्छा हुई छीमियां तोड़ ले। उसी के तो खेत हैं। फिर वही मेरे-तेरे का चक्कर लगाया जयराम! अगर छीमियां तोड़ते हुए चाचा पकड़ ले तो! पकड़े, ससुरे, उनके बाप का नहीं, मेरे बाप का खेत है। उसे अपने पर गुस्सा आया कि वह क्यों अपने खेत छोड़कर भाग खड़ा हुआ। अगर उसके चाचा ने उसके अनजाने ही उसके खेत अपने नाम करा लिये और गांव वालों ने उसका साथ नहीं दिया तो वह मर तो सकता था। तब नहीं तो आज मरेगा। वह छीमियां तोड़ेगा। देखें तो चाचा साला क्या करता है? आज वह जान देगा या जान लेगा।

उसने ढेर सारी छीमियां तोड़ीं, अंगोछे में भर लीं और किनारे खड़ा होकर छील-छीलकर खाने लगा। अपने खेत की छीमियां हैं। अपनेपन का स्वाद ही और होता है।

खाने के बाद प्यास लग आयी। चलो कहीं पानी भी पी लो, जयराम! कहां पियोगे? उसे याद आया, गांव के बाहर का कुआं। उसके पास कोदई हरिजन का घर है। वहीं पानी पीयेगा।

कुएं के पास पहुंचा तो एक हरिजन पानी भर रहा था। पुकारा-"कोदई!"

"अरे कौन, जयराम बाबू! बहुत दिन पर दर्शन हुआ।"

"हां-हां, कोदई, अब इस गांव में मेरा क्या रखा है? फिर भी न जाने क्यों चला आता हूं।"

"हां, बाबू, ठीक कहते हैं, अरे अपनी जनमभूमि है न।"

"हां, है तो।" वह मुस्कराया। "जरा पानी पिलाओ, प्यास लगी है।"

"पानी मैं पिलाऊं? अरे बाबू ई का कहते हैं? हम अछूत हैं, हमारे हाथ का पानी पियेंगे आप?"

"अछूत तुम नहीं हो, ये गांव वाले हैं। तुम लोग पवित्र हो। पानी पिलाओ, बहुत प्यास लगी है।"

"बाबू, मेरा हियाव नहीं कर रहा है।"

जयराम ने झपटकर लोटा निकाला। कोदई के गगरे में से पानी ढाला और गट-गट पी गया। कुछ हरिजन मरद-औरतें चकित होकर देखते रहे और जयराम ने एक डकार ली और मुस्कराया।

पास के पेड़ की डाल पर कोयल बोली–कुहू-कुहू...

"कुहू-कुहू" उसने दोहराया।

"तबीयत हरी हो गयी, कोदई।" और उसने एक राम अलाप दिया–

दिन-रतियां सांझ-सकारे
कोइलिया पुकारे
सबके पियावे ले अमरित बोलिया
विरहिनिया के ताना मारे
कोइलिया पुकारे

"वाह जयराम बाबू, का चउताल गाया है! जब से आप गांव से गये, गांव सूना हो गया।"

"क्यों कोदई, मेरे जाने से गांव क्यों सूना होगा? मैं तो इस गांव में सबसे आवारा, निकम्मा, लंपट आदमी था। इस गांव में तो एक से एक इज्जतदार लोग हैं। मेरे चाचा नारायण जी हैं, सभापति श्यामबिहारी जी हैं, नेता भगवान जी हैं, पुरोहित लक्ष्मीधर जी हैं, मास्टर राजकिशोर जी हैं। इतने-इतने महारथियों के होते गांव कैसे सूना हो गया, कोदई?"

"सब लोग तो हैं बाबू, लेकिन आप नहीं हैं। अब का बताया जाय कि ये लोग का हैं। ये सभी नंबरी हैं। दूसरों का छीन-झपटकर अपना घर भरना ही इनका काम रह गया है। आपके साथ जो सलूक इन लोगों ने किया, वह का आदमी का सलूक था। आपके चाचा ने बेईमानी से आपका खेत ले लिया और आपकी इतनी दुरगति की, ये सभापति, नेता, मास्टर, पुरोहित क्यों नहीं बोले? ये लोग धरम-करम को लेकर इतना लेक्चर झाड़ते हैं, लेकिन खुद केतना अधरम करते हैं, इसे काहे नहीं देखते। आपने मल्लाह की लड़की से सादी करनी चाही तो इन लोगों को गांव की इज्जत खतरे में लगी और जब पुरोहित के लड़के को चमारों ने बांधकर मारा और उसके मुंह में अपनी हांडी का जूठा भात डाल दिया, तब इनकी इज्जत नहीं गयी? ससुरू आये थे चमरौटी में घाटि करने। जब मास्टर राजकिशोर की बेटी दूसरे गांव के पासी के साथ भागी जा रही तब इज्जत नहीं गयी, जब सभापति का लड़का नेता जी की लड़की के साथ पकड़ा गया तब इज्जत नहीं गयी?"

"बड़े-बड़े पुण्य कार्य हो रहे हैं कोदई, इस गांव में। मुझे कुछ मालूम ही नहीं था। और मालूम होकर भी क्या होगा? अब तो मेरी दुनिया उजड़ चुकी है।"

"दुनिया आपही की नहीं उजड़ी है केतनों की उजड़ गयी है। हरिजनों की तो जान

सांसत में है, बबुआ! पुरोहित के बेटे की पिटाई हुई तो हरिजनों पर आफत आ गयी। बड़ी जाति के लोगों को यह देखकर अचरज होगा कि घाटि करने के जुरुम में चमार उन्हें पीट सकते हैं। अब तक तो वे हमारी बहू-बेटियों से खेलवाड़ करने का हक समझते रहे हैं। लेकिन अब नहीं सहा जायेगा। हमारी टोली के कुछ लड़के भी शहर में पढ़ने लगे हैं और उन्होंने ही चमरौटी में आग पैदा की है। बड़ी जाति के लोगों ने उन्हें मारा भी, उनके घर चोरियां भी करवायीं, और क्या-क्या नहीं किया।"

"कोदई, तुम इतना बढ़-बढ़कर बोल रहे हो, कोई सुन लेगा तो?"

"कोई सुन लेगा तो क्या हो जायेगा? बबुआ, अब हरिजन टोली वह नहीं रही। हमें इन बड़आदमियों की फिकर नहीं है। हमारे पास क्या है जो लेंगे। हमारे पास मेहनत है, उसके लिए ये लोग सौ चक्कर काटते हैं। इन्हें अब मजूरे नहीं मिलते। हम लोगों के बच्चे शहर निकल गये हैं। वहां से कुछ कमा-धमाकर भेजते हैं। इहां तो मजूरों का अकाल पड़ता जा रहा है। एही लिए ये बाबू लोग हम लोगों को गालियां भी देते हैं और चिरौरी भी करते हैं। अब हम लोगों ने भी ठान लिया है कि जियेंगे तो आदमी की तरह जियेंगे, नहीं तो मर जायेंगे।"

जयराम ने अनुभव किया कि इन दस वर्षों में गांव कितना बदल गया है। एक ओर बड़ी जाति वाले पहले से ज्यादा हरामी हो गये हैं, दूसरी ओर छोटी जातियों में जीने की आग पैदा हो गयी है।

"आप कहां रहते हैं जयराम बाबू, कुछ अपनी तो बताइए।"

"जोगी हूं, कोदई, मेरा क्या? जब से इस गांव से निकला हूं, भटक ही रहा हूं। कोई एक ठेकाना तो है नहीं, कभी यहां हुआ कभी वहां हुआ। कभी कोई रूप धरता हूं, कभी कोई रूप। कभी कुछ खाने को मिल जाता है, कभी भूखा ही सो जाता हूं। कभी कोई काम कर लेता हूं, कभी केवल घूमता हूं।"

"अरे हां बबुआ, हमने तो खाने-पीने को पूछा ही नहीं। और पूछूं भी क्या? मैं आपको खिला भी तो नहीं सकता हूं।"

"नहीं कोदई, सो बात नहीं, मुझे तुम्हारे यहां खाने में क्या एतराज हो सकता है। मेरे लिए तुम नहीं, वे सब अछूत हैं। मैंने खा लिया है।"

"झूठ बोल रहे हैं। कब से तो आप इहां बैठे हैं, खाना कब खा लिया? बिटिया!" उसने पुकारा। "हां बाबू" बेटी ने झांककर जवाब दिया। "खाना ले आना। एक थाली जयराम बाबू के लिए भी।"

"नहीं-नहीं मैं नहीं खाऊंगा। खा चुका हूं।"

तब तक उसकी बेटी दो थाली में जौ की मोटी-मोटी रोटियां और मटर की दाल लेकर हाजिर हो गयी।

"नहीं, मैं नहीं खाऊंगा, बेटी!"

"मैं जानता था बाबू कि संस्कार बदलना बहुत मुसकिल हैं। ले जा बेटी, ई थाली

ले जा।"

अब तक जयराम ने देखा–उधर से उसके चाचा आ रहे हैं। जयराम ने झपटकर थाली ले ली और मुस्कराकर खाने लगा। कोदई भी मुस्कराया।

"धुत् साला, थू!" कहकर उसके चाचा आगे बढ़ गये।

"बहुत बढ़िया रोटी पकाई हे बेटी ने। वाह-वाह!" जयराम ने जोर से कहा। उसके चाचा ने मुड़कर देखा। जयराम मुस्करा पड़ा। कोदई भी मुस्करा रहा था।

"धुत् साला, चमार हो गया। और इस चमार की हिम्मत तो देखो कि अपने घर खिला रहा है। देखूंगा।" कहकर चाचा आगे बढ़ गया।

"क्या नाम है बिटिया का?"

"गोमतीं। सातवीं में पढ़ती है।"

"वाह-वाह, बहुत अच्छा!"

"अरे अच्छा क्या, सारा गांव ताना मारता है कि साले चमार-सियार अब अपनी लड़कियों को पढ़ाकर कलट्टर बनायेंगे।"

"बकने दो सालों को।"

"इसकूल में भी सबसे किनारे बैठाई जाती है। बाबुओं की लड़कियां अपने साथ नहीं बैठातीं और उनके भाई लोग मेरी बेटी का गोड़ धोकर पीने के लिए तैयार हैं। छिप-छिपकर इसारे करते हैं, पइसा दिखाते हैं। लेकिन गोमती बहुत तेज है। एकाध की मरम्मत भी कर चुकी है।" फिर उसके चेहरे पर चिन्ता का भाव उग आया–"लेकिन इन जानवरों के बीच में कब तक वह अपनी लाज बचायेगी। सोचता हूं अब इसकी सादी कर दूं।"

"अरे अभी पढ़ने दो। पढ़कर कुछ बन जायेगी।"

"नहीं बाबू, हमारी जाति में तो बहुत छोटपन में हं। सादी हो जाती है। उस लेहाज से तो गोमती बहुत बड़ी हो गयी है। कुछ बनना हम लोगों की तकदीर में कहां है?"

"अच्छा, मैं चलूं, कोदई!"

"कहां?"

"बस रमता जोगी बहता पानी–इनसे 'कहां' नहीं पूछा जाता।"

उसने लोटे में पानी भर लिया और चल पड़ा वनखंडी की ओर।

कितनी प्यारी लड़की है गोमती! कितनी सुन्दर, कितनी साफ, कितनी सुशील! पढ़ने में तेज! आखिर इसका पाप इतना ही है न कि हरिजन कुल में पैदा हुई है। छोटी जाति के कुल में पैदा होने का पाप फुलवा ने भी तो किया था। उफ, यह एक पाप क्या-क्या सजा नहीं देता। हे प्रभो, यह सजा गोमती को मत देना। गोमती पगली, तू भी कहीं किसी मुझ जैसे पागल को दिल न दे बैठना।

अंगिया दरक मोरी जाय
बलम तोसे होरी न खेलबों

कोई राहगीर गाता हुआ निकल गया।

वाह भाई वाह, क्या फाग गाया। वह धीरे-धीरे यह कड़ी गुनगुनाने लगा। धीरे-धीरे उसकी गुनगुनाहट में एक दर्द उभरने लगा। स्मृति की एक घाटी खुलने लगी।

उसने फुलवा से कहा था, "इस साल मैं तुझसे होली खेलूंगा।"

"धत्" कहकर वह लजा गयी थी दूसरे दिन जब वह उसका खेत काट रही थी तो जयराम ने मजूरनों को ललकारा–"अरे, फागुन के महीने में तुम लोग क्या मरे मन से खेत काट रही हो, कुछ गाओ। बड़े भाग्य से यह महीना आता है।"

"गा रे, गा रे, तू गा रे··· " सब एक दूसरे को कोंचने लगी थीं कि फुलवा ने शुरू किया–

अंगिया दरक मोरी जाय
बलम तोसे होरी न खेलबों

इतना मीठा स्वर है इसका, उसे मालूम न था। फुलवा ने गाते-गाते कनखियों से उसकी ओर देखा और शरारत से मुस्करा उठी। वह भीतर तक दहक उठा।

फुलवा और उसकी साथिनें गाती रहीं और वह न जाने कहां खो गया था। जब गीत बन्द हुआ तो जैसे सोते से जागा–"वाह-वाह फुलवा, क्या गला पाया है।"

फुलवा शरमा गयी। क्या दृश्य था वह! फागुनी हवा सब कुछ उड़ाती भागी जा रही थी। कोई कहां तक आंचल संभाले, कोई कहां तक मन संभाले। होली के दिन वह फुलवा से होली नहीं खेल सका। रिवाज तो मरदों का मरदों से और औरतों का औरतों से होली खेलने का है। वह किस बहाने उससे होली खेलता! वह लोटे में रंग लेकर लड़कियों के साथ उसके दरवाजे पर से गुजरी तो दोनों की एक नजर मिली। फुलवा ने सबसे छिपकर उसे अंगूठा दिखा दिया कि लो खेल ली न मुझसे होली।

वह लोटे में पानी लेकर फिर वनखंडी में पहुंच गया और अपना बाजा निकाल कर छेड़ा–'किंर किंकी किंर किंकी', हवा लोटती रही, उसकी सारंगी का स्वर लोटता रहा, एक अजीब मोहक उदासी वातावरण में फैली हुई थी।

एकाएक उसके पेट में दर्द हुआ ओर वह लोटा लेकर अरहर के खेत की ओर चल पड़ा। वह सघन खेत के काफी बीच में पहुंच गया। एकाएक दो व्यक्ति खेत में से उठकर भड़भड़ाकर भागे। जयराम ने देखा–एक लड़का, एक लड़की। उसने उन्हें पहचान लिया कि लड़के महोदय और कोई नहीं उसके चचेरे भाई हैं, चाचाजी की शान और इज्जत और लड़की सभापति जी की लड़की है। गांव के दोनों इज्जतदारों की इज्जत अरहर के खेत में पनप रही है।

क्या दुनिया है! कैसा झूठ है–चारों ओर राज्य करता हुआ! सत्य मार खाने के लिए ही बना हुआ है क्या? इन दोनों इज्जतदारों ने उसे मारा था, वे ही उसके देश निकाले और फुलवा की मौत के जिम्मेदार हैं। अब ये साले अपने-अपने घरों में चलने वाले

घिनौने व्यापारों को नहीं देखते। इन्हें कोई कहे भी तो झूठ कहकर टाल देंगे और कहने वाले को ही दोषी ठहरा देंगे। सब कुछ ठीक है, भाई-बहन का व्यभिचार भी ठीक है, यदि वह अंधेरे में चलता रहे। आखिर चाचा नारायण जी के सुपुत्र और सभापति श्यामबिहारी की सुपुत्री भाई-बहन ही तो हैं।

थुड़ी है इन इज्जतदारों पर। इच्छा तो हो रही है अभी चलकर गांव में शोर करे और इन इज्जतदारों का भंडाफोड़ करे, लेकिन कौन पतियायेगा? और क्यों करे? उसे क्या लेना-देना है इस गांव से। उसका तो सब कुछ लुट ही गया। अब क्या है जिसका मोह पालकर यह सब कुछ करे।

वह आकर पलाश की छांह में लेट गया। फुलवा का पलाश के फूल-सा प्यारा-प्यारा रूप उसकी आंखों में भर उठा। उसे देर तक संभाले रहा फिर धीरे-धीरे अतीत की घाटियों में भटकने लगा।

पढ़ाई-लिखाई से छुट्टी पाकर वह निर्द्वन्द्व हो गया था। वह घर से बाहर निकल जाता तो या तो अहीरों के लड़कों के साथ मिलकर गुल्ली-डंडा खेलता या किसी पेड़ की एकांत छाया में सोता रहता। शाम को जब घर पहुंचता तो पुरस्कार में उसे मार और उपवास का प्रसाद मिलता। किन्तु वह इसका आदी हो गया था। चाचा-परिवार उससे आजिज आ गया था। मगर बहुत झल्लाने के बावजूद उसे झेलना ही पड़ता। आठ बीघे खेते कम तो नहीं होते।

उसकी शोहरत गांव से बाहर जाकर रिश्तेदारों में भी फैल गयी। कौन कसाई बाप होगा जो ऐसे आवारा के हाथों अपनी बेटी सौंपेगा। चाचा-परिचार भीतर ही भीतर खुश था शादी न होने से। उसकी शादी से अधिक उसके आठ बीघे खेतों का मूल्य उसके लिए ज्यादा था।

बीस-इक्कीस वर्ष का होने के बावजूद उसकी शादी नहीं हुई। वह निरंतर एकांत-प्रेमी होता गया और गुमसुम रहने लगा। परिवार की उपेक्षा, गांव की उपेक्षा, जरजवार की उपेक्षा। तनहाई काटने के लिए उसने अपने में डूबना शुरू किया। अपने में डूबकर धीरे-धीरे कलाकार होने लगा। एक दिन भीख मांगने वाले एक लड़के के पास कुकुही देखी। उसका स्वर उसे बहुत दर्दीला लगा, अपने स्वर जैसा ही। उसने उसे बनाने का तरीका पूछा। कई बार बनाने की कोशिश की और एक बार सफल हो गया। वह कुकुही पर हाथ फेरता और एक दिन ऐसा आया कि बिना किसी गुरु के ही वह उस कुकुही में से दर्द की लहरें पैदा करने लगा। जब कभी उसका मन कुकुही से ऊबता तो चाकू से बांस काट-काटकर उसे नयी-नयी छड़ी का आकार देता। कभी टेढ़ी, कभी सीधी, कभी बकुलीदार, कभी मुठियादार। इससे मन ऊबता तो कभी-कभी सूई के कपड़े के टुकड़ों को जोड़-जोड़कर बास्केट, जैकेट और टोपी सीता। उसने उन दिनों अपने लिए एक कुबरीनुमा छड़ी, एक बास्केट, और बांस के पत्तों और कपड़ों को मिलाकर एक हैट बना लिया था। इस पोशाक में वह पूरा जोकर

लगता था। वह कभी-कभी गांव के बाहर वाले टीले पर बैठकर सामने फैले हुए वनखंडी के अगाध वीराने में कुकुही पर दर्दीला राग छेड़ देता—जैसे किसी को पुकार रहा हो। कुकुही का स्वर भटक-भटककर व्यर्थ लौट आता। तब वह उदासी की सांस खींचकर कहीं चल देता।

वैसे ही वह उस दिन भटक रहा था। फागुनी हवा वनखंडी के पलाशों को लहका रही थी। एक लड़की वनखंडी में लकड़ी चुनने आयी थी। उसकी छवि देखकर वह लड़की मुंह में आंचल ठूंसकर हंस रही थी। उसकी निगाह उधर पड़ी तो वह सहम गयी। उसकी हंसी बंद हो गयी थी किन्तु लगता था कि उसके दबाव को तोड़कर उसकी हंसी अब फूट पड़ेगी, तब फूट पड़ेगी। वह ठहर गया। कौन है यह लड़की? इसे कभी देखा नहीं। बाल खुले हुए, सत्रह-अठारह साल की गोरी स्वस्थ लड़की। सुन्दर चेहरा धूप में तमतमाकर पलाश का फूल बन रहा है। उसे देखकर हंसती क्यों है?

"कौन हो तुम? कहां रहती हो?" उसने पूछा।

उस लड़की ने मुस्कराते हुए उसके गांव की ओर इशारा किया।

"यहां! मेरे गांव में? मगर तुम्हें कभी देखा नहीं।"

"मैं महीने-भर से आयी हुई हूं। मेहमान हूं।"

"किसके यहां।"

"गोकुल माझी के यहां।"

"क्या लगती हो उसकी?"

"साली।"

"तो तुम एक महीने से आयी हुई हो दिखाई नहीं पड़ी?"

वह लड़की उसकी जोकरी छवि पर ठठाकर हंसती हुई बोली—"दिखाई पड़ना जरूरी है क्या? और आप तो अपनी ही दुनिया में खोये रहते हैं, दूसरों को जानने की फुरसत ही कहां है? लेकिन मैं जब से आयी हूं, तभी से आपको जानती हूं। और मुझे मालूम है···" वह वाक्य पूरा किये बिना ठिं-ठिं-ठिं करके हंसने लगी।

वह कुछ गम्भीर हो गया। बोला—"तो तुम मेरे बारे में सब कुछ जानती हो। चलो अच्छा ही हुआ। तुम्हीं क्या सभी समझते हैं कि मैं अपनी ही दुनिया में खोया रहता हूं। लेकिन कोई यह नहीं सोचता कि मेरी कोई दुनिया है भी कि नहीं। अपनेपन की भूख बहुत भयानक होती है, लड़की! इस कुकुही की टेर में उसी भूख को भूलता-फिरता हूं। मुझे सभी भोंदू, बेवकूफ और पागल समझते हैं, बस आदमी ही नहीं समझते। सब हंसते हैं, हंसो, तुम भी हंसो। मैं किसी की हंसी की परवाह नहीं करता हूं।"

लड़की की हंसती हुई आंखें धीरे-धीरे नम हो आयीं। उसे जैसे उसके दर्द में अपना ही दर्द भीगता हुआ जान पड़ा। एक पलाश का फूल हवा में नाचता हुआ उस

लड़की के सिर को छूता हुआ उसकी छाती से जा टकराया।

"अच्छा, जाओ लड़की, कोई किसी को दुखी क्यों करे?" कहकर वह आगे बढ़ गया। दो कदम जाकर रुक गया और मुड़कर पूछा—"क्या नाम है तुम्हारा?"

"फुलवा।"

"अभी दो-चार दिन रहोगी?"

"अब यहीं रहूंगी।"

उसने अपनी कुकुही को छेड़ दिया, कुकुही झनझना उठी। फुलवा देखती रही और देखती रही पलाश के फूल धूप में कुछ और चटक गये थे।

उसे ऐसा लगा कि उसके सूनेपन में कोई आग लगा गया हो। उस दिन के बाद उसके भीतर एक अजीब उत्साह भर गया था, वह फुलवा को देखना चाहता था, मिलना चाहता था, लेकिन न जाने क्यों एक अज्ञात संकोच उसे घेर लेता था। वह सोचता—न जाने क्यों फुलवा फिर इस वनखंडी में लकड़ी बीनने नहीं आयी। क्या उससे डर गयी या उसकी किसी बात का बुरा मान गयी?

वह वनखंडी में बैठकर कुकुही बजाता और लगता कि उसके हर स्वर में फुलवा का नाम ही झनझना रहा है। वह अब अधिक प्रसन्न दीखने लगा था, लोगों से हंस-हंसकर बातें भी कर लेता था। लोगों के मजाक का उत्तर मजाक में देता था। जोकरी रूप भी छोड़ दिया था। वह फुलवा से मिलना चाहता था। वह कभी-कभी दिखाई पड़ जाती थी लेकिन बोले बिना चली जाती थी।

मंजरियों से लदी अमराई के एकांत में एक शाम फुलवा उसे मिल गयी। उसने हिम्मत के साथ उसे रोक लिया।

"बुरा मान गयी, फुलवा!"

"ना-ना बुरा क्यों मानूंगी?" कहकर वह लजा गयी। उकसे गाल पलाश के फूल बन गये। वह दूसरी ओर मुंह करके दाहिने पैर के अंगूठे से जमीन कुरेदने लगी।

"फुलवा, पता नहीं, मुझे क्यों लगता है कि तूने मेरे जनम-जनम के अंधकार में एक किरन फेंक दी है। तेरा एहसान कभी नहीं भूलूंगा।"

फुलवा की लज्जा और गाढ़ी हो गयी, उसने आंखें गड़ाये-गड़ाये ही कहा—"ना-ना, जय बाबू, इसमें एहसान की क्या बात है? हां, मन में यह तड़प जरूर उठती है कि मैं आपके किसी काम आ सकती।"

"तुम्हें ऐसा क्यों लगता है, फुलवा? सारी दुनिया तो मुझपर थूकती है, गालियां देती है।"

"यह तो मुझे नहीं मालूम जय बाबू, लेकिन जिस दिन आपसे भेंट हुई उसी दिन से न जाने मुझे क्या हो गया? उसी दिन से लगता है कि मेरे भीतर जमी हुई कोई सतह टूट गयी और एक धारा नीचे से ऊपर आना चाहती है।"

"यही बात तो मेरे साथ भी हुई, फुलवा! न जाने वह कौन तार है जो एकाएक

हम दोनों के बीच जुड़ गया।"

"वह तार दरद का है, जय बाबू! जो दरद आपका है, वही मेरा है। आपको देखते ही मुझे लगा कि मैं अकेली नहीं हूं, कोई मेरे जैसा भी है।"

दोनों चुप हो गये।

"आप नहीं जानते जय बाबू, मेरे दरद को, लेकिन आपका दरद उसे जानता है। मैं जनम की दुखियारी हूं, जय बाबू! पैदा होते ही मैंने एक के बाद एक माई और बपई को खा लिया और शादी के बाद मरद को खा गयी। कोई बच्चा भी तो नहीं हुआ जिसके सहारे जिनगी काटती। हाय, बच्चे मुझे बहुत प्यारे लगते हैं।"

"तू खा गयी, पगली? अपने को इस कदर पापी बनाने से क्या फायदा?"

"मैं नहीं बना रही हूं, दुनिया बना रही है। दुनिया की गाली खाते-खाते मैं यह मानने लगी कि मैं डायन हूं, जहां जाती हूं खा जाती हूं। वैसे मेरा मरद मुझे बहुत मानता था लेकिन उसके मरने के बाद मेरी जो दुरदसा हुई उसे मत पूछिए, जय बाबू। मैंने अपनी बहन को आंसू से भीजा हुआ सनेस भेजा कि 'बुला लो, नहीं तो मैं डूब मरूंगी।' उसने सनेस भेजा–चली आओ, वहां नरक में क्या पड़ी हो?" मैं रात के अंधेरे में भाग खड़ी हुई। यहां आयी तो बहन ने दूसरी शादी के लिए कई बार कहा, लेकिन मुझे अब तो आदमी से डर लगने लगा है लेकिन न जाने आप में क्या देखा उस दिन, जिसे दुनिया नहीं देख पाती।

"बस-बस फुलवा, इतना बहुत है। इतने विश्वास पर तो मैं पूरा जीवन हंसते-गाते काट दूंगा। बस मुझे इतना लगा करे कि मैं किसी के लिए जी रहा हूं, किसी के लिए मर रहा हूं।"

"इतना बड़ा विश्वास दिला सकूं, मुझमें ऐसा कौन-सा गुन है, जय बाबू! मैं छोटी जाति की, अभागिनी, दूसरे के आसरे पलने वाली अनाथ लड़की। इतनी बड़ी जिम्मेवारी का निबाह क्या कर पाऊंगी, जय बाबू? डर लगता है।"

"अरी लड़की, मैं किसी से डरता थोड़े न हूं। दुनिया का धरम-करम बहुत देख लिया। बड़ी जाति असल में कितनी सच्ची और पवित्र है–यह मुझसे अधिक कौन जान सकता है, फुलवा! मैं उसे ठोकर मार दूंगा, तुम्हारे लिए मैं मिट जाऊंगा, फुलवा! बस, जरा-सा अपना विश्वास पकड़ा दे।" कहते-कहते वह हांफने लगा।

उसकी आंखों में एक उल्लास चमक आया। फुलवा न जाने क्या गुमसुम सोच रही थी।

"एक बात कहूं, बाबू मानोगे?"

"कहकर देख ले, फुलवा!"

"तुम कुछ घर-गृहस्थी का काम संभालो। तुम्हें कोई आवारा कहता है तो मुझे बरदास्त नहीं होता।"

"अरे गोली मार साली दुनिया को, फुलवा! बड़ी आई वह आवारा कहने वाली ···"

वह मस्ती में झूमता हुआ चला गया।

किन्तु दूसरे दिन जब असल सुबह वह अपनी खाद के घूर को उठा-उठाकर खेत में फेंकता हुआ दिखाई पड़ा, तो लोगों के विस्मय का ठिकाना न रहा।

"अरे, यह जयराम है!"

"हां-हां, यह जयराम ही है।" चाचा ने मुंह बिचकाकर कहा-"पागलपन और गहरा रहा है।" चाचाजी ने हाथ मटकाकर कहा-"अरे नहीं जानते, जब बैठकर हूरते-हूरते कुछ शरम आई है, तो लोगों को दिखाने के लिए काम का नाटक करने चला है दहिजरा। मैं इसकी नस-नस पहचानती हूं। मौत भी नहीं आती अभागे को।"

उसने सुना तो तिलमिला कर रह गया। उसकी इच्छा हुई कि कुदाली-खांची फेंक-फांककर कहीं चल दे। किन्तु फुलवा ने काह है।

वह रोज-रोज चाचा-परिवार और गांव वालों की जहरीली टिप्पणियों को पीकर भी काम करता रहा। दुनिया ने उसकी कुकुही और कुदाली में अंतर नहीं समझा, तो न समझे, फुलवा के संतोष के लिए वह सब कुछ कर सकता है।

और एक दिन यह बात उजागर हो गयी कि फुलवा और उसमें आसनाई चल रही है। दरअसल फुलवा के बहनोई गोकुल ने ही यह प्रचार किया था। वह खुद ही फुलवा पर लार टपका रहा था। वह उसे दूसरी बीवी बनाकर रखना चाहता था, लेकिन फुलवा ने ही दृढ़ता से कह दिया कि वह जयराम बाबू से प्रेम करती है। उन्हीं के साथ जिनगी बितायेगी।

कौन किसी आसनाई पकड़े हुए है, सभी करते हैं मौका मिलने पर लेकिन छिपकर। लेकिन इस मुंहझौंसे को तो देखो, खुलेआम मल्लाह की लड़की से परेम फरमा रहा है। सब लोग इसे बौड़म समझते रहे लेकिन यह तो जहरीला सांप निकला।

उसकी जाति वालों ने उसे बहुत कोसा-"अरे लम्पट, सरङी लेकर जोगी तो पहले ही हो गया था अब मल्लाह भी हो गया। तुझे मल्लाह की विधवा लड़की ही मिली है आशनाई करने के लिए? तू पैदा होते ही मर क्यों नहीं गया? साला गांव की नाक कटा रहा है।"

उसका इतने दिनों का जमा हुआ क्रोध यों उमड़ आया कि गांव के बुद्धिमान लोगों को ठकमुर्री मार गई। उसने बड़े दृढ़ स्वर में उत्तर दिया-"आप लोग मेरे साथ अनाप-शनाप मत बकिए। मैं गांव की नाक रखने वाले हर आदमी को जानता हूँ। फुलवा का मेरा सम्बन्ध लुके-छिपे का सम्बन्ध नहीं है, जाहिरी तौर का है। मैं उसे प्रेम करता हूं।"

"यानी शादी करोगे मल्लाह की लड़की से!" एक व्यक्ति ने व्यंग्य कसा।

"हां-हां, चाहो तो यही कह लो।" बड़े निर्भीक शब्दों में उसने कहा।

आगे बढ़कर चाचा ने एक जोर का थप्पड़ उसके गाल पर जड़ दिया। चाचा से थप्पड़ खाना उसके लिए नयी बात नहीं थी, मगर इस थप्पड़ ने उसके मन की सारी

संवेदनाओं को आहत कर दिया। उसने घूमकर आंखों में आग भरकर चाचा को देखा। चाचा सहम गए। किंतु फिर अपने आहत अभिमान को सम्हालकर आगे बढ़े और चांटा मारने ही वाले थे कि जयराम ने डपटा–"खबरदार! बांह तोड़कर रख दूंगा। अब मैं वह पत्थर नहीं हूं, जो चुपचाप आपकी लात-गारी सहता आया है। अब मुझे भी दर्द होने लगा है। आप छिप-छिपकर चमरौटी में जाना छोड़िए तब मुझे सीख दीजिएगा।"

लोग अवाक् थे। किसी ने पीछे से आवाज कसी–"हां-हां, मल्लाहिन ने जगा दिया है गबया को।" लोग हंसने लगे। किंतु उसकी आंखें वैसी ही आग-सी की उगलती रहीं। चाचा ने हांफते हुए कहा–"पापी, मल्लाहिन रखने वाला विधर्मी, निकल जा मेरे घर से। अब तक इस आवारा साले का नाव जैसा पेट भरते-भरते हड्डी टूट गयी। उसी का बदला चुका रहा है! मुझे बेभिचारी कह रहा है!"

उसकी आवाज तड़पी– "मैं किसी का एहसान नहीं चाहता, चाचाजी! बचपन से ही पीट-पीटकर आपने मुझे जड़ बना दिया। घृणा और मार के अलावा आपने इस अनाथ बालक को क्या दिया? ऐसे पापी घर में रहना नरक में रहना है। मैं इसीलिए दिन-दिन भर बाहर भागता फिरा। मुझे आपके घर में रहने की इच्छा खुद ही नहीं है। आप मेरे आठ बीघे खेत अलग कर दीजिए, आप अपने रास्ते, मैं अपने रास्ते।"

"कैसे तेरे खेत? वे तो तेरे पेट में हैं। जा भाग जा, पापी, आज से अपनी सूरत मत दिखाना।"

"क्या कहा। मेरे खेत आपके पास नहीं? आठ बीघे मेरे खेत क्या हो गए?"

उसने वहां खड़े सभापति जी, नेता जी, पुरोहित जी सबसे फरियाद की किन्तु सबने कहा–"भाई, यह तुम्हारे घर का मामला है, हम क्या कर सकते हैं? और तुम्हारे जैसे बेधरमी के लिए तो गांव में वैसे ही जगह नहीं होनी चाहिए।"

चाचाजी बिना कुछ बोले वहां से चले गए। चाचाजी की गुण्डई के घर से, और कुछ उसके प्रति घृणा की वजह से गांव वाले भी कुछ नहीं बोले, सभी यहां-वहां सरक गए।

वह बहुत दिनों बाद जागा। सारा खेल खत्म हो गया था। चाचाजी ने पटवारी से मिल-जुलकर सारे खेत अपने नाम करा लिये थे। उसकी इच्छा हुई कि वह मुकदमा लड़े किन्तु चाचा के खिलाफ गवाही कौन देगा? कोई भी तैयार नहीं हुआ। और अब तो समस्या थी रोटी की। मुकदमे के लिए पैसे कहां से आयेंगे? सोचते-सोचते वह टूट गया। संसार के प्रति एक अद्भुत तिक्तता की अनुभूति से भर गया। इन सारी तिक्तताओं के बीच शहद की बूंद-सी फुलवा।

सोचा कि फुलवा से मिल-जुलकर आगे का कार्यक्रम सोचे। उसकी इच्छा हुई कि भाग चले इस गांव से दूर। कहीं चलकर मेहनत-मजूरी करे और फुलवा के साथ आदमी की जिन्दगी जिए।

लेकिन उस दिन फुलवा नहीं मिली। वह घर के एक कोने में दुबकी हुई सिसक रही थी। उसके कारण उकसे बहनोई ने उसकी बहन को पीटा था। उसका बहनोई बहुत दिनों से फुलवा के गदराए यौवन पर दृष्टि धंसाए था। मगर वह उसके पंजे में कभी नहीं आई। उसने जयराम के साथ उसकी आशनाई का समाचार सुना तो एक अद्भुत प्रतिक्रिया के क्रोध से भर गया। "भला देखो तो हरजाई रहती है मेरे घर में, खाती है मेरा, पहनती है मेरा और आशनाई करने चली उस गबया से। आज उसने जाति में मेरी बदनामी कराई है, आए तो उसे पीटकर रख दूंगा।"

उसकी औरत ने उसका विरोध किया–"बड़े आए हो मारने वाल! मार ही खानी थी तो अपनी ससुराल में क्या बुरी थी? उस पर कोई अहसान नहीं करते। दिनभर हाड़ तोड़कर काम करती है तो दो रोटी खाने को देते हो। कौन होते हो उस पर हाथ उठाने वाले?"

औरत की गरम-गरम बातें सुनकर गोकुल मल्लाह ने उसी पर सारा गुस्सा उतार दिया बोला–"तो पोस घर में हरजाई को! जैसी तू वैसी वह!"

फुलवा काम-धाम करके घर आई तो सारी कथा सुनी। बहन ने भी जयराम से सम्बन्ध जोड़ने के लिए भला-बुरा कहा। फुलवा बैठी रो रही थी। अतः उस दिन वह उससे नहीं मिल सका।

दूसरे दिन शाम को वनखंडी में बैठकर जयराम ने फिर कुकुही पकड़ ली। झनझनाने लगा–

फु ··· ल ··· वा ··· रे ··· ए ··· ए ···

फुलवा कल से ही उससे मिलने के लिए तड़प रही थी। उसने विश्वास दिया है, उसको। फुलवा धीरे-धीरे जाकर एक पेड़ की छांह में खड़ी हो गयी। वह तल्लीन होकर कुकुही बजा रहा था।

"जय बाबू!"

"तुम आ गई फुलवा!"

फुलवा कुछ नहीं बोली, झर-झर रोती रही।

"फुलवा, रोती क्यों है, पगली! चल इस गांव से निकल चलें, कहीं दूर, जहां कोई हम लोगों की जाति-पांति न समझे। हम लोग वहां मेहनत-मजदूरी करके खाएं और आदमी की तरह जिएं। बड़ा जालिम है यह गांव, प्यारी!"

फुलवा आंसू झरती रही, कुछ नहीं बोली।

"बोल-बोल, फुलवा! कुछ तो बोल। मैं तो एकदम टूट गया हूँ, तू ही बस सहारा है, मेरी मौत और जिन्दगी का फैसला तेरे ही हाथ में है। तू भी चुप रहेगी तब क्या होगा!" उसकी आंखें भर आयी।

"मैं क्या बोलूं, जयराम बाबू! कभी-कभी सोचती हूं कि कितनी अभागी हूं। लोग कहते हैं कि मैंने बचपन में ही अपने मां-बाप को खा डाला, फिर अपने पति को

खा डाला, फिर अब तुम्हारी जिन्दगी में कूदकर तुम्हें बरबाद करने पर तुली हूं। तुम्हारा धरम बिगाड़ा। लोग मुझे क्या कहेंगे, क्या कहेंगे? भगवान क्या सजा देगा? किन्तु क्या करूं, बाबू! मन ऐसा पापी है जो दुनिया में किसी के पास ठहरता ही नहीं, सभी जगह उसे पाप की तेज गंध आती है। घूम-फिरकर तुम्हारे पास ही लौट आता है।" वह सुबकने लगी।

"फुलवा, हम लोगों का अभाग्य ही हम लोगों के प्रेम का सबसे बड़ा आधार है। यह पाप-पुण्य का लटका छोड़। मैंने वेद-शासत्र नहीं पढ़े हैं, लेकिन जिन्दगी जीते-जीते इतना सीख गया हूं कि प्रेम बिना आदमी, आदमी नहीं रह जाता। जिन्दगी टूट जाती है। और वह प्रेम जो आदमी को बल दे, टूटने से उबारे, पवित्र होता है, फुलवा! चाहे वह कहीं से मिले। बोल, मेरे साथ चलेगी?"

"कहां?"

"नरक में, स्वर्ग में आकाश में, पाताल में, कहीं भी इस गांव से दूर। अब मैं बाभन नहीं हूं, फुलवा। सिर्फ आदमी हूं। मजदूरी करके खाऊंगा और तुझे खिलाऊंगा। फेंक दूंगा यह कुकुही तोड़-तोड़कर। बोल चलेगी?"

"चलूंगी।"

उसने उठकर फुलवा को जकड़ने के लिए बाहें फैलाई कि पीछे से कुछ बाहों ने उन्हें पकड़कर मरोड़ दिया। वह एक आह भरकर रह गया। इसके बाद उस पर लात-मुक्कों की जोर से बौछार होने लगी। उसे देखकर फुलवा एक बार जोर से चीख उठी। लेकिन एक आदमी ने लपककर उसका मुंह अपनी हथेली में जकड़ दिया। वह अफनाने लगी। उसकी हालत देखकर वह मूर्च्छित होकर गिर पड़ी। जब वह मार खाते-खाते बेहोश हो गया, तो मारने वाले फुलवा को उठाकर और उसको छोड़कर चले गए। फुलवा को ले जाकर चुपके से एक मकान में बन्द कर दिया।

मूर्च्छा टूटने पर वह सब कुछ समझ गया। उसने बुलाया-"फुलवा! फुलवा!!" किन्तु उस रात के सन्नाटे में उसकी आवाज के अतिरिक्त और कोई आवाज सुनाई नहीं पड़ी।

सुबह वह लंगड़ाता हुआ गांव की ओर गया तो शोर था कि फुलवा भाग गई, भाग गई कहीं पास-पड़ोस के गांव के एक मल्लाह के साथ।

वह तड़पा, चीखा-"झूठ! तुम सभी लोग झूठे हो। फुलवा नहीं भाग सकती। तुम लोगों ने उसकी हत्या कर दी है, उसे खा लिया है, उसे खोजूंगा मैं आकाश में, पाताल में · · · "

जब दो दिन तक फुलवा की कोई खबर नहीं मिली तो वह धीरे-धीरे गांव से बाहर हो गया। रास्ते में उसके खेत पड़े, उन्हें जी भरकर देखा; फफककर रोया, फिर आगे बढ़ गया। वनखंडी की वे जगहें रो रही थीं, जहां उसकी फुलवा से पहली और आखिरी मुलाकात हुई थी।

उसके बाद में सुना कि उसके जाने के बाद फुलवा की सगाई दूर के एक गांव के मल्लाह के साथ कर दी गई। फुलवा बहुत चीखी-चिल्लाई फिर शांत हो गयी। उसका पति कलकत्ते में काम करता था। वहीं ले गया फुलवा को। पता नहीं फुलवा को क्या हो गया कि साल के भीतर ही चल बसी।

सब कुछ समाप्त हो गया, जैसे सामने से एक हरा-भरा खेत एकाएक उड़ गया हो।

उसने आंखें खोलीं। लगा वे भीग गयी हैं।

वह साल भर पता नहीं कहां रहता है। जब पलाश फूलते हैं तो दिनभर के लिए उस वनखंडी में लौट आता है। कुकुही बजाता है–

फु··· ल··· वा··· रे···· ए··· ए···

किन्तु आज न जाने क्यों शाम हो जाने पर भी जयराम वनखंडी से नहीं उठा। उसे लगता था कि वह अपनी मातृभूमि से कटकर भटकते-भटकते थक आया है। आज उसकी जमीन उसे हजार-हजार स्वरों से अपने पास बुला रही है। आज उसे न जाने कैसा-कैसा लग रहा था–जैसे भटकती हुई यात्रा का अन्त आ गया हो। उसे लगता था कि फुलवा और कहीं नहीं, यहीं कहीं समाधि में लीन है। मार डाला इन जालिमों ने उसे यहीं पर। उसे गांव के बाहर खोजना व्यर्थ है। सोचते-सोचते रात हो आई। भूखा-पसा जयराम उठकर अपने बिछुड़े हुए खेत के पास टहलने लगा। सहसा गांव की ओर से भयानक शोर सुनाई पड़ा। उधर का आकाश पश्चिमी सन्ध्याकाश-सा लाल हो उठा–गांव की ओर से लाल-लाल लपटें उठने लगीं। उसे लगा जैसे सारे आकाश में दहकते हुए पलाश के फूल हों। आग लगी है, पवित्र लोगों की बस्ती में आग लगी है। उसे क्या! एक बार इच्छा हुई कि उधर चले। नहीं, जीते जी इस बस्ती में न जाने का उसने फैसला लिया है।

ऊंची-ऊंची लपटें उठने लगीं। सारा गांव जलते हुए घर के पास खड़ा होकर हो-हल्ला कर रहा था। पछुआ के वेग के साथ लपटें पूरे गांव को निगल जाने की चुनौती दे रही थीं। सभी लोग आग बुझाने के उपक्रम में आपाधापी कर रहे थे। सहसा गृहवधू चिल्लाई–"हाय दैया लुट गई, मेरा तो घर में ही रह गया। उपस्थित लोगों में एक अजीब हाहाकर मच गया। घर के लोग चीखने-चिल्लाने लगे। आग में कूदती हुई बहू को लोगों ने पकड़ लिया, मगर आग में कूदकर बच्चे को ले कौन आए? मौत की जीभ की तरह कांपती इन लपटों को कौन पार करे? आग की लपटें बच्चे की ओर चिटचिटाती बढ़ रही थीं।

किसी ने नहीं देखा कब पेड़ की आड़ से निकलकर एक पागल आग की लपटों को चीरता अन्दर घुसा और बच्चे को उसकी गुदड़ी में लपेटकर गिरती कड़ियों से बचाता आग से बाहर आ गया। मां ने झपटकर बच्चे को गोद में ले लिया, किन्तु वह

बुरी तरह जली अवस्था में जमीन पर गिर पड़ा। लोगों ने उसके जलते कपड़ों को तेजी से बुझाया।

लोगों ने पहचाना–यह तो जयराम था। कुछ लोग उसे घेरकर खड़े हो गए। कुछ लोग आग बुझाते रहे। काफी देर में जब आग की लपटें शान्त होने लगीं, तो लोगों ने देखा कि जयराम भी सदा के लिए शान्त हो गया था।

कोई चीखा नहीं, चिल्लाया नहीं, सिर्फ गांव का एक निकम्मा आदमी ही तो उठ गया था।

□

लड़की

उसने एक बार देखा, फिर सिर झुकाकर पढ़ने लगी। उसका बड़ा भाई सुड़क-सुड़क दूध पीता रहा।

मैंने पूछा–"क्यों सावित्री, तुम दूध पी चुकी?"

उसने मेरी ओर देखा, कुछ बोली नहीं, पढ़ने लगी।

जाड़े की सुबह थी। घर के सामने धूप निकल आयी थी। मैं चारपाई पर बैठा हुआ एक किताब पढ़ रहा था और सामने चटाई पर धूप में मेरे भतीजे के दोनों बच्चे अपना-अपना काम कर रहे थे। लड़का स्वेटर पहने था, पांव में जूता था। लड़की के पैर नंगे थे और वह केवल सूती फ्रॉक पहने थी

"ए कोंचता क्यों है, पढ़ने दे।" लड़की चिल्लाई।

मैंने देखा–लड़का उसे कोंच रहा था, उसकी कलम छीन रहा था।

"अपने तो खुद पढ़ता नहीं, मुझे भी नहीं पढ़ने देता। दिन-रात शैतानी करता है।"

लड़की ने लड़के को थोड़ा परे ढकेल दिया। वह थोड़ा लुढ़क गया। वह उठा और बहन के बाल पकड़कर खींचने लगा। लड़की जोर-जोर से चीखने लगी।

मुझे गुस्सा आ रहा था। इच्छा हुई कि उठकर तीन-चार झापड़ इस बदतमीज लौंडे को रसीद कर दूं, लेकिन अपनी हैसियत समझकर चुप रह गया। दो दिन के लिए मेहमान की तरह शहर से यहां आया हूं, मारने पर पता नहीं क्या प्रतिक्रिया हो मां-बाप की। इसलिए केवल डांटा–"छोड़-छोड़, क्यों उसे मार रहा है?"

वह मेरी परवाह किए बिना अपना काम करता रहा। बच्चों की मां किसी काम से बाहर निकली, दृश्य देखा और चुपचाप फिर अंदर चली गयी। मैंने सोचा–शायद मां को किसी बात की चिन्ता नहीं है। मैं ही कुछ करूं।

तब तक लड़की ने आजिज आकर लड़के की बांह पर दांत गड़ा दिये।

"अरे बाप, मार डाला।" वह चिल्लाने लगा।

मां जाते-जाते मुड़ पड़ी। झपटकर आयी और बच्चे को गोद में उठा लिया।

"क्या हुआ, रे?"

"इसने काट लिया, अरे बाप रे!" वह और भी जोर से चिल्लाने लगा।

मां ने लड़की की पीठ पर तीन-चार लात जमाते हुए पूछा–"क्यों री चुड़ैल, इसे काट क्यों लिया?"

लड़की सुबकती हुई बोली–"मैंने काटा नहीं। यह मेरी कलम छीन रहा था। बाल खींच रहा था, छोड़ ही नहीं रहा था। छुड़ाने के लिए मैंने हल्के से दांत गड़ा दिये।"

"नहीं मां, इसने जोर से काटा है।"

"चुड़ैल कहीं की! कलम छीन रहा था तो दे दिया होता। पढ़-लिखकर लाट-गवन्नर बनेगी क्या?"

मां ने कलम छीनकर लड़के को दे दिया। उसे पुचकारते हुए बोली–"लो लिखो, मेरे लाल!"

"हां लिखो मेरे लाल!" लड़की ने मुंह चिढ़ाते हुए कहा, "इसे लिखने भी आता है? रोज क्लास में पिटता है।"

"चुप कर और चल काम कर। बैठ गयी सवेरे-सवेरे पोथी-पत्रा लेकर। राख पड़ी है खेत में फेंक आ।"

लड़की उठी। थोड़ी देर बाद वह सिर पर राख की खांची उठाये हुए खेत की ओर जा रही थी और साहबजादे कलम-वोलम फेंककर खेलने चले गये।

दोपहर हुई लड़की मां के इशारों पर भाग-भागकर घर का काम करती रही।

मैं अपने भतीजे के साथ खाना खाने बैठा तो देखा–सामने लड़की चुपचाप बैठी है।

मैंने पूछा–"सावित्री, तुमने अब तक खाना नहीं खाया क्या? चेहरा उतरा-उतरा-सा है। आओ, तुम भी बैठ जाओ।"

"अरे वह बाद में खा लेगी। खाइए, आप लोग।"

मैंने भतीजे की ओर देखा, उसके चेहरे पर कोई प्रतिक्रिया नहीं थी। तब तक लड़का कहीं से आ गया–धूल-धूसरित-सा। चिल्लाने लगा–"अरे बड़े जोर की भूख लगी है। मां खाने को दो।"

"आओ-आओ, मेरे लाल! जल्दी से मुंह-हाथ धो लो, तब तक खाना परस रही हूं।"

उसने सामने पड़े कटोरे को पांव से मारा–झन्नअ...और पांव पटकता हुआ बोला–"नहीं, पहले खाने को दो, भूख लगी है।"

"अच्छा भाई, गुस्सा मत करो। लो खा लो।" मां ने झट से उसके सामने थाली रख दी।

मैंने भतीजे की ओर फिर देखा। वह निर्विकार भाव से खाये जा रहा था। लड़की चुपचाप मार खाई-सी अपनी जगह सिमटी-सिकुड़ी बैठी थी। मुझे यह सब बहुत अजीब लग रहा था। लड़की को उदास देखकर खाने की इच्छा नहीं हो रही थी, बस

किसी तरह कौर निगल रहा था।

खा-पीकर बरामदे में लेटा था। लड़का वहीं खेल रहा था एकाएक चिल्लाने लगा—"अरे माई रे, पेट में दरद हो रहा है।"

"टट्टी जाओगे?"

"नहीं, दरद हो रहा है।"

मैंने कहा—"लगता है कुछ गड़बड़-सड़बड़ खा लिया है।"

"गड़बड़-सड़बड़ तो कुछ नहीं खाया होगा। हम लोग जो खा रहे हैं, वहीं यह भी खा रहा है।" बाप ने बयान किया।

"तो ज्यादा खा लिया होगा!"

"अरे कहां? यह कमबख्त तो खाता ही नहीं हैं, बस टूंगता है।"

"हूं।" मैंने कहा। कल से ही इसे टूंगते हुए देख रहा हूं।

"अरे बहुत तेज दरद हो रहा है।" वह चिल्लाया।

"सावित्री!"

"हां, बाबूजी!" कहती हुई वह भागी-भागी बाहर आयी। उसके हाथ में दाल-भात से भरा कटोरा था। शायद वह खा रही थी, खाते-खाते भाग आयी थी।

"देख, खाना-वोना बाद में कर लेना, जरा भागकर वैद्य जी को बुला तो ला। तब तक में बनिया के यहां जा रहा हूं सोडा लेने।" फिर वहीं से चिल्लाकर अपनी पत्नी से कहा—"अरे मुन्ने को संभालना और थोड़ा पानी गरम करके रखना इसके पेट में दरद हो रहा है।"

मैंने कटोरे को देखा—दाल और मोटा भात। लेकिन हम लोगों को तो बढ़िया चावल का भात मिला था। और इस लड़की के लिए सब्जी-वब्जी कुछ नहीं।

भतीजा बनिया के यहां से झल्लाया हुआ लौटा—"साला कुछ नहीं रखता। दूकान खोल रखी है और जो चीज मांगो, वही नदारद।"

तब तक सावित्री आ गयी।

"बाबूजी, वैद्य जी तो कहीं गये हुए हैं।"

"अरे यह कुलच्छिनी जहां जायेगी वहीं काम नहीं होगा।" मां ने टिप्पणी जड़ी।

लड़का चिल्लाये जा रहा था।

"रुको-रुको तुम लोग, परेशान न हो। शायद मेरे पास पेट-दरद की कुछ गोलियां हों।"

गोलियां मिल गयीं। खिलाया। लड़का राहत अनुभव करने लगा। उसे नींद आने लगी। मां उसे लेकर अंदर चली गयी। और सावित्री से कहती गयी—खाकर जूठे बरतन हैं इन्हें मांज डालना।

मैंने सावित्री को गोद में उठा लिया। इस लड़की के लिए मैं भीतर तक आर्द्र हो आया था। उसे प्यार किया, फिर कहा—"तुम्हारा खाना पड़ा है, खा लो, बेटे!"

गोद से उतरकर उसने कटोरा उठा लिया। धीरे-धीरे खाना खाने लगी। एक निरुद्वेग उदासी उसके चेहरे से चिपकी हुई थी।

मैंने कहा—"सावित्री बेटे!"

उसने खाते-खाते चेहरा ऊपर उठाया। जैसे कह रही हो—"हां, कहिए।"

"तुम्हें बुरा नहीं लगता?"

"क्या, दादा जी?"

"अरे यही, जो तुम्हारे साथ होता है।"

उसने इनकार में सिर हिलाया।

"क्यों?"

"लड़की हूं न।"

मैं भीतर तक चरमरा गया। लड़की उसी निरुद्वेग भाव से खाती रही।

□